महाश्वेता देवी

जन्म : 1926, ढाका।

पिता श्री मनीष घटक सुप्रसिद्ध लेखक थे।

शिक्षा : प्रारम्भिक पढ़ाई शान्तिनिकेतन में, फिर कलकत्ता विश्वविद्यालय से अंग्रेजी साहित्य में एम.ए.।

अर्से तक अंग्रेजी का अध्यापन।

कृतियाँ अनेक भाषाओं में अनूदित।

हिन्दी में अनूदित कृतियाँ : *चोट्टि मुण्डा और उसका तीर, जंगल के दावेदार, अग्निगर्भ, अक्लान्त कौरव, 1084वें की माँ, श्री श्रीगणेश महिमा, टेरोडैक्टिल, दौलति, ग्राम बांग्ला, शालगिरह की पुकार पर, भूख, झाँसी की रानी, आंधारमानिक, उन्तीसवीं धारा का आरोपी, मातृछवि, सच-झूठ, अमृत संचय, जली थी अग्निशिखा, भटकाव, नीलछवि, कवि वन्द्यघटी गाईं का जीवन और मृत्यु, बनिया-बहू, नटी* (उपन्यास); *पचास कहानियाँ, कृष्णद्वादशी, घहराती घटाएँ, ईंट के ऊपर ईंट, मूर्ति,* (कहानी-संग्रह); *भारत में बँधुआ मजदूर* (विमर्श)

सम्मान : 'जंगल के दावेदार' पुस्तक पर साहित्य अकादेमी पुरस्कार। मैगसेसे एवार्ड तथा भारतीय ज्ञानपीठ द्वारा सम्मानित।

निधन : 28-07-2016 (कोलकाता)।

चोट्टि मुण्डा और उसका तीर

महाश्वेता देवी

राधाकृष्ण पेपरबैक्स

पहला पुस्तकालय संस्करण
राधाकृष्ण प्रकाशन प्राइवेट लिमिटेड द्वारा
1981 में प्रकाशित

राधाकृष्ण पेपरबैक्स में
पहला संस्करण : 1998
पाँचवाँ संस्करण : 2025

राधाकृष्ण पेपरबैक्स : उत्कृष्ट साहित्य के जनसुलभ संस्करण

राधाकृष्ण प्रकाशन प्राइवेट लिमिटेड
जी-17, जगतपुरी, दिल्ली-110 051
द्वारा प्रकाशित

शाखाएँ : अशोक राजपथ, साइंस कॉलेज के सामने, पटना-800 006
पहली मंजिल, दरबारी बिल्डिंग, महात्मा गांधी मार्ग, प्रयागराज-211 001
1, अनमोल सोराबजी संतुक लेन, धोबी तलाव, मरीन लाइंस, मुम्बई-400 002
वेबसाइट : www.radhakrishnaprakashan.com
ई-मेल : info@radhakrishnaprakashan.com

बी.के. ऑफसेट
नवीन शाहदरा, दिल्ली-110 032
द्वारा मुद्रित

मूल्य : ₹399

CHOTTI MUNDA AUR USKA TEER
Novel by Mahashweta devi

ISBN : 978-81-8361-154-1

अपने पिता
मनीश घटक को—
जो आजीवन संघर्षशील
मानव के प्रति आस्था में
अविचल रहे।

[1]

आदमी का नाम था चोट्टि मुण्डा। चोट्टि एक नदी का नाम भी है। नदी के नाम पर उसका नाम होने की एक कहानी है। उसको लेकर हमेशा किस्से चलते रहते हैं। उसका पुरखा पूर्ति मुण्डा जहाँ जाता, वहीं मिट्टी से या तो अबरक निकलती, या कोयला। इसके परिणामस्वरूप उसे लेकर भी उसी तरह बातें चलतीं। पूर्ति अपनी पत्नी-लड़के-लड़की को चाईबासा से पलामू जिला ले आया। वहाँ जंगल साफ कर रहने का प्रबन्ध किया; इस बार उसके खेत की मिट्टी के नीचे से निकले पत्थर के औजार। उसे लेकर बातें चलीं और अचानक एक दिन अंग्रेज-बंगाली-बिहारी–तरह-तरह के लोगों ने आकर उसे उसके ठिकाने से हटा दिया। जब प्रस्तर युग के औजार मिले हैं, तो उस क्षेत्र पर पुरातत्त्व विभाग का अधिकार है।

उसका मन टूट गया। उसके मिट्टी खोदने पर कोयला या अबरक क्यों निकलता है और साथ-ही-साथ आ पहुँचते हैं अंग्रेज-बंगाली-बिहारी लोग। इसका कारण क्या है? उसे कहीं शान्ति से रहने को क्यों नहीं मिलता? वह कैसी ही निर्जन जगह क्यों न जाए, वहाँ की मिट्टी के नीचे से कुछ-न-कुछ जरूर निकलता और वहाँ अच्छी-खासी बस्ती बन जाती। उसकी मुण्डा धरती और भी छोटी हो जाएगी। उसे तो कुछ नहीं चाहिए। बस, एक छोटा-सा गाँव हो, जहाँ सब बाशिन्दे आदिवासी हों–हरम देवता की पूजा करनेवाले। पहान के अनुगत।

उसकी पत्नी ने भी वही बात कही। बोली, "तुम जहाँ जाते हो, वहाँ मिट्टी के नीचे से इधर-उधर की चीजें क्यों निकल पड़ती हैं?"

"चलो, कहीं और चलें।"

उन्होंने चोट्टि नदी के किनारे घर बनाया। नदी का पाड़ पहाड़ की तरह था, वहाँ घर। साँझ को वह नदी में से मछली पकड़ता। एक दिन झुटपुटे में मछली पकड़ने जाने पर वह अचम्भे में पड़ गया–उसके जाल में जो बालू आई थी, उसमें सोने के कण थे!

वह रेत पर बैठ गया। कोयला और अबरक देखकर अंग्रेज और बिहारी जिस

तरह बड़े लालच में भरकर आ जाते, क्षण-भर में आदिवासियों की जगह को घनी ईंटों और मकानों से भोंडी बस्ती बना देते—यह उसे याद था। सोना देखकर पता नहीं वे लोग क्या करें! यह पहाड़-जंगल-नदी सब बरबाद हो जाएँगे। बड़े टूटे दिल से उसने फिर अँजुली भरकर रेत उठाई। उसमें भी सोना था। अब उसने अपने मन को स्थिर किया।

हिन्दू सदान संन्यासी, ईसाई मिशनरी और चाय बागान के कुलियों के ठेकेदार—तीनों ही उसे लेना चाहते हैं। पूर्ति मुण्डा कुलियों के ठेकेदार की तलाश में चला। पत्नी-बेटा-बेटी तो जिन्दा रहें। जाने के पहले पत्नी से कह गया, 'तेरे पेट में बच्चा है। लड़का हो तो उसका नाम चोट्टि रखना।'

पूर्ति मुण्डा बड़ा अभागा था। ठेकेदार की तलाश में चलते-चलते एक भरे-पूरे हिन्दू गाँव में जाकर वह आम के पेड़ के नीचे सो गया। उसके नीचे से जमींदार के चोरी गए बर्तन निकले। परिणामस्वरूप वह पकड़ा गया और जेल गया। जेल से निकलते ही ठेकेदार के पास और फिर मॉरिशस। उसके बाद पता नहीं उसका क्या हुआ। लेकिन उसके वंश के लड़कों के नामकरण में नदी के नाम आते रहे। इसीलिए पूर्ति मुण्डा के परपोतों के दोनों नाम नदी के नाम पर थे—चोट्टि मुण्डा और कोयेल मुण्डा। चोट्टि नदी के किनारे ही उनका मकान था। आज भी है। लेकिन पूर्ति मुण्डा की आशा पूरी नहीं हुई। सोने की तलाश में बाहर से आकर लोग उस जगह को उलट-पलट कर डालेंगे, इसी डर से वह भागा था। अब उस जगह से तीन मील दूर होकर साउथ ईस्टर्न रेलवे चली गई है। चोट्टि नाम से एक स्टेशन है। स्टेशन उस जनपद के कारण बना है जिस जनपद में बिहारी, बंगाली, पंजाबी रहते हैं। आदिवासी लोग दूर-दूर पर गाँव में रहते हैं। बरस में एक बार चोट्टि स्थान आदिवासियों से भर जाता है—विजयादशमी के दिन, चोट्टि मेला में। उस दिन पच्चीस-तीस गाँवों के आदिवासी उस मेले में आते। बाँस के बनाए आकारों पर कागज लगाकर वे लोग बड़े-बड़े बाघ, हाथी, घोड़े बनाते। उनको उठाकर नाचते। लड़कियाँ भी नाचतीं। महुआ की शराब पीते। उस मेले में नाच के आस-पास गैर-आदिवासी मर्दों के जाने का निषेध था। जाने पर बाहरी लोग आदिवासी लड़कियों के साथ असभ्यता कर सकते थे और सूखी घास में आग लगाना सरकार को पसन्द न था। उस तरह की कोई वारदात न हो जाए, इसलिए तोहरी थाने से पुलिस आती। वह नाच सवेरे के ग्यारह बजे से तीन बजे तक चलता। उसके बाद चोट्टि मेला का असली आनन्द शुरू होता। मेला एक लम्बे-चौड़े मैदान में लगता। उसी मैदान में आदिवासियों की तीर चलाने की प्रतियोगिता होती। टार्गेट क्रमशः पीछे हटा दिया जाता था। अन्त में जो आखिरी निशाना लगाना होता, वह बहुत ही मुश्किल होता। एक-पर-एक दो बाँसों में लोहे

के छल्ले बाँधे जाते। इस तरह के तीन छल्ले रहते। उनके पीछे आँख बना बोर्ड रहता। छल्लों में होकर उस आँख का निशाना लगाना होता था।

यह तीरन्दाजी की बहुत कठिन परीक्षा होती। पुरस्कार होता—आदिवासियों की ओर से एक सूअर। लेकिन इधर कई सालों से थाने के दारोगा पाँच रुपए देते थे। तीरथनाथ लाला पाँच रुपए देते थे, ईंटों के भट्टे के मालिक हरबंस चड्ढा पाँच रुपए देते थे, फलों के व्यापारी अनवर पाँच रुपए देते। हर बरस इस परीक्षा को जीतने के लिए बड़ी प्रतिद्वन्द्विता होती। दारोगा हर बरस सोचते, कहीं दंगा न हो जाए। किन्तु हर बरस ही इस प्रतियोगिता के सूअर के साथ और भी दो-चार सूअरों को मारकर सारे प्रतिद्वन्द्वी मांस-भात खाकर और मद पीकर रात बिताते। जो लोग जीतते या जो हारते, उनमें झगड़ा न होते देखकर दारोगा को हर बार ताज्जुब होता।

चोट्टि मुण्डा कहता, "झगड़ा क्यों होगा? एक-एक बार एक गाँव जीतता है। यह तो खेल है। इसमें झगड़ा क्यों होगा?"

अठारह बरस पहले एक चोट्टि मुण्डा ने हर बरस यह प्रतियोगिता जीती। लेकिन अन्तिम बार जब वह जीता तो उस बार उसके वंश के डोनका मुण्डा ने फैसला करनेवालों से कहा, "यह ठीक नहीं है।"

"क्या ठीक नहीं है?"

"चोट्टि मुण्डा को मैदान में उतारना।"

"क्यों?"

"सब जानते हैं कि उसके तीर मन्तर-पढ़े रहते हैं। वह अगर आँख बन्द करके भी छोड़े, तो भी तीर निशाना वेध देंगे।"

"चोट्टि, क्या यह सच है?"

चोट्टि ने कहा था, "हाँ।"

उसके बाद सबको अचम्भे में डालकर उसने निशान से किसी का तीर उठा लिया। डोनका से बोला, "अपना धनुष तो दे।"

डोनका के धनुष पर तीर चढ़ा, चिल्ला खींच उसने तीर से कहा था, "बच्चा, अगर निशाना न वेध सका तो तेरी बदनामी होगी, जा तो बेटा, निशानी छेद आ।"

बात कहते-कहते ही उसने तीर छोड़ा और निशाना वेध दिया। डोनका ने घुटना छूकर सम्मान प्रदर्शित किया था। चोट्टि ने कहा था, "जितने लोग न कर सकें, उतने लोगों के धनुक लेकर दिखा दूँगा! मन्तर पढ़ा तो है। लेकिन देखो, मन्तर-पढ़ा तीर नहीं चला रहा हूँ। जिस तीर से निशाना लगाया है, वह मेरे नाती का तीर है। यह बात भी सच है कि मन्तर पढ़ा हुआ तीर पास रहते मैं निशाना नहीं चूकूँगा।"

किसी ने कहा, "तब तो तुम्हारा तीर का खेलना ठीक नहीं है। साठ बरस की उमर हुई, तुम फैसला करनेवाले क्यों नहीं बन जाते? एक आदमी तो तुम्हारे समाज से रहता ही है।"

"वही बनूँगा।"

तभी से चोट्टि मुण्डा इस तीरों के खेल में निर्णायक बनता है। दारोगा ने कहा था, "तेरा ऐसा हाथ है। अगर कहीं बन्दूक चलाता होता तो!"

चोट्टि ने जवाब दिया था, "तीर छोड़ते हैं मरद। गोली चलाते हैं नामरद।"

बात चोट्टि ने कही थी, इसीलिए दारोगा पी गया। चोट्टि की बात क्यों पी ली, उसका एक किस्सा है। चोट्टि मुण्डा के जीवन में तरह-तरह के कारणों से तमाम किस्से है।

[2]

जिस साल चोट्टि का जन्म हुआ, उस साल चोट्टि नदी में असाधारण बाढ़ आई हुई थी। बाढ़ के बहाव से पत्थर बह जाते थे। चोट्टि के पैदा होने के साथ ही बाढ़ का जोर कम हुआ। उस समय ब्राह्मण स्टेशन-मास्टर ने कहा कि यह लड़का सामान्य नहीं है।

यह हुई शुरू की कहानी। स्टेशन-मास्टर को पता भी न था कि चोट्टि पैदा हुआ है। मालूम होने पर भी वे उस बात को न कहते। कहने पर भी कोई समझता नहीं, क्योंकि स्टेशन-मास्टर की जीभ थुलथुली थी। बात अटक जाती। वे इशारों से ही काम चलाते थे। ये सब बातें बताना बेकार है। किस्सा बहुत दिनों से चला आ रहा है। बाढ़ के कायदे से बाढ़ उतर गई थी। वह बात भी किसी को याद नहीं है।

चोट्टि बचपन से ही जिद्दी था। तीर-धनुक में कोयेल का हाथ बहुत पक्का था। लेकिन चोट्टि की हठ थी कि पक्का धानुकी बनेगा, चोट्टि के मेले में लक्ष्य-वेध करेगा। वह जब किशोर था, तब अपनी बहन की ससुराल गया। वहाँ उसने बहन के ददियाससुर धानी मुण्डा को देखा। उसने जब देखा, तब धानी की उम्र निश्चय ही अस्सी-नब्बे की होगी। धानी के पास उसकी उम्र का हिसाब इस तरह था—उसके बचपन से अब तक जंगलों में दो-बार साल गाछ, सागौन के पेड़ पूरी उम्र के और पक्के हो गये थे।

धानी मुण्डा बुड्ढा था लेकिन उस पर बुढ़ापा अभी छाया न था। उसने आँखें मटकाकर चोट्टि से कहा, "मेरे पास एक मन्तर पढ़ा हुआ तीर है। आकाश में

अगर दस चिड़ियाँ उड़ी जा रही हों, और मैं तीर से कहूँ कि तीसरी चिड़िया ला दे तो वह ला देगा।"

"सच बात है?"

"सच है या झूठ, यह अपनी उस परमी दीदी से पूछ ले।"

बहन के साथ बकरी दुहाने जाते हुए चोट्टि ने पूछा, "दीदी, उसने जो कुछ कहा, वह क्या सच है?"

परमी बोली, "कोई नहीं जानता। लेकिन वह तीर चलाना जरूर जानता है। पर वह अगर तीर छोड़ेगा तो उसे पकड़कर थाने ले जाएँगे।"

"क्यों?"

"सो मुझे नहीं पता।"

चोट्टि बहुत जोश में आ गया। उस समय उसकी उम्र चौदह बरस थी। सूखा पड़ रहा था। चोट्टि का अंचल जल गया था। परमी का ससुर भला आदमी था। चोट्टि की माँ से बोला था, "तुम लोगों के मैदान में घास नहीं है, नदी के कलेजे की बा़लू धूप की तपन से हवा में मिलकर उड़ती है। बड़े लड़के को भेज दो। गायें चराएगा। इस ओर आजकल सूखा नहीं है।"

कोयेल बोला था, "मैं भी जाऊँगा।"

बहन के ससुर ने कहा था, "दोनों को नहीं रख सकूँगा।"

इसी कारण चोट्टि परमी की ससुराल गया। बड़ा गाँव था। रहना राह के किनारे था। थाना मिशन-पुरोहित के आश्रम के पास था। गाँव में कभी यही लोग रहते थे, यह समझने का कोई साधन न था। गाँव में बिहार की दूसरी जातियों की प्रमुखता थी। उच्च वर्ण के गरीब और धनी लोग थे। मुण्डा लोग दूर रहते थे। उनकी बस्ती भी बड़ी थी। इस गाँव में मुण्डा लोग हिन्दुओं के खेत-खलिहान में मेहनत-मजूरी करते। चोट्टि की बहन की सास बकरी का दूध बेचती। यहाँ पर वैसा प्रचंड सूखा नहीं था। चोट्टि बरस-भर रह गया। खूब मेहनत किया करता था। फसल होने पर जब परमी का ससुर, उसका पति, देवर, सास—सभी बेगारी देने जाते, उस समय वह अकेले गाय-बकरी दुहता, दूध बाँटता, गाय-बकरियों को चराता। परमी के सास-ससुर उसका बहुत ध्यान रखते। अफसोस की बात है कि उनके कोई अविवाहित लड़की नहीं है। होती तो लड़के को जमाई बना लिया जाता। लेकिन उन दोनों ने चोट्टि से एक बात कही, "धानी मुण्डा के पास मत जाना।"

"क्यों?"

"यह मत पूछो। और कभी उससे तीर-धनुक लेने को मत कहना। धानी मुण्डा हमारे परदादे का भाई है। फिर भी कहते हैं, उसके हाथों में जब धनुक उठेगा तो मुण्डा समाज, मुण्डा परिवार पर विपत्ति आ जाएगी।"

ये बातें सुनकर चोट्टि के मन में धानी के प्रति आकर्षण बहुत अधिक बढ़ गया। धानी ने क्या किया है? क्यों उसके बारे में सबके मन में यह भय-मिश्रित सम्मान है?

वह धानी को छिप-छिपकर देखता। धानी दिन-भर कुछ न करता। बलोया-फरसा सभी मुण्डा लोगों के पास रहता है। धानी का बलोया बहुत ही पैना था और बलोया की लकड़ी के हत्थे पर कुछ अजीब किचिर-मिचिर लिखा हुआ था। दिन-भर लकड़ी काट-काटकर धानी मुण्डा बच्चों को सुन्दर खिलौने बनाकर देता। किसी से बोलता न था। अपना भात खुद राँध लेता। वह घाटो नहीं खाता था। गाँव के लुहार दाव, साग-मछली काटने की वैरी, छुरी-बलोया-हँसिया-दराँती-खुरपी बनाते। लुहारखाने के सामने बैठकर धानी सबके लकड़ी के हत्थे और मुट्ठे बना देता। उसने यह बढ़ई का काम कहाँ से सीखा था?

परमी कहती, "किसी को पता नहीं।"

धानी बहुत ही गण्यमान्य व्यक्ति था। लुहारखाने के सामने शिरीष के पेड़ की छाया में उसे न देखकर धानी की खोज में थाने से कांस्टेबल चला आता। जो पुलिस हाट में पैसा लेती, मालिक-महाजन के घर होली-दीवाली पहुँचती, वही सर्वशक्तिमान पुलिस धानी के पास आकर बड़े कोमल स्वर में कहती, "क्यों रे धानी, कई दिन से दिखाई क्यों नहीं पड़ा?"

"मन दुख रहा था।"

"धानी! जानता तो है सबकुछ। कहीं जाना मत, बाबा! मेरी नौकरी चली जाएगी। बुढ़ा गया है। थोड़ा समझकर चल।"

"तेरी नौकरी, तू जाने।"

"दुहाई तेरी।"

"जिस दिन तबियत होगी, मन्तर के बल से गायब होकर चला जाऊँगा।"

"जाना मत, धानी!"

"हाट में मुण्डा लोगों पर जुलुम कर पैसे क्यों लेता है?"

"किसने कहा?"

"मैंने कहा। दारोगा से कहना होगा। तुलाई के पैसे उठाकर मुण्डा लोगों को खफा करने पर फिर...। समझा? तब दारोगा को भी जवाब देना पड़ेगा। हाँ, मैं मुण्डा लोगों को नाराज नहीं करूँगा। लेकिन गौरमेन भी चाहती है कि नए जुलुम हों और मुण्डा लोग बिगड़ जाएँ।"

नए जुल्म नहीं, पुराने जुल्म ही होते रहते। कौन-सा जुल्म नया और कौन-सा पुराना था, इसे चोट्टि नहीं समझता था। समझता कि परमी के ससुर सभी फसलों में महाजन के यहाँ बेगार देने जाते।

"कहाँ जा रहा है?" धानी गरज उठा, "बेगार देने?"

"हाँ, दादा!"

"बेगार देने जा रहे हो? तुमको मालूम नहीं–वह जिन तमाम जुलुमों के लिए लड़ा था, उनमें बेगारी भी एक था?"

"वह नहीं, दादा! उसका नाम तुम भूले जा रहे हो।"

"हाय बीरसा! अभी पन्द्रह बरस भी नहीं बीते हैं। जुलुम के डर से मुण्डा उसी तरह काँपते हैं।"

धानी घर से निकल गया। दीदी ने दोपहर में चोट्टि से कहा था, "घर के लोगों के बुलाने से वह नहीं आएगा। तू बुला ला।"

"कहाँ गया है?"

"जंगल में।"

"तू मुझे उसकी बातें क्यों नहीं बताती? कहाँ खोजूँ? बुला लाऊँगा, तब खाएगा?"

"हम लोगों का खाना नहीं खाता है।"

"तो देखूँ।"

चोट्टि धानी की तलाश में निकला। उसे तलाशने जाने के मामले ने उसे एक नए और महत्त्वपूर्ण किस्से के साथ बाँध दिया।

चोट्टि मुण्डा के जीवन में सारा कुछ एक-एक किस्सा था। मुण्डा-जीवन की और कहानियों की तरह यह कहानी भी महाकाव्य-सी थी। पृथ्वी किस तरह बनी, वह पृथ्वी सेंगेल दा की आग में किस तरह जल गई थी, दो नर-नारी किस तरह बच गए, किस प्रकार नई पृथ्वी की सृष्टि हुई–मुण्डा-जीवन में यह चिरकाल से चली आती कहानी थी। मुण्डा-जीवन का महाकाव्य बीस बरस पहले उत्पन्न हुआ था, यह चोट्टि को नहीं पता था।

धानी ने उसे बताया। धानी के साथ उसका जो सम्बन्ध बन गया, उसके परिणामस्वरूप चोट्टि भी महाकाव्य के नायकों की तरह विशाल और सम्भावनापूर्ण था।

यह 1915 के साल की कहानी है। तब चोट्टि की उम्र पन्द्रह थी। खोजते-खोजते उसने धानी को घने जंगल में पाया था। एक गढ़ैया के किनारे पत्थर पर धानी बैठा था। चोट्टि को देखकर उसने नजर उठाई।

चोट्टि ने उसके पैर पकड़ लिये।

"पैर क्यों पकड़ता है?"

"मुझे तीर चलाना सिखा दो।"

"मैं?"

"हाँ, तुम तीरन्दाजों के हरमदेउ हो।"

"क्यों सीखना चाहता है? तीर तो सारे मुण्डा चलाते हैं। मैं तुझे कौन-सी नई विद्या सिखाऊँगा?"

"मैं चोट्टि-मेला में जीतना चाहता हूँ।"

"ओहो, इसलिए?"

"तो क्या यह बेकार की बात है?"

चोट्टि का दमकता चेहरा देखकर धानी सहसा हँसा था। बोला था, "कैसे सिखाऊँ? तीर उठाने पर पुलिस फिर मुझे जेहल में डाल देगी!"

"क्यों?"

"ये सब बड़ी बातें हैं। बातें बताना चाहता हूँ लेकिन सुननेवाला आदमी नहीं है। यहाँ के मुण्डा लोगों की तो कमर टूट गई है, दिकू लोगों की दया पर रहते हैं। मुझे चाईबासा में रहने न देंगे। वहाँ मेरी बातें सुननेवाले आदमी अभी हैं लेकिन वहाँ रहने नहीं देंगे।"

"कौन नहीं रहने देगा?"

"गौरमेन।"

"क्यों?"

"वह एक पुराना किस्सा है। तू तो मुण्डा है। तुम सब लोगों के लिए दुनिया में एक आदमी आया था–धरती का आबा। बीरसा भगवान।"

"उसकी कहानी तो मुझे मालूम है।"

"मालूम है? किसने बताई?"

"मेरी माँ के आबा ने। मेरे नाना ने।"

"उसका क्या नाम है?"

"हारा मुण्डा। बड़ा बलोया[1] हुआ था। उसी में बीरसा भगवान मर गए थे। उसके बाद पुलिस ने बड़े जुलुम किए। उसके बाद नाना राँची से यहाँ चले आए। बस, और कुछ नहीं मालूम।"

"मैं, धानी मुण्डा, उसका साथी था।"

"तुम! तुम तो बूढ़े हो।"

"तो क्या हुआ?"

"तुमने उसे देखा था?"

"बहुत दिनों तक। जेहल में भी खटा। उसी कारण घर से अलग हूँ और इसी से मेरे लिए हाथ में तीर लेना मना है।"

"क्यों?"

---

1. मुण्डा लोगों के आन्दोलन

धानी, मानो बात न कर पा रहा हो, इस प्रकार असह्य कष्ट से बोला, "वे जानते हैं कि मैं तीर में हरमदेउ हूँ। वे सोचते हैं कि मैं तीर उठाऊँगा तो फिर उलगुलान का नारा लगाऊँगा।"

"मैं किसी से बताऊँगा नहीं।"

"उलगुलान! कहाँ क्या है? कहाँ छोटे-से गाँव पर कब्जा? कहाँ महाजनों के खाते नहीं हैं? कहाँ बेगार नहीं है? कहाँ मुण्डा सुख से हैं? फिर भी इन्हें डर लगता है। मेरे तीर उठाने से पुलिस उन पर जुलुम करेगी। मैं यहाँ नहीं रहूँगा।"

"कहाँ जाओगे?"

"उससे तुझे क्या? जा, जा, यहाँ से जा।"

उस दिन चोट्टि चला आया। लेकिन जब तक यह बेगार चलती रही, उतने दिन धानी तड़के निकल जाता मानो मुण्डा लोगों की बेगार उसे सहन न होती हो। अपना काम-काज निबटाकर चोट्टि उसके पीछे-पीछे फिरता। इस बीच एक दिन बड़ा शोरगुल हुआ। परमी की सास बोली, "कल से मैं नहीं जाऊँगी, मेरे लड़के नहीं जाएँगे।"

"क्यों?" धानी को कुतूहल हुआ।

आदिवासी समाज में बुड्ढे-बुढ़ियों का बहुत सम्मान है। परमी की सास बोली, "तुम उमर में सबसे बड़े हो। तुम सोचकर कहो, मैं क्यों जाऊँ?"

"जाती तो थी!"

"क्यों जाती थी? तुम्हारे भाई, इस लड़के के बाप के परदादा के कारन। तुम लड़ाकू थे, तुमने गौरमेन को अपने भाई-बाप-लड़के का परिचय नहीं दिया। तुम्हारा भाई कैसा था?"

"मुझे पता नहीं। मैंने जिसे भाई माना, वह कोई नहीं है। तेरी तरह मैंने किसी जगह धरती में बीज नहीं बोए। साँउताल के हूल[1] में मैं कहाँ गया था, कहाँ सरदारों की लड़ाई में धनुष-बाण उठाया था, आज याद नहीं आता। यह भगवान सिखा गए हैं कि खून का सम्बन्ध ही सबकुछ नहीं होता।"

परमी की सास सूखी और गम्भीर आवाज में बोली, "वह पता है। तुम्हारे आगे नहीं कहती, लेकिन मन में तुम्हारे लिए गरब रख सकती हूँ, और कुछ नहीं कहती, क्योंकि पुलिस के जुलुम करने पर कहीं ठाँव नहीं है।"

"अब बता भी।"

"तुम्हारे भाई ने कब किस अकाल में दस कच्चे सेर चावल लिए थे, उसके लिए बेगार दिया, उसके लड़के ने, मेरे ददिया ससुर ने, मेरे ससुर ने। हम देते सो नहीं दी। देखें, तो हमारी जमीन जरा-सी है। दो दिन को छुट्टी चाहिए, धान काटेंगे,

1. आन्दोलन

सो छुट्टी नहीं देगा। न दे छुट्टी, मैं नहीं जाऊँगी। जो करना हो करे। तुमसे भी कहे दे रही हूँ, भगवान का उलगुलान अगर होता, तो मुण्डा बच जाते। बचे? बताओ।''

धानी ने सिर हिलाया। उसके बाद बोला, ''तुम लोगों का महाजन भला नहीं है। महाजन भले नहीं होते। और सब बेगार दे रहे हैं, तेरे अकेले न देने से लाभ नहीं है। फिर यहाँ सब हिन्दू रहते हैं, आदिवासी कहाँ हैं? अकेले लड़कर मारी जाएगी?''

''हिरन धान खाए जा रहे हैं।''

''नहीं खाएँगे।''

''क्यों? हिरन क्या भले हो गए हैं?''

धानी बोला, ''यह भी नए जमाने की रीत है। पहले नहीं मालूम था कि बूढ़े आदमी के कुछ कहने पर बेटे की बहू जवाब देगी।''

दूसरे दिन धानी ने परमी से कहा, ''घर से चावल लेकर भात राँध के रखना। मैं और चोट्टि धान काटेंगे। दोपहर को चोट्टि आकर हम दोनों का भात ले जाएगा। देख, जाल में खरगोश पकड़ा है। मांस पकाना।''

उस समय भी जंगल बहुत था। खरगोश-बराह-हिरन-साही-तीतर-फाखता थे। मांस की कमी न थी।

बीघे-भर जमीन थी। धानी और चोट्टि ने धान काटे। पहले दिन धान काटने के बाद धानी बोला, ''रात में हम लोग मचान पर रहेंगे। नहीं तो जितने हिरन हैं उतने ही मोर हैं।''

चोट्टि को अचानक धानी का साथ, सहकर्मी की हैसियत मिली। ठण्डी-ठण्डी अगहन की रात में तारों भरा आकाश जब चोरी से धरती के आस-पास उतर आया, जाजपुर के राजा के जंगल में हाथी बाँस के पेड़ को तोड़ रहा था। ऐसे अलौकिक समय से धानी चोट्टि से बोला, ''तीर चलाना सीखेगा? इस अँधेरे में मतवाला हिरन धान खा रहा है। उसे मार सकता है?''

''दिखाई नहीं देगा!''

''अपना धनुक दे।''

धानी मचान पर खड़ा हो गया। उसने जरा-सा झुककर तीर छोड़ा। बोला, ''कल उसे खींचकर ले जाना होगा। मांस खाएँगे। चल, पास चलकर पहरा दें, नहीं तो भेड़िया आकर खा जाएगा।''

चोट्टि को यह सब जादू-मन्तर का खेल लगा। लेकिन हिरन तो सचमुच का था। अच्छा-खासा चीतल था। दोनों वहाँ बैठ गए। धानी बोला, ''मैं तो चला ही जाऊँगा, पर तुझे सिखा जाऊँगा।''

"मेरा धनुक छोटा है।"

"अच्छा!"

"हाँ। जंगल में छिपाकर रख दिया है। मेरा बलोया हाथ में ले। बेंट पर उँगलियाँ फेर।"

"कौन-सा नक्शा खुदा है?"

तारों के प्रकाश में धानी अरण्य की दुर्जय आत्मा की तरह हँसा। बोला, "भगवान ने अपने हाथों से नाम लिख दिया है। यह उनका नाम है। पढ़ना तुझे नहीं आता, मुझे भी नहीं आता। जरूरत भी नहीं है। इस पर उँगलियाँ फेरने से तेरे हाथों में भी मन्तर आ जाएगा।"

"आ जाएगा?"

"जरूर।"

"तब?"

"तब तू चोट्टि मेला में जीत जाएगा? तेरे समय में भगवान नहीं हैं, उलगुलान नहीं है, मुण्डा लोगों का जीवन बदल जाए, इसके लिए कलेजे में आग नहीं है, उस आग की गर्मी से महाजन-पुलिस-सिपाहियों को तीर से बेधना नहीं है, चोट्टि का मेला है। गौरमेन ने मुण्डा जाति को इस तरह भुला रखा है।"

हिरन किसने मारा यह सब लोग समझ गए, लेकिन किसी ने कुछ कहा नहीं। धान की कटाई हो जाने पर धानी ने कहा, "कागजी धान से तुम लोगों की कितने दिन की खुराक होगी? मिर्चा लगाओ, उसमें पैसे जादा मिलते हैं।"

परमी का ससुर बोला, "जमीन लाला लोगों की है। अच्छी फसल न होगी इसलिए मुझे दे रखी है। जब पता चलेगा कि मिर्चें हो रही हैं तो ले लेंगे। मिर्च होती है यह हमें भी पता है। जानकर भी कुछ कर सकने की राह नहीं है। यह जो धान हो रहा है, वही अच्छा है।"

"सारी जमीन मुण्डा और उराँव लोगों की बसाई हुई है।"

"वह तुम्हारे जमाने में थी। हमने कभी नहीं देखा कि मुण्डा और उराँव जमीन के मालिक हों। कब से वह दिकू लोगों की जमीनें हैं।"

"हमने ही क्या देखा है!"

"अब और भी जुलुम होते हैं। हिरन का मांस सभी खाएँगे, मजे आएँगे। मुण्डा लोगों को नाच-गाना करते देखकर भी वे डरते थे। पुलिस यों आती है कि उसे देखते ही बनता है। पुलिसवाले आने पर खाएँगे, रहेंगे, जाने-आने का खर्च लेंगे।"

"लड़ाई खतम नहीं हुई?"

"तुम्हें पता है, तुम्हारे नाती के बेटे जुजुहातू में रहते हैं?"

"इसके जानने से मुझे क्या फायदा?"

धानी को जैसे कहीं कुछ याद आ रहा था। वह चोट्टि को जंगल ले गया। वह जंगल को अपनी माँ कहता था। कहा, "तुझे जंगल पहचनवा दूँ। जंगल पहचान लेने पर भूखा नहीं मरेगा। जंगल में क्या नहीं है?"

धानी के साथ रहना-सहना कितनी मूल्यवान जानकारी थी। तभी चोट्टि ने सीखा कि किस लता की जड़ में मीठा कन्द होता है, किस गढ़ैया में मछली है, किस तरह फन्दा लगाकर हिरन पकड़ा जाता है। मोरों के नाच की विशेष जगह से गिरे हुए पंख कब लाए जाते हैं और उन्हें बाजार में बेचा जाता है।

"तीर चलाना नहीं सिखाओगे?"

"वन में लाल और काली घुँघचियाँ हैं। घुँघचियों से कुचला विष बनता है... ।" धानी के अन्दर कहीं बहुत जल्दी थी, नहीं तो वह चोट्टि को इतनी बातें क्यों सिखाता भला? चोट्टि तो गरीब मुण्डा किशोर है। बहन के घर इसलिए आया था कि अकालवाले बरस दो कौर खाकर रह जाएगा। उसके जीवन का एकमात्र स्वप्न था चोट्टि मेला में तीर चलाकर जीतना।

धानी उसे सारे पुराने विद्रोहों की बातें तोते की तरह सुनाता। चाईबासा के स्कूल में जब बीरसा विद्यार्थी था, उस समय धानी ने ही उससे कहा था, "तू धरती पर आबा बनने के लिए ही पैदा हुआ है।"

हमेशा का पगला धानी, साँउतालों के हूल विद्रोह में बीस बरस का लड़का था। खरुसआ का विद्रोह, सरदारों की मुल्की लड़ाई और अन्त में बीरसा का विद्रोह। युद्ध और लड़ाई भी एक नशा है। मुण्डा लोग शान्ति से अपने अधिकार के लिए जंगल की उपयुक्त जमीन पर गाँव बसाकर खेती करेंगे और दूसरे आदिवासी भी वैसा ही करेंगे, इसी के लिए सारे विद्रोहों में वह गया था। लेकिन खेती करनेवाले शान्त मुण्डा लोगों को देखकर वह समझता कि यह शान्ति उसे नहीं चाहिए। महाजन, गौरमेन और दिकू लोगों से मुक्त किसी अंचल में जाने पर भी शान्ति मिलती या नहीं, यह नहीं पता था, क्योंकि आदिवासियों का वैसा जीवन भारत में कहीं नहीं है। उसे बहुत अकेलापन लगता। फिर इक्यासी बरस के बूढ़े धानी मुण्डा के हाथों में धनुक देखते ही पुलिस चौकन्नी हो जाएगी। कहीं मुण्डा लोग फिर कोई गड़बड़ न खड़ी कर दें। सारा मामला बहुत ही पेचीदा था।

तीर के मामले में सबसे जरूरी चीज एकाग्रता है। एक लक्ष्य पर स्थिर होना और तीर छोड़ना। "वह देख, पका फल लटक रहा है। गिरा दे उसे। वह देख हिरनों का झुण्ड। मार तो नर को। शिकार की बातें सुन। जब मारेगा तो एक तीर से घायल करेगा। बेकार के लिए कष्ट नहीं देगा। चिल्ला खींचने में हाथ क्यों काँपता है?"

धानी को भी कहीं किसी चीज की प्रेरणा थी। चोट्टि को बीच-बीच में क्रूरता से मारता। कहता, "इतने जतन से तो सिखाता हूँ और तू सब भूल जाता है? पेड़ से फल को गिरा। डाल में तीर क्यों लगा?"

जिस दिन चोट्टि ने शाम के झुटपुटे में हरे पत्तों की ओट से हरे हरियल को मारा, उस दिन धानी बोला कि तेरा होगा।–उस दिन मचान पर बैठे-बैठे धानी बोला, "चोट्टि, सो गया?"

"नहीं, तारे देख रहा हूँ।"

"उत्तर में वह तारा देख, वह हिलता-डुलता नहीं। जंगलों-पहाड़ों में उस तारे को देखकर हम राह की पहचान करते थे।"

"देखा है।"

"टेसन पर पुरोहित ब्राह्मण लोग महाभारत गा रहे हैं, सुन रहा है?"

"हाँ।"

"तीरों का युद्ध था।"

"हाँ।"

"उन तीरों को चलाना हिन्दू देवी-देवताओं ने कहाँ से सीखा?"

"कहाँ से?"

"हमसे।"

"हमसे?"

"हाँ।"

"याद रहेगा।"

"चोट्टि मेला में जीतने के लिए, तीर चलाना सीखने के लिए जादा दिन नहीं हैं। लेकिन खाना या न खाना, तीर जरूर चलाना। अभ्यास न रहने से विद्या चली जाती है।"

"चलाऊँगा।"

"वह सीख जाने पर असली विद्या सिखाऊँगा।"

"सिखाओगे?"

"हाँ, सीखने का अन्त नहीं। अब अँधेरे में नजर दौड़ाना सीख। देख, खेत के किनारे कितने पेड़ हैं।"

"तीन।"

"नहीं, पाँच हैं। सवेरे देखना। अँधेरे में देखना सीखना पड़ेगा। अँधेरे में जंगल में चलना सीखना होगा।"

"क्यों?"

"पता नहीं। चाहता हूँ कि तुझे सिखा जाऊँ। मैं अब थोड़े दिनों का मेहमान

हूँ। और कौन मुण्डा लड़का मुझसे तीर चलाना सीखने आएगा?''

''तुम क्या मर जाओगे?''

''हूल नहीं है। मुल्की लड़ाई नहीं है। उलगुलान नहीं है। भगवान ने कहा था—धानी, मैं फिर मुण्डा माँ के पेट से पैदा होऊँगा। उसका भी कोई चिह्न नहीं। मुण्डा लोग अब सिर झुकाए बेगार देते हैं, महाजनों के हाथों मारे जाते हैं। तमाम जगह रेलें बिछ गई हैं, पुलिस चौकियाँ हैं, राजा-महाजन-दारोगा के जुलुम हैं—इनका अन्त नहीं है। अब दुनिया में मेरा मन नहीं लगता, चोट्टि!''

''तुम मरना मत।''

''तुझे असली विद्या सीखाकर मरूँगा।''

सच तो यह था कि धानी के साथ रहने की बात ऐसी उत्तेजक और आनन्द देनेवाली थी कि चोट्टि के मन में मेले में तीर चलाने की बात धीरे-धीरे गौण होती जा रही थी। तीर चलाना सिखाने का काम पूरा करने के लिए धानी को बहुत मेहनत करनी पड़ती। सवेरे परमी आदि के जोते हुए खेत पर खेती का काम करता। दोपहर से जंगल में चोट्टि को शिक्षादान चलता। शाम होते-होते लुहारखाने के आगे बैठना पड़ता। नहीं तो पुलिस खोज करने के लिए घर पर आ धमकती।

उस समय भी इस रेलमार्ग पर अधिक गाड़ियाँ नहीं चलती थीं। आसपास उस समय भी बहुत घना जंगल था। मारवाड़ी ठेकेदारों ने पत्थर तोड़ मोरम बजरी को चालान करना शुरू नहीं किया था। जंगल विभाग ने साल के पुराने जंगल को काटना शुरू नहीं किया था। इससे जानवर बहुतायत में थे। राजे-जमींदार भी बहुत-से थे। निजी जंगल भी बहुतेरे थे। चोट्टि के तीर चलाना सीखने के कारण हिरन-साही का मांस खूब खाने को मिलता। परमी का ससुर भी खुश था। धानी अब इन लोगों के साथ ही खाता।

लेकिन वह भात खाता था। कहता था, ''घाटो नहीं खाऊँगा रे। भगवान मुण्डा-दिकू लोगों की तरह भात खाने के लिए लड़े थे। जिन कारणों से लड़े थे, उनमें यह भी एक कारण था।''

जंगल के बीच एक छोटी-सी उपत्यका थी। उस पर घास छाई हुई थी। पेड़ों पर धानी चूने से आँख बना देता। चोट्टि तीर चलाता। धानी दूरी बढ़ा देता। कहता, ''चोट्टि, जल्दी-जल्दी सीख ले।''

उस दिन दो पेड़ों के बीच में एक पेड़ पर बनाई आँख पर चोट्टि ने निशाना लगाया। उस दिन धानी बोला, ''बस। अब रोज अभ्यास करने पर तू चोट्टि मेला में जरूर जीत जाएगा।''

''अब असली विद्या सिखाओ।''

"सिखाऊँगा।"

"सिखाऊँगा," कहने के साथ ही धानी मानो क्षण-भर के लिए बदल गया। ज्यों असम्भव रूप से वह हजारों-लाखों बरस का बूढ़ा हो गया। इतनी उम्र हो जाने पर बुढ़ापा खाल से झरने लगता है, उसी तरह जैसे विषाणगढ़ के हिन्दुओं के देवता के मन्दिर में। सात सौ बरस बीत जाने पर भी मन्दिर पर खुदे आदमी-वानर-हाथी-पक्षियों की उम्र बढ़ती नहीं। धानी उस तरह का हो गया। धीमी आवाज में जैसे किसी से बोला, "मैं अब अकेला नहीं रह सकता। मेरा समय आ गया।"

उसके बाद वह पहचाना हुआ धानी हो गया। चोट्टि से बोला, "दो दिन रुक जा। एक काम की बात समझ लूँ।"

"जल्दी करना पड़ेगा।"

"क्यों?"

"होली पास आ रही है। सभी लोग जंगल में शिकार खेलेंगे।"

"दो दिन बीतने दे। तू जा। मैं थोड़ा अकेला रह लूँ।"

"अकेले-अकेले तुम कान लगाकर क्या सुनते हो?"

साँस छोड़कर धानी बोला, "किसी का रोना सुन रहा है?"

"नहीं तो!"

"वह सुन सकता था।"

"कौन?"

धानी ने उस बात का जवाब न दिया। बात को आगे बढ़ाकर बोला, "जंगल रोता है। उससे कहता था, दिकू-मालिक साहब—सबने मिलकर मुझे अशुच, नंगा, बिना कपड़ों का कर दिया। बीरसा, तू मुझे शुद्ध कर दे। चोट्टि, किरिया खा, तुझसे जितनी बातें कही हैं, किसी से नहीं कहेगा?"

"नहीं कहूँगा। तीर छूकर किरिया खाता हूँ।"

किरिया लेने के साथ-ही-साथ चोट्टि की समझ में आया कि उसकी उम्र बढ़ गई है। धानी की बात पर गोपनीयता रखकर चलना—वह दुस्सह भार उसे ही उठाना पड़ेगा।

दो दिन बाद धानी बोला, "आज चल।" वह चोट्टि को वन की गहनता में ले गया। बोला, "सामने देख।"

दो दिन में धानी ने आदमी का एक पुतला बनाया था। पेड़ के आगे आदमी का पुतला खड़ा किया।

"चोट्टि, उसे अच्छी तरह देख।"

"देख तो रहा हूँ।"

"असल शिक्षा यही है, चोट्टि।"

"आदमी को किसलिए मारूँगा?"

"बीच-बीच में मारना पड़ता है।"

धानी की आवाज में कोई परेशानी की बात थी। उसके पास समय नहीं था, बिलकुल समय नहीं था। सिदू-कानू के हूल के समय वह जवान था। हूल से खारुआ के, खारुआ से मुल्की लड़ाई, मुल्की लड़ाई से उलगुलान, एक विद्रोह से दूसरे विद्रोह पर चलते-चलते, कुचला विष खुरचते-खुरचते, 1915 में उसकी उम्र इक्यासी हो गई थी। अब वह बहुत परेशान था। चाईबासा से निष्कासित। "धानी मुण्डा इज नाट टू एंटर चाईबासा पोलिस स्टेशन एरिया ऑन द पेरिल ऑफ हिज डेथ।"[1] और धानी मुण्डा केवल वहीं रहना चाहता था। अभी भी वहाँ वे सब गाँव हैं, जहाँ वह बीरसा की लड़ाई में शामिल होकर लड़ा था। धानी उलगुलान का 'बोलपे-बोलपे' गीत सुनना चाहता है। बीरसा का दत्तक पुत्र परिबा, मन्त्रशिष्या साली को देखना चाहता है। बीरसा के अन्तिम युद्ध-क्षेत्र डोमवारी पर्वत पर सैलराकार में मरना चाहता है।

धानी मुण्डा यहाँ बहुत ही अकेला और सूना-सूना अनुभव करता है, लेकिन चोट्टि ने उससे तीर चलाना सीखना चाहा था। असल शिक्षा उसी को सिखाकर चला जाएगा मानो कहीं किसी की पुकार है, वक्त नहीं है। धानी अब समझ सकता है कि अवसर पर वह जीवित रहने की तरह जीवित रहा था। वह समय अतीत हो गया है। मुण्डा लोग किसानी करनेवाले हैं। धानी कभी भी वैसा नहीं था। अपनी जाति के लिए वह एक शान्तिमय जीवन छीन लेगा। उसी के लिए लड़ाई है, लेकिन जिसके लिए लड़ाई है, वह नहीं मिला। चोट्टि को सिखाया जाए। चोट्टि को फूस के आदमी को बेधना सिखाकर वह उसे किस्सा-कहानियों के मुण्डा जीवन के साथ गूँथकर जाना चाहता है। लेकिन चोट्टि ने क्या कहा था?

"बीच-बीच में आदमी को क्यों मारना पड़ता है?"

"हमने मारे थे।"

"क्यों?"

"यह निश्चय कर कि घाटो नहीं खाएँगे, महाजन-दिकू-पुलिस के जुलुम नहीं मानेंगे। आबादी जमीन और किराए पर उठाई खेती के गाँव पर दखल करेंगे, जंगल का अधिकार लेने के लिए।"

"लिया था?"

"न। कुछ नहीं मिला। हम लोगों को एक आदमी ने राह दिखाई थी। हम लड़े थे। तुम लोगों को कोई राह दिखा सकता है। सब कारण तो बचे ही रह गए,

1. धानी मुण्डा अपनी मौत का खतरा उठाकर चाईबासा पुलिस स्टेशन में प्रवेश नहीं करेगा।

चोट्टि! अगर वैसे दिन आएँ तो तू भी मारना। और हाँ, धानी मुण्डा का नाम लेकर मारना। उससे मुझे शान्ति मिलेगी।"

"आदमी मारूँगा?"

"अगर दरकार हो तो।"

"तुम्हारे...तुम्हारे हाथों में क्या है?"

"मेरा धनुक, देख। छाती में मारूँगा, इस तरह से। जा, तीर ले आ। बहुत दामी तीर है। देख, तुझे दिखाए जा रहा हूँ। वह फूस के आदमी के पीछे पेड़ पर एक पंछी है। हरियल। पंछी को यह मारा। उस पंछी का झुण्ड आकाश में है। कई मारूँ? अपना तीरकमान दे। तू देख। बहुत-से पाखी हैं, घर में बहुत-से खानेवाले हैं। अब देख, फिर आदमी की छाती पर मारता हूँ। ले, धनुक उठा।"

एक ही दिन नहीं। एक-एक कर अनेक दिन। अन्त में धानी ने कहा था, "और जो होगा, अभ्यास से होगा। जीवन के आरम्भ में जो सीखना होता है, इतनी जल्दी नहीं होता।"

"तुम कहीं जाओगे?"

'क्यों? यह क्यों पूछ रहा है?"

धानी सावधान हो गया था। चोट्टि को क्या पता कि वह लौट जाना चाहता है साली के पास, परिबा के पास, जहाँ शान्ति है।

"होली में शिकार खेलूँगा न? सबको अचम्भे में डाल दूँगा।"

"होली में? देखें।"

"महाजन मद देगा, रंग देगा।"

"और क्या करेगा?"

"महाजन के घर के आगे नाच होगा।"

"सब जाएँगे?"

"सब।"

धानी की आँखें धुँधली हो गईं। मामूली-सा हँसकर वह बोला, "तब तो होली का मजा देखकर जाना होगा।"

"हाँ।"

होली का दिन आ पहुँचा। धानी ने कहा, "जा, शिकार खेलने जा। आज की बात यादकर तुझे अपना यह तीर दिया।"

"अपना तीर? मुझे?"

"हाँ। बहुत मजबूत तीर है, सैलराकार में यह तीर लिया था! इस तीर को पास रख, चोट्टि, जब तक बहुत ही जरूरत न हो मत छोड़ना। इसको पास रखने पर कभी भी कोई तुझे हरा नहीं सकेगा, पर अभ्यास चालू रखना।"

"जरूर।"

"मुरुडि में उस दिन होली की मस्ती थी। हिन्दुओं की होली थी। आदिवासियों का शिकार का उत्सव था। शिकार के बाद मद पीकर गान और नाच। महाजन ने आदिवासियों को शराब दी थी। अंत्यज गाँववालों को रंग दिए। चोट्टि ने एक दाँतोंवाला वराह मारा था। उसकी खूब वाहवाही हुई। सबके शिकार लेकर गाँव लौटने में शाम हो गई। धानी घर पर न था।

धानी जो घर छोड़कर निकला तो फिर न लौटा। पुलिस आती, खोज-खबर लेती। चोट्टि को मालूम था कि धानी अब न लौटेगा।

चोट्टि मुण्डा के जीवन की एक और कहानी थी बीरसा भगवान के साथी धानी मुण्डा के साथ दोस्ती। कहानी का उपसंहार चोट्टि ने बाद में सुना था। मुरुडि लौट जाना बाद में हुआ।

कहानी किंवदन्ती की तरह थी, जैसे कि किंवदन्ती सदा किसी-न-किसी जगह किसी-न-किसी तरह घटित होती रहती है। इस तरह चीजों के घटित होने से ही इतिहास आगे बढ़ता है। किंवदन्ती ऐसी थी कि धानी मुण्डा उसी से अमर हो गया। उसका भूखा और लड़ाकू अस्तित्व महाकाव्य के समान विशाल और विशिष्ट हो गया।

किंवदन्ती इस प्रकार थी।

बीरसा मुण्डा के नेतृत्ववाले मुण्डा विद्रोह के मुकदमे में अभियुक्त और जेल काटनेवाला असामी धानी मुण्डा राँची जेल में सजा काट रहा है। निकलने के बाद उसे राँची और चाईबासा से बाहर रहने की आज्ञा देकर पलामू भेजा गया, टाहाड़ थाने के अधीन मुरुडि गाँव में। मुरुडि में पुलिस चौकी है। धानी खतरनाक असामी है। उसके बारे में चौकी को सावधान कर दिया गया। उसका नजरबन्दी की हालत में रहना ही अच्छा था, क्योंकि वह जेल में पड़े बीरसा के 'मैं फिर लौटकर जाऊँगा' जैसे प्रलाप पर विश्वास करता था। मरे हुए के प्रलाप पर विश्वास करना खतरनाक है। धानी के हाथों में किसी हथियार का रहना भी खतरे की बात थी। खासकर तीर-कमान। कुछ दिन इस तरह रख सकने पर धानी समय के नियम से मर जाएगा।

धानी के गायब होने से मुरुडि पुलिस चौकी और टाहाड़ थाना बड़ी मुसीबत में पड़ गया। किसी भी तरह उसका पता न चला और राँची और चाईबासा को सावधान कर दिया गया। मुण्डा लोग अपने घर में मरना अच्छा मानते हैं। धानी कायदे से अलग किस्म का आदमी था। चाईबासा उसका घर नहीं था और जिन्हें वह छोड़कर गया था वही उसके अपने थे। लेकिन चाईबासा कभी उसका कर्मक्षेत्र था। धानी कहाँ जा सकता है? पन्द्रह बरस पुराने खाता-पत्तर खोजने पर बहुत-से

गाँवों के नाम मिले। उन सारे कागजात को उलटते-पुलटते अचानक अधिकार प्राप्त अफसर को रोशनी की एक किरण दिखाई दी। चाईबासा मिशन के मुण्डा भाषा जाननेवाले एक उत्साही फादर थे। वे बोले, बीरसा की मृत्यु के दिन बीरसा के साथ के पुराने योद्धा सैलराकार जाते हैं और उसे याद करते हैं छिपकर। इसलिए धानी कहाँ जा सकता है, उसके लिए और लम्बा-चौड़ा इलाका नहीं है। समझ लिया जाए कि जेजुड़ थाना ही उसके जाने की जगह के सबसे पास का थाना है। जून महीने में बीरसा की मृत्यु का दिन जिस तरह समीप आता जाता है, बहुतेरे धानी मुण्डा पकड़े जा सकते हैं। 'धानी' नाम बहुतों का है। अफसोस की बात है, पकड़े जानेवालों में कोई भी वह असली धानी मुण्डा नहीं है। बहुत जोश दिखानेवाली पुलिस, और तो और, हार-पीटकर दस-बीस धानी मुण्डा पकड़ लाती है और थाने के मुंशी को परेशानी में डाल देती है। धीरे-धीरे लगता है कि सारी घटना गढ़ी हुई कहानी है।

सब लोग फिर ऊब गए और एक दिन शाम को जेजुड़ के हाट में बड़ी चहल-पहल हो उठी।

धानी मुण्डा आ रहा है! सिपाही ने बताया। हेड कांस्टेबल को लेकर दारोगा मुनेश्वर सिंह फौरन चल पड़े और एक गैर-मामूली दृश्य देखा। देखकर डरते हुए बन्दूक निकाली।

एक हाथ में बलोया और दूसरे हाथ में धनुष सिर की ऊँचाई तक उठाए एक कमजोर और पकी देह का वृद्ध मुण्डा बढ़ रहा था। उसके दोनों ओर आदिवासी जनता थी। उसने हाँक लगाकर कहा, "मैं धानी मुण्डा हूँ। मुझे भगा दिया था। मैं फिर आ गया हूँ। कहाँ है थाना? मैंने कोई भी थाना नहीं देखा। मैं कोई भी रुकावट नहीं जानता। मैं आ गया हूँ।'

"ठहरो, रुको।" मुनेश्वर सिंह चीखे।

धानी बिना दाँत के मुँह को कँपाकर बच्चों की-सी खुशी में हँसा और बोला, "कोई भी पुलिस मुझे रोक नहीं सकती। मैं आ गया हूँ, मैं वही धानी मुण्डा हूँ।"

"धानी मुण्डा! धानी!"

"तू डोनका है!"

"धानी!"

"तू वही खोया मुण्डा है।"

"धानी!"

"अरे कनू! साली कहाँ है? परिबा कहाँ है?"

बूढ़े खुशी के साथ बूढ़ों से बातचीत करते रहे। मुनेश्वर सिंह एक और मुण्डा

विद्रोह की सम्भावना देख रहे थे। धानी बड़े उल्लास से बलोया और धनुष शून्य में घुमाकर नाचते हुए बोला, "मैं घर लौट आया हूँ। नीचा होकर बैठूँ, धूल खाऊँ, घर की धूल खाऊँगा। घर की धरती में भात की सुगन्ध है। मिट्टी खाऊँगा!" सचमुच धरती में मुँह रगड़ डोनका रो पड़ा, धानी हँसता था और रोता था। मुनेश्वर सिंह ने धानी के सिर पर गोली चलाई।

इस तरह देश-निकाले की आज्ञा की उपेक्षा के परिणामस्वरूप खतरनाक धानी मुण्डा की मृत्यु हुई और जिनकी लिखित भाषा नहीं है, उन सारे मुण्डाओं ने धानी की कहानी को वीरता की कहानी के साथ मिलाकर गान बनाकर धानी को अमर बना दिया।

कहानी पुलिस के द्वारा मुरुडि पहुँची और क्रमशः चोट्टि को पता लगा। चोट्टि के जीवन के साथ इस तरह एक कहानी और जुड़ गई। चोट्टि मुण्डा के जीवन में सबकुछ एक-न-एक कहानी थी।

•

[3]

चोट्टि मुण्डा के जीवन में सब कहानियाँ है। मुण्डा लोगों की भाषा की लिपि नहीं है। इसीलिए महत्त्वपूर्ण घटनाओं की कहानी बनाकर वे किंवदन्ती बना देते हैं, गाना बनाकर रखे रहते हैं। वही उनका इतिहास भी है। धानी मुण्डा का समाचार पुलिस की रिपोर्ट के अनुसार मुरुडि पुलिस चौकी पर ठीक-ठीक पहुँचा।

चोट्टि ग्राम में क्रम से समाचार पहुँचा : बीरसा भगवान जब जेहल में थे, इस बात को अकेले धानी मुण्डा जानता था कि भगवान फिर लौटकर आएँगे। उनके शरीर का मरण है, लेकिन उनकी आत्मा का विनाश नहीं हो सकता है। वह धरती के आबा हैं, पृथ्वी के जनक। धानी यह जानता था। भगवान की देह मर जाती है। धानी जेल में मेहनत करता है।

धानी तुम जेहल से निकले
पुलिस के बड़े साहब ने आँखें लाल कर कहा,
राँची और चाईबासा में तुम्हारे लिए रोक है
धनुक और तीर तुम उठाओगे नहीं।
राँची और चाईबासा में आओगे नहीं
जब तुम जेहल से निकले
पुलिस के बड़े साहब ने यह बात कही॥
धानी, तुम जेहल से निकले

एक आग के तीर ने तुम्हें राह दिखाई,
तुम मुरुडि में आए
जहाँ जेहल से निकले थे॥
मुरुडि में तुम जिसके यहाँ ठहरे वे पुण्यात्मा हैं
मुरुडि का जल-आकाश-माटी पवित्र हो गए हैं
धानी, मुरुडि में तुम्हारे रहने से
धानी, तुमको धरती के आबा ने पुकारा है
उनकी देह के मरण के दिन सैलराकार में,
वे अपने शिष्यों को खोजने आते हैं।
वे पहाड़ को कँपाकर हाँक लगाकर कहते हैं,
किसने मुझे याद रखा है, कौन भूल गया है
कौन है उलगुलान के लिए दीवाना मानुस!
तुमको धरती के आबा ने पुकारा॥
तुमने कहा, आ गया–
काले मेघ पर बैठे थे तुम
मेघ चला चला आया जेजुड़–
जेजुड़ के हाट में तमाम मानुस हैं!
वे बोले, राब, जौ का सत्तू खाओ–
जब तुम जेजुड़ आ गए।
तुमने कहा, घर की मिट्टी मेरा गुड़ है,
तुमने वह मिट्टी हाथ में ली
माटी राब बन गई–
उस माटी को खाकर काले मेघ पर सवार होकर
तुम साँय-साँय कर चले गए डोम्बारि
सैलराकार के पाथर में मिल गए॥
दारोगा रोकर कपाल ठोंककर लौट गया
तुम सैलराकार में मिल गए॥
हाँक लगाकर बोले, धरती-आबा की देह के मरण-दिन
उसके गले से गला लगाकर मैं तुमको पुकारूँगा।
आः! सैलराकार के पत्थरों पर अब जो फूल खिले हैं
वह फूल तुम हो॥

इस तरह, किस्सा और गीत बनकर धानी चोट्टि मुण्डा के पास लौट आता है। जब तक नहीं आता, चोट्टि नदी की ओर देखकर पत्थर बना रहता। जब उसने

धानी को तान और किस्से में लौटा पाया तब वह पत्थर से फिर मानुस हो गया।

चोट्टि मेला के दिन चोट्टि मुण्डा भी गया। बूढ़ा सुगाना मुण्डा आदिवासियों की ओर से न्याय करनेवाला था, वह पहान भी था।

हाटवालों के बिसातवाना रखने के माचे पर चटाई बिछाकर निर्णायकों का आसन बनाया था। सुगाना, दारोगा, लाला बैजनाथ निर्णायक थे, इनाम देनेवाले। प्रतियोगिता शुरू हुई। चोट्टि को देखकर सुगाना बोला, "तू बिसरा मुण्डा का लड़का है?"

"हाँ, पहान।"

"तू तो छोटा है रे।"

"एक बार कोशिश करने दो।"

"चोट्टि गाँव में जवान लड़के नहीं हैं?"

"वे भी हैं।"

"एक तीर क्यों?"

"हो सका तो एक तीर से निशाना मार दूँगा।"

"पहले खेला में उतरेगा?"

"आखिरी खेला में।"

"आ, उतर जा। गाँव का नाम डुबोएगा।"

चोट्टि ने गाँव का नाम नहीं डुबाया। वह पीली धोती पहने था। कुसुमी फूलों के पीले रंग में उसने धोती रँग ली थी। बालों में लकड़ी की कंघी थी। उसने तीर को धनुक पर चढ़ाकर मन-ही-मन धानी को याद किया। धानी की बातें भूल जानी होंगी। तू है, और निशाने पर आँख है।

केवल वह आँख।

चोट्टि ने तीर छोड़ा।

आँख की मणि में वह तीर लगा।

खुशी, आश्चर्य, उल्लास। चोट्टि को लेकर चोट्टिग्राम के मुण्डाओं का नाच। रात। सूअर का मांस बन रहा है। भात खदक रहा है। चोट्टि के कलेजे में रुलाई का सागर टूट रहा था। उसके बाप बिसरा ने उसके हाथ में मद का पात्र दिया। बोला, "आज से तू जवान हो गया। मरद! अब तेरा ब्याह कर दूँगा।"

तभी पहान, सुगाना मुण्डा ब्याह का प्रस्ताव लाया। उसकी एक नातिन है। चोट्टि को वह बहुत पसन्द आई। बहन के घर खा-पीकर उसका चेहरा खूब निखर गया था। जिस तरह का साहस था, उसी तरह दिमाग ठण्डा था।

"मेरे घर कुछ नहीं है।"

"किसके घर क्या रहता है?"

"जमीन से दो महीने की भी खुराक नहीं होती।"

"वह उसका भाग्य है।"

"तुम्हें अच्छा वर मिल सकता है।"

"अच्छा वर, मैं चाहता हूँ, घर के पास दूँ। नतनी को मादा सूअर, मादा बकरी दूँगा। फिर उसकी हैसियत ठीक हो जाएगी?

बिसरा ने साँस ली। बोला, "उसकी माँ से पूछूँ?"

"तुम्हारे बेटे को क्यों चाहता हूँ?"

"तुम जानो।"

"लड़का साधारण नहीं है। नदी के नाम पर उसका नाम है।"

"वह तो वंश का एक नियम है।"

"उसके बाद...मुरुडि में....सब कहते हैं कि लगता है उसने धानी मुण्डा से कोई मन्तर सीख लिया है।"

"इस बात को छोड़ो। धानी मुण्डा! मेरे बेटे की बातों में उसका नाम क्यों लेते हो? कोई मुसीबत लानी है? पुलिस पकड़ बुलाएगी।"

"नहीं, नहीं।"

"तुम्हारा उधर ध्यान क्यों गया? धानी था बीरसाइत, और बीरसा भगवान तो पहानों को नहीं मानते थे?"

"फिर भी...!"

चोट्टि लोगों के समाज में माँ का सम्मान बाप के समान था। चोट्टि की माँ ने सबकुछ सुनकर पति से कहा, "बात बुरी नहीं है। पहान के साथ दारोगा, लाला, ठेकेदार, जंगल के बाबू—सभी का अच्छा सम्बन्ध है। हमें तो कहने को कुछ भी नहीं है, पूर्ति मुण्डा को सोना मिलने की कहानी एक सम्पत्ति की तरह है, चोट्टि का मन्तर पढ़ा हुआ तीर अब नई सम्पत्ति बन रहा है।"

"वह क्या?"

"सभी कहते हैं कि तीर में मन्तर था। मन्तर। असल में उसका हाथ बहुत पक्का है। हिरन मारता है, पाखी मारता है, हमें मांस खाने को मिलता है, इससे सब चिढ़ते हैं। नहीं तो तीर में कैसा मन्तर?"

"तो ब्याह की बात?"

"होने दो।"

"समाज को भोज देना होगा।"

"उधार ले लेंगे।'

"उधार ले लेंगे! वंश में किसी ने नहीं लिया।"

"सभी लेते हैं।"

"उधार लेने से चुकती नहीं होता।"

"पता है।"

"मकान-जमीन छोड़कर निकलना पड़ता है।"

उनका पहान भरत मुण्डा बोला, "अच्छी जमीन होने पर महाजन कर्जा देता है। तेरी वह जमीन बेकार है, महाजन उधार न देगा। उस जमीन पर दखल करने से उसे फायदा?"

"तब कोई आसान बात बताओ।"

"ब्याह हो। भोज बाद में देना।"

"जो तुम कहो वही होगा।"

"लड़का कहाँ है?"

"जो काम करना होता है वह करता है, नहीं तो वन में धनुक-बाण चलाता है।"

"इस बार तो तुम्हें बहुत मिला।"

"सो तो मिला। दस रुपए।"

"क्या किए?"

"चोट्टि की माँ ने गाय मोल ले ली, और...।"

चोट्टि की माँ बोली, "कनू मुण्डा ससुराल चला जाएगा। वहीं रहेगा। उसकी बहू दासकी के बाप के अब एक ही सन्तान है। भाई मर गया। उसकी जमीन ले लेनी पड़ेगी।"

"उसमें घास नहीं है। महाजन के पास बन्धक है।"

"तब नहीं जाऊँगा।"

"सुनो, अभी कातिक महीना है। सोलह मील जाना पड़ेगा। लेकिन नरसिंहगढ़ के राजा लोग अगहन में काली पूजा का मेला लगाते हैं। तीर चलाने का खेल होता है। मेरे मन में बड़ा दुख है कि चोट्टि ग्राम से कभी उस खेल में कोई नहीं जीता। रुपए मिलते हैं, सूअर मिलता है, कपड़ा भी मिलता है।"

"लड़का छोटा है, इतनी दूर नहीं भेजूँगा।"

"मुरुडि नहीं भेजा था?"

"भूखा मर जाएगा, इसलिए भेजा था।"

लेकिन चोट्टि नाच उठा। उसके जीवन में सब किस्से-कहानी थे। उसकी उम्र सोलह बरस की थी। कोयल की वयस चौदह थी। बाप भी साथ में चला, पहान भी।

"कौन-सा निशान वेधना होगा?"

"पता नहीं।"

नरसिंहगढ़ का मेला बहुत बड़ा था। प्रतियोगिताएँ भी बहुतेरी थीं। निशाना था ऊँचे मचान पर कलसी, कलसी के सिर पर एक कुम्हड़ा। चूने का निशान लगाया हुआ। कलसी में पानी रहेगा, कलसी पर तीर नहीं मारा जाएगा। कलसी में तीर नहीं लगेगा, कलसी हिलेगी नहीं और कुम्हड़ा गिरा देना होगा। चोट्टि को देखकर दूसरे तीरन्दाज लोग पहले मजाक करने लगे। उसके बाद उसका परिचय मालूम कर खुसफुस शुरू हुई। "हाँ, यह वही चोट्टि मुण्डा है, जो धानी मुण्डा के पास था। धानी आवाज सुनकर अँधेरे में तीर छोड़कर बराह मारता था। सन्ध्या को चन्द्रमा की रोशनी में उड़ते पक्षी मारता था। उसके तीर में मन्तर है। उसको हराना किसी के बस का नहीं है।" चोट्टि ने सब बातें सुनीं। उसने मन-ही-मन धानी को याद किया।

कुम्हड़ा तीर की चोट से गिर गया, कलसी रह गई। बिसरा और पहान ने आश्चर्य से एक-दूसरे की ओर देखा। उसके बाद पहान ने नाचना शुरू किया। जीत गया, चोट्टि गाँव जीत गया। दस बरस बाद पहान का बेटा दूसरा पुरस्कार ले गया था। उसके बाद कोई न ले सका।

एक सूअर, एक कपड़ा, पाँच रुपए।

सूअर मारकर स्थानीय आदिवासियों के साथ उत्सव मनाया गया। जो लड़का द्वितीय हुआ, उसने चोट्टि से कहा, "माघ मास में जुजुहातू के मेले में चलेंगे। वहाँ सूअर देते हैं, दस सेर चावल देते हैं।"

"दस सेर चावल!"

"हाँ जी। तुम्हारे रहने पर हिम्मत होगी।"

"बाप से पूछ लूँ। पहान से पूछ लूँ।"

पहान ने शराब पीते-पीते कहा, "जरूर चलेंगे।"

चोट्टि सोचते-सोचते घर लौटा। लौटकर बाप से बोला, "आबा, एक बरस तक आसपास जितने मेले होते हैं, उन मेलों में जाने दोगे?"

"जाकर तीर खेलेगा? उससे जिन्दगी चलेगी?"

"तुम्हारी तरह महाजन का खेत जोतकर जीवन नहीं बीतेगा, बाबा। तीर सभी चलाते हैं। लेकिन यह अभ्यास की चीज है।"

"तू कहना क्या चाहता है?"

"तीर चलाकर अगर रुपए मिलते हैं तो उन रुपयों से भोज देंगे।"

"सिर्फ चावल खरीदना होगा?"

"चावल खरीदेंगे, मद बनाएँगे, मांस मैं ले आऊँगा।"

बिसरा चुप लगाए रहा।

माँ बोली, "उधार नहीं लेंगे?"

"न! उधार लेने से बेगार करनी होगी। और बेगार तेरे वंश में सबने की है। मुरुडि में देखा। यहाँ भी देख रहा हूँ।"

चोट्टि के जीवन में सब कहानी थी। कोई मुण्डा लड़का उसकी तरह आचरण नहीं करता था। लाला बैजनाथ ने बिसरा से कहा था, "रुपयों के लिए क्या सोच? उधार ले ले। बेगार कर चुका देना।"

"ना, उधार नहीं लूँगा।"

"नहीं लेगा?"

"ना।"

"नहीं लेगा, तुम लोगों की बुद्धि जंगली है।"

"बुरा मत मानना, महाराज।"

"बुरा? बुरा क्यों मानूँगा? लड़का तीर खेल रहा है, तमाम रुपए लाता है। लेकिन यह मन्तर-पढ़े तीर की बात क्या सुनी जा रही है?"

"यह किस्सा-कहानी है, महाराज।"

लाला बैजनाथ ने पुलिस के दारोगा से कहा, "बिसरा मुण्डा की बात नहीं समझा।"

"क्यों? वह तो बड़ा भला आदमी है।"

"उधार क्यों नहीं लेता?"

"नहीं लेता। देखिए लाला बाबू, इसे लेकर गड़बड़ मत करना। मेरे थाने में आदिवासी लोगों को लेकर कोई हंगामा नहीं है। मैं कोई हंगामा नहीं चाहता। सात बरस और नौकरी है, शान्ति से नौकरी करके जाना चाहता हूँ। आदिवासी लोगों को लेकर गड़बड़ करने से मुश्किल होगी।"

"न-न, हंगामा क्यों होगा?"

"बिसरा का लड़का सारे तीर के खेलों में कैसे जीतता है?"

"उसका तीर मन्तर-पढ़ा है।"

"क्या ऐसा होता है?"

"जरूर होता है। एक कहानी सुनिए।"

"कहिए।"

"नरसिंहगढ़ के राजा को जानते हैं?"

"मैं ऐसे रईस आदमी को कैसे जानूँगा? बस नाम-भर जानता हूँ।"

"उसके सौतेले भाई थे। उनके ही राजा बनने की बात थी। गद्दी पर उन्हें ही बैठना था। वे गए शिकार खेलने, और जंगल में एक कोठी में थे, छप्पर के छाजन का बँगला। उनके ही राज में। वर्तमान राजा की माँ ने दीवान को पकड़ा। उसके बेटे को राजा बनाना होगा। लेकिन कमिश्नर साहब तो सुन नहीं रहे थे।

दीवानजी ने वादा किया।"

"इसमें मन्तर की क्या बात है?"

"उनके इलाके में था भरत महतो। बहुत बड़ा गुनी था। दीवानजी की बात पर वह बोला, काम पूरा करूँगा, लेकिन मुझे लगान की दस बीघा जमीन देनी होगी। दीवानजी ने उस बात को मान लिया। भरत ने तभी रात में मन्तर पढ़कर जलता दीपक हवा में उड़ा दिया। उस दीए ने चलते-चलते जाकर जंगल का बँगला जला दिया। बड़े कुमार मर गए।"

"छोटे कुमार राजा बन गए?"

"बन गए, लेकिन और भी किस्सा है।"

"क्या?"

"दीवानजी को कुबुद्धि आई। भरत को बुलाकर उन्होंने कहा, 'ले जा दस रुपए। जमीन तुझे नहीं मिलेगी।' तो भरत बोला, 'जी मेहरबान, यह रुपए आप रखिए।' लेकिन काम पूरा होने पर बाद में दीवानजी कचहरी में बैठे थे। सहसा सबके सामने उनके पूरे शरीर में आग भड़क उठी। जलते-जलते मर गए।"

"ऐसा तो हो सकता है।"

"तो बिसरा के बेटे का तीर मन्तर-पढ़ा क्यों नहीं हो सकता है?"

"लालाजी, जिसका मन्तर-पढ़ा तीर होगा, उसके दिन क्या भूखे रहकर बीतेंगे, लँगोटी पहनकर!"

"ठीक कह रहे हैं।"

"वह तीर जिस हाथ में जाएगा वही निशाना लगाएगा?"

"अरे बाबा! यह तीर हुआ उसके बस में। और किसी के उस तीर को लेने पर तीर गेहुँअन साँप बनकर उसे डँस लेगा।"

"जाने दो उसकी बात। मुण्डा लोग, जंगली लोग, तीर तो हमेशा ही छोड़ते हैं। तीर उनके संगी-साथी हैं।"

"हाँ।"

चोट्टि को पता भी न था कि मुण्डा समाज के बाहर भी उसे लेकर किस्से बन रहे हैं। उस समय वह रोज तीर का अभ्यास करता था और शिकार करता था। हाट के दिन से पहले शिकार की चिड़ियाँ, हिरन का मांस चौकी के पुलिसवाले मोल ले लेते। स्टेशन के बाबू भी खरीदते। हिरन मारने पर खाल को नमक और राख घिसकर बड़ी हाट में बेच देता। इसके सिवा मेले में तीर छोड़ने की प्रतियोगिता में जाता। कोयेल ने कहा, "चोट्टि, तुझे तो मन्तर-पढ़ा तीर मिल गया है, तो पागलों की तरह रोज तीर का अभ्यास क्यों करता है?"

"वह अभ्यास ही मन्तर है।"

चोट्टि तीर खेल-खेलकर ही एक बरस में पच्चीस रुपए लाया। 1915-16 में पच्चीस रुपए बहुत होते थे। उसकी माँ ने एक गाय और खरीद ली। भोज का भात, मद सब हुआ, चोट्टि की बहू की नाक में चाँदी की नथुनी तक। बहुत खुशी की बात हुई। और चोट्टि के माँ-बाप दोनों की गाँव में मर्यादा भी बढ़ गई। बहू लाई एक सूअर, एक बकरी। माँ की दो गायें थीं। इसी समय रेल लाइन तोहरी तक खुल गई और रेल के लोगों की छावनी पड़ी। यह बाहर से आए लोग थे। इन्हें चोट्टि की माँ दूध दिया करती थी।

चोट्टि के लोगों के जीवन में यह समय सबसे अधिक सुख और शान्ति का था। मगर समय बहुत मामूली कारणों से बिगड़ जाता है।

बिसरा मुण्डा के घर का सुख-चैन लाला बैजनाथ को अच्छा न लगा। उसका सबसे बड़ा कारण था—बैजनाथ के खेत-खलिहान का काम स्थानीय मुण्डा, उराँव लोग करते थे। इसके सिवा कुछ अंत्यज जाति के लोग थे। आदिवासियों से काम कराना बैजनाथ को ज्यादा अच्छा लगता था। आदिवासी लोग कल्पना से भी कम मजदूरी पर काम करते थे। खिटखिट पसन्द नहीं करते। जैसी बात करते, वैसा काम कर देते।

आदिवासियों का कर्जदार होना बड़ी सीधी बात थी। कागज पर एक बार अँगूठा-निशानी से जन्म-जन्म तक बेगार देते रहते। यह ठीक है कि यह बात अंत्यज लोगों पर भी उसी तरह लागू होती थी।

अंत्यजों और मुण्डा लोगों, जिनके साथ बैजनाथ का कर्जदार और महाजन का सम्बन्ध था, के साथ काम करने में ही अधिक चैन था। जिस तरह भी हो, अंत्यज और आदिवासी लोगों का गरीब रहना ही उचित था। बिसरा अब वैसा गरीब न था। बिगड़कर बैजनाथ ने एक दिन बिसरा को बुला भेजा।

"उधार न लेना हो तो न ले। खेत-जमीन के काम से तो आएगा? तू तो दिखाई ही नहीं पड़ता। तू क्या मुण्डा लोगों का महाजन बन गया है?"

बैजनाथ ने 'महाजन' शब्द गौरव के लिए कहा। वह भूल गया था कि महाजनी कारबार मुण्डा लोग नहीं करते। बिसरा को इस बात से अपमान लगा और वह बोला, "चोट्टि, कोयेल, मैं—गाय चराना, बकरी चराना, सूअर भगाना इन सब कामों से निबट नहीं पाते, इसीलिए नहीं आते। मुण्डा लोग उधार-कर्ज लेते हैं किन्तु महाजनी नहीं करते। महाजनी करके भाइयों का खून नहीं चूसते। तुमने महाजन कहकर मुझे गाली दी, महाराज।"

दोनों एक-दूसरे का मतलब न समझने के कारण गुँथ गए।

बैजनाथ बोला, "महाजन कहना गाली देना होता है?"

"मुण्डा तो महाजन नहीं होते।"

"मैंने गाली दी?"

"तुमको अगर कहूँ कि मुण्डा हो गए हो?"

"मुझे गाली दी?"

"इससे भी बड़ी गाली होती है?"

"मुण्डा क्या घृणा की चीज होते हैं?"

गुस्से में बिसरा गाँव चला आया। पहान के घर गया और बोला, "लाला बैजनाथ ने मुण्डा लोगों को 'महाजन' कहा।"

धीरे-धीरे चोट्टिट गाँव के सारे मुण्डा बिगड़ गए। 'महाजन', 'सूद' इत्यादि शब्द मुण्डा लोगों के निकट बहुत घृणा के थे। बड़े दुःख की बात थी। महाजन की बात के अनुसार कागज पर अँगूठा-निशानी लगाकर वे सूद के जाल में जकड़ जाते हैं। फसल की बुआई के समय मुण्डा लोग नहीं आए।

सब बोले, "लाला पुलिस के पास जाएगा।"

पहान बोला, "जाए! कुछ अपराध नहीं किया है। और दारोगा मुकुन्द पाण्डे है। वह मुझे पहचानता है।"

बैजनाथ पुलिस के पास गया। जय बाबा विश्वनाथ। मुकुन्द पाँडे रहता तो कहता, आदिवासियों के साथ गड़बड़ मत करो लालाजी। मेरे इलाके में कोई गड़बड़ नहीं है। सात बरस और मेरी नौकरी है और मैं शान्ति से नौकरी करना चाहता हूँ।

मुकुन्द पाण्डे नहीं था। छपरा में उसकी जमीन-जायदाद को लेकर मामला चल रहा था। वह छुट्टी पर गया हुआ था। उसके बदले जो दरोगा था उसका नाम महावीर सहाय था। उसके आगे पन्द्रह बरस की नौकरी थी और उसका खून गरम था, और नौकरी में शुरू से ही 'शान्ति चाहिए' कहकर चिल्लानेवालों से वह खफा रहता था। चोट्टिट अंचल यों ही दूर है, अगर यहाँ कुछ हो जाए तो राँची तक खबर पहुँचेगी भी—इस बात का विश्वास उसे नहीं था।

क्या हुआ, क्या नहीं हुआ, उसने सब जान लिया। बोला, "आप जाइए, मैं देखता हूँ।"

लाला बैजनाथ उसी चोट्टिट ग्राम का रहनेवाला था। हर आदमी उसका जाना-पहचाना था। वह उधार देता था, सूद लेता था, बेगार लेता था। लेकिन चूँकि उसका संसार भी उस गाँव में था, इसलिए ऐसी कुछ जोरदार कार्रवाई भी नहीं करना चाहता था जिसका नतीजा बुरा हो। आदिवासी मजूरों को खफा करने की तो उसकी जरा भी इच्छा न थी।

महावीर सहाय बोले, "वही कहता हूँ। ज्यादा कहने क्यों जाऊँगा? थोड़ा कहने से ही अगर काम हो जाए तो?"

"बिसरा से मत कहिएगा। पहान से कहिएगा।"

बैजनाथ के यह बात कहने के मतलब हुए कि आदिवासी समाज-व्यवस्था में उनके पहान या पुरोहित हुए ग्रामसमाज के सिरमौर। वे कोई समस्या होने पर पहान के पास बैठकर सोच-विचार कर ठीक कर लेते हैं। ऐसा भी हो सकता है कि पहान और ग्राम-प्रधान अलग-अलग हों। तब इस हालत में ऐसा न होता। बैजनाथ को आदिवासी समाज का नियम मालूम था।

महावीर सहाय ने सोचा, बैजनाथ सोच रहा है बिसरा से सीधे-सीधे कुछ कहने का अर्थ है गड़बड़ पैदा करना। निश्चय ही बिसरा शैतान आदमी है। उसने बिसरा को पकड़कर लाने के लिए दो कांस्टेबल भेजे।

चोट्टि ग्राम के मुण्डा-उराँव लोगों ने कभी नहीं देखा था कि उनको पकड़ने के लिए गाँव में पुलिस आती हो। उनकी समझ में नहीं आया कि मामला क्या है। चोट्टि नदी के बहाव से ऊपर पानी का एक छोटा झरना है, वहीं नदी तक दो सौ फुट उतरकर फिर समतल है जहाँ यायावर बत्तखें मारने के लिए अंग्रेजों का कैम्प लगता था। राँची के साहब लोगों का। गाँववालों ने सोचा, उसी कैम्प के किसी काम से पुलिस आई है। उस समय भी बीच-बीच में घूम-घूमकर तम्बू गाड़कर जिले के अफसर लोग आंचलिक समस्याओं का समाधान और उन पर विचार करते थे जिसके फलस्वरूप आदिवासी और ग्रामवासी लोगों की बहुत-सी प्रार्थनाओं पर वहीं-का-वहीं विचार हो जाता। गरीब लोग बहुत-से झंझटों से बच जाते। इस नियम से जमींदार-रैयत-महाजनों को विशेष असुविधा होती है, इसलिए इस कायदे को दूसरे कारण दिखाकर वापस ले लिया गया। अफसर और प्रजावर्ग के लोगों में असली सम्बन्ध हो जाना सरकार की, विदेशी या स्वदेशी सरकार की, इच्छा नहीं होती। सम्पर्क का पूरी तरह अवास्तविक स्तर पर रहना ही सरकार के लिए अच्छा है। ऐसा होने पर अफसर की नजर में आदमी लोग नीचे से पाए परिसंख्यक अंकों के गणित-भर थे। लोगों की नजर में प्रशासन राजा के हाथी के रूप में रहता है—ऐसा हाथी जो उनके काम नहीं आता और जिसे उनको पालना-पोसना पड़ता है।

गाँव के लोगों की नजरों में दोनों कांस्टेबल पहले तो कुतूहल की चीज बने रहे। शान्त जीवन में हाथ में बैटन, लाल पगड़ी और मचमचाते बूटोंवाली पुलिस देखने में अच्छी लगती है। लड़के-बच्चे उनके पीछे लग गए।

दोनों कांस्टेबल जब गाय चराने में व्यस्त बिसरा की कमर में रस्सी बाँध, पकड़कर ले चले तो पहले तो सब अचम्भे में पड़ गए, उसके बाद वह डर की बात हो गई। खबर पहुँची पहान तक। पहान तभी बोला, "चल, चलकर देखूँ कि हुआ क्या है।" पर सहसा उसे लगा कि वह बहुत ही बूढ़ा हो गया है। थाना-पुलिस-प्रशासन—

उसे दुर्बोध्य लगे। बिसरा-से दब्बू और डरपोक आदमी की दारोगा को क्यों जरूरत पड़ सकती है? यह उसकी समझ में नहीं आ रहा था। मुण्डा लोग कभी समझ नहीं सकते कि प्रशासन की नजरों में उनका कौन-सा अपराध सजा के काबिल है।

दो-चार आदमी पहान के साथ चले। सना मुण्डा डाक-बँगले में पंखा-कुली का काम करता है, इसलिए आसपास के मुण्डा समाज में, दिकू और पुलिस की हरकतें समझने के सिलसिले में उसकी शोहरत थी। उसने कहा, "चल, मैं चलूँ।" चलते-चलते पहान बोला, "तू आया, अच्छा हुआ। कौन जाने वह दारोगा मुण्डारी बात समझता है या नहीं।" सना ने एक लोटा ले लिया क्योंकि पुलिस के पकड़ने पर प्यास ज्यादा लगती है। जीभ नहीं हिलती, लगता है मुँह की लार बरगद का दूध बन गई है।

वे जब पहुँचे तब तक महावीर सहाय ने बिसरा को लात-घूँसे-थप्पड़ मार-मारकर लहूलुहान कर दिया था। पहान के कातर प्रश्न के उत्तर में सहाय बोले, "इसे छोड़ा नहीं जाएगा। यह खुद लाला बैजनाथ के घर काम करने नहीं जाता, तुम लोगों को भी भड़काया है।"

"इसका क्या होगा?"

"जेल होगी।"

"जेहल?"

पहान की आवाज पहचानकर बिसरा रो पड़ा, "मैं जेहल नहीं जाऊँगा।"

"जाओगे या नहीं, यह लाला समझें।"

सना ने पूछा, "इसे हजित में रखेंगे?"

"नहीं तो क्या?"

"जरा छोड़ दीजिए, पानी पिला दें।"

"पानी हमारे पास नहीं है?"

सिर हिलाकर पहान बोले, "चलो, लाला के पास चलें।"

लाला बैजनाथ पहान की सारी बातें जानकर खुश भी हुए और घबरा भी गए। अभी भी चोट्टि वैसी खराब जगह नहीं हुई है कि मुकदमा करके आदिवासी-हरिजनों को काबू में लाना पड़े। लाला की बात ही काफी है। मुकदमा करने पर लाला को खलारी भागना पड़ेगा। अभी वह समय नहीं है। और इस कारण अगर आदिवासी बिगड़ जाएँ? दूसरे गाँवों के जमींदार-किसान लाला को ही दोष देंगे। आदिवासी बिगड़ सकते हैं। संयुक्त जाति है। सारा कुछ होने के बाद दारोगा भी हाथ अलग कर लेगा। बड़ी मुश्किल होगी।

बैजनाथ बोला, "मैं जाकर देखूँगा।"

"अभी चलो।"

"अभी क्यों? मुझे गाली दे गया, थोड़ी उसकी सजा भुगत ले। मैंने भली बात कही, उसने गाली दी।"

पहान बोला, "महाराज, तुम्हारी बात हम कभी नहीं समझते। आज भी नहीं समझे। तुमने उससे कहा, वह महाजन है। मुण्डारी में यह गाली होती है। तुम्हारा दोष नहीं है। उसने कहा, तुम मुण्डा। वह गाली हुई, बिसरा का कसूर भी हुआ। हमारे लिए खुद के सिवा हमारा अपना कोई नहीं होता। एक आदमी के शरीर पर लगने से सबको कष्ट होता है। आज हो रहा है। लड़कों को होगा या नहीं, मालूम नहीं। बिसरा काम पर नहीं आता, गाय-बकरी की देखभाल करता है। हम सब आ रहे थे। उसका अपमान होने से हम सब नहीं आए। तुमने दारोगा से कहा कि बिसरा सारे मुण्डा लोगों को भड़का रहा है?"

"यह बात मैंने नहीं कही।"

"तुम सच कह रहे हो या दारोगा सच कह रहा है? देखो महाराज! अभी भी मुण्डा लोगों ने कुछ नहीं किया है। बिसरा अगर थाने पर मर जाता है, तो तुम्हारे कसूर से मरेगा। तुम्हें पाप होगा। तब अगर सब लोग भड़क जाएँ तो? उसका लड़का है, उसे तीर चलाने के खेल में कितना सम्मान मिला है, वह मानेगा?"

यह बात सुनते ही लाला के मन में मन्तर-पढ़े तीर की बात आई। बाप रे! तिल का ताड़ बन गया। कहीं जान न चली जाए!

"चलो, मैं चलता हूँ।"

बैजनाथ के साथ पहान आदि फिर थाने आए। चोट्टि आकर बैठा हुआ था। घटना घटने के वक्त वह घर पर नहीं था।

बैजनाथ और दारोगा के बीच क्या बातें हुईं इसका पता न चला लेकिन दारोगा ने बिसरा को छोड़ दिया। बोला, "उसे जेल नहीं की, छोड़ दिया। इसलिए गाँव पर जरीमाना हुआ। मुण्डा लोग मुझे थाने पर पाँच रुपए दे जाएँ। तीन दिन के अन्दर।"

चोट्टि आगे बढ़कर आया। "अभी नहीं दूँगा। मेला में खेल जीतकर तुमको रुपया दूँगा। अभी तो गाँव में पाँच रुपए नहीं हैं।"

"तू कौन है?"

"मेरे बाप को पकड़ा था।"

"रुपए देगा? तू देगा?"

"मैं दूँगा। मुण्डा लोग झूठ नहीं बोलते।"

वे लोग चले गए। दोनों कांस्टेबल बहुत डरे-डरे रहने लगे। वे भी यहीं रहते

हैं और आसपास की खबर रखते हैं। पहले के दारोगा दूसरी तरह के थे। इस दारोगा की बात पर वे लोग बिसरा को पकड़कर ले आए थे जरूर, लेकिन उन्होंने मारा नहीं था। अब वे आपस में बातें करते। चोट्टि गाँव में बैठकर मन्त्रपूत तीर चलाकर मार सकता है। चोट्टि का तीर मन्त्र-पढ़ा है, इसमें उन्हें कोई सन्देह नहीं। मन्त्रपूत तीर न होता तो हर मेले में चोट्टि जीतता नहीं। थाना और दारोगा चोट्टि के पिता को बिना कसूर तंग कर मारना चाहते थे। मरें! वे मरना नहीं चाहते।

दोनों सलाह कर रात के अँधेरे में बिसरा के घर गए। चोट्टि को बुलाकर बाहर ला दोनों ने हाथ जोड़े। बोले, "चोट्टि, अपने बाबा से पूछ, उसको ले तो गए थे, बदन को हाथ नहीं लगाया। फिर भी हम ले गए थे, कसूर किया। तू जरीमाना के यह पाँच रुपए रख। हम दे रहे हैं। बन-जंगल में चाकरी करते हैं, इसी से डर लगता है। तू अपना तीर भेजकर हमें मत मारना। हमारे घर हैं, बच्चे हैं।"

चोट्टि बोला, "तुमको मारने को कहा था?"

"सबको मालूम है, तू मन्तर जानता है। तेरे तीर भेज देने से वह दस थाने पारकर आदमी मारकर तेरे पास लौट आएगा।"

वे रुपए रखकर भाग गए। तारों के प्रकाश में खड़े चोट्टि ने समझने की कोशिश की, मामला क्या है। उसके चारों ओर किस्सा बन रहा है। वह किंवदन्ती बना जा रहा है। रुपयों को उठाकर उसने घर में रख दिया। दूसरे दिन पहान से बोला, "थाने के सिपाही जरीमाना के रुपए दे गए। क्या करूँ?"

पहान बोला, "तुझ पर हरमदेउ की किरपा है।"

"क्यों?"

"अरे, लाला डर गया कि मन्तर-पढ़ा तीर भेजकर तू उसे मारेगा। उसने भी कल रात मुझे बुलाकर तुझसे कहने को कहा था कि तू उसे माफ कर दे। उसने भी जरीमाना के रुपए दिए हैं।"

"यह कैसी बात है?"

"तुझे तो मन्तर आता है, मेरे बाप। नहीं तो मुण्डा ग्राम पर जरीमाना हो और लाला वह जरीमाना दे, यह किसी से नहीं सुना। जो बाप से नहीं हुआ, तूने लड़का होकर दिखा दिया।"

"पर सुनो।"

"कहो।"

चोट्टि की कहने की तबियत हुई, उसे मन्त्र-वन्त्र नहीं आता। मगर फिर उसने यह भी समझा कि इस बात का पहान भी विश्वास नहीं करेगा।

"कह रे।" वह फिर बोला।

पहान खिन्न और गम्भीर आवाज में बोला, "रुपए तेरे कारण से हैं, तुझे बता दिया। अब जिस-जिस के रुपए हैं, उन्हें लौटाना होगा।"

"मैं भी वही कहने आया था।"

"चोट्टि रे! दस रुपए बहुत होते हैं। रुपए में मन-भर चावल आता है। लेकिन मुण्डा जात में ऐसे रुपए कोई नहीं लेता।"

"तीर खेलकर रुपए दूँगा, यह कहा है। वही दूँगा। नहीं तो मेरा धर्म नहीं रहता। मेरा बाबा सूअर काटने पर रोता है। ऐसे बाबा को जिसने पकड़वाया, जिन्होंने पकड़ा, उनके रुपए लेकर बाबा का जरीमाना का रुपया नहीं दूँगा।"

"ठीक। मैं रुपए लौटा आता हूँ। एक काम अच्छा हुआ, हम बिना दोष उनसे पन्द्रह आना डरे रहते हैं। वे तेरे कारन हमसे एक आना डरे रहते हैं। लाला भी डर गया है।"

चोट्टि घर लौटा। बाप से बताया। सारी बातें बताईं। बिसरा सुनते-सुनते अचानक बोल पड़ा, "तीर खेला के रुपयों से और थोड़ी-सी जमीन मोल लेनी होगी।"

"क्यों?"

बिसरा पिटी हुई डरी आँखों से बोला, "तेरी बहन का ब्याह हो गया है। कोयेल का ब्याह होगा। तुम लोगों की गृहस्थी बढ़ेगी। तब इस जमीन से काम चल पाएगा?"

"खरीदी तो हुई है न।"

"वह भी बेकार जमीन। अच्छी जमीन लेने पर लाला ले लेगा।"

"न बाबा, नहीं लेगा।"

"प्रायश्चित्त भी करना पड़ेगा।"

"किस बात का?"

"मुझे जेल में लिया था न।"

"जेहल में कहाँ, बाबा? थाने में।"

"तू जानता है? तो जान। तेरा तीर मन्तर-पढ़ा है।"

"ना, बाबा, ना।"

कई दिन बाद बिसरा बोला, "उस दिन से मन बहुत दुखी है, चोट्टि! अच्छा, अगर तू मन्तरबल से तीर चलाए तो वह तीर दारोगा के हाथों को जख्मी नहीं कर सकता?"

"देखूँ।"

चोट्टि माँ के पास गया। माँ बोली, "वह किए बगैर फिर क्या बात हुई। हाँ चोट्टि, आँखें घुमाकर क्या कहता है, पागल हो गया है क्या?"

पहान ने सबकुछ सुनकर कहा, "यह बहुत चिन्ता की बात है। तू आ, तुझे सब बताऊँगा। बिसरा की माँ मेरी दूध की माँ थी। मैं बिना माँ का बेटा हूँ।"

"अब धान काटने का समय है।"

"तू तो जाना मत।"

"नहीं। मन नहीं करता।"

"इससे लाला ने समझ लिया है कि तू उसे जरूर मारेगा। मैं कहता हूँ, नहीं मारेगा। पता नहीं उसने क्या समझा है। वह जलपान देता है, और दो पैसे भी।"

"जलपान और दो पैसे?"

"तू मत जा। कोयेल को भेज दे।"

चोट्टि की माँ गुस्से से भरी थी। वह बोली, "तेरे बाप के रहते ऐसा नहीं चलता। हुँह, दो पैसे! दो पैसों में नमक-मिर्च-तेल भी खरीद नहीं सकते।"

पहान भी बोला, "कह दूँगा, चोट्टि को समय नहीं है। कोयेल को देखकर जानेगा कि तुझे उस पर गुस्सा नहीं है।"

चोट्टि गहरी साँस लेकर बोला, "सचमुच समय नहीं मिलता। गाय बज्जात है। जंगल में घुस जाती है। कभी बाघ मार देगा।"

बाघ की बात उठने पर पहान बोला, "नेउन्द्रा में एक बाघ ने बहुत परेशान कर दिया है। बहुत-से गाय-बछड़े मार डाले हैं। वहाँ के पहान ने कहा है, तू मार देगा तो तुझे बहुत-सा चावल देगा। तुझसे कहने को कहा है।"

"वहाँ कोई नहीं है?"

"पकड़ में नहीं आता। मरे जानवर की लहास में जहर लगाने से नहीं खाता। कहते हैं कि बाघ नहीं, शैतान है। कोई बुरा आदमी प्रेत बन गया होगा। तेरे तीर से घायल होगा।"

"देखूँ।"

चोट्टि ठण्डी साँस लेकर उठ आया। पिता के लिए उसके मन में बड़ी फिक्र थी। ऐसा कामकाजी आदमी अजीब अवसाद से सदा खिन्न रहे। जहाँ तक हो सके बात न करता। बीच-बीच में अपने-आप दो-एक बात कहता। पता नहीं उन बातों के क्या अर्थ होते! उस दिन अचानक बोला, "हमेशा घाटो खाता था, बेटे के भाग्य से बहुत दिनों से भात खाया, कोरा कपड़ा पहनता हूँ, यही जानकर मुझे जेहल में बन्द कर दिया। मुण्डा का भात खाना, कोरा कपड़ा पहनना कसूर होता है। यही जानने से पानी में सोना देखने पर मेरे पुरखे भाग खड़े हुए थे।"

आज आँगन में खड़ा-खड़ा कह रहा था, "वह सीधा पेड़ यहाँ कैसे आया? पहले तो नहीं था। गाछ काट देना पड़ेगा।"

गाछ हमेशा से था। इस पेड़ की डाल में झूला डाल बच्चों को सुलाकर माँ

काम करती थी। बाबा क्या पागल हुए जा रहे हैं?

यह एक फिक्र थी। घर-बार के काम का भार माँ के उठाने की बात थी। माँ तक बात-बात में चोट्टि के चेहरे की ओर देखती। यह सब लोगों का विश्वास था कि चोट्टि को मन्त्र आता था, चोट्टि असाधारण है। इस विश्वास के पत्थर के-से भार से चोट्टि थक गया था। वह अकेला पड़ता जा रहा था। नेउन्द्रा ग्राम जाकर वह बाघ मारेगा। इसका क्या ठिकाना?

चोट्टि की माँ बोली, "मैं तुझे जाने न दूँगी।"

"पहान ने कहा है।"

"पहान का बेटा जाए। वह बाघ नहीं है। बड़ा पिशाच है। तू मारेगा तो तुझे मारेगा। कोयेल बीमार रहता है। बाप अकल खोता जा रहा है, तुझे भी खो दूँगी?"

"उन लोगों ने आकर मुझसे क्यों कहा?"

"तू मत जाना।"

चोट्टि को बाघ न मारना पड़ा। रेल के इंजीनियर साहब ने गोली से बाघ को मार दिया। चोट्टि समझा कि बराबर अभ्यास करके तीर की बाजी उसे जीतनी होगी। जीतनेवालों में खुशी होती है, जीतने से सम्मान होता है, इनाम मिलता है। एक बाजी जीतने के बाद दूसरी बाजी को लेकर उसके लिए किंवदन्ती बन गई, उस किंवदन्ती को बचाकर रखने का दायित्व है। लेकिन वह किंवदन्ती का नायक नहीं बनना चाहता था। चोट्टि मेला के तीर के खेल में जीतनेवाले का जो सम्मान होता है, उसने वही पाना चाहा था। धानी मुण्डा ने उसका जीवन उलट-पलट कर दिया था। लेकिन धानी ने यह कैसे किया, उसे चोट्टि समझा नहीं सकता था।

दूर पहाड़ के नीचे के एक पत्थर पर चाँदमारी कर तीर चलाने का अभ्यास करने के लिए जाने पर उसके जीवन में एक किस्सा और जुड़ गया।

चोट्टि नदी के किनारे एक अंग्रेज ने तम्बू लगाया। राँची का साहब था। चोट्टि गाँव के लोगों ने सोचा था, साहब जरूर ही हाकिम-उकुम होगा। लेकिन कुछ दिनों में ही पता चला कि साहब पूरा पागल है। दूध-घी-मांस जो भी खरीदता है, उसका पैसा देता है। केवल दो कुली और दो घोड़े लेकर आया है। पहान बोला, "घोड़े की घास मोल लेने पर दाम देता है। दिन-भर घूम-घूमकर तसवीरें बनाता है, शाम को तम्बू में बैठकर कुछ लिखता है, बीच-बीच में चिड़ियाँ मारता है।"

चोट्टि के मन में इससे भी कोई कुतूहल नहीं हुआ। इक्कीस बरस की उम्र में समर्थ बाप के रहते गृहस्थी का भार उस पर है। मन बहुत खिन्न है। अब वह अपनी जमीन की देखभाल करता, भाई गाय चराता। खराब जानवर थे, इसलिए उसे भी बीच-बीच में जाना पड़ता था। कोयेल की उम्र उन्नीस की हो गई थी।

उसका ब्याह आदि न कराना अन्याय होगा। उसकी अपनी पत्नी प्रसूता थी। माँ का हाथ बटाने के लिए एक बहू की जरूरत थी। वक्त निकालकर वह तीर चलाने का अभ्यास करता रहता। धानी के दिए तीर को उसने उठाकर रख दिया था। केवल तीर के खेल के दिन वह उस तीर को साथ ले जाता। धानी अब गीत बन गया था। काले मेघ पर सवार होकर वह सैलराकार में मिल गया था। बीच-बीच में चोट्टि को सन्देह होता कि धानी किसी दिन था भी? या वह केवल कल्पना, स्वप्नमात्र था? तब वह तीर को देखता था। पुलिस! पुलिस ने धानी को मारा था। पुलिस ने उसके बाप को पकड़कर बेकसूर मारा था। अब दारोगा भी डरता था कि चोट्टि तीर भेजकर उसे मार सकता है। वैसा अगर होता, तब तो चोट्टि धानी के तीर से कह देता कि जिस आदमी ने धानी को मारा है, जाकर उसे मार आ। चोट्टि कौन-सा अलौकिक काम नहीं कर सकता है, उसे लेकर तमाम किस्से हैं।

धानी नहीं था, इसलिए बहुतेरी बातें चोट्टि को नहीं मालूम थीं, मालूम न हुईं। मुण्डा लोग जब स्वतन्त्र थे, जब उनके जीवन में दिकू और गौरमेन और ठेकेदार और कुली भरती करनेवाले और मिशनरी नहीं घुसे, उस समय की ही बात सुनने को नहीं मिली।

सोचते-सोचते वह तीर छोड़ता। छोड़ता रहा। हाथ की तैयारी है या नहीं, यह देखने के लिए उस दिन सन्ध्या के समय झीनी पूर्णिमा की ज्योत्स्ना में उसने उड़ती बत्तख मारी। मरी बत्तख निकालने नदी में उतरा और खड़ा हो गया। सामने साहब, हाथ में बत्तख। साहब साफ मुण्डारी भाषा में बोला, "तुमने मारी?"

"हाँ।"

"तुम्हारा नाम क्या है?"

"चोट्टि मुण्डा।"

"नदी के नाम पर नाम!"

"नदी के नाम पर।"

"क्यों? किस वार को पैदा हुआ था?"

"सोमवार को।"

"तो फिर सोमरा, सोमाई, सोमना क्यों नहीं है?"

"हमारे वंश में नदी के नाम पर नाम रखते हैं।"

"तुमने तीर चलाना कहाँ सीखा?"

"क्यों? खुद ही।"

"वाह! खूब। शाम की चाँदनी में मैं तो बन्दूक से उड़ती हुई बत्तख नहीं मार सकता।"

"बत्तख तुम लोगे?"

"नहीं, नहीं।"

"लो, मैं फिर मार लूँगा।"

"इससे अच्छा है कि कल आना, तुम्हारे साथ मैं भी मारूँगा।"

"साहब, तीर में आवाज नहीं होती। बन्दूक छोड़ने पर आवाज होती है और बत्तख डरकर उड़ जाती है। तुम तो तीर छोड़ न सकोगे।"

"यहाँ क्या कर रहे थे?"

"अभ्यास।"

"क्यों?"

"मेले में तीर खेलूँगा।"

"कहाँ है मेला?"

"नेउन्द्रा का मेला आनेवाला है।"

"कल आना।"

"क्यों?"

"तुम्हारी तसवीर बनाऊँगा।"

"मेरी! तसवीर!"

"हाँ।"

घर लौटकर चोट्टि बोला, "माँ, साहब पागल है। कहता है, कल आना, तुम्हारी तसवीर बनाऊँगा।"

"शायद तेरा नाम और यश मालूम हो गया है।"

"दुत्, पगला है।"

दूसरे दिन साहब ने उसे सही-सही पकड़ लिया। बोला, "मैं तसवीरें खींचने ही आया हूँ। चलो, तुम्हारे गाँव चलें। पहले मेरे तम्बू में चलो।"

सचमुच साहब चोट्टि के साथ गाँव में आया। पेंसिल को कई बार चलाकर पहान की तसवीर खींची, हरमदेउ के थान की। बोला, "मैं यहाँ घूमने और तसवीरें बनाने ही आता हूँ। इसीलिए तुम्हारी तसवीर बना रहा हूँ।"

"मुण्डारी क्यों बोल रहे हो? तुम क्या मिशनरी हो?"

"ना। लेकिन मुण्डारी सीख ली है।"

"कहाँ?"

"राँची में।"

सब चुप रहे। साहब अपने-आप बोला, "गजब ढंग है। ये लोग आपस में बातें करते हैं। मेरी बात का केवल जवाब देते हैं, बस।"

पहान ने चोट्टि की ओर देखा। साहेब माने गौरमेन। चोट्टि गौरमेन को साथ

ले आया है। ऐसी बात पहले कभी नहीं हुई। इसीलिए ऐसा होने पर लोग क्या करें, क्या कहें, कुछ पता नहीं।

सबको बचाया पहान की पत्नी ने, औरतों की सहज बुद्धि से। मुण्डारी औरतें सामान्यतः मुस्कुराती रहती हैं। बहू ने हँसते-हँसते बानों से बना हुआ स्टूल लाकर साहब को बैठने को दिया। उसके बाद बोली, "तुम लोग आओ।"

गाँव की औरतें आगे बढ़ीं। एक के हाथों में पीतल की चमचमाती थाली में भुट्टे की खीलें, गुड़ का टुकड़ा था। एक और स्त्री पानी ले आई। पहान की बहू बोली, "ठाकुरथान पर आए। जरा पानी पी लो। उसके बाद हमारी तसवीर बना दो।"

असल में पुरुषों को बगलें झाँकते देखकर स्त्रियों को मजा आया। साहब जब खाने लगा तो औरतों ने मुँहजबानी गीत बनाकर गाया :

घर गौरमेन आई है
गौरमेन ने तसवीर बनाई है
गौरमेन बन्दूक लेकर आई नहीं
हम लोगों को मारा नहीं
गौरमेन ने परसाद खाया।

तभी साहब बोला, "और गाओ।" उसने गाना लिख लिया। औरतों ने फिर गाया। उसके बाद सब हँसने लगीं। सना की माँ ज्ञानी बुढ़िया थी। वह बोली, "पागल नहीं है रे। अच्छी गौरमेन है।"

साहब उसके बाद चोट्टि को लेकर उसका घर देखने गया। मुण्डा का घर देखे, दीवारों पर बनी तसवीरें देखे, यह उसकी बड़ी इच्छा थी।"

साहब का नाम था रोनाल्डसन। बिहार के छोटे लाट के दफ्तर के सेक्रेटरी का भाई था। राँची में घूमने आने पर हफमैन की डिक्शनरी पढ़कर पहले मुण्डारी भाषा और मुण्डा लोगों के बारे में उत्सुकता जागी। अनुसन्धान किया। विलायत में कुछ काम न कराए जाने पर भी मुण्डा भाषा सीखने की उसकी तबियत हुई। मुण्डा ग्राम और वहाँ के निवासियों की जानकारी के बारे में किताब लिखने की इच्छा जागी। चित्र बनाने की दक्षता उसमें थी ही। इन सब कारणों से उसका आना हुआ।

चोट्टि के बारे में फैले प्रवादों को उसे पता चल गया था और चोट्टि के साथ वह नेउन्द्रा मेले में गया। हमेशा की तरह चोट्टि ने लक्ष्यभेद किया। सूअर मारा गया और चोट्टि के अनुरोध पर मुण्डा लोगों ने इस पगले गौरमेन को अपने भोजन का साथी रहने दिया। साहब ने मद न पीकर उन्हें ताज्जुब में डाल दिया और पेंसिल से सबकी आकृति बनाकर सबको खुश कर दिया। नेउन्द्रा का पहान बोला, "तू

अगर अच्छा गौरमेन है तो हमें इतना कष्ट क्यों है?''

साहब बोला, ''इस बात का जवाब उसे मालूम नहीं। लेकिन उन लोगों को चाहिए कि जब जहाँ अफसरों का तम्बू लगे, वहाँ जाकर सीधे उनको अर्जी दें।''

पहान बोला, ''कौन सुनेगा?''

''देकर देखा है?''

''नहीं।''

''देकर देखो।''

इसके बाद चोट्टि और साहब, साहब के तम्बू में लौटे। साहब ने उसी आधी रात के वक्त चोट्टि को अपनी बनाई तसवीर दिखाई। अचानक चोट्टि ने देखा, धनुक और बलोया ऊँचा किए हुए धानी मुण्डा की तसवीर है।

''यह तसवीर तुमने कहाँ खींची?''

''जेजुड़ में।''

''तुम जेजुड़ गए थे?''

साहब बोला, ''यह एक आश्चर्यजनक आदमी था। ज्योंही देखा कि वह आ रहा है, मैंने तसवीर खींच ली, उसकी तसवीर बनाई। लेकिन दारोगा ने उसे मार डाला। वह शायद बहुत बड़ा विद्रोही था। उसका नाम धानी मुण्डा था।''

''तसवीर मुझे दोगे?''

''लो। ठहरो, कल लेना। मैं एक नकल बना लूँ।''

मद के नशे में भी चोट्टि ने नहीं कहा कि वह उसे जानता है। दूसरे दिन उसकी तसवीर और धानी की तसवीर उपहार में देकर साहब ने तम्बू उठाया। चोट्टि ने धानी की तसवीर छिपाकर रखी। उसके बाद स्टेशन के पास नमक और तेल मोल लेने के लिए बाजार गया। वहाँ लाला बैजनाथ को देखा। लाला बड़े आदर के साथ बोला, ''चोट्टि! तेरे बाबा की बात दारोगा से कही। गुस्सा आ गया था। उसके बाद जो कुछ हुआ उससे बहुत शर्मिन्दा हूँ। गौरमेन साहब भी तेरा दोस्त है। तू मेरे नाम से कुछ मत कहना रे!''

''किससे कहूँगा?''

''गौरमेन के जो आदमी आते हैं। तम्बू लगाते हैं।''

''न, नहीं कहूँगा।''

लौटते वक्त पहान ने उसे बुलाकर बैठाया। बोला, ''तुझसे हमारा मान बढ़ गया। सो तुझे बुलाया है बात बताने को।''

''क्या कहना है?''

पहान साँस छोड़कर बोला, ''बाप-दादे से सुना था, आँखों नहीं देखा। हम मुण्डा लोगों में किसी-किसी के मन में दुख बैठ जाता है। वह दुख फिर नहीं जाता।

दुख आदमी को मार डालता है। शायद बिसरा उस राह पर नहीं है।''

चोट्टि ने ठण्डी साँस लेकर कहा, ''क्या करूँ?''

''मैं पूजा देकर देखूँगा।''

''देखो।''

यह 1921 का साल चोट्टि के लिए बहुत याद रखने का था। इस बरस वह बाप बना और बेटे का नाम अपनी अनदेखी नदी के नाम पर रखा—हरमू। इस नदी को उसने आँखों से नहीं देखा था। धानी से सुना था कि हरमू नदी के किनारे उन लोगों ने भगवान का दाह किया था। मुण्डा लोग दाह नहीं करते। गौरमेन ने किया था। मुण्डा लोग समाधि देते हैं। गौरमेन ने गोबर के उपलों से भगवान की लाश जलाई थी, भगवान की लाश का अपमान करने के लिए। धानी ने बताया था कि जेहल से निकलकर हम हरमू के किनारे से एक-एक मुट्ठी मिट्टी लेकर चले आए। माँ बोली, ''सोमवार का लड़का, सोमरा क्यों न होगा? कहाँ की है हरमू नदी?''

चोट्टि बोला, ''बाद में लड़का होने पर अपने मन से नाम रखना।''

लड़का हुआ। इसी बरस चोट्टि ने आसपास के दूसरे-दूसरे तीर के मुकाबले जीते। इस साल पहान ने बिसरा के कल्याण के लिए पूजा का आयोजन किया। पूजा के बाद जब सभी प्रसाद खाने में व्यस्त थे, बिसरा धीरे से उठ गया। किसी ने उसे जाते नहीं देखा। वहाँ से आधा मील चलकर लाला बैजनाथ के घर के सामने आम के पेड़ से धोती की फाँस बाँधकर लटक गया।

आत्महत्या का केस। लाश उतारने के बाद दारोगा आया था। चोट्टि बोला, ''तुम किसलिए आए? आबा क्यों मरे? मेरा आबा कभी सूअर का काटना तक नहीं देख पाता था। उसे बेकसूर मारा तुमने, तभी से आबा का माथा कैसा हो गया!''

महावीर सहाय का चेहरा स्याह पड़ गया। दूसरी जगह वह ऐसी बात सहन न करता। लेकिन चोट्टि के गुस्से और आत्मघाती बिसरा की प्रतिहिंसक आत्मा के डर से चुप रहा। बिसरा के शरीर की सद्गति हुई। लाला बैजनाथ के मन में सारी घटना ने बहुत अधिक चोट पहुँचाई क्योंकि उसके बाद ही सारी जमीन-जायदाद बेटे तीरथनाथ लाला को सौंपकर वह काशीधाम चला गया और वहाँ शिव-चतुर्दशी के दिन बहुत अधिक भाँग के नशे में नाव पर नाचते हुए गंगा जी में गिरकर मर गया।

इसके बाद ही बार-बार बुखार होने से महावीर सहाय ने छुट्टी ले ली। पहान बोला, ''चोट्टि! यह तूने बड़ा अच्छा किया। बिसरा के मरने का दोष जिनका था, उनमें एक मर गया, एक ने छुट्टी ले ली। तेरी बड़ी सामर्थ्य है।''

''बड़ी सामर्थ्य है, इसीलिए मुट्ठी-भर लोगों का पेट नहीं भर पाता हूँ!''

"लाला के खेत पर नहीं जाएगा?"

"जाऊँगा। पेट पर जोर नहीं चलता।"

पहान बोला, "यह ठीक होगा। तेरे रहने से तीरथ हम लोगों पर वार नहीं करेगा।"

इसी तरह चोट्टि के जीवन में और भी किंवदन्तियाँ जुड़ गईं। चाट्टि ने हार मान ली और उसने काम के बीच फुरसत में तीर का अभ्यास जारी रखा। तीन बरस में वह एक बार फिर पिता बना। कोयेल की सगाई सना मुण्डा की लड़की मुँगरी के साथ हो गई। चोट्टि की माँ बाजार से लौटते समय साँप के काटने से मर गई। चोट्टि ग्राम में सूखा पड़ा।

[4]

सूखा, भयानक सूखा। ऐसे ही एक सूखे में बहुत दिन हुए, माँ ने चोट्टि को दीदी के घर भेजा था। अब दीदी की गृहस्थी बड़ी थी, वहाँ भी सूखा था। उसके सिवा दुनिया में भागने की जगह बहुत कम है।

मुण्डा लोग बोले, "तीरथनाथ के पास जाएँगे।'

"क्यों?" चोट्टि ने पूछा।

"उधार लेंगे।"

"उधार देगा?"

"अँगूठा-निशानी लेने पर उधार देगा।"

"अँगूठा-निशानी देने पर कामिया--मजूर--बनकर बेगारी देनी पड़ेगी।"

"देंगे। अभी तो जिन्दा रहना है।"

"पहान क्या कहता है, सुन।"

पहान बोला, "अँगूठा-निशानी देकर बेगारी देंगे। लिखी खुराकी चावल-गेहूँ में जुड़ जाती है, उसके लिए मैं 'हाँ' नहीं कहूँगा। यह बेगार दस पुरखों में भी नहीं चुकती। इसके फन्दे में सब फँसते हैं। गंजू, दुसाध, चमार, धोबी--सबको देख लो बेगार में बँधे हैं। मैं किसी से 'हाँ' नहीं कहूँगा। पर इस बात में 'न' भी किसी से नहीं कही जाती। क्यों नहीं कहूँगा? तब तुम लोग कहोगे, कागज पर निशानी देने से खाने को मिलता।"

चोट्टि बोला, "छुटकारा कैसे हो?"

"छुटकारा नहीं है।"

"एक साथ काम-काज करते हैं, फिर भी गंजू-दुसाधों से पूछ लो न?"

उनका प्रधान बोला, "जिसकी तबियत हो टीप देकर कर्ज ले। मैं क्या कहूँ? सुना है कि चोट्टि मुण्डा हर काम कर सकता है।"

"क्या करने को कहते हो?" चोट्टि बिगड़ उठा।

"गुस्सा क्यों होता है? तुम लोग गरीब हो, हम भी हैं। हम कहते हैं, तोहरी में साहब आएगा, देखेगा कि अकाल है या नहीं, तब खैराती देगा, और गौरमेन के 'अकाल' मानने पर मिशन के साहब-मेम भी आएँगे। वहाँ जाकर अर्जी दे न।"

"थाने में अर्जी नहीं दूँगा।"

"यह दारोगा? यह तहसीलदार?"

"जाकर कहूँ।"

दारोगा बोला, "तुम लोगों को क्या समझाएँ? जंगली छोटे लोग। हाँ, सूखा है, लेकिन अकाल कहाँ है? अकाल में आदमी मरते हैं, गाँव छोड़कर भागेंगे, तब होगा न अकाल! सरकार का पैसा क्या ऐसा सस्ता है?"

"तीरथनाथ के सिवा किसी के घर गेहूँ-चावल नहीं है।"

"वह तो देना चाहता है।"

"टीप देने को कहता है।"

"बिना टीप के क्यों दे?"

"तुम अर्जी नहीं दोगे?"

"जब देनी होगी, तब दूँगा।"

धरम दुसाध थाने से निकलकर बोला, "चोट्टि, कुछ समझा?"

"कुछ समझें?"

"तीरथनाथ और दारोगा आपस में मिले हुए हैं। दारोगा अभी अगर अर्जी देता, तो कुछ खैराती मिल जाती। तब तीरथनाथ बेगार के फन्दे में इस गाँव को नहीं बाँध पाता। उसे इस मौसम में दो सौ किसानों की जरूरत है। बेगार में किसान मिल जाएँ तो काम बिना खर्च के निकल जाएगा। मैं जानता हूँ, मेरे परदादा ने उसके परदादा से टीप देकर सात पाई भुट्टा लिए थे। आज भी उसके लिए बेगार देते हैं।"

"इसलिए अर्जी नहीं देगा।"

"अब असाढ़ है। पानी नहीं है। लेकिन पलास, डाहार, कोमान्डि में पानी हुआ है। यहाँ भी हो सकता है। तब कौन टीप देगा?"

"जा।"

"'जा' क्यों? चल। सबको चलना पड़ेगा।"

तीरथनाथ के कानों में भी खबर पढ़ी। वह मन-ही-मन घुमड़ता रहा। स्टेशन ही यहाँ एक घूमने की जगह थी, उसके सिवा इस सूने अंचल में, स्टेशन पर जाने

से दुनिया-भर की खबरें मिलती हैं। स्टेशन पर बैठकर उसने स्टेशन-मास्टर से कहा, "इस चोट्टि मुण्डा ने बहुत शैतानी कर रखी है। उसके बाबा और मेरे बाबा में ऐसा क्या हुआ कि उसका गुस्सा ठण्डा नहीं हो रहा है।"

"क्यों? चोट्टि मुण्डा तो बहुत शान्त लड़का है।"

"इस सूखे में, लोगों को धान-गेहूँ देने के लिए बैठा हुआ हूँ। न खुद लेगा, न औरों को लेने देगा। और उसके बाद सब छोटी जातवाले इकट्ठा हुए हैं। क्या? मैं कागज लिखाऊँगा, बेगार लूँगा। आदिवासी और अछूत से बेगार लेना तो मेरा धरम है।"

तीरथनाथ की एक धोबिन प्रेमिका थी। उसके प्रेम-प्रसंग में मोतिया धोबिन ने कुटनी का काम किया था। मोतिया स्टेशन आई थी अपने भांजे की तलाश में। मोतिया ने घर जाते हुए तीरथनाथ से कहा, "तुम्हारे बाप ने चोट्टि के बाप को 'महाजन' कहा था, उससे यह सब गड़बड़ हुई। उसके बाद तुमने चोट्टि के नाम कहा, 'शैतान जमा किए हैं'।"

"कब कहा?"

"अरे बाप! कहकर 'न' कहते हो, महाराज! यही तुम्हारा धरम है? चोट्टि किसे भड़का रहा है?"

झटपट मोतिया चोट्टि के पास चली गई। सारी बात साफ-साफ कहकर बोली, "दे बाबा, उसे एक तीर मार दे। झगड़ा दूर हो।"

चोट्टि बोला, "अभी तोइरी जाऊँगा। साहब से कहूँगा। तुझे भी चलना पड़ेगा।"

"गौरमेन मार तो न देगी?"

"ना, ना। मैं गौरमेन के पास गया हूँ। मैं जानता हूँ।"

"तेरे पास गौरमेन आया था न?"

पहान भी बोला, "तो चल।" चोट्टि समझ गया कि पहान के रहने पर भी उसके ऊपर चोट्टि मुण्डा समाज के नेतृत्व का भार चला आ रहा है और तीर के मामले में उसके मन्त्रसिद्ध होने की बात पर सबके विश्वास करने के कारण आपत्ति-विपत्ति में दुसाध-गंजू-चमार-धोबी भी उसे काम का आदमी समझकर चलेंगे। बहुत ही गड़बड़ की बात है।

1924 के जून महीने में चोट्टि से जो दल पाँच मील बन पारकर तोहरी गया, इसके पहले वैसा दल कभी भी ऐसे उद्देश्य से नहीं गया। जमीन की पैमाइश के अफसर कैम्प डाले हुए थे। साथ ही, उस अंचल में दुर्भिक्ष है या नहीं, यह देखने का दायित्व भी उनका था। इस खबर का चोट्टि के दारोगा के पास से ही आना स्वाभाविक था। ग्रामांचल में दारोगा ही सरकार का प्रतिनिधि होता है। सरकार का

नदी किनारे का अंचल चोट्टि था, नहीं तो सारा राजा और जमींदार का इलाका था। मगर ये लोग तो दारोगा नहीं, ये लोग कौन थे? ऑफिसर बंगाली थे। इस अंचल में कर्मक्षेत्र होने से मुण्डारी, उराँव, आंचलिक हिन्दी जानते थे। तीन पुरखों से राँची के बाशिन्दे थे।

दारोगा बोला, ''यह क्या? मुण्डा, गंजू, दुसाध—सब एक साथ?''

''अर्जी है?''

''भीषण सूखा है, कौए मर रहे हैं। किसी के घर गेहूँ नहीं है, मक्का नहीं है, चावल नहीं है, धान नहीं है। भूखे मर रहे हैं।''

''अर्जी है क्या?''

''वहाँ दारोगा से कहा, बता दो—अकाल हो गया है। वह बताएगा नहीं।''

''तुम कौन हो?'' अफसर ने पूछा।

''चोट्टि मुण्डा।''

''चोट्टि ही न! क्या तुझे पहचानता नहीं?'' दारोगा बोला।

''दारोगा क्यों नहीं बताएगा?'' अफसर जवाब जानते थे। यह जानकारी उन्हें थी। आंचलिक जमींदार या किसान और दारोगा आपसी स्वार्थ देखते हैं।

चोट्टि ने सबकी ओर देखा। उसके बाद बोला, ''मैं ही बता रहा हूँ।''

उसने सब साफ-साफ कहा, ''तीरथनाथ ने कहा है, मैं सबको मिलाए हुए हूँ। हम एक हो गए हैं, भूख की परेशानी से। किसी को खफा नहीं करते।''

अफसर बोले, ''ऐसा तो नहीं लगता कि सरकार यहाँ कोई सेन्टर खोलेगी।''

''क्यों?''

दुगन दुसाध ने कुछ दिनों कोयला खान में काम किया था। हिन्दी लिखना-पढ़ना जानता था। वह बोला, ''हुजूर, हम तो बिना खाए मर जाएँगे।''

''मान लो, अगर खैराती आए तो उसमें भी समय लगेगा।''

इस दारोगा के साथ तीरथनाथ के स्वार्थ का कोई सम्बन्ध नहीं था। वह बोला, ''तुम सभी अगर तीरथ लाला के खेत में काम करो तो वह देगा?''

''बेगार के खाते में टीप लेगा।''

लोगों के सूखे और दीन चेहरे देखकर अफसर बोले, ''देखूँ।''

वे प्रशासन को राजी न कर सके। लेकिन जैन मिशन और सरतोली के बैप्टिस्ट मिशन को खबर भेजी। इन दोनों मिशनों ने चोट्टि आकर लंगर खोला और लगभग महीने-भर खाना बाँटने का काम चलाया। उसके बाद अचानक वर्षा हो गई। इन दोनों मिशनों की सहायता का यश भी चोट्टि को मिला। पहान घमण्ड के साथ कहता फिरता, ''चोट्टि के साथ गौरमेन का परिचय है। इसी कारण सहायता मिली।''

"बेगारी के कागज पर अँगूठा नहीं लगाएँगे।"

"खुराकी कर्ज दो।"

"जिसे जो दोगे मजूरी में काटोगे।"

तीरथ ने कहा, "मारोगे क्या? तो हम पर चोट क्यों? खैरात देगी तो गौरमेन देगी। मैं क्या गौरमेन हूँ? टीशन का बाबू गौरमेन का आदमी है। उसके पास जाओ। सूखा मैं लाता हूँ?"

"महाराज, काश अगर मार सकते! मारने की इच्छा होती है। यह हमारे हाथ में धनुक जो झूल रहा है। तीर कहता है, लहू चाहिए।"

"मारने पर तुझे फाँसी होगी, चोट्टि!"

"तुम तो लौटकर नहीं आओगे!"

तभी चील की तरह चिल्लाकर तीरथ की माँ ने बुलाया। बोली, "तेरा बाप इस जंगली देश में खेती करके चोट्टि के बाप को घायल कर खुद मर गया। तू भी मरना चाहता है? हमारे भाइयों ने इस मौके पर धरमक्षेत्र खोल दिया। हम जैन हैं। दे देने से तुझे कमी पड़ेगी? दे, उन लोगों को खुराकी दे। मन्तर पढ़कर तीर भेज देने पर तू जिन्दा रहेगा? तुझे डर नहीं लगता?"

पत्नी बोली, ""जंगली जात का गुस्सा! उन्हें जेहल, फाँसी का डर है? गुस्से में वह जात लाश को कन्धे पर लादकर थाने चली जाती है। कहती है, गुस्से से मार दिया। उसके बाद जेहल-फाँसी चढ़ते हैं। जब धोबिन घर से आएगी, तीर मार देगी।"

"हाँ, तीर मारना हो गया।"

"कौन बचाएगा? दारोगा?"

माँ बोली, "अरे गधे, तू मर गया तो तू तो गया। उसके बाद जिसे जेहल, जिसे भी फाँसी लगे उससे क्या तेरी जान लौट आएगी?"

इन सारी बातों की सचाई के बारे में गुमाश्ता भी हाँ-में-हाँ मिलाता और कहता, "हमें छुट्टी दे दीजिए। उस लातेहर में जमींदार के लगान बढ़ाने पर गुमाश्ते को तीर मार दिया। मैं उस जंगली जात से डरता हूँ।"

तीरथनाथ को लगा कि यह उसकी पराजय है। सारे जमींदार-महाजन-बड़े किसान इस समय अँगूठा निशानी लेकर बेगार कायम कर रहे हैं। उदास चेहरे से वह बोला, "पिछली साल का मक्का उनको दे दो। उसमें घुन लग गए हैं, बिकेगा नहीं।'

गुमाश्ता बोला, "अढ़ाई सेर देकर दस सेर लिख लूँगा। सोच क्या रहे हैं?"

इस समय छगन दुसाध की लिखाई-पढ़ाई काम आई। उसने बड़े जोश के साथ कहा, "बेगार नहीं दी, खुराक लेंगे, यह बात हो गई? मैं लिखे लेता हूँ। नहीं तो

गुमाश्ता हरामीपन करेगा। वह साला बाघ के शरीर का कीड़ा—किलनी—है।''

तीरथनाथ ने सारी घटना दारोगा को बताई। दारोगा तीन महीने बाद छुट्टी से रामगढ़ जाकर बात कर आया। खबर रामगढ़ से राँची गई। वह विवरण राँची पहुँचा तो इस तरह—चोट्टि मुण्डा तथा और लोगों ने धनुक लिए मुण्डा और बलोया लिए अंत्यजों का एक विशाल दल बनाकर स्थानीय जमींदार को डर दिखाकर चाभी छीन ली और उसका गोदाम लूट लिया।

चूँकि कोई खबर पुलिस के जरिए नहीं आई, इसलिए खबर को पहले प्राप्त करनेवाले ने इस पर बिलकुल ध्यान न दिया। सन्ध्या को क्लब गया। वहाँ बातचीत में क्रम से सूखे की बात उठी और एक आदमी हँसते हुए बोले, ''राँची-पलामू-चाईबासा बेल्ट बहुत अच्छा है। भूखी जनता भी खेती नहीं लूटती। ऐसा कुछ नहीं...।''

उसकी बात पूरी न हो पाई। रिटायर होनेवाला सेना विभाग का डॉक्टर बोला, ''शान्तिपूर्ण? तुम क्या जानो, बाईस बरस पहले इस क्लब घर में हम बैठे हैं, अंग्रेज लोग, और बीरसा मुण्डा के डर से काँप रहे हैं। बाद में उसको जरूर हराया गया। लेकिन उसे पीसफुल मत कहो। टुइला बजाता है, अखाड़े में नाचता है, उसके बाद ही जाकर तीर छोड़ता है। बहुत गड़बड़ जात है।''

छोटे लाट का सेक्रेटरी सूखी हँसी हँसकर अधिकार के स्वर में बोला, ''भूल जाना ठीक न होगा। उस दिन साउथ इंडिया के ट्राइबल आन्दोलन के नेता अल्लूरी राजू को मार दिया गया। आदिवासी बेल्ट में कोई अशान्ति होने से उसे बहुत गम्भीरता से लेना उचित है।''

''यह राजू कौन है?''

''विशाखापत्तनम् की एजेंसी के पहाड़ी आदिवासियों का नेता।''

''मारा गया माने?''

''मार डाला गया। फाँसी नहीं हुई।''

''अहिंसक संग्राम में, या हिंसात्मक लड़ाई में...?''

चोट्टि की खबर पानेवाले को मन-ही-मन बहुत अजीब-सा लगा। दूसरे दिन अनुमति लेकर छोटे लाट के सेक्रेटरी से घर पर मुलाकात की। मिलने पर माथे का पसीना पोंछ घटना के बारे में जो मालूम था, कह गए। सुनकर सेक्रेटरी का भाई बोला, ''इस तरह की एक खबर है, उसकी कोई रिपोर्ट नहीं है?''

''नहीं, सर।''

''तुमको कहाँ से पता चला?''

''रामगढ़ होते हुए।''

''फिर मुण्डा विद्रोह है क्या? न-न, कह रहे हो कि और गाँववाले भी थे। बहुत

गोलमाल लग रहा है।"

"मैं कुछ कर नहीं पा रहा हूँ, सर।"

जिसने कहा वह छोकरा साहब था। 'मैं कुछ कर सकता हूँ,' कहने के साथ-साथ उसके मन में चलती तसवीरों का जुलूस तैर उठा। मुण्डा अभ्युत्थान हो रहा है। वह जाकर रोकता है? तरक्की। प्रशंसा। उसके उत्साह पर पानी डालते हुए सेक्रेटरी तीती और रूखी आवाज में बोले, "क्या करेंगे? थाने पर बात सुनकर फोर्स जाएगी? न-न! मुण्डा लोगों के बारे में सारी बातें खतरनाक हैं। सावधानी से सँभालना होगा। महाजन-जमींदारों की बात तो जानता हूँ। बहुत बदजात होते हैं। उन लोगों के निरन्तर शोषण न करने पर आदिवासी शान्तिपूर्ण ग्राम दिखाई पड़ते। अत्यन्त सतर्कता और सावधानी से देखना होगा कि मामला क्या है। अगर देखूँ कि वैसा कुछ नहीं है, तो ठीक करने जाकर सचमुच झगड़ा हो जाएगा। तब क्या रेला रुकेगा? तुम जाओ। मैं देखता हूँ। क्या नाम बताया?"

"किसका?"

"मुण्डा का।"

"चोट्टि गाँव का चोट्टि लड़का। चोट्टि नदी पर गाँव है। नदी के किनारे चिड़ियों का शिकार बड़ा अच्छा होता है। जंगल में बाघ और हाथी भी है।"

"समझ गया। जाओ।"

अफसर चला गया। अब एक दूसरी कुर्सी से खुले कागज खिसक आए। अलस कण्ठ से पूर्वपरिचित पगला साहब बोला, "क्या नाम बताया?"

"चोट्टि गाँव का चोट्टि मुण्डा।"

"उसने क्या किया?"

"सुना नहीं?"

"सुना। बकवास!"

"तुमको क्या पता क्या कहा?"

"गाँव को जानता हूँ, आदमी को पहचानता हूँ। बहुत अच्छा जवान आदमी है। तीर चलाने में उस्ताद है। आस-पास के तमाम मेलों में तीर के खेल होते हैं, वह उन सब में जीतता है।"

"बहुत अच्छी खबर नहीं है।"

"क्यों?"

"तीर चलाने में उसके इतना होशियार होने से मुण्डा लोग उसे लीडर बना देंगे।"

"मेरा मतलब है चोट्टि के बारे में। क्या हुआ, जानते हो?"

"जानता हूँ।"

"मुझे बताओ।"

"सचमुच हिउ, सारी करतूत तुम्हारी है।"

"क्यों?"

"सारी गन्दी घटनाएँ तुम्हारे पीछे-पीछे चक्कर लगाती हैं।"

"मैंने क्या किया?"

"जेजुड़ के हाट में तसवीरें बनाने गए, धानी मुण्डा की घटना। चोट्टि जाकर जिससे दोस्ती की, वह गद्दार है।"

"पहले मालूम कर लो। लेकिन वह मोटा लाला, उसे मैंने देखा है। बेटा, शैतान का हाड़ है। उसे सबक मिलना ही चाहिए। पता है? चोट्टि ग्राम के आधे आदमी उसके बँधुआ मजदूर हैं।"

"हम-तुम क्या करेंगे?"

"बँधुआ मजदूर!"

"यह तुम्हारा शानदार इंडिया है।"

"चोट्टि की तसवीर देखोगे?"

"देखें। वाह! देखने में तो अच्छा है।"

"शान्त। भलामानुस।"

"वह बात मत कहो। उससे कुछ साफ नहीं होता। मेरे वक्त के बहुत पहले की घटना है। लेकिन जिन लोगों ने देखा है, उनका कहना है कि बीरसा की मुसकान बड़ी ही मधुर थी।"

"तुम लोग भूत से डरते हो। बीरसा! मैंने तो घूम-घूमकर देखा है। मुण्डा लोग बहुत शान्तिप्रिय हँसमुख लोग होते हैं।"

"मेरा काम मुझे करने दो।"

भाग्य से रामगढ़ में तोहरी का दारोगा मिला। सरकारी हुक्म पाकर वह कुर्बानी के बकरे की तरह काँपता-काँपता भागा आता है। आँखें पोंछकर सारी घटना बता देता है। सेक्रेटरी को पता चला कि अकाल की घोषणा की जाए, यह बात कहने चोट्टि गया था।

"क्यों, तुमने रिपोर्ट क्यों नहीं की?"

"गलती हो गई, हुजूर!"

"लेकिन चोट्टि अकाल-पीड़ित क्षेत्र था। यह किसकी रिपोर्ट थी?"

इसके बाद जमीन की पैमाइश के अफसर भी आए। उन्होंने अपना विवरण दिया। अकाल पड़ा हुआ था। और तीरथनाथ बेगार के पट्टे पर टीप लेगा। तब उसे समय देने के लिए दारोगा ने रिपोर्ट नहीं की, यह सुनकर सेक्रेटरी खफा हो गए। दारोगा को फिर तोहरी नहीं भेजा गया। उसे कैफियत देने का हुक्म दिया

गया। उसकी पदावनति कर बदली की गई। सेक्रेटरी ने पुलिस-कमिश्नर से कहा, "वह तुम्हारे दफ्तर का आदमी है। उसे समझा दो कि उसके द्वारा जमींदार की स्वार्थ-सिद्धि में मदद पहुँचाने पर, आदिवासियों और निम्नवर्ग के लोगों में असन्तोष होने से उसे बाकी जीवन जेल काटनी होगी। बेवकूफ बदजात कहीं का!"

नए दारोगा ने तोहरी जाकर रिपोर्ट दी। सब शान्तिपूर्ण है। कोई गड़बड़ नहीं है। तीरथनाथ की तरफ से भी कोई शिकायत नहीं है।

अब ह्यू अपने बड़े भाई से कहता है, "अरे मैंने ही तो कहा था कि कैम्पिंग अफसर से अपनी शिकायत सीधे-सीधे बताओ।"

सेक्रेटरी ने अब भाई को विलायत वापस बुला भेजा। उनके ही भाई ने मुण्डा लोगों से यह बात कही थी, यह बात खोंचा-खाँची करने से निकल पड़ेगी ही। मुण्डा लोग खून करने पर भी गर्व के साथ स्वीकार करते हैं। एक अंग्रेज ने यह बात कही थी। अंग्रेज माने गवर्नमेंट, इस बात को वे जोरों के साथ कहेंगे। वे छोटे लाट के समीप ह्यू की किस तरह व्याख्या करेंगे? धानी मुण्डा, चोट्टि मुण्डा— उनका भाई प्रत्येक गड़बड़ आदमी की तसवीर बनाकर बैठा है! भाई से बोले, "विलायत जाकर तुम्हारा अभागा भाई किताब छपाएगा। उनमें उन दोनों तसवीरों को मत देना।"

जवाब में ह्यू हँसता और कायदे के मुताबिक 'द फ्लूट एण्ड द ऐरो' प्रकाशित होने के बाद उसमें दोनों तसवीरें दिखाई पड़ी। इसको लेकर और कोई शोर-शराबा करने का मौका नहीं मिला, क्योंकि उगाण्डा के आदिवासी लोगों की तसवीर बनाते हुए क्रुद्ध ग्रामवासी लोगों के बरछे से बिंधकर ह्यू ने ईश्वर की इच्छा पूर्ण की और भाई को चैन पहुँचाया।

सारे सवालों का फैसला होने के बाद भी सेक्रेटरी के दिमाग में यह खयाल चक्कर काटता रहा कि शिकार के लिए चोट्टि अच्छी जगह है। चोट्टि मुण्डा तीरंदाजों में भी बहुत प्रसिद्ध तीरंदाज है। हर मेले में वह तीर की प्रतियोगिता में जीतता है। इसी कारण उसके नाम पर तमाम किस्से गढ़े हुए हैं। इस तरह के आदमी जरा भी भड़कने की बात पर विद्रोही हो सकते हैं। गैर-मुण्डा लोगों पर भी उसका प्रभाव है। उसका कार्य-कारण जो भी हो, ऐसे लोगों का जेल में रहना ही ठीक है। लेकिन मुण्डा बहुत ही बिगड़ैल जात है। उठाईगीरी भी नहीं करते।

हर मेले में यह तीर चलाने की प्रतियोगिता ही क्यों होती है? इस सवाल के जवाब में वे गजेटियर खोलकर देखते। इस प्रतियोगिता का इतिहास बहुत प्राचीन है। यह आदिवासियों के उत्सव का अंग है। राजा-जमींदारों की मदद रहती है। वे गैर-सरकारी ढंग पर सरकारी इच्छा बता देते हैं, अब वे दुर्भिक्ष की खबर प्रसार के मार्ग से ही ग्राह्य होगी। इससे जमींदार-महाजनों को दुख न होगा।

उपयुक्त अधिकारियों को यह बात भी बता दी गई। अकाल होने पर इसके बाद जमींदार-महाजन को आदमियों के प्रति दयावान होना होगा। सबकुछ होने पर भी उन्हें अब हजारों तरह का परिरक्षण प्राप्त होता है। बदले में दो-तीन बरस बाद एक इंसान के आचरण की अपेक्षा करना क्या बहुत अनुचित है? थोड़ी-सी हृदय-परिवर्तन की कामना क्या बहुत ज्यादा चाहना है? हृदय-परिवर्तन होने और दान-ध्यान करने पर वह सरकार की नजर से छिपा नहीं रहता है। दान-ध्यान से खिताब मिलता है।

छानने की प्रणाली में यह खबर एक बार चू-चू कर गलत पहुँची। तब अचानक एक बहुत अजीब अर्जी सदर आ पहुँची।

"गरीबों की माँ-बाप सदाशय जगज्जननी गौरमेन लाट साहेब सभी से निवेदन किया जा रहा है। इस अधम तीरथनाथ लाला—मौजा के—तहसील चोट्टि के आदि वाशिन्दा। गत 1924 साल के जून मास में जब अकाल हुआ 117 ग्रामवासी लोगों को तीरथनाथ ने रोज खाना देकर बचाया, इसके बाद मिशन की मेम लोग आईं। तीरथनाथ न रहता तो गाँववाले मर जाते। अधम की बात को कोई कहनेवाला न था, इसलिए यह सेवा-कार्य अनदेखा और उपेक्षित रह गया। अब उपयुक्त खिताब देकर अधम को धन्य करने से वही काफी पुरस्कार होगा। यह भी निवेदन है, छोटे लाट बहादुर के दुर्भिक्ष त्राण भण्डार में अधम ने एक सौ एक रुपए दिए हैं।" इत्यादि-इत्यादि...।

अर्जी को सरकार ने सस्नेह देखा। हृदय-परिवर्तन का जाज्वल्यमान केस था। 'रायसाहब' खिताब दिया गया।

इसके बाद, एक शुक्लपक्ष में किसी और कारण से नहीं, शिकार की चाह से सेक्रेटरी चोट्टि की ओर रवाना हुआ। बाद में तोहरी में कैम्प लगाने के समय, स्थानीय जमींदार के अनुरोध पर मेले में आदिवासियों के तीर का खेल देखने गए। दुबला-पतला, सीधा तना और तेजस्वी एक मुण्डा तीरन्दाज पहचाना हुआ-सा लगा। सब उसकी तरफ कैसे आदर के साथ देख रहे थे। युवक ने अविश्वसनीय दक्षता से लक्ष्य वेध दिया, यह देखकर वे चौंक गए। काफी ऊँचे पर काठ की खूँटी मिट्टी में गड़ी थी। खूँटी पर आँख बनी हुई थी। खूँटे के सिरे पर एक लकड़ी की थाली रखी थी। थाली के किनारे में छेद था। छेद में से रंगीन डोरी की झालर लटक रही थी। डोरी के किनारे कागज की बनी चिड़िया थी। नीचे से गरारी खींचकर थाली घुमाई जाती थी। डोरी में बँधी चिड़िया भन्न-भन्न घूम रही थी। उसके बीच से लकड़ी पर आँख बेधी गई।

"वह कौन है?" जमींदार ने हाथ मलते हुए बताया, "चोट्टि गाँव का चोट्टि मुण्डा, हुजूर! उसे तीर का मन्त्र आता है। आज कई बरस से अव्वल हो रहा है।

आपने तो खुद देखा, और लोग न कर सके।''

चोट्टि ने पुरस्कार सेक्रेटरी के हाथों से ही लिया।

''वे लोग कौन हैं? खुशी से चिल्ला रहे हैं। बाजे बजा रहे हैं?''

''उसके गाँव के लोग हैं।''

''सब मुण्डा हैं?''

''न, न, दूसरे छोटी जात के भी हैं।''

इसके बाद सेक्रेटरी ने चोट्टि नदी के किनारे एक दिन का कैम्प किया। साहब की देखभाल का सारा इन्तजाम तीरथनाथ ने ही किया था। सेक्रेटरी के तलब करने पर चोट्टि डरता हुआ आया। सेक्रेटरी बोले, ''देखें, चाँदनी रात में उड़ती बत्तख मार सकते हो या नहीं?''

''मार सकता हूँ, मालिक!''

ज्योत्स्ना जिस प्रकार चाँद से झरती है, बत्तख के पंख उसमें मिल जाते हैं। ये बत्तखें यायावर थीं, इस समय बालू पर उतर पड़ती। शीत बीत जाने पर न जाने कहाँ चली जातीं। चोट्टि ने धनुष उठाकर स्थिर लक्ष्य पर बत्तख मारी। सेक्रेटरी ने बन्दूक से बत्तख मारी। दूसरे दिन जाने के समय पहान से कह गए, ''तीर खेलो, चिड़िया मारो, लेकिन तुम्हारे आदमी गड़बड़ न करें।''

पहान और चोट्टि आदि सिर झुकाए रहे।

''सचमुच तुम्हारा तीर का हाथ अच्छा है।''

चोट्टि के लिए यह कहकर सेक्रेटरी स्पेशल सैलून कार में बैठ गए। उनके लिए विशेष ट्रेन आई थी।

इसके बाद तीरथनाथ का खिताब आया। तीरथनाथ चोट्टि के बारे में बड़े आदर के साथ बोला, ''माँ! उस समय अगर चोट्टि न आता, तो मैं खैरात न बाँटता। खैरात दी, इसीलिए खिताब आया।''

''कहती थी कि उसे मन्तर आता है।''

चोट्टि के जीवन में यह एक और किंवदन्ती जुड़ गई। इसके बाद गाँव के तीन मुण्डा युवक उसके पास आए थे। लगभग छः बरस बाद।

[5]

इन छः बरसों में चोट्टि के जीवन में कोई उल्लेखनीय घटना नहीं हुई। मुण्डा लोगों के जीवन में होती भी नहीं। बीच में मुण्डारी गाँव में दुख-दारिद्र्य के रहते 'करम' या 'सोहराइ' या 'हो' के जातीय अर्द्ध-हिन्दू उत्सव या हरमदेउ की पूजा के उपलक्ष

में कुछ विचित्रता जरूर आई। पँचमेल गाँवों की मुण्डा टोली में वह उत्सव उस तरह की चहल-पहल नहीं लाते। इससे ज्यादा शिकार के उत्सव के दिन उनका उत्साह दिखाई पड़ता। पहले शिकार-उत्सव आदिवासियों का हुआ करता था; अब दूसरी जातिवाले भी इसमें भाग लेते थे। शिकार-उत्सव, आंचलिक मेला—इनमें बड़ा आनन्द रहता।

मुण्डारी जीवन में और कुछ न होता। चोट्टि की तरह के मुण्डा लोगों के जीवन में। तीरथनाथ के खेत जोतना। अपनी जमीन जोतना, भाई को लेकर वह सब काम करना। तमाम मुण्डा औरतों की तरह उसकी और कोयेल की बहू भी बहुत मेहनत करती। चोट्टि की पत्नी पति-परायणा थी। कोयेल की पत्नी अगर शान्त औरत न होती तो मुश्किल होती। इस घर की बड़ी बहू गाय और बकरी चराती। बकरियाँ स्टेशन पर या जंगल के ठेकेदार को बेचकर जो कुछ मिलता, उसे टीन के डिब्बे में रखकर चूल्हे के पास गाड़ दिया जाता। चूल्हे के आस-पास रुपए रखने से वे चोरी न जाते। फसल होने पर वह हाट से चावल या गेहूँ या मक्का खरीदकर लाती। छोटी बहू खाना बनाती या घर के और काम-काज करती।

सबकुछ पुराने ढंग से चल रहा था। बाहर से देखने पर यह नहीं लगता था कि कहीं कोई अशान्ति है। लेकिन स्टेशन पर रहने से कभी-कभी बाहर की खबरें मिलतीं। हमेशा ट्रेन रुकती नहीं थी। लेकिन जो ट्रेन चली जाती थीं, वे भी देखने में कैसी अच्छी लगतीं! ट्रेन माने आधुनिकता की शक्ति, यन्त्र। प्लेटफार्म पर खड़े गरीब लोगों का इससे कोई मतलब नहीं। फिर भी खड़े-खड़े देखने में अच्छा लगता। देखते-देखते अँधेरा होने पर घर लौटना होता।

1930 के वर्ष में यह नया दृश्य देखा गया। गाड़ी के किसी-किसी डिब्बे में पुलिस रहती। यात्रियों के सिर पर सफेद टोपियाँ रहतीं। वे चिल्ला-चिल्लाकर क्या कहते थे, यह समझ में न आता।

सना मुण्डा खबर पाकर बोला, "दिकू लोग गांधी राजा के चेले हो गए।"

चोट्टि बोला, "गांधी राजा! वह कौन है?"

"मुझे मालूम नहीं है। सब लोग कहते हैं कि बहुत बड़ा राजा है।"

"ये लोग चेले हैं?"

"हाँ रे! साहब लोगों को भगाएँगे, इसलिए बलोया उठा रहे हैं। इसीलिए चारों ओर उनको जेहल में लिए जा रहे हैं।"

"ऐसा! तो इतने दिकू? दिकू लोगों का अन्त नहीं?"

चोट्टि की नासमझी पर सना हँसा। बोला, "दिकू अनगिनती हैं।"

"मैं तो चारों ओर जाता हूँ। एक भी दिकू दिखाई नहीं देता।"

"दिकू लोग शहर में रहते हैं। वहाँ तमाम मकान हैं, सड़कें हैं। वे लोग इस जंगली देश में आएँगे कि तू देखेगा?"

ठण्डी साँस लेकर चोट्टि चला आया। सना बोला, "इस बार तीन मेलों में नहीं गया। क्यों रे चोट्टि, क्या हुआ?"

"समय कहाँ है?"

इसके बाद ही उसके पास तीन मुण्डा युवक आए—दुखाई, बिखना और सुखा। चोट्टि के पैरों के नीचे एक जोड़ी काली मुर्गी रखकर उन्होंने धरती पर प्रणाम किया।

"यह क्या? तुम लोग कौन हो?"

"हम कुरमी गाँव के मुण्डा हैं।"

"यह क्यों लाए?"

"एक बात है।"

"क्या बात?"

"अलग कहेंगे।"

वे नदी के किनारे चले गए। सुखा बोला, "इस बार तुम सब मेला में नहीं गए। इसलिए भी खबर लेने आए हैं। एक बात और है।"

"क्या बात?"

उन लोगों ने एक-दूसरे की ओर देखा। सुखा बोला, "तुम हम लोगों को सिखा दो। हम जनम से हाथों में धनुक लिए हैं। किन्तु तुम्हारी तरह निशाना नहीं लगाते। मन्तर दो?"

"तुम मेरा मन्तर चाहते हो?"

"हाँ।"

"मन्तर, मन्तर, सब मेरा मन्तर देखते हैं। इन हाथों को देखो। चिल्ला खींच-खींचकर कड़े पड़ गए हैं। आज भी अभ्यास करता हूँ। तुम करोगे?"

"करेंगे।"

"दुपहर के सिवा समय नहीं है।"

"हमको भी।"

"गर्मी बढ़ने पर सूरज उठने से पहले।"

"तभी आएँगे।"

"क्यों सीखना चाहते हो?"

सुखा पापरहित शुभ्र हँसी हँसा। बोला, "तुम हम लोगों की नजर में राजा हो। किन्तु हमारी साध है कि मेले में निशाना बेधें।"

"वह हुआ।"

सुखा इस समय तरुण है। चोट्टि की उम्र तीस हो गई है। फिर भी याद है कि पहला निशाना बेधने के बाद दर्शकों के जयोल्लास से कलेजे में कैसा आनन्द उठा था। रक्त में गर्जन था, आनन्द से कलेजा मानो फट गया हो। एक साथ चोट्टि से तोहरी तक, दिगन्त तक जैसे लाल पलाश खिल उठे हों, कलेजे में। हाँ, इनको भी वह अधिकार है। निशाना बेधने के बाद भी मेले के राजा को अँधेरे घर में ही लौटना पड़ा।

"और तुम जब नहीं रहोगे तो हम बता सकेंगे कि तुमसे सीखा था।"

"तुम लोग गुस्सेवर हो। नाकाटा के राजा का गुमाश्ता हाट में तौलाई लेता है, इस बात को लेकर उसके साथ झगड़ा है। मैं तो उसे छुड़ाने में दम निकाल दूँगा। तब?"

"तुम ठोकर भी क्यों न मारो। जहाँ तुम्हारे पाँव हैं, हम वहाँ की धूल चाटेंगे। तुम देखना, हम धूल खाएँगे।"

चोट्टि के कलेजे के नीचे मानो कुछ फट पड़ा हो। जेजुड़ की हाट। धानी मुण्डा कह रहा है, "धूल फाँकता हूँ देश की। घर की माटी फाँकता हूँ।" गोली छूटकर आई थी।

आँखों में गहरी पीड़ा थी। असीम प्रेम से चोट्टि बोला, "तुम लोग आओ। मैं सिखाऊँगा। मेरे सिखाने से तुम निशाना लगाना।"

सुखा आदि प्रणाम कर चले गए।

पहले ही दिन चोट्टि ने मन-ही-मन धानी से क्षमा माँग ली—आज पन्द्रह-सोलह साल से तुम नहीं हो, फिर भी तुम्हारे लिए मेरा मन दुखी है। बाबा के मरने पर दुनिया ऐसी सूनी नहीं लगी। जब गान गाता हूँ तब मन में उठता है कि तुम मेघ पर बैठकर सैलराकार[1] में मिल गए हो। आकाश में तो बहुत मेघ हैं। तुम कौन-सा मेघ हो, समझ में नहीं आता। तुमसे मुझे शिक्षा मिली थी, अब मैं जवान नहीं रहा। आज मेरे पास भी सीखने के लिए लड़के आते हैं। उनको क्या सिखाऊँगा? वही न जो तुमने सिखाया था। तुम आशीर्वाद दो।"

उसके बाद वह तीनों लड़कों को लेकर नदी के पश्चिम की ओर चलता रहा, जहाँ कि पहाड़ बहुत पास दिखाई पड़ते हैं, लेकिन पास नहीं आते। वन के अंचल में आँवले के पेड़ हैं। फलों के भार से पेड़ मानो झुके पड़ रहे हों।

"ठहरो!" चोट्टि उनसे फुसफुसाकर बोला। वे लोग रुक गए। चारों चुपचाप खड़े रहे। थोड़ी दूर पर घास हिल उठी। कुछ देर बाद साँस छोड़कर चोट्टि ने माथे का पसीना पोंछा।

---

1. सैलराकार—पहाड़ जहाँ बीरसा मुण्डा अंग्रेजों के विरुद्ध लड़ा था। देखें—लेखिका की पुस्तक 'जंगल के दावेदार'।

"बाघ लेटा था। उठ गया।"

'हमने तो देखा नहीं।"

"तो यहीं से शिक्षा शुरू। जंगल में चलना जानना पड़ेगा। तुम लोगों ने बाघ को नहीं देखा। उसने हम लोगों कों ठीक देख लिया। उसके रोम-रोम में आँखें होती हैं। उससे अधिक सावधान कोई नहीं है।"

जंगल और पहाड़ के बीचोबीच की भूमि में कई पलाश के पेड़ थे। उनके नीचे पत्थर थे। चोट्टि ने उन लोगों से रुकने को कहा। खुद दूर चला गया। पत्थर पर कड़े चूने से निशाना बनाया। लौटकर बोला, "धनुक उठाओ। और कुछ नहीं। सिर्फ यही निशाना है। निशाना बेधने का मन्तर यही है। आँखों को ठीक करो।"

सिखाना चलता रहा। सुखा और बिखना हँसमुख थे। अपने गाँव के अखाड़े में नाच-गाने के बड़े उत्साही सदस्य थे। दुखिया चोट्टि को बहुत दुर्बोध्य लगता। एकाग्रता और दक्षता उसी में अधिक थी, लेकिन बोलता बिलकुल न था। हमेशा गुमसुम-सा बना रहता था।

"तू इस तरह चुप्प क्यों है, दुखिया?"

"उससे उसने हल्दी ली, करमी ने चूड़ी ली, लेकिन सगाई की कनू से।"

दुखिया बोला, "थू, करमी के नाम पर थू!"

"क्यों?"

"दुखिया नाकाटा के राजा के गुमाश्ते की बेगार करता है। हम भी करते हैं। लेकिन उसका कुछ नहीं है। जमीन-जायदाद सबकुछ टीप-छाप में बन्धक हैं।"

"चुकता कब होगा?"

दुखिया सूँखे गले से बोला, "बेगार उसके खाते में चुकता नहीं होता। मेरे बाप के बाप ने कर्ज लेकर वंश को बाँध दिया है।"

"क्या लिया था?"

"दस पाई धान।"

"दस पाई धान?"

"हाँ।"

कुछ दिन बाद दुखिया अपने-आप चोट्टि से बोला, "घर के साथ एक टुकड़ा जमीन है। उसमें मिर्च, लहसुन, प्याज लगाता हूँ। वह गुमाश्ते का है।"

"कैसे?"

दुखिया सूखे और दुखी गले से बोला, "बेगार बाप-दादे ने दी। मैं भी दूँगा। क्या बेगार नहीं देता हूँ? देता हूँ। लेकिन वह मुझे कहता है—कामचोर, हरामी, गू खानेवाला। क्यों कहता है? बेगार एक-सी देता हूँ। वह राजा की कचहरी जाता

है। हम पालकी उठाते हैं। वहीं दिन बीतता है। साँझ को पालकी लेकर लौटते हैं। तब तक हम भूखे-प्यासे बैठे रहेंगे। किसी दिन गुड़-पानी भी नहीं देता। कहता है, तुम लोग तो उपासे ही रहते हो। मुण्डा लोगों को खाए बिना कष्ट नहीं होता?''

''नहीं, मुण्डा आदमी नहीं है।''

''हाट में उगाई हुई सब्जियाँ बेचता हूँ, बेचकर धान लेता हूँ। उस पर भी बाजारी लेता है। कुरमी के हाट की बाजारी लेने का मामला पुराना है। इसी कारण से उराँव एक-एक कर गाँव छोड़ रहे हैं। मन होता है कि भाग जाऊँ।''

''कहाँ जाओगे?''

''यही तो बात है!'' दुखिया सूखी आवाज में हाय निकालता हुआ बोला, ''जाएँगे कहाँ? कहीं जाने का ठौर नहीं है। लेकिन मन में ऐसा उबाल उठता है कि किसी दिन कुछ कर बैठो। गुमाश्ता जब गाली देता है तो मन-ही-मन बुरा लगता है। गाली देने से मुण्डा का खून गुस्से से भर जाता है। मन भड़क उठता है।''

दुखिया को देखकर चोट्टि को बिसरा की, अपने पिता की बात याद आई। वह धमकाकर बोला, ''कैसे रहेगा? यह बात नहीं सोचता।''

''सोचना नहीं चाहता, मन में उठता है।''

और कुछ दिन बीते। सुखा और बिखना उम्र में तरुण होने पर भी दुनियावी ज्ञान में पारंगत थे। उन्होंने दुखिया से कहा, ''माना कि गुमाश्ता बहुत ही हरामी है, लेकिन हाट में बाजारी के लिए मुझसे भी कचहरी में कह आया। हमें भी गुस्सा है।''

दुखिया सिर हिलाकर बोला, ''अच्छी चीज पर पंजा मारता है।''

''मेला में जाएँगे, तीर खेलेंगे, निशाना लगाएँगे। छोटा-सा तो मेला है, दो-चार रुपए मिलेंगे।''

''रुपया नहीं लूँगा, धान लूँगा, रुपया वह छीन लेगा।''

''यह बात सच है कि तुझे जादा गाली देता है।''

''हाँ, देता है। तुम्हें गाली क्यों नहीं देता है? क्योंकि तुम लोगों के पीछे बाप-भाई हैं। मेरा कोई नहीं है। इसलिए गाली देता है।''

''अब तूने हम लोगों को गाली दी।''

''कैसे?''

''तेरा कोई नहीं है! हम नहीं हैं? हम लोगों के घर में एक आदमी के पीछे मुण्डा-उराँव सब रहते हैं। देखता नहीं है?''

''कसूर हो गया।''

''तीर के खेल में निशाना लगाने पर...'' चोट्टि बोला, ''तीर के खेल में

निशाना लगाने पर मन अच्छा हो जाएगा। दो-चार रुपए मिलें, सगाई कर लो। उल्टी बात मत सोच, दुखिया! जो सब लोग करें, वही करने में सुख है।''

चोट्टि ने सोचा था कि दुखिया आत्महत्या की बात सोच रहा है। 'किसी दिन कुछ कर बैठे' यह मानो हत्या की बात ही हो। दुखिया की बात सोचने पर आजकल उसे धानी मुण्डा की बात याद आती है। क्यों याद आती है? लगता कि जेजुड़ जाने पर पुलिस की गोली से मरना ही होगा; धानी को यह मालूम था। वह फिर भी गया। क्यों गया? दुखिया की बात सोचते ही धानी के बारे में यह एक बात क्यों याद आ गई?

उसने दुखिया से कहा, ''एक तीर-खेला में तुम अगर अकेले जीत सके तो मन में जो खुशी होगी, उसके जोर से तेरे सिर का भूत उतरेगा।''

''तब गुमाश्ता मुझे गाली न देगा?''

''शायद इतनी गालियाँ न दे।''

''देखूँ। तुम झूठ तो कहोगे नहीं।''

'कुछ करके रहूँगा'—कहने से दुखिया क्या कर सकता था? यह बात चोट्टि नहीं समझा। देउ ग्राम का मेला हुआ। तीर के खेल में दुखिया अव्वल भी आया और उसे दो रुपए नकद भी मिले। सचमुच इससे उसे बहुत खुशी हुई और उसने चोट्टि से यह बात कह भी दी। बोला, ''बाप रे! ऐसी खुशी! चोट्टि में बाढ़ आने पर जिस तरह पत्थर तैरने लगता है, इस खुशी ने मेरा सारा दुख बहा दिया। कलेजा हलका-हलका लग रहा है। कितने दिनों से छाती में क्रोध और दुख लिए फिरता था। लेकिन अब ठीक हूँ।'' यह बात कहकर दुखिया पैर के अँगूठे से जमीन कुरेदने लगा। गुमाश्ते को देखकर भी उसे होश न हुआ।

चोट्टि बहुत ही खुश हुआ।

उसके बाद सबकुछ शान्त-शान्त रहा। अहिंसा के सेनानियों को ट्रेन से ले जाते थे। वह तो बाहरी संसार की घटना थी। अगहन में धान पक रहे थे। चिड़ियों के झुण्ड झुक पड़ते हैं, खेतों से हिरनों को भगाना पड़ता है। फिर यायावर पक्षियों का चोट्टि की बालू में उतरना, चाँदनी में उड़ती हुए बत्तखों के मिलने का मौसम आ रहा है। चोट्टि ने हाट से एक टाट मोल लिया। टाट में पुआल भर लेंगे, उसमें घुसकर उसके लड़के जाड़ों में सोएँगे। इसी बीच सहसा बहुत-से लोगों का एक भयंकर जुलूस चोट्टि के जीवन को, जीवन के विश्वास को कँपाकर और उसे बदलकर चला गया। जुलूस के आगे दुखिया मुण्डा था।

उस समय तीन का वक्त होगा। चोट्टि ग्राम के सब लोगों ने देखा था कि कुरमी पहाड़ से आकाश की पृष्ठभूमि से लगा एक जुलूस आ रहा है—कतार-दर-कतार आदमी। जुलूस के आगे कोई बल्लम की नोंक पर कुछ लिए आ रहा है।

कतार-के-कतार आदमी। जुलूस जैसे एकाग्र होकर चोट्टि में घुस आया और आगेवाला आदमी बोल उठा, "चोट्टि, मैं दुखिया हूँ।"

अब सभी ने देखा। चोट्टि ने भी देखा कि दुखिया के हाथ में बल्लम है और बल्लम की नोंक पर किसी का कटा सिर है। उसे लगा कि गुमाश्ते के सिर और छाती में मानो तीर लगे हों। वह चीखकर बोला, "दुखिया, यह क्या किया?"

दुखिया मानो नशे में हो, नशे में। मानो उसे अपने अन्तर की सहस्रों यन्त्रणाओं की बेगार से मुक्ति मिली हो। उसके दो पैर थोड़ा हिल रहे थे। संसार-भर के आश्चर्य से पापरहित आँखों से वह बोला, "तुमने कहा था कि वह गाली न देगा। पर हाट में बाजारी वसूल करने आया। मैं मिर्चें लेकर बैठा था--बाजारी लेने के लिए उसने जूते की ठोकर से मेरा हाथ क्यों हटाया? जिस तरह कबूतर अपने बच्चे को ढँके रहता है, उसी तरह मैं मिर्चों की टोकरी को ढाँके हुए था। मेरे हाथ पर सिपाही ने जूते की ठोकर मारी—सिपाही के हाथ में बल्लम था। सिपाही से बोला, 'उठा ले उसकी टोकरी। तीर खेलने से उसका दिमाग खराब हो गया है। साला, कामचोर, निमकहराम, मेरी बेगारी में बेकार करता है और अपने खेत में मन लगाकर मिर्चें पैदा करता है।' थोड़ा पानी देना।"

दुखिया ने ढकर-ढकरकर पानी पिया। बोला, "तुमने कहा था, वह बात मत सोचना। मैं सोचना नहीं चाहता, लेकिन उसने मुझसे यह काम कराया। उसके बाद माँ की गाली देने जा रहा था, मैंने पूरी न होने दी। बलोया से सिर झुकाकर सिपाही के बल्लम से छेद दिया।"

"कहाँ, दुखिया कहाँ?"

विस्मित होकर दुखिया बोला, "क्यों? तोहरी में।"

"जेहल होगी, फाँसी होगी, दुखिया!"

"तब?"

"तू भाग जा।"

दुखिया मानो गहरे ज्ञान से, गहरी ममता से बोला, "कहाँ? मेरे भागने की कोई जगह नहीं है। तुमसे कहा था न? जगह होती तो बेगार देता? मुण्डा भी जिन्दा रहना चाहते हैं। बताओ।"

"दुखिया, मेरा कलेजा फटा जा रहा है।"

"मैं नहीं चाहता।"

दुखिया ने बड़े चाव से चोट्टि को, नदी, ग्राम, प्रान्तर की ओर ताका। उसके बाद बोला, "चलो, पुलिस कुछ और न समझ ले। मेरे खुद न जाने पर पुलिस तुम पर जुलूम करेगी।"

परिणामस्वरूप फाँसी होगी, यह जानकर भी दुखिया ने गुमाश्ते को काट डाला

था। दुखिया का मुकदमा हुआ और उसे फाँसी हुई। तब चोट्टि की समझ में आया कि धानी जेजुड़ क्यों गया था—उसका नतीजा मौत होगा, यह जानकर भी तथा अपने प्रति सच्चा रहने के लिए। हरमदेउ के उत्पन्न किए हुए मनुष्यों को बीसवीं शती में पहुँचकर कभी-कभी कोई काम करना होता है। वही धानी और दुखिया ने किया था।

पहले जेल में, उसके बाद फाँसी। तोहरी के दारोगा ने सदर जेल में सारी खबर पाकर कहा था, "मुण्डा भी एक ही जात है। सरकार ने वकील दिया। वकील ने बहुत समझाया कि ऐसे कहो। बुद्धू ने सच्ची बात ही कही। और, दुभाषिए ने वकील को उसकी बात बताई। वकील की बातें दुभाषिए ने उससे कहीं। तीनों में कोई किसी की बात ठीक से नहीं समझा। अन्त में कहा गया, क्यों? 'नहीं मारा' यह क्यों कहूँ? मारा, सैकड़ों लोगों के सामने मारा। मैं मिर्चें लेकर गया था। उसने जूते की ठोकर से मिर्चों की टोकरी क्यों फेंक दी? शहर में, सदर में दूसरी जातवाले खून कर भाग जाते हैं। एक भी मुण्डा-उराँव-हो को भागते नहीं देखा।"

मुँह फेरे हुए यह बातें सुनकर चोट्टि वेदना से व्याकुल हो रहा था। जो जात 'भागना' नहीं जानती, उस जात का लड़का क्यों भागे? कोई गलत काम किया कि भागे? अगर भागेगा तो गौरमेन घेरकर उसे खोज नहीं निकालेगी? राजा-जमींदार तो भागनेवालों को पकड़ने के लिए जंगल में कुत्ते छोड़ देते हैं। जंगल को छानकर कुत्ते भागनेवाले को पकड़ लेते हैं।

कोई भी भाग नहीं सकता, दुखिया के लिए तो भागना और भी मुश्किल था। जन्म से ही वह जानता था कि वह बेगार से बँधा है। इस बात को वह मान ले सकता था, लेकिन गुमाश्ता दुष्ट था। औरत ने भी उसे धोखा दिया। तरह-तरह की वंचनाओं के कारण दुखिया पागल-सा हुआ जा रहा था। 'किसी दिन क्या कर बैठूँ' इस बात के मन में घुमड़ते रहने से बिसरा ने आत्महत्या कर ली। दुखिया ने गुमाश्ते को मार दिया। दोनों ही सच्चे थे। चोट्टि ने सोचा कि न्यायकर्त्ता के आगे, गौरमेन के आगे चवन्नी की मिर्चों की बात दुखिया ने कितनी गहरी अभिलाषा से समझानी चाही थी। लगता है कि दुखिया के मन में यह बात घर कर गई थी कि उसे जेहल हो गई है, अब फाँसी होगी। उसे तो सबकुछ मालूम था और उसने सब मान भी लिया था। फिर भी मिर्चों का मामला कितना भड़कानेवाला था! क्या उसे न्यायकर्त्ता समझेंगे? न्यायकर्त्ताओं को जरूर लगा था कि यह सनकी जाति एक टोकरी मिर्चों के लिए फाँसी तक चढ़ सकती है। चोट्टि

मन-ही-मन जानता था कि फाँसी चढ़ने तक दुखिया की आँखों के आगे दुनिया-भर का विस्मय था। ऐसा क्यों हुआ? क्यों एक आवश्यक हत्या के बाद उसे फाँसी हो रही है?

सबकुछ दुर्बोध्य है। दुर्बोध्य रह गया दुखिया, मुण्डाओं के जीवन में।

सुखा और बिखना ने मुण्डा लोगों के श्मशान में एक पत्थर रख दिया। उन्होंने गाँव के पहान से पूछा, "वहाँ तो फाँसी के बाद लहास को जला देते हैं। तो एक पत्थर लगा दें?"

"लगा दो।" पहान को मानो चैन मिला। दुखिया के मामले में कुरमी गाँव की छाती पर आज भी वह पत्थर रखा हुआ है। क्या से क्या हो गया? एक चिकना पत्थर रखकर भी मानो उस अभागे के लिए कुछ हो गया हो। पहान ने उस अवसर के उपयुक्त मन्त्र पढ़ा और दुखिया की परलोकवासी आत्मा के लिए चावल और चार आने पैसे दिए। सुखा आहिस्ता से बोला, "बस, एक चवन्नी-भर की मिर्चें ही टोकरी में थीं।"

उसके बादवाला गुमाश्ता बहुत होशियार था। वह गाँव बिलकुल न आता और उसके पियादे ने ढोल पीटकर बताया, "बेगार हो या न हो, हर हाट के पहले सामान का चौथाई भाग कचहरी में देकर जाना होगा। उसके बाद सामान बेचा जाएगा।"

गुमाश्ता होने पर थाने से मेल-जोल रखना ही पड़ेगा। दारोगा ने नए गुमाश्ते को सरकार की इच्छा बताई, शहर में और गैर-आदिवासी गाँवों में अहिंसक संग्राम का जो शोर है सरकार उसमें ही उलझी हुई है, जेलें उफनी पड़ रही हैं। इस समय किसी भी कारण से, प्रजा को दबाने के जोश में हिंसा का कोई काम नहीं करना। अन्त में जिम्मेदारी तो थाने की ही होगी। उस जंगली गाँव में कौन जाएगा? वे सोचे-समझे काम करने के फल से ही तो सियाराम गुमाश्ते ने जान दी। छोटे लोगों को ठीक करने के काम में थाना भी होशियार है, और गुमाश्ता जी भी इस बात को समझ लें। आजकल कोई ऐसा काम करना ठीक न होगा जिसमें जंगली लोग बिगड़ जाएँ। यह लोग परोक्ष शोषण को नहीं समझते। इसलिए नीति से ही काम लेना अच्छा है।

नया गुमाश्ता परम वैष्णव था। पालकी उठाने पर यह मुण्डा लोगों को जलपान देता। 'बच्चा' के सिवा कभी कुछ और न कहता। समय पर आसानी से खेती के लिए कर्ज देता और इसकी कुशल नीति के परिणामस्वरूप एक बार सवेरे के वक्त कुरमी का पहान सिर पर दोनों हाथ रखकर बोला, "इसी को दिकू बुद्धि कहते हैं, आँ? कल कचहरी से पता चला कि गाँव के सब लोग, और तो और, मैं तक उनका बेगार करनेवाला हूँ।"

"कौन-सी तरकीब की उसने?"

इस बेगार के मामले में गौरमेन की जनगणना को उसने परोक्ष में नहीं, प्रत्यक्ष में खत्म कर दिया, लेकिन वह बाद में। इसे खत्म करने के मामले में छोटा गाँव कुरमी बड़े गाँव चोट्टि का पथ-प्रदर्शक बन गया। कई बरस बाद। दुखिया की फाँसी, उसका पत्थर लगना इत्यादि हो जाने के बाद एक दिन हरमू चोट्टि से बोला, "आबा, मुझे एक धनुक बना दोगे?"

"क्या करेगा?"

"मैं तो गाय चराता हूँ।"

"तो गाय को पकड़ने पर बाघ को मारेगा?"

पिता की नामसझी पर हरमू भोलेपन से हँसा। बोला, "आबा, तुम कुछ नहीं समझते। मैं क्या दूर चला जाता हूँ कि बाघ गाय को पकड़ लेगा?"

"तो करेगा क्या?"

हरमू नजर झुकाकर बोला, "सोमाई, रूपा—इन लोगों के हाथों में धनुक आया। पहान के पास जाकर उन्होंने धनुक लिया। उसके बाद वे लोग तीर से पटापट कच्चे आम तोड़ते हैं।"

"यह बात है।"

"तुम्हारी तरह तो कोई नहीं है। ब—हुत सुन्दर धनुक बना दो।"

"अपनी माँ को बुला।"

हरमू की माँ आई। बोली, "क्या बात है?"

"लड़के को धनुक चाहिए। धनुक पर मैं खाँचा काट दूँगी। तू उस खाँचे पर लाल तागा लपेट देना।"

"मेरे पास समय कहाँ है?"

"समय निकाल लेना। लड़का कह रहा है।"

"तुम्हारा बेटा है न। मुझे डर लगता है कि धनुक देने पर यह दिन-रात उसी को लेकर दीवाना बना फिरेगा।"

"दूँगा।"

"धनुक नहीं लेगा तो क्या लेगा?"

"कह तो दिया कि दूँगा। तुमने जो कुछ कहा उस पर कभी 'ना' किया है?"

पत्नी हँसकर चली गई। चोट्टि बोला, "कभी 'ना' नहीं कहती।"

"मुझे मारती क्यों है?"

"मेरी माँ भी मारती थी।"

हरमू के लिए चोट्टि धनुक बना रहा था। सना आकर बोला, "चोट्टि, दारोगा ने तुझसे एक बार थाना आने को कहा है। कहा है कि जल्दी नहीं है, वक्त मिलने पर आए।"

चोट्टि शाम को ही गया। तोहरी में हाट थी। लाइन के किनारे-किनारे रास्ते पर चार मील दूर तक हाट लगी थी। पत्नी आज हाट में नहीं गई। चोट्टि ने ही चार भुट्टे, सूखी मिर्चें बेचीं। मिर्चों के पौधे उसकी पत्नी की जान थे और जमीन कोयेल की जान थी। इस जमीन में मक्का लगाना आसान बात न थी। कोयेल ने उससे पाँच रुपए माँगे थे। पास ही राई में बड़ी हाट लगती थी। वहाँ दवाइयों के कारखाने के लिए आँवले और हर्र खरीदने को आदमी आता। रुपए देकर कोयेल हाट में पक्की जगह लेगा। जमींदार का नायब रुपए लेकर रसीद लिख देगा कि वह जगह हाट के दिन कोयेल की है। जंगल में अनगिनत आँवले के पेड़ हैं। हर्र के पेड़ भी हैं। इनकी चीजें दूर जाकर बेचने की बात चोट्टि ग्राम के मुण्डा सोच भी नहीं सके, लेकिन कोयेल सोचता था। उसके भी लड़का हुआ था, घर में खानेवाले बढ़ रहे थे। कोयेल को एक ही फिक्र थी—घर को किस तरह बाँधकर रखा जा सकता है। कोयेल और चोट्टि की पत्नियाँ, दोनों को एक ही फिक्र थी। चोट्टि ने कहा था कि तीर के खेल का समय आने पर तुमको रुपए दूँगा। हरमू की माँ मुर्गी पालेगी। मुर्गी खरीदने के लिए रुपए दूँगा। तीर के खेल का समय आए—यही सब सोचते-सोचते चोट्टि ने लाल आलू खरीदे, सूअर की एक रान, तेल, सोडा खरीदा। कोयेल की बहू गन्दे कपड़े नहीं देख सकती थी। उसके बाद वह थाने गया। दारोगा का नाम था नन्दलाल सिंह। बहुत जबरदस्त आदमी था। प्रौढ़।

"बैठो, चोट्टि!"

चोट्टि जमीन पर बैठा।

"क्या खबर है?"

"दिन बीत रहे हैं, हुजूर!"

"बेटा कितना बड़ा हुआ है?"

"गायें चराता है।"

"एक बात है।"

"कहिए हुजूर!"

"चोट्टि! दुखिया मुण्डा का पहला इजहार मैंने लिया। उसने कहा था, वह तुम्हारे पास तीर सीखता था। तुमने उसे 'बलोया' उठाने को मना किया था। थाना आने के रास्ते में वह तुमसे ही सब कह आया था। पर यह बात मैंने इजहार में नहीं रखी। तुम्हारा नाम अलग रखकर इजहार भेजा था। इसी से तुमको किसी गड़बड़ का सामना नहीं करना पड़ा।"

"हुजूर! दुखिया कहा करता था, 'पता नहीं क्या कर बैठूँ।' सो मैं कभी नहीं समझ सका कि वह यह काम कर बैठेगा। बहुत दुखी रहता था। हँसता नहीं था।

मैं डरता था कि मेरे बाबा की तरह शायद अपने ही गले में फाँसी लगा ले।''

अपना दोष कबूल करके सरकारी वकील द्वारा बचाए जाने की कोशिशों पर पानी डालकर दुखिया ने अपने गले में आप ही फाँसी लगा ली। वह बात दारोगा ने चोट्टि से नहीं कही। गैरमुण्डा बात किसी मुण्डा को नहीं समझाई जा सकती।

''चोट्टि! मैं इस थाने में तीन बरस रहूँगा। इन तीन बरसों तक तुम किसी मेले में किसी तीर के खेल में नहीं उतरोगे।''

''यह बात न कहें, हुजूर! तीर खेलने में मिले पैसों से भाई हाट में जगह लेगा। बहू मुर्गी खरीदेगी। यह बात न कहें।''

''न चोट्टि! इसमें मेरी मुसीबत है। तीरथनाथ कहता है, चोट्टि भी दुखिया के पीछे था। दारोगा ने उसे बचा लिया। कहीं कुछ होने पर तुम्हारा नाम आता है। तीन बरस अगर तीर न खेलो, तो तुम पर से लोगों की नजर हट जाएगी।''

''मैं जा रहा हूँ।''

उम्मीदें टूटने पर मुँह उदास किए चोट्टि घर लौटा। सब सुनकर पत्नी बोली, ''इससे क्या हुआ? कोयेल बिना पक्की जगह के ही आँवले बेचेगा। मुर्गियाँ बाद में हो जाएँगी।''

चोट्टि कोयेल से बोला, ''दादा से छिपकर जनम बिताया। क्यों? तू मेरा भाई है, तू तीर नहीं खेल सकता?''

''कहाँ तुम और कहाँ मैं?''

''क्यों? मेरे तीर खेलने के वक्त सिर्फ नगाड़ा पीट सकता है!''

चोट्टि की कही हर बात में यन्त्रणा थी। कोयेल बोला, ''ठीक, देखा जाएगा। लेकिन वादा करो कि न जीतने पर मुझे मारोगे नहीं।''

''तुझे मारूँगा? तू बच्चे का बाप हो गया है।''

कोयेल बोला, ''अभी भी मार सकते हो।''

''कल से अभ्यास करना। सुखा कर सकता है, दुखिया कर सकता है, तू नहीं कर सकेगा?''

''कहा तो कि देखा जाएगा।''

चोट्टि की पत्नी ने राब का शर्बत बनाकर पति को दिया। बोली, ''जरा पी लो, तबियत ठण्डी हो जाएगी। ऐसा उदास चेहरा मत बनाओ। तुम थे कि वैसी बात कहने पर छोड़ दिया। दूसरा मुण्डा होता तो मारकर खतम कर देता।''

''बहुत मान दिया था!''

मन की पीड़ा से, अबोध्य वेदना से चोट्टि रात में वर्षा का लाल जल हो गया, पत्नी ने नदी बन छाती खोलकर उसे अपने अन्तर में मिला लिया। सवेरे के समय चोट्टि बोला, ''इस बार तेरी जैसी लड़की होगी।''

"किन्तु उसका नाम दिन के नाम पर रखना।"

"वही होगा। मुझे लगता है कि माँ मेरी बेटी बनकर संसार में फिर आना चाहती है। पता है कि उसकी आशा पूरी नहीं हुई।"

"यह सब दिकू लोगों की बातें हैं।"

"हाँ रे।"

"भोर का तारा नहीं निकला, सो जाओ।"

चोट्टि सो गया।

[6]

कौओं की आवाज पर सवेरे कोयेल ने चोट्टि को पुकारा। कहा, "चलो।"

"कहाँ?"

"पहान के पास चलो।"

"क्यों? पहान को क्या हुआ है? कोई काम मेरे सिवा नहीं कर सकता है। चोट्टि ग्राम में सबका एक ढंग है। इसी से दारोगा मुझसे सब कामों में मिलता है।"

"चल, चल।"

"तू भी उससे मिला है। सारे मुण्डाओं की तरह जब पेट नहीं चलेगा तो अलग रहना। न, दादा मैं हमेशा रहूँगा। सना की भांजी, तेरी बहू मुँगरी हरमू की माँ को पहचानती है, और तू पहचानता है दादा को!"

कोयेल बोला, "मरते समय माँ कह गई थी न—दोनों भाई एक साथ रहोगे। माँ की बात तो माननी पड़ेगी।"

चोट्टि बोला, "माँ की बात साँप के विष में चली गई। फिर भी तू सारी बातों में कहता है, माँ यह बात कह गई थी।"

"वह बात कही थी।"

"तू बड़ा सियार हो गया है, रे कोयेल!"

कोयेल बोला, "अच्छी बात है। वह सियार बहुत तेज हो गया है। साला बछड़े पकड़ने आता है। उसे मार दो।"

"मैं सियार को भी मारूँगा।"

"चल, चल। दिन निकल आया।"

पहान घर के बाहर बैठा हुआ था। चोट्टि को देखकर बोला, "हाँ चोट्टि, कोयेल यह क्या कह रहा है? तुझे तीर के खेल में नहीं उतरने देगा?"

"मना किया है। सुनकर चला आया। दारोगा से क्या झगड़ा करूँ?"

"नहीं-नहीं, हम लोग वन देश के लोग हैं। हमें तो दारोगा ही गौरमेन है।"

"सवेरे-सवेरे क्यों बुलाया?"

"एक अच्छी बात कहने के लिए।"

"अब अच्छी बात है?"

"तू जब न उतरेगा, तो चोट्टि मेला का नाम डूब जाएगा।"

"क्या करने को कहते हो?"

"अकेले कोयेल को ही क्यों? तू सारे मुण्डा लड़कों को सिखा।"

"सारे मुण्डा लड़कों को?"

"हाँ रे!"

"उसके बाद?"

"वे हर गाँव में, हर मेले में जीतेंगे।"

"क्या इतना आसान है? उन सब गाँवों में मुण्डा नहीं हैं, उराँव नहीं हैं?"

"फिर भी जाएँगे!"

"मैं इनको सिखाऊँगा तो दारोगा को पता चलेगा। उसके बाद कहेगा, चोट्टि मुण्डा सबको तीर सिखाकर तैयार कर रहा है। बलोया करेगा। वे लोग सब हमारे कामों में बलोया उठाना देखते हैं। कहीं सारे मुण्डा बलोया उठाते, तो वे लोग कहाँ रहते?"

"दारोगा को कैसे पता चलेगा? अभी भी चोट्टि ग्राम में कोई मुण्डा ऐसा नहीं है कि मैं 'ना' कर दूँ तो वह किसी को कोई बात बताए। यह तो लड़कों के लिए भी इज्जत की बात है।"

चोट्टि ने कुछ सोचा। उसके बाद बोला, "ठीक। लेकिन सिखाना तड़के में ही अच्छा रहेगा। इससे भी पहले। लेकिन तुम बात कर लेना।"

"अरे तू सिखाएगा तो तमाम गाँव के लड़के आएँगे।"

"वे लोग तुझे परनामी क्या देंगे, दादा?"

"क्यों? सालों के पास बहुत पैसे हो गए हैं?"

पहान क्षुब्ध होकर बोला, "सब कामों की रीत होती है।"

"जो चाहे समझो। तुम्हारे कहने पर मैंने कब किसी काम में 'ना' कहा? और सुनो! हरमू के हाथों में धनुक देना होगा।"

"दे दूँगा। चाँद का पखवाड़ा आए।"

चोट्टि ग्राम के लड़के एक-एक जोड़ा मुर्गी-मुर्गे लाए। हरमू की माँ बोली, "इनको मैं खाने न दूँगी। इनको मैं पालूँगी। कोयेल, मेरे लिए एक कोठरी बना देना। मेरी कोठरी की तरह इसकी दीवार मोटी रखना।"

चोट्टि हँसकर बोला, "अभी तो मचान के नीचे रख।"

कोयेल बोला, "इन दोनों को खाने से भला न होता!"

हरमू की माँ ने कोठरी में रोशनी कर कहा, "हिसू, तेरे दादा के मन्तर से लड़के एक जोड़ा मुर्गी लाए। मेरी साध पूरी हुई।"

चोट्टि बोला, "ओ, तेरे बेटे का बाप मन्तर जानता है। उससे ही तीरथनाथ की जमीन जोतती हो, लड़के को बड़ा शौक है, लड़के को पीतल से मढ़ी एक कंघी नहीं मोल लेकर दे सकता।"

बहू तुनककर बोली, "बेगार भी नहीं करते, कर्ज भी नहीं लेते। बुरी बात क्यों कहते हो? अच्छी बात कहो। पीतल-मढ़ी कंघी! मेरे बाप का बाप पहान है। अपने घर कभी तो पीतल-मढ़ी कंघी नहीं देखी। यह सब सहर की हवा है। टीसन के पास गाँव है, उससे तरह-तरह की जिनिस देखते हैं। अभी कहेगा कि कपड़े पहनेंगे।"

"तू भी पहनेगी? छोटी बहू भी लेगी।"

"हाय माँ! मुझे तो सरम आती है। कुर्ती पहनूँगी?"

"राँची की मुण्डानी पहनती हैं।"

"तब उनको सरम नहीं है। मुण्डानी क्यों न सजें? सजेंगी। कान में सफेद सोला लगाएँगी, सिर पर फूल लगाएँगी, बालों में तेल लगाएँगी और सफेद कपड़े पहनेंगी। पोत की माला और पीतल का बाला तो अच्छा है। हमने तो काठ के बाले पहने हैं।"

"ले, अपनी मुर्गी उठा। गीदड़ गुस्सा हो गया है। होश में रहना।"

"एक बत्तख तो मार दो। उससे उनका गुस्सा उतार दें।"

कोयेल की बहू चूल्हा पोतते हुए बोली, "बछड़ा पकड़ने में भागता-फिरता है। जल्दी करने से कैसे दाँत निकालता है। उस समय डर लगता है।"

चोट्टि बोला, "कोयेल, उन्हें मारकर गाय, बैल, सूअर, मुर्गी, बकरी बचा, ये हमारी दुनिया को जिन्दा रखे हैं। इस साल भेड़िए झुण्ड बनाकर घूम रहे हैं, सियार इधर बिगड़े हुए हैं। चारों ओर हाल खराब है। तेरे बच्चे को भी पकड़ सकते हैं। बहू होशियार रहना। कुरमी में भेड़िए ने माँ के पास से बच्चा उठा लिया।"

बहू बोली, "कोयेल की बहू, अपने बच्चे को पीठ से बाँधकर काम करती है। कोयेल ने जो बेड़ा बाँधा है, वह ऐसा ऊँचा है कि टट्टर हटाए बिना आदमी का सिर नहीं दिखाई पड़ता।"

आकाश में भोर का तारा उगा। तभी चोट्टि उठा। गाँव के युवक प्रतीक्षा कर रहे थे। जंगल की ओर चलते-चलते चोट्टि बोला, "एक साथ दस लड़के देखकर तरह-तरह की बातें उठेंगी। सब अलग-अलग आया करो। अगर टीसन के कुली भी देखेंगे तो बात होगी।"

वही जंगल, वही मैदान था। दुखिया, सुखा और बिखना आए थे। चोट्टि ने ठण्डी साँस छोड़ी। पत्थर पर निशान बनाया। लौटकर बोला, "उठाओ धनुक! तुम लोग कहते हो मन्तर, मैं कहता हूँ अभ्यास। जान लड़ाकर कोशिश करने से, क्यों न होगा?"

कोयेल बोला, "जीतने के बाद, आः! तुम्हारे सिर पर नाचूँगा।"

"फिर धनुक उठा। निशाना लगा। सबके पहले निगाह ठीक कर। निशाना है, तुम लोग हो। और कोई नहीं, कुछ नहीं।"

तीर छूट गया।

"जा, तीर उठा ला। फिर लगा। यह निशाना सात दिन चलेगा। एक हफ्ते के बाद अगले हफ्ते निशान दूर हटाया जाएगा।"

तीर छूटा।

"उठाकर ले आ। फिर लगा। मुझे देख।"

लड़कों ने चोट्टि की ओर देखा।

सवेरा हो रहा है। दिन बढ़ रहा है।

इस तरह से अभ्यास चला। दिनोदिन। चोट्टि ने देखा कि उसके तीरों के खेल में जो था, वह उत्साह और जिद थी। इन लोगों को सिखाने में आश्चर्यजनक आनन्द है। एक नया जोश है। यह लोग अगर स्थानीय और आंचलिक मेलों में जीत सकें, तो इनमें ही कोई उसका उत्तराधिकारी निकलेगा। अगर कोई बहुत ही दक्ष हो, बार-बार जीते, तो उसके पास भी शायद उन दिनों के मुण्डा युवक आएँगे। कहेंगे, हमें सिखाओ।

यह लोग जिस दिन जीतेंगे, अगर जीते तो वह खुशी होगी, जो दुखिया को मिली थी। यह सब बातें सोचते-सोचते याद आया कि बहुत दिनों से सुखा और बिखना की खबर नहीं मिली है, न ही यह कि कुरमी गाँव में क्या हो रहा है? कुरमी जाने के रास्ते में घने जंगल और ऊँचे-नीचे पहाड़ हैं। इस गाँव के लोग हाट करने दक्खिन की ओर बिराडगंज जाते हैं। चोट्टि और कुरमी में कोई मेल-जोल न रखा जाए तो वह नहीं रहता। मेलजोल सुखा, बिखना और दुखिया ने बनाया था। लेकिन चोट्टि के जीवन में सब किस्सा-कहानी बन गया। चोट्टि के चारों ओर दुखिया मुण्डा की जीवन-कथा भी किस्सा बन गई।

विजयादशमी के दिन चोट्टि मेला हुआ। मेला सचमुच बहुत बड़ा और बहुत पुराना था। सरकार की जमीन में मेला लगता था। मेले में विक्रेता लोगों को जमीन देकर तहसीलदार अच्छी कमाई कर लेता था। आदिवासी लोग तो आते ही थे, और लोग भी आते थे। सात दिनों तक मेला चलता था। आस-पास के लोग दरवाजे-खिड़कियाँ, लकड़ी की थाली और कटोरी-चक्की-ओखली-बर्तन-कपड़े-चादर-गमछा-

मसहरी-गुड़-चावल-सब्जी–सब तरह की चीजें इस मेले से ही खरीदते थे। बैलगाड़ी के पहिए भी बिकते थे, हल, कुदाल, खंती–सबकुछ बिकता था।

मेले के बीचोबीच आदिवासियों का लोकनृत्य होता था। उसके बाद तीरों का खेल शुरू होता था। आसान प्रतियोगिताओं में चोट्टि बहुत दिनों से नहीं उतरता था। वह गम्भीर खेलों में भाग लेता था। इस बार वह मात्र दर्शक था। यह सबको नहीं मालूम था। इसी दिन बिराड में भी मेला होता था, और प्रतियोगिता भी होती थी। नाकाटा के राजा लोगों का निवास बिराड ही था। राजा लोग दुर्गा-पूजा करते थे। इस उपलक्ष्य में सरायखेला से लाए हुए मुखौटों के नाच का दल आता। मुखौटों का नाच देखने के लिए उस अंचल के गाँव टूट पड़ते। कुरमी के लोग भी।

चोट्टि ने ताज्जुब से देखा कि कुरमी के मुण्डा लोग यहाँ प्रतियोगिता देखने आए हैं। फैसला करनेवाले और पुरस्कार देनेवाले वही लोग थे–तीरथनाथ, दारोगा, तहसीलदार। सभी बैठे थे। तीरथनाथ उसे देख हँसकर बोला, "यह अच्छा ही है रे चोट्टि! तू हर बरस जीतता है। इन लोगों को एक मौका मिलेगा।"

चोट्टि ग्राम का पहान, आदिवासियों के प्रतिनिधि के रूप में फैसला करनेवालों में एक था। वह जाकर जमीन पर बैठ गया। प्रतियोगिता के समय खड़े होकर देखेगा। चोट्टि ने आश्चर्य से देखा कि कुरमी के लड़के मेले में आए तो हैं, लेकिन प्रतियोगिता में नहीं उतरे। सुखा और बिखना स्वतन्त्र रूप से उतर सकते थे। कहीं कुछ गड़बड़ थी।

चोट्टि मुण्डा नहीं उतर रहा था। इसलिए इस बार सब आश्चर्य कर रहे थे। प्रतियोगियों में चोट्टि गाँव के मुण्डाओं में से बहुतेरे है, यह देखकर दारोगा थोड़ा गंभीर हो गए। तीरथनाथ ने चोट्टि के न उतरने का कारण दूसरों से सुना था, दारोगा के मुँह से नहीं। इसीलिए अनजान बनकर बोला, "पहान, चोट्टि को उतरने से किसने मना किया है?"

पहान कुछ न बोला।

तीरथनाथ मानो मन-ही-मन बोला, "उसकी क्या कम सामर्थ्य है? मन्तर-पढ़ा बाण भेजकर वह सब कर सकता है। बहुत बार देखा है।"

दारोगा और भी गम्भीर हो गए। बोले, "अगर रोज 'गीता' या 'रामचरित मानस' पढ़ते हैं और उससे जो पुण्य होगा लालाजी, तो मन्त्र पढ़ा तीर आपका कोई नुकसान न कर सकेगा।"

"दारोगाजी, हमारा देश जंगली है।"

"यहाँ रामजी का परताप बेकार हो जाएगा?"

"जंगली देश में बहुत कुछ हो जाता है जिसका हिसाब किसी तरह नहीं

मिलता। यहाँ ऐसी नजीर है कि हवा में दीपक जलाकर उसने बहुत दूर की कोठी जला दी। नाकाटा के राजा के दो बेटे जन्मान्ध थे। राजा की बड़ी रानी बाँझ थी। गुणी लोगों से उन्होंने ऐसा मन्तर कराया कि बाप के घर से छोटी रानी ने दो बार अन्धे लड़कों को जन्म दिया। चोट्टि की ऐसी बहुतेरी कहानियाँ हैं। आपको बाद में बताऊँगा।"

"हूँ।"

"अरे, साहेब आए थे, साहेब। लाट के सेक्रेटरी के सगे भाई। वह उसका तीर चलाना देखकर उसके साथ दोस्ती कर गए। जब सेक्रेटरी शिकार पर आए, तो वे भी उसके साथ बहुत-सी बातें कर गए।"

"कब? मुझे तो नहीं मालूम।" दारोगा विचलित हुए।

तीरथनाथ को बड़ी खुशी हुई। बोला, "कैसे मालूम होगा, बताइए? आपको लिखना-पढ़ना आता है, खबर लेते हैं थाने के लोगों से। हम लोगों को जंगली जानवर समझते हैं। इसी से बार-बार बुलाने पर भी नहीं आते हैं।"

"न, न, मैंने इस साल गुरुमन्त्र लिया है। एक बरस कहीं भी जलपान करने का निषेध है। मेरे गुरु बहुत ही सख्त हैं, समझे?"

"वह देखिए, शुरू हो गया।"

चोट्टि के दिल में बड़ी उत्तेजना थी। अपने वक्त में पहली बार उसके साथ भी इसी तरह हुआ था। सोचने पर भी आँखें भाप से ढँक जातीं। कभी चोट्टि उन लोगों की तरह जवान था। तब धनुष उठाने के बाद कलेजे के नीचे बाढ़-सी उठी थी।

"तुम कौन हो?" तहसीलदार ने आवाज लगाई।

"चोट्टि गाँव के चोट्टि मुण्डा का भाई कोयेल मुण्डा।"

कोयेल बड़े भाई की ओर नहीं देख रहा था। उसकी आँखों में और चेहरे पर, चोट्टि के लड़कों की आँखों में और चेहरों पर अजीब उत्तेजना और संकल्प था।

"हाँ, कोयेल ने निशान बेध दिया!"

शोर, शोर। चोट्टि की आँखों से आँसू बहने लगे। लड़के कम नहीं हैं। कोई उसकी ओर नहीं देख रहा है। कोयेल भी नहीं। सुखा और बिखना देखकर उछल रहे हैं। उनको ऐसी खुशी क्यों है?

चोट्टि ने बीड़ी सुलगाई। वह अपने को बहुत बुजुर्ग महसूस कर रहा था।

तीर चलाने की सहज प्रतियोगिता में प्रथम और द्वितीय स्थान चोट्टि के लड़कों ने लिए। बाद की कठिन प्रतियोगिता में सना का भतीजा रूपा और कोयेल ने दोनों में दूसरा स्थान पाया। सबसे कड़ी प्रतियोगिता में सभी उतरे। मानो

साँठ-गाँठ हो। पाँच गाँव के सोलह प्रतियोगियों ने इधर-उधर तीर मार दिए। "कोई नहीं कर सका"—तहसीलदार की इस बात पर सब जीत की खुशी में चिल्ला उठे। तोहरी का गया मुण्डा चिल्लाकर बोला, "सब बाप लोगो, वह सिर्फ चोट्टिट कर सकता है। नहीं कर सके, इसमें तुमको कोई दुख नहीं होना चाहिए।"

दारोगा मन-ही-मन बोले, "खचड़ापन है। हारने पर सब शोर मचाते हैं, इसलिए दुख नहीं उठाते। निश्चय ही चोट्टिट नहीं उतरा, यह देखकर उन्होंने इस तरह शोर मचाया।"

चोट्टिट गाँव के ही लड़कों को कुल मिलाकर आठ रुपए मिले। तीरथनाथ बोले, "चलिए, अब हम चलें। अब ये लोग पूरा सूअर लाएँगे, मारेंगे, मद-मांस खाएँगे-पिएँगे, नाचेंगे और पता नहीं क्या-क्या करेंगे।"

"हमेशा यही सब होता है।"

"बराबर। यह मेला तो उनका ही है। हम तो बाद में आए हैं। नहीं जानते, उनकी नजरों में हम सभी दिकू हैं?"

अब सबमें बड़ा जोश था। दूसरे गाँवों के प्रतियोगी लोगों ने भी चोट्टिट को घेर लिया। बोले, "हमें भी सिखाओ। हर मेले में जीतकर तुम्हारा नाम ऊँचा कर आएँगे।"

"अच्छा, कोमान्डि का भरत मुण्डा कहाँ है?"

"यह रहा, चोट्टिट!"

"भरत! मुझे तो पता है कि तुम आखिरी निशान को वेध सकते हो। कम-से-कम आँख के पास तो तुम्हारा तीर जाएगा ही। कोशिश ही नहीं की। क्या बात है?"

"जंगली बात है।"

"बात क्या है?"

चोट्टिट का पहान बोला, "जिसमें तुझे नहीं उतरने देंगे, उस निशाने पर कोई भी मुण्डा कोशिश करके नहीं देखेगा।"

"यह क्या बात है?"

"तुझे तो पता नहीं, जितने लोग मेलों में तीर खेलते हैं, अब मन-ही-मन तेरा नाम लेने के बाद ही धनुक उठाते हैं।"

चोट्टिट की आवाज रुँध गई। वह बोला, "तुम लोग इतना मान देते हो!"

भरत बोला, "हम तीन बरस तक इस तरह चलाएँगे। उसके बाद देखा जाएगा। दारोगा को भी सजा मिलेगी, देखो।"

"न, न, वह सब बातें रहने दो। एक दुखिया से कुरमी गाँव में जो...यह क्या? बहू, तुम घर नहीं जा रही हो?"

"हम औरतें तो जाएँगी ही। तुम लोग अब मस्ती करो। लेकिन एक बार हम लोग नाच लें, उसके बाद जाएँगे।"

आदमी लोग पीछे हट गए। औरतें घेरा बनाकर नाचने लगी। नाचते-नाचते चोट्टि की बहू बोली, "मरद लोग क्या मर गए? बाजा कहाँ है?"

कोयेल आदि ने बाजा बजाया। औरतों ने नाचते-नाचते गाया :

मेला चलो हे सखियो, मेला चलो।
आहा, कौन बोला रे कौन बोला?
मैं तेरे रूप का पागल रे।
यह चोट्टि नदी पार कर मेरा हाथ धरे रे?
मोहे मेला ले चल।

चोट्टि कोयेल से बोला, "हरमू की माँ का ढंग तो देखो। जब जीतकर आता था, तब तो उसके चेहरे पर ऐसी खुशी नहीं देखी!"

कोयेल बोला, "आज हमारे लिए एक मान का—गरब का—दिन है।"

सूअर का मांस और भात, और मद। सहसा चोट्टि ने सुना, लड़के एक गाना गा रहे हैं। कोयेल साथ ही नगाड़े पर चोट दे रहा है।

तुम धनुक उठाओ, निशाना लगाओ
दारोगा को बड़ा भय है
तुम गौरमेन को अर्जी बताओ
दारोगा को बड़ा डर है!
तुम्हें तीर नहीं चलाने दिया
तुमने तीर सिखाया दुखिया मुण्डा को
बेगारवाले दुखिया को हे!
दुखिया ने काटा गुमाश्ता का सिर
डर है दारोगा को हे!
तुम्हें तीर खेलने देगा नहीं।
कौन मुण्डा जानता तीर का मन्तर?
अकेले तुम जानते हो।
कौन मुण्डा होता गौरमेन का मिता?
अकेले तुम बने हे।
इससे तुम्हें तीर खेलने न दिया।

गाना रुकने पर सभी हँसे। चोट्टि ने गमछा उठा मुँह पोंछकर कहा, "अब और नहीं। मुझे बहुत लाज आती है। जाने-बूझे आदमी के लिए ऐसा क्यों करते हो, लाज आती है।"

अब दूसरा गान और नाच चला। चोट्टि जाकर सुखा और बिखना के पास बैठ गया। बोला, "तुमने तीर नहीं खेला?"

सुखा बोला, "खुशी के दिन अपने दुख की बात नहीं कहूँगा। बाद में की जाएगी। जब से दुखिया गया, गाँव जैसे जल गया।"

बिखना बोला, "आज नहीं। आज हम लोग पेट भरकर मांस खाएँगे, खुशी मनाएँगे। ओह! कितने दिनों से हँसे नहीं।"

खुशी की रात छोटी होती है, दुख की रातें बड़ी लम्बी। रात पलक मारते बीत गई। धूप निकली तभी सबने अपने-अपने घरों की राह पकड़ी। जाते-जाते भरत मुण्डा बोला, "यही बात पक्की रही। जो जैसे आएगा, तुम सिखाओगे।"

"जो आता है, सिखा दूँगा।"

"वह मन्तर भी? 'हाँ' कहो, मैं तुम्हारी बेगार बनकर जाता हूँ। तुम लोग सुनो, चोट्टि मुझे मन्तर सिखाएगा, मैं उसका बेगार करनेवाला बनूँगा।"

चोट्टि ने बड़ी शान्त आवाज में, उसके बदन पर हाथ रखकर कहा, "मन्तर नहीं भरत, केवल अभ्यास, और अभ्यास, और अभ्यास।"

"सच कहते हो?"

"सच ही कहता हूँ।"

"तब वही मन्तर है।"

"और कुछ नहीं मालूम है।"

"वही मन्तर है।"

कई दिन बाद सुखा आया। रात में। बोला, "इस समय मेरे ऊपर बहुत दबाव है। तुम्हारे पास आने का दोष है। उसी से! भालू का क्या डर? सब साले पके बेर की गन्ध से जंगल में घूमते हैं।"

"बहुत पाजी जानवर होता है। बाघ आदमी को देखता है, खुद नहीं दिखाई पड़ता। भालू साला आकर आदमी को जकड़ लेता है और नाखूनों से नोचता है।"

"लेकिन शहर में भालू को कैसे नचाते हैं?"

"बचपन में पकड़ लेते हैं।"

"चल, घर में बैठें। मुण्डानी तो गुस्सा नहीं होगी?"

"न। आ।"

सुखा बोला, "दुखिया ऐसे चला गया, जैसे गाँव जल गया हो। तुमको गौरमेन ने रोक दिया। हम राजा की बस्ती में रहते हैं। नए गुमाश्ते ने सबको बेगार में बाँध लिया है। उसके अलावा भी कितना जुलुम है। बात-बात में माल दो। कचहरी में उसके कमरे में किसी के मरने पर बेगार नहीं, पर महसूल दो। उसके घर जनम

में, बियाह में, मरने में—और दिकू लोगों की तो अनगिनती पूजाएँ हैं—महसूल लेते हैं। राजा लोगों को आँखों से नहीं देखा है, पर उनके घर कुछ होने पर महसूल लगता है। वह एक कचहरी से दूसरी कचहरी जाता है। हम पालकी ढोते हैं, ले जाएँगे। और ले आएँगे। वह पैदल चले तो सिर पर छाता लगाकर हम दौड़ेंगे। जिन्दगी राख हो गई है!"

"क्या मुसीबत है।"

"कहते हैं, उस चोट्टि मुण्डा के सिखाने से दुखिया मुण्डा बिगड़ गया। तुम लोग उसके पास नहीं जाओगे। और दुखिया का गाँव कुरमी, वहाँ से कोई मुण्डा लड़का तीर के खेल में नहीं उतरेगा। मैं तुम्हारी कमर तोड़ दूँगा।"

"इसका उपाय क्या है?"

"कोई उपाय नहीं है, खतम होने का। इसी से...।"

"क्या?"

"सुखा ने नाखून से जमीन कुरेदी। उसके बाद बोला, "तोमारू में मिशन है। वहाँ मिशन के मुण्डे ठीक हैं।"

"वह तो बहुत दूर है।"

"दूर तो है।"

"धरम छोड़ देगा?"

"क्यों? धरम क्यों छोड़ूँगा?"

"क्रिस्तान बनना पड़ेगा।"

"ऐसा होने पर क्या फिर धरम में लौटा जा सकता है?"

"ऐसा बहुतों ने किया है...।"

"अभी तो बचें। वहाँ जाने पर, धरम छोड़ने पर मिशन के गौरमेन जमीन देंगे, बसाएँगे। भागकर जहाँ भी जाएँगे, राजा के फन्दे से छूट न पाएँगे। वे पकड़ लेंगे, और मरवा डालेंगे।"

"तब? मान ले तू भाग गया। घर के लोग?"

"मिशन में जाने पर राजा का अख्तियार नहीं रहता है।"

"घर के सभी लोग? गाँव के सब लोग?"

"एक गया तो सबको जाना पड़ेगा। नहीं तो जो रह जाएगा, उसकी चमड़ी से वह गुमाश्ता जूते बनवाएगा।"

"सब जाएँगे?"

"वही तो चक्कर है।"

"तू जा, सुखा! ठहर थोड़ा, कोयेल को बुला लें।"

"इस अँधेरे में जाओगे?"

"तू अकेले जाएगा?"

"डर-वर सब भूल गया है।"

वही होगा। कैसी अँधेरा रास्ता है! आकाश के तारों के प्रकाश से कुछ भी आलोकित नहीं होता, और शुक्लपक्ष था। सुखा डर-वर सब भूल गया था। नहीं तो आया कैसे? चोट्टि की पत्नी ने लालटेन दी। वे लोग लालटेन अबेरे-सबेरे जलाते थे। किरासिन, मिट्टी का तेल, बहुत महँगी चीज थी। हमेशा वे लोग रोशनी का काम अभी भी महुआ के तेल के दीए से चला लेते।

रास्ते में चलते-चलते चोट्टि बोला, "बलोया लेकर मैं आगे चलता हूँ। तू पीछे आ। बात मत करना।"

चोट्टि ने थोड़ा भी आगे न बढ़ने दिया। सुखा को गाँव की हद पर पहुँचा दिया। बोला, "इस काम से जल्दी आना। रात को मत आना। जंगल में क्या नहीं है? बाघ, भेड़िया, गुलदार, भालू–सभी हैं।"

"मैं सब भूल गया। धरम छोड़ने की बात सोचने पर कलेजे के नीचे तीर-सा लगता है। खून बहता है। पूजा-परब में कितना आनन्द रहता है!"

"मिशन जाना हो तो जा। लेकिन कुलियों के ठेकेदारों के हाथ मत पड़ना। वे जाने कहाँ ले जाते हैं, कहीं चा-बागान में।"

"न-न। मिशन बिना गति नहीं है। गौरमेन के पास जाने पर ही राजा के हाथ से बचा जा सकता है।"

"लौटते वक्त कोयेल बोला, "गाना गाऊँ?"

"क्यों?"

"उससे भालू समझेगा कि बहुत-से आदमी जा रहे हैं। डरेगा।"

"कोयेल, तुझे अकल नहीं आई। पुकारकर मौत बुलाएगा?"

दोनों जब लौटे तो रात और भी गहरा गई थी। कोहरे-भरी हवा में ठण्डक थी। नदी के किनारे की बालू से कोहरा उठ रहा था।

कुरमी गाँव के मुण्डे आसानी से गाँव नहीं छोड़ते थे। घोर जंगल काटकर गाँव बसाने में बहुत कष्ट होता है। उस गाँव को छोड़ने में और भी कष्ट होता है। "कहाँ है तुम्हारा मिशन? वहाँ क्या ऐसा पहाड़ है, चारों ओर माँ के आँचल का-सा जंगल है?"

"वह तो नहीं है, पर गुमाश्ता भी नहीं है।"

"मिशन का जीवन दूसरी तरह का है। वहाँ क्या त्यौहार बराबर और सबके होते रहते हैं?"

"वह तो नहीं है, पर बेगार नहीं है।"

"वहाँ जाकर हरमदेउ की पूजा की जा सकेगी?"

"सो तो नहीं होगा, लेकिन बेकार का महसूल भी न देना होगा।"

पहान बोला, "तू जा रहा है तो जा। मैं किसी से रुकने को नहीं कह रहा हूँ। यह कुरमी गाँव हमें जंगल से मिला है। पहले मुण्डा लोगों ने जंगल काटे, फिर खेती शुरू की। गाँव बसाए। ज्योंही उस जमीन में पैदावार हुई कि दिकू-महाजन घुस पड़े। मुण्डा लोगों के गाँव अलग रहे। उस तरह से हमारे पुरखों ने गाँव बसाए। बहुत बाद में यह बस्ती राजा ने अपने अधिकार में कर ली।"

"तुम नहीं चलोगे?"

"मैं? मिशन में?"

पहान पोपले मुँह से आश्चर्यजनक हँसी हँसा। गहरे विश्वास के साथ बोला, "मैं इस बयस में कहाँ जाऊँगा? हरमदेउ का धरम छोड़कर? तुम लोगों को जिन्दा रहना है, तुम लोग जाओ। ऐसे जुलुम में मैं किसी को रहने को नहीं कहता। पर...!"

"क्या?"

"होली के दिन शिकार खेलकर जाओ। मैं आँख भरकर देख लूँ। मेरे गाँव में बच्चे-बूढ़े तीर-बलोया लेकर भागेंगे। गान की गति से लौटेंगे। उसके बाद नाच होगा, गान होगा।"

पहान एक दिन हाट आया। चोट्टि को पास बुलाकर कहा, "दूसरे मुण्डा रह नहीं पाएँगे। वे जाएँगे।"

"क्या कहूँ, बताओ?"

"किसी से कुछ मत कहना।"

"घर-वर छोड़ने को किसी से नहीं कहता। पर बलोया उठाकर एक और गुमाश्ता मार देने पर भी छुटकारा नहीं है, यह तो देख लिया।"

" 'बलोया उठाने' को कहने से तुम्हारा मतलब हथियार उठाने से है। लोग अगर हथियार उठा पाते तो कुछ होता। या शायद तब भी कुछ न होता। मुण्डा लोगों के लिए तो बीरसा भगवान ने बलोया उठाया था। पर उससे भी काम न हुआ।"

"हिन्दू लोगों का, गौरमेन का जोर कितना है, उनके पास हथियार कितने हैं!"

"गुमाश्ता हमें मारकर भी पालकी चढ़ता है, जूते पहनता है, पान खाकर घूमता है! और दुखिया को, गुमाश्ते को मारने पर, फाँसी होती है!"

"गौरमेन का कानून है।"

"गुमाश्ते के लिए कानून क्यों नहीं है? नहीं चोट्टि, मैंने उन्हें जाने को कहा

है, पर मेरा दिल टूट गया है। और देख, यह बात किसी से मत कहना। पता लगा तो कहेंगे कि मुण्डा लोग दिकू लोगों के खिलाफ 'बलोया' उठा रहे हैं।"

"मेरे भी मन में दुख है। हम कम हो जाएँगे।"

"शिकार खेलकर जाने को कहा है। जितने भी परब हैं, उनमें शिकार का खेल हमारे पितर-पुरखों का सबसे अच्छा परब है।"

हमेशा की तरह जबरदस्ती कर गुमाश्ते ने मुण्डा लोगों को गाँव छोड़ने के सिलसिले में इकट्ठा किया। मुण्डा, कुरमी मुण्डा, इस पर एक राय न हुए। बड़ी उमरवाले तो बहुत ही नाराज थे। गाँव छोड़कर अस्सी-बयासी लोग चले जाएँगे। नए लोग आकर रहेंगे। मुरगी-बकरी-बकरे-गाय-बैल लेकर उनकी तरह उनके ठौर पर घर बसाएँगे। किसी-किसी ने कहा भी, "देंगे, बेगार देंगे, महसूल देंगे, पर गाँव नहीं छोड़ेंगे।"

गुमाश्ते ने ठीक परब के पहले घोषणा की—"कुरमी गाँव के मुण्डा लोग बहुत धोखेबाज हैं, इसीलिए इस बरस उनका शिकार-परब मना है।"

शिकार-परब रोक दिया गया है, यह खबर पल-भर में फैल गई। बड़ा क्षोभ था। सभी हैरान थे। किसी भी दिन मालिक ने मुण्डा लोगों का परब नहीं रोका था।

सुखा बोला, "इसके बाद भी जिसे रहना हो रहे। हम तो चले जाएँगे। इसके बाद अब नहीं रहेंगे।"

सुखा के भड़काने पर उन लोगों ने मुण्डा-स्वभाव के विपरीत एक अजीब बात की। बड़ी मौज में सभी ने टीप-छाप देकर बारी-बारी से धान और मक्का कर्ज लिया। उसके बाद एक दिन शाम के बाद सबने गाँव छोड़ दिया। जानवरों की पीठ पर दरवाजे, खिड़की, किवाड़ बाँध दिए, धान और मक्का और चावल भी बाँध दिए। गाय-बैल-बकरे-बकरी-सूअर—सबको राह चलते बेचेंगे, इसलिए साथ ले लिए। उसके बाद पहान को प्रणाम कर सारे मुण्डाओं ने घर छोड़ दिए। घने जंगल में गाँव था। कचहरी में जल्दी खबर न पहुँचेगी। सीधी राह नहीं, जंगल की दुर्गम राह से वे लोग चले गए। तोमारू तक दो दिन की राह थी।

दोल[1] के मौके पर कचहरी में परब होता था। खुद राजा हाथी पर चढ़कर जाएँगे। इस बार वे यहाँ शिकार खेलेंगे। बेगार की जरूरत थी। जंगल हाँकने के लिए। प्यादे लोग गाँव-गाँव गए। उसके बाद असली खबर का पता चला।

प्यादा बोला, "मालिक, सिर्फ पहान बैठा हुआ है। और कोई नहीं है। घर के किवाड़ भी उतारकर ले गए हैं।"

"कहाँ गए हैं?"

"पहान को नहीं पता।"

---

1. होली

चारों ओर खोज शुरू हुई। उनका कहीं पता न चला। अन्त में खबर आई कि उन्होंने तोमारू मिशन की शरण ली है। गुमाश्ता सर पर जूता रखकर राजा के आगे खड़ा हुआ। राजा बोले, "छटाँक-भर राज्य के लिए मिशन के साथ लड़ाई?"

"हुजूर, अर्जी देने का हुक्म दें।"

"क्या अर्जी दोगे?"

"विद्रोही प्रजा आई है, वापस कर दो।"

"देंगे वे लोग? क्रिस्तान बनाने के लिए तो जंगल में बैठे हैं, नया गुमाश्ता आएगा, उसे काम समझाकर तुम बिदा हो।"

गुमाश्ता सुँदकता-सुँदकता कचहरी लौटा। पहान को बुलवाया। उसे जरूर सब पता होगा। सब जानकर भी कुछ बताया नहीं। प्रजा चली गई तो प्रजा आ जाएगी। लेकिन यह अपमान! बदजात लोग एकदम कान उमेठ गए। इतना धान-मक्का कर्ज ले गए। गुमाश्ते की दुर्दशा पर खुश होता अमीन बोला, "अब क्या करेंगे? तोमारू के मिशन के साहब की राँची में गौरमेन से दोस्ती है। वे लोग जबरदस्ती क्रिस्तान बना लेते हैं, तभी तो इतने लोग सीधे जाकर क्रिस्तान बन रहे हैं, यह क्या छोड़ देगा? राजा पर भी तो गौरमेन खुश नहीं है। उसका गद्दी बचाए रखना मुश्किल हो रहा है। दोनों लड़के अन्धे हैं। राजा भी वैसा कुछ नहीं है। गौरमेन किसलिए सुनेगी? छोटे-छोटे राजाओं को गौरमेन अच्छी नजर से नहीं देखती है।"

गुमाश्ता बोला, "लोग मुझे क्या कहेंगे?"

इस बात पर अमीन गाढ़े दूध की तरह चिपचिपी और मीठी आवाज में बोला, "आप यह मत सोचिए। लोग क्या सोचेंगे, क्या कहेंगे–यह सोचने से काम नहीं चलेगा। और हम जिन्हें 'लोग' कहते हैं वह तो कहावत-भर हैं। यहाँ लोग कहाँ हैं? जंगली देश। बातें? बातें तो हमेशा ही होती रहती हैं। मैं तो खुद राजवाड़ी में सुन आया हूँ। सब ही छिपकर कहते हैं कि यह मुण्डा लोगों के भगाने का काम आपका ही किया हुआ है।"

"मेरा? क्यों?"

"आहा! मुण्डा लोग हरामी होते हैं, यह तो सभी जानते हैं, बहुत ही बदजात। लेकिन गुमाश्ताजी! जमाना ऐसा ही आ गया है। दुखिया का मामला तो कल की बात है। पुलिस ने गाँव में आकर उनका क्या हाल किया था? लेकिन वे गाँव छोड़कर तो गए नहीं?"

"सो मैंने उनको दबाकर रखा था।"

"वही बात है न, गुमाश्ता बाबू! आपने खुद कबूल किया कि आपने उनको दबाकर रखा था। सो तो रखेंगे ही। लेकिन लोग, माने यहाँ के लोग, कहते हैं कि लड़के को आदमी बनाने के लिए मारना पड़ता है, और गुड़ भी देना होता है। आपने

मारा था, फिर गुड़ भी दिया था, यह कचहरी के लोग कहते हैं।"

"कैसे?"

"यही कि धान उधार दिया और यह भी समझाया कि राजा की गद्दी ज्यादा दिनों नहीं रहेगी। सेक्रेटरी साहब राजा से सन्तुष्ट नहीं हैं, छोटी रानी के दोनों लड़के जब अन्धे हैं तो बड़ी रानी ने जिसे गोद लिया, उसे ही स्टेट देंगे। यह सब समझाकर आपने ही उन लोगों से जाने को कहा था, क्योंकि आप चाहते हैं कि यह जमीन नीलाम हो और आप बोली लगाकर ले लें।"

"ऐसी बात है?"

"हाँ जी।"

"लोगों का कहना है?"

"जी हाँ।"

"यहाँ लोग कहाँ हैं? यह तो जंगली जगह है।"

अमीन हँसकर बोला, "आप काम करें और बातें न हों! मैं तो कहूँगा कि वे चले जाएँगे—यह गुमाश्ताजी को मालूम था या नहीं यह नहीं पता, पर इस बार हाथ खोलकर कर्ज दिया। यह देखकर मुझे ताज्जुब हुआ था।"

"बही पर टीप ली हैं।"

"बेगार की टीप-सही का तो बही में पहाड़ हो गया है। सुखा के बाप सयाँ मुण्डा को लें। सयाँ के परदादे ने टीप की, वह अभी भी उसकी बेगार दे रहा है। सयाँ से आपने बही पर निशानी लगवाई, वह भी ठीक है। सुखा आज का लड़का है। परदादा के निशान के लिए शायद बेगार न देना चाहे, तब उससे कहा जाएगा कि तेरे बाप का टीप-पट्टा है। फिर भी सयाँ से टीप क्यों दिलवाई? एक आदमी को कितनी बार बेगार में घसीटेंगे? आपके पहले के गुमाश्ते का सिर चला गया, फिर भी आपने इतनी सख्ती की कि हम लोग समझ गए कि आपका कोई मतलब है। जमीन खरीदेंगे। खरीदिए न! नाकाटा के किसी टुकड़े में अब गुड़ नहीं है, सब नमक है।"

"तो यह सब आपकी ही बात है?"

"और लोग कहाँ हैं? जंगली देश है।"

सियार और बाघ की कहानी में, चिड़िया और बिल्ली की कहानी में, अन्त में बाघ या बिल्ली जिस तरह खिसिया जाते हैं, वही हालत गुमाश्ते की हुई। अमीन ने आखिरी चुटकी ली, "होली का दिन तो आ गया। राजा ने भी जानना चाहा था, मैं भी पूछ रहा हूँ। आप उनका शिकार खेलना क्यों बन्द करने गए? इस बार हम बाल-बाल बच गए। शिकार खेलना बन्द। वे लोग अगर बलोया शुरू कर देते तो?"

गुमाश्ता समझ रहा था कि सचमुच उसके भाग्य में यहाँ की धरती नमक हो गई, गुड़ नहीं रही। अब उसे अपना ठिकाना खोजना होगा। इधर कचहरी में होली का मामला था। राजा ने शिकार पर जाने को कहा था। उसका सारा गुस्सा निकला पहान पर। उसे सब मालूम था, फिर भी उसने कुछ नहीं बताया। भयंकर क्रोध में गुमाश्ता प्यादे से बोला, "कुरमी चल।"

वे कुरमी गए। दो दिन बाद होली थी। पहाड़ और जंगल लाल-लाल हो रहे थे। पलाश खिले थे। कुरमी गाँव की शक्ल इस प्रातःकाल में भी बहुत ही डरावनी हो रही थी, क्योंकि गाँव जनहीन था। बिना किवाड़ों के घर खाने को दौड़ रहे थे। प्यादा बोला, "लगता है जैसे गाँव भूतों का हो। कैसा सुनसान है!"

"पहान!–पहान हो? पहान!" पुकारते हुए गुमाश्ता रुक गया। कान लगाकर गाने का स्वर सुना। होली की तैयारी का गान। मन में असम्भव आशा जागी–कोई-कोई है। खुशी हुई। काम छोड़कर अगर जाना पड़े, तो जो मिले उसे कोड़ा मारकर निकाल ले जाएगा। प्यादे से बोला, "चुप, चुप! आवाज सुनकर वे भाग जाएँगे। गाँव में ही हैं, नहीं तो गा कौन रहा है?"

"आप आगे बढ़िए।" प्यादे की स्मृति में दुखिया के हाथ में बल्लम में खोंसा ताजा कटा सिर उभर आया। उसने गरदन पर हाथ फेरा। अगर वैसा ही कुछ फिर हुआ तो वह भाग सकता था? गुमाश्ता भाग नहीं सकता था। उसे दौड़ने की आदत नहीं थी।

गुमाश्ता आगे-आगे और प्यादा पीछे-पीछे चला। गुमाश्ता गुस्से से अन्धा हो रहा था। उसके मन में एक ही दृश्य एक ही ढंग से झलकता। यह लोग आगे बढ़ते गए और गाने का स्वर साफ होता गया :

पूरब दिस रहा बाघ, आहा मरद बाघ–
बल्लम में बींध दिया उसको–
शिकार-परब के दिन गया था बन में
तुम थीं घर में–हाँ
ड्योढ़ी पकड़े ताक रही थीं पच्छिम ओर
मैं तो तब था पूरब दिसा
शिकार-परब के दिन गया था बन में।

उन लोगों ने बढ़कर एक पुटुस की झाड़ी पार कर गानेवाले को देखा। घर के आगे साल के पेड़ के नीचे पहान बैठा था। उसके पास कई कुत्ते लेटे हुए थे। हवा में साल के पत्ते झर रहे थे। आँगन में पत्ते उड़ रहे थे। कुत्ते बिना खाए मरियल-से हो रहे थे, फिर भी वे पुकारने पर उछलकर उठ खड़े हुए। पहान बल्लम लेकर, उसे हाथ में हिलाता हुआ चला। पहान गाना गा रहा था। गुमाश्ते को देखकर

उसने गाना रोका नहीं, गाता रहा, *"शिकार के दिन...।"*

"पहान, ए पहान, गाना बन्द करो।"

"पूरब दिस रहा बाघ, आहा मरद बाघ–!"

"पहान!" गुमाश्ते को डर लग रहा था। फिर भी बूढ़ा, दुबला-पतला पहान जिसके बल्लम पर मोर्चा लगा था, बैठा ही रहा। उसका बदन पेड़ से छिला हुआ था।

"बल्लम से बींध दिया उसको–शिकार परब के दिन–"

"पहान!" गुमाश्ते की आवाज क्षीण हुई। सूने गाँव में एक बुड्ढे की आवाज से शिकार-परब का गाना इस तरह डर क्यों पैदा कर रहा है!"

"पहान!"

पहान गाना समाप्त करता है, रुकता है। फिर ऐसे बोला जैसे हवा से कहता हो, 'कुत्तो! गुलदार के डर से मेरे पास आए हो। कुत्तो!'

उसने फिर गाना शुरू किया और अनजाने डर का चाबुक खाकर गुमाश्ता और प्यादा भागने लगे। बिना किवाड़ के घरों के अन्दर से हवा बहती है, सूखे पत्ते उड़ते हैं। वे भागते रहे।

ओट में खड़े होकर चोट्टि ने सारा दृश्य देखा। वह भी आया था और दम साधकर पहान के पीछे खड़ा था। अब आगे बढ़ा और पहान के आगे उसने मक्का का सत्तू, राव और जल रखा। पहान के पास से बल्लम हटा लिया। गान समाप्त होने पर पहान का दुबला-पतला हाथ सत्तू पर ले गया। आहिस्ता से बोला, "खाओ।"

"खाऊँ?"

"हाँ, पहले उनके डर से नहीं आया। वे लोग फिर आ सकते हैं, अब नहीं रुकूँगा। फिर आऊँगा, फिर दे जाऊँगा।"

पहान जैसे बहुत दूर चला गया था। दूर से तैरते आते क्षीण स्वर में वह बोला, "चोट्टि, चोट्टि मुण्डा। बिसरा का बेटा, एतोया का नाती, सोमाइया का पोता।"

"खाओ, मैं चला।"

"एतोया के साथ मैंने कभी होली की आग जलाई थी।"

"आज जलाओ, कल होली है।"

"हाँ, याद है। इन कुत्तों को ले जा सकता है?"

"जाएँगे?"

"ना! तुझे पहचानते नहीं।"

"मैं चलूँ।"

"जा।"

सहसा पहान पास आ गया और बड़े चाव से बोला, "सावधान होकर जाना, बाप! तुझे देखने पर गुमाश्ता जुलुम ढाएगा। तेरे नाम पर बहुत-सी बातें कहता है।"

'सावधान होकर जाना बाप!' सुनकर चोट्टि के कलेजे के नीचे जैसे कुछ दर्द के मारे फट-सा गया। पहान का ढंग ऐसा आन्तरिक था। सारे धार्मिक विश्वासों में आत्मघात के अपराध में महापापी सिद्ध हुए पिता बिसरा मुण्डा की याद आई। वह ऐसी ही आवाज में, ऐसी ही बातें करता था। चोट्टि बोला, "सावधान होकर ही जाऊँगा।"

उस दिन शाम को गाँव-गाँव में होली जलाकर बड़ी खुशी से छोटे लोग जब उस आग को घेरे थे तो कुरमी में आज होली की आग नहीं जलेगी, यह सोचकर चोट्टि के कलेजे में दुख था। तभी सब चिल्ला उठे और उन्होंने दक्षिण की ओर हाथ उठाकर एक-दूसरे को दिखाया।

पहाड़ के ऊपर कुरमी गाँव जल रहा है।

सना ने कहा, "गुमाश्ते ने जला दिया गाँव।"

चोट्टि ने कुछ नहीं कहा।

पहान चला गया।

चोट्टि ने कोई बात नहीं की।

दूसरे दिन शिकार-परब के दिन चोट्टि तड़के उठ खड़ा हुआ। पत्नी से बोला, "कोई पूछे तो कह देना, खेत गया है। मैं गया और आया।"

"कहाँ जा रहे हो?"

"कुरमी। पहान जिन्दा है या नहीं, यह देख आऊँ।"

चोट्टि की बहू भी दूसरे गाँव के एक पहान की नातिन थी। वह बोली, "पहान कभी आत्महत्या नहीं करता। उसके लिए फिकर क्यों कर रहे हो?"

"तुझे क्या पता, बहू?"

"मेरी पानी की लुटिया गई—अलमुनिया की लुटिया।"

"तुझे पता है?"

"यह भी मालूम है, यह आग उसने लगाई है। मेरा मन कह रहा है।"

चोट्टि चल पड़ा। सिर और बदन चादर से लपेटकर उसने दौड़ना चाहा। उसका रास्ता खतम ही नहीं हो रहा था। उसके बाद वह कुरमी पहुँचा। सूना, सब सूना था। राख का ढेर। राख उड़ रही थी। घर का ढेर मानो श्मशान के पत्थर-सा बड़ा हो रहा था। पेड़ की डाल तोड़कर उसने राख को उलटा-पलटा। वह राख में पहान की हड्डियाँ खोज रहा था। पहान नहीं था, कुत्ते नहीं थे। तो चले गए? अचानक उसको चौंकाकर दूर पर कुछ कुत्ते भूँके और उसने मुँह उठाकर एक

अविश्वसनीय दृश्य देखा। गाँव के बिलकुल सामने पहाड़ की चोटी सपाट थी, और पहाड़ लम्बा था और नीचा भी। पहाड़ की ढाल से दस मील तक बड़ा घना जंगल था। पहाड़ की चोटी पर बल्लम ऊँचा कर पहान जा रहा था, उसके पीछे कई कुत्ते थे। वह पहाड़ की ढाल से जंगल की ओर उतर रहा था। आज शिकार-परब का दिन था। पहान और कुत्ते उतरे। जंगल ने उनको निगल लिया। चोट्टि ने सिर हिलाया। उस जंगल में पैदल चलने का कोई रास्ता नहीं था। भालुओं के डर से उधर कोई जाता न था।

पहान का जंगल में जाना प्रतीकात्मक था। उसी के साथ उषा और रात्रि के सन्धिकाल में कुरमी ग्राम के मुण्डा लोगों की कहानी समाप्त हुई। तोमारू मिशन के जोजेफ सुखा मुण्डा, दाऊद बिखना मुण्डा की कहानियाँ अलग हैं। कई किंवदन्तियों ने जन्म लिया। सभी किस्से-कहानियाँ हैं चोट्टि मुण्डा के जीवन में। कहानी से गान है :

बड़ा जुलुम उठाया दयालराज गुमाश्ता ने
कुरमी के मुण्डाओं को बाँधा था बेगार में
बेगार देते-देते-देते-देते—
सुखा मुण्डा गया था चोट्टि मुण्डा के पास
चोट्टि मुण्डा ने भेज दिया तीर तोमारू मिशन की ओर
कह दिया, तीर के पीछे-पीछे जा।
चोट्टि ने भेज दिया अग्नि-मुखा तीर
कुरमी में जली होली की अगिन।
चोट्टि ने भेज दिया तीर पहान के पास
पहान तीर पकड़ चला गया ब—हुत दूर।

लगभग डेढ़ बरस बाद कुरमी गाँव में नई प्रजा बसी। जंगल आबाद कर सबने घर बनाए। कुरमी में जो पहले-पहल सब्जी और भुट्टे फले, वे जिस तरह भरे-भरे थे वैसे ही बड़े-बड़े भी थे। घरों के जलने की राख से पुष्ट थे। पहली फसल के फल और खेती आदिवासी लोग दिवाली के बादवाले दिन सूर्य देवता को देते हैं। उसके बाद गाँव जैसा था, वैसा ही हो गया। बकरियाँ चरती थीं, कुत्ते भूँकते थे। घरों की छतों पर मुर्गियाँ, आँगन में नंगे बच्चों का कलरव था। जीवन में कहीं शून्य नहीं रहता।

[7]

कुरमी गाँव जल गया, पहान चला गया। चोट्टि का नाम उसके साथ जुड़ गया। बहू बोली, "तुम मानो चोट्टि नदी हो। इस नदी के बिना हमारा कोई काम नहीं चलता। तुम्हारे सिवा यह लोग और कुछ सोच ही नहीं सकते।"

"समझा। वह क्या है जो लटक रहा है?"

"खरगोश। हरमू ने मारा है।"

"बड़ा शिकारी हो गया है!"

"उस दिन उन्होंने, लड़कों ने, भेड़िया मारा था न।"

"वह कहाँ है?"

"वह तो रहा।"

"हरमू!"

"यह रहा।"

"वह क्या मार रहा है?"

हरमू का छोटा भाई सोमचर हँसकर बोला, "वह खरहा है। ज्योंही भागा कि दादा ने मार दिया। माँ राँध देगी।"

चोट्टि को हँसी आई। फिर भी बात महत्त्वपूर्ण थी। वह गम्भीर होकर बोला, "हरमू, यह मादा है। तू समझता नहीं।"

"मारने के बाद देखा।"

"कभी नहीं सुनूँगा कि नहीं देखा। मादा जानवर, मादा पाखी से जीवों का संसार बढ़ता है। मादा जानवर-पाखी तुझे क्यों पहचनवाए थे?"

"अब नहीं मारूँगा।"

सोमचर माँ की ओर देखकर बोला, "माँ के पेट में बहिन है न, बाबा?"

चोट्टि और बहू दोनों ने एक-दूसरे की ओर से मुँह फेर लिया। बहू बोला, "जा, मुर्गियों को देख, सोमचर! दिन-भर सियार घूमते हैं।"

"सियार लाठी दिखाने से भाग जाते हैं?"

"तीर चलाकर सियारों को मार दूँगा।"

चोट्टि डाँटकर बोला, "धनुक ऐसे ही नहीं दिया जाता। समय आने पर धनुक दूँगा। जा भाग। हमारी माँ हमें कुछ कहती थी तो हम भागकर काम करते थे।"

"भागे क्यों? माँ के पेट में बहन क्यों होगी? हम तब काकी के पास क्यों लेटेंगे? तब माँ हमें प्यार क्यों न करेगी?"

"बेटियाँ माँ के पास रहती हैं। बेटे बाप के पास रहते हैं। तू तब मेरे पास रहेगा। है न? अब जा! दादा को बुला दे।"

चोट्टि ने बहू से बताया, "महाराज ने चीनाबदाम लगवाकर मेरी जान निकाल ली। नीचे की जमीन खोद, मेहनत कर, जिस तरह दिकू लोगों के घर के बेटे-बेटी करते हैं।"

"फायदा जो दूना होगा?"

"वह तो है। उसे लगाने के पहले किसी को मालूम नहीं था कि ऐसी जमीन में ऐसे चीनाबदाम होंगे। अब सभी लगा रहे हैं।"

"तीरथनाथ कुछ खरीदता नहीं है?"

"नमक और किरासिन। वह भी अगर जमीन में फलता तो लगाता।"

चोट्टि और हरमू निकले। कोयेल राइ गया था। सवेरे की ट्रेन से जाता था, लौटने में रात हो जाती थी। फिर भी उस हाट में दाम अधिक मिल जाते थे। हरमू के साथ धनुक रहता था। धनुक में तरक्की पाने के बाद उसके कन्धे से धनुक नहीं उतरता था। हरमू की आँखें और चेहरा बहुत अच्छे थे। सफेद धोती बहुत मैली हो ज़ाती है। इसी से माँ उसकी धोती कुसुमी रंग में रँग देती थी। स्टेशन-मास्टर की माँ उसे देखकर कहती थीं, "बालक जैसे राम हो।" हरोया चलते-चलते बोला, "बाबा! क्या एक दाँतवाला बराह बदाम खाने आता है?"

"हाँ रे।"

"हाथी की तरह बड़ा?"

"बराह क्या हाथी-सा बड़ा होता है?"

"बताओ न।"

"बहुत बड़ा।"

"बराह आदमी को मारता है?"

"मारता नहीं! मेरे बाबा तब जवान थे, मैं दो बरस का बच्चा था। शिकार-परब के दिन एक दाँतवाले बराह ने मेरे काका का पेट फाड़ दिया।"

"उसके बाद?"

"घर लाते-लाते काका मर गए।"

"तब?"

"बाबा बोले, 'उस बराह को मारे बिना पानी नहीं पिऊँगा। उन्होंने उस बराह को बल्लम से मारा, तब पानी पिया। पर बाबा सूअर काटते हुए उधर देखते नहीं थे। शिकार में हाथ ऐसा था, मगर मुर्गी नहीं काट सकते थे। इस पर माँ हँसती थी।"

"यह बराह तुम नहीं मारोगे?"

"ना रे, दारोगा बाबू मारेगा।"

"तुम तो मार सकते हो?"

"उसका शौक है। शिकार करेगा।"

इस दाँतवाले बराह का शिकार करने जाने में दारोगा को जान का डर लगा रहता। चीनाबदाम के खेत का बाड़ा ऊँची नागफनियों से घिरा हुआ था। काँटों से लहू-लुहान और घायल होकर चोट्टि आदि ने इस एक वर्ग मील खेत में नागफनी का घेरा लगाया था। उस समय तीरथनाथ को आलू का खेत बनाने का शौक था। तभी घेरा लगा था। कुछ बरसों में पेड़ बड़े हो गए थे। बरसात के पानी से धीरे-धीरे नए पत्ते भी निकले थे। टुकड़े का अगला भाग तीरथनाथ के खेत की ओर था। जमीन तीन भाग ऊँची थी, उसके बाद ढलुवाँ थी। फिर एक नाला था। भगवान जिसे देते हैं, छप्पर फाड़कर देते हैं। इसी से तीरथनाथ की 1500 एकड़ जमीन के बीच में एक पतली-सी नदी बहती थी जो इनकी भाषा में नाला थी। नाले में गर्मियों में भी ठण्डा पानी रहता जिससे आसपास की जमीन उपजाऊ थी। इस जगह जहाँ कुएँ के सिवा कहीं पानी नहीं मिलता था, वहाँ यह बड़ा सहारा था। जुती जमीन और नीची जमीन के बीच नाले के किनारे कई आँवले के पेड़ थे। पेड़ों की ओट से उधर नजर नहीं जाती। ऊँची जमीन पर बाड़ा है। दाँतवाले सूअर ने नागफनी का बड़ा घेरा तोड़ डाला। चीनाबदाम के पौधे नष्ट कर दिए। दारोगा ने उसे मारने को कहा है। कई बार गलत निशाने के तीर खाकर बराह आदमी देखते ही बिगड़ जाता है। उसकी घुरघुराहट सुनते ही चोट्टि के लोग भाग खड़े होते हैं। तीर लगने पर वह मरा नहीं, यह जानकर दारोगा हँसकर बोले, "तीर का काम नहीं है। बन्दूक से मारना होगा। तीर से तो चिड़ियाँ या खरगोश मारे जा सकते हैं।"

इतने दिनों तक वह मारा नहीं गया, दारोगा को वक्त नहीं मिल रहा था। तीरथनाथ की माँ ने भी 'वे बराह अवतार हैं' कहकर जिद की थी। लेकिन बराहावतार के लिए हजारों रुपयों के चीनाबदाम तो बरबाद नहीं किए जा सकते। अब उनका कहना था, मारे जाने के बाद वे काशी जाकर प्रायश्चित्तस्वरूप विश्वनाथ के मन्दिर में सोने के एक सौ आठ तुलसी-दल चढ़ाएँगे। शिव और विष्णु असल में एक हैं।

इतनी बात के बाद एक दिन दारोगा आए। नीचे के खेत में काम करते-करते ही सना कह रहा था, "कई दिन से दिखाई नहीं पड़ा, वह साला आएगा। ओह, जिस राह आता है, कन्द की खोज में जमीन खोद फेंकता है।"

चोट्टि बोला, "तेरी तलाश में आता है।"

"क्यों?"

"तू उसे तीर मारकर भाग खड़ा हुआ।"

"कितना बड़ा है! सोचा कि मार सकूँ तो सब खूब मांस खाएँगे।"

"इसी से कूल्हे में मारा।"

"अरे! वह घूम गया। तूने भी तो बाद में नहीं मारा।"

"दारोगा मारेगा।"

"बराह मारने के लिए ही दारोगा आए हैं।"

निचली जमीन में जहाँ बराह ने बेड़ा तोड़कर जगह कर ली थी, वहीं वे लोग खड़े हो गए। बाड़े से थोड़ी दूर पर एक मचान था। उस पर छाजन थी। इस मचान पर बैठकर खेती पर डाका डालनेवाले हिरन और सूअरों को भगाने के लिए पहरा देना पड़ता था। मचान कई खम्भों पर था। चोट्टि बोला, "हुजूर, उसकी ओट में खड़े हों।"

दारोगा बोले, "सूअर एक ओर देखकर चलता है। इससे पहले कि वह हमें देख पाए हम उसे गोली मार देंगे। तुम लोग चले जाओ। बिरजू, तुम रहो।"

कांस्टेबल बिरजू के हाथ में बल्लम था।

चोट्टि बोला, "हम नीचे रहते हैं, हुजूर, शिकार देखेंगे।"

"तुम कितने लोग हो?"

"छः जन, हुजूर।"

"साथ में कुछ है?"

"बलोया तो रखते ही हैं। और खुरपी है। काम कर रहे थे।"

"बिलकुल बोलना मत।"

"नहीं, हुजूर!" चोट्टि भी बड़े जोश में था। वे लोग नीची जमीन की ओर आकर ढलान का सहारा लेकर खड़े हो गए। सभी जोश में थे।

घों-घों की आवाज आई। सना फुसफुसाकर बोला, "आ रहा है।"

चोट्टि ने उसका मुँह बन्द कर दिया।

दारोगा ने पहले भी शिकार किया था। इन सारी जगहों में अभी भी बहुत शिकार हैं। जाड़ों में शाम के बाद राह चलती थी। बीच-बीच में बाघ न दिखाई पड़ा हो, ऐसा नहीं होता। जंगली बराह भी मारा गया था। लेकिन उन्होंने घायल बराह पहले कभी नहीं मारा था। हाथों की पकड़ भी ठीक थी। बन्दूक सँभालकर खड़े हो गए। वे सोच भी नहीं सके कि सूअर ने बाड़े में घुसने के पहले ही उन्हें देख लिया था।

उनका हिसाब गड़बड़ करता सूअर बाड़ में बनाई हुई जगह से न घुसकर उनके पीछे के बाड़े से जहाँ पेड़ छितरे थे, तेजी से घुसा और नागफनी की खरोंच लगने से और भी बिगड़ गया। असल में बिगड़कर ही वह घुसा था। बल्लम फेंककर बिजली की तेजी से कांस्टेबल मचान से उछल पड़ा और दारोगा के खड़े-खड़े घूमकर गोली चलाते-न-चलाते पाँच बार गोली खाकर सूअर उनके ऊपर आ पड़ा। उनके

आर्त्त चीत्कार से बिजली छू जाने की तरह चोट्टि जुती जमीन पर उछल पड़ा। वह शिकारी था। शिकारी के हथियार होते हैं—तीर-कमान, या कभी बल्लम। लेकिन शिकार करना उसके खून में था। शिकार करते समय सोचने की तेजी जरूरी होती है। बराह दारोगा का बायाँ हाथ फाड़ रहा था। बिरजू ऊपर मचान पर था। चोट्टि तीर के वेग से भागा, बिरजू का बल्लम लिया। 'हरा-हरा-हरा'—बराह ने भी हड़कम्प गर्जना की। बराह दारोगा को छोड़ उसकी ओर घूम गया। चोट्टि बल्लम लिए भागा आ रहा था। उसने बराह के कान के नीचे से तिरछे बल्लम मारकर पूरी ताकत से उसे दबा दिया। सूअर पहाड़-सा था। चित्त होने पर भी उसने उठने की कोशिश की और उठा। सना ने पैरों के पास बलोया चला दिया। वे बलोया उठाए आ रहे थे। चोट्टि ने बलोया उठाया। दाँत से उसका पैर घायल हो गया था। वह बहुत गुस्से में था। अन्धाधुन्ध वह बलोया चलाता रहा और उसके साथी भी मारते रहे। साहसी पशु भी बड़ी बहादुरी से लड़ रहा था। लेकिन अन्त में मर गया।

दारोगा को उठाकर स्टेशन ले जाया गया। मालगाड़ी रोककर उसे डाल्टनगंज अस्पताल ले गए। तोहरी थाना से स्टाफ लाने का वक्त न था। तीरथनाथ, बिरजू और दो कुली साथ गए। गार्ड के डिब्बे में फर्श पर ही दारोगा को लिटा दिया गया।

स्टेशन मास्टर बोला, "चोट्टि, तू भी जा।"

"नहीं, ठीक हो जाएगा।"

चोट्टि लँगड़ाते-लँगड़ाते लौटा। पहान लता-वता बटोरकर लौट आया। घाव देखकर बोला, "हड्डी बच गई, टूटी नहीं।"

चोट्टि के पैर में पट्टी बाँध दी गई। चोट्टि और लोगों से बोला, "साला मरा पड़ा है। काट-कूटकर खाया जाएगा। ले आओ।"

बराह बहुत बड़ा था। बहुत-से मुण्डा पसीना-पसीना हो गए। बराह का मांस गंजू-दुसाध-धोबी टोली और कुली लाइन में बाँटा गया। दोनों दाँत चोट्टि ने रख लिए। बोला, "दारोगा बच गया तो उसे दूँगा। बहू, मांस का आचार बना लेना। पके मांस का।"

चोट्टि खून से तर-ब-तर था, पर आचार की बात सोच रहा था।

"अरे, बहुत मांस है, बहुत-सी मद पीने से दरद आप ही चला जाएगा।"

चोट्टि का घाव सूखने में लगभग सात दिन लग गए। दारोगा के घाव अच्छे होने में लगभग डेढ़ महीना लग गया। अस्पताल से निकलकर उसने चोट्टि को बुलवा भेजा। दोनों दाँत पाकर वह बहुत खुश हुआ। चोट्टि को धन्यवाद देने में उसे बहुत संकोच हो रहा था। बोला, "तुम्हारे ही कारण उस दिन बच गया। मैंने नहीं सोचा था कि सूअर उधर से आ जाएगा।"

"घायल होने पर यह ज्यादा बदमाश हो जाते हैं।"

"मैं तो मर ही गया था।"

चोट्टि हँसने लगा। बोला, "बहुत बड़ा बराह था।"

"चोट्टि, तुम्हें!..." दारोगा ने जेब में हाथ डाला।

"ना हुजूर! नहीं लूँगा।"

"नहीं लोगे?"

"अगर मैं उसकी चपेट में आ जाता और आप मुझे बचाते तो क्या मैं आपको कुछ भी दे सकता था?"

दारोगा हँसकर बोला, "लेकिन देते तो मैं तो ले लेता।"

चोट्टि बोला, "यही बहुत है। आप बच गए, यही बहुत है।"

अब दारोगा ने कह दिया, "तुम तीर के खेल में फिर उतरो। रोक उठा ली। जरा और ठहरो। मेरी पत्नी ने तुम्हारे बेटे के लिए—माने मैं लौट आया, इसलिए पूजा हुई थी न—मिठाई दी है।"

"इतनी मिठाई, हुजूर?"

"इतनी क्या?"

सभी को बाँटकर चोट्टि ने भी मिठाई खाई।

इसके बाद उसके लड़की हुई। शुक्रवार को हुई थी, उसका नाम रखा गया सुखनी।

दारोगा ने उसके तीर खेलने पर लगी रोक उठा ली। इस बात की जानकारी होने से सभी बहुत खुश हुए। यह घटना भी धीरे-धीरे उसका एक और कृतित्व और अलौकिकता बन गई। हर चीज इस चोट्टि मुण्डा के जीवन में कहानी बन जाती—किस्सा और गान। गान के किस्से में बराह बन गया चलता-फिरता पहाड़, और कथा बहुत ही काल्पनिक। गान में चोट्टि को एक नया हथियार मिला :

तुमने घास उठा ली
घास बन गई बल्लम
बराह को मार दिया
बराह मर गया तभी
और दारोगा?
वह बोला, तुम हो महावीर
जाओ, सारे खेलों में उतरो।

चोट्टि अपनी पत्नी से बोला, "घास उठाने से बल्लम बन जाता है, लेकिन तीरथ लाला का खेत जोते बिना पेट-भर भात भी नहीं जुटता।"

"हमारा जीवन ऐसे ही चलेगा। दादी-परदादी से कहानी सुनी थी, मुण्डा लोगों के पास इतना था, उतना था। पर घर था—शिकार से भरा वन। किसी भी दिन उन्होंने बातचीत में यह नहीं कहा कि मुण्डा की कोठाबाड़ी थी। हम लोगों ने तो वह सब देखा नहीं। देखते आए महाजन के पास कोठा है, मुण्डा लोग रहते हैं पत्तों के घरों में। महाजन के खेत जोतते हैं।" बहू ने लड़की को दूध पिलाते-पिलाते दूसरी बात शुरू कर दी। बोली, "कुरमी की धरती में कुछ है क्या?"

"क्यों?"

"कोयेल ने देखकर कहा है कि वहाँ इतनी बड़ी-बड़ी मिर्चें, इतना बड़ा कुम्हड़ा फलता है।"

"घर जलकर राख हो गए थे। उसमें पत्ते सड़कर खाद हो गए हैं।"

"तुम जरा सुखनी को देखो। मुँगरी बकरी ले जाएगा, उसे खाने को दे दूँ। रस्सी नहीं है, पता है? रस्सी लानी होगी।"

"ले आऊँगा।"

चोट्टि के बनाए पालने में सुखनी झूल रही थी। लड़की को झोंटे देते-देते चोट्टि धीरे-से बोला, "बाप के नाम का गान कान में सुनेगी? आँखों से देखेगी कि बाप महीने में तीन रुपया मजूरी और दाना-पानी पर लाला का खेत जोतने पर लगा है।"

लड़की सो रही थी। चोट्टि को कुरमी की याद आई। 'कुरमी' कहते ही दुखिया का चेहरा याद आता। वही तसवीर आगे आ जाती। पहाड़ की चोटी पर आकाश में अंकित चलती हुई तसवीर की तरह पहान कई कुत्तों को लेकर चला जा रहा है। उसका रास्ता तोमारू न था। उस तरह के दुर्गम स्थान में कोई रास्ता ही न था। जंगल में उतर गया। जिस वन के चारों ओर केवल पहाड़ हैं, वहाँ से निकलने की राह नहीं है, पहान उस वन में क्यों गया? अपने समीप सच्चा रहने के लिए धानी जेजुड़ चला गया, दुखिया गुमाश्ते का सिर लेकर थाने गया। पहान को उस वन में जाना पड़ा! चोट्टि का निश्चित विश्वास था कि किसी दिन उस वन को चीर-चीरकर खोजने से पहान और कुत्तों के कंकाल मिलेंगे।

इसी बरस, चोट्टि के किसी मेले में तीर खेलने जाने से पहले चार मुण्डा लड़के उसके पास आए। एक टोकरा उतारकर रखा। उसमें थे लाल आलू, एक कुम्हड़ा, राब और बहुत-सा सत्तू। जमीन तक प्रणाम कर बोले, "भरत मुण्डा ने हमको भेजा है।"

"इतने दिनों बाद?"

"जमींदार की बजारी से हम लोग बहुत परेशान हैं।"

"मिट गई?"

"वह तो उनका जीवन और हमारा जीवन रहते मिटनेवाली नहीं है। जब हम पत्थर के नीचे और वह खड़िया के नीचे जाएँ तभी शायद मिटे।"

"भरत का क्या हाल है?"

"उस गाँव को छोड़ने का उपाय नहीं है।"

"क्यों?"

"बजारी के लिए हर हाट के दिन शोर होता है।"

"तुम सीखोगे?"

"हाँ।"

"कब आओगे?"

"जब कहो।"

"भरत ने भेजा है। मैं सिखाऊँगा भी। पर कहते हो कि बजारी को लेकर अशान्ति है। तुम लोगों के कुछ कर बैठने पर मुझे दुख होगा।"

"मैं बुधा हूँ। भरत मेरा काका लगता है। एक बात कहूँ?"

"कहो।"

"तुम सिखाने के लिए सिखाओगे। तुमने सिखाया था इसलिए तो दुखिया ने वह काम नहीं किया। गुमाश्ते ने जबरदस्ती कोंच-बोंचकर भड़काया था।"

"सो तो सच है।"

"उसमें भी थाने के लोग तुम्हारा दोष समझते हैं। पुलिस हमेशा मुण्डा लोगों का दोष देखती है। मैंने इस सुगाना को गोरू भगाने के लिए लाठी दी। उसने मारकर कनू का सिर तोड़ दिया। उसमें मेरा क्या दोष? मेरे भाग्य में साले जमींदार की चोट है। अगर कुछ हो जाए तो उसके दोष से होगा। कौन क्या कहता है, वह बात जमींदार बताएगा।"

चोट्टि समझा कि जिस तरह दिन जा रहे हैं, उसमें मुण्डा लोगों की बातचीत, सोचना-विचारना भी बदलता जा रहा है। बुधा की बातों में समझ है, और इन बातों को अस्वीकार भी नहीं किया जा सकता है।

फिर भी वह बोला, "पुलिस बहुत जुलुम करती है। इसी से कह रहा हूँ।"

"गड़बड़ कौन चाहता है? लेकिन इस तरह की वसूली तो ठीक नहीं। जो कुछ अच्छा हो, वह सब ले लिया जाए तो क्या बेचेंगे, क्या खाएँगे?"

"जमींदार कैसा आदमी है?"

"जैसे जमींदार होते हैं। उसके पैर में फीलपाँव हो रहा है। चल नहीं पाता। जूता खरीदता नहीं। बनवाना पड़ता है। एक पैर में बड़ा जूता और एक पैर में छोटा जूता।"

एक और लड़का था जो शान्त था। वह बोला, "जमींदार ने चौथा ब्याह किया

है। तीनों को अलग कर दिया है। जमींदारनी को लेकर वह बगीचे की कोठी में रहता है। उसका साला जमींदारी देखता है। इस बहू का भाई, इसी कारन इतनी अकड़ है।"

बुधा बोला, "जमींदार ही क्या है! अभी भी कोई मुण्डा बदन पर कपड़ा नहीं पहनेगा, पैरों में जूता नहीं पहनेगा, सिर पर छाता नहीं लगाएगा, काँसे-पीतल के बर्तनों में भात नहीं खाएगा। एक आदमी का कसूर होने पर पूरा गाँव जरीमाना देगा।"

गया बोला, "और क्या, सब तो जानते हो। बेगार देते-देते कलेजा फट गया है। फिर बात-बात में जरीमाना। साले मुण्डारी जानते हैं, लेकिन बात करेंगे हिन्दी में। ऐसी तेजी से बात करते हैं कि समझ में नहीं आती।"

अन्त में बुधा बोला, "डर किसका? कुरमी के लड़के राह दिखा गए हैं। वैसा समझेंगे तो चले जाएँगे मिशन में।"

"वहाँ मिशन कहाँ है?"

"वहाँ नहीं तो ढाइ में तो है! नया मिशन है। मिशन जमीन ले रहा है। लेते ही हमें बसा देगा।"

चोट्टि बोला, "आना, तुमको सिखाएँगे। लेकिन जितने कम लोगों को पता चले, उतना ही अच्छा है। बात से बात फैलती है और दारोगा सोचता है कि मैं दिकू लोगों पर बलोया उठा रहा हूँ।"

बुधा बोला, "सुखा आदि एक खराब काम कर गए हैं। वे जो कर्ज लेकर भागे हैं उससे ये लोग बातों-बातों में कहते हैं, कर्ज लोगे? खुराकी लेकर तो तुम भाग जाओगे। कुरमी गाँव के मुण्डा भाग गए।"

चोट्टि बोला, "काम तो खराब हुआ लेकिन मुण्डा जात चोरी-चकारी नहीं जानती, न करती है। खून करने पर भी थाने जाकर कबूल कर लेते हैं। आज अगर चोरी करें, तो वह दिकू लोगों से सीखा होगा।"

"यह बात तो सच है।"

"दस पाई धान लेने पर दस जनम में नहीं चुकेगा।"

बुधा बोला, "हम लोग लिखना-पढ़ना नहीं जानते, इसलिए चोट्टापन करते हैं। मिशन में लिखना-पढ़ना भी सिखाते हैं।"

"सिखाते हैं, पर मिशन में मुण्डा लोगों से तो गाँव के मुण्डा लोगों की कोई भलाई नहीं होती, बुधा! हम जहाँ हैं, जैसे हैं, वैसे रहते हैं।"

"यह भी सच बात है।"

"हम अकेले ही क्यों? गाँव के दुसाध-गंजू—सबका एक ही हाल है।"

"आज हम चलें।"

बुधा की बातचीत ने चोट्टि को बेचैन कर दिया। वह सोच नहीं पा रहा था कि इस तरह कब तक चलेगा। बुधा की बातें गलत तो नहीं हैं। भरत से मिलना चाहिए। पहान ने सब सुन-सुनाकर कहा, "दूसरे गाँव की बात फिर सोचना। अपनी बात सोचो।"

"क्या सोचूँ?"

"मैं अब कितने दिन हूँ? नया पहान कौन बनेगा?"

"तुम जिसे बनाओगे।"

"मेरा तो कोई लड़का है नहीं।"

"तुम्हारे भाई के कोई लड़का नहीं है?"

"न। बहू सिर्फ बिटिया-बियानी है।"

"तुम अभी जिन्दा रहोगे।"

पहान हँसा। बोला, "तेरी उमर कितनी है?"

"मेरे जनम से गौरमेन का बरस शुरू हुआ है।"

"उस दिन ही सुना था कि यह अड़तीस नम्बर का साल है। तब तू अड़तीस बरस का हुआ। तेरे जनम-काल में मैं करीब दो-बीसी साल का रहा होऊँगा। नातिनों का भी ब्याह हो गया है। वह होने से कितना होता है? सना को बुला।"

सना मुण्डा बोला, "और दो बरस में चार बीसी होंगे।"

पहान विजय-गर्व से बोला, "तब? फिर भी जिन्दा रहूँगा?"

"हम लोगों से क्या करने को कहते हो?"

"मुझे एक बार भुरकुण्डा ले चलोगे?"

"वहाँ क्या है?"

"मेरे काका के बेटे। उनके गोत में कोई हो सकता है।"

"ले जाऊँगा, बता देता हूँ। मेरा सुखनी छोटा है। उसकी सगाई करा दो। तुमको गुड़-हल्दी-सुपारी देता हूँ। बाद में ले चलूँगा।"

"और कब तक जिन्दा रहना पड़ेगा। क्यों चोट्टि?"

सना बोला, "कम-से-कम एक दसी, एक पाँच बरस।"

पहान ने निश्चिन्त होकर बैंगन के पौधे को घेरकर बाड़ा बनाना शुरू किया। सना बोला, "अब भी हाथ चलते हैं। तुम हमारा श्मशान का पत्थर देखकर मरोगे।"

चोट्टि ने घर जाकर देखा कि भरत आया है। हरमू और सोमरा से बहुत जमकर चोट्टि और गौरमेन की दोस्ती की बात बता रहा था।

"तुम्हारी बात ही सोच रहा था, भरत!"

"मन में समझ गया था।"

"उसी से आ गए?"

"उसी से। तुम्हारे नाम का हमें ऐसा गरब है, सो इस घर में और मेरे घर में, देखता हूँ, कोई फरक नहीं। मुण्डा लोगों का हर घर एक-सा ही है।"

"फरक है।"

"कहाँ?"

"वैसे ही गरीब हम हैं, मालिक का खेत जोतते हैं, मिले तो भात खाते हैं, नहीं तो भुट्टा उबालकर घाटो। पर तुम, बुद्धू लोग हम पर गान बनाते हो।"

"वह बात छोड़ दो। वह तुम्हारे समझने की नहीं है। हम समझते हैं।"

"अच्छा है।"

"इसी से तो जी रहे हैं, चोट्टि! फिर भी तुम्हारे लिए गरब कर सकते हैं। अब हमारे लिए तो गरब करने का कुछ और नहीं है।"

"मुण्डा लोगों का दुख दूर नहीं होता।"

"यह हाट-बजारी कहाँ से आ गई, चोट्टि?"

"दिकू लोगों की आमदनी। दिकू लेते हैं। गौरमेन मदद करती हैं। दिकू और गौरमेन को बाप-बेटा समझो। मुण्डा लोगों के गाँव में मुण्डा रहें, उराँव लोगों के गाँव में उराँव रहें, यह हमने नहीं देखा, न हमारे बच्चे देखेंगे।"

"यही देखते हैं।"

"कोई जगह है जहाँ हाट-बाजारी नहीं ली जाती, बेगार नहीं है?"

"साले बेगार देने के लिए हर समय बुलाते हैं। वह दे दी। पर खेत की फसल, आँगन की सब्जी, घर में मुर्गी-बकरियाँ, यह भी अगर बेच न सकें तो घर कैसे चले, बताओ तो? पेट को तो कुछ चाहिए।"

"इसे वे नहीं समझते।"

"अब लड़के तेज हो गए हैं। कहते हैं, तुम अपना मुण्डा जीवन लेकर रहो। कुरमी के मुण्डाओं ने राह दिखा दी है। हम जाकर मिशन के मुण्डा बन जाएँगे। मिशन के मुण्डा लोगों को किसी जमींदार का साला भगा नहीं सकेगा।"

"समझ गया। पर क्या यह कोई राह हुई, भरत? आज गुमाश्ता, कल जमींदार का साला भगाएगा, तो जाकर मिशन में घुसेंगे?"

"उससे क्या?" भरत ने बड़े शान्त स्वर में कहा, "तुम सोचकर देखो। मिशन में जाने में कष्ट है, जाने पर सब सुख नहीं है। मुण्डा की शकल देखकर उन्हें कोई नहीं लेता। कोई-न-कोई फायदा उठाने के लिए लेता है। राजा, जमींदार, दिकू—सब उसी लिए मुण्डा लोगों को सहन करते हैं। मिशन के साहब भी किसी-न-किसी तरह फायदा उठाएँगे। लेकिन ऐसी हाट-बजारी नहीं वसूल करेंगे, बात-बात में गाली देकर मारेंगे नहीं।"

चोट्टि करुण हँसी हँसकर बोला, "क्रिस्तान बनने से ही मिशन को फायदा हो गया।"

"वहाँ पूजा किस तरह की होती है?"

"गौरमेन के देवताओं की, यीशू की पूजा-भजन। सुना है, ठीक-ठीक पता नहीं है।"

"कौन जानता है, चोट्टि?"

"कोई कम मुण्डा, और कम उराँव तो मिशन गए नहीं हैं।"

"बहुत गए हैं।"

"वे गौरमेन के देवता को पूजते हैं?"

"निश्चय ही।"

"हम तो हरमदेउ को पूजते हैं!"

"हाँ।"

"उसी से मन की चिन्ता उठ गई।"

"कौन-सी चिन्ता?"

"समझता हूँ कि हमारे हरमदेउ क्या इतनी रेल, हवागाड़ी, शहर में क्या तसवीर में चलते हैं, बातें करते हैं—यह सब देख-देखकर बूढ़ा हो गया। इसी से सन्तानों को इधर-उधर जाने देते हैं। सोचते हैं, जाओ बाप लोगो चा-बागान में जाओ, मिशन में जाओ, दूसरों का खेत जोतो, जहाँ जाने से जान बचे, वहाँ जाओ, नहीं तो ऐसा होने की तो बात नहीं थी।"

"भरत, क्या तुम भी उसी मिशन में जाओगे?"

"सच बताऊँ भाई, अभी भी पता नहीं। कहो तो, गाँव कौन छोड़ना चाहता है? जाना-चीन्हा देश है। बेगार कहो, हाट-बजारी कहो, सब सहकर भी रह जाता, अगर जमींदार का साला न तंग करता। साला कुत्ते लेकर शिकार करता है, मानो गौरमेन हो।"

"तब?"

"हाँ, तब क्या करूँगा, पता नहीं। वही कहने आया था कि लड़कों को तीर चलाना सिखा दो। जब तक रहता हूँ, हर मेले में तीर खेल लें। जो जीते, मांस-मद खा-पीकर पड़ोसी मुण्डा लोगों के साथ खुशी मना ले। क्या पता भाई, कल क्या हो!"

"कलेजे में जैसे कुछ दुखता है, भरत! जितने मुण्डा चले जाते हैं, कलेजे में उतने तीर बिंध जाते हैं।"

"कुरमी के पहान का कुछ पता चला?"

"नहीं।"

"अब गुमाश्ता बहुत समझदार हो गया है। कोई जुलुम नहीं करता।"

"पहले अगर ऐसा करता!"

"अरे, दिकू जब भला काम करता है, तो समझ लो कि वह डरकर वैसा कर रहा है। प्रजा चली गई, मिशन में सब कहते थे कि बात गौरमेन के कानों में गई है, इसी से अच्छा गुमाश्ता आया है।"

चोट्टि की पत्नी ने भरत को एक लुटिया का शरबत दिया। पीकर भरत बोला, "मुण्डानी, जान बचा लो। बहुत दूर जाना है, कोई छोटी राह थोड़े ही है! हाँ, चोट्टि, बुधाई की बड़ी समझ है। तुमसे जिस दिन जो सीखता है, उसे दूसरे लड़कों को सिखा देता है। अखाड़े जाकर नाच-गाना सब भूल गया है। अब तो बस तीर और धनुक है।"

चोट्टि की पत्नी तेजी से बोली, "वे अगर बहुत-से दुखिया बनकर कोई काम करें, उससे मेरे मरद का नाम न लगे।"

"नाम तो मुण्डा नहीं लगाते हैं, दिकू लगाते हैं।"

भरत चला गया तो चोट्टि बोला, "क्यों? मरद के लिए बड़ा गरब कहाँ गया? मरद के नाम पर जब गान सुनती है, तो हँसते-हँसते लोट-पोट हो जाती है!"

"नहीं-नहीं, यह बात अच्छी नहीं है।"

"क्या बात?"

"वह जो कह गया। उसमें बुधा की कोई चाल है।"

"वह मैं भी जानता हूँ। जो हो सो हो।"

"यह क्या बात हुई?"

"वे अगर गड़बड़ करें तो अपनी अकल से करेंगे, मुझसे बात न करेंगे। अगर नहीं करेंगे, तो वह भी अपनी समझ से। बुधा का हाथ यों ही अच्छा है।"

"हाथ अच्छा है! क्या काम करता है, वह देखो।"

"मुण्डा लोगों का मिज़ाज बदल रहा है। हमारे लड़के जब बड़े होंगे, तो पता नहीं क्या कहेंगे, क्या करेंगे!"

"देखो, तुम्हारे डर से हो, या जो हो, लाला लेकिन थोड़ा नरम पड़ गया है। अब उस तरह से तंग नहीं करता।"

"कोई भरोसा नहीं रे, कब बिगड़ जाए!"

तीरथनाथ के बिगड़ने के पहले ही एक के बाद एक कई मेले हुए। चोट्टि सबमें नहीं जा सका। गाँव में बैठे-बैठे ही खबर मिली कि बुधा आदि ने कई मेलों में ईनाम जीते हैं। भरत दो मेलों में गया था। दोनों ही जगह प्रथम आया था। इसका नतीजा उसके लिए अच्छा नहीं हुआ। सना ने खबर दी। सिर हिलाकर बोला,

"मालूम नहीं, अपनी आँखों नहीं देखा। मेरा बाप तब जवान था।"

"कब की बात कह रहा है?"

"बीरसा भगवान की लड़ाई की बात।"

"भरत की बात में वह बात।"

"बुद्धुओं की तरह मत बोलो।"

"सना, बहुत दिनों से देख रहा हूँ कि तू एक बात में दूसरी बात उलझा देता है। फल की बात कहने में जड़ की बात कहने लगता है।"

"जड़ से ही पेड़ और पेड़ से फल होते हैं।"

"तो जड़ में है या पेड़ पर चढ़ गया है?"

"जड़ में था। गाछ की बात कहता हूँ। लड़ाई में मुण्डा समझते थे कि भगवान का राज आ गया है। उन लोगों ने खेती-बारी छोड़ दी, खेत की फसल खा डाली थी, नए कपड़े पहनकर नए ढंग से चलते-फिरते थे।"

"कह क्या रहा है! भरत आदि वही करते हैं?"

"फल की बात पर आ गया हूँ। भरत सबसे कह रहा है—कल क्या होगा, सोच सकता हूँ, बाप। मेला में तीर चलाकर जब रुपए मिलें तो खा-पी लेता हूँ। खेती करने से क्या होगा? फसल तो कर्ज चुकाने में चली जाती है। सब्जी लगाकर क्या होगा? हाट-बजारी में निकल जाएगी।"

"दिमाग खराब हो गया है।"

"इसी से जमींदार का साला दो और दो चार कर रहा है।"

"किस तरह?"

"कहता है, इन सालों की कोई चाल है। कुरमी के मुण्डा लोग खूब कर्ज लेकर पेट भर खाकर भाग गए। वे साले भी शायद भागेंगे।"

"भागेंगे, यह तो एक तरह से कह गया। लेकिन मुण्डा होता है बुद्धू। जो करता है खुल्लमखुल्ला कर डालता है। दिकू को पता चल जाता है।"

"भागेंगे कहाँ?"

साँस छोड़कर चोट्टि बोला, "कुरमी ग्राम राह दिखा गया है। हो सकता है, मिशन जाने की सोच रहे हों। उन्हें भी क्या दोष दिया जाए? दिकू लोगों के जुलुम से सब जाकर मिशन में घुसते हैं। या चाय-बागान में। या कोलियरी में। बहुतेरे मुण्डा बाँग्ला मुलुक में कहीं खेतमजूरी के काम में चले गए।"

सना बोला, "जहाँ जाएँ दिकू लोगों का जुलुम, गौरमेन का जुलुम तो साथ-साथ गया, यही तो होता है न? देश-घर छोड़कर भी जुलुम जब साथ नहीं छोड़ता तो देश में रहना ही अच्छा है। क्या कह रहा है, चोट्टि?"

"मन तो यही कहता है। फिर यह भी सोचकर देखा है कि इतनी ठोकरें नहीं

खाई जाती रे! बीच-बीच में मन में घिन उठती है, उसी से मुण्डा तैश में आकर कुछ कर बैठता है। नहीं तो सियाराम का सिर उसके कन्धों पर रहता, सुखा आदि गाँव में रहते। तू सोचकर देख, मन में कितनी घिन है। असल में सुखा आदि कर्ज लेकर, टीप देकर तभी भागे। यह काम दिकू कर सकते हैं, मगर क्या मुण्डा कर सकते थे?''

''बिगड़ने की बात तो मन में उठती है। लेकिन हम लोगों का गाँव तो मिला-जुला है। हम यहाँ कमजोर हैं, इससे भरोसा नहीं होता। पुलिस का डर लगता है।''

''वह भी सोचना होता है। मैंने गुस्से का काम किया। लेकिन जुलुम? किसे छोड़ता है? मेरे बाप के कारन गाँव पर जरीमाना नहीं किया?''

हर काम में जोश आता है। लाक्षागृह बनाने के बाद भी चकमक रगड़ना पड़ा था। भरत मुण्डा आदि को भड़काया था जमींदार के साले ने। नायब पुराना और तेज था। वह ब्राह्मण था, इसलिए अब्राह्मण जमींदार उनका कुछ आदर करते थे। नायब ने खुद भी प्रचलित शोषण जारी रखा था, लेकिन अति नहीं की थी। अन्ततः उनकी बात मानी गई और जब तक उनकी सलाह से काम चला, उतने दिनों तक मुण्डा लोगों ने दल-बल सहित जाने की बात नहीं सोची थी। उन्होंने बेगार दी, लेकिन अपनी जमीन जोतने का समय मिला था। हाट-बजारी के बारे में उनकी नीति और तरह की थी।

हाट-बजारी के बारे में इस अंचल के पुराने जमींदार और राजाओं के बीच इतने दिन तक यह नियम प्रचलित था—हाट के दिन मालिक का गुमाश्ता हाट में बैठता। आदिवासी कोई भी सामान पहले उसके आगे रखकर ही हाट में बेचने बैठते थे। कोई अगर कहे कि दो मुर्गियाँ बेचने आया हूँ, दे नहीं सकूँगा—वह भी मान लिया जाता था। इसका कारण था कि पुराने ढंग के लोग जानते थे कि आदिवासी लोग, जहाँ तक सम्भव था, असत् आचरण नहीं करते थे। भरत आदि जिस राजा की प्रजा थे, वहाँ पुराने कायदे पर चला जाता था, क्योंकि आदिवासी प्रजा जमींदारी में बहुसंख्यक थी और उनका तरह-तरह से शोषण करने से ही जमींदारी चलती थी। इसलिए उनके बड़े उत्सवों पर जमींदार की कचहरी से भी पहान के पास सीधा भेजा गया था—एक खसी और चावल। यहाँ बजारी भी उसी नियम से चलती थी। उसी तरह से होता आया है। इसीलिए प्रजा भी मान लेती थी। वे नायब जमींदार के प्रति आश्रित थे। यहाँ के रहनेवालों को जिनको लेकर चलना पड़ता था, उनके साथ, भरत आदि के साथ उसका एक तरह का जान-पहचान का सम्बन्ध भी था। भरत आदि को जिस बात में सुविधा थी, वह यह कि नायब दंगा-फसाद से खुद डरता था। उनकी बात जितने दिन चलती, उतने दिनों जमींदार बीच-बीच में बस्ती में भी घूमे थे।

चौथी शादी के बाद नायब की दुर्गति का अन्त न था। बहू के साथ जमींदार अलग घर में रहते थे। उन्होंने सारा अधिकार साले को दे दिया था। तीन शादियों के बाद भी निस्सन्तान थे। उम्र बहुत हो गई थी। अब उन्होंने भी मान लिया था कि सन्तान उनके भाग्य में नहीं है। इसलिए निस्सन्देह उनका उत्तराधिकारी उनका साला होगा। एक तरह से उसके लड़के को गोद लेने का भी जमींदार ने निश्चय कर लिया था। पहले की तीनों पत्नियों ने नायब को पकड़ा--सरकार के पास जाकर कहा जाए कि उनके भरण-पोषण का प्रबन्ध होना चाहिए। भरत आदि ने हाट-बाजारी के मामले में नायब को ही पहले पकड़ा। इस पर जमींदार के आगे नायब का अपमान हुआ। उनका साला काम-काज चला सकता था, चलाता था। नायब समझे कि कुछ गड़बड़ होनेवाली है।

इसी बीच भरत आदि ने हाट के बारे में असहयोग शुरू किया।

नायब बोले, "यह क्या सुन रहा हूँ भरत, तुम क्या अब हाट में नहीं आओगे? खेत की सब्जी खाए ले रहे हो?"

"खाते नहीं तो बेचते!"

"बेचते क्यों नहीं?"

"क्या बेचें? अच्छी चीज लाल घोड़े पर चढ़कर साला बाबू ले लेंगे। गुमाश्ते को हिस्सा देकर बैठते थे। वह हिस्सा देंगे, साला बाबू को देंगे, साला बाबू का गुमाश्ता अलग हो गया है, उसे भी देंगे, तो बेचेंगे क्या?"

"हाट बन्द हो जाएगी।"

"क्या तुम लोग हाट रखना चाहते हो? हाट से हमें जो मिलता है, उससे तुम लोगों का लगान दिया जाता है। सो वही बात कितनी बार बाबू साहब ने तुमसे कही, कितनी ही बार कही। उस पर तुम बोले, 'तुम्हारा कुछ करने का अख्तियार नहीं है। हम किसके पास जाएँ?'

नायब ने मन-ही-मन जमींदारी का सर्वनाश देखा। हालत क्या हो रही है, उसका उन्हें पता लगा। बोले, "भरत, इन लोगों का बहुत गुस्सा है।"

"इतने दिनों सब्जी बेची, पता नहीं खेत में क्या होता है। कितने दुख के मारे हम लोग खेत की चीज बेचते हैं, यह तुम नहीं समझते, बाबू!"

"साला बाबू को गुस्सा बहुत है। जुलुम करेगा। हाट जाओ।"

"कब जुलुम नहीं किया है?"

नायब समझे कि भरत आदि जब निडर हो रहे हैं तो जरूर ही कुछ निश्चय कर लिया है। बोले, "भरत, हमें तुम हमेशा से देखते आए हो, मैं तुम्हें जानता हूँ।"

"हाँ बाबू!"

"सच बताओ बाप, तुम लोग क्या मिशन में भाग जाओगे?"

"पता नहीं, बाबू। लेकिन यह मालूम है कि हम लोगों ने बार-बार अरज की, कचहरी जाते-जाते पाँव घिस गए, पर गरीब की किसी ने न सुनी।"

भरत के बात करने के ढंग से ही नायब को अपनी बात का जवाब मिल गया। भरत फिर बोला, "रहने का घर, जमीन का टुकड़ा—सभी बेगार में बन्धक हैं। दस पुरखों के बाद भी किसी मुण्डा का अपना कहने को कुछ नहीं है।"

"कर्ज चुकाने पर सब तुम्हारा हो जाएगा, बाप।"

"बाबू, तुमको कितना मान देते हैं। तुम यह क्या कह रहे हो?" भरत दुख और निराशा में हाहाकार कर बोला, "तुम्हारी तरह कौन जानता है कि मुण्डा का कर्ज अदा नहीं होता? धान-गेहूँ-मक्का, यह हम पाँच-दस-पन्द्रह पाई नहीं लेते, सोना-सा लेते हैं। नहीं तो कर्ज चुकता क्यों नहीं? सब मुण्डा लोगों ने जितना धान-मक्का लिया है, उसका कितना दाम होता है?"

भरत चला गया। नायब अब जमींदार का नायब बन गया। टट्टू पर चढ़कर जमींदार के पास गया, आठ मील दूर। जमींदार से बोला, "बहुत बातें हैं, वह बातें आपको सुननी ही पड़ेंगी।"

"क्या बातें हैं? क्यों, लालमोहन से कहिए!"

"बाघ का काम गीदड़ से नहीं होता। आपके बाप-दादा की जमींदारी की मुसीबत है, उसका कुछ नहीं है। मैं क्या यों ही आपको तकलीफ दे रहा हूँ।"

"क्या हुआ है?"

नायब ने सब साफ-साफ बताया। बोले, "उनके चले जाने से हम लोगों का—सबका सत्यानाश हो जाएगा। हमारा ही नुकसान है। वे तो चले ही जाएँगे।"

राजा मजाक में हँसे, "प्रजा चली जाएगी तो नई प्रजा आ जाएगी।"

"हुजूर, प्रजा अगर बदमाश होती, दंगा करनेवाली होती, तो मैजिस्ट्रेट साहब से कहने को मुँह खोलते। भरत आदि ने तो किसी दिन कोई उपद्रव नहीं किया है। हाकिम पूछेगा तो क्या कहेंगे, हुजूर? हाकिम को तो पता चलेगा।"

"वैसा है!"

"हाकिम जमींदार पर खुश नहीं है, हुजूर।"

"तो मैं क्या करूँ?"

"साला बाबू को समझाइए। उनके जुल्मों से अगर हाट बन्द हो जाती है, तो आस-पास आपकी बदनामी होगी। यों ही बहुत बातें होती रहती हैं।"

"क्या बातें?"

"उन सब बातों को सुनकर क्या होगा, हुजूर?"

"मुझसे क्या करने को कहते हैं?"

"एक बार सदर चलें। उनकी बातें सुनकर राय बताएँ।"

"जाऊँगा।"'

लेकिन नायब के बाद ही आया साला—लालमोहन चौधरी। उसने जमींदार को समझा दिया। नायब की बातों में कोई सचाई नहीं है। प्रतिष्ठा खोने से ईर्ष्यावश नायब मुण्डा लोगों को भड़का रहा है। जमींदार के जाने की कोई जरूरत नहीं है। लालमोहन चौधरी कल खुद जाएगा और सब बदमाशों को ठीक कर देगा।

"वही करो। लेकिन मारपीट मत करो। वैसा होने से हाकिम जमींदारी ले लेगा, दूसरा बन्दोबस्त कर देगा।"

"बनगाँव में गीदड़ ही राजा है।" साला बोला, "इतना डर किस बात का है? सालों को बन्दूक दिखा डराकर हाट ले जाऊँगा।"

"गोली मत चलाना।"

"न-न।"

लेकिन इनसान हर वक्त बन्दूक नहीं चलाता है। बेवकूफ-बदजात-मनचला होने से बन्दूक ही उसे उकसाकर मजा लेती है। ऐसे लोगों के हाथों में बन्दूक पड़ने से काम गड़बड़ हो जाता है। उसकी प्रतिक्रिया भी खराब होती है।

भरत आदि आना नहीं चाहते थे। नायब ने उन्हें समझा-बुझाकर राजी किया। हुजूर सरकार के सीधे-सीधे सब जान लेने से कुछ समाधान होगा ही—जमींदार ने कहा है। कचहरी के सामने मुण्डा जमा हुए। नायब भी थे। इन्तजार होता रहा। अचानक लालमोहन चौधरी मौके पर आ पहुँचा और उसके सिपाही मुण्डा लोगों को लाठी से पीटने लगे। बुधा के अचानक खींचने से कुछ सिपाही गिर पड़े। लालमोहन के घोड़े ने मुण्डा लोगों की चीख-पुकार से डरकर उसे गिरा दिया। नायब चिल्लाता रहा, "ठहरो, ठहरो, मारो मत" लेकिन लालमोहन और भी डर गया और उसने बन्दूक चला दी। गोली नायब के बदन में लगी। "सत्यानाश हो गया", "बरामन की हत्या हो गई" कहकर सिपाही लोग भागे। लालमोहन भी भागा। मुस्टण्डे नायब का शरीर तगड़ा था। उसने भरत से कहा, "मुझे थाने ले चलो। बन्दूक भी ले चलो। तुम लोगों के लिए ही जान दी।" जो बात कही, उस पर खुद भी विश्वास करता और समझता था कि छोटी जात के हाथों अगर मरना हो तो जहाँ तक हो सके उसको सबक सिखाकर मरना ही ब्राह्मण का कर्तव्य है।

भरत आदि ने 'जो हुक्म' काम किया। थाने जाकर भी नायब को लगता रहा कि वह मर रहा है। मुण्डा लोग और सालाबाबू के बीच तोलकर सालाबाबू को ही सजा देने की इच्छा हुई और सालाबाबू को फँसानेवाला बयान दिया। ब्रह्मशाप का डर दिखाकर दारोगा से जो ठीक हो, वही करने को कहा। इसके बाद दारोगा ने

खुद ट्रेन पर ले जाकर उसे सदर शहर के अस्पताल पहुँचाया। वहाँ भी नायब ने, और भी बड़ी पुलिस से, एक ही बात कही। वह अपने को बहुत धार्मिक समझ रहा था। बोला, "युधिष्ठिर कुत्ते को छोड़कर स्वर्ग नहीं गए। मैं मुण्डा लोगों को फँसाकर चैन नहीं पा सकूँगा। सारी बातें बता दीं। अंग्रेज सरकार का तो धर्म का राज है। अब फैसला हो।"

ब्राह्मण पर इस अत्याचार से पुलिसवाले भी परेशान हुए। श्राद्ध बहुत दूर तक पहुँचा, क्योंकि सालाबाबू गिरफ्तार हुए। जमींदार ने पुलिस की जाँच के डर से भागने की कोशिश की और फीलपाँव के कारण तुरन्त भाग न सके। मुण्डा लोगों से काफी जिरह हुई। जाँच करनेवाली पुलिस जमींदार के खर्च पर बढ़िया भोजन करती थी। मौका समझकर तीनों रानियों ने नायब के बेटे के माध्यम से पुलिस अफसर से जो कुछ कहा, उससे यह सच ही प्रगट हुआ कि नायब बहुत ही सज्जन था। जमींदार एक राक्षसी के पल्ले पड़े हैं। सालाबाबू के हाथों में जमींदारी जाने के दूसरे दिन से ही रानियों का खाना-पीना भी बन्द होने लगा था। मुण्डा लोगों पर सालाबाबू बहुत अत्याचार कर रहे थे। नायब जमींदार का हितैषी था। इसी से लालमोहन की इच्छा उसका खून करने की थी।

कानून का पहिया चलता रहा। सालाबाबू को जेल होने-होने को हो रही थी। जमींदार का निकम्मापन प्रमाणित होने जा रहा था कि तभी नायब ने मुकदमे को मोड़ दिया। ऑपरेशन के बाद वह जी उठा। धीरे-धीरे उसे अपना होश आया। खुद जमींदार उसके पास आकर रो पड़ा और चौथी जमींदारिन ने गिन्नी की माला उतारकर भाई की जान बचाने को कहा। गवाही के वक्त नायब ने अब भरत के सिर दोष थोपकर सालाबाबू को बेकसूर साबित करने की कोशिश की। सरकारी वकील ने धमकाया, "आपने घूस खाई है।"

नायब ने डर से घबराकर यह मान लिया और अपने को बड़ी उलझन में डाल दिया। फैसला हुआ। सालाबाबू को जेल हुई। जमींदार को चेतावनी मिली। भरत के कानों में खबर इस तरह से आई कि नायब ने उन लोगों को बहुत जबरदस्त ढंग से फँसा दिया था। कहा था, उन लोगों ने ही दंगा शुरू किया था। पुलिस आकर उनको पकड़ेगी।

लाचार होकर भरत वगैरह ने सुखा आदि के मार्ग का अनुसरण किया। जाते समय सुखा ने कहा, "खिसक जाओ, मैं बाद में आऊँगा।"

तभी भागते समय सब ढाइ मिशन की राह चले गए। रास्ते की हाटों में गाय-बैल-बकरी-भेड़ को बेच-बेचकर खाया। बुधा, गया और दूसरे दो लोग मुण्डा टोली में आग लगा गए। वे लोग जलते हुए फूस के पूले कचहरी की छत पर और नायब के घर पर फेंककर गए। भरत आदि दो दिन की राह तय कर चुके थे। गया,

बुधा आदि छिपे रहे। इसलिए सबको लगा कि मुण्डा लोगों के चले जाने के दो दिन बाद अचानक ऐसी आग किसने लगाई? घटना के अलौकिक होने की चर्चा हुई। घर लौटे हुए नायब को भी लगा कि यह दैवी घटना या तन्त्र-मन्त्र वालों का काम होगा। सरकार का जो विचार था, उसमें मुण्डा लोगों के भागने की बात नहीं थी।

थाने के दारोगा ने राख का बड़ा-सा ढेर देखा। बोले, ''बराँभन का रक्तपात हुआ, धरती से सहा नहीं गया। आग लग गई।''

बात सुनने में अच्छी थी। लेकिन वैसा होता तो नायब का घर कैसे जलता! नायबनी बोली, ''तुम अदालत में उनके विरुद्ध कहने गए थे, उसी गुस्से में उन्होंने तीर चलाकर घर जला दिया।''

''तीर चलाते किसने देखा?''

''वह तीर नहीं। वे चले गए। टोली सुनसान है। सहसा आग जल उठी। यही तीर चलाना हुआ। क्यों न होगा? मैंने सुना है कि भरत का भतीजा चोट्टि मुण्डा के पास तीर चलाना सीखने जाता था। चोट्टि बड़ा गुणी—मन्त्रों का जाननेवाला है।''

नायब ने काम से इस्तीफा दे दिया और रुपए-पैसे रामगढ़ हटा दिए—उनके ही सहारे फिर वहाँ से चले गए।

सरकारी रिपोर्ट थी : ''मुण्डा लोग मौरूसी जमीन छोड़कर चले जा रहे हैं। वे मुख्यतः मिशन में जा रहे हैं। इसके लिए जिम्मेदार निकम्मा जमींदार, घोर लालची महाजन और दूसरे तत्त्व हैं। कहा जाता है, यह लोग आसानी से बिगड़ उठते हैं, लेकिन मिशन में इनका व्यवहार अत्यन्त शान्त और सहयोगिता का रहता है। खेती-बाड़ी करते दिखाई पड़ते हैं। बहुत जल्दी अच्छे-अच्छे ईसाई मुण्डाओं के गाँव बन जाएँगे और उन्हें देखकर दूसरे मुण्डा आकर्षित होंगे। अवश्य ही ये गाँव बसाना उतने दिनों ही चलेगा जितने दिनों तक दूसरे मुण्डा लोगों को आकर्षित किया जाए। नहीं तो गाँव बसाते चलना मिशन का उद्देश्य नहीं हो सकता। इसके बारे में सरकार की राय है...।''

'करम' उत्सव के मेले में झझार गाँव के मुण्डा पहान ने चोट्टि से कहा, ''गाँव छोड़नेवाले भरत मुण्डा लोगों ने बाण मारकर, गाँव और कचहरी जलाकर, दिकू लोगों को थोड़ा परेशान कर, चोट्टि के मुण्डा समाज के मन में कुछ बल उत्पन्न कर दिया है। झूठ बोलनेवाला नायब चला गया, सालाबाबू जेल काट रहा है, यह भी थोड़ा-सा फायदा है।''

चोट्टि मुण्डा के जीवन में सबकुछ किस्सा बन जाता था। झझार के पहान के मुँह से बातें सुनकर चोट्टि ने चौंककर गिलास में थोड़ी-सी मद ली और हाथ

में मिर्च और प्याज उठा लिए। उसके बाद उकड़ूँ बैठकर मद पीते-पीते सोचा, यह मामला क्या है? मुण्डा जहाँ भी अच्छा काम करते हैं, वहाँ सब चीजों की कारगुजारी उन पर क्यों आ पड़ती है? वह कैसा मुण्डा है? मुण्डाओं की आशाएँ पूरी करना चाहिए? कैसे? वह तो उनकी तरह साहसी नहीं है। धानी, दुखिया, सुखा, पहान, भरत आदि—सभी ने अपने निकट सच्चे रहने के लिए किसी भी समय कुछ हिम्मत का काम किया। चोट्टि ने कुछ भी नहीं किया। फिर भी यह श्रद्धा किसलिए? उसे लगा, इसके पीछे एक अधिकार है। चोट्टि इस तरह का कुछ करे जिससे सारे मुण्डाओं के मृत जीवन में नए रक्त का संचार हो। लेकिन वह काम क्या है? वह काम क्या एक दिन में होता है? फिर मुण्डा लोग भी बदलते जा रहे हैं। सुखा आदि मिशन चले गए। भरत भी। लेकिन बुधा के आग लगाने में दुश्मन को पहचनवा देने का मामला साफ है।

चोट्टि को पता न था कि कुछ बरसों में ही उसे किसी महत्त्वपूर्ण घटना का नेतृत्व करना होगा।

[8]

चोट्टि नदी के कलेजे से जिस तरह अनायास पानी बहता है, उसी तरह कई बरस कट गए। अगस्त के आन्दोलन ने चोट्टि आदि को स्पर्श तक नहीं किया। स्वाधीनता के लिए मानो वह दिकू लोगों की लड़ाई हो। दिकू लोगों ने कभी आदिवासियों को भारतवासी नहीं माना। लड़ाई और स्वतन्त्रता में चोट्टि के लोगों का जीवन अपरिचित रह गया। चोट्टिवाले दूर खड़े सब देखते रहे। हरमू और सोमचर बड़े हुए। हरमू ने गाँव की लड़की कोयेली से ब्याह किया। पहान मर गया था। मरने के पहले अपनी जाति-बिरादरी के आगे उसे पहान बना गया। नए पहान को विशेष सुविधा हुई कि ईसाई मुण्डा लोगों द्वारा गाँव के आस-पास घर बनाने के कारण हिन्दी लिखना-पढ़ना सीख लिया था। एक व्यक्ति ने आढ़तिया के पास काम करते हुए हिसाब रखना भी सीख लिया।

कोयेली इस गाँव के डोनका मुण्डा की बेटी थी। डोनका के कुछ नहीं था। वह बोला, "लड़के-लड़की का मन मिल गया। इसी से सगाई कर रहा हूँ। नहीं तो मेरा कौन-सा पुण्य है कि चोट्टि मुण्डा का समधी बनूँ? फिर मैं बेगार करनेवाला ठहरा। पास में कुछ भी नहीं। जातवालों को भोज कैसे दूँगा?"

चोट्टि बोला, "इनसान भोज कैसे देता है?"

"तुम मदद करो तो कर सकता हूँ।"

"हमें भी भोज देना होगा न?"

हरमू की माँ बोली, "अब दिन वैसे नहीं रह गए। शहर की हवा है। वह लड़की बाल खोले घूमती-फिरती है। उसे बहू नहीं बनाऊँगी!"

"तेरी-मेरी बात नहीं चलेगी, बहू!"

"क्यों?"

"आँगन का लम्बा पेड़ देख। मैं जब उस पेड़ की डाल में बँधा झूला झूलता था, तब वह जवान था। अब पेड़ बूढ़ा हो रहा है। पहान कहता है कि मेरी उमर दो बीसी है। तेरे और मेरे बालों में सफेदी आ गई है। हमारे जीवन के पच्छिम में अब बेटा-बहू हैं। हरमू की नई जिन्दगी है।"

"मेलों में दनादन तीर छोड़ता है, दनादन जीतता है, इससे उसमें जोश आता है। तुम बच्चों से कुछ मत कहो।"

"कहने से कोई फायदा भी नहीं।"

"वह लड़की अच्छी नहीं है।"

"हरमू समझेगा।"

"घर भी कहाँ है?"

"लाला से जंगल के किनारे जमीन माँग लूँगा।"

"देगा?"

"बेकार तो है।"

"हरमू को देगा?"

"वे दो भाई हैं, वह और कोयेल का एतोया। उन्हें जमीन से जो मिलेगा करें। हरमू को घर बनाना पड़ेगा।"

"यह क्या बात है? भाइयों ने छोड़ा नहीं, लड़के...।"

"कोयेल की बहू तेरी उमर की थी। यह नई उमर की है, इन लोगों की समझ अलग है। अपनी बातें खुद समझें।"

सब सुन-सुनाकर हरमू बोला, "अपने पास से अलग कर दोगे? क्यों? फिर समय रहे बिना मैं जिन्दा रहूँगा? तुम्हारा साथ ही मेरा सहारा है।"

उनके घर के पीछे ही हरमू ने मकान बनाया। कोयेल ने कहा, "यह अच्छा हुआ। हमारा एतोया, तुम्हारा सोमचर, यह दोनों जाएँ। हरमू बड़ा हुआ। उसे हमारे पास नहीं रहना चाहिए।"

सुनकर मुँगरी ने ठण्डी साँस ली। हरमू को वह भी प्यार करती थी। हरमू की माँ उसके बेटे को प्यार करती थी। लेकिन पति की बात उसे ठीक न लगी।

तीरथनाथ बोला, "जमीन लेगा, ले।"

"क्या शर्त होगी?"

"तू बता।"

"तीन साल लगान नहीं दूँगा।"

"उसके बाद?"

"दूँगा।"

"लगान क्यों? आधी फसल देगा।"

"लिखा-पढ़ी कर लो।"

"तूने क्या लिखना भी सीख लिया है?"

"पहान है न?"

"लिखा-पढ़ी करने से क्या होगा? जबानी बात है।"

"ठहरो। पहान से पूछकर बताता हूँ।"

तीरथनाथ मीठी हँसी हँसा। बोला, "हमेशा के जाने-पहचाने आदमी से कारबार करूँगा। वह पहान कौन है? वह बाहरी आदमी है। लिखा-पढ़ी तेरे साथ है। तू बेगार देगा, कि अँगूठा निशानी लूँ।"

"न, बेगार न दूँगा। बताओ, तुम्हें क्या कहना है? बेगारी जनम-जनम देने से भी उधार नहीं चुकता।"

"चोट्टि! जान-पहचान के आदमी की सच्ची बात भी कलेजे को लगती है। हाँ, मैं बेगार लेता हूँ लेकिन तुम पर कभी जबरदस्ती नहीं की। बेगार देखी। फिर अकाल में, सूखे में भुट्टा-धान-गेहूँ नहीं देता हूँ?"

"यों ही देते हो? हम अँगूठा-निशानी नहीं देते?"

"यह बात कहना तुझे ठीक लगता है? तुम तो छाप नहीं देते हो, बाप।"

बात यहीं तक रही। तीन बरस बिना लगान जमीन का मामला जरूर बहुत दूर तक गया। उसके पहले बेगार के मामले में तिल का ताड़ बन गया। वह स्वतन्त्रता के बाद।

1950 में सूखा पड़ा। सूखा इस अंचल का प्राचीन और जाना-पहचाना अभिशाप है। किसी सूखे में जो नहीं होता, इस बार वही हुआ। चोट्टि का पानी भी अदृश्य होने लगा। पानी के लिए हाहाकार मचा। लोग स्टेशन के किनारे रहे। इंजन का पानी लेते थे। उसे ठण्डा कर काम में ले आएँगे। गाँव के पाँचों कुएँ सूख गए। स्टेशन के कुएँ और तीरथनाथ के कुएँ के पास भीड़ लगी रहती। पानी चाहिए।

अन्त में चोट्टि बोला, "क्या सूखे में मरेंगे? बाप-दादे इसका उपाय सिखा गए हैं।"

"चलो, उपाय करें।"

"क्या उपाय करेंगे?" हरमू बोला।

"चलो, दिखाते हैं।"

सना बोला, "वही तो, यह बात पहले नहीं सूझी।"

चोट्टि नदी के बहाव के विपरीत वे लोग चले। जहाँ नदी दोनों ऊँचे किनारों के बीच से बहती है वहाँ किनारे की जंगल-झाड़ियाँ झुकी पड़ी थीं, इसलिए पानी छाया से ढँका था। बड़े-बड़े पत्थर नदी में पड़े थे। पत्थरों में पानी रुका था।

"यहाँ साहब के साथ बत्तखें मारी थी," चोट्टि बोला।

सना बोला, "यहाँ हमारी बेटियाँ सूखे के दिनों में नहाने आती थीं। जब कहीं पानी न हो, यहाँ रहता है। थोड़ा जल रहता ही है।"

"कैसे रहता है, यह भूले जा रहे हो!"

"क्या भूल रहा हूँ, चोट्टि?"

"मुण्डा लोग अपनों को हमेशा भूल जाते हैं।" चोट्टि ने ठण्डी साँस ली और बोला, "पहान की बात याद नहीं हैं? सूखे के दिनों में यहाँ आकर नदी के कलेजे में गहरा गड्ढा खोदने को हमसे कहा था। बालू से गड्ढा भर जाएगा, इसलिए गड्ढे पर हरे साल की शाखें काटकर रोक लगाई थी। मेरे जीवन में इस तरह के गड्ढे तीन बार खोदे गए। देखो, उनमें अभी भी पानी जमा है।"

"तब?"

"वैसे ही गड्ढे खोदेंगे।"

मोतिया धोबिन अब थकी-बूढ़ी हो गई थी। वह तमाशा देखने आई थी। अब मोतिया बोली, "हम कहाँ जाएँगे?"

"नदी क्या हमारी है? मोतिया, दुसाध-धोबियों को बुला।"

छगन और पारस भी आए थे। वे बोले, "हम यहाँ हैं।"

"इस तरह का छाया हुआ किनारा आधे मील तक गया है। तुम लोग भी गड्ढा खोदो। एक बात कहूँ। तुम लोग सुनो।"

"कहो, चोट्टि!"

चोट्टि पत्थर का सहारा लेकर खड़ा हो गया। बोला, "बहुत पहले की बात है, याद है? अकाल को दारोगा अकाल नहीं कह रहा था, गौरमेन के पास मैं गया था?"

"याद है। तेरे बेटे को, हमारे बेटों को क्या पता कि बाप लोगों ने गाँव की मुसीबत में कितना काम किया!"

"खैरात लेकर गौरमेन नहीं आई थी।"

"न साहबों और हिन्दुओं के मिशन आए थे।"

"यहाँ कौन देखने आएगा कि हम लोगों को क्या कष्ट है? लेकिन हम आदमी हैं। प्यास से तुम लोगों को जो तकलीफ है, वही हमें भी है।"

"हममें-तुममें फरक नहीं है।"

"इसी से कहता हूँ, गाँव बड़ा हो गया है। रेलें भी बहुत चलती हैं। बाजार के लोग भी आते हैं। पंजाबी आते हैं। ईंटों का भट्टा बनाते हैं। कलकत्ता के मारवाड़ी आते हैं। देखेंगे कि कोयला मिलता है या नहीं। इन बातों को कुछ समझते हो?"

"क्या समझें?"

"हो सकता है, रोजी के रास्ते खुलें।"

"हो सकता है?"

"अगर बाहर के मजदूर न लाएँ तो?"

"अगर न लाएँ?"

"लेकिन हमें याद रखना होगा, अपनों के बिना अपनों का कोई नहीं है। और यह भी याद रखना होगा कि अपना दुख खुद ही देखना होगा?"

"अभी तीरथनाथ पानी दे रहा है।"

"उसे पहचानता हूँ। सूखा बढ़ने पर कहेगा, बाप सकल, कुआँ में गंगा नहीं बँधी है। पानी सूखा जा रहा है। सबको न दे सकूँगा। जो बेगार करेंगे वे पानी लेंगे। वह बेगार को पहचानता है।"

"हाँ, यही तो कहता है।"

"इस बरस अब बोलने न दूँगा। नदी के नीचे जल है। गड्ढा खोदकर हम लेंगे। सब लोगों के खन्ती चलाने से बहुत-से गड्ढे होंगे। फिर पानी की तकलीफ नहीं रहेगी। अभी तो जेठ मास है। बन की घास खींचकर देखा था कि जड़ की मिट्टी गीली है। आषाढ़ में पानी बरसेगा। जरूर बरसेगा। जब नहीं बरसता, तब घास की जड़ में धूल रहती है।

"कब आएँ?"

"अभी चाँद का पाख है। ठीक साँझ को बाघ-बराह पानी पीते हैं। साँझ बीतने पर आएँगे। तब गर्मी का कष्ट नहीं रहता।"

मोतिया बोली, "लड़कियाँ भी आएँगी। तुम बालू खोदोगे। हम दूर-दूर तक फेंकेंगे। पानी वे भी पिएँगी, पर तुम्हारी मेहनत का क्यों पिएँगी?"

हरमू बोला, "लेकिन लाला के सात कुएँ हैं। पानी भी रहता है।"

"हम लोगों के कुएँ में, गाँव में पानी क्यों नहीं रहता?"

"जमीन के नीचे जो नदी बहती है, उसका पानी खिंच रहा है, इसलिए।"

"लाला के कुएँ में तो पानी रहता है?"

"उसकी जमीन में से होकर नदी जाती है न! उसमें पानी है।"

मोतिया बोली, "लाला धरम-करम किया करता है। तो हमको कुआँ खुदवाकर

पानी देने से धरम होता है। नहीं होता? पर देगा नहीं।"

"दे तो समझो कि उसका मतलब कुछ और है। बाघ आकर कब प्यार करता है? वह तो बस गरदन तोड़ना चाहता है।"

छगन बोला, "इस बाघ ने तो कभी की गरदन तोड़ दी है।"

"और मिले तो और तोड़ेगा।" चोट्टि ने गहरी साँस ली। बोला, "तू है अपनी पंचायत का प्रधान।"

"नाम ही का हूँ। हालत नहीं देखते? गौरमेन ने पंचायत को लँगड़ा कर दिया है। अपने बाप-दादा के अमल में हम घने जंगल में रहते थे, क्या करते थे, क्या नहीं करते थे, उसे देखने गौरमेन नहीं आती थी। चोरी होने पर, घर के पड़ोसी से झगड़ा होने पर भी पंचायत की राय सब मान लेते थे। घना गाँव था! थाने से पन्द्रह मील दूर था। उसमें कुआँ खोदने पर सब मेहनत करते थे, सड़क बनाने में सब मेहनत करते थे। कोई भी कुछ आपत्ति नहीं करता था। धीरे-धीरे गाँव घना नहीं रह गया। धीरे-धीरे गौरमेन ने पंचायत की ताकत ले ली। हाँ चोट्टि, पंचायत हमारी है, मैं उसका प्रधान भी हूँ। किन्तु!"

"किन्तु क्या?"

"किन्तु अब हमारी सामर्थ्य वही बियाह-जनम-मरण की बातों को सुलझाने में है। पड़ोसियों के झगड़े मिटाने में है। फिर भी हम यहाँ अच्छे हैं। जहाँ अदालत है, वहाँ पड़ोसियों के झगड़ों में भी लोग मुकदमा करते हैं।"

मोतिया पोपली हँसी हँसकर बोली, "अमरूद किसने खाए, इस पर भी मुकदमा होता है। हाँ, मुझे मालूम है।"

चोट्टि बोला, "क्यों न करें? वकील मुकदमा करना चाहते हैं। मुकदमा होने से उनकी रोजी चलती है।"

छगन बोला, "क्या कह रहे थे?"

"हाँ, काम की बात। सो छगन! तुम लोगों का जो हाल है, वही हमारा भी है। पुराने जमाने का मुण्डारी गाँव सचमुच नहीं रहा। पहान की भी सारी सामर्थ्य चली गई है। पहान भी हमारे समाज के रीति-रिवाज में राह दिखाता है, पड़ोसियों का झगड़ा मिटाता है। पर एक फरक है। तुम लोगों में भी जात-पाँत का फरक है। बराँभन और लाला लोगों से तुम छोटी जात के हो। तुम्हारे लिए मोतिया छोटी जात है। हम लोगों में जात का विचार नहीं है। लेकिन यह बात इसलिए कह रहा हूँ कि गाँव अब मिला-जुला है। अकाल में—सूखे में, बेगार में हम-तुम साथ मरते हैं। लाला फरक डालना चाहता है। सो मौका आने पर हम-तुम एक साथ रहें, यह बात कह रहा हूँ।"

"एक साथ ही चलेंगे, चोट्टि!"

"ना छगन, मेरे बाप के कारन ही खेत जोतने मुण्डा नहीं जाते हैं। अकाल की दुहाई देने के समय? हाँ, तब सब एक हो जाते हैं।"

"समझ गया, चोट्टि! लेकिन यह भी समझ लो कि हम लोग तुम्हें मान देते हैं। कोई ऐसा तीर का खेल नहीं होता जिसमें तेरे जीतने पर हम खुश न होते हों।"

"अच्छा है। अब यह बता रहा हूँ, कि सूखे से डर लगता है या जाने किधर से तीरथनाथ झगड़ा खड़ा कर दे!"

हरमू बोला, "आबा!"

"क्या?"

"आज से ही गड्ढा खोदेंगे?"

"हाँ रे!"

गड्ढा खोदने का काम मुण्डा और छगन के आदमियों का मानो सामूहिक उत्सव हो। मर्दों ने बालू खोदी, गड्ढों पर एक-दूसरे में फासला न रखकर लकड़ी बैठाई। औरतों ने दूरी पर बालू फेंकी, किनारे पर। एक के बाद एक कर दस गड्ढे बन गए। उनमें पानी निकला। उनको यहीं पानी मिल गया। चोट्टि बोला, "कोई भी यह पानी कपड़े धोकर या नहाकर मैला नहीं करेगा। बड़ी मेहनत का जल है।"

तीरथनाथ बोला, "क्या हुआ? तुम लोग पानी नहीं ले रहे हो?"

किसी ने भी गड्ढे खोदने की बात नहीं बताई। बोले, "अभी भी नदी से जल मिल रहा है। इसी से नहीं आते।"

"इतने दिनों तक क्यों आए थे?"

"क्या पता था कि वहाँ जाने से पानी मिलेगा?"

"सो तो अच्छा ही है। जो लोग बेगार करते हैं वे भी जाते हैं?"

"हाँ महाराज!"

तीरथनाथ को भी सब मालूमात रखनी पड़ती थीं। वह हँसकर बोला, "महाराज तो चोट्टि है। उसके कहने पर तुम लोगों ने नदी की छाती फोड़ी।"

सना बोला, "आप चाहे जो भी कहें।"

"अच्छा ही करते हो। देख बाप, नदी का जल सूखने पर मेरे कुँओं पर आकर हमला न बोलना।"

मोतिया शरारती हँसी हँसकर बोली, "जरूर आएँगे। पानी चुराएँगे। तुम्हारा बाबा क्या कहता था? जल चुराने में दोष नहीं होता है।"

"अरे, अरे मोतिया! कुआँ छूकर जल का नास मत करना। जल दे दूँगा। मेरे आदमी पानी भरकर दे देंगे।"

तीरथनाथ के कुएँ से पानी लेने पर हो सकता है कि झगड़ा होता। चोट्टि और छगन आदि जब पानी लेते थे तो उन लोगों पर तीरथनाथ का एक अधिकार बनता था। जंगलों के अंचल में बहुत दिनों तक एकाधिपत्य रखने से स्वभाव में तरह-तरह की बातें आ जाती हैं। पानी के लिए उनको धूप में खड़ा करके कुएँ के किनारे नौकर लोग जानवरों को नहलाते रहते। तीरथनाथ को यह देखना अच्छा लगता था। चोट्टि आदि ने उसे उस सुख से वंचित कर दिया। मन में जैसे खोंचा लग रहा था। आषाढ़ में बादल आए। तेज वर्षा हुई। सात दिनों में कुओं में जल हो गया, नदी-नाले उफन पड़े, लाल धरती में हरी घास, पेड़-पौधों का स्वरूप लौट आया।

अब किसान और मजूर खेतों में उतर पड़े। धान के बीज बोने में थोड़ी देर हो गई, तो हो। धान लगाने का काम बड़ा दिलचस्प होता है। चोट्टि और छगन आदि को यह काम मतवाला बनाए रहता। 'यह धान महाजन के कोठे में जाएगा'–यह जानकारी मानो सबके मन से हट गई, रोपाई में जैसे शरारती बच्चों के साथ पानी में छप-छप करती भाग गई।

चोट्टि और छगन तीरथनाथ के पास गए। तीरथनाथ ने उन लागों के गड्ढों की खुदाई को अच्छी नजरों से नहीं देखा था। बहुत दिनों से यह झगड़ा न था। उस अकाल के वक्त ही उन लोगों ने एकता की थी। यह बहुत ही अस्वाभाविक काम था। उसके बाद बहुत-से बरस उपद्रव के बिना बीत गए। चोट्टि और छगन आदि के एकजुट होकर काम करने पर वह उपद्रव क्या फिर होता! पर तीरथनाथ को तो वह उपद्रव ही लगा। उनमें फूट डालने की जरूरत थी। मौका मिल गया, क्योंकि चोट्टि और छगन ने खुराकी कर्ज माँगा। चोट्टि जिस तरह बेगारी न देता, उसी तरह एक सेर मक्का लेने पर उनके हक में से उधार वसूलते समय दो सेर काटा जाता। यह कायदा बहुत दिनों से चला आ रहा था। छगन के अधिकांश धान और मक्का का मूल्य कर्ज के हिसाब में चला जाता अर्थात् मिलता धान या ज्वार या मक्का, खाते में खाद्य और खेती का मूल्य लिखा जाता। उन रुपयों का मूल्य नियमपूर्वक बढ़ता रहता। बेगार देनेवाले जिस तरह बेगार देते, उसी तरह उन्हें खान-पान के लिए और पैसे बीच-बीच में मिलते रहते। वह भी बहुत गड़बड़ करने पर। हर एक का हिसाब बहुत ही उलझा हुआ था। पर तीरथनाथ कहता रहता, अपार दया के कारण वह उन लोगों को घर-द्वार और खेती के लिए ली हुई सामान्य जमीन नहीं लेता। चाहते ही ले सकता है। कानून के मुताबिक। ले लेने पर कोई कुछ कर नहीं सकता था।

खुराकी के सम्बन्ध में तीरथनाथ बोला, "वह तो मिलेगी ही। कल सबेरे आना। तब दूँगा।"

दूसरे दिन चोट्टि एक काम में फँस गया। उसकी गाय ने झाड़ी के किनारे बच्चा दिया था। वह गाय और बछड़े को उठाने गया। हरमू को मुण्डा लोगों के साथ खुराकी और कर्ज लेने भेज दिया।

लगभग एक घण्टे के बाद सोमचर और एतोया आए।

"तुम चलो।"

"क्यों?"

"गड़बड़ हो गई है।"

"कैसी?"

"चलो, चलते-चलते बताता हूँ।"

राह में सोमचर बोला, "दादा और दूसरे मुण्डा लोग गुट बाँधकर कचहरी में बैठे हैं।"

"क्या हुआ, बता तो?"

"उस कुरमी गाँव के मुण्डा खुराकी और कर्ज लेकर भागे थे। उस बात को लाला भूला नहीं था, आबा। बोला, क्यों, हरमू! तुम लोगों के साथ हिसाब अलग है। तुम लोगों को दूँगा। छगन आदि को दूँगा। दादा ने पूछा, और दूसरे मुण्डा लोगों को? तब लाला बोला, हिसाब देख लूँ तब दूँगा। दादा ने कहा, क्यों? तब लाला बोला, कुरमी के मुण्डा लोगों की तरह तुम भी खचड़ापन कर सकते हो।"

"क्या? 'खचड़ापन' कहा?"

"कहा। तब दादा बोले, इतने दिनों से करज दे रहे हो। कभी किसी मुण्डा ने तुम्हारे साथ खचड़ापन किया? तब लाला बोला, किया नहीं तो करने में क्या देर है? दादा बहुत ही चिढ़ गए। उस पर लाला बोला, तुमको तो देता हूँ। दादा ने कहा, क्या हमारा अकेले का पेट है, और किसी का नहीं है? इस पर लाला बोला, तेरे साथ कोई बात नहीं होगी, अपने बाप को बुला। तुम लोग इस जमाने के लड़के हो। हमारी बात नहीं समझते।"

चोट्टि को लगा कि उसके बाप और तीरथनाथ के बाप के बीच दुश्मनी थी। उसी का नतीजा था कि बिसरा ने आत्महत्या की थी।

चोट्टि बोला, "चल, चलकर देखें। छगन आदि क्या कर रहे हैं?"

"बैठे हैं। कह रहे हैं कि चोट्टि और हम एक साथ हैं।"

चोट्टि ने देखा कि सभी कचहरी के आगे आँगन में बैठे हुए हैं। उसे देखते ही छगन बोला, "फैसला कर चोट्टि, करज के बिना भूखे मर जाएँगे।"

चोट्टि आगे बढ़ा। हरमू उसके पीछे-पीछे आया।

"चोट्टि, तेरे बेटे ने हमें आँखें दिखाकर तेज बातें कहीं। इसी से कहा, तुझे बुलाए। तुम्हारे पहान, उनके प्रधान--सब तेरी बात मानते हैं। तेरे कहने से बात

समझ में आती है।"

चोट्टि कुछ देर चुप रहा। उसके बाद बोला, "मैं क्या कहूँ? महाराज, तुम्हारे बाप और मेरे बाप में तकरार हुई थी।"

"उस बात से अब क्या मतलब है?"

चोट्टि कुछ ज्यादा ही जोर से बोला, "उससे मेरे बाप ने फाँसी लगा ली। जिसे फाँसी होती है उसकी आत्मा को शान्ति नहीं मिलती। वह हवा में बाल खोले घूमती है। अपने बाप की आत्मा को शान्ति देने के लिए मैं रुपए देता हूँ, कपड़े देता हूँ, फिर बाप का समाज का काज भी हुआ है।"

"अगर पुरानी बात उठाई है तो मेरे बाप के लिए भी बहुत प्रायश्चित्त और यज्ञ-पूजा करना होगा। उन बातों से क्या फायदा?"

"महाराज, इतने दिनों के बाद वे सारी बातें लौट आई हैं! कुरमी के मुण्डा लोग जो काम कर गए हैं, उससे हम शरम के मारे मर रहे हैं। पर कितने दुख से मुण्डा लोगों ने यह काम किया है, यह सोचकर तुमने देखा है?"

"क्या तुम लोगों को देना नहीं चाहता?"

सब आगे आ गए। बहुत, बहुत दिनों बाद चोट्टि फिर सामने आ गया। जोर से बातें कर रहा था।

चोट्टि पीछे हटे बगैर बोला, "सब सुन लो। उसी दिन समझ गया था महाराज, तुम हम लोगों के साथ छगन आदि की फूट डालोगे। अब देखता हूँ कि मुण्डा मुण्डा में फूट डालते हो।"

"क्या फूट डाली?"

चोट्टि पीड़ा से भरी हँसी हँसकर बोला, "मैं चोट्टि मुण्डा हूँ, महाराज! कभी गलत काम नहीं किया। आज मुसीबत के दिनों में मैं करज लूँगा, और ये मुण्डा भूखों मरेंगे? न।"

"तू मुझे डर दिखा रहा है?"

"नहीं महाराज! इतनी जमीन, इतने रुपए तुम्हारे पास हैं, दारोगा तुमको इतना मानता है, मैं तुमको डर दिखाऊँगा?"

"क्या कह रहा है?"

चोट्टि बड़े गुस्से से बोला, "वह 'खचड़ापन' वाली बात वापस लेनी होगी। कोई खचड़ापन किए बिना यह बदनामी का करज नहीं लूँगा। छगन!"

"कहो, चोट्टि!"

"तुम चाहते हो तो करज ले लो।"

"चोट्टि, यह कैसे हो सकता है?"

"नहीं छगन, लेना हो तो ले लो। लेकिन मैं भी कह रहा हूँ महाराज, बात

वापस लिए बिना तुम्हारे खेत में किसी को पैर नहीं रखने दूँगा। मुण्डा खचड़ापन करता है?" चोट्टि चीखकर बोला, "मुण्डा खचड़ापन नहीं करते। फायदा नहीं उठाते। बराह मारकर दारोगा की जान बचाई, क्या रुपए नहीं ले सकता था? वह बात तुम वापस लो। जान लड़ाकर तुम्हारी जायदाद की रखवाली करता हूँ। डाकू-चोर तुम्हारा एक दाना गेहूँ नहीं ले सकते। खचड़ापनवाली बात लौटाए बिना जान चली जाएगी, तब भी किसी को खेत में पैर नहीं रखने दूँगा। धनुक लेकर अकेले लड़ूँगा। लाओ पुलुस, मरवा दो मुझे, लेकिन आखिरी बात कह दी।"

"तू, तू बलोया उठाएगा?"

"इसे अगर बलोया उठाना कहो, तो बलोया उठाऊँगा। जाओ, फूट डालो। छगन आदि ले लेंगे करज, मैं नहीं लूँगा।"

"यह तेरी बात है?"

"यही बात है। बुला पुलुस। खचड़ाई किसे कहते हैं, यह तब दिखाऊँगा। पुलुस आने के पहले सबकुछ अगनमुखा तीर से जला दूँगा।"

चोट्टि चुप हो गया। छगन बोला, "हम तेरे साथ हैं, चोट्टि! महाराज! यह आपने क्या कहा? आदिवासी लोग एक बार निश्चय करते हैं, हुजूर! भूखे रहेंगे, काम करेंगे, लेकिन बुरी बात नहीं सुनेंगे।"

तीरथनाथ समझ गया कि सब कुछ बहुत मुश्किल होता जा रहा है। बोला, "कल जवाब दूँगा। आज और कोई बात नहीं।"

चोट्टि हँसा। बोला, "यह बात लौटाओगे या नहीं, अभी बताओ महाराज! मैं घर नहीं जाऊँगा। लड़का धनुक ला देगा। अभी से तुम्हारा खेत रोक दूँगा। मेरे लड़के हैं, सना आदि हैं। मुण्डा लोगों को मार डालो। उसके बाद सच्चे आदमियों को लेकर कामकाज करो।"

चोट्टि की बात में भीषण प्रतिज्ञा थी, अटल जिद। तीरथनाथ धीरे-धीरे अटक-अटककर बोला, "मुँह से बात निकल गई। वह बात मैंने कहनी नहीं चाही थी। कल कर्ज दूँगा। लेकिन हिसाब देखकर दूँगा।"

चोट्टि समझा, सर्वनाश होते-होते बच गया। अब उसकी जीत हुई। वह क्षीण, दुर्बोध्य हँसी हँसकर बोला, "हिसाब हमारी ओर से पहान देखेगा। छगन भी देखेगा। हिसाब अच्छी चीज है। हमारे और छगन के लिए भी यह जान लेना अच्छा है कि किसने कितना लिया है।"

"जानोगे।"

तीरथनाथ जोर से कुर्सी ठेलकर उठ खड़ा हुआ। "कह दिया कि मैं फिर भी कर्ज दूँगा। और कोई न देता।"

"तुम ही तो दोगे। हम और किसके लिए मेहनत करते हैं?"

दूसरे दिन कर्ज मिला। पहान और छगन हिसाब समझने गए तो कुछ समझ में न आया। मौका मिलते ही तीरथनाथ पहले दारोगा के पास गया।

सब सुन-सुनाकर दारोगा बोले, "आदिवासियों के बारे में सावधान होकर चलिएगा। अब उनके लिए मन्त्री बन गए हैं, दफ्तर बन गया है। चोट्टि मुण्डा ने बताया नहीं? कोई अपराध करेगा तो सूचना दे देगा।"

तीरथनाथ के मन में पुराना डर दिखाई पड़ा। वह उदास चेहरे से बोला, "न-न, चोट्टि कोई अपराध करनेवाला आदमी नहीं है।"

"दूसरे कर्जदारों को तो आप काबू में रख सकते हैं।"

"सब मिलकर एक हो गए हैं।"

"यह क्या कह रहे हैं?"

"जाने दीजिए। भूल जाइए कि क्या कहा था।"

"डर रहे हैं क्या?"

तीरथनाथ गहरी साँस लेकर बोला, "दारोगाजी, आजादी के बाद भी यह जगह जंगली है। यहाँ बहुत कुछ होता है, जिसको दूर करना किसी थाने के बस में नहीं है। मान लीजिए आप खाने बैठे हैं। जितनी बार खाने को हाथ लगाते हैं, दिखाई पड़ता है कि खाना खून बना जा रहा है। ऐसा होने पर आप किसे अपराधी ठहराएँगे?"

"कह क्या रहे हैं?"

"बताया तो।"

"चोट्टि यह सब कर सकता है?"

"किसे पता? मेरे पिता ने उसके पिता से झगड़ा किया। उसके बाबा ने फाँसी लगा ली। उसके बाद मालूम है, क्या हुआ? हमने देखा कि चोट्टि यहाँ है। लेकिन उसके तीर से काशीधाम में मेरे बाबा नाव से गंगाजी में गिर गए। अपघात मृत्यु हो गई। सब समझ गया, पर कुछ कर न सका।"

दारोगा बोले, "ऐसा नहीं होता।"

"कुछ दिन देखिए, खुद ही कहेंगे कि ऐसा होता है।"

"तो आपकी ही बात रही। फिकर मत कीजिए। अभी कुछ नहीं किया, लेकिन मैंने आँखें खोल रखी हैं। मौका आने पर देख लूँगा।"

"आप जो भी समझें। लेकिन कुछ अद्भुत हो जाने पर सोचेंगे कि तीरथनाथ यह बात कह गया था।"

"मेरे बहुत पहले अंग्रेजों के जमाने में एक दारोगा की जान उसी चोट्टि मुण्डा ने बचाई, यही न।"

"हाँ, इस तरह के बहुत-से काम उसने किए थे।"

चोट्टि मुण्डा की जिन्दगी में सारी बातें किस्सा बन जाती हैं। उनके जीवन में निरन्तर दुख और वंचना है। इसीलिए चोट्टि के गाने गाकर वे क्षण-भर के लिए सब भूल जाते हैं। उन्होंने गाया :

तीरथनाथ बोला, सारे मुण्डा खचड़ा।
चोट्टि बोला, बात लौटाओ हे
नहीं तो बाण मार जला दूँगा खेत तुम्हारा
तुम्हारे कोठे में जलाऊँगा होली की अगिन।
लाला बोला, लौटा ली बात
ले लो करज, ले लो धान
करज में लो मक्का
मेरे मुँह से नहीं निकलेगी फिर ऐसी बात
सबने सुना तब चोट्टि ने लौटाए अपने तीर
बाण नाच उठे थे, छूट गए थे प्राण।

चोट्टि गाना सुनकर बोला, "अच्छा, किन्तु मैंने कह दिया हरमू, किसी दिन लाला इस अपमान का बदला लेगा।"

हरमू बोला, "ले लेता। थाने गया था।"

[9]

चोट्टि देख रहा था कि मुण्डाओं का सबकुछ जैसे बदला जा रहा है। जीवन बदला जा रहा है। चोट्टि स्टेशन और अधिक बड़ा हुआ। वहाँ अब रात में दिन की-सी चमकीली रोशनी होती थी। चोट्टि आदि जानते थे कि यहाँ की जमीन पर उन्हें नए काम करने को कुछ नहीं है। चोट्टि की जमीन उन्हें हाड़तोड़ मेहनत के बाद सिर्फ फसल ही देगी। उन्हें तीरथनाथ के हिसाब से फसल का चौथा या आठवाँ हिस्सा मिलेगा। अपने खेतों में जो फसल है, वह धरती देगी। लेकिन धरती ने कभी चोट्टि या छगन आदि को धनी नहीं बनाया।

"सब दिकू लोगों के लिए बचाकर रखती थी।" चोट्टि पहान से बोला।

हरमदेउ के थान और पहान के घर के चारों ओर वे लोग घेरा बना रहे हैं--नागफनी का घेरा। इस काम में जिससे जितना हो सके वैसी मेहनत दें।

"क्या बचाकर रखती थी?" पहान ने पूछा।

"सबकुछ।"

"कौन?"

"यह धरती।"

"क्या कह रहे हो?"

"आँखें नहीं हैं? देखते नहीं?"

"तुझ-सी आँखें कहाँ पाऊँगा?"

"तुम भी उस पहान की तरह बात करते हो।"

"देखो, सुन्दर घेरा बन गया।"

"अब पहानी से कहो, घर पोतें, चित्र बनाएँ।"

"कब करेगी? वह बकरी लेकर लगी रहती है। मैं ही करूँगा।"

"तुम?"

"देखना। क्या कह रहा था?"

"चलो बैठें।"

बैठकर चोट्टि ने बीड़ी सुलगाई और बोला, "इस धरती को देखो। इसकी सेवा में हम जनम का जनम बिता देते हैं। किन्तु कभी किसी मुण्डा को धनी होते नहीं देखा। बहुत जमीन जोती, बहुत लोगों ने खेतों पर मेहनत की।"

पहान हँसकर बोला, "लगता है देवताओं ने मुण्डा लोगों को फकीर बनाकर भेजा है। तू क्या देखेगा? किसी ने नहीं देखा।"

"लेकिन किसी दिन ऐसा आदिम ग्राम था।"

"आदिम ग्राम–खुटकाट्टि ग्राम–के बारे में तुझसे किसने बताया?"

"सुना है।"

पहान कुछ कहने जा रहा था, पर बोला नहीं। उसने कहा, "बता, क्या कह रहा था?"

"अब देखो, उस धरती को दिकू छीने ले रहे हैं। परताप चड्ढा आ रहा है। ईंटों का भट्टा बनाया है। कहाँ कलकत्ता, वहाँ से आकर चिंरजीराम मारवाड़ी यहाँ कोयला खोदेगा। और फलों का बगीचा एक नया रोजगार है। अशरफ शेख यहाँ छः बीघा जमीन मोल ले रहा है। बगीचा बनाएगा। सो इतनी ईंटें, इतना कोयला! धरती सब बचाकर रखे थीं, इन दिकू लोगों के लिए!"

"लाला भी बगीचा बनाएगा। जमीन में क्या फल होता है? बहुत-से पपीता, सरीफा, अमरूद, आम! देख न, हम जंगल से महुआ के फल तोड़ते हैं। वह भी बता तो कितना होता है?"

"हमें कुछ नहीं देती।"

"न।"

"बताओ तो, क्यों नहीं देती?"

"हमारे भाग्य में नहीं है।"

"न।" चोट्टि गम्भीर हो गया। बोला, "जो लेना जानता है उसे देती है। हम लिखे-पढ़े नहीं हैं। बाप-दादों ने भी नए काम नहीं किए। हमें कुछ नहीं आता।"

"सुना है, इस बार गौरमेन हम लोगों का इसकूल खोल देगी।"

"कहाँ?"

"पता नहीं।"

"ऐसा नहीं सिखाएँगे कि हम अपना हक समझ सकें। फिर सीखने से लाभ ही क्या? अपना कहने को मुण्डा लोगों के पास कुछ भी तो नहीं है।"

"तू फिर भी तीर खेलकर पैसे पाता है।"

"रुपए भी।"

"सबको देता है।"

"देना होता है।"

"वापस मिलता है? छगन आदि से?"

"दे देते हैं।"

कुछ सोचते-सोचते चोट्टि बोला, "एक बात है।"

"क्या?"

"तुम भी चलो, छगन भी चले।"

"हाँ, चलेंगे।"

"चलो, उस परताप के पास चलें। कहेंगे, हमें मिट्टी खोदने के काम में लगा लो। उससे हमारी भी जान बचेगी और परजा न होने पर भी तीरथनाथ जो हमें परजा बनाए हुए है सो उसके हाथ से थोड़ा बचेंगे।"

"अच्छी बात कह रहा है।"

"एक बात और है।"

"क्या?"

"कोयला तो यहाँ जमीन के ऊपर है। कोयला खोदने के काम में भी चलना होगा। देखो, पहले नहीं सोचा था कि ऐसी बात कहूँगा।"

"तूने यह क्या कहा? यह तो समय ने तुझसे कहलाया।"

चड्ढा ने उन लोगों की बातें ध्यान से सुनी। बोला, "तुम कितने लोग हो? मुझे तो बहुतेरे लोगों की जरूरत होगी।"

"पचासों मुण्डा हैं। औरतें और लड़कियाँ भी हैं। छगन आदि तो सौ के करीब होंगे।"

"ठीक। तो जिम्मेदार कौन होगा?"

"हमारा पहान। यह छगन।"

"दिन का बारह आना दूँगा। पन-पियाई नहीं दूँगा।"

"पन-पियाई की छुट्टी देंगे?"

"एक घंटा। बरसात में काम न होगा।"

"हम खबर ले जाएँगे।"

"अच्छा।"

"कब से काम होगा?"

"बता दूँगा। लेकिन एक बात।"

"कहिए, महाराज!"

"तीरथनाथ के पास जो काम कर रहे हो, उसमें रुकावट न पड़े। यहाँ हम दो लोग हैं। आपस में झगड़ा नहीं चाहते।"

"झगड़ा नहीं होगा, महाराज!"

बाहर निकलकर छगन बोला, "चोट्टि!"

"कहो।"

"काम तो सुनने में अच्छा है। पैसा भी मिलेगा।"

"पता है, तुम लोग बेगार करते हो, लाला क्या करेगा?"

"यही सोच रहा हूँ। हमारा कैसा भाग्य है कि लाला के यहाँ मेहनत करेंगे, यहाँ मेहनत करेंगे, मन में भरोसा नहीं होता। तुमने जो हम लोगों की बात सोची, इससे हमें गरब हो रहा है।"

चोट्टि फीकी हँसी हँसकर बोला, "देख क्यों न ले? बैठकर मजा देखो। जो सब जगह हो रहा है, वही यहाँ भी होगा।"

"क्या होगा?"

"कोई आएगा जंगल साफ कर पत्थर तोड़नेवाला ठेकेदार बनकर, कोई आएगा जंगलों के पेड़ों को काटने का ठेकेदार बनकर। वे लोग भी कुली लेकर आएँगे, हम भी जाएँगे। सब जगह ऐसा हो रहा है, कितनी ट्रेन चल रही हैं, देख नहीं रहा है? नया टीसन बन रहा है। यहाँ भी आदमी बढ़ेंगे, बस्ती बढ़ेगी। मुण्डा लोग भी आएँगे। तुम लोगों का समाज बड़ा होगा।"

"ओह, सोचकर कैसा बुरा लगता है! तब झगड़े-झंझट-मुकदमे, बहुत हंगामा हो जाएगा।"

"लेकिन वह दिन आ रहा है।"

घर लौटकर चोट्टि के मन के बादल छँटे नहीं। वह दिन आ रहा है। मुण्डा लोग अपनापन लेकर नहीं रह सकेंगे। छगन की तरह जो लोग अलग-थलग देश की उन्नति में लगे हैं, उनके साथ मिलकर खेत की मजूरी, ठेकेदार और दूसरे रोजगारवालों के साथ कुली का काम करना होगा। तब बदन पर होगा कुर्ता, हो

सकता है पैरों में जूता भी आ जाए। तब 'मुण्डा'-परिचय केवल उत्सवों में, सामाजिक व्यवहार में ही रहेगा।"

उस तरह के दिन आ रहे हैं। अभी अपना कहने को जो कुछ है, उसे पकड़कर रखना पड़ेगा, जैसे मेले में तीर चलाना। मुण्डा युवक कहाँ आ रहे हैं? कहाँ कह रहे हैं, तीर चलाना सिखाओ?

चोट्टि जो कहता है वही होता है। अब नरसिंगगढ़ के राजा नहीं हैं। 'राजा' नाम पोंछकर अब वे जंगलों के राजा बन गए हैं। चीता, बाघ इत्यादि की खालों के निर्यात के रोजगार में लग गए हैं। जंगल का कानून उन पर लागू नहीं होता। वे किसी भी कानून के अन्तर्गत नहीं आते। कम्पनी के राजपूत हवलदार का यह राजवंश है। 'राजा' खिताब मिलने का कारण गलत ढंग से ब्रिटिश राज की भक्ति है। कई पीढ़ी पहले तत्कालीन राजा ने गोली चलाकर तीस प्रजाजनों को मार डाला और घोषणा की थी कि हम सूर्यवंशी हैं। हम किसी कानून के अन्तर्गत नहीं आते।

सचमुच उनको कोई सजा न हुई। तभी से जो गद्दी पर बैठते हैं, उनके मन में यह रहता है कि वे सूर्यवंशी हैं। यह राजा भी वही समझता है। इस जानकारी के बल पर ये पानी के कुण्ड को जहरीला बनाकर बाघ मारने लगे हैं। दूसरे जीव-जन्तु भी मरते रहते हैं। राजा ऐसे ही कामों में व्यस्त रहते हैं। उनकी खास जागीर में हैं मुण्डा-उराँव-कुरमी-दुसाध इत्यादि प्रजागण। राजा के पास समय नहीं है। इसलिए नायब तहसीलदार स्वभावतः प्रजा पर शासन करता है। हथियार एक ही है—कर्ज-चक्रवृद्धि ब्याज-बेगार। आजकल तहसीलदार किसी प्रजा पर खफा हो जाए तो हाथी से उसका घर उजड़वा देता है। इसका परिणाम है कि नरसिंगगढ़ की हवा में क्षोभ फैला हुआ है। दारोगा या थाना सूर्यवंशियों के बहुत ही आज्ञाकारी हैं। और तो और, ट्रेन तक, शेर का चाम लादने के दिन, न रुकनेवाले स्टेशन पर भी रुक जाती है। अभी, इसी समय, नरसिंगगढ़ से पुराण मुण्डा आया। पुराण की उम्र बहुत कम नहीं है, छियालीस बरस है। चोट्टि के पैरों के पास उसने अपना धनुष रख दिया। बोला, "मुझे सिखाओ।"

"तुमको? हर बरस जीतते आ रहे हो।"

"तुम चलो।"

"तुम तो लड़कों के साथ आते थे।"

"तुम चलो न।"

यथास्थान आकर पुराण बोला, "हाथ ठीक नहीं है। सोचा, तुम्हारे पास अभ्यास करने से अगर हाथ लौट आए।"

सचमुच पुराण का हाथ काँपता था।

"यह क्या, पुराण?"

पुराण विरक्त आवाज में बोला, "मेरा घर हाथी से रौंदवाकर तोड़ डाला है। सो मुण्डा में कितनी अकल होती है? झपट पड़ा। लड़के ने घसीट लिया, इससे हाथी के नीचे नहीं पड़ा। लेकिन हाथ किवाड़ों के नीचे दब गया। तब से हाथ बस में नहीं है।"

चोट्टि हाथों में धनुष लिए ऐसे खड़ा रहा मानो पत्थर हो गया हो। जैसे वह हजारों बरस पुराना देवी-देवता बन गया हो, जिसके पास बहुत दिनों से आकर मुण्डा कहते जाते हों :

घर पर हाथी चढ़ा दिया
बेगारी करने ले गया
उसके घर में था परब, सो लगान लिया
करज लिया था, उसमें सारी फसल ले गया।

मुण्डा लोग कहे जा रहे थे, कहे ही जा रहे थे। कोई प्रतिकार नहीं हो सकेगा—यह जानकर आदमियों से नहीं, अशक्त देवी-देवताओं से कह रहे थे। दूर पर पहाड़ था, सूखा सपाट मैदान, वन के आँचल में आँवलों का बन हवा से काँपता था, पत्थरों के बीच घास के गुच्छे थे। कहीं जानवरों के गले में घण्टी बज रही थी, तीतर बोल रहे थे।

चोट्टि पत्थर का देवी-देवता नहीं था। हाड़-मांस का आदमी था। वह बोला, "सो बाद में तीर चलाने में जीतना चाहते हो, इसलिए मेरे पास आए हो?"

"आया हूँ।"

"क्यों आए पुराण, क्यों?"

"मैं अकेला हूँ। मेरे पास कोई नहीं है।"

"लड़का? मुण्डानी?"

"सबको भाई के पास भेज दिया, लातेहार में।"

"तू कहाँ रहता है?"

"तहसीलदार को पता है कि मैं भी लातेहार में हूँ।"

"है कहाँ?"

"लाइन के पार एक पुराना रेल का कमरा है। उसके चारों ओर जंगल हो गया है। लोहे की कोठरी है। यह घर शायद हाथी भी नहीं तोड़ सकता।"

"वहीं है?"

"हाँ रे, सिखा।"

चोट्टि बोला, "तो देख। नजदीक आ।"

कुछ क्षण बीते। चोट्टि बोला, "तहसीलदार को पता है कि तू लातेहार गया

है? सच बता, पुराण। चालाकी मत करना।''

पुराण थोड़ी विस्मित और पूरी तौर पर निर्लिप्त आवाज में बोला, ''हाँ रे! वह कहा था न, बेरा ग्राम से। उसके बाद जाकर दासू मुण्डा के घर रहा। बहुत डर गया था। दूसरे दिन लातेहार चला गया। कई दिन बीत गए। उसके बाद बहू ने कहा, शायद उनका गुस्सा ठण्डा हो गया हो। जाकर देख आओ न? सो आकर जो देखा तो ताज्जुब की बात थी।''

''क्या देखा?''

''घर, गोठ, मचान—कुछ नहीं रहा। जैसे कि जुती हुई जमीन हो। कहीं लौट न आऊँ, इसलिए घर-आँगन सब हाथी से रौंदवा डाला। दूसरे मुण्डाओं को कोड़े मारकर कहा, उस जमीन में काँटे लगा दो।''

''उन्होंने लगा दिए?''

''लगा दिए।''

पुराण अपनी कहानी के उपसंहार में बोला, ''बहुत मोटा कोड़ा। चमड़ा मढ़ा हुआ। एक बार मुझे मारा था। पैर टूट गया था, चोट्टि! हाड़-तोड़ लता लगाई, तभी पैर ठीक हुआ। सो हमारे मुण्डा तो खराब नहीं हैं, फिर क्यों उन लोगों ने मेरी जमीन में काँटे बोए, यह सोच रहा हूँ। उस पर दासू बोला, पुराण! तुझे जहाँ रहने न देंगे उस पर और किसी को क्यों बसाएँ? इसी से काँटे लगाकर जमीन बेकार कर दी। लेकिन वे यह नहीं समझे कि वह जमीन मेरी है। राजा का दिया पट्टा भी है। एक बार जब गौरमेन के साथ मुकदमा हुआ, तब दिया था। सो मुण्डा लोग यह नहीं समझ पाए कि जमीन मेरी है। लड़कों को पपीते अच्छे लगते हैं। इस बार पेड़ लगाता।''

''तो जाना मत।''

''न जाऊँ।''

''न।''

''अगर जमीन वापस मिले तो?''

''मिलेगी भी, पता नहीं। फिर भी कहता हूँ। पता लगाकर मैं तुझे बताऊँगा। देख, मैंने सुना नहीं है, लेकिन दासू उराँव ने सुना है। सदर में समझा जाता है कि हमारे, आदिवासियों के, भले-बुरे को देखने के लिए गौरमेन बैठ रही है। वहाँ बताना होगा।''

''कौन बताएगा? तू? सदर तो बहुत दूर है।''

''मुण्डा लोगों के लिए सदर दूर ही रहता है, पुराण! पास नहीं रहता। अपनी जरूरत पर कोशिश करके देखना पड़ता है, कुछ पास जा सकते हैं या नहीं। चाहने से सब होता है, जैसे तू मेरे पास आया।''

"तू जो भी कह, चोट्टि, हमारे लिए तू बहुत अपना आदमी है। तेरे पास आने में लगता है कि रास्ता छन-भर में कट जाता है।"

"तेरे हाथ में ताकत नहीं है।"

"हाथ काँपता है।"

"बाघ की चर्बी की मालिश कर।"

"घर में थी। पता है, चोट्टि..?"

"चल, मैं दूँगा।"

लेकिन पुराण किसी मेले में तीर चलाने नहीं आया। नरसिंगगढ़ के मुण्डाओं ने कहा, "वह लातेहार चला गया।"

चोट्टि की बड़ी इच्छा थी कि उस परित्यक्त रेल के वैगन को देख आए। फिर याद आया कि पुराण ने तो छिपे ठिकाने का पता देना नहीं चाहा था। वह बात कहना ठीक न होगा। वह अगर देखने जाता है तो उससे भी जानकारी हो जाएगी।

गाँव लौटकर चोट्टि परताप चड्ढा के हिसाब रखनेवाले ऊधमसिंह के पास गया। छोकरा-सा वह आदमी भला था। शिकार के कारण चोट्टि के साथ एक तरह से उसकी दोस्ती हो गई थी। सदर में उसका हमेशा आना-जाना रहता था। चोट्टि ने उससे एक दिन सारी बातें खोलकर बताईं। बोला, "महाराज, जब तुम सदर जाओगे तो एक बात का पता लगा आना।" चोट्टि ने उससे सारी बातें बताईं, सिर्फ पुराण का नाम और नरसिंगगढ़ का नाम नहीं बताया।

लेकिन पचास का दशक पुराण मुण्डा का दशक था।

उन दिनों पचास का दशक साठ के दशक की ओर बढ़ रहा था। एक बार दोपहर में पता चला कि राजा को शिकार खेलने में मदद देकर तहसीलदार सिंह लौट रहा था। वह घोड़े पर सवार था। उसी समय उसकी पीठ में एक तीर लगा। तीर की नोक में विष था। तहसीलदार गिर पड़ा। घोड़ा उसे फेंककर आराम से घास चर रहा था। सारी घटना का पता लगने में शाम हो गई। इसी बीच तहसीलदार के मुँह से झाग निकलता रहा। रात में ही वह मर गया। इस घटना में सारी प्रजा को लपेटने में सूर्यवंशी खुश होते। पर बड़े दुख की बात थी कि घटना-स्थल के आस-पास आदमी न थे। दोपहर में सब अपने-अपने काम में लगे थे। किसी पर सन्देह नहीं किया जा सकता था। सतयुग तो था नहीं कि घोड़ा बात बताकर साक्षी देता। तहसीलदार की मौत का रहस्य बना रहा। तहसीलदार का भतीजा चाचा की रखैल को लेकर नौ-दो ग्यारह हुआ। रखैल कचहरी के दरबान की विधवा और पोढ़ी और खेली खाई थी। चाचा-भतीजा दोनों ही उसे लेकर एक-दूसरे से दुश्मनी रखते थे। इसका नतीजा हुआ कि यह मामला पारिवारिक

किस्से के उपसंहार के रूप में लिया गया। किसी भी तरह पुराण मुण्डा पर सन्देह नहीं गया। चोट्टि के मन में बड़ी घबराहट दिखाई देती थी और एक चाँदनी रात में, जब स्टेशन सो रहा था, तब वह उस वैगन के पास गया। वैगन सूना था। उसमें कोई न था। चैन की साँस लेकर वह लौट आया। सदर से ऊधमसिंह जो खबर लाया वह काम की नहीं थी। आदिवासी कल्याण और उन्नति के अधिकारी उखड़े हुए मुण्डाओं को कुटीर उद्योग में मदद दे सकते हैं, छीनी हुई जमीन फिर नहीं दिला सकते। छिना राज्य, राजाओं की खास जमीन का मामला बहुत गड़बड़ होता है। उनके दफ्तर का अधिकार नहीं कि पुराण की जमीन दिला दें। उसके सिवा, चार-चार मुण्डा-उराँव-दुसाध-कुरमी-गंजू-धोबी के मिलकर रहने से वह इलाका उनके अख्तियार में नहीं आता था। असली आदिवासी अंचल होने से वे उनको कुटीर-उद्योग की उपयोगिता समझा सकते हैं।

दो महीने बीत गए। उसके बाद एक दिन अचानक एक चौंकानेवाला समाचार सुनाई पड़ा। मुण्डा जाति के विलुप्त अस्तित्ववाले लोग ही इस तरह खबर दे सकते हैं।

पुराण पकड़ा गया है। पकड़वा दिया है।

बहुत ही प्रतीकात्मक रूप से वह तीन पपीतों के तीन पौधे लेकर अपने गाँव में अपने ठिकाने गया था। पौधों को रोपने जाने पर उसने अपने ठिकाने पर नया घर देखा। उस घर में एक और मुण्डा परिवार था।

उस परिवार के लोगों ने समझा कि पुराण उनके साथ झगड़ा कर अपनी जमीन पर कब्जा करने आया है। पुराण उनसे बोला, "मेरा पट्टा था।"

"अब उस पट्टे का अधिकार नहीं रहा।"

"अधिकार नहीं रहा?"

"कचहरी ने बताया है।"

"तो ये पौधे?"

'बुरा न मानो तो यहाँ लगा दो। और मेरे घर पर रहो, खाओ। हमने कोई बुराई नहीं की। फिर भी बुरे बन गए। पर बड़े दुख में आए थे।"

पुराण ने पौधे लगाए। इसके बाद बोला, "दासू! उपा! तुम लोग मेरे साथ थाने चलो।"

"क्यों?"

"जब पट्टे का ही जोर नहीं रहा, तो मैंने तहसीलदार को मारा क्यों? वह तो ठीक नहीं किया।"

"तूने मारा था?"

"हाँ, जाकर दारोगा से बता दूँ।"

"क्यों बताएगा?"

"क्या करूँ?"

"तू भाग जा।"

"क्यों?"

"उसे मारा। तुझे फाँसी होगी।"

"घर और जमीन मिलेगी नहीं, छाती फटी जा रही है, तो जिन्दगी का क्या करूँगा? किसलिए नहीं कहूँ? फिर आदमी बहुत ही बुरा था। उसे मारने पर फाँसी क्यों होगी?"

मुण्डाओं का सारा मामला धीरे-धीरे उलझा हुआ लगने लगा। इसके बाद वे थाने ही गए। पुराण ने सब साफ-साफ बता दिया।

दारोगा ने उसे थाने पर रोक लिया। बहुत देर तक उसे समझाया कि केस खतम हो गया है, उसे लेकर झंझट करने से कोई फायदा नहीं। फिर यह सीधा झंझट है? फिर फाइल खोलो, केस बनाओ, सबूत-गवाह जमा करो। लेकिन पुराण को कुछ भी न समझा सके।

अन्त में पुराण बोला, "तो क्या होगा?"

दारोगा का धैर्य चुक गया। बोला, "केस बन्द हो गया है। अब तुम कह रहे हो, तुमने खून किया है। इस आधार पर भी केस हो सकता है। लेकिन कानून का रास्ता अलग ढंग से चलता है। तुमने खून किया है कह देने से ही खून नहीं हो जाएगा। साक्षी-सबूत चाहिए। प्रमाण चाहिए। कारण चाहिए।"

"मेरा घर तोड़ दिया।"

"कब? वह तो घटना के पाँच महीने पहले की बात है। तहसीलदार का खून होने के दो महीना पहले से तुम्हारी जमीन पर दूसरे लोग रहने लगे थे। तुम्हारी बात मुझे मालूम है। तहसीलदार पर किसका गुस्सा हो सकता है, यह जाँच करने में तुम्हारी भी तलाश की थी।" अब दारोगा 'तू' पर उतर आया। गुस्से से बोला, "गधा! उजबक! तुझे तो मैं बचाने की कोशिश कर रहा हूँ। तुझे खूनी साबित करने में मुझे बड़ी मेहनत करनी पड़ेगी। अभी मुझे बहुत काम हैं।"

काम थे सूर्यवंशी के एजेंट के साथ। बाघ की सात खालों के दाम आए थे इक्कीस हजार रुपए। दारोगा को कम-से-कम हजार रुपए मिलेंगे। इस समय इस रद्दी केस में फँसने की उसकी इच्छा नहीं थी। सदर में और गृह कार्यालय में दारोगा के काफी खूँटे थे। खूँटों के बल पर ही वे यह बात कह सकते थे।

"कौन गवाही देगा? घोड़ा था। और हाथी?"

"हाथी कहाँ मिला?"

"हाथी उसके साथ फिरता था। मेरा घर तोड़ दिया।"

"समझा। तुम्हारा दिमाग खराब है।"

"बाबू! मैं तुम्हारी दिकू बात नहीं समझता।"

"किसने समझने को कहा?"

"बाबू! चोट्टि ग्राम का चोट्टि मुण्डा सब जानता है।"

"चोट्टि मुण्डा! वह तुम्हारे साथ था?"

"हाँ हुजूर! उसने मुझे सहारा दिया था।"

अब केस मजेदार बना और सिनेमा में देखे फूलों की तरह सैकड़ों आयामों में विकसित हो गया। थाने में पुराण को बैठाकर दारोगा, राजा के एजेंट के साथ जरूरी काम निबटाने के लिए गया। दूसरे दिन कांस्टेबल से चोट्टि को बुलाने को कहा। पुराण की बात सुन-सुनाकर कांस्टेबल आदर के साथ बोला, "हुजूर! यह कैसे हुआ? जिस दिन तहसीलदार का खून हुआ, उस दिन चोट्टि को मैंने हाट में देखा था। हाट में था और हमने बातें भी कीं। उनके थाने का सिपाही भी था।"

दारोगा से पुराण ने पूछा, "अच्छा! चोट्टि तेरे साथ था?"

"नहीं, नहीं, हाट गया हुआ था, जाकर भी वह मेरी छाती में बैठा रहता है।"

दारोगा ने उसे बहुत डाँटा। बोले, "हाथी था, चोट्टि मुण्डा था। जा, घर जा। नहीं तो मैं तुझे मारकर खतम कर दूँगा।"

बहुत ही परेशान दिमाग से पुराण बोला, "तब क्या घर के लिए फिकर करते-करते मेरा दिमाग बिगड़ गया है?"

"निकल जाओ यहाँ से।"

"हाथी भी देखा, चोट्टि भी साथ था।"

चोट्टि आदि ने सोचा था कि पुराण का इतनी देर में चालान हो गया होगा। लेकिन पुराण को आते देखकर वे लोग चौंक गए। पुराण ने उससे सारी बातें कही। उसका दिमाग खराब हो गया है, इसलिए दारोगा ने उसे छोड़ दिया है, यह जानकर चोट्टि बोला, "आ, बैठ। सारी बात बता। पहले कुछ खा ले।"

मक्का का सत्तू पानी में घोल नमक-मिर्च के साथ खाकर पुराण बोला, "दारोगा को विश्वास नहीं हुआ कि मैंने तहसीलदार को मारा है।"

"यह कैसे हुआ?"

"समझ में नहीं आता।"

पुराण पूरी बात बता गया। हाथी देखा, तू मेरे कलेजे में रहता था। स—ब झूठ?

"पुराण, तू आज जैसे जी रहा है वैसे कोई मुण्डा किसी दिन जिन्दा नहीं रहता। तू अभी समझ नहीं पा रहा है कि कैसे जिन्दा है।"

पहान बोला, "उसे घर में रखो। उसके बाद उसके कौन कहाँ हैं, ले जाकर

उसके जिम्मे कर दो।"

चोट्टि ने उसे अपने घर रखा। दूसरे दिन पुराण को लेकर वह और पहान ट्रेन से लातेहार गए। ट्रेन पर बैठकर चोट्टि बोला, "तूने हम लोगों को रेल पर भी बैठा दिया। कभी सोचा भी नहीं था कि रेल पर बैठेंगे।"

"रेल अच्छी है। मैं तो उसके कमरे में रहता था।"

"अब चुप हो जा। वह बात भूल जा।"

"हाँ चोट्टि, कलेजा भी खाली है, हाथी भी नहीं दिखाई देता। तब रेल के कमरे में सोता था, सदा हाथी देखा करता था।"

"हाथी बत्तख बनकर उड़ गया, जा।"

तीनों ही खूब हँसे। हँसते-हँसते उनके दिल का बोझ हलका हो गया। तीनों मुण्डा हँसते हुए लातेहार उतरे। कुलियों से अपने-आप बोले, "पहले-पहल रेल पर चढ़े हैं जी, इसी से हँसी आ रही है।"

पुराण बोला, "चलो चोट्टि, मद खरीद लें।"

"पहले घर चल।"

घर जाकर पहान और चोट्टि ने पुराण के लड़कों को सारी घटना का महत्त्व समझाया। बोला, "कहीं जाने मत देना।"

"यहाँ कितने दिन रहूँगा।"

"कहाँ जाएगा?"

"ठेकेदार ने पेड़ काटने के काम को बुलाया है।"

"कहाँ?"

"कहाँ? पता है, गौरमेन के जंगल में।"

"तो जा। लेकिन उसे छोड़ना मत।"

पुराण बोला, "मद नहीं पियोगे?"

"बाद में आकर पी जाऊँगा।"

वे लोग पैदल लौटे। देर रात को लौटे। पहान बोला, "चोट्टि, वह क्या है? हाथी? मैं क्या पुराण हो गया?"

"न-न। वह मादा हाथी है। टाहाड़ के ठाकुर के मन्दिर का हाथी है। महावत उसे लेकर घूम रहा है।"

"ऐसा कहो। पुराण के दिमाग को क्या हो गया है, पता है। अभी भी समझ नहीं पा रहा है, किस परेशानी से बचा।"

"मेरी तो अभी भी समझ में नहीं आ रहा है।"

"ऐसा क्यों हुआ?"

"दारोगा को ही पता होगा।"

सारे किस्से-कहानी चोट्टि के जीवन में थे। राभी ने कहा, "तूने उसे हिम्मत दी।"

"पुराण का दिमाग ठीक नहीं।"

पुराण आदि परिवार सहित ठेकेदार के साथ चले गए। घूमते-घूमते वे रामगढ़ के राजा की कोलियरी में पहुँचे। वहाँ वे एक दूसरी जिन्दगी में मिल गए। उस जीवन में सुख नहीं था। पर तहसीलदार और 'हाथी' भी नहीं थे। चोट्टि गाँव की मोतिया धोबिन का लड़का बस के रास्ते पर छोले-भाजा बेचा करता था। उससे मिलकर पुराण ने चोट्टि को बुलवा भेजा, यहाँ उसके लिए सब अजनबी हैं। अच्छा नहीं लगता। लेकिन यूनियन होने से सबको काम मिल गया है। ठेकेदार ने उन लोगों को पेशगी दिए हैं, तमाम लोगों ने वह रुपए ले लिए हैं।

चोट्टि बोला, "लें। जिन्दगी रहे।"

पुराण का मामला दूर हो गया। पुराण को जेल नहीं जाना पड़ा। पर अपने बेटे हरमू के मौके पर चोट्टि उसे जेल जाने से न बचा सका।

[10]

समय आगे बढ़ गया था। किसी भी साल चोट्टि ने चोट्टि गाँव के मेले में तीर के मुकाबले में जाना न छोड़ा और किसी को विजेता न होने दिया। उससे जिन्होंने सीखा था, वे ही सब लड़के हर मेले में जीतते थे। परताप चड्ढा एक और ईंटों का भट्टा खोलने बोकारो की ओर चला गया था। यहाँ हरबंस चड्ढा ईंटों के भट्टे की देखभाल करता था। वह मोटी ईंटें बनवाता था। बहुत सस्ती मजदूरी पर गाँव के लोगों को ही लगाना वह पसन्द करता था। तीरथनाथ का काम छोड़कर चोट्टि और बगन आदि वहीं काम करते थे। स्टेशन के काम-काज में लोगों को कुली का काम नहीं मिलता। ठेकेदार कुली लाता था। दूसरी ओर गैरकानूनी तरीके से पेड़ों को गिरा पहाड़ों को वृक्षरहित करने, पत्थर तोड़ने, लाल बजरी बनाने का काम लोगों को मिलता। परताप की कही हुई बारह आना प्रतिदिन की मजूरी सब देते रहे। छगन बोला, "अब हम बारह आना के सिपाही हैं। जहाँ जो काम हो उसी में लड़ने जाते हैं। काम कैसा भी हो, बारह आने से रुपया न होगा। हाँ चोट्टि, एक बार जाकर सबके कहने से न होगा?"

"क्या कहोगे?"

"एक रुपया दो।"

"नहीं देगा।"

"क्यों नहीं देगा?"

"तू पढ़ा-लिखा आदमी है, समझता नहीं?"

"तू बता। तेरा दिमाग अच्छा है।"

"क्यों दे, यही बता।"

"तू बता न।"

चोट्टि धीरे से हँसकर बोला, "काम के लिए तमाम आदमी हैं। काम कम है। हम न करेंगे तो आसपास के लोग आ जाएँगे। सूखे और अकाल का देश है। हमसे तो सब काम हल नहीं होता। इसलिए हरवंश अब अकाल के जमाने में चार आना और गौरमेन के रिलीफ के माइलो अनाज से काम करा रहा है।"

"यह कहो। इसी से बाहर के मजदूरों के साथ हमारी बात नहीं होने देता। इसी से वे भी हमारे साथ मिलते-जुलते नहीं।"

"हाँ। देखो जगह बड़ी हो रही है, तरह-तरह के लोग हैं। बहुत तरह के काम भी हो रहे हैं। लेकिन हम जहाँ थे, वहीं हैं, पर एक अच्छी बात है। पहले तीरथनाथ के करज न देने से खाने को नहीं मिलता था। अब पत्थर तोड़ें या मिट्टी खोदें, करज कम होता है। फिर देखो, हाल बदल रहे हैं। हरमू के बदन पर भी कपड़ा है। मुण्डा लड़कियाँ भी जामा पहनती हैं। हम लोगों की चाल-ढाल अब नहीं रही।"

"न। अब टिकेगी? अब तो हर हाट में सस्ते जूते-चप्पल, हर तरह के कपड़े-फीते-चूड़ी-बिन्दी—बहुत कुछ हैं। खून-पानी करके कमाए पैसे उसमें चले जाते हैं।"

"तुम्हारे लड़के इस्कूल क्यों नहीं जाते?"

"इस्कूल? पहले तो रिवाज नहीं है, भेजने में बहुत मारना पड़ता है। उस पर मास्टर कहता है, तू पढ़कर क्या करेगा! जा, जानवर चरा।"

"मुण्डाओं के लड़कों को तो देखते ही भगा देते हैं।"

"पढ़ाई-लिखाई हम लोगों के लिए नहीं है।"

"कानून में तो सबके लिए है, लेकिन अमल में नहीं।"

"पढ़ेंगे ब्राह्मण, लाला और कायस्थों के बेटे।"

चोट्टि हँसकर बोला, "मुझे दुख नहीं है। सना की बहन का लड़का देख आया है, राँची में मुण्डा-उराँव लड़कियों को मिशन में पढ़ाई करके भी कोई काम नहीं मिलता। छोटा-मोटा काम करती हैं, कोयला खोदने जाती हैं।"

"उसमें भी पैसे मिलते हैं।"

"वहाँ पैसे हैं। यहाँ नहीं।"

चोट्टि पहान के पास गया। हरमू की मौसी की लड़की सोमचर की बहू बनेगी।

सोमचर की पहली पत्नी मर गई थी। सगाई का दिन देखना होता है।

पहान बोला, "तूने ठीक कहा था।"

"कौन-सी बात? तुम लोग तो मेरी सारी बातों को 'ठीक' मानते हो।"

"वही, जो मेले में कह गया था। भोज के समय।"

"क्या कहा था?"

"कहा था, मुण्डा लोगों का अपना मत अब न रहेगा। जिन्दा रहे तो छगन आदि के साथ एक होकर छोटा-मोटा काम करना पड़ेगा। तीर-धनुक का खेल भी खतम हुआ। शिकार के खेल में जंगल छानने पर साही तक नहीं मिलती। अब तीज-त्योहार पर ही मुग्डा मुण्डा होंगे, ब्याह-शादी के-से समाज के काम में। तीर-धनुक तो मेले में जीतने का खेल रह गया। जो कभी हथियार था, वह अब खिलौना है।"

चोट्टि गहरी साँस लेकर बोला, "खिलौना ही सही। भाग्य से पुरानी चीज तो बच गई। नहीं तो उन्होंने नरसिंगगढ़ में सारे आदिवासियों के घर हाथी से ढहा दिए। देखो, जहाँ कहीं मुण्डाओं पर जुलुम होता है, मुण्डा लोग देश-घर छोड़कर चले जाते हैं।"

"अब मिशन में नहीं जाते।"

"मिशन! मुण्डाओं के साथ-साथ मिशन का सुख खतम हो गया। मिशन अब मुण्डा-उराँव से जमीन पर खेती-बारी नहीं कराता। गंज टाउन जाओ, वहाँ देखोगे कि मिशन के मुण्डा भी हमारी तरह पेट के धन्धे में अपने-अपने काम की खोज में फिर रहे हैं। पहले गौरमेन-मिशन ससुर-दामाद थे। अब आजाद गौरमेन मिशन को अच्छी नजरों से नहीं देखती है।"

"फिर मुण्डा अपने धरम में लौट क्यों नहीं आते?"

"पेट की फिकर में सब भूले हुए हैं।"

"फिर भी धरम नाम की बात है।"

"हम धरम में हैं, वही रहेंगे। लेकिन पेट की भूख, बेगार की परेशानी, करज का कोड़ा—इनसे तो छुट्टी नहीं मिलती?"

"तेरी तो फिर भी अपनी जमीन है।"

"वह हरमू, सोमचर, एतोया की है। मेरी और कोयेल की कहने-भर को बाप के जमाने की ऊँची जमीन-भर है।"

"हरमू की जमीन अच्छी है।"

"मैंने तो कहा है कि उस जमीन की फसल बेचकर और जमीन मोल ले लो। नहीं तो सबकी गृहस्थी बढ़ रही है, खाओगे क्या?"

हरमू की उसी जमीन को लेकर इतने समय बाद अप्रत्याशित गड़बड़ हुई। यह

1961 में हुआ था। इसी बरस एक और उल्लेख्य घटना हुई। चोट्टि-मेला में चोट्टि के समधी डोनका मुण्डा का आचरण। मेले के अन्त में तीर के मुकाबले में वह कह बैठा, "चोट्टि का तीर चलाना अब ठीक नहीं है। उसका तीर मन्तर-पढ़ा होता है। इसी से तीर निशाने पर लगता है। यह ठीक नहीं है।"

चोट्टि बोला, "तू नहीं कर सकता। इसी से गुस्सा होकर कह रहा है। तू तो मुझसे छोटा है। मेरी उमर तीन बीसी और एक हुई। ठीक है। मैं तीर नहीं खेलता। अपना तीर दे। सबके तीर दे।"

सारे किस्से-कहानी चोट्टि के जीवन में थे। सबके तीरों से उसने निशाना लगाया। निशाने की आँख तीरों से छिद गई। उसके बाद चोट्टि बोला, "दो बीसी पाँच बरस तक जीतता रहा, बहुत हो गया, अब नहीं खेलूँगा।"

दारोगा बोला, "तुम्हारे खेलने से मेले में जोश रहता है।"

पहान बोला, "तो मैं एक बात कहता हूँ। तू जब कहता है, तो जानता हूँ कि बात वापस नहीं लेगा।" फिर भी दारोगा, तीरथनाथ और हरबंस से पहान ने कहा, "तो यह निर्णायक क्यों न बने? मैं पहान होने से निर्णायक बनता हूँ। लेकिन धनुक उसके बस में है। वह निर्णायक बने।"

"हमें क्या आपत्ति है? लेकिन चोट्टि मेला में चोट्टि ग्राम के पहान ही निर्णायक होते हैं, वही नियम बन गया है।"

चोट्टि ग्राम के पहान ने अपने-आप जगह छोड़ दी। फिर चोट्टि के मुण्डा लोगों को भी हुकुम दिया।

चोट्टि हँसा। बोला, "जो कहो।"

सना बोला, "यह डोनका ने क्या किया?"

चोट्टि बोला, "ठीक किया। बूढ़ा हो गया, फिर भी तुम लोगों को दिखाना पड़ा कि चोट्टि का मन्तर हाथ में है, तीर में नहीं। हाँ, एक तीर है। उसे बहुत दिनों से कलेजे से लगाए रखा है। मेले में ले आता हूँ, ले जाता हूँ। वह तीर निशाना जितानेवाला तीर नहीं है। पास रखनेवाला है। हाँ, बूढ़ा हो गया। तीर का खेल मेरी गद्दी नहीं कि पकड़े रहूँ। जवान लोग देखें। तुम लोगों को भी खेलने देना होगा, है न? मुझे कोई दुख नहीं है।"

"कौन कर सकेगा, बताओ?"

चोट्टि हँसकर बोला, "अभ्यास करने पर मेरा सोमचर। तेरे भाई का पूत जीता। यह लोग कर सकेंगे। लेकिन पहले उनके हाथ बहुत थिर थे। जब छोटे थे तो हरे पत्तों की ओट लेकर तमाम हरे हरियल मारते थे। अब जमीन उनकी जान बन गई है। उनकी माँ कहती है, लड़का होकर वह जमीन को चाहता है। जमीन जान बन गई।"

"जमीन मेरी जान है।" अगहन में फसल भरे खेत को देखकर कई दिन बाद हरमू ने कहा था, "यह मेरी जान है।"

तीरथनाथ के गुमाश्ते ने शान्त भाव से सब सुनकर कहा, "लाला की जमीन है। तुम लोगों ने बहुत दिनों तक जोती। बहुत फसल ली।"

"बहुत फसल ली। लाला को आधी देते नहीं हैं?"

"छीः-छीः-छीः! ऐसी बात तो उसने कही नहीं।"

"फसल काटते वक्त उनके लोग तैनात रहते हैं। उनके सामने तौल होती है। पुआल कहो, भूसा कहो, सब आधा देते हैं।"

"जरूर देता है।"

"फिर उस जमीन को क्यों चाहता है?"

"उनकी जमीन, वह ले सकता है।"

"बाबा के साथ उसकी बात हो चुकी है।"

"यह देखो।"

"क्या देखूँ? बात क्या हमेशा की नहीं है?"

"तू जाकर उससे कह। मैं कौन हूँ? हुकुम का चाकर। हुकुम हुआ, कह गया। अब जो करना हो, कर। फसल तो लेकर जाएगा। तब उसके साथ बात कर लेना। मैं जा रहा हूँ।"

हरमू ने बाप को दोषी ठहराया। "क्यों लाला के साथ लिखा-पढ़ी नहीं की, आबा? अब जमीन चली जा रही है?"

"यह क्या बात है?"

"तुम जाकर बात कर लो।" हरमू की आवाज में बड़ी तेजी थी, "पता लगाओ, लाला जमीन क्यों चाहता है? यह तुम समझते हो?"

"तू क्या समझता है?"

"एक टुकड़ा बेकार जमीन पड़ी हुई थी। हम तीन भाइयों की मेहनत से अब वह उपजाऊ जमीन हो गई है। फसल के वक्त मानो वह उपज से हँसने लगती है। धान-गाछ जब जवान होते हैं, तो मुझसे बातें करते हैं। वे फसल देते हैं, ऐसे बड़े-बड़े भुट्टा के दाने, ऐसे मोटे-मोटे धान। उन्हें देखकर उसे जलन होती है।"

बहुत परेशान होकर चोट्टि भागा-भागा गया। साथ में हरमू और दूसरे मुण्डा थे। लाला बोला, "मारोगे क्या?"

"पहले यह बताओ महाराज, तुम जमीन वापस चाहते हो?"

"हाँ, चोट्टि!"

"जमीन तो मेरी है।"

"अगर तेरी है तो तू आधी फसल क्यों देता है मुझे? यह तो बता। मैं जिस

जमीन पर मिल्कियत रखता हूँ, उसकी उपज किसी को देता हूँ? जब फसल देते हो तो यह सबूत है कि तुम लोग आधा हिस्सा देते हो।''

''जमीन का लगान नहीं लेते हो?''

''लेता हूँ।''

''किसके नाम पर जमा करते हो?''

''अपने नाम। जिसकी मिल्कियत है, वह लगान देगा।''

''किन्तु महाराज! मनीराम खत्री की बात लो। वह तुम्हारी जमीन जोतता है, आधी फसल देता है। अपनी जमीन का लगान तुम्हें देता है, तुम अपने ही नाम जमा करते हो। लेकिन उसकी जमीन तो नहीं लेते। आधी उपज, आधा हक तो उसकी बारी मान लेते हो?''

''वह हिन्दू है, अपने धर्म का आदमी है।''

''तो लिखा-पढ़ी क्यों नहीं करने दी? क्यों झूठ बात कही? कहा था, मुँह की बात ही सब-कुछ है।''

''जब कहा था...।''

हरमू बोला, ''तब नहीं सोचा था कि वह ऊसर जमीन उपजाऊ होगी। वही सोचा था, महाराज!''

''तेरे साथ मेरी बात नहीं हो रही है, हरमू।''

चोट्टि बोला, ''मेरे साथ करो।''

''और क्या कहूँ? कहा तो।''

''सिर्फ हिन्दू क्यों? आदिवासियों को नहीं देते? भिकन उराँव आदि को देते हो, बूढ़ा मुण्डा को दी थी। किसके नाम जमीन रिकाड है? और महाराज, आधी उपज इतने दिनों तक लेते रहे। उससे तो यह बात भी साथ-साथ प्रमाणित हो जाती है कि यह बन्दोबस्त तुमने मान लिया है। नहीं तो जमीन लेते, या कोई बन्दोबस्त करते। मेहनत करनेवाले का भी हक है।''

''चोट्टि, बात बढ़ाने से क्या फायदा? जमीन लगान पर नहीं उठी है। पसन्द न होने पर भी अधिकार किए ले रहा हूँ।''

''तुमने तब बन्दोबस्ती लिखकर क्यों नहीं दी थी?''

''चोट्टि, सच बताऊँ, पहले नहीं पता था कि जमीन उपजाऊ है।''

''जमीन उपजाऊ नहीं थी। तीनों भाइयों ने काँवर लेकर जंगल के सड़े पत्ते ढोए, बड़ी मेहनत से जमीन का गुस्सा ठण्डा कर जमीन को हँसाया। तब जमीन उपजाऊ बनी। फिर यह बात कहते हो, यह तुम्हारे मन में था, नहीं? बताओ तो।''

''तू समझा नहीं, चोट्टि!''

चोट्टि उम्मीद टूटने पर, अपमान से, दुख से, और कलेजा टूटने के आवेग

से बोला, "तुमसे महाराज, कभी न सुना कि समझ गया। तब महाराज, समझा दो। एक बार देखूँ तो कि मुण्डा दिकू की बात समझता है। बताओ, मुझे बताओ। लिखा-पढ़ी रहती नहीं, लगान देना चलता है, फिर भी आदिवासी लोगों को कहो, छगन आदि को कहो, आधा हक उपजाऊ जमीन पर मिलता है। कितनी ही बार वह लिखा रहता है। कितनी ही बार नहीं भी रहता। बहुत-से कामों में मुँह की बात पर हर काम होता है। तुम कहते हो इतना करज लिया था, वह जबानी बात है। समझा दो कि जो मुण्डा पढ़ना नहीं जानता वह कैसे समझे कि यह जुबानी बात सच्ची नहीं रहेगी?"

तीरथनाथ समझ रहा था कि वह ठीक काम नहीं कर रहा। यह बात सच है कि वह या उसकी तरह के मालिक कभी अच्छी जमीन इन लोगों को नहीं देते थे। पथरीली जमीन, सूखी जमीन, बहुत दूर पड़ी अलग-थलग जमीन, जंगलों के किनारे की जमीन—यही बटाई पर देते। आधी फसल के आधे पर देते थे, क्योंकि मुण्डा-उराँव लोग उस तरह की जमीन को ही सोना उपजानेवाली जमीन समझकर कलेजे के खून से प्यार करते। उस जमीन में उगता आया था चोरकाँटा और चीनाघास। उसी जमीन में वे फसल पैदा करते। निचले स्तर की फसल। मालिक को वह भी फायदा मिलता। वे भी समझते कि इसके मतलब यही नहीं। इस आधार पर पक्के ढंग पर, हिस्से की जमीन पर आधी फसल के आधे हक का कोई पुराना हिसाब बन जाएगा। जो जमीन लेता, उसके मर जाने पर यह अधिकार चला नहीं जाता था। सब मालिक की मर्जी रहती। लेकिन पुरानी बात होने के कारण मालिक भी उपजाऊ जमीन के खेत में अधिकार मान लेता।

उपजाऊ जमीन इस तरह कभी उपजाऊ न होती। ऐसा कोई उदाहरण नहीं था। नहीं होने से ही तीरथनाथ उदाहरण कायम करते चले थे। यह मालिकों के हक में फायदे की चीज थी। इसलिए इस नजीर से ही रिवाज बन जाएगा। मरियल, अपुष्ट मक्का और धान देखकर तीरथनाथ इस तरह की जमीन न लेना चाहता। तीरथनाथ ने यह भी समझा कि प्रचलित परिपाटी की उपेक्षा कर सम्भवतः विश्वस्त और भले चोट्टि के प्रति वह अन्याय कर रहा है। लेकिन चोट्टि के प्रति अन्याय हो रहा है या नहीं, यह देखे तो तीरथनाथ का काम क्या चल सकता है?

"सुनो, चोट्टि!"

"कहो, कहो।"

"झगड़ा करने से क्या फायदा? यह जमीन मैं ले रहा हूँ। तुझे मैं कुरमी की ओर जमीन दूँगा। उपंजाऊ जमीन है।"

"हाँ महाराज, उस जमीन को दोगे। और जब उसे कलेजे के खून से सींचकर

उपजाऊ बनाऊँगा, तब उसे ले लोगे। उसके बाद चोट्टि को कहाँ जमीन दोगे, महाराज? धरती पर जितनी उपजाऊ जमीन हैं, क्या तुम सब खरीदे ले रहे हो?''

तीरथनाथ समझ रहा था कि वह चोट्टि मुण्डा से बातें कर रहा है। चोट्टि को उस अंचल के मुण्डा देवता समझते थे। चोट्टि से, चोट्टि की तरह के आदिवासियों से उसे बहुत मिलता था। चोट्टि का तीर मन्त्र-पढ़ा है। उस तीर की बड़ी सामर्थ्य है। फिर भी तीरथनाथ अपने इरादे को वापस नहीं कर पा रहा था। वह मालिक-महाजन था। जो बात कह दी वह न करने के अपराध से, गलत उदाहरण कायम करने के अपराध से, वह अभिशप्त होगा। अब भारत स्वतन्त्र है। राजा-जमींदार का फालतू झंझट छँट गया था। वह मझोला जमींदार नहीं था। लेकिन उसकी तरह के जमींदार और उससे बड़े और उससे छोटे जमींदार-मालिक-महाजन लोग इस गौरमेन के बहुत बड़े बल और भरोसा थे। पिछली बार चुनाव में तो उसने प्रति व्यक्ति दो रुपए के हिसाब से पैसे दिए थे। तभी उसके कहने से यह लोग वोट दे आए। बहुत अफसोस है कि तीरथनाथ जंगली इलाके का मालिक-महाजन है जो शिक्षित और संगठित भी नहीं था। इस बार अगले बरस चुनाव है। धनी होने के कारण तीरथनाथ का ट्रक चुनाव में व्यस्त होता है। चोट्टि और छगन आदि को नकद रुपए मिलते। उसके बाद तीरथनाथ के अपने आदमी ट्रक पर चढ़कर वोट दे आते। किन्तु चोट्टि के साथ उसका यह बर्ताव क्या ठीक था? चोट्टि के कारण ही कितनी कम उम्र में तीरथनाथ को अंग्रेज गौरमेन से 'रायसाहब' का खिताब मिला था। वह और चोट्टि करीब-करीब एक ही उम्र के थे। चोट्टि के साथ उसका ऐसा करना जरा भी उचित न था। लेकिन एक बार कुछ कहकर पलटना ठीक भी न था। डरने को क्या है? गौरमेन के दल का ऑफिस तो तीन स्टेशनों के बाद ही है। वहाँ जाने से ही मदद मिलेगी। तीरथनाथ बोला, ''वही बात।''

''बस महाराज! हो गया?'' चोट्टि की आवाज में सूखा हाहाकार था। क्या हो गया? कोई बड़ी भारी घटना हो गई? तीरथनाथ को बेचैनी क्यों होने लगी? उसने क्या किया है? कमरे में इतने आदमी क्यों हैं? चोट्टि आदि मुण्डा थे, मगर ये लोग कब आए, छगन आदि? सब रहस्यभरी नजरों से चुपचाप उसकी ओर क्यों देख रहे हैं? तीरथनाथ ने क्या किया है? कभी किसी मुण्डा से कहा था कि आधी उपज और आधे अधिकार पर उपजाऊ जमीन तुझे दी, लिखा-पढ़ी की जरूरत नहीं। आज कह रहा है वह जमीन ले ली। इसमें गलत क्या है? तीरथनाथ का अपना मन ही कह रहा है कि गलती हो गई। समझा कि उसे लेकर गंज में लोग जो जंगली महाजन कहते हैं—वह सच है। जीवन-भर के परिचय के मामले में ठोकर मारने के लिए बहुत सख्त कलेजे की जरूरत है। तीरथनाथ उस तरह का सख्त और

हिम्मतवाला नहीं है। डरपोक जब गलत काम करता है, तो बर्बर बन जाता है। उस तरह की बर्बरता में तीरथनाथ बोला, "वही बात।"

"वही बात!"

"हाँ। और सुनो—इस बार फसल नहीं देनी होगी।"

"इस बार क्या हमें पूरी फसल लेने की छूट है? ना महाराज, मुण्डा तुम्हारा नियम नहीं समझते। फसल दूँगा।"

तीरथनाथ चीख पड़ा, "मेरी सारी बातों में तू अन्याय देखता है। मैं बुरा हूँ। पता है, बुरा आदमी किसे कहते हैं? पता लगाने पर देखेगा कि और कोई भी मालिक-महाजन मुण्डा-उराँव लोगों को काँछ लगाकर धोती नहीं पहनने देते, काँसे की थाली में खाने नहीं देते, जूता नहीं पहनने देते।"

अभी तक हरमू टकटकी लगाए तीरथनाथ को देख रहा था। अब वह बोला, "तुम न कहने पर भी वही हो।"

"किस तरह? अरे हरमू, किस तरह?"

"धोती खरीदने को पैसा नहीं। मोटी धोती में काँछा लगाकर लँगोटी बनाकर पहनते हैं, पैसे नहीं हैं कि वे काँसे की थाली में खाएँ, पाँव में जूते पहनकर घूमें। इन सबसे तुम नहीं समझते, हम कैसे जीते हैं!"

"जाओ, तुम लोग जाओ।"

घर लौटकर चोट्टि बोला, "कल उसकी उपज दे देंगे।"

"उसके बाद?"

"हरमू! अपने पास सचाई रहने से अकसर बहुत-से काम करने होते हैं। उन्हें हमेशा बताने की जरूरत नहीं।"

"क्या कह रहे हो, आबा?"

"बता रहा हूँ।"

"क्या, बताओ?"

"मेरे साथ बात हुई थी, लेकिन जमीन तेरी है।"

"जमीन तो मेरी जान है।"

"लाला को जो कहना था वह उसने कह दिया है। हम लोगों को जो करना है वह करेंगे। उनके साथ हमारा झगड़ा होगा। यह पता है कि वह पहले से थाने में बताए रहता है, उसका थोड़ा जोर है। कल जाऊँगा।"

"क्या कहोगे?"

"तुमसे बताकर क्या होगा? ओह, कलेजा जला जा रहा है। कितने दुख से मुण्डा घर छोड़ता है बाप, कितने दुख से दूसरे देश जाता है!"

हरमू बोला, "उठो, हाथ-मुँह धो लो, खाओ कुछ।"

"आज नहीं, कल खाऊँगा।"

"खा लो।"

"लाला एक काम अच्छा कर रहा है।"

"क्या? हँस क्यों रहे हो, आबा! हँसते क्यों हो?"

"लाला बहुत अच्छा कर रहा है। समझता नहीं? सारे मुण्डाओं की-सी हमारी भी हालत है। वह जमीन थी, इसलिए कुछ खा रहे हैं। यह भूले जा रहे थे कि मुण्डा होकर हमें किसी सुख का अधिकार नहीं है। जमीन जा रही है, उससे फिर सबके साथ मिल जाएँगे। यह अच्छा हो रहा है।"

"जमीन जा रही है, क्यों कह रहे हो?"

"हरमू! तू उन दिनों छोटा था। तू भी बाप बनेगा। किन्तु मेरी आँखें तुझे कहाँ मिलेंगी?"

उँगली उठा अन्धकार दिखाकर चोट्टि बोला, "जमीन ऐसे ही नहीं दे दूँगा। ऐसा अपमान! यों ही नहीं दूँगा। जान चली जाए तो जाए। किन्तु हरमू! उसके बाद थाना-पुलुस-कानून-अदालत है। सब चक्कर लगाकर मैं मुण्डा रहूँगा, फिर मरूँगा। मुण्डाओं को क्या सिर्फ मालिक-महाजन मारते हैं? कानून मारता है, अदालत मारती है। सभी मारते हैं। जमीन चली गई हरमू, मैं आँखों से देखता रहा। आदिवासी को देखने से छूत लगती है, यह भी कहते हैं, घर में बैठकर चटाई बुन, टोकरी बुन, मदद देंगे। जमीन-जायदाद की बात करने से कुछ न कर सकेंगे। कानून-अदालत करो। कानून-अदालत! किसी दिन विश्वास नहीं होता। वकील कहाँ से मिलेगा? वकील रुपया लेगा। वह जो कुछ कहेगा, मुण्डा समझेंगे नहीं। मुण्डा क्या कहता है, वे नहीं समझेंगे। मुण्डा के याँग कहने से वकील को व्याँग—माने मेंढक—समझ में आता है और हाकिम की समझ में भी उल्टी बात ही आती है। हाकिम उल्टा फैसला करता है। लेकिन...।"

"लेकिन क्या, आबा?"

"लेकिन जमीन के लिए हंगामा होने पर—जैसे भैंसागाड़ी का भागता पहिया लुढ़ककर गड्ढे में जा गिरता है—उसी तरह हंगामा होने पर हम अदालत के गड्ढे में गिरेंगे। तब क्या जमीन रह जाएगी? कचहरी किसी दिन मुण्डा को नहीं देख सकती, देखेगी भी नहीं।"

"देखेगी भी नहीं!"

"नहीं हरमू! सब गौरमेन का है। गौरमेन मुण्डाओं का हक—उनका अधिकार—देखती तो क्या सारे मुण्डा इस तरह कंगाल हो जाते? दिकू लोगों के लिए देश छोड़ देते? देखेगा नहीं हरमू! हरमू! मेरे बाप! बहू बैठी है! जा, कुछ खाकर सो जा। मैं जरा बैठ लूँ। अँधेरा बहुत हो रहा है रे। अँधेरा माँ जैसा है, इससे कोई

लाज नहीं लगती।"

"आबा! हर समय तो तुम छगन से बात करते हो?"

"इस बात में छगन से क्या कहूँ? यह तो एक मुण्डा से एक लाला का हिसाब है। इसमें वे क्यों आएँ?"

"नहीं आएँगे?"

"ना! उन लोगों के साथ, दूसरे आदिवासियों के साथ तो लाला ने कोई हंगामा नहीं खड़ा किया है। पुलुस-थाना-अदालत में उनको बुलाना भी ठीक नहीं है, हरमू!"

"उन पर भी तो चोट हो सकती है।"

"खूब हो सकती है। लेकिन हरमू, मालिक के साथ हंगामा उठेगा। उसे हम पहले से जानते थे। हम जानते थे कि दूसरा रास्ता नहीं है। इस तरह चलने से कानून-अदालत होगी, वहाँ भी ठोकर खाएँगे, यह जानकर भी बढ़ रहे हैं। जब सब लहू की गर्मी समझेंगे, जब आगे बढ़ेंगे, तब एक हो सकते हैं। कह सकते हैं कि तुम लोग चलो। वैसा होने पर कौन आगे आएगा?"

"वे लोग डरपोक हैं!"

"नहीं बाप! भूखे बीमार लोग हैं, ठोकर खाए लोगों को कभी दोस मत दो! पीठ पर कोई नहीं है, अकल देने को कोई नहीं है, किसी के पास रुपए नहीं हैं, किसे-किसे दोस दें! जाओ, जाओ।"

"तुम?"

"कहा न, अँधेरे में बैठा हूँ।"

हरमू चला गया। चोट्टि की पत्नी आकर चोट्टि के पास बैठी। बोली, "खिड़की खोल दूँ, लेटे-लेटे अँधेरा देखो। अभी खाओ, सोओ। कल थाने जाना।"

"तू सब सुनती थी?"

"सुन रही थी। चलो।"

चोट्टि उठा, घर में गया। हरमू की माँ ने उसके आगे थाली बढ़ा दी। दाल और फेना भात। आजकल जंगल में शिकार नहीं मिलते। वही दाल और फेना भात, इमली की पत्तियों का झोल, बीच-बीच में बाजार से खरीदा सूअर का मांस। यही सब खाते थे। मिशन के लोग सूखे-अकाल में खैरात बाँटने आते हैं, इसलिए इतने कम पौष्टिक आहार में जिन्दा रहने का अभ्यास है। इसी कारण आदिवासी कम मरते हैं।

खाने के बाद चोट्टि बोला, "घूम आऊँ।"

"कहाँ जाओगे?"

"बलोया तो दे।"

"किसे काटने जा रहे हो?"

"किसी को नहीं, ऐसे ही ले रहा हूँ। आदमी का डर तो नहीं है, और वे सुख के दिन अब नहीं हैं कि बाघ आकर झपटे।

चोट्टि हाथ में बलोया लेकर निकला। टीले को पार कर मैदान में पहुँचा। अपनी जमीन के कोने-कोने पर गया। अब पके धानों की गन्ध से हिरन नहीं आते थे न। जिसकी तबियत होती, जैसी तबियत होती, शिकार कर-करके सब समाप्त कर डाले थे। अगर कुछ जानवर थे, तो वे आदमी के डर से घने जंगल में चले गए थे। जमीन के आगे पहुँचकर चोट्टि थोड़ी देर तक खड़ा रहा। नागफनी से घिरा खेत था। धान देखकर चिड़ियाँ छाई जा रही थीं। कोयेल का बेटा एतोया और सोमचर दिन-भर चिड़ियाँ उड़ाते रहते थे।

धान के पौधे झुके पड़ रहे थे। जमीन का छोटा-सा टुकड़ा था। कल ही धान कटेंगे। लाला की कचहरी ले जाए जाएँगे। माप कर आधा देना होगा।

"कौन?" चोट्टि ने पैरों की आवाज सुनी।

"दादा, मैं हूँ।"

"कोयेल? तू आ गया?"

"राइ से लौटकर सब सुना।"

"मैं यहाँ हूँ, यह कैसे पता चला?"

"अपने मन से समझ गया था।"

"कल घर पर रहना। मैं थाने जाऊँगा।"

"जाकर क्या होगा, दादा?"

"पता नहीं। पर देखता हूँ कि कुछ होने पर दिकू लोग पहले जाकर थाने पर बता आते हैं। बाद में कुछ होने पर काम आता है।"

"तुम्हारी बात सुनेंगे?"

"पता नहीं। यों तो दारोगा अच्छी बातें करता है। उस दिन भी कह गया था कि सना को कुछ हो जाए तो तुम थाने पर बताना। खुद दंगा मत करना। सना बोला, हमारे कहने से तुम सुनोगे? दारोगा बोला, जरूर। गौरमेन की नजरों में सब प्रजा समान है।"

"चल, घर चल।"

"चल।"

दूसरे दिन चोट्टि थाने गया। पहान, कोयेल, सना—सबको धान का हिस्सा देने के समय हरमू के साथ जाने को कहा। हरमू से कह गया, "कोई गड़बड़ मत करना।"

"तुम कुछ चिन्ता मत करो, आबा!"

चोट्टि के जीवन में सब बातें किस्सा बन जातीं। दारोगा के साथ एक आदमी और बातें कर रहे थे। चोट्टि को देख उससे बोला—"यह देखिए! जिसकी बात कह रहा था, वह आ गया। यह मेरे ससुर की जान-पहचान के आदमी हैं। आदिवासियों की भलाई करनेवाले अफसर हैं। सदर में रहते हैं। हमारे यहाँ घूमने आए हैं और आदिवासियों का हाल भी ले रहे हैं। मैंने ही कहा, यहाँ एक आदिवासी है, हम लोगों का गर्व, तीर का जादूगर, आस-पास के मुण्डा समाज की सारी बातें जानता है, वह है चोट्टि मुण्डा। यह बात बताकर अभी चाय पी ही थी कि तुम आ गए।"

आदिवासी अफसर बोले, "तुम्हारी ही बात हो रही थी।"

"महाराज! मुझे आपकी जरूरत थी, आपने भी मुझे याद किया, इसी से मुलाकात हो गई।"

"क्या बात है, बताओ?"

आदिवासी अफसर ने देखा कि आदमी की उम्र का अन्दाज नहीं हो रहा है। दुबला-पतला शरीर, दमकती हुई खाल। दोनों आँखें बहुत ही बूढ़ी और बोझिल थीं। उसके बात करने का ढंग, थोड़ा अकड़कर बैठना, इन सबमें अभिजात्य था। देखते ही समझ में आता था कि वह सम्मान का अभ्यस्त था। कुतूहल उत्पन्न होता था।

चोट्टि ने धीरे-धीरे, रुक-रुक कर सारी बातें बताईं।

दारोगा बोला, "लेकिन चोट्टि, जमीन तो लाला की है।"

"महाराज, उपजाऊ जमीन पर तो आदिवासियों का आधी फसल और आधे हक का रिवाज है।"

"है।" आदिवासी अफसर भी बोले। फिर बोले, "सामान्यतः इस रिवाज को जमीन का मालिक तोड़ता नहीं, क्योंकि वैसी ही जमीन वे लोग देते हैं जिसमें बीघे पर दो मन से ज्यादा धान न हों। वह भी मोटा धान।"

"मैंने तो कभी नहीं सुना।"

"आपने नहीं सुना लालाजी, क्योंकि आदिवासी और दूसरी जातवाले मिले-जुले गाँव में रहते हैं।'

"यह रीति क्या सिर्फ आदिवासियों के लिए है?"

"न-न, कभी-कभी दूसरी नीची जातियों के लिए भी होती है। पर साधारणतः वे लोग बिलकुल बंजर जमीन को लेने की हिम्मत नहीं करते।"

"चोट्टि, तुम क्या कहना चाहते हो?"

"मैं तो समझता हूँ महाराज कि यह एक हक का मामला है। यह बात सच है कि ऐसी जमीन अधिक आदिवासियों की नहीं है। शायद आदिवासी और दूसरी

जातवाले मिलाकर दसेक लोग आपके थाने में होंगे। लेकिन इसके बाद किसका क्या भरोसा रहेगा, महाराज? कहा कि लिख दो। उस पर लाला बोला, जबानी बात होगी।''

''जमीन क्या बहुत उपजाऊ है?''

''महाराज! जमीन थी पथरीली। मिट्टी खोदने पर पत्थर निकलते थे। बंजर जमीन थी। कभी किसी ने हल नहीं चलाया था। उन्हीं पत्थरों को दो भाइयों और तीन लड़कों ने मिलकर हटाया। धान से भूसा अलग करने का काँड़ा नहीं था, महाराज। पहान का काँड़ा माँगकर काम करते थे। किसी बरस डेढ़ मन धान होता। आधा मन मक्का, इससे अधिक नहीं मिला। जमीन खिलती नहीं थी। तब लड़के बहँगी पर लादकर जंगल से सड़ी पत्तियाँ लाए और कुण्डी से जल। लगातार हमने कड़ी मेहनत की, तब कहीं जमीन हँसी। तीर बरस से पाँच मन धान होते हैं। लाला जो लेगा महाराज, तो वह भी क्या इतनी मेहनत करेगा? इस बार जमीन बंजर हो जाएगी।''

दारोगा बोला, ''मैं कल ही जाऊँगा। कुछ काम भी है। मैं बात करूँगा। समझाकर कहूँगा। कुछ समझौता कर लेना होगा, चोट्टि। तुम कह रहे हो, इसलिए इतना कर रहा हूँ। मैं भूला नहीं हूँ कि सिपाहियों के साथ कुँजड़े लोगों की मारपीट में तुम न बचाते तो सिपाहियों के सिर फूट जाते।''

अफसर बोले, ''कुँजड़े कौन हैं?''

''फलों के खुदरा बेचनेवाले। अमरूद, शरीफा खरीदने आते हैं और सब फल पानी के दामों खरीदते हैं। हाट में किसी को घर का फल बेचते देखकर मारेंगे। आते हैं राँची और गोमो से। सब दूसरे जिलों के लोग हैं। औरतों पर हाथ छोड़ते हैं। हम तो बहुत बदनाम हैं, क्योंकि गरीबों का भला चाहते हैं। इसलिए हमें इस रद्दी थाने पर भेज दिया।''

''आप जाएँगे, महाराज?''

''हाँ चोट्टि, और देखो, सबके हकों की फिकर तुमको नहीं करनी है। वैसी बातें करने से लगता है कि बलोया करनेवाले हो। तीरथनाथ और तुम्हारे सम्बन्ध पुराने हैं।''

''महाराज, जान लगाकर उसके लिए धान-गेहूँ-मक्का उपजाते हैं। हम न होते तो उसकी कचहरी में भी डाका पड़ता। आप जानते हैं, कितने लोगों की कचहरी में डाके पड़े?''

''मैं जाऊँगा।''

''महाराज, आपका भला हो। मारपीट कौन चाहता है, महाराज? मैंने कभी नहीं की।''

चोट्टि चला गया। आदिवासी-अफसर बोले, ''सरकार तो आदिवासियों की भलाई ही चाहती है, नहीं तो दफ्तर नहीं खोलती। लेकिन मालिक-महाजन में अधिकतर अशिक्षित हैं। पुरानी आदत नहीं छोड़ेंगे। महाजन के पास जिसके हाथ-पैर बँधे हैं, उनकी भलाई करने के लिए हमें उनकी क्षमता बढ़ानी होगी। कुटीर-उद्योग कब करेंगे? बेगार देंगे, महाजन के खेत में मेहनत-मजूरी करेंगे। खेती किसानी करनेवाली जाति को तुरन्त हाथ का काम सिखाना क्या सम्भव है?''

''अरे मुझे क्या मालूम नहीं है? लेकिन...।''

''क्या?''

''कल ही जाना है। तीरथनाथ जैसे महाजन हमारे अभिशाप हैं। यह देखिए न! उसकी कितनी जमीन है! जमीन की सीलिंग की यह लोग कोई परवाह नहीं करते। तीरथनाथ के घर पर बहुत-से देवता हैं, सबके नाम पर जमीनों का देवार्पण है। बेकार जमीन उपजाऊ हो गई—यह देखकर वह जो बिगड़ उठा है, इसका नतीजा क्या होगा? आदिवासी लोग बिगड़ जाएँगे। बिगड़ने पर वे यह नहीं सोचेंगे कि इस तरह की जमीन चली जाने से कितने लोगों की जानें जाएँगी। 'हक' की बात कही न चोट्टि ने? तीरथनाथ को क्या पता नहीं है कि चोट्टि मुण्डा लोगों में ही नहीं, छोटे हिन्दू लोगों में भी सम्मान पाता है? गड़बड़ होने पर पुलिस जाएगी ही। तब वह अदालती अपराध—कॉग्निजेबल आफेंस—होगा। वह काम करने पर सरकार दबाव डालेगी कि आदिवासियों को तंग क्यों करते हो। आदिवासी वोटों का महत्त्व है, 1962 से उनके वोट हैं। कार्रवाई न करने से हमारा डिपाट कहेगा कि सब जगह हम बलोया उठानेवाले लोगों को मदद देते हैं। वैसा होने पर हमारा ही सस्पेंशन होगा।''

''क्या करेंगे?''

''तीरथनाथ को समझाएँगे। कहेंगे, चोट्टि की जमीन मत लो। मैं सरकार से कह दूँगा, आप बड़े अच्छे आदमी हैं। बहुत अच्छे काम करते हैं। अंग्रेजों के राज्य में 'रायसाहब' बने हैं। इस राज में देखूँगा 'पद्मश्री' मिलती है या नहीं।''

''कहने से मान जाएगा?''

''मानना पड़ेगा। चोट्टि न होकर अगर कोई और होता तो 'दंगा कर रहा है' कहकर पकड़ लेता। उसकी बातों पर मुण्डा समाज उठता-बैठता है। वैसा करने पर मेरी डबल मुसीबत है। 'आदिवासी समाचार' अखबार का आनन्द महतो बहुत खचड़ा आदमी है, और उसका काफी खूँटों का जोर है। एक बार खबर होने से नमक के बोरे में गुड़ घुस जाएगा।''

''तीरथनाथ मानेगा?''

''मानना पड़ेगा। उसकी एक टुकड़ा जमीन के लिए क्या मैं मुसीबत में पड़ूँगा?

क्या कहूँगा! मेरी नौकरी पर असर पड़ेगा। चोट्टि से भी कहता हूँ कि जमीन का मालिक जमीन लेगा, सो क्यों नहीं देगा?''

''यह बात कैसे मानूँ, लालाजी? आदिवासी कितने गरीब होते हैं, आपको पता नहीं। यह उनका हक है।''

''देखूँ, क्या कर सकता हूँ।''

दारोगा की तबियत थी कि दूसरे दिन जाए, लेकिन कुल्ला करने के मौके पर चहबच्चा फट जाने से खफा बिच्छू की बात उसे नहीं मालूम थी। ठण्डक पड़ने पर बिच्छू निकलता नहीं, बुझा हुआ भी रहता है। इसलिए नियम के अनुसार वह दो दिन बिच्छू के जहर में तड़फड़ाया नहीं। एक दिन बहुत तकलीफ हुई।

भड़कने के लिए एक दिन ही काफी था। दारोगा जिस दिन से बिच्छू के काटने पर पड़ा है, चोट्टि ग्राम में चोट्टि मुण्डा तब से एक दूसरी ही जलन में जल रहा था। दारोगा ने उसकी बात नहीं मानी। आया नहीं। हरमू दिन-भर लेटा रहा। पिता भी उसे दुश्मन का आदमी लगा। जमीन उसकी जान थी। तीरथनाथ इसी दिन की प्रतीक्षा में था।

दूसरे दिन चोट्टि फिर थाने गया। उस समय भोर था। वह बैठा रहा। नौ बजे दारोगा आया। रूखा-सा बोला, ''चल, मैं चल रहा हूँ।'' आदिवासी-अफसर से बोला, ''आप भी चलिए।''

''कैसे जाऊँगा?''

''दस बजे ट्रेन जाती है।''

''कितनी दूर है?''

''चार मील।''

जाने के लिए वे तैयार होने लगे। सना और पहान आ पहुँचे। हाँफते-हाँफते उन्होंने जो कुछ कहा उसका मतलब था कि हरमू सवेरे ही जमीन पर गया था। जमीन पर कब्जा करने गए हुए तीरथनाथ के लोगों और उधर हरमू, सोमचर, एतोया, जिता और बुधना मुण्डा में दंगा हो गया। दंगा हो रहा है और तीरथनाथ की कचहरी का दरबान मथुरासिंह बन्दूक लेने गया है। महाराज के जाने की खास जरूरत थी।

थाने के सिपाही और कांस्टेबलों को लेकर दारोगा चला। आदिवासी-अफसर साथ चले। चोट्टि आदि भी ट्रेन पर बैठे।

ट्रेन पहुँची। मौके पर पहुँचकर दारोगा ने देखा कि बहुत मारपीट चल रही है। दरबान के हाथ में बन्दूक थी। सिपाही और कांस्टेबल लोग शान्ति-रक्षा के लिए लाठी लेकर पिल पड़े। चोट्टि चिल्लाया, ''हरमू, निकल आ।'' लेकिन बन्दूक की आवाज हुई। कांस्टेबल के हाथ में गोली लगी। बड़ी चीख-पुकार थी। उसके

बाद सब शान्त हो गया। देखा गया कि हरमू ने तीर चलाकर तीरथनाथ के तीन आदमियों को जख्मी कर दिया। दारोगा बिगड़ उठा। पुलिस को जख्मी किया है! तीरथनाथ भी परिस्थिति की गम्भीरता समझकर भागा-भागा आया। कांस्टेबल के हाथ में तीर नहीं लगा था। लगी थी गोली। बहुत अफसोस की बात है। आदिवासी-अफसर के गवाह रहने से घटना को दबाना सम्भव न हुआ। तीरथनाथ, दारोगा और घायल कांस्टेबल दोनों के साथ दो-तीन का खेल खेलने को तैयार था। लेकिन जेब का रुपया जेब में ही रह गया। हरमू, सोमचर, मथुरासिंह और तीरथनाथ के आदमी–सभी का चालान हुआ। सरकारी अफसर की मौजूदगी ही इस उल्टी बात का कारण बनी। आदिवासी-अफसर साक्षी था, कौतूहली स्टेशन-मास्टर भी गवाह था। दूसरों के हाथों में ट्रेन पास करने की जिम्मेदारी देकर वह तमाशा देखने आया था। कुँजड़ों के मामले में वह दारोगा से चिढ़ा हुआ था। कुँजड़ों से रोजाना घूस लेना उसका उचित हक था। दारोगा ने कुँजड़ों को खफा कर दिया था। वह बड़े चिन्तित स्वर में बोला, "सबका चालान कर दीजिए।" तीरथनाथ के रुपयों का दारोगा की जेब में जाने का रास्ता बन्द कर उसे बहुत आनन्द आया।

केस सदर अदालत में चला। सबूत के अभाव में सोमचर आदि छूट गए। हरमू को मारपीट के अपराध में दो बरस की कैद बामशक्कत मिली। मथुरासिंह को पाँच बरस की। बिना लाइसेंस की बन्दूक जब्त हो गई और तीरथनाथ की वह बात फिर कभी न उठी। चोट्टि लाचार होकर सदर आता-जाता था। आदिवासी-अफसर उसके साथ बहुत ही अच्छा बर्ताव करते थे। घर पर टिकने देते, वकील ठीक करना चाहते थे। चोट्टि से बोले, "कहो तो वकील देखूँ। लेकिन वकील की भूख क्या तुम मिटा सकोगे?"

"कितना खर्च होगा?"

"कम-से-कम हजार रुपए।"

"हजार रुपए। मेरे पास तो सौ रुपए भी नहीं हैं।"

"तो सरकार वकील देगी। कोशिश करूँगा कि अच्छा वकील मिल जाए।" तकदीर से अच्छा वकील मिल गया। छोकरा वकील था। अच्छी तरह से केस करने पर उसे खड़े होने में सुविधा होगी। लेकिन आदिवासी को कठघरे में खड़ा करने पर वह सिखाई हुई बातें नहीं कहता, सच बात कहेगा। यह सब मानकर ही उसने हरमू आदि का केस लिया। तीरथनाथ ने मथुरा को बचाने के लिए वैसी कोशिश न की। सारा मामला उसके सामने अब दुःस्वप्न होकर खड़ा था। चोट्टि जब समझ गया कि लड़के को जेल होगी तो वह आदिवासी-अफसर के घर उसके बाद न रहा। हरमू के मुकदमे में फैसला होने तक अदालत के सामने पेड़ के नीचे टिक गया।

सदर शहर की उद्धत उन्नति का स्वरूप उसकी नजर में नहीं पड़ा, हरमू का चेहरा दिमाग में छाया रहता। फैसला मालूम होने पर हरमू ने उसकी ओर देखा। चोट्टि बोला, "दो बरस बीत जाएँगे, बाप।"

हरमू ने सिर हिलाया।

वकील बोले, "सुनने में दो बरस बहुत लगते हैं, पर कट जाएँगे।"

चोट्टि ने सिर हिलाया। उसके बाद जाकर बस पर बैठ गया। बस तीसरे पहर चलती थी, चोट्टि रात को आठ बजे पहुँचा। सफर में वह सारा समय बस में चुप रहा। बस हरबंस चड्ढा की थी। सप्ताह-भर इसी रूट पर बस चलती है। कंडक्टर चोट्टि को अच्छी तरह पहचानता था और चोट्टि को ताज्जुब में डालकर वह बेहुत पहुँचने पर चोट्टि के लिए खाना खरीद लाया। बीड़ी देकर बोला, "तीरथनाथ के भाग्य में बहुत मुसीबतें हैं।" चोट्टि पर उतरकर उसने देखा कि बहुत-से लोग उसकी प्रतीक्षा कर रहे हैं। पहान उत्सुक चेहरे से देख रहा था।

"दो बरस की जेल।"

किसी के पूछे बिना ही चोट्टि बोला और सब मानो गूँगे बन गए हों।

छगन बोला, "तब तेरे साथ गया और आया था। अब जाता तो ठीक था।"

"न, कोई कष्ट नहीं हुआ।"

"अकेले आए?"

"वह आदिवासी-अफसर भला आदमी है। गवाही भी उसने अच्छी दी। उसी से दारोगा कोई उल्टी बात न कह सका। पहली बार देखा कि दिकू होकर मुण्डा की बात को सच्ची बात कही।"

"मथुरासिंह?"

"पाँच बरस। मथुरा ने मुझे बुलाया, जिससे उसे तीर न मारूँ। बोला, 'हुकुम से दंगा किया था।' मेरे मन में वैसा कुछ नहीं है, पर वह डरता है।"

"डरेगा ही।"

"किस बात का डर? वकील मुण्डारी जानता है, जो कुछ समझा वह बोला। पुलिस को मारा, इसलिए सजा हुई। हरमू उसकी गोली से मर जाता तो भी सजा न होती। हरमू चेत गया नहीं तो...।"

"क्या कहता है, सना! हरमू मेरा मान रख रहा है। वह न उठाता तो मुझे धनुक उठाना पड़ता, और मैं कइयों को गिरा देता।"

"सोमचर उस दिन आया?"

"उन लोगों का तो उस तरह का केस नहीं हुआ। रहते कैसे?"

पहान बोला, "एक बात है।"

"क्या बात? घर चलूँ। वे लोग सोच रहे होंगे।"

"बात यह है कि हरमू के जेल से निकलने पर उसकी पूजा नहीं करनी होगी। यह कोई पाप नहीं है।"

छगन बाला, "देख, लाला क्या कहता है। हमारी छाती में भी बल आया है, चोट्टि, क्योंकि लाला बहुत डर गया है।"

"उसकी बात रहने दो।"

"तुझे वह जमीन दे देगा।"

"अब जमीन कौन लेगा? हरमू जेल में है।"

पहान बोला, "तू घर चल। बहुत दिनों तक आना और जाना करता रहा। इस बार तो बहुत दिन सदर में रहा।"

"चल।"

घर की राह चलते-चलते चोट्टि बोला, "सदर में रहा, लेकिन दिखाई कुछ न पड़ा। हरमू की बात सोचता रहता था। सो यह बात सच है कि हरमू था, इसलिए दो बरस की जेल हुई। मैं होता तो फाँसी चढ़ता, क्योंकि कइयों को मारता, मथुरा को मारता।"

छगन ने झूठ नहीं कहा। "लाला बहुत परेशान है। दारोगा कहता है, तुम्हारी वजह से आदिवासी खफा हो गए हैं। मेरे अमल में तुमने फसाद खड़ा किया। मेरे कांस्टेबल का दाहिना हाथ काटा गया। वह बेकार हो गया। चुनाव के पहले तुमने यह बुरा काम किया।"

"लाला ने क्या कहा?"

"तूने सुना? उसके बाद गौरमेन के दल के झण्डा बाबू लोग आ गए। लाला ने उनसे बैठने को कहा। वे बैठे नहीं। बोले, तुम्हारी बुरी हरकतों से अगर चुनाव बिगड़ा तो तुम्हारी गरदन तोड़कर वसूल कर लेंगे। अगले साल चुनाव है। तुम हमें पचास हजार रुपए दोगे। लाला ने कहा, तुम मुझे माफ कर दो। तुमसे झगड़ा नहीं कर सकता। वे बोले, हमारे आदमी ढाई-तीन हजार वोटों से जीतते हैं। वोट का दाम बहुत है। तुम्हारी वजह से चार हजार मुण्डाओं के वोट बेकार हो जाएँगे। जमीन-उमीन हम नहीं समझते। झगड़ा मिटाओ। नहीं तो इस केस की वजह से दूसरे दल के लोग जीत जाएँगे। पानी में रहकर तुम नाव में छेद करते हो! यही बात हो रही है। उसी से छगन बोला कि लाला तुमको जमीन देगा। तुम्हारे जमीन लेने पर झण्डा बाबू लोगों से वह पार पा जाएगा। झण्डावाले बाबुओं के साथ झगड़ा करने पर ठिकाना नहीं मिलेगा। नहीं तो उसके पचास हजार रुपए चले जाएँगे।"

"तमाशा बन गया है।"

"क्या कहते हो?"

"तमाशा नहीं? आधी उपजाऊ जमीन हमें मिलेगी। उनकी जमीन उठी हुई है। मेरा हक मान लेने पर कोई हंगामा नहीं होता। अब वह जमीन देगा! क्यों? जमीन झगड़े की है। मुण्डा टोली से होकर उनके आदमी भी उस जमीन पर जाने की हिम्मत नहीं कर सकेंगे। झण्डा बाबू लोग वोट की बात उठा रहे हैं, रुपए देने को कह रहे हैं। यह भी कारण है। दारोगा भी खफा हो गया है। अब हमारे जमीन लेने पर वह बच जाएगा। झण्डा बाबू पास बैठाएँगे, दारोगा भी खुश होगा।"

"तू जमीन मत लेना।"

"अभी सोचा नहीं है।"

"ले, घर आ पहुँचे। मेरा मन बहुत दुखी था। पल-भर में यह क्या हो गया।"

"तुम जाओ।"

घर में घूसकर चोट्टि बोला, "बहू, सबको बुला।"

सब आए।

चोट्टि बोला, "कोई रोना मत। हरमू को जेहल हो गई। दो बरस जेहल काटेगा। उसके बाद छूटेगा।"

बहू बोली, "रोएँ नहीं?"

"न।"

"क्यों नहीं रोएँ?"

चोट्टि बोला, "अदालत में मुण्डा! उसे दस बरस की जेहल भी हो सकती थी। वकील अच्छा था, आदिवासी अफसर सच्चा आदमी था। इसी से बच गया। नहीं तो पता नहीं क्या होता!"

"वकील किया था?"

"गौरमेन ने दिया था। अफसर ने सब किया। मुझे क्या पता, कहाँ क्या करना होता है, क्या देना होता है।"

"रुपया नहीं लगा?"

"खाने में कुछ लगा। हरमू को खिलाया था।"

"दो बरस!"

"हरमू ने मेरा मान रखा। मैं धनुक-बाण उठाता तो जान से मार देता, फाँसी भी होती। कोयेली कहाँ है?"

हरमू की बहू रुलाई रोकते-रोकते सामने आई। चोट्टि बोला, "अब तुम दोनों मेरे बेटा-बेटी हो। तुझे देखकर उसका दुख भूलूँगा। रोना मत, दो बरस का समय बहुत नहीं होता है।"

"जेहल में मारेंगे?"

"वकील कह रहा था कि आदिवासी जेहल में जाने पर अच्छा काम करते हैं। उससे पहले भी छूट सकता है। मारेंगे नहीं।"

"पैरों में बेड़ी लगाएँगे?"

"न, न, सब पता लगा आया हूँ।"

"खाने को नहीं देंगे?"

"दो बार तो देंगे। घर से अच्छा ही खाएगा।"

कोयेली गरदन हिलाकर बोली, "अच्छा।"

कोयेल बोला, "हरमू बहुत दुख में है।"

"न-न, मरद लड़का है। चलें अब खाना खा लें। आज नींद आ रही है, कई दिन से सोया नहीं।"

चोट्टि के घर के लोग बहुत दिनों से परेशान, खोए-खोए-से थे। चोट्टि पहले कोयेल को लेकर सदर आता-जाता। उसके बाद जिस दिन देखा कि घर पर सभी उनके इन्तजार में बिना खाए-पिए बैठे रहते हैं उस दिन से उसने गाँव के लोगों को या कोयेल को फिर जाने नहीं दिया। अकेला ही गया। इस बार तो सदर में टिका नहीं। चोट्टि को इतना चुपचाप देखकर सबको घबराहट हुई। कोयेल ने तेज नजर से देखा। कभी-कभी दादा, उसके जितने पहचाने उतने ही अजनबी हो सकते हैं। इस समय दादा का चेहरा बहुत ही अजनबी लग रहा था। लड़के के जेल जाने के बाद जैसे सिर और ऊँचा हो गया हो।

"दादा!"

"क्या?"

"लाला तो वह जमीन देना चाहता है।"

"सब सुन चुका हूँ, कोयेल!"

"क्या?"

"बेड़ा झुक गया है, तेरा ओसारे में दिमाग लगा रहता है। घर पर तू था, इतने लोग थे, क्या करता था? कल ही हाथ लगाना। काम डालकर नहीं रखा जाता। फटा कपड़ा न सीने से छेद बड़ा हो जाता है, घर का भी यही हाल है। इस सब में कल ही हाथ लगाना। लड़के कहाँ हैं?"

सोमचर और एतोया सिर झुकाए आकर खड़े हो गए। चोट्टि बोला, "कल मैं बेड़े की मरम्मत देखूँगा, घर का छप्पर ठीक करना है, सब कामों को देखना है। तुम लोगों ने हल छोड़ दिया? खिलाने को कोई और आदमी बैठा है?"

कोयेल की पत्नी चोट्टि की पत्नी से बोली, "घर अब फिर से घर लग रहा है। इतने दिन तक कोई हाल नहीं था।"

चोट्टि की पत्नी कोयेली से बोली, "कल तू बालों में तेल डालेगी, कपड़े साफ

करेगी, इस तरह रहने से हरमू की बदनामी होती है।"

हरमू की गोद की लड़की की उम्र चार बरस की थी। वह दादी से बोली, "हरमू क्यों कहती है? ऐं?"

"क्या कहूँ?"

"आबा कह।"

"न कहूँ तो?"

"तुझे मारूँगी।"

सब लोग हँसने लगे। घर का वातावरण हलका हुआ। लेटने के बाद बहू बोली, "कहाँ थे?"

"पहले अफसर के घर। उसके बाद जब समझा कि उसे जेहल होगी ही, तो अदालत के सामने रहता था, पेड़ के नीचे। वहाँ रहने से उन लोगों को अदालत लाते समय देख लेता था। पुलिस 'ना' नहीं करती, उसे थोड़ा खाने को देता। फिर दिन-भर तो अदालत में रहता।"

"हर चीज का दाम बहुत था?"

"बहुत।"

"बहुत अकेला लगता था?"

"अरे सदर में चलते-फिरते मुण्डा मिल जाते थे। वे आकर बातें करते। मैं इतने दुख में भी अच्छा था। उन लोगों को कोई सुख नहीं है।"

"सदर घूमकर नहीं देखा?"

चोट्टि समझा कि बहू जानबूझकर लड़के की बात नहीं कर रही है। बड़े लड़के पर बहू का झुकाव बहुत अधिक था।

वह बोला, "पेड़ के नीचे बैठा-बैठा सदर देखा करता था। घूम-फिरकर देखने की बात मन में उठी ही नहीं। उसके बाद चलता।"

"सदर?"

"हाँ रे! चलते-चलते, घूमते-फिरते जब थक जाता तो लौटता। तब आँखों में नींद भर जाती। उस तरह घूम-फिर कर...।"

"क्या?"

"एक दिन उस पागल को देखा। पुराण मुण्डा को। वह मुझसे चिपट गया। रामगढ़ से सदर के पास। वह वहाँ आता-जाता रहता है। उसने मुझे दो दिन घुमाया।"

"क्या देखा?"

"कुछ नहीं। देखता तो सब-कुछ था, लेकिन आँखों के आगे पुलुस और हरमू थे। और कोई तसवीर मानो अन्दर घुसती ही नहीं थी। सागर की तरह एक कुंडी

देखी रे, पानी बहुत था। मैं तो मन की ज्वाला से जलता रहता। वह पागल भी दो दिन साथ-साथ चला। उससे एक दिन...।''

''क्या हुआ?''

''तब रात हो रही थी। सदर अन्धकार नहीं जानता। सब-कुछ जैसे रोशनी में चमकता रहता। सो एक जगह देखा, लगा कि तामे से या लोहे से ढालकर आदमी बना हो। बहुत ऊँचा था। आदमी के नीचे मैं बैठा था। उसके बाद एक भिखारी आकर बोला, 'मैं यहाँ सोता हूँ। तुम जगह छोड़ दो।' मैंने जगह छोड़ दी। पूछा 'तुम क्या यहाँ के आदमी हो?' वह बोला, 'हाँ।' मैंने कहा, 'यह आदमी कौन है? देखने में बड़ा अच्छा लगता है और लगता है कि यह मुण्डा है।' उस पर भिखारी बोला, 'वह मुण्डा ही था, बीरसा मुण्डा। बहुत-से लोग बीरसा भगवान भी कहते हैं।' सुनकर मेरा मन कैसा हो गया, पता है बहू? देख! वह मुण्डा था, किन्तु लोहा से, तामा से ढालकर सदर में उसकी मूरती बनाई। दिन में सदर दिकू लोगों का रहता है। रात में लगता है, सदर उनका हो जाता है। सदर ने ही उसे जेहल में रखा था। पता है बहू, हरमू भी सदर में है...।''

चोट्टि समझा कि बहू सो गई है। बहुत दिनों का उद्वेग, रतजगा, कलेजे में दुख दबाए थी। चोट्टि को लगा कि उसे भी नींद आ रही है। हरमू की माँ के बदन पर हाथ रखे बिना जैसे नींद न आ रही हो। फिर लगा कि हरमू ने उसका मान रख लिया। चोट्टि सो गया।

[11]

हरमू के जेल जाने का मामला अंचल के लिए बहुत तरह के परिणामों का कारण हुआ। सारे मामले में तीरथनाथ का चेहरा तो थोड़ा उतरा, पर चोट्टि को कोई सांसारिक लाभ नहीं हुआ।

चोट्टि के मतलब ही सब किस्से-कहानी थे।

हरबंस चड्ढा परोक्ष में, अनजाने ही, चोट्टि का सहायक हो गया। चोट्टि से बोला, ''मेरा ममेरा भाई जंगल का ठेकेदार हुआ है। छः महीनों तक पेड़ों की कटाई होगी। बरसात आने पर बन्द हो जाएगी। पेड़ों पर निशान लगाने का काम चल रहा है। तुमको तो वहाँ जाने का उपाय है नहीं?''

''क्यों, महाराज?''

चोट्टि हमेशा सम्मान प्रदर्शित कर बात करता, किन्तु उसमें दीनों की-सी भीरुता नहीं थी। यह हरबंस को बहुत अच्छा लगता था। तीरथनाथ का खेती-सूद

का कारबार था। हरबंस थोड़ा आधुनिक था। उसका कारबार ईंटों का भट्टा था। बड़ी-बड़ी ईंटें। बोकारो, चास, पतरातू—इन सब जगहों में तरक्की होगी, ऐसा उसने सुना था, और उस उन्नति में वह घुस पड़ना चाहता था। तीरथनाथ के साथ वह अच्छा सम्बन्ध बनाए हुए था। फिर तीरथनाथ और उसका कर्ज देने का काम उसे मध्ययुग का लगता था। वह मोटर नहीं खरीदता था, रेडियो नहीं बजाता था, सदर में सिनेमा और होटल-बार घूमने नहीं जाता था। वह नीची धोती, मैला कुरता और मोची का बनाया चमरौधा जूता पहने घूमता था। उसके लिए मनोरंजन की धारणा 'रामलीला' सुनना था—हरबंस की नजरों में वह गँवार और असभ्य था। सूद का कारबार छोटे लोगों का काम है, यह हरबंस की राय थी। बेगार लेना और गरीबों से कम मजदूरी पर काम कराना भी उसके लिए छोटे लोगों का काम है। हरबंस को अपने में कोई दोष ढूँढ़े नहीं मिलता था, यद्यपि चोट्टि को वह बारह आना से अधिक मजदूरी नहीं देता था और अकाल के मौके पर दुर्भिक्ष-पीड़ित लोगों से चार आना मजदूरी पर मिट्टी खुदवाता था।

हरबंस बोला, "वह ठेकेदार है। रुपया-रुपया मजूरी देगा। लकड़ी जाएगी तोहरी। वहाँ उसके कारखाने में चीरी और काटी जाएगी। मजूरी के सिवा जलपान के लिए चार आने देगा। तुम लोग मिल जाते तो अच्छा ही था। तीस-बत्तीस लोगों की जरूरत है। लेकिन तुम लोगों को लाला जी के खेत में बेगार देनी पड़ती है। यह रिवाज भी तो खराब है। मेरे पंजाब में खेती बहुत अच्छी है। लेकिन ऐसा बुरा रिवाज उधर नहीं है।"

"महाराज, एक बात कहूँ?"

"कहो।"

"जो हो गया वह तो आप जानते ही हैं।"

"जानता तो हूँ। बहुत अफसोस की बात है। अरे, लालाजी की अकल तो मेरी समझ में नहीं आती। उस एक टुकड़ा बेकार जमीन के लिए इतना गुस्सा! अरे उसकी पिछले जमाने की अकल है। इतने झंझट की क्या बात थी? खेती भी मॉडर्न होनी चाहिए। ट्रैक्टर चलाओ, तिगुनी फसल लो।"

ट्रैक्टर चलाने से गरीब लोग बेकार हो जाएँगे, यही चोट्टि का खयाल था। इसलिए वह उस बात पर न बोला। बोला, "हम बेगार नहीं करते। हमारे गाँव में ऐसे और भी लोग हैं जो बेगार नहीं करते। आप तीस-बत्तीस लोगों को ही लगाएँगे? यह क्यों? पचासों आदमियों की बात कीजिए।"

"कोई गड़बड़ तो नहीं होगी?"

"मुण्डा लोगों की ओर से मैं जिम्मा लेता हूँ। छगन भी जिम्मा लेगा, मैं जानता हूँ। आपका भला हो, महाराज!"

हरबंस बोला, "परसों तुम्हें बताऊँगा।"

चोट्टि गाँव लौट आया। छगन से बोला, "अपने पहान के पास जरा जा। जरूरी बात है।"

घर आकर बहू से बोला, "जब लगता है कि किसी ओर कोई राह नहीं है तो राह निकल आती है। सिर्फ सोच रहा था, लाला का काम अब नहीं करूँगा। कैसे पेट भरेगा? सो एक राह निकल सकती है।"

"कौन-सी राह?"

"देखता हूँ। छगन आदि से आने को कहता हूँ।"

"उन लोगों के साथ एक क्यों हो रहे हो?"

"आज और कोई राह नहीं है। एक मालिक के पास एक काम करेंगे। और जो काम है वह सब साथ करेंगे। हम लोग कम हैं, वे जादा हैं। हम जात के नाम पर ठोकर नहीं जानते, वे ठोकर खाते हैं। समझती नहीं कि मुण्डा कितने कम हो गए हैं? एक साथ होकर मिट्टी काटने पर ही शायद टिक सकें, नहीं तो सब छोड़कर सड़क पर निकलना पड़ेगा।"

पहान के आगे बैठकर चोट्टि ने सारी बातें खोलकर कहीं। बोला, "मेरे मन में यह आ रहा है, क्योंकि ठेकेदार ने छः महीने का काम दिया है। काम दिखा सकें तो वह जहाँ जाएगा हमको ले जाएगा। यह भी जानता हूँ कि जब ठेकेदारी करता है, तो देखता है कि कितनी कम मजदूरी में आदमी मिलते हैं। उसके लिए सवा रुपया पैरों की धूल है। पेड़ काटना मेहनत का काम है किन्तु हमारे लिए वही अच्छा है।"

छगन बोला, "बेगार कैसे सँभालेंगे?"

"जिनको बेगार करना नहीं होता है, ऐसे आदमी कितने हैं? तीस-बत्तीस होंगे? मेरी राय सुनो। तुम्हारे घर में दस आदमी हैं। आठ लोग जाते हैं बेगार देने। चार गए तो चार रहे। हमारे यहाँ भी घर-घर बेगार होती है। इसी तरह बाँट लेंगे। देख, हमारी औरतें भी जाएँगी। अपनी औरतों से भी चलने को कहो। जो बेगार करते हैं, वे करते हैं। नए सिरे से कोई टीप-छाप देकर नहीं जिएँगे। हम लोगों को जिन्दा रहने की राह लगभग नहीं है। जो राह निकलती है, उसी को पकड़कर जिएँगे। बुरी बात कही?"

"सवा रुपया देगा?"

"हाँ, रुपया-रुपया मजूरी, चार-चार आना जलपान का।"

"मैं सबसे कहता हूँ। समझो, सब तैयार ही होंगे।"

पहान बोला, "लाला करने देगा?"

"उसका काम हो जाने से करने देगा। हाँ, यह भी देखना होगा कि उसका

काम ठीक तरह से हो। उससे वह कोई बात नहीं कह सकेगा।''

''बात तो वह उठाएगा।''

''तब मैं देख लूँगा। मेरे हरमू को जेहल भिजवाया। मेरा गुस्सा उस पर से नहीं जाएगा। पर सब तरफ उसका जोर है, इसी से होशियारी से चलना पड़ेगा। वन में जिस तरह बाघ रहता है, उसी तरह खरगोश और साही भी रहते हैं। क्यों? चालाकी से जिन्दा रहते हैं। उसी तरह जिन्दा रहेंगे। तुम लोगों से चालाकी की बात कह रहा हूँ, मुण्डा लोगों से। मुझे अब कुछ अच्छा नहीं लगता।''

''चलूँ, सबसे कहूँ। पता था, तेरे आने से कुछ बल मिलेगा। जब तक तू सदर गया था, तो मैं जैसे मर गया था।''

पहान बोला, ''हरमू से मिलने नहीं जाएगा?''

''जाऊँगा। पहले यह काम निपटा लूँ।''

इस तरह चोट्टि ने गाँव के मुण्डा और निम्न अनुसूचित जाति के लोगों को स्वतन्त्र भारत के राष्ट्रीय-आर्थिक ढाँचे में प्रवेश कराया। इस ढाँचे में सरकार ने उनके लिए कोई जगह नहीं रखी थी। स्वतन्त्र भारत की जनसंख्या का अधिकांश निम्न वर्ण के लोगों का है। उनमें एक महत्त्वपूर्ण अंश आदिवासी है। इसीलिए राष्ट्रीय आर्थिक ढाँचे से वे निष्कासित हैं। लेकिन जिन्दा तो निष्कासितों को भी रहना होगा। इसी प्रेरणा से चोट्टि और छगन ने किसी दल या संस्था की मदद के बिना लाला की पकड़ को थोड़ा कमजोर करने की कोशिश की और उसमें समर्थ हुए। परिणामस्वरूप और अधिक उलझनें दिखाई पड़ीं और वे बढ़ती रहीं।

चोट्टि ठेकेदार के आदेश पर पेड़ काटने गया। तीरथनाथ की रबी की फसल की देखभाल करने जो लोग गए, उनकी ओर देखकर तीरथनाथ बोला, ''लगता है, चोट्टि नहीं आया? कोयेल या सोमचर को भी नहीं देख रहा हूँ।''

छगन का लड़का परसाद बोला, ''कहीं गए हैं।''

तीरथनाथ ने सोचा कि चोट्टि नहीं आएगा, और चोट्टि को न देखकर वह निराश भी हुआ। उसने सोचा था कि चोट्टि के साथ ऐसा कुछ करना होगा जिससे सम्बन्ध न टूटे। चोट्टि को उसने फिर जमीन देनी चाही, पर चोट्टि तो नहीं आया। तो क्या वह चोट्टि के पास जाए? कांग्रेसी लड़कों की बातों में बड़ी धमकी थी। चोट्टि अगर जमीन ले ले, तो आदिवासियों के मन पर उसका प्रभाव पड़ेगा। चुनाव का काम आनेवाला है। आदिवासियों के वोट कम हो जाएँगे, बँट जाएँगे। लड़के उसका कारण तीरथनाथ को बताएँगे। पचास हजार रुपए भी ढीले होंगे। जंगली जगह अगर जंगली ही रह जाती, तब तीरथनाथ छगन का घर जलाता, चोट्टि को उखाड़ फेंकता। यह जगह अब उस तरह 'दूर' नहीं है। 'आदिवासी समाचार' अखबार के आनन्द महतो हरमू की जमीन की लड़ाई का मामला लिख बैठे हैं।

उसमें तीरथनाथ को 'आधारहीन आदिवासियों का शत्रु', 'खून चूसनेवाला महाजन', 'आदिवासियों को उखाड़ने का कारण' इत्यादि बताया गया था। इस समय चोट्टि में मिली-जुली बस्ती थी। दौलतवालों में हरबंस चड्ढा तीरथ को गँवार समझता था। तीरथ अनवर को 'गोभक्षक मलेच्छ' समझता। हालत जब ऐसी थी, तो तीरथ को ही मान खोकर चोट्टि के पास जाना पड़ेगा। उसके खेत के काम के लिए ही कम आदमी क्यों आए?

मोतिया धोबिन गुस्से से काँपती हुई बोली, "तुम्हारा दिमाग ठीक नहीं है। पचास-पचपन से ज्यादा आदमी एक साथ कभी तुम्हारे खेत में काम करते थे? ठीक पचास आदमी आए हैं, वे काम कर रहे हैं।"

"सो तो है। लेकिन और लोग कहाँ हैं?"

"कहीं गए होंगे।"

"बेगार के काम में औरतों को देख रहा हूँ?"

"उनसे काम नहीं चलता?"

"चलता तो है, पर...।"

"हमारा मुँह देखना ऐसा अच्छा लगता है तो किसी दिन भोज दे दो।" मोतिया हँसकर बोली। इस प्रस्ताव में ताना था। तीरथनाथ ने बहुत दिनों चुपचाप रहकर कुछ दिनों पहले अपनी रखैल धोबिन के गर्भ से एक पुत्र को जन्म दिया था। सारी घटना को लेकर होली पर वे लोग गीत गाएँगे।

तीरथनाथ ताने को पी गया। इस समय उसकी अपनी गरज थी। पूछा, "पता है, चोट्टि कहाँ है? उससे काम है।"

"कहीं गया है।"

"अरी मोतिया, तू क्या कर रही है?"

"क्या किया?"

"मुण्डाओं के साथ रहती है, उनके पहान के पास जाती है।"

"एक गाँव में रहना है, इसी से साथ जाती हूँ। पहान का आँगन साफ-सुथरा रहता है। बैठकर बातें करना अच्छा लगता है, इसी से जाती हूँ।"

"वे गई-गुजरी जात के हैं। तू हिन्दू है।"

"मुझसे तो किसी तरह का गया-गुजरापन करते नहीं।"

शाम को टहलते-टहलते तीरथनाथ बनिए की दुकान पर गया। वहीं गद्दी पर बैठ गया। शाम को गाँव के लोग सौदा लेते थे। चोट्टि आया। एक सौ ग्राम तेल लिया, दो सेर चावल खरीदे।

"चोट्टि, अच्छा है?" तीरथ ने पूछा।

"महाराज, जैसा रख रहे हैं।"

"मैं जैसा रख रहा हूँ!"

चोट्टि निर्मल हँसी हँसकर बोला, "बुढ़ापे की उमर में सहारे की लाठी मेरा हरमू जेहल गया। इसी से कह रहा हूँ कि तुम जैसा रख रहे हो, वैसा ही हूँ।"

"बुझी आग से मानो घर जल गया। नहीं तो इतनी बड़ी घटना! चोट्टि, एक बात कहूँ।"

"कहो।"

"उधर चल।"

एक अलग-थलग जगह में आकर तीरथनाथ बोला, "वह जमीन तू ले ले। इस बार बात जबानी नहीं, लिखकर दूँगा।"

"ना महाराज!"

"गुस्से से बात मत कर, सोचकर देख ले।"

चोट्टि उसी तरह निर्मल हँसी हँसकर बोला, "गुस्सा नहीं कर रहा हूँ। सोचकर देखता हूँ। अब जमीन नहीं, लिखा-पढ़ी नहीं, कुछ नहीं महाराज!"

"जमीन से कुछ तकलीफ दूर होती।"

"जब मुण्डा घर में जनम लिया है, तब तकलीफ पर तो मेरा हक है। हक नहीं छोड़ूँगा।"

चोट्टि चला गया। तीरथनाथ अपनी लाठी लेने के लिए दुकान लौटकर आया। दुकानदार बोला, "चोट्टि आपके पास नहीं जाता?"

"न। आजकल क्या कर रहा है?"

"जंगल में पेड़ काटता है। गाँव के बहुत-से लोग जाते हैं।"

"किसने काम दिया?"

"चड्ढा का भाई ठेकेदार है। चड्ढा ने दिया।"

दूसरे दिन तीरथनाथ रूमाल में बाँधकर कुछ काजू-पिस्ता-मुनक्का लेकर हरबंस के पास गया। ईंटों के भट्टे की बड़ी तारीफ की और उसके बाद बोला, "यह क्या ठीक बात है, हरबंसजी, कि तुम हमारे गाँव के मजूरों को तोड़ रहे हो?"

"कैसे?"

"तुम्हारे ममेरे भाई के पास वे लोग काम कर रहे हैं और उन्हें सवा रुपया मिल रहा है। भैया, इस जंगली देश में हम-तुम एक-दूसरे का भला देखेंगे। बारह आना देने से ही ठीक रहता, आठ आना मजूरी और चार आना पनपियाई। उसी पर काम करते। रेट बढ़ाना अच्छा नहीं। इसका नतीजा आखिर हम-तुम ही भोगेंगे।"

"इससे रेट बढ़ेगा क्यों? वह जो दे रहा है, दे, मैं तो बारह आने के ऊपर नहीं जाऊँगा। इसे वे जानते हैं। उसे लेकर कोई गड़बड़ न होगी, क्योंकि उन्हें मालूम

है कि यहाँ मजदूर अनगिनत हैं, काम नहीं है। वे लोग गड़बड़ क्यों करेंगे?''

''भैया, उनको क्यों तोड़ा?''

हरबंस बिगड़ उठा। बोला, ''यह क्या बात है? आपकी खेती में पचपन आदमी काम करते थे, वही कर रहे हैं। सबको अन्न कौन देगा? मैं या आप?''

''भैया, तुम नहीं समझोगे।''

''समझना चाहता भी नहीं।''

''लेकिन समझना पड़ेगा।'' तीरथनाथ ने लाठी ठोंकते हुए तेज आवाज में कहा, ''सभी काम नहीं करते। जो नहीं करते वे खड़े-खड़े देखते हैं। वे जानते हैं कि मेरे सिवा उनके लिए और सहारा नहीं है। उससे दूर रहते हैं। उनको काबू में रखे बिना मैं यहाँ टिकूँगा कैसे?''

हरबंस की आँखें लाल हो आईं, लेकिन वह छोटा उद्योगपति था। उसकी मानसिकता आधुनिक थी, तीरथ की-सी नहीं थी। आगामी पंचवर्षीय योजना में वह इस अंचल का मझोले दर्जे का उद्योगपति बनना चाहता था। तीरथनाथ की जमीन को केन्द्र में रखकर बनाई मानसिकता उसके निकट बहुत घृणित थी। उसकी बड़ी इच्छा थी कि वह तीरथनाथ से अधिक क्षमतावाला हो जाए। गर्म होकर बोला, ''राजाओं का जमाना चला गया, लालाजी! आप उनके कोतवाल बनकर रहना चाहते हैं, लेकिन वह मुमकिन नहीं।''

''तुम्हारे मदद देने से वह सम्भव होगा, हरबंस!''

''अरे, आप क्या सपना देख रहे हैं? आप काम देंगे नहीं, वे भी काम करेंगे नहीं? आप इस बात पर अगर बहुत अड़ेंगे तो लाचार होकर मैं कांग्रेसियों को बता दूँगा कि आप जबरदस्ती आदिवासी लोगों और अछूतों के साथ झगड़ा खड़ा करते हैं। इसमें चुनाव में कांग्रेस को मुश्किल होगी। चोट्टि के साथ आपने गलत झगड़ा किया। दस-दस मील, बीस-बीस मील दूर पर गाँव है, यहाँ दूसरे लोगों को लाकर वोट दिलाना मुश्किल है। इनसे बैलों की जोड़ी को किस तरह वोट दिलाएँगे? वोट में गड़बड़ होने से कांग्रेस आपको छोड़ देगी?''

तीरथनाथ निराश होकर उठ खड़ा हुआ। बोला, ''रबी उठाने के वक्त सिर्फ बेगार और बाहरी मजूरों को लूँगा। उन लोगों को दिखा दूँगा।''

''जो मन में आए करें। आप अपना अन्त खुद नहीं समझते।''

''कांग्रेस क्या चाहती है कि मैं उनके पैरों के नीचे रहूँ?''

''बिलकुल नहीं। कांग्रेस के कानून जो भी हों, काम के वक्त ठेंगा। आप सीलिंग में धोखा देते हैं, बेगार करवाते हैं। कर्ज से उन्हें पीसे डाल रहे हैं—मदद मिलेगी। एक बात है, वोट ठीक रखना पड़ेगा। रुपए देकर वोट दिलाएँगे। सो इस बार कांग्रेस के खिलाफ अनुसूचित उम्मीदवार है। उसको मदद दे रहे हैं

आनन्द महतो, शुद्धानन्दजी–यह सब लोग। अनुसूचित वोट बँट जाएँगे। रह गए आदिवासी। आनन्द अनुसूचित और आदिवासी वोट एक कर वोटों का प्रचार करेगा। अब हमारी और आपकी जिद्दा-जिद्दी के लिए वोट बेकार होने पर कांग्रेसी कब्जा निकल जाएगा। तब क्या आपको अनुसूचित प्रार्थी की मदद मिलेगी?"

तीरथनाथ ठण्डी साँस लेकर बोला, "यह बहुत गड़बड़ लग रहा है।"

"राज्य में कांग्रेस के जीतने पर भी अंचल में गैरकांग्रेसी के जीतने पर अंचल को मदद नहीं मिलेगी। तब कुछ फायदा होगा? आप चाहते हैं बैलगाड़ी, मैं चाहता हूँ हवाई जहाज। यहाँ राह वह चाहिए जो जोड़े। हफ्ते में सात दिन बस चलाना चाहता हूँ। चारों ओर औद्योगिक नगर बसने लगा है, यही तो मौका है।"

"लेकिन मैं नहीं चाहता। जमीन और बेगार और करज–यह मेरा चलता रहेगा। उद्योग तो आज की बात है। जमीन हमेशा की है।"

"तो ट्रैक्टर से खेती क्यों नहीं करते?"

"क्यों करूँ? उससे उनका लेबर सस्ता है।"

"हम-आप एक-दूसरे को नहीं समझ सकेंगे।"

जमाना तीरथनाथ के पक्ष में नहीं रहा। वोटों के अभियान में आनन्द महतो ने चोट्टि से मुण्डा और अछूतों को लेकर मीटिंग की। उसने समझाया, सवर्ण हिन्दू महाजन के अत्याचार में आदिवासी और अछूत एक-से जकड़े हुए हैं। झूठ-मूठ की बातें करते हैं कि उनका उम्मीदवार आदिवासी और अछूतों की भलाई देखेगा। सभा खूब जमी और इसमें चोट्टि ने दल के सहित साथ दिया। चुनाव और रबी की कटाई साथ-साथ पड़े। अनुसूचित उम्मीदवार अच्छे अन्तर से जीता। कांग्रेस को पचास हजार रुपए देने पर भी चुनाव के मामले में तीरथनाथ को झाड़ पड़ी। बदला लेने के लिए वह बाहरी मजदूर ठीक करने गया। लेकिन जिसके माध्यम से ठीक करने गया, उस गोविन्द करण से चोट्टि ने कहा, "चाहो तो तुम मजूरों को ले जाओ, लेकिन तुम्हारी जान नहीं बचेगी। मैं तुमको जरूर खतम कर दूँगा।"

"मुझे मारेगा?"

चोट्टि को मजा आया और वह बोला, "थाने में बैठा रहूँगा। हाथ में कुछ न रहेगा। लेकिन मेरा तीर तुमको ढूँढ़कर छेद देगा। मजूर तुम लाओगे नहीं, और लाला को इस बात का पता चलेगा तो मुझे पता लग ही जाएगा। फिर देखो। लाला का बाप काशी भागकर भी जिन्दा नहीं रहा। अग्नि-मुख तीर से कुरमी ग्राम जल गया था।"

गोविन्द, तीरथ से बिना कुछ बताए लेबर लाने के खर्च में एक सौ रुपए उधार लेकर खिसक गया। तीरथनाथ ने उसे रुपए दिए। उसके बाद चोट्टि के बारे में

किस्सा गढ़कर चले आए डाकू। इस जमाने में डकैतियों का मौसम भी था। तीरथ की गद्दी पर दुस्साहसी डकैती पड़ी। डाकू सिनेमा के डकैतों की तरह मालगाड़ी रोककर उस पर बैठ उत्तर की ओर चले गए।

तीरथ ने समझा कि चोट्टि से बिगाड़ करके उसकी यह बुरी हालत हुई। दारोगा कोई सहायता नहीं कर सके। रबी की कटाई का वक्त होने पर पहचान की शक्लें चली आईं। तीरथनाथ ने उनकी मदद से ही रबी उठाई और पहली बार गंज टाऊन में खाता खोला, हरबंस ताना मारते हुए बोला, "बैंक में अकाउंट?"

"समय का तकाजा यही है।"

"तो रास्ते पर आ गए?"

"जो भी कहो।"

मुण्डा लोगों को चोट्टि की यह व्यक्तिगत सफलता लगी और घटनाओं ने गान के माध्यम से चोट्टि के माहात्म्य की घोषणा की। बहुत समय बाद आदिवासी और छगन आदि के सोहराइ उत्सव में गाना सुनाई दिया। गाना सुनते-सुनते चोट्टि ने कोयेल से कहा, "सुन रही है, गान क्या कह रहा है?"

"उहँ, सुनने दें तभी न।"

आधी फसल आधे हक की जमीन छीन ली।
हरमू, आहा सोने का लड़का, उसे पठा दिया जेहल
घर जाकर तीर की बात कहता है कौन?
चोट्टि मुण्डा कहता है—
तीर बतास में मिलकर चला जाए।
अब सब जैसे गुस्से से बावले हो गए हैं
नहीं तो बिदुर महतो क्यों जीते चुनाव में?
गोबिन्द करण क्यों भाग गया?
क्यों डाका पड़ा तुम्हारी गद्दी पर?
आः आः आः तुम्हारा क्या हुआ!

चोट्टि ने यह सुनकर कहा, "ओः! वे एक चोट्टि मुण्डा को पहचानते हैं। उसमें ऐसी ताकत है कि लड़के को जेहल भेजकर घर में सोता है।"

"आः सुनने देंगे न?"

"इसी तरह किस्से-कहानी फिर बन जाएँगे। गान, सारे किस्से-कहानी इस चोट्टि मुण्डा के जीवन में हो रहे हैं।"

चोट्टि ने ठण्डी साँस लेकर कहा, "यह लोग बहुत जरूरत पड़ने पर ही गान बनाते हैं। सब लोग ही पानी की तरह हाथों को अलग-अलग कर भाग रहे थे।

गान बाँधकर यह लोग सहारा ढूँढ़ते हैं।"

"कल हरमू से मिलने कौन जाएगा?"

"कोई नहीं। सवा रुपया कमाई करने में बदन टूट जाता है, फिर भी हर दिन का काम करना ही है। हरमू से सारी बातें कह दूँगा।"

"वह अफसर क्या कहता है?"

"कहता है, आने की क्या जरूरत है? खरच बहुत पड़ता है।"

"कमाई तो कर रहे हैं।"

"एक पैसा भी बेकार नहीं करना, कोयेल। वह जमीन ले लेंगे। लिखत-पढ़त करेंगे। हरमू के आने पर उसे जमीन मिलेगी। जमीन का दुख छाती पर लादे वह जेहल गया है। आकर देखेगा कि जमीन है।"

"बनिए की जमीन है दादा, उपजाऊ। पास में जंगल भी नहीं है। मुण्डा को उपजाऊ जमीन कौन देगा?"

"पैसा सब देगा।"

"हाँ, क्या करोगे?"

जमीन सूखी और पथरीली है। बनिए को सस्ते में मिली थी। पाँच बीघा जमीन। अपनी छोटी-सी दुकान चलाकर उसे उपजाऊ बनाने लायक पैसा नहीं मिलता था। निकल सकता है, अब निकलेगा, यही सोचते-सोचते ग्यारह बरस बीत गए। तीरथनाथ ने अपने दो सम्बन्धियों को पिछले साल दो दुकानें खुलवा दी थीं। अब बनिए का चोट्टि से फैसला करने का वक्त आ गया है। मुण्डा और अछूतों के सिवा उसका कोई गाहक नहीं है। स्टेशन के पीछे लम्बे दालान में कतार-की-कतार कोठरियाँ बनाकर तीरथनाथ ने दो दुकानें और आटा पीसने की चक्की लगा ली है। तीरथ से मुकाबला करना असम्भव है। मुण्डा और अछूतों की खरीदने की शक्ति सामान्य है। तेल-नोन-मिर्च-गुड़-सोडा-साबुन और दियासलाई है। वह भी बहुत कम खरीदते हैं। इन लोगों के सहारे दुकान चलाना सम्भव नहीं है। बनिया तोहरी जाएगा। वहाँ भाग्य की परीक्षा करेगा। उसकी जमीन बहुत ही रूखी और सूखी है। वह किसी को जमीन के लिए राजी न कर सका। पाँच बीघा जमीन पाँच सौ रुपए में भी कोई खरीदना नहीं चाहता। चोट्टि नदी से बहुत दूर पथरीली जगह में है। अब चोट्टि से पैसा लेने पर भी वह फायदे में रहेगा। उसने चोट्टि से कहा था, "तुम सब ले लो।"

"नहीं, नहीं ले सकूँगा।"

"तब तुम ही किसी और को देखो।"

बनिया निरीह और डरपोक है। उसने कहा, "मैं तुम्हारी बात पर जमीन दिए देता हूँ। आदिवासी कभी धोखेबाजी नहीं करते।"

"देखता हूँ अगर कोई ले।"

छगन बोला, "मैं कहाँ से लूँगा? लाला का उधार चुकाने में सारी कमाई निकल जाती है। नहीं तो क्या जमीन न लेता?"

चोट्टि को बड़े ताज्जुब में डालते हुए सना उसके घर आया। बोला, "मैं लूँगा। तुम मुझे जमीन दिला दो।"

"तू लेगा?"

"अपने नाम से नहीं लूँगा। मैं बेगार करनेवाला हूँ न! मेरे भाई के बेटे जिता के नाम करा दे।"

"रुपए लगेंगे उसमें।"

"सुन लिया। साल में एक बीघे पर पन्द्रह रुपए। सो आधा तुम ले लेना आधा मैं, उसमें हो नहीं जाएगा?"

"तेरे पास रुपए हैं?"

"चोट्टि, मैं आटा मोल लेता हूँ, गरम जल में सानकर खाता हूँ। उससे पेड़ काटने की मजूरी जमा हुई है। तू देख!"

बाँस के चोंगे से सना ने पैसे निकाले। बोला, "बाइस रुपए जमा किए हैं। इनमें नहीं होगा? तू बता?"

चोट्टि बोला, "देखूँ।"

बनिया चोट्टि की बात पर राजी हो गया। चोट्टि हरबंस का हिसाब रखनेवाले ऊधमसिंह के पास गया। तोहरी से एक रुपए का अदालती कागज खरीदा गया। उस कागज पर ऊधमसिंह ने लिखा, "मैं, श्री पूरणचंद बनिया–मौजा-तहसील नं. की जमीन चोट्टि मुण्डा और जिता मुण्डा को लिखे दे रहा हूँ। जमीन का मालिकाना हक मेरा रहेगा। चोट्टि और जिता मुण्डा मुझे सालाना सैंतीस रुपए देने के हकदार रहेंगे। रुपया न दे पाने पर मैं जमीन का नया बन्दोबस्त करने का हकदार हूँ।"

ऐसे दस्तावेज की बात किसी ने नहीं सुनी थी। फिर भी चोट्टि आदि को लगा कि यह एक काम की बात हुई। तीरथनाथ ने बनिए से कहा, "पानी के भाव छोड़ दी।"

बनिया बोला, "चिरचिरा घास के सिवा उसमें कुछ नहीं होता, महाराज।"

"मुझे बताते तो मैं ले लेता।"

"बंजर जमीन में भी सबसे रूखी-सूखी जमीन है, महाराज।"

हरबंस चड्ढा ने बनिए से कहा, "तुमने बड़ा अच्छा किया। वह जमीन कोई न लेता। चोट्टि जमीन की लालसा में मरा जाता था। नहीं तो नहीं लेता।"

चोट्टि से बोला, "कोई ऐसी जमीन लेता है?"

चोट्टि बोला, "क्या करें, महाराज!"

हरबंस को वह कैसे समझाता? बंजर हो, पथरीली हो, एक टुकड़ा जमीन होने का मतलब धार में बहते अपने अस्तित्व को लंगर से बाँधने जैसा है। कानून-कचहरी करने की ताकत चोट्टि में नहीं है। उस कागज के बल पर बनिया हर साल आकर रुपए लेगा और ऊधमसिंह के सामने रसीद लिख देगा।

तीरथनाथ की तरह हरबंस को भी यह काम अच्छा न लगा और वह बोला, "इसके बाद बाहर का काम कर सकोगे?"

"जरूर, जमीन तो लड़कों की है, महाराज!"

"तुम्हारे दोनों लड़कों की?"

"कोयेल के लड़के की भी।"

"लिखत-पढ़त कहाँ हुई?"

"हमें पढ़ना-लिखना नहीं आता, महाराज।"

"चोट्टि, तुम पागल हो।"

"नहीं महाराज, ठीक कहा।"

"वह क्या है?"

"पपीते के बीज हैं, महाराज। आपने उस दिन बताया था न? सो इस, पपीते में दाना नहीं होता, गूदा बहुत मीठा और फल बहुत मीठे होते हैं। साँप तो हर बरस बहुत मारते हैं। वह इनकी जड़ों में गाड़ देंगे। देखिएगा, उसकी खाद से पेड़ कैसे स्वस्थ होंगे। ऐसी खाद दूसरी नहीं होती।"

तीरथनाथ और हरबंस—दोनों ही चोट्टि के जमीन लेने के मामले में असन्तुष्ट रहे। चोट्टि का पथरीली जमीन का मालिक होना भी अच्छा नहीं लगा। इससे उनके दिमाग की—एक-से दिमाग की—बनावट बदली जा सकती है। वैसा नहीं होना चाहिए। उन लोगों को हमेशा बेसहारा, बेभरोसा प्रेतों की तरह शरणार्थी रखना ठीक है, जमीन-जलवायु सब-कुछ जिन्हें बाहर रखे। वे दोनों एक-दूसरे के अनजाने में अपने-अपने स्वार्थ के कारण चोट्टि की जमीन का मामला देखते रहे। बहुत गहरी उत्सुकता में थे। अपनी लँगोटी के सिवा जिनका कुछ नहीं, वे पथरीली और भुतही जमीन लेकर क्या करते हैं, यही देख रहे थे।

चोट्टि की प्रखर बुद्धि और उसके तिनक उठने का उन्होंने खयाल नहीं रखा। दिकू लोगों के प्रति गहरे अविश्वास से उसका मन भरा हुआ था। उसने सना से कहा, "चड्ढा कहो, लाला कहो, कोई साला हमारे जमीन लेने को अच्छी नजरों से नहीं देखता। उन लोगों ने धरती खरीदी तो वह धरम है। हम अढ़ाई बीघा पत्थर ले रहे हैं तो वह अधरम है। अभी उनका जो कुछ काम करें, ठीक तरह से करना होगा।"

सना के लिए स्थिति के विषय में कुछ भी सोचना उसके स्वभाव के विपरीत था। उसके और बहुतों के मामले में बात इस तरह थी—सोचे-बिचारे चोट्टि। वह बेसहारों का नेता है। वे तो हुकुम मानते चलेंगे।

सना बोला, "वह तो जरूर करेंगे, लेकिन यह हुआ क्या, चोट्टि? हम जमीन के मालिक हो गए?"

"बात सम्हालकर बोल। तू नहीं, जमीन जिता ले रहा है। वह मालिक भी नहीं हुआ, पट्टा ले रहा है। जिता ले रहा है।"

"तो जो जिता है, वह मैं हूँ।"

"न, गलती मत करना। तेरा नाम आने से लाला हाथ फैलाएगा। तुम लोगों को क्या बताऊँ! लाला के चंगुल से थोड़ा निकल रहा हूँ, जंगल में काम ले रहा हूँ, चड्ढा के यहाँ भी। कोई कसूर नहीं कर रहा हूँ, फिर भी सँभलकर चल रहा हूँ। एक लाला के कौर में था, दाँतों के नीचे से हटा, तो वह कैसा चिढ़ा हुआ है! अब तू गड़बड़ बात कह रहा है। मेरी जमीन! हाँ सना, करज के नीचे तू बेगार बना हुआ है। तेरा अपना कहने को कुछ नहीं हो सकता है। इसी से जिता का नाम डाला है। यह बात और कितनों से कहेगा? लाला के कान में अगर बात पड़ी तो तुझे पटना दिखा देगा।"

"किसी से नहीं कहूँगा।"

"मत कहना। बूढ़ा हो रहा है, समझ के चल। तुम लोगों को सँभालकर चलते-चलते मुझे हरमू के लिए रोने का मौका ही नहीं मिलता।"

"रोओगे क्यों? वह तुम्हारा मान रख रहा है न?"

"अपनी बात भी कुछ नहीं। वह तो मेरी बात है।"

"लो, बताओ क्या कहना है?"

चोट्टि ने बीड़ी सुलगाई। उसके बाद पद की उचित गम्भीरता से बोला, "पथरीली हो या जैसी हो, जमीन तो हुई।"

"यह देखकर सब मुण्डा होश में आएँगे।"

"हाँ, और सब पत्थर पट्टे पर लेंगे। मुण्डा लोगों के लिए कुछ असाध्य नहीं है। मैं ले रहा हूँ, बस, उसी से जाग सकते हैं।"

"ले, अब कहो।"

"जमीन ले रहा हूँ, किन्तु बहुत काम हैं।"

चोट्टि और जिता के जमीन लेने से मानो सारे मुण्डा लोगों ने बाजी जीती हो। छगन भी कह गया, "बहुत अच्छा कर रहे हो। कुदाल मारकर पत्थर निकालने पड़ेंगे। चाँद का पक्ष आने पर हम भी चुपचाप मेहनत दे देंगे। तेरी जमीन की बात है। इससे हम लोगों को भी सहारा मिला है।"

"क्या सहारा?"

"हम भी जमीन ले सकते हैं, यह समझ गए।"

"बाघ एक ही है—तीरथनाथ। वह क्या किसी और को जमीन लेने देगा? अभी मौके पर नजर रखकर ऊसर जमीन लेता रहेगा। तुम्हारे-हमारे हाथ बंजर जमीन उपजाऊ बन जाती है सो वह नहीं देगा। पता है, कैसे?"

"कैसे?"

"वे लोग—तीरथ आदि चाहते हैं कि कम जमीन उपजाऊ हो, और वह उनके कब्जे में रहे। जितनी जमीन ऊसर रहेगी, उतना ही उनके लिए अच्छा है। उससे हम उनकी दया के सहारे रहते हैं, बँधे रहते हैं। अभी समझता है कि हमारे हाथों में पड़ने से पथरीली जमीन पर धान पैदा होता है। इसी से दखल में रखने के लिए जमीन पर कब्जा रहेगा।"

"खेती कराएगा?"

"धत्, उससे तो बहुत लोगों को रोजी मिलती है।"

"फिर क्या करेगा?"

"परती रखेगा। धरती जितनी बाँझ रहेगी, हम-तुम उनसे करज लेंगे, बेगार करेंगे, ठोकरें खाएँगे।"

"तुम कितनी बातें समझते हो, हम नहीं समझते।"

"समझकर ही क्या कर सकते हैं?"

"मेरी तो आँख तू है, जवान तू है, हाथ भी तू ही है।"

"धत्तेरे दिकू की।"

"धत्तेरे मुण्डा की।"

दोनों ही हँसने लगे और छगन बोला, "मेहनत देंगे।"

मुण्डा लोगों के लिए यह घटना विशेष महत्त्व की हुई। चोट्टि की भविष्यवाणी सच कर तीरथ सारी बंजर जमीन लेता रहा। पिछली दुश्मनी के कारण फलवाले अनवर ने अपनी जमीन का टुकड़ा रख छोड़ा और चोट्टि से चुपके से कहा, "अपनी तीस बीघा जमीन वह बाँट देगा, बाद में।"

पहान ने चोट्टि और जिता की जमीन डोरी से नापकर नागफनी का घेरा बना दिया। दोनों की जमीन के चारों ओर नागफनी का घेरा लग गया। उसके बाद जमीन की पूजा में मुर्गी की बलि देकर उसके खून को छिड़ककर जमीन का मंगल किया गया। कई महीनों तक शुक्ल-पक्ष में जमीन के कंकड़-पत्थर हटाने का काम चला। वर्षा का पानी पड़ने पर ही धान की बुआई होगी। चोट्टि ने मचान बाँध लिया और चूँकि दोनों ही जमीनों के लिए उसका अपनापन था, इसलिए दोनों ही जमीनों पर तीखी नजरों से पहरा देता रहता। साथ में जिता रहता और अब चोट्टि

के मन में धानी के साथ जागी हुई रातों की यादें उभरकर आतीं। जिता से उसने धानी के चाव से कहा, "तीर चलाना सीखना चाहता है, तो आँखों पर धार दे। देख, हिरन।"

"जा, हिरन तो सब मार डाले।"

"तू देख तो।"

धान की गन्ध से एक चीतल आ गया था। जिता बोला, "मारूँ? ओह, जमाने से हिरन का मांस नहीं खाया है!"

"धत्, वह मादा है। मारने की मेरी भी तबियत हो रही है, लेकिन हमारी तरह उनको भी तो दिकू उखाड़ फेंक रहे हैं। उस जंगल में कहीं थोड़े-से रह गए हैं। अब निकल रहे हैं। मादा रहने से वंश बढ़ेगा।"

चोट्टि ने ताली बजाई और पल-भर में जानवर भाग गया। चोट्टि बोला, "तू सो जा। मेरी आँखों में तो नींद नहीं है।"

"सोओगे नहीं?"

"न।"

जिता सो रहा। यह सूनापन का, जमीन का फैलाव और रात की ठण्डक चोट्टि को बड़े अच्छे लग रहे थे। उसके बाद वह मचान से उतरा। पूरे खेत को घूम-घूमकर देखा। धान निकल आए थे। वैसे लहलहे नहीं थे, पर थे धान। सहसा उसके मन में कुछ आया। अपने-आप ही बोला, "हाँ, सीधी जमीन चली गई है, इससे छाया नहीं है। इन पानी के दिनों में सिधा पेड़ों की पौध लाकर चारों ओर लगा दूँगा। थोड़ी छाया रहेगी।"

अगहन के करीब सना का दिमाग खराब हुआ। "अहा, हा, धान पक रहे हैं," कहकर वह मचान पर आकर बैठ गया। वह जो बैठा, तो उसे फिर उतारा नहीं जा सका। चोट्टि से बोला, "अब बेगार देने नहीं जाऊँगा। यहीं रहूँगा।"

चोट्टि ने उसे डरा-धमकाकर काम पर भेजा। धानों की कटाई होने पर वे खूबलाल कोयलेवाले के पास गए। धान तुलवाए। धर्मकाँटा। अढ़ाई बीघा जमीन में अढ़ाई मन धान हुआ था।

चोट्टि वजन देखकर भौंचक्का रह गया। डेढ़ मन चावल मिलेंगे और भूसा। उसने ठण्डी साँस छोड़कर खूबलाल से एक बोरा खरीदा। पुआल भर देने से हरमू के लड़के लेटेंगे। खूबलाल का जमीन का कारोबार था। वह बोला, "रेल कम्पाउण्ड में जो तालाब है, जानता है?"

"बड़ा दह?"

"वही। अबकी स्टेशन-बाबू उसे खुदवाएगा। उसकी कीचड़-मिट्टी निकालकर फेंकी जाएगी। यह धान तो रोगहा-रोगी-सा है। जमीन में ताकत नहीं है। तू

बिलकुल पागल है, पथरीली जमीन ली है।"

"वाह, खूब कहा।"

चोट्टि तभी स्टेशन-मास्टर के पास गया। वे बोले, "उसे तो मैं खुदवाऊँगा ही। पिछली बार स्टेशन में आग लग गई थी, तो कुओं का पानी खींच-खींचकर आग बुझाई गई थी।"

"दह पहले अच्छा था।"

"उसकी कीचड़ लेगा, ले। तुम ही उसे क्यों नहीं खोद देते? वही बारह आना मजूरी दूँगा।"

"सो तो खोद दूँगा। लेकिन समय देखें, महाराज! लालाजी की खेती के काम का नुकसान न हो। यह तो दस मरद और दस औरतों से काम होगा। एक काम करना होगा।"

"क्या?"

"अभी करा सकते हैं। खेतों में रबी डाल दी गई है। अभी वैसा कोई काम नहीं है। पर बारह आने का रुपया नहीं होगा?"

"ना चोट्टि, वह नहीं होगा।"

"तो वैसा ही सही। अच्छा, गाँव में आग लगने पर पानी मिलेगा?"

"सो क्यों नहीं मिलेगा? सरकार की सम्पत्ति है या मेरी? पर आग लगने पर ही। हमेशा काम में नहीं लाने दूँगा।"

यह बात हो गई। सब-कुछ सुनकर खूबलाल बोला, 'टीसन बाबू ने बेनामी खुद ही इस काम का टेंडर दिया था। दस हजार रुपयों का टेंडर है।"

"टेंडर क्या?"

"रेल का काम तो ऐसे नहीं होता। पहले टीसनबाबू ने कम्पनी को सुझाया कि यह तलैया खोदनी होगी। कम्पनी ने टेंडर माँगे। कौन कितने खर्चे में काम कर देगा? टीसन बाबू ने कल में तेल दिया। उसे कम्पनी दस हजार रुपए देने को राजी हो गई। अगर तुम अब दो महीने में भी काम करो तो उसका हजार रुपयों से अधिक नुकसान न होगा। नौ हजार रुपयों का फायदा है। उसके बाद पानी में मछली छोड़ेगा, बेचेगा। पानी की बात से याद आया। उस दिन घूमने गया था, देखा तेरे गड्ढों को। बड़ा साफ पानी है। यह अच्छा किया। नदी की रेत में हर बरस गड्ढे बना दिया कर। पानी मिलेगा। छगन आदि भी आते हैं। नहीं तो पानी लेने के लिए अछूतों की धक्का-मुक्की से कुएँ का पानी पीने में घिन होती है।"

"तुम भी क्या ऊँची जात हो?"

"जरूर। मैं कुरमी हूँ। दुसाध या गंजू या धोबी नहीं। अच्छा चोट्टि, तुम लोगों

में जात क्यों नहीं है?"

"पता नहीं।"

चोट्टि की बात सुनकर सुगन बोला, "तू कर क्या रहा है? यह काम भी ले लिया। किसे पता था कि चोट्टि में इतना काम होगा?"

"काम तो होगा ही। दिन बदल रहे हैं। अब देखना होगा कि तीरथ के काम को सँभालकर यहाँ जो भी काम हो वह सब हम लोगों को मिले।"

"बारह आना से बेसी नहीं देगा? क्यों?"

"समझना होगा।"

"क्या समझोगे?"

चोट्टि थकी हँसी हँसकर बोला, "तुम बताओ, क्यों दे? चड्ढा दे रहा है बारह आना, वह भी वही देगा। नहीं तो रेट उन लोगों के हिसाब में बढ़ जाएँगे।"

"सो तो है।"

"सोचने से कोई फायदा नहीं। सोचने से दिमाग परेशान होता है। दुनिया में कितना रुपया है। चड्ढा ये बड़ी ईंटें बेचकर इतना रुपया बना रहा है। तीन-चार कोयला खानें मोल लेगा। यहाँ तो कोयला जमीन के ऊपर ही है। हमें बारह आना दे रहा है। लाला खेती से इतना रुपया कमा रहा है, करज का सूद ले रहा है। डाका पड़ा, कांग्रेस को पचास हजार रुपए दिए, कोई फरक नहीं आया। तुमको पैरों के जूते की धूल झाड़कर देता है। टीसन-मास्टर इस तालाब को खुदाने के ले रहा है दस हजार रुपए। हमें देगा बारह आना। सो देखो, उन पचास हजार में दस हजार में हमारा हक नहीं देंगे। जो मिलता है वही ले लें।"

"जो मिले, ठीक ही कहा।"

"वही लेंगे। फिर भी कुछ खाकर जिएँगे तो।"

"यह तो है।"

"सो तुम मझे देउता कहते हो, अबकी पूजा लूँगा।"

"क्या लेगा?"

"दह काटने पर कीचड़, जितनी जिससे हो जमीन तक ले जाएगा। जमीन रोगी है। बच्चों की तरह खाना माँगती रोती रहती है।"

"ढो देंगे।"

इस तरह ही सब बातें हो जातीं और चोट्टि और छगन बहुत अधिक लगन के साथ मेहनती चींटियों की तरह राष्ट्रीय अर्थनीति से कण-कण कर लेते रहे। उससे राष्ट्रीय आर्थिक नीति गड़बड़ न होती और यह जैसे-तैसे भोजन जुटाकर जिन्दा रह लेते। चोट्टि के ग्राम-जीवन में एक बात सबने मान ली। मेहनत के कामों में स्थानीय लोग ही काम आते हैं। यह बात भी मान ली गई कि काम की

बात चोट्टि के साथ करना ही अच्छा है। वह बुजुर्ग है, होशियार है, सबकी जान-पहचान का और आदरणीय व्यक्ति है। उसके कह देने पर कहे अनुसार काम होगा। छगन आदि भी उस बात का मान रखेंगे।

दह खोदने का काम तय होने पर हरबंस चड्ढा हँसकर बोला, "चोट्टि, अब लेबर लगाने की ठेकेदारी कर ले।"

"कैसे?"

"सबको काम दे रहा है, बट्टा लो।"

"ना महाराज।"

"लेकिन ले सकते हो। सभी लेते हैं।"

"ना महाराज।"

समय से ताल की खुदाई हो गई और चोट्टि की जमीन पर कीचड़ डाल दी गई। पहान इस जमाने का आदमी था। उसने मिट्टी देखकर आँखें मींची और चोट्टि से बोला, "ढाल पर उतरकर नदी किनारे पर चढ़ती है, इतना चलकर अगर कीचड़ लाई जाती है, तो इसी तरह चलकर जंगल से सड़ी पत्तियाँ भी लाई जा सकती हैं।"

"यह तो है।"

"तेरी तो बहुत जान-पहचान है। गौरमेन खाद देती है। तोहरी चला जा। बी.डी. बाबू से माँग ले।"

चोट्टि बोला, "क्या वह दे देगा? बड़ी बातें होंगी।"

तभी चोट्टि के जीवन में तीन अत्यन्त आश्चर्यजनक घटनाएँ घटीं। प्रत्येक घटना गान में, किस्से-कहानी में रखने लायक महत्त्व की थी। पहली के पीछे उपलक्ष्य था, चोट्टि की जमीन और पहली घटना का जवाब न था।

तीरथनाथ इस जगह का बाशिन्दा था और यह स्थान उसके रक्त में था। विद्वेष, क्रोध, प्रेम के सिवा चोट्टि के बारे में, या सारे मुण्डाओं तथा सारे परिगणित व्यक्तियों के बारे में, उनके मन में कहीं एक अधिकारबोध था। वह कर्जदार के प्रति महाजन का अधिकारबोध नहीं था। वह पुराने सम्बन्धों के बन्धनों का अधिकारबोध था। तीरथनाथ बेगार तो जरूर लेता था, लेकिन वह चाहता था कि वे लोग पहले की ही तरह निस्संकोच कहा करें, "क्या महाराज, इतना पपीता क्या अकेले खाइएगा? हमनी के भी दो-एक खिलाइए।" या "महाराज, तुम्हारे गाय-बैल बिगड़ गए हैं। नथुनी को बुलाइए, गोठ की पूजा कर दे।"

तीरथनाथ और चोट्टि। चोट्टि के बाप को वह 'चाचा' कहा करता था। छगन की माँ ने कोई दवा पीसकर खिलाई जिससे तीरथ की माँ के स्राव की तकलीफ दूर हो गई। अब डॉक्टरी इलाज प्रचलित हुआ है, लेकिन छगन की माँ का-सा

चिकित्सक तीरथ ने कभी नहीं देखा। छगन की माँ जिन्दा होती तो चोट्टि गाँव में बच्चों और औरतों की हारी-बीमारी में किसी को कोई फिकर न थी।

सब जैसे अजीब-सा आड़ा-तिरछा हो गया। तीरथनाथ ने हरबंस से कहा था, "तुम मेरा लेबर तोड़ रहे हो।" उसकी बात में 'मेरा' पर विशेष जोर था। वह 'मेरे'–तीरथ के–थे। तीरथ उन्हें मारे तो मारेगा, बचाए तो बचाएगा। मारेगा नहीं। तीरथ अगर वैसा मारनेवाला होता तो चोट्टि गाँव से मुण्डा और अछूत लोग भागते न? तीरथ क्या और सारे महाजनों की तरह है? जापूसिंह तो गौरमेन के पाँचसाला तमाशे के साथ ताल मिलाकर ठीक चुनाव के बाद किसी-न-किसी बहाने से अछूतों के खेत-ओसारे जला देता। कहता, "वैसा न करने पर यह हरामी लोग बराँमन-क्षत्री की तरह होना चाहेंगे।"

तीरथ ने तो कभी छगन वगैरह के घर और ओसारे नहीं जलाए। क्यों नहीं जलाए? आदिवासी, अछूत इत्यादि की मिली-जुली बस्ती होने से? नहीं, नहीं! तीरथ हरबंस की तुलना में पुरातन-पंथी हो सकता है, लेकिन जापू के मुकाबले में वह आधुनिक है। जापू का व्यापार बहुत उलझा या आसान है, कौन जाने क्या है! अछूतों की बस्ती वह जलवा ही देता है। पुलिस के आने में भी रुकावट नहीं डालता और कहता, "हाँ-हाँ, तुम लोग अपनी ड्यूटी करो न, भैया! इसके लिए तो गौरमेन तुम लोगों की पालपोस करती है न? बताइए न!"

पुलिस को वह घूस न देता और पुलिस के साथ घूमता। अत्याचार-पीड़ित व्यक्ति–जिनके घर नष्ट हो गए–जापू के सामने मुँह न खोलते। जापू को इससे बड़ी खुशी होती और पुलिस से कहता, "यह लोग मुझसे बाप की ही तरह डरते और भक्ति करते हैं।" उसके बाद, बड़े ताज्जुब की बात है कि जापू गौरमेन की मदद पर तुरुप लगाकर खुद घर बनाने का खरच देता, खुराकी देता। देता माने दान करता, कर्ज नहीं देता। जापू कहता, "तीरथ लाला तो है लाला। हम जापूसिंह हैं। राजपूत। मेरे पुरखे राजा थे। राजा क्या करता है? जान लेता है, जान देता है। मेरा दिमाग तीरथ को कहाँ से मिलेगा?" यह बात भी सच थी। इस तरह के पागलपन से जापूसिंह पर लोगों की एक तरह की भक्ति भी थी। आँचलिक मालिक-महाजन के बीच जापूसिंह अपवाद था। पुराने जमाने के राजे-जमींदारों की तुगलकी परम्परा को चलानेवाले आज के मालिक-महाजन थे। तीरथ ने एक बार कहा था, "एक बात आपने कभी सोचकर देखी है, बूझकर देखी है?"

"क्या बात?"

"आदमी की देह। आपकी उमर भी सत्तर हुई। कभी अगर ऐसा हो कि घर जला दिया और खैरात देने के पहले ही मर गए?"

"हो-हो-हो, यह नहीं हो सकता।"

"अगर कहीं पुलिस आपको पकड़ ले!"

"हो-हो-हो, कैसी मजे की बात है!" हँसकर खाँसते हुए जापूसिंह ने तीरथ के पेट में खोंचा मारते हुए कहा, "योग व्यायाम करता हूँ, लोहे की उँगलियाँ हैं, देखिए न। पट से मर जाऊँगा और गौरमेन भी नहीं पकड़ेगी।"

तीरथ जापूसिंह की तरह घर न जलाता। रामसरन माथुर की तरह बारहों महीने यज्ञ-पूजा कर कर्जदारों से वसूली नहीं करता। क्या गलत काम करता था? कर्ज देकर ब्याज लेता था। बेगार लेता था। उसमें क्या गलत बात है? जो प्रथा चली आ रही है उसमें अन्याय नहीं हो सकता। चोट्टि के लोगों के मन में जो आड़ा-तिरछा विचार आ गया है, यह क्या उस बेगार या कर्ज के कारण? नहीं, नहीं। फिर उस बेगार और कर्ज के कारण हरबंस, नया बड़ा आदमी, उससे घृणा करता है। घृणा करना क्या अच्छा है?

न, न। चोट्टि के लोगों के आड़े-तिरछे विचारों के पीछे और बात है। पहले केवल वे थे और तीरथ था। अब रोजी के लिए वे हर किसी के पास जाते हैं। तीरथ यह नहीं चाहता। तीरथ तो मारपीट भी नहीं चाहता। सच कहने में क्या है, तीरथ ने उस जमीन के दंगे के वक्त मथुरासिंह से बार-बार कहा था, "गोली मत चलाना। डर दिखाना।" लेकिन वह उजबक था, दनादन गोली चला बैठा। पुलिस पर जो दारोगा, टीसन बाबू और आदिवासी अफसर—तीनों गौरमेन के सामने गोली चलाए, उससे बड़ा मूर्ख और कौन हो सकता है? असल में तीरथ ने बहुत सोचकर देखा है कि चोट्टि से झगड़ा रहने से ही सब गड़बड़ा गया। तीरथ पर क्या भूत आ गया था? नहीं तो उस जमीन को लेने का ऐसा हठ क्यों उठ खड़ा हुआ? हरमू जेल गया। चोट्टि तो अब उसे तरह-तरह से बाण मार रहा है। नहीं तो गद्दी पर डाका क्यों पड़ता, कांग्रेसी लोग पचास हजार रुपए माँग बैठते, चुनाव में परिगणित उम्मीदवार क्यों जीत जाता, और जो बात किसी से नहीं कही जा सकती, प्रेमिका धोबिन उस पर क्यों खफा हो जाती? तीरथ चोट्टि से सुलह करना चाहता था। इसीलिए तो चोट्टि से उसने जमीन लेने को कहा था। चोट्टि ने नहीं ली। उस बात को सुनकर तीरथ की पत्नी बोली, "क्यों लेता? मन्तर से तुम्हारा बुरा कर रहा है, तुम्हारी जमीन लेकर बाण नहीं चलेगा।" सब बहुत गड़बड़ हो गया। तोहरी जाकर तीरथनाथ ने जिस साधु की शरण ली, तो तीरथ के गाँव लौटते-न-लौटते पुलिस ने उस साधु को दागी आसामी कहकर पकड़ लिया। इसको कहते हैं बुरा वक्त!

यही सब सोचते-सोचते तीरथनाथ रेल लाइन के किनारे की पतली पट्टी पकड़कर रोज चलता था। रोज ही माँ कहा करती, "उस बुखार के बाद से कान

से सुनाई नहीं देता। कान से सुनने का यन्त्र भी नहीं खरीदता, किसी दिन गाड़ी से धक्का खा जाएगा या उसके नीचे दब जाएगा।"

"अरे, मैं क्या रेल के टाइम पर जाता हूँ?"

लेकिन स्वतन्त्र भारत में ट्रेनें भी धीरे-धीरे स्वतन्त्र होती जा रही हैं। एक मालगाड़ी चोट्टि से छूटती है और आगे बढ़ती है। ट्रेन की सीटी तीरथ के कान में नहीं पड़ी। चोट्टि गायें लेकर लौट रहा था। उसने यह हाल देखा और भागा, भागकर किनारे आया और तीरथ का पैर पकड़कर जोरों से खींचा। तीरथ पत्थर पर गिर पड़ा। "मारना मत, चोट्टि!" वह चीखने लगा और सिर उठाकर देखा कि मालगाड़ी रुक गई है। चोट्टि ने ड्राइवर को मुण्डारी भाषा में धाराप्रवाह मोटी-मोटी गालियाँ दीं और हिन्दी में कहा, "महाराज तो बहेड़ा हैं, कान से सुनते नहीं। जब देखा कि लाइन से हट नहीं रहे हैं, तो गाड़ी को रोक लेते न?"

गाड़ी चली गई। चोट्टि बोला, "उठो महाराज, जोर की सीटी नहीं सुनी?"

"वह जो तीन महीना पहले बुखार आया था...।"

"उठो।"

तीरथनाथ उठा और भयानक विपत्ति से बचने के इतने बड़े आघात से उसकी आँखों से पानी बहने लगा।

"चलो, घर जाओ।"

"कपड़े खराब हो गए।"

तीरथ का शरीर कट-फट गया था। सिर की टोपी गिर गई थी। चोट्टि ने देखा कि तीरथ को जैसे आगा-पीछा नहीं सूझ रहा था, वह भौंचक्का हो रहा था। चोट्टि ने ठण्डी साँस लेकर कहा, "कपड़े उतारो। नदी में सब धोकर सफा हो जाओ।"

"पहनूँगा क्या?"

"कपड़े झाड़ी पर फैला दो, सूख जाएँगे।"

"तू जरा रुक ना।"

"ठहरो, गायों को ले आऊँ।"

चोट्टि गायों को लाया। कठिन काम हुआ। नदी के पानी से कपड़े धो, कपड़ों को झाड़ियों पर फैला तीरथनाथ नंगा खड़ा रहा। वह बड़ी मुसीबत में पड़ गया था। चोट्टि ने एक तरफ बैठकर बीड़ी सुलगाई।

"चोट्टि!"

"कहो।"

"तू माफ कर दे।"

"क्यों?"

"सोचा था कि तू मुझे मारेगा।"

चोट्टि हमेशा स्वतन्त्र स्वभाव का था। तीरथ का काम छोड़कर वह अन्दर से खुद को और भी स्वतन्त्र महसूस कर रहा था। वह बोला, "महाराज! तुम्हारा दिमाग जिस तरह की चिन्ताओं में चक्कर खाता रहता है, मेरा दिमाग वैसा नहीं है। तुम होते तो मुझे मारते, है न?"

"मैं?"

"मैंने तुम्हें बचाया।"

"तेरे बाण से मेरी ऐसी दुर्गति हुई है।"

"कैसे?"

"अभी डाका पड़ा, कांग्रेस ने पचास हजार रुपए लिए, हरमू के जेहल जाने से तुम लोग साथ न रहे, और छगन भी हमें नहीं मानता।"

"महाराज, तुम सोचते हो कि मैं तुम्हें तीर मार रहा हूँ, तो यह बुरी बात तुम्हारे दिमाग से हटा न सकूँगा। और अगर तीर मारूँगा तो सीधे तीर मारूँगा और सीधे थाने में कबूल कर फाँसी ले लूँगा। हाँ महाराज! मेरा नाम चोट्टि है। तुम जो कुछ कह रहे हो वह पागलपन है। और बाकी बातों का जवाब दूँगा।"

"अब छगन भी जूता पहनता है। छाता लगाता है। बता, इससे मेरा मान रहता है या नहीं, बता?"

"अगर कोई हाट की डेढ़ रुपए की फटफटिया चट्टी पहने, बरसात के दिनों में सिर पर बाँस का छाता लगाए, उसमें तुम्हारे मान का क्या?"

"यह नहीं है चोट्टि! यह जो तुमने जमीन ली है...।"

"उससे?"

"यह धरम नहीं है। जमीन रहती है मालिक-महाजन की। मुण्डा-दुसाध जमीन के मालिक हों, यह परमात्मा की इच्छा नहीं है। इच्छा होती तो उनको जमीनें मिलतीं।"

"तुम ही तो परमात्मा बन गए हो। सब जमीन ले रहे हो, बिना खेती की परती छोड़ दोगे, फिर भी हमें नहीं मिलेगी।"

"मैंने तुम लोगों को इतने दिन नहीं जिलाया? कहाँ थे चड्ढा? कहाँ था उसका भाई? कहाँ था टीसनबाबू?"

"बहुत जिलाया।"

"तेरे रहते मेरी गद्दी पर डाका पड़ता?"

"यह तो किसी दिन मुझे सूझा नहीं, महाराज!"

"तू अब नहीं आएगा?"

"ना। तुम होते तो जाते?"

"राम-राम।"

"लो, कपड़े सूख गए, पहनो। और क्या कहूँ? तुम्हारा धरम का हिसाब एक तरह का है, हम लोगों का दूसरी तरह था। जिस तरह रेल के दो लोहे पास-पास रहते हैं, दोनों मिलते नहीं, मिलने से गाड़ी उलट जाएगी। सो यह भी देवी-देवता की इच्छा होगी कि तुम और हम एक-दूसरे को न समझें। समझने पर..." चोट्टि हँसा, उसे आनन्द आया, "समझने पर इतना झगड़ा-फसाद, इतना दुख-दर्द नहीं रहता, लेकिन तुम्हारा भगवान गाड़ी उलटने से डरता है। जाओ, घर जाओ।"

"तो मेरे ऊपर तेरा शाप नहीं है?"

"शाप भी नहीं, कोई बात भी नहीं। लड़का जेहल गया है, इस दुख को क्या मैं भूल सकता हूँ? नहीं, झूठ नहीं बोलूँगा, नहीं भूला। लगता है महाराज, तुम होते तो वही करते। जब लाइन पकड़कर चल रहे थे, तो क्या मैं तुम्हें तीर मार न देता?"

"आः, तुम्हारे मन में यह आता है?"

चोट्टि बिगड़ उठा। बोला, "यह कैसा तुम्हारा बचपना है! मेरी जमीन पर धान होने से तुम्हें लगता है कि जमीन छीन लूँ। फिर जमीन लेने पर मन में आता है कि सारी परती जमीन खरीद लूँ, नहीं तो नंगे-कंगालों को जमीन का स्वाद मिल जाएगा। सो मेरे बेटे को जेहल भेजने पर मेरे मन में यह नहीं उठेगा कि झुटपुटे में लाला अकेले घूमने जा रहा है, उसे मार दूँ? मन में उठा, लेकिन मारा नहीं। उस तरह के खून में जनम नहीं लिया है।"

"अरे बाप रे!" कहकर तीरथ रो पड़ा। बोला, "मैं जा रहा हूँ। मारना मत चोट्टि! तेरी दुहाई है।"

तीरथ भागा। चोट्टि ने चिल्लाकर कहा, "मारने की इच्छा होने पर जान बचाता?" इस बात को तीरथ ने नहीं सुना।

सब-कुछ सुनकर बहुत तेज गुस्से से उसकी पत्नी बोली, "मेरे बेटे को जेहल भेजा, उसकी जान बचा दी?"

"वह न होता, मथुरा होता, तो भी बचाता। वह कौन है, यह नहीं सोचता। एक जान न चली जाए, वह बात मन में उठी।"

"पत्थर से सिर क्यों नहीं तोड़ दिया?"

"यह बात मत बोल।" चोट्टि गरज उठा, "मन-ही-मन उसका सिर दिन में बहुत बार फोड़ता हूँ, दस बार झुटपुटे में उसके बदन पर तीर मारकर कलेजा बेध देता हूँ।"

"करते क्यों नहीं?"

"हरमू वाले मामले के वक्त गोरमैन का अफसर गवाह था, इसी से दारोगा ने हम लोगों को कुत्तों से नहीं नुचवाया। मेरे उसके मारने पर पुलुस आकर मुण्डा

टोली जला देगी। तब? मेरे कारन से मुण्डा डूब जाएँगे। मैं उसका कारण बनूँगा? तू बता, यही मेरा धरम है?"

"समझी। लो, गुड़ और पानी लो। नाती को देखो। उसकी माँ लकड़ी काटने उस जंगल में गई है।"

"उठाकर कैसे लाएगी?"

"उसे सब आता है। रस्सी से बाँधकर खींच लाएगी।"

"दे।"

हरमू के बेटे को गोद में लेकर चोट्टि बोला, "ओः, हरमू आकर देखेगा कि उसका बेटा कितनी बातें करता है। जड़ छोड़ गया है।"

"कब आएगा?"

"अब आएगा।"

तीरथनाथ में आश्चर्यजनक परिवर्तन आ गया। अब वह उस रास्ते घूमने न जाता। गाँव में सब लोगों को वह सम्भावित रूप से आक्रामक लगा। छगन आदि के साथ वह अब किचकिच न करता और रेल में कटने के संकट से बचने पर घर पर जो नारायण भगवान की पूजा हुई, उसका प्रसाद छगन की टोली में भेजा।

यह पहली आश्यर्यजनक घटना थी। छगन बोला, "महाराज, मरनेवाला नहीं है रे चोट्टि, नहीं तो चंगा कैसे हो गया?"

"भूत के डर से।"

"किसका भूत?"

चोट्टि जमीन पर थूककर बोला, "उसे हमेशा भूत दिखाई देते हैं। मैं उसे मार रहा हूँ, इसी डर का भूत उसे दीखता रहता है।"

"जो भी हो, लड्डू और सत्तू बहुत-सा दिया है।"

"खा ले।"

दूसरी आश्चर्य की बात पानी को लेकर हुई।

सबको बड़ा ताज्जुब हुआ कि फिर चुनाव आने के पहले परिगणित जाति के विधान-सभा सदस्य चोट्टि में आए और उन्होंने घोषणा की कि चोट्टि की जल्दी-जल्दी बढ़ती जनसंख्या की बात सोचकर यहाँ एक स्वास्थ्य-केन्द्र खोला जाएगा। जल्दी ही। सबको उस स्वास्थ्य-केन्द्र का लाभ मिलेगा। उसके बाद बताया कि इस जगह पानी की तकलीफ है। इसलिए छगन के टोले और चोट्टि के टोले के बीच में एक बड़ा सरकारी कुआँ बनेगा। वे जोरदार भाषा में बोले, "पता है, उच्चवर्ग के लोग इस तरह संकीर्ण विचारवाले हैं, छूआछूत में ऐसा विश्वास रखनेवाले हैं कि सरकारी कुएँ से भी आदिवासी और परिगणित जातिवालों को पानी नहीं लेने देंगे।" वह इस बात को भी बता गए कि ये उच्च वर्ग के लोग

असीम प्रतिक्रियावादी हैं और जवाहरलाल के नेतृत्व में भारतवर्ष की उन्नति के मार्ग में रोड़े हैं। किन्तु आदिवासी और परिगणित लोगों को याद रखना चाहिए कि उसे चुनकर उन्होंने अपनी सुबुद्धि का परिचय दिया है। इसीलिए स्वास्थ्य केन्द्र और कुआँ बन रहे हैं। फिर भी चुनाव में जीतने पर वे चोट्टि तक कच्ची सड़क को पक्की करवाकर चोट्टि को गतिमय जीवन से जोड़ देंगे। यह सब कहकर छगन की बहन के नाती को गोद में लेकर और प्यार करके वे ट्रेन पर चढ़ गए।

और भी आश्चर्य की बात हुई कि स्वास्थ्य केन्द्र भी बना और कुआँ भी खुदा। कुआँ देखने से ही पता चलता था कि गर्मियों में पानी सूख जाएगा। फिर भी वह उनका अपना कुआँ था। छगन और चोट्टि आदि बहुत ही खुश हुए और नए कुएँ की जगत पर बैठ 'रामा हो रामा हो' जातीय गान गाते और खुशी मनाते रहे।

तीरथ ने हरबंस से कहा, "छोटी जात के लोग छोटी जात की ही भलाई देखेंगे। इसी से कुआँ खुदवाया।"

"अरे, वह चुनाव में जीता तो अपने लिए। बंजर जमीन का दखल लेकर कैसा हंगामा किया! अब तो जमीन पर चिरचिरा घास उग रही है। एक टुकड़ा बंजर जमीन के लिए कांग्रेस को नुकसान पहुँचाया।"

"फिर अगली बार भी तो चुनाव आएगा।"

"तब और कोई गड़बड़ खड़ी करेंगे? बस तब आप प्रतिपक्ष बन जाएँगे। कह सकेंगे, अंचल से कांग्रेस को हटा दिया।" हरबंस खुश हो रहा था और कह रहा था, "फिर आप बन जाएँगे कमनिस।' जो कांग्रेसी नहीं है वह कमनिस है। आपको जेहल में ठूँस देंगे।"

"यह सब तुम क्या कह रहे हो? प्रतिपक्ष क्या होता है? यह सारी बातें तो मैंने अपनी जिन्दगी में कभी नहीं सुनी।"

"यह क्या, आप अखबार नहीं पढ़ते?"

"अखबार? क्यों, अखबार क्यों पढ़ूँ?"

"देश-विदेश की खबरें जानेंगे।"

"न-न, वह सब फैशन मैं नहीं करता।"

"तब ट्रांजिस्टर क्यों चलाते हैं?"

"गाने सुनता हूँ।"

"खबरें नहीं सुनते?"

"खबरें क्यों सुनूँ? उन सबकी तुमको जरूरत है। मुझे जिस खबर की जरूरत है, वह मुझे घर बैठे मिल जाती है!"

"एल.एल.ए. ठीक ही कह रहा था। आप जैसे लोगों की ही वजह से इंडिया पिछड़ा हुआ है।"

"क्या कहा? मैं समझा नहीं।"

इसके बाद की घटना बड़ी आश्चर्यजनक थी। एक शाम को हरमू, चड्ढा की बस से उतरा। चोट्टि ने देखा कि गाँव के सारे औरत-मर्द, लड़के-बच्चे इकट्ठा होकर उसके घर की ओर आ रहे हैं। उसने समझ लिया कि कुछ मुसीबत आई है। लेकिन भीड़ के घर के पास आते ही एक आदमी भागता हुआ आगे बढ़ रहा है। सामने आते ही चोट्टि चिल्ला उठा, "हरमू!"

बहुत शोरगुल शुरू हो गया। माँ, बहू, पिता—सबकी बात समाप्त होने पर हरमू बोला. "अच्छी तरह रहता था, काम करता था, इससे चार महीने पहले छोड़ दिया। उस अफसर ने काम किया, अर्जी दी, नहीं तो न होता। तमाम लोग, बहुतेरे मुण्डा जेहल में हैं, तो पड़े हैं। क्यों हैं, यह भी भूल गए हैं। उनकी ओर से बात करनेवाला कोई नहीं है।"

"कैसे आया? बस का भाड़ा?"

"जेहल में काम कराते थे। आने के समय मजूरी का पैसा न देते? उसी से भाड़ा दिया।"

छगन चिल्लाकर बोला, "हम बस से उतरने पर उसे लेकर आ रहे हैं, अब हरमू घर में घुस गया है, हमें पहचानता ही नहीं। बाहर निकल, हम नाचेंगे, गान गाएँगे।"

"चोट्टि कहाँ हैं?"

चोट्टि बाहर आकर हँसते हुए बोला, "कल सब होगा। आज वह राह का थका हुआ है। आज तुम छोड़ दो।"

"ना, मद पिए बिना नहीं जाएँगे।"

"धत् पगले, इतना मद कहाँ है?"

" 'हाँ' कहो, मद आ जाएगी।"

" 'हाँ' कहा।"

"कहा न?"

"कहा।"

"यह देखो।"

छगन, पारस, सना, डोनका—सभी ने बोतलें निकालीं।

"जिसके घर में जो था, वह लेकर निकला था?"

"बिलकुल।"

हरमू की माँ मुरमुरे और मिर्चे ले आई। हरमू की बहू ने पल-भर में सिर में

तेल डाल बाल काढ़कर जूड़ा बाँध लिया था। वह प्याज ले आई। कोयेल दुकान चला गया। बोला, "मिर्चों की बुकनी मिलाकर अरबी की तरकारी झूरी बेचता है। ले आऊँ।"

खुशी और शोर-शराबे में चोट्टि का आँगन लोगों से भर गया।

दूसरे दिन काम पर जाते हुए तीरथनाथ ने छगन के लड़के से कहा, "बिछुआ, चोट्टि का लड़का घर आया। उससे मुण्डा लोगों के साथ तुमने भी खुशियाँ मनाईं।"

"बहुत नहीं महाराज, थोड़ा मजा किया।"

"अपना जात-धरम पानी में डाल रहे हो!"

"नहीं महाराज!"

"जैसा समझो! अच्छी बात नहीं मानते, इसी से तुम लोगों का अभाव दूर नहीं होता।"

"रस्सी दीजिए, महाराज! घेरा बाँध दूँ।"

हरमू को लेकर चोट्टि दूसरे दिन सवेरे ही जमीन दिखाने गया।

"यह जमीन हम लोगों की है।"

"तीनों भाइयों की?"

हरमू पिता के पैर छूकर जमीन पर औंधा होकर लेट गया। थोड़ी देर बाद चोट्टि बोला, "रो क्यों रहा है? तू लड़का है न? पैर छोड़। काम पर चलेंगे।"

"चलो, मैं भी चलूँ।"

"अभी जमीन से जो हो सके, कर। अब मुझसे नहीं होता। अब मन थोड़ी शान्ति चाहता है। अब झंझट अच्छा नहीं लगता।"

"अब मैं आ गया। तुम थोड़ा आराम करो न।"

"तेरी कमाई खाऊँगा?"

"कोई खाता नहीं है?"

"अभी मेहनत कर सकता हूँ, मेहनत करूँगा। तीर के खेल का अभी जुलूस उठा। जीत में रुपया मिलने पर और ले सकोगे।"

"जमीन तो बहुत है।"

"नहीं। बहुत जमीन कहाँ है?"

"कहते क्या हो, बंजर जमीन की कमी है?"

"मेरे जमीन लेते ही लाला को डर हुआ। लगा कि हमें जमीन का चस्का लग गया है। उसे लगा कि चोट्टि और भी कोई जमीन ले रहा है। बस तभी से जितनी बंजर जमीन है, लिए ले रहा है। बस उस फल के व्यापारी अनवर को जमीनें नहीं मिलीं।"

"खेती के लिए दे रहा है?"

"कभी देता है?"

"तब जमीन ली क्यों?"

"कम जमीन पर फसल होगी, जादा लोग भूखे रहेंगे। उससे वह करज दे सकेगा, और जो छुट्टा हैं, उनके रिश्तेदारों को बेगार में लेगा।"

"जेहल में बहुतों से बहुत बातें सुनीं। लिखत-पढ़त होने से क्या नहीं होता? कागज अदालत में जाकर पक्का करना पड़ता है।"

"नहीं तो?"

"नहीं तो वह कागज कच्चा रहता है।"

"अगर अदालत करने जाएँगे तो वकील धोखा देगा।"

"छगन या पहान को साथ लेने पर?"

"देखूँ। पर मैं कहता हूँ कि कुछ बरस देख लूँ। जमीन तो कमजोर बीमार बच्चा देनेवाली औरत है, बीमार धान बियाती है। तेरी मेहनत से उसकी ताकत बढ़ने पर, अच्छी फसल होने पर ही इस जमीन का कागज पक्का किया जाएगा। नहीं तो अनवर की जमीन लेने की कोशिश करूँगा और कागज भी पक्का करूँगा।"

"देखें। मैं तो आ गया हूँ।"

"हरमू! मैं बड़ी उमर का हो गया। अब मन शान्ति चाहता है।"

"और मुण्डा लोग, छगन आदि भी घर आते-आते कह रहे थे कि उनके मन में भी आशा हो रही है कि अनवर की जमीन लेने की कोशिश करेंगे।"

"विचार तो बहुत अच्छा है। लेकिन होगा भी?"

बाद में सब सुन-सुना कर पहान बोला, "पता नहीं। पर यह देखता हूँ कि तू जो करता है, सब वही करते हैं।"

"क्या देखते हो?"

"मुण्डा मद में मरते हैं, और रंगीन चीजें मोल लेते हैं। पहले मुण्डा लोग इतनी मद नहीं पीते थे। तीज-त्योहार पर बनाते थे, पीते थे। अब सरकार का ताड़ीखाना है, खरीदकर भी पीते हैं। बीरसा भगवान का नाम मालूम है?"

"मालूम है।"

"वह हरमदेउ पहान नहीं मानता था। किन्तु एक अच्छी बात कही थी, मुण्डा लोग मद नहीं पिएँगे।"

"बीरसाइत नहीं पीते!"

"अच्छा करते हैं। ब-हो-त अच्छा करते हैं। तू पीता है, मैं पीता हूँ। अल्लम-गल्लम पिएँगे। यह क्या है? शरीर पानी-सा पैसा उड़ा देता है?"

"क्या कह रहा था?"

"यही कि तू जमीन लेने के बाद एक-एक कर आकर मुझे बताना, तब मैं भी ले सकता हूँ। कागज लिखाकर। मैं यह मौका देख रहा हूँ। सो हर एक से कह रहा हूँ। हाँ, ले सकता है। फिर भरसक मेहनत करो। सना की तरह आटा उबालकर बाँस के खोल, टीन के डिब्बे में रुपए जमा करो। आकर मुझे हिसाब देंगे, किसने कितना जमा किया। मैं लिखूँगा। उससे देखूँगा कि थोड़ी अच्छी अकल आ रही है। तेरा ससुर, वह डोनका तो बज्रमूर्ख है। उसने भी यह बात सुनीं।"

"पहान!"

"कहो।"

"एक बात मन में आ गई है। तुम तो कुछ हिन्दी लिखना-पढ़ना जानते हो, गिनती भी आती है। दिन-भर काम-काज में कटता है। लेकिन शाम को तो मुण्डा लड़कों को थोड़ा सिखाया करो!"

"सीखेंगे? सरकारी इसकूल में नहीं जाते?"

"सरकारी इसकूल में ये मुण्डा जाएँगे? तब दिकू लड़के नहीं पढ़ेंगे, और छगन आदि के लड़कों के जाने पर भी मास्टर भगा देगा। कहेगा छोटी जात, छोटा काम करो, पढ़कर क्या करोगे? सो मुझे लग रहा है कि दिन बदल रहे हैं। पढ़ाई-लिखाई मुण्डा नहीं करेंगे। सदर में मिशन से पढ़ना सीखकर लड़कियाँ मजदूरी का काम करती हैं। अब तो मजदूरी के काम में भी जादा पैसा है।"

"वह सदर में है। यहाँ उनके क्रिश्न-महादेव-कालि बलि देते हैं। बारह आने से ऊपर नहीं जाते।"

"सदर का हिसाब सदर में। किन्तु अकेला मुण्डा लड़का थोड़ा सीखकर हिसाब समझे। लिख भी सकता है?"

"लड़के आएँगे?"

"यह उनके माँ-बाप देखेंगे।"

"हो सकता है। छगन भी जानता है।"

"वह अपने लड़कों को सिखाए। छगन के पास हमारे लड़के गए, या तुम्हारे पास उनके लड़के आए, चड्ढा, लाला—सब बातें करेंगे कि ये लोग और वे लोग एक होकर बलोया आन्दोलन शुरू कर रहे हैं।"

"तू देख। तेरे कहने से सुन सकते हैं।"

"एक बात और है।"

"चावल दे रहा है?"

हरमू के खेत के धान-चावल। कोई खाता नहीं। उसके आने पर धान कूटे गए। पहले तुम्हें दिए।"

पहानी बोली, "अब तो चिड़िया, खरगोश नहीं लाता?"

"मिलते कहाँ हैं? सब मार दिए गए हैं।"

अनवर की जमीन नहीं मिली। अनवर अन्त तक चोट्टि आदि से जमीन खुदवाता और पपीते के पेड़, अमरूद के पेड़ लगाता। लेकिन मुण्डा लोगों में जमा करने की आदत पड़ गई। पहान की बहुत अधिक मेहनत से हरमू के बड़े लड़के सहित तीन लड़कों ने वर्णमाला पहचान ली। आसान जोड़ना-घटाना सीखकर आँवले के बीज गिनते थे। चोट्टि के लिए यही बड़ी बात थी। छगन भी विद्यादान के प्रति उत्साहित हुआ, लेकिन बहुत अधिक मारपीट के कारण उसके छात्र भागते रहे। चोट्टि के बारे में नई-नई किंवदन्तियाँ फैलीं। अन्त में अकाल के साल श्रमदान के बदले खैरात मिलने की व्यवस्था होने पर खुद तीरथनाथ और हरबंस ने अफसर से कहा, "चोट्टि मुण्डा को बुलवा लीजिए। वह भार लेकर काम कर लेगा। राह निकल आएगी। कच्चे रास्ते की मरम्मत वे कर सकेंगे।"

"सिर्फ मुण्डा ही क्यों?"

"और लोग भी चोट्टि की बात मानेंगे।"

चोट्टि के बारे में यह बात कहने के मानी थे कि वह यहाँ मुण्डा और छोटी जातिवाले हिन्दुओं के निकट एक-सा महत्त्वपूर्ण है—यह मान लिया गया है।"

अफसर ने पूछा, "लीडर है क्या?"

हरबंस ने कहा, "राजनीतिक लीडर नहीं है। लेकिन होशियार आदमी है। लालाजी की बात का तो पता नहीं, मैं तो उसे आगे रखकर काम करना पसन्द करता हूँ। पानी हो, गर्मी हो, ठण्डक पड़ रही हो, चोट्टि सबको लेकर काम पूरा कर देगा।"

तीरथनाथ ने लम्बी साँस छोड़कर कहा, "हाँ।"

दिन-पर-दिन चोट्टि की उमर बढ़ती चली गई। सोमचर की दूसरी शादी हुई, एतोया का ब्याह हुआ। चोट्टि की उमर उस दिन याद आई जब कोयेल ने कहा, "दादा! मेरा सिर बहुत दरद कर रहा है, बदन मानो जला जा रहा है। अन्दर सब खिंच रहा है, और सब ओर अँधेरा लग रहा है।"

[12]

उस समय सन्ध्या थी। चारों ओर अँधेरा उतर रहा था। वर्षा का समय था। चोट्टि नदी में धार गरज के साथ बह रही थी। 1970 का साल था। चोट्टि ने कोयेल को चारपाई पर लिटाने और सिर धोने को कहा। कोयेल दोनों ओर सिर हिला रहा था और कह रहा था, "दादा, एतोया के कुछ अकल नहीं है, उसे देखो।"

"चुप हो जा, कोयेल! सिर पर पानी डाल रहा हूँ।"

"सिर दुख क्यों रहा है?"

"बुखार उतरने पर आराम हो जाएगा।"

"सब जैसे अँधेरा है।"

"पानी पी।'

पानी की उल्टी हो गई और कोयेल सहसा 'दादा रे' कहकर चिल्लाया और बेहोश हो गया। अब चोट्टि को लगा कि वह बहुत असहाय है और उसकी उम्र तीन कोड़ी और दस हो चुकी है।

हरमू बोला, "अस्पताल ले चलें?"

"वही करना होगा। लेकिन अभी सिर पर पानी डाल।"

सिर पर पानी डालने से कमरे की जमीन भीगकर कीचड़ हो गई। कोयेल को होश नहीं आया। चोट्टि ने अब शरीर से अपनी उम्र झाड़ फेंकी। बोला, "मचान काटो। छगन की ठण्डी पड़ गई बुढ़िया माँ अस्पताल से अच्छी होकर आ गई।"

"डॉक्टर पैसा लेगा, आबा!"

"मैं जा रहा हूँ। बहुत होगा तो पैसा दूँगा।"

मुँगरी रुलाई रोककर बोली, "बुखार सवेरे हुआ था। जबरदस्ती हाट गया था। बहुत रोका, पर नहीं माना।"

बेहोश कोयेल के पास मुँह ले जाकर चोट्टि बहुत परेशानी में बोला, "कोयेल, तुझे अस्पताल लिए जा रहा हूँ। तुझे अच्छा कराकर ले आऊँगा।"

मचान काटा गया। कोयेल को लिटाकर चोट्टि ने कथरी उढ़ा दी। कहा, "पानी उतर सकता है। उसे एक हाथ से दबाए रखना। अचानक होश आने पर चौंक पड़ सकता है, गिर जाएगा।"

मचान लेकर वे लोग निकले और सँभल-सँभलकर चले। चोट्टि के मुँह में बोली नहीं थी। स्वास्थ्य-केन्द्र उनके घर से डेढ़ मील दूर था। हरमू का लड़का हाथ में लालटेन लिए साथ में गया। चोट्टि की पत्नी ने पुकारकर कहा, "मैं चलूँ?"

चोट्टि बोला, "नहीं, नहीं, घर पर रह।"

डॉक्टर को उसके घर से बुलाना पड़ा। कोयेल की गरदन अकड़ गई है, यह देखकर डॉक्टर का चेहरा उतर गया। वे बोले, "चोट्टि, कोयेल को बड़े अस्पताल में ले जाना होगा। मेरे पास कोई दवा, कोई इंजेक्शन नहीं है।"

"उसे क्या हो गया है?"

"लगता है मेनिन्जाइटिस—गरदन-तोड़ बुखार—है।"

"उसमें आदमी बच जाता है?"

"बड़े अस्पताल ले जाओ।"

लड़के चोट्टि की ओर देखने लगे। इस समय उनकी मानसिक घबराहट के प्रतीकस्वरूप बरसात होने लगी। चोट्टि ने पल-भर सोचा और कहा, "तोहरी के अस्पताल तो ले जाऊँगा, पर गाड़ी तो सवेरे है।"

"यह तो है!"

चोट्टि को मानो अचानक बिजली छू गई हो। वह बोला, "तुम लोग उसे लेकर आओ। मैं जा रहा हूँ। देखो, झटका न लगे।"

"कहाँ जा रहे हो, बड़े आबा?" एतोया बोला।

"मालगाड़ी रोक रहा हूँ। अस्पताल तक जिस तरह जिन्दा रहे वैसी सुई-दवाई नहीं दे सकते, तो डॉक्टर कैसे हो?"

डॉक्टर जवान था और अभी तक लोगों के दुख-दर्द को समझता था। बोला, "दे रहा हूँ। तुम जाओ। मैं भी उसके साथ आ रहा हूँ। अस्पताल के लिए चिट्ठी भी दूँगा।"

चोट्टि स्टेशन की ओर भागा और उसने स्टेशन-मास्टर को पकड़ा। अन्त में असम्भव सम्भव हुआ। कोयेल मुण्डा को लेने के लिए मालगाड़ी रुकी। गार्ड के कमरे में कोयेल को लिटाया गया। स्टेशन-मास्टर बोले, "तुम्हारे कहने पर यह काम किया, और कोई होता तो न करता।"

"हाँ महाराज!"

गाड़ी में बैठकर चोट्टि बोला, "हर घड़ी मालगाड़ी रुककर लाला को पहुँचाती है, अब कह रहा है कि तुम्हारे लिए रोकी है।"

गार्ड बोला, "तुम्हारे लिए भी तो रोकी।"

"जरूर, मैं यह नहीं भूलूँगा।"

"आदमी अच्छा है।"

"हाँ महाराज?"

तोहरी उतरकर वे अस्पताल गए। डॉक्टर को कागज दिखाकर कोयेल को भरती किया गया। देखते ही डॉक्टर बोले, "एक और महामारी का केस।" उसका चेहरा देखते ही चोट्टि का चेहरा उतर गया।

"बच जाएगा, महाराज?"

"जाओ-जाओ, हमको काम करने दो।"

चोट्टि आदि बाहर बैठ गए और चोट्टि बोला, "हरमू, सुन।"

"क्या, आबा?"

"तू और एतोया चले जाओ।"

"अभी?'

"जाना तो होगा ही बाप! समझते नहीं, अब कोयेल नहीं उठेगा। डॉक्टर का

चेहरा देखकर मैं समझ गया।"

"देखें, क्या करता है।"

"दादा बिना कुछ सूझ नहीं पड़ता।"

बरसात होने लगी। राह देखते-देखते रात दुस्सह हो गई। सवेरे चोट्टि को वार्ड के बेयरा से बहुत-सी बातों का पता चला। यह बीमारी बहुत हो रही है। अस्पताल में सात केस आए थे, कोई जिन्दा नहीं लौटा। अब चोट्टि का भाग्य है। बीमार कैसा है? जिन्दा है। बेहोश। डॉक्टर कोशिश कर रहा है।

दोपहर को कोयेल मर गया। दादा के सिवा वह और कुछ नहीं जानता था। माँ कह गई थीं कि दोनों भाई एक साथ रहोगे। चोट्टि के मेले में जीतने पर वह भी नाचा था। डोनका की खुशामद कर एक कुर्ता हाट में खरीदा था। दादा क्या कहेंगे, इसलिए उसे कभी पहना नहीं। घर चलाने में हरमू की माँ का दाहिना हाथ बनकर मेहनत करता था। हरमू के जेल जाने पर दो दिन तक कुछ खाया नहीं। मुसीबत के दिनों में दोनों भाई एक ही कपड़ा फाड़कर पहनते थे। सदा ही मुसीबत के दिन थे। अपने खेत के धान निकलते देखकर बोला था, "दुख के दिन बीत गए हैं न, दादा?" वह दादा के सिवा किसी को नहीं जानता था।

हरमू और सोमचर गाँव चले गए। मुण्डा लोगों को लेकर लौटते-लौटते शाम हो गई। रोते-रोते एतोया सो गया। चोट्टि जागता रहा। मुँगरी से क्या कहेगा? कोयेल के लिए रोने पर अगर कहे, वह तो मर गया। तो उसे अस्पताल क्यों ले गए?—तब क्या कहेगा? चोट्टि को नींद नहीं आ रही थी। याद भी नहीं रहा कि कल तड़के जागे थे, आज अभी तक आँखें एक बार भी नहीं झपकीं। कलेजे में बड़ी बेचैनी थी। चोट्टि को पता था कि कोयेल को समाधि दिए बिना उसकी आँखों में नींद नहीं आएगी। उसके सामने अब बहुतेरे काम थे। सना आदि आ गए। डोनका बोला, "तू टरेन से चला जा। एतोया भी जाए। हम ले आएँगे।"

"ना, पैदल ही जाऊँगा।"

"बहुत समय लगेगा।"

"अब क्या जल्दी है? अब समय बचाकर क्या होगा?"

चोट्टि को बहुत शान्त देखकर सना बोला, "कलेजे पर पत्थर रख दिया गया है।" यह बात सुनकर चोट्टि मुस्कुराया और चटाई मोल लाकर घर की छत की तरह किसी तरह छत बनाई। उसे कोयेल के ऊपर छा दिया। बोला, "मेह बरसने पर पानी बहकर निकल जाएगा नहीं तो भीगने से और भी भारी हो जाएगा।"

राह में पानी बरसने लगा। राह अँधेरी, पर जानी हुई थी। जानी हुई राह आज खतम ही नहीं हो रही थी। बिजली के प्रकाश में राह देख-देख भोर के लगभग वे गाँव पहुँचे। क्लान्त एकरस रुदन ने उनका स्वागत किया। घर में घुस कोयेल

को उतारकर चोट्टि बोला, ''बास आ रही है। दवाई की बास के ऊपर बास आ रही है। पहान को बुलाओ।''

नहलाकर और नए कपड़े पहनाकर कोयेल मुण्डा को नए खटोले पर लिटाकर मुण्डा लोगों के श्मशान ले जाया गया। उसकी मृत देह के लिए चावल, पैसे, नया गमछा साथ में रखकर पहान की सहायता से उसे समाधिस्थ किया गया। घर आकर चोट्टि बोला, ''तुम जाओ, अब मैं कोयेल के लिए रोऊँगा। मुँगरी, तू बुरा मत मानना। अब तू मेरी बेटी है। लेकिन मेरी देह से मानो जान निकल रही है। बिना रोए मैं मर जाऊँगा।''

सब रो रहे थे। हरमू की माँ बोली, ''मेरी ही उमर का रहा होगा, पर कभी भूल से भी कड़ी बात नहीं कही। किसी दिन घर के बाहर सोया नहीं, मेरे पकाए बिना खाता नहीं था। ऐसी बदरी में तो सियार भी नहीं निकलता, वह कैसे श्मशान में लेटा है?''

रोते-रोते वे सो गए। चोट्टि को नींद आने में अब भी विलम्ब हो रहा था। लगता था कि अब उससे कुछ न हो सकेगा, कोई भी काम नहीं। बहुत उमर हो गई थी। अब याद आया, बाप ने मरते समय कोयेल से कहा था, अनाथ तो नहीं हुआ? दादा है न? अस्फुट स्वर में बोला, ''बड़ा भरोसा किया था। दादा, तुझे बचा न सका।'' उसकी आँखों से आँसू निकल पड़े। बाहर बारिश की आवाज थी। समाज के आगे श्मशान में पत्थर लगाएगा, इस आशय की बात चोट्टि ने अस्फुट स्वर में कही। कोयेल अब उसके बहुत समीप था। वर्षा के समान ही घन और सिक्त, और चराचरव्यापी। ''तू सोच मत कर। एतोया, मुँगरी—सबको कलेजे से लगाकर रखूँगा,'' चोट्टि ने कोयेल से कहा। ''जमीन जितनी हरमू और सोमचर की है, उतना ही एतोया का उस पर हक है,'' चोट्टि ने फिर कहा। अब सहसा सुनाई पड़ा किसी का ऊँ-ऊँ-ऊँ मौन रोना, किसी का जोरों से रोना। समझ में आया, बड़ी आशा के साथ चोट्टि ने दरवाजा खोला, कोयेल आया है?—बुड्ढा कुत्ता घर में घुस आया। बरसात में भींग गया था। चोट्टि ने कुत्ते को प्यार किया और सहसा बच्चों की तरह सो गया। दूसरे दिन सवेरे धरती पर उजली धूप फैली थी। समय पर नींद टूटने पर बाहर खड़े होकर पेड़ों के नहाए पत्ते, उजली धूप देखकर चोट्टि का कलेजा फट गया। घर के छप्पर के बाँस को दोनों हाथों से पकड़कर वह हो-हो कर सान्त्वनातीत शोक में रोने लगा। कोयेल नहीं है—सारा खालीपन चोट्टि के परिवार में था, दुनिया-भर में कहीं भी खालीपन न था। बाकी सब जैसा का तैसा रहा!

बाद में पहान ने कहा था, ''सीधे अस्पताल ले गया चोट्टि। लगता है कि हवा लग गई। मुझे तो एक बार भी नहीं दिखाया।''

सना को चोट्टि ने बताया कि अस्पताल में बहुत लोग मर गए। उसके बाद बोला, "अब तो अस्पताल में जादू-मन्तर दिखाई दिया। चेचक नहीं होती, हैजे में मरा आदमी जी जाता है। पहान से मत कहना। वह मानता नहीं, इसलिए। तब लगता था कि अब देरी नहीं करना चाहिए।"

जादू की हवा की धारणा बेकार हो गई, क्योंकि गरदन-तोड़ बुखार की महामारी में तीरथनाथ के गुमाश्ते का लड़का, स्टेशन मास्टर की लड़की, खूबलाल की पत्नी मर गए। सना समझदार की तरह बोला, "बीमारी अच्छी नहीं है।"

कोयेल की समाधि पर उपयुक्त अनुष्ठान के बाद पथर स्थापित हुआ। चोट्टि बोला, "मेरे मरने पर वहाँ मेरा समाज हरमू देगा। कोयेल के ही पास।"

समाधि की जगह सुन्दर थी। पियाल के पेड़ों से घिरी, छायादार।

अब चोट्टि मुण्डा के जीवन की कहानियाँ पारलौकिक होती जा रही थीं। मुण्डा स्त्री-पुरुष सारे अंचल के गाँव-गाँव में बच्चों को लोरियाँ सुनाया करती थीं कि एक चोट्टि मुण्डा है। तीर मारकर उसने लाला को काबू में कर रखा है, उसके डर से गौरमेन ने कागज बनाकर उसे जमीन दी है। भाई को जब बीमारी हुई, तीर चलाकर चोट्टि ने रेलगाड़ी रोक दी। वह सब कर सकता है।

कोयेल की मृत्यु के बाद बहुत दिनों तक चोट्टि मानो सबसे ज्यादा उदासीन रहा। मुँगरी ने एक दिन रूखे बालों में तेल लगाया, धोने के कपड़े सोडे में उबालकर नदी पर धोने गई। हरमू की माँ आँगन में मिर्च-बैंगन-कुम्हड़ा देखने में लगी थी। हरमू, सोमचर और एतोया जमीन पर गए थे। हरमू की लड़की एतोया के लड़के को देख रही थी। एतोया की बहू रसोई बना रही थी। हरमू और सोमचर दोनों की बहुएँ बकरी चराने गई थीं। हरमू का बेटा गाय-बैल लेकर गया था। चोट्टि के यहाँ बहुत काम था। धूप, बरसात में काम, सिर के लिए छाते बिनने होंगे, लालटेन रँझवा कर लानी होगी, हल के दो मुट्ठे तैयार करने होंगे। वर्षा तो बीत गई। फिर काम पर निकलना होगा। लेकिन सब मानो हमेशा सूना-सूना लगता। वह यह सब करता।

गृहस्थी का काम बेरोक-टोक चलता। चोट्टि की पत्नी ने रात में कहा, "मुँगरी के मन में अब अधिकारबोध हो रहा है। अपनी बात सोचती है।"

"कैसे?"

"कहती है मैं मुर्गी पालूँगी, अण्डे बेचूँगी, पैसे जमा करूँगी। अब से अपनी बात खुद सोचनी पड़ेगी। वह नहीं। लड़का तो बुद्धू है।"

"जो चाहे करे।"

"उसे समझा कौन रहा है? एतोया की बहू।"

"क्या समझा रही है?"

"उसके बाप की जमीन है। वह बाप की छोटी बेटी है। भाई नहीं है, दोनों बहनों का हक है। इसलिए वहाँ जाकर रहना है।"

"तू या मैं उससे जाने को नहीं कहेंगे। खुद जाना चाहे तो जाए।"

"घर टूट जाएगा?"

"टूटे तो टूटे।"

"तुम कुछ न कहोगे?"

"न, कुछ नहीं कहूँगा। इतने दिनों तक सुख-दुख काटने के बाद अगर उसके मन में आए तो उसकी ससुराल है। हमसे जादा वह अपनी बात सोचती है।"

"दो महीने नहीं हुए।"

"तेरा मन दुखी होता है?"

"बहुत। सत्तू का सरबत नहीं पी सकती, वह अच्छा लगता था।"

"अब सो जा।"

चोट्टि को लगा, कोयेल न जाता, वही चला जाता तो अच्छा होता। मुँगरी की बातें सुनकर उसे अच्छा नहीं लगा। कहने से मुँगरी रुक जाएगी, इसका उसे विश्वास था क्योंकि हरमू की माँ झूठ बात नहीं कहती, भले ही बीच-बीच में जो कहे। मुँगरी के कामों में कोई दूसरा भाव नहीं दिखाई पड़ता था। मुर्गी पालने का काम बहुत दिनों से अपने ऊपर ही लिया था। अण्डे बेचकर पैसे वह रखती थी या नहीं, यह चोट्टि ने पूछा भी नहीं। किन्तु एक दिन उसे ताज्जुब में डालते हुए एतोया ने पैसों से भरा एक टीन का डिब्बा लाकर दिया। कहा, "माँ ने और जमीन लेने को कहा है। इसमें माँ ने सत्रह रुपए दस आने जमा किए हैं।"

"माँ ने जमीन लेने को कहा है?"

मुँगरी आकर खड़ी हो गई। वह घास की रस्सी बट रही थी। मटके पर उस रस्सी को लपेटकर पानी छिड़कने से मटके का पानी ठण्डा रहता। घास का छप्पर बनाने में डोरी लगती, कलसी की गेंडुली भी बनती है। घास बटते-बटते ही शान्त और सहिष्णु, थोड़ी वेदना से भरी आँखें उठाकर चोट्टि की बहू से बोली, "घर में तीन लड़के हैं। वे कह रहे थे और भी जमीन लेंगे।"

"कोयेल कह रहा था?"

"हाँ।" मुँगरी ने लदे पशु की तरह सिर हिलाया और चोट्टि ने अब देखा, मुँगरी की सफेद आँखों में आश्चर्यजनक रूप से गहरी वेदना थी। मुँगरी बोली, हरमू की माँ की ओर देखकर ही बोली, क्योंकि वह बहुत जरूरत के बिना चोट्टि से सीधे-सीधे बात नहीं करती थी। मुँगरी ने कहा, "कहते थे, मैं और दादा जब

नहीं रहेंगे, कौन इस तरह प्यार के साथ रहेगा, यह किसे पता? हो सकता है कि अभाव के मारे घर छोड़ जाएँ। इसीलिए हर एक की जमीन रहने से फिकर नहीं रहेगी।"

"जो जमीन है उससे भी फिकर नहीं रहेगी।" चोट्टि बोला।

"सोमनि, एतोया की बहू बाप की जमीन की बात कर रही थी।"

"मैं एतोया से बातें करूँगा।"

अब मुँगरी ने बहुत साफ-साफ कहा, "एतोया को अकल नहीं है।"

"मैं कहूँगा।"

"उसने दादा को पकड़ रखने को कहा था।"

चोट्टि धीरे-धीरे बोला, "जमीन की तलाश करूँगा। अभी तो जमीन दिखाई नहीं पड़ती। अभी पैसा रहने दे। मुर्गी से पैसे जमा होंगे। जरूरत पड़ने पर ले लूँगा।"

हरमू की माँ ने डिब्बा अपने हाथों में ले लिया और मुँगरी का हाथ पकड़कर दूसरी ओर ले गई। चोट्टि समझता था कि मुँगरी के मन में अभी भी बहुत शोक है। जोर से बोला, "मेरे रहते एतोया जो कहे वह न होगा। मैं उसके ससुर से बात करूँगा।"

सब कुछ सुन-सुनाकर पहान बोला, "बात बुरी क्या है? उसके ससुर परमा की चार बीघा जमीन एतोया न लेगा तो उसके भाई के लड़के ले लेंगे। तेरे 'ना' करने से एतोया नहीं लेगा। फिर बाद में उसके मन में दुख उठ सकता है कि जमीन उसकी हो सकती थी, कि मैं खेतिहर हो सकता था, बाप के बड़े भाई ने बनने न दिया।"

चोट्टि के मन में बात बैठ गई। वही बात उसने मुँगरी को बताई। पर मुँगरी ने अटल जिद में सिर हिलाया और कहा, "वैसा नहीं होने दूँगी।"

प्रश्न जैसा का तैसा रह गया। इसी तरह जीवन चलता रहा। सोमचर, एतोया, जिता और दुखन ने फिर मेलों में जाना शुरू किया। कभी जीतते भी थे। जिता कहता था, "यह काम नहीं छोड़ूँगा। चोट्टि गाँव का नाम चोट्टि मुण्डा ने ऊँचा किया। सो कोई नहीं जीतेगा तो नाम डूब जाएगा।"

इसी तरह दिन बीतते रहे। पेड़ों के काटने का काम अब दूर-दूर के जंगलों में चलता था। उन जंगलों में लकड़ी काटने जाने पर चोट्टि नरसिंगगढ़ के मुण्डाओं से मिला। वह बहुत ताज्जुब में पड़ा। बोला, "तुम लोग यहाँ?"

मुण्डा लोगों के नामों में विविधता बहुत कम थी, लेकिन प्रथम विश्वयुद्ध के समय में उत्पन्न अखबार पढ़नेवाले मास्टर के नाम देने से एक का नाम पड़ा जर्मन मुण्डा। उसने जर्मन नाम ही रहने दिया, और वार का नाम बुधना छोड़ दिया। उस

जर्मन मुण्डा ने कहा, "क्यों?"

"पेड़ काट रहा है?"

"तुम्हारी अक्ल से हम जिन्दा रह गए।"

"कैसे?"

"तुमने राह दिखाई। पहले हिम्मत नहीं होती थी।"

"कैसे, बता तो?"

"पहले सोचा भी नहीं था कि मालिक का काम करते हुए दूसरा काम भी कर सकते हैं। तुम्हें आगे रखकर चोट्टि गाँव ने राह दिखाई। अब सारे गाँवों में सब मुण्डा बेगार भी देते हैं, मालिक की खेती भी देखते हैं—सब देखभाल करते हैं। उसके बाद पेड़ काटने के काम में भी लग गए। सवा रुपया रोज कमाई भी होती है।"

"खाली मुण्डा है?"

"वे लोग भी कर रहे हैं।"

"अच्छा है।"

"हमारे कुछ लड़के ठेकेदार की लकड़ी चीरने के कारखाने में गए हैं। वे और अधिक कमाते हैं—दो रुपया रोज। ठेकेदार भी खुश है, क्योंकि आदिवासी कामचोरी नहीं जानते। हम भी खुश हैं।"

इससे चोट्टि को बहुत खुशी हुई और कोयेल के लिए जो बहुत अधिक दुख था वह कुछ कम हुआ। जर्मन मुण्डा बोला, "तुमने और भी राह दिखाई। हमारे भागत मुण्डा और नागु मुण्डा ने बंजर जमीन ली है। कागज भी हो गया। हम भी उसी के सहारे आशा में हैं। जंगल के भीतर जमीन है।"

"देगा?"

"कहता था कि पाँच बरस के लिए दे सकता है।"

"उसके बाद?"

"हमें ही देगा। पर नए सिरे से जमा लेना होगा, और बेसी रुपयों में भी। जो भी हो जमीन उपजाऊ होगी।"

"ऐसा है?"

"अभी मालिक थोड़ा नरम है।"

"विश्वास नहीं है। फिर भी ले लो।"

"देखा जाएगा। तुमने हम लोगों के लिए बहुत किया।"

"मैंने क्या किया?"

"तुमने ही किया। तुम्हारे नाम पर भागत ने बहुत गाने बनाए हैं। किसी दिन ले जाऊँगा, सुनवाऊँगा।"

"सुनूँगा।"

कुछ महीने बाद भागत और नागु कुछ मक्का लाकर चोट्टि को दे गए। कहा, "हमारे खेत की फसल है।"

"तुम पागल हो। मुझे क्यों दे रहे हो?"

"तुम्हारे खाने से हमें अच्छा लगेगा।"

इसी तरह चोट्टि की उम्र तीन कोड़ी और बारह हो गई। एतोया का ससुर मर गया, इसलिए चोट्टि उस गाँव में गया। मुँगरी को समझा-बुझाकर अब उसने एतोया को वहाँ भेजा। कहा, "अब उसे जाना होगा। उसकी बहू क्यों बाप की जमीन से वंचित हो? जब जैसी हालत हो तब वहाँ वैसा काम करना चाहिए। नहीं तो आदमी बुद्धू बन जाता है।"

एतोया बहुत कातर हो गया और चोट्टि से बोला, "मुझे दूर हटाए दे रहे हो, बड़े आबा? मेरा बेटा तुम्हारी छाँह में बड़ा नहीं होगा?"

चोट्टि प्यार से बोला, "पागल हो गया है, बेटा? तू मेरे कोयेल का बेटा है, तुझे मैं दूर हटा सकता हूँ? तू जहाँ रहेगा, वह मेरा घर होगा। चोट्टि गाँव के सिवा और कहीं भी जाने का ठौर नहीं था, अब जाने को एक जगह और हो गई। तुम आओगे, मैं जाऊँगा। तेरे ससुर के भैंस भी हैं। वहाँ जाकर दही खाऊँगा।"

मुँगरी किसी तरह जाना नहीं चाहती थी। अन्त में चोट्टि बोला, "तुम दोनों सासें जाओ। जाकर गृहस्थी ठीक कर आओ। घर में बहुएँ हैं, राँध देंगी, खाने को दे देंगी।"

"रहेंगे नहीं।"

मुँगरी बोली, "रहेंगे नहीं।" लेकिन काम के समय वह और हरमू की माँ तीन रात रह आईं। चोट्टि मुण्डा की पत्नी और भौजाई होने के कारण उनकी खूब खातिर हुई। एतोया की सास बोली, "इस दामाद को लाने के लिए मेरा मन बड़ा दुखी था। इसके आने से इसके ताऊ आएँगे। मुझे कितना पुण्य होगा। वह अब सबके सहारे हैं। तुम यहाँ परब पर आकर देखोगे कि उनके नाम पर कितने गान होते हैं।"

मुँगरी से उन्होंने रुक जाने को कहा, पर मुँगरी बोली, "घर छोड़कर नहीं रह सकती। वे एतोया की बड़ी माँ के राँधे बिना खा नहीं सकते, एतोया का बाप कह गया है कि घर कभी न छोड़ना। तुम जिसकी बात कहती हो, उसके दिन में एक बार देखने पर भी शरीर में जान रहती है। एतोया के बाप ने मरते वक्त कहा था, "मुँगरी! तू मेरी बेटी हुई।' सो राँड़ औरत बाप-माँ छोड़कर रहती है?"

"लड़का यहाँ है।"

"रहे। आएँगे, जाएँगे, देखेंगे।"

माँ और ताई के लौटने के समय एतोया रोने लगा।

शुरू-शुरू में आना-जाना खूब रहा। उसके बाद धीरे-धीरे एतोया के मन में नई जगह बस गई। जब खेती का काम नहीं रहता था, तब वह भी जंगल के काम के लिए आता था। लेकिन गाँव में जल्दी-जल्दी आना न होता। मुँगरी बीच-बीच में जाती लेकिन दूसरे ही दिन लौट आती। कहती, "वहाँ ऐसे नदी-पहाड़ में घर नहीं हैं, ऐसी हवा नहीं चलती, मेरी साँस फूलने लगती है, आँखों में नींद नहीं रहती।"

पर हरमू का छोटा लड़का जल्दी-जल्दी जाता। अपने चाचा से अधिक एतोया की ओर उसका खिंचाव हमेशा ज्यादा रहा था। एतोया का लड़का भी उसे बहुत प्यारा था। चोट्टि एक दिन एतोया का घर-द्वार देख आया। आकर घर पर कहा, "मुण्डा जिस तरह सुख में रहने की बात सोच सकता है, उस तरह के सुख में एतोया है। जमीन उपजाऊ है, भैंस भी दूध देती है। उसकी सास बड़ी बेटी की जमीन पर है। उनके बीच कोई झगड़ा नहीं है। दही बेचने का पैसा भी एतोया को दे देती है।"

"मुण्डा औरत दही बेचती है?" पत्नी ने पूछा।

"ग्वालों से सीख रही है। मुझे अच्छा लगा। जब जो काम करने चले, तब वह काम करना ही होगा।"

"एतोया बहुत कोमल स्वभाव का था। उस पर कोई खफा तो नहीं होता?"

"न-न, मेरे नाम पर बड़ा आदर मिलता है। परब में, पूजा में उसे ही आगे रखकर सब लोग सारे काम करते हैं।"

"बहू यहाँ हमारी छाया में थी।"

"काम तो करती थी। सब करती थी। पीठ पर बच्चे को बाँधकर एतोया को घाटो ले जाती थी। हाट जाती थी। दिकू लोगों से शायद सीखा होगा, मेरे पाँवों पर जल छोड़कर धुला दिया था।"

"अच्छा अच्छा ही होता है। पर घर सूना हो गया है। वह बाप की तरह टुइला बजाकर खूब गाता था। हरमू का बेटा भी वैसा नहीं है।"

"हरमू की माँ! मुण्डा लड़का अखाड़े में नाचे, टुइला बजाकर गाना गाए, अब क्या वैसे दिन रह गए? मुण्डा जीवन में जो रीति-रिवाज थे, अब सब परब-पूजा तक रह गए हैं। तू मेले में कैसी नाचती थी।"

"खूब! बूढ़ा मानुस करे तमासा।"

"मैं तो तुझे बूढ़ी नहीं समझता।"

"धत्, मेरी कमर का दर्द नहीं जाता।"

"बाघ की चर्बी तो रखी है।"

"थोड़ी-सी है। तुम जिस तरह सबको बुला-बुलाकर दिया करते थे, अपनी जरूरत के बखत यही होना था।"

"तब क्या पता था कि कहाँ युद्ध होगा। और यह आजादी मिलेगी। जीप पर शिकार करके बाघ निरबंस कर दिए।"

"हाँ, मांस खाने का सुख गया। बराह, हिरन नहीं रहे।"

"कुछ नहीं रहा।"

"इसी से दुख होता है। हमारे नाती ऐसे समय में जवान होंगे, जब उन्हें कुछ नहीं दिखा सकेंगे, यह हम भी देख रहे हैं।"

"यह नदी, पहाड़, जंगल देखेंगे।"

"जंगल! तुम लोग पेड़ काट रहे हो न!"

"आजकल लकड़ी की बहुत जरूरत है।"

"किसलिए?"

"आजकल गोमो से डाल्टनगंज के बीच तमाम जगह कितनी चीजें बन रही है! तमाम घर बन रहे हैं, बहुत-से दरवाजे-खिड़कियाँ-खाट और बहुत-सी चीजें बन रही हैं।"

"लोगों के पास पैसे बहुत हैं।"

"जिसके पास पैसे हैं उसके पास हैं। हम तो लँगोटी पहनेंगे, घाटो खाएँगे, दूर से देखेंगे, चले आएँगे। हम लोगों का कुछ नहीं होगा।"

"छोड़, जिन्दा तो हैं।"

"जिन्दा तो रहना होगा। सारे मुण्डाओं के मर जाने पर दिकू लोगों को कोई दुख नहीं होगा। वे तो खुश होंगे। हम इतना सब झेलकर भी मरते नहीं, इस बात पर उन्हें ताज्जुब होता है। सोचते हैं कि हम पत्थर के बने हैं। दे, थोड़ा-सा सत्तू सान दे। सना की माँ उस वक्त बच गई थी, अब लगता है मरेगी। बुखार है, हाथ-पाँव खूब फूल रहे हैं। जरा जाऊँ?"

सना की माँ कुछ दिन बाद मर गई। उसे समाज देना हुआ। इस समय चोट्टि अंचल में बिजली-सी कौंध गई। ट्रेन से स्पेशल पुलिस आई, चोट्टि में उतर पड़ी। किसी की खोज में वे सारे अंचल में फैल गए और स्टेशन-मास्टर को जरूरी निर्देश देकर स्टेशन पर पुलिस के दो आदमियों को नियुक्त कर चले गए। चोट्टि में कोई भी खबर छिपी न रहती। सब कानोंकान बातें करते। स्टेशन-मास्टर ने चोट्टि और छगन को बुलवाया। "दो बाबू लड़के दुर्गापुर से इस ओर भाग आए हैं। पुलिस सोचती है कि वे दोनों या एक भागकर इस ओर आए हैं। उस तरह का कोई दिखाई पड़ने पर पकड़ा देंगे।"

"उन्होंने क्या किया है, महाराज?"

"अरे, वे नक्सल लड़के हैं।"

"क्या नाम बताया, महाराज?"

"नक्सल।"

छगन बोला, "मालूम है, मालूम है। वे मालिक-जमींदारों को मार डालते हैं, बन्दूक छीन लेते हैं, पुलिस से लड़ाई करते हैं। उस दिन बैंगन बेचने थाने पर गया था। उन लोगों की बात सुन आया हूँ। किन्तु महाराज, वे तो यहाँ हैं नहीं। वह सब गड़बड़ तो दूसरी जगह हुई थी।"

"न-न, जो छिप सकता है वह पहाड़ों-जंगलों में छिप जाता है। पकड़वाने पर थाने से रुपए भी मिलेंगे। समझे?"

"उनको पकड़ने के लिए पुलुस खड़ी है। बाप रे, बन्दूक! गोली चलाते ही आदमी मर जाता है।"

"पकड़ें या मारें, उससे तुम्हें क्या? तुम दोनों अपने समाज के ऊपर हो। इसी से कहा। जंगल में भी तो जाते हो?"

निकलकर चोट्टि बोला, "वे मालिक-जमींदारों को काटते हैं? मारा है? तुझे पता?"

"थाने के सिपाही ने तो बताया है, बहुतों को मारा है।"

"कहाँ?"

"मुझे क्या पता है?"

"पकड़ने पर उन्हें मार डालेंगे?"

"मुझे क्या पता?"

चोट्टि बोला, "देस कितना बड़ा है, कुछ पता नहीं। तो सब जगह ही मालिक-महाजन हैं।"

"उन्होंने आकर हमारे लाला को क्यों नहीं मारा?" यह अजीब-सी बात कहकर छगन घर चला गया। चोट्टि ने रास्ते में अपने नाती को देखकर कहा, "घर जा, मैं जरा श्मशान में बैठकर आ रहा हूँ।"

वह बीच-बीच में कोयेल की समाधि के पास जाकर बैठता था। आज भी गया। समाधि-क्षेत्र निर्जन छाया से आच्छादित था। वहाँ केवल बड़े-बड़े पत्थर खड़े थे। यहाँ आकर बैठने से चोट्टि को जैसे कोयेल मिल जाता हो। कलेजे के भीतर जैसे सब शान्त हो जाता हो। चोट्टि को अच्छा लगता।

वहीं उसने एक लड़के को देखा। नीचे कौन गड़ा हुआ है, इस विषय में कुछ न सोचकर लड़का डोनका मुण्डा के पिता के पत्थर पर पीठ टेके, माँ के पत्थर पर पैर फैलाए बैठा था। देखने में सूखा-सा, आँखों पर चश्मा लगाए था। खाली पैर, शरीर पर पैंट और कुरता था। देखने पर लगता भी न था कि इसके लिए किसी

मालिक-महाजन का सिर काटना सम्भव भी था। यह ठीक था कि पुराण को देखकर भी कौन कहता कि इसने नायब को मारा होगा। लड़का उसे देख चौंककर उठा और पल-भर में सावधान और मुस्तैद हो गया।

चोट्टि ने कहा, "वहाँ से उतरो।"

"क्यों?"

"वह हम लोगों के शमशान का पत्थर है।"

लड़का उतर गया।

"दूसरा कहाँ है?"

लड़का कुछ नहीं बोला। चोट्टि को देखता रहा।

"कहाँ से आ रहे हो?"

"कल रात से यहाँ हूँ। यह कौन-सी जगह है?"

"चोट्टि।"

"यहाँ से राँची कितनी दूर है?"

"बहुत दूर।'

"एक बार पहुँच पाता...।"

"स्टेशन पर पुलुस है।"

"पुलिस!"

"हाँ। जो देखेगा उसे पकड़ाने पर रुपए।"

"समझा। तुम?"

"मैं चोट्टि हूँ। चोट्टि मुण्डा। तुमको पकड़ाऊँगा नहीं। किन्तु क्या करूँ! यहाँ आए क्यों?"

"मालगाड़ी से कूद पड़ा।"

"वह दूसरा आदमी कहाँ है? दो थे?"

"वह यहाँ नहीं उतरा।"

"यहाँ क्यों आए? यहाँ कोई भी बाहरी आदमी नजरों में आ जाता है। क्यों आए?"

"पुलिस मुझे देखते ही गोली मार देगी।"

चोट्टि को केवल यह लगा कि उसकी उमर बड़ी हो गई है। एक आदमी को पकड़कर गोली खाने के लिए पुलिस के हाथों थमा दे, ऐसा सम्भव नहीं, उसी तरह उसको निरापद कहीं पहुँचाना भी सम्भव नहीं था। क्या करे? चोट्टि मन-ही-मन सोच रहा था, और अन्त में मन में निश्चय करके बोला, "अँधेरा होने दो। तुम बैठो।"

"क्या करोगे?"

"अपने घर ले जाकर रखूँगा।"

"उसके बाद?"

"थोड़ा आगे बढ़ा दूँगा।"

"कहाँ?"

"तोहरी होते हुए सदर के रास्ते पर। छिपाकर रखूँगा। लकड़ी की लॉरी जाती है, रोककर उस पर चढ़ेंगे।"

"राँची?"

"हाँ।"

"तुम कहाँ जाओगे?"

"काम है।'

चोट्टि ने कोयेल की समाधि पर हाथ फेरा। मुण्डारी में बोला, "फिर किसी दिन पास बैठूँगा, कोयेल! आज काम है।"

"तुम्हारे घर में और भी लोग हैं?"

"हाँ।"

"वे अगर बता दें तो?"

"कोई नहीं बताएगा।"

शाम हुई। अँधेरा हुआ। चोट्टि ने लड़के को लाकर घर के पास बैठा दिया। घर जाकर हरमू को बुला लाया। हरमू बोला, "तुम क्यों जाओगे? मैं उसे आगे भेज दूँगा।"

लड़के से चोट्टि ने कहा, "लॉरी पैसा लेगी। है?"

"थोड़ा है।"

"कितना?"

"दो-एक रुपया।"

चोट्टि बोला, "तुम मालिक-महाजन को मारते हो, जब भागना था तो उनका रुपया तो कुछ लेते!"

लड़का हँसने लगा। चोट्टि बोला, "हरमू, तेरे जाने पर तेरे बहू-बेटा बात पूछेंगे। तेरी माँ न पूछेगी। कभी नहीं पूछती। पुराण को बचाने के लिए उस दिन मैं रात को न गया? किसी को पता है?"

"वह बात तो ठीक है।"

"चल, घर चल।" लड़के से चोट्टि बोला, "सबके सो जाने पर मैं तुमको ले जाऊँगा। यहाँ तुम पत्थर पर सो जाओ।"

"कोई आएगा तो नहीं?"

"नहीं।"

"किन्तु...?"

"मैं कह रहा हूँ न।"

"तुम क्या गाँव के प्रधान हो?"

हरमू बोला, "इलाके के सारे मुण्डाओं के सरदार।"

चोट्टि बोला, "बहुत समझा, चलो। पुलुस के डर से पागल होकर भागे-भागे घूम रहे हैं। उनसे यह सब कहने से फायदा?"

लड़का बोला, "कोई नुकसान भी नहीं है।"

"तुम हिन्दी बोलते हो?"

"बोलते-बोलते सीख गया हूँ। थोड़ा पानी पिला सकते हो?"

"अभी नदी से पियो।"

वे चले आए। कुछ देर में सब सो गए। चोट्टि सोते हुए लड़के को बुला लाया। पत्नी ने बिना कुछ कहे-पूछे उसे बहुत मूल्यवान भात, बैंगन का भुर्ता और अचार दिया। उसने चोट्टि से सब सुन लिया था। बोली, "घर पर माँ नहीं है?" उसके बाद कपड़े में बँधा बेस्वाद मक्का का सत्तू और गुड़ लाकर दिया। बोली, "राह में खाना।"

वे लोग फुसफुसाकर बातें कर रहे थे। लड़के से चोट्टि बोला, "तुम थोड़ा सो लो। उस तारे के बीच आकाश में आने पर बुला लूँगा।"

लड़का सो गया। गले की हड्डियाँ उभरी हुई थीं। चेहरा मैला था। चोट्टि की समझ में नहीं आ रहा था कि यह लड़का सदर कैसे जाएगा? पुलिस क्या तोहरी में ही है? उसे पत्नी ने अकल दी। बोली, "पुल पार कर मालगाड़ी बहुत धीमे चलती है। ऊँचे पर चढ़ती है। हरमू आदि ने तो कोयेल की बीमारी के मौके पर सना को उस पर चढ़ा दिया था।"

चोट्टि बोला, "वे तो भागे नहीं थे। अगर पकड़े जाएँ तो?"

वृश्चिक बीच आकाश में आ गया। चोट्टि ने लड़के को बुलाया। उसके बाद दोनों निकले। लालटेन लेने का काम नहीं था। वे दोनों अँधेरे में ही चले। चोट्टि बोला, "तुम लोग मालिकों का सर क्यों काटते हो? तुम पर जुलुम करते हैं?"

"न, तुम तो आदिवासी हो। आदिवासी और किसानों पर जुलुम करते हैं, यह तो जानते हो?"

"खूब जानते हैं। किन्तु 'तुम' क्यों?"

"यह हमारी लड़ाई है।"

"काहे के लिए?"

"जमींदार और महाजन को खतम करेंगे। जमीन तुम लोगों के पास रहेगी। सब नए सिरे से नया होगा। कोई किसी पर जुलुम नहीं करेगा।"

"बात तो अच्छी है।"

"तुम इसे मानते हो?"

"मानता हूँ। लेकिन जहाँ मालिक को मारते हो वहाँ मुण्डा-अछूत जमीन पा रहे हैं? अब वे जमीन के मालिक हैं?"

"नहीं।"

"वहाँ क्या हो रहा है?"

"पुलिस गाँव में घुस रही है।"

"तुम लोग भी बहुत मर रहे हो?"

"बहुत।"

चोट्टि ने कहा, "यही तो बात है। जमीन की लड़ाई में मेरा लड़का हरमू जेहल गया। फिर भी तीर नहीं चलाया, क्योंकि वैसा करने पर पुलुस आकर मुण्डा टोली जला देती। लाला के मरने पर दूसरा लाला आ जाएगा। यही सोचकर तीर नहीं उठाया।"

"पुलिस से लड़ना होगा।"

"यह सीधी बात है? तुम्हारे कहने से मैं लड़ूँगा? मैं जब समझूँगा कि यह लड़ाई हमारी भी है, तब लड़ेंगे। तुम तो दिकू हो। अपनी भलाई के लिए हमारा बीरसा भगवान गौरमेन के साथ लड़ा था। और देखो। पुलुस के साथ लड़कर जमीन कितने दिनों रख सकेंगे? गौरमेन के पुलुस रहती है, कचहरी रहती है, जेहल है, हमें जमीन नहीं मिलती।"

"सीधे-सीधे कोई न देगा।"

"लड़ाई की बात करते हो, सो पुलुस तुमको भी पकड़ रही है। तुम भी भाग रहे हो, यहाँ जो मालिक को मारता है, उसे भी भागते देखता हूँ।"

"हमारी शायद वैसी ताकत नहीं थी।"

"वैसा न होने पर लड़ाई! उससे खाली पुलुस आ जाती है। टोली जला देती है, मारती है, जेहल ले जाती है।"

"सबको लड़ाई में शामिल होना पड़ेगा।"

"वह लड़ाई क्या होगी?"

"सबको समझाना होगा।"

"तुम अगर मर जाओगे, तो कौन समझाएगा?"

"और 'हम' आएँगे।"

"जाते क्यों हो? रहो, घर में छिपा लेंगे, मुण्डा बन जाओ।"

"मैं साँउतालों को पहचानता हूँ।"

"उन्होंने हूल उठाया था।"

"तुमको मालूम है?"

"चोट्टि मुण्डा को सब पता है।"

"तुम बहुत अच्छे आदमी हो।"

"सब यही कहते हैं। किन्तु अच्छे होते तो लँगोटी क्यों पहनते, क्यों दोनों बखत भात नहीं मिलता, क्यों इतनी तकलीफ है, बताओ तो?"

"हर जगह ऐसी ही बात है।"

"दिकू लोग हमारा दुख नहीं समझते।"

"हमने समझा है।"

"इसी से भागे-भागे घूम रहे हो?"

"इसी से।"

"जो आदमी हमारा दुख समझता है, उसे पुलुस सताती है। हमने तो जनम-भर यही देखा है।"

लड़का सुन्दर मुस्कुराहट से बोला, "पुलिस का काम ही यही है।"

"अब और बातें नहीं। यहाँ गाँव है।"

वे चुपचाप चलने लगे। लड़का चोट्टि के पीछे-पीछे था और चोट्टि बताता चल रहा था, यहाँ ऊँचा है, यहाँ गड्ढा है, यहाँ समतल जमीन है—लड़का उसी के अनुसार चल रहा था। तोहरी के बाद धीरे-धीरे बस की राह पर आ गए। चोट्टि ने कहा, "यहाँ छिप जाओ। उधर से लॉरी आएगी। हाथ दिखाकर चढ़ जाना।" फिर चोट्टि ने कमर से एक थैली निकाली। बोला, "इसे रख लो, दो रुपयों की रेजगारी है।"

लड़के ने बड़े ताज्जुब के साथ वह ले ली और रुपए निकालकर थैली चोट्टि को देकर बोला, "यह नहीं लूँगा। अगर पकड़ा गया, पकड़ा तो शायद जाऊँगा ही, तो यह देखकर क्या सोचें, पता नहीं।"

"कौन जाने पुलुस ने सारी लॉरियों को होशियार कर दिया है या नहीं। पर ऐसे समय लालसिंह, जमादारसिंह लॉरी चलाते हैं। नशे में धुत्त रहते हैं। दो-चार रुपए देने पर वे आदम को चढ़ा लेते हैं, मुझे पता है।"

"जा रहे हो?"

"हाँ, अब जाना होगा। बहू जागती रहेगी।"

लड़का वय के अनुरूप आवेग से बोला, "तुमने मुझे बचाया क्यों?"

"बचाया या नहीं—यह अभी भी पता नहीं। सदर पहुँचने पर कहना।"

"क्यों?"

'यों ही, पुलुस कुत्तों की तरह पीछा कर मार देगी। माँ के बच्चे!"

"तुम बहुत अच्छे आदमी हो। मुझे पकड़वाने पर...।"

"ऐसे रुपयों पर थूकता हूँ। उससे मैं लाला बन जाऊँगा?"

"तुम्हारे बारे में कुछ भी मालूम नहीं हुआ।"

"क्या जानना चाहते हो?"

"शायद लड़नेवाले हो।"

"तुमने जिस लड़ाई की बात कही, वह अच्छी है लेकिन होनेवाली नहीं। पुलुस के बराबर हों तभी तो लड़ेंगे। नहीं तो, अन्त में तो पुलुस ही जीतेगी। मैं तो यही देखता हूँ।"

"जो काम ठीक लगता है, उसके लिए लड़ना ही होता है।"

"हाँ, यह बात भी ठीक है। अपने लिए सच्चा रहने के लिए तो ठीक ही है।"

"सो तुम समझो। समझते हो न?"

"खूब। उस तरह के लोगों की बात जानता हूँ। धानी मुण्डा चाईबासा जाकर मर गया। न जाता तो जिन्दा रहता। दुखिया ने नायब को काट डाला।"

"कुछ पता न चला। फिर आऊँगा।"

"मैं चलूँ।"

चोट्टि चला आया। मन में बड़ी फिकर लगी रही। आश्चर्य था। दिकू क्यों आदिवासियों की भलाई के लिए पुलिस की मुसीबतें उठा रहा है! बस, लड़के का चेहरा याद आता है। बीच-बीच में मुँह उठाकर वह तारे देखता था। जानी हुई राह पर चलता रहा। आज का दिन बहुत अजीब है। चोट्टि दुखी होकर विस्मय में डूब गया। जब घर पहुँचा तो वृश्चिक और नीचे उतर गया था। पत्नी ने दरवाजा खोल दिया। उसके चेहरे पर और उसकी आँखों में घबराहट थी। बोली, "चला गया? लॉरी पर चढ़ा दिया?"

"ना, मैं चढ़ाता तो लोगों की नजर में आ जाता।"

"तब?"

"चले जाने को कह दिया।"

"राँची जाए तो बाँची--तभी बचे।"

"पानी है?"

"उधर है।"

हाथ-पाँव धोकर चोट्टि लेट गया। बोला, "आदिवासियों की भलाई करने आया हुआ दिकू पुलुस के पीछा करने पर भागे, ऐसा नहीं मालूम था।"

"कहाँ का लड़का था?"

"किसी और देस का होगा।"

"वे लोग पकड़कर क्या करेंगे?"

"शायद मार डालें।"

"सोच नहीं सकते।"

"सो जाओ।"

"तुम्हारा तो कुछ न होगा?"

"ना-ना, अब तू सो जा। किसी को पता तो नहीं है?"

"ना, हरमू मुझसे पूछ रहा था। उसे भी बहुत देर हुई।"

अन्त में चोट्टि को नींद आ गई। बहू भी सो रही। सवेरा हुआ।

दूसरे दिन वे तोहरी छोड़ चाई के जंगल में लकड़ी काटने गए। लकड़ी की कटाई चल रही थी, सहसा उन्होंने एक अपरिचित स्वर सुना, 'हाल्ट!'

जो जहाँ था, खड़ा रहा। इस शब्द से सब परिचित थे। पुलिस किसी घटनास्थल पर आकर एकत्रित लोगों से कहती—हाल्ट।

वे पत्थर-से खड़े रहे। उसके बाद एक अद्भुत और अविश्वसनीय दृश्य दिखाई पड़ा। तीन पुलिसवाले एक लड़के को घसीटकर लिए जा रहे थे। लड़के का चेहरा कुचला हुआ और बदन लड़खड़ा रहा था। कल आँखों पर चश्मा था, आज नहीं था। चोट्टि ने अपना मुँह दबा लिया। लग रहा था कि कोई कलेजे पर हथौड़े चला रहा हो। उसे लिए जा रही थी, पुलिस लिए जा रही थी। सहसा, धक्का देती पुलिस ले ही जा रही थी कि वह चोट्टि की आँखों की ओट हो गया। गोली की आवाज सुनाई पड़ी।

होश आने पर अब सभी दौड़ने लगे। चोट्टि हिल नहीं पा रहा था, आँखें टकटकी लगाए हुए थीं। उसके बाद पुलिसवाले लौटकर आए। लड़के के पैरों में रस्सी बाँधकर घसीटे ला रहे थे। घसीटकर ले जा रहे थे। चोट्टि के कलेजे में चोट-सी लगी, चोट लगी, सदा के लिए घाव हो गया। तो वह लड़का भाग न सका।

चोट्टि ने लौटकर सरकारी विवरण सुना। स्टेशन-मास्टर बोले, "एक आदमी सदर जाने के रास्ते के किनारे झाड़ी में छिपा था। उसके पास बम और पिस्तौल थे। वह लेकर पुलिस को मारने चला। पुलिस ने बाकायदा लड़ाई कर उसे मारा था। उसका दूसरा नक्सल कहाँ गया, पता नहीं।"

सना बोला, "ना-ना, उसने तो पुलुस को नहीं मारा था।"

"किसने कहा?"

"हम लोगों ने देखा था।"

"जो देखा था वह भूल जा बापू! यह सब तू जंगली बुद्धि से नहीं बूझेगा। पुलिस जो कहती है, वही कह। अगर भला चाहता है तो।"

ठेकेदार ने चोट्टि आदि को जोरों से डाँटा। कहा, "इसकी कोई बात मत करना।"

चोट्टि की पत्नी खबर सुनकर रो पड़ी। चोट्टि ने हरमू से कहा, "बहू या लड़के पूछें तो कह देना कि कोयेल का दुख हो रहा है।"

उस दिन चोट्टि खा न सका। लड़के की बात सोचते-सोचते उसका कलेजा फट पड़ना चाहता था, जानकारी हृदयविदारक थी। किसी से बात करने पर जी हलका भी नहीं हो सकता है। हरमू भी बहुत गुमसुम बना रहा। बाप से बोला, "किया कुछ, कहते हैं कुछ और। ऐसी पुलुस को लड़का मारता था तो अच्छा ही करता था। कैसा बम और कैसी बन्दूक! कुछ तो नहीं था।"

"चुप हो जा, हरमू! अभी और होगा।"

भागे हुए लड़के की तलाश में पुलिस भागदौड़ करती रही। उसका पता नहीं चला। दारोगा चोट्टि से कह गए कि अजनबी लड़का देखते ही थाने पर खबर दो। एक सौ रुपए बख्शीश मिलेंगे।

तीरथनाथ बोला, "देखना तो पकड़ा देना, बापू! यह लोग 'हाँ' कहने का वक्त नहीं देते। महाजन देखते ही मार डालते हैं। कहाँ छिपा है, पता नहीं।"

"हम उसे कहाँ देखें?"

"ओह, देखने पर पकड़ा देना। नक्सल लड़का है। विष की पुड़िया।"

सना सहसा भोला बन गया और बोला, "महाराज! यह क्या सुना कि तुम्हें साँप ने काटा था और काटकर मर गया!"

"बिना जहर का साँप था रे! जूते से दबाकर मार दिया।"

"हमने सुना कि गेहुँअन साँप था और तुम्हें काटकर खुद मर गया। यह बड़ा गप्प है। जाने दो, तुम्हें तो कुछ नहीं हुआ?"

"ना, ना, होता क्या?"

बाद में तीरथ को लगा कि सना शायद मजाक बना गया। गुमाश्ता से कहा, "हरबंस ने उन लोगों को सिर चढ़ा लिया है। कहता था, मुझे गेहुँअन साँप ने काटा और खुद मर गया। मेरे खून में क्या जहर है?"

कुछ दिन बाद ही पुलिस ने फिर तलाश शुरू की। और भागनेवाले ट्रेन से गायब हो गए। पुलिस बख्शीश की घोषणा का कागज स्टेशन में पेड़ पर चिपका गई और शरारत से बूढ़ी मोतिया ने उस कागज पर पान का पीक थूककर स्टेशन-मास्टर से डाँट खाई। कोई भी पकड़ा नहीं गया। लेकिन इसका नतीजा यह हुआ कि अंचल में एक दबा हुआ तनाव आ गया। पुलिस की गोली से मारे जाने और आमने-सामने के संघर्ष के सरकारी वक्तव्य को लेकर अब सब लोग बहुत बातें करते थे। बार-बार पुलिस ने देखा कि उनके मन में उस बीती घटना ने अब जैसे और अधिक दिलचस्पी जगा दी है। लेकिन ऊपर से वे निर्लिप्त बने रहते। इसे देखकर स्टेशन-मास्टर भी बोले, "यह लोग बड़े धोखेबाज हैं।"

[13]

इस समय चोट्टि के तीन बीसी और बारह बरस के जीवन में फिर चुनाव आया। लड़के की हत्या और पुलिस द्वारा जंगल की खोज-बीन ने जिस तरह चोट्टि जैसे स्थान में बाहरी दुनिया की अशान्ति ला दी, उसी तरह बाहर के दूसरे ढंगों ने चोट्टि अंचल पर आक्रमण किया। इस सारी बरबादी में चोट्टि अंचल के मनोजगत के भूस्तर का स्वरूप भी बदलता गया। बाहरी दुनिया के ढंग गड्डमड्ड तरीके के थे। जैसे कि दूर पर सोन नदी के मार्ग पर बॉक्साइट की प्रस्तावित खान चालू हो गई और तोहरी से सोलह मील दूर चामा में एक अलमोनियम का कारखाना शुरू हुआ। खान और कारखाने की बात से सहसा हरबंस, तीरथनाथ—सभी चेते। स्टेशन की चाय की दुकान पर उनकी ऊँचे स्तर की कान्फ्रेंस हुई। बात शुरू हुई। इतनी बड़ी चीज शुरू होने से लेबर पर खिंचाव पड़ेगा। ज्यादा रुपयों के लिए सब फटाफट चले जाएँगे। तीरथ बोला, ''तुम तो बहुत कहते थे कि बेगार बुरी चीज है। अब क्या हुआ? देखो, पुरानी चीज सबसे अच्छी निकली। चोट्टि के आस-पास ही क्यों, चोट्टि में ही अगर कोई कारखाना बने, जिसमें दस रुपए मजूरी दें, वे भी हमारे बेगार न ले सकेंगे। नजर डालकर देखें कि फिर हमें बेगार देंगे। यही जमीन रखने में मजा है।''

''मैं तो उल्टी बात सोच रहा हूँ।''

''क्या?''

हरबंस ने, खुमारी भरी आँखों से कहा, ''फैक्ट्री होने से एक के बाद एक मकान बनेंगे। खोसी ईंटें अब लाखों लगेंगी।''

''उसमें उल्टी बात क्या है?''

''चारों ओर अगर एक के बाद एक फैक्ट्ररियाँ बनती जाएँ, तो बाहरी हवा यहाँ भी घुस आएगी और ये सारे लोग भागेंगे। भाग गए तो आप कुछ कर सकेंगे?''

''वह कैसे होगा?''

''क्यों नहीं होगा? मेरे लिए चोट्टि मुण्डा है। वह अगर कहे कि यह काम करेंगे महाराज, तो काम जरूर होगा। चोट्टि तो उस हरमू केस के बाद से आपका काम नहीं करता।''

''लेबर भाग जाने से तुम्हें मुश्किल न होगी?''

''लालाजी हरबंस चड्ढा पंजाब का लड़का है। पंजाब का आदमी वक्त के साथ चलना जानता है। मेरे बाबा खेती करते थे, इसके लिए बाप ने पलामू आकर खेती की जमीन नहीं तलाश की। तलाश कर सकते थे। उन्होंने ईंटों का भट्टा लगाया।''

"उससे क्या हुआ?"

"अरे मैं उनकी मजूरी बढ़ा दूँगा।"

"अरे, अरे, हरबंस! ऐसा काम न करयो, भैया। तोमरा आदत बिगाड़ देहौ। जो बेगार नहीं हैं, ऐसे लोग भी हैं। वे भी बढ़ती मजूरी माँगेंगे ऐसन काम जिन किह्यो।"

"जिन किह्यो। न करने से वे नहीं भागेंगे। टाइम अब बदल रहा है लालाजी! अब कलकत्ता से बहुत-से लोग आ रहे हैं। पन्द्रह-बीस हजार रुपयों में सरफेस कोलियरी–ऊपरी सतह की कोयला खान खरीद रहे हैं। लेबर कम पड़ेगा, समझते हैं?"

"ना, ना, यहाँ आदमी कीड़ों की तरह अनगिनती हैं।"

"आप अपने आनन्द में रहें।"

"भैया, तुम फल के बगीचे क्यों नहीं मोल लेते? बहुत नफा है।"

"अनवर की तरह अमरूद-शरीफा का बगीचा करूँगा और कुँजड़ों को फल बेचूँगा? खरीदना होगा तो बाद में खरीदूँगा। जब सड़क बनेगी तब फल सीधे बोकारो-राँची-धनबाद भेजे जाएँगे। तब कारखाने में फलों को डिब्बाबन्द कर सकूँगा। तब फलों के बगीचे से कोई छोटी-मोटी इंडस्ट्री बन सकेगी।"

"तुम्हारे फलों का बगीचा खरीदने से मुसलमान को हटाया जाता।"

"लालाजी, मुसलमान से मुझे कोई प्यार नहीं है। लेकिन आपकी तरह छुआछूत मैं पसन्द नहीं करता।"

हरबंस क्या करता है, यह देखने के लिए तीरथनाथ बैठा रहा। हरबंस ने मजूरी बढ़ाकर एक रुपया कर दी। लाचार तीरथनाथ ने भी गैर-बेगार को एक रुपया दिया। बेगारों को ताज्जुब में डाल चौअन्नी-चौअन्नी पनपियाई के देकर उन्हें ताज्जुब में डाल दिया।

यह एक घटना हुई।

दूसरी घटना और भी अद्भुत थी।

एक थे अनाथबन्धु पाल, चलता-फिरता सिनेमा लेकर चोट्टि में उतर पड़े। स्टेशन के मैदान में खुली जगह में उन्होंने 'श्री हनुमान की पाताल-विजय' फिल्म दिखाई। बायस्कोप के बारे में चोट्टि और छगन अनभिज्ञ थे। उन्हें देखकर बड़ा आनन्द आया। तीरथनाथ ने फिल्म देखकर बार-बार नमस्कार किया और बोला, "मैं रुपए दूँगा, कल भी तमाशा होगा।"

सिनेमा देखकर सबको फिर बहुत आनन्द आया। अनाथबन्धु पाल इसके बाद अपना सिनेमा लेकर ट्रेन पकड़कर चला गया। उसके बाद पूरे चोट्टि में शोर मच गया। तीरथनाथ के गुमाश्ते का लड़का दो हजार रुपए चोरी कर भाग गया। चिट्ठी

लिखकर बता गया कि गृहस्थी और भावी गुमाश्तागीरी उसके लिए जहर की तरह है, इसलिए वह संन्यासी बनने जा रहा है। तीरथनाथ बहुत बिगड़ा और थाने की ओर चला। कोई नतीजा नहीं निकला। दारोगा ने खोज-खबर लेकर बताया कि वह राँची जाकर अनाथबन्धु का पार्टनर बन गया है।

तीसरी घटना बिलकुल दूसरी तरह की थी। 1962 और 1967 में पहले बताया हुआ आदिवासी और परिगणितों के प्रति सहानुभूति रखनेवाला प्रार्थी ही जीता था। इस बार सहसा युवालीग दल ने चोट्टि में आसन जमाया और बिगड़कर सदस्य को धमकाया। चोट्टि में आकर उन्होंने मीटिंग बुलाई और धमकाया कि उसे वोट देने पर गाँव जल जाएगा। उनकी धौंस के पीछे हेंकड़ी थी। उसके बाद बोले, "चोट्टि मुण्डा कौन है?"

"मैं।"

"सुना है कि तुम्हारी बात आदिवासी और यहाँ के परिगणित लोग मानते हैं। तुम सबसे कह देना कि हमारे उम्मीदवार को वोट दें।"

चोट्टि का जवाब सुनने के लिए वे नहीं रुके। बाद में चोट्टि और छगन आदि मिले। छगन बोला, "क्या किया जाए?"

"उसने तो हमें कुआँ दिया है। यह अस्पताल दिया है। सड़क भी पक्की कराने में लगा है।"

तीरथनाथ ने उन्हें बता दिया, इस बार नए उम्मीदवार को वोट देना अच्छा है, नहीं तो गड़बड़ होगी।

वे लोग समझ नहीं सके कि क्या गड़बड़ होगी। लेकिन ढाइ में मीटिंग करने में प्रौढ़ सदस्य महोदय अचानक बम की चोट से घायल हुए और मारे गए। आततायी जीप में चढ़कर निकल गए। दारोगा को कहीं से क्या निर्देश मिल गया, इसका किसे पता? वे आतताइयों को बिलकुल पकड़ न पाए। चोट्टि की ओर से इस घटना की प्रत्यक्ष संवाददाता थी मोतिया धोबिन। उस समय मोतिया अपनी बहन के घर पर ढाइ में थी। चुनाव की मीटिंग के कार्यकर्ता लोगों के लिए वह कुछ नहीं था। लेकिन मोतिया के जीवन में वह एक रहस्य था। मोतिया ने चोट्टि आकर बढ़ा-बढ़ाकर सबसे घटना का बखान किया। सभी उससे सुनना चाहते थे और उन्हें सुनने को मिल गया। सदस्य लोकप्रिय थे और उन्होंने अच्छा काम भी किया था। उनकी मृत्यु की बात ने बड़ा कुतूहल पैदा कर दिया।

इसके बाद दारोगा चोट्टि आए। ट्रेन से उतरकर वे चरमर करते हुए छगन की टोली में गए और बोले, "अब पता चला है कि सदस्य को उनकी पार्टीवालों ने ही मारा है। छोटा आदमी रुपए लूटने के लिए विधान सभा का सदस्य बना था। इन्होंने रुपए चुराए थे, हिस्सा-बाँट में गड़बड़ होने से दल के लोग बिगड़ गए।

हटाओ, सुना है कि मोतिया धोबिन बहुत गप्पें उड़ा रही है। उससे कह दो कि कोई आलतू-फालतू गप्प न उड़ाए। गप्प करने से हंगामा होगा। उस हंगामे को रोक सकने की ताकत मुझमें नहीं है।''

मोतिया बोली, ''पुलुस यह क्या कह गई?''

छगन बोला, ''जमाना बहुत खराब है, मोतिया! जो देखा वह सचाई नहीं है। जो कह गया वही सच है।''

सब सुन-सुनाकर चोट्टि और भी गुमसुम हो गया। बोला, ''यह तो नई बात नहीं है। तब लड़के को मारा और कह दिया, लड़के ने पुलिस को बम मारा। यह आदमी भलाई कर रहा था, उसे मार दिया। अब कुछ बात मत करना मोतिया, हवा चक्कर लगा रही है।''

''किन्तु चोट्टि, दारोगा तो वहाँ था नहीं।''

''मोतिया, अगर ऐसी किसी बात का विचार करेगा तो कोई-न-कोई दिकू करेगा, तब किसकी बात पर विश्वास किया जाएगा?''

''दारोगा की बात पर।''

''यह समझती है। घर जा।''

इसके बाद रंगमंच पर चुनाव की एक और मीटिंग हुई। शासक लोगों की जरूरत पर इस राज में सब-कुछ सम्भव है, इसलिए उम्मीदवार और उसके समर्थकों को लेकर शाम की ट्रेन आई और आध घण्टा खड़ी रही। स्टेशन के प्लेटफार्म पर प्रार्थी ने भाषण दिया और पिछले सदस्य को 'नक्सल', गुण्डा इत्यादि विशेषणों से विभूषित कर ट्रेन पर बैठ गया। चोट्टि उस मीटिंग में नहीं गया। लेकिन मोतिया उसके घर ही आ गई। वह धप् से बैठ गई और बोली, ''हाय राम!''

''क्या हुआ?''

''डर गई।''

''क्यों?''

''मिटिन में नहीं गया?''

''नहीं।''

''क्या देखा, चोट्टि!''

''क्या देखा?''

''आज जो आदमी आया, वह वोट लेगा?''

''उसका क्या है?''

''उसी ने तो हाथ उठाकर उस दिन दिखा दिया था। एक आदमी साथ में आया था। उनमें से उसी नाटे आदमी ने बम मारा था। इन लोगों ने ही उसे मार दिया। यह क्या देखा, चोट्टि!''

चोट्टि बोला, "बस, अब कुछ मत कहना।"

"लाला क्या कहता फिरता है, पता है?"

"क्या?"

"इस बार रुपया नहीं देगा, चुनाव में जाने नहीं देगा। फिर भी वोट पड़ेंगे, क्योंकि छोटे लोगों के वोट यह लोग नहीं चाहते।"

"समझा। तू घर चल, पहुँचाए देता हूँ।"

मोतिया को घर पहुँचाकर चोट्टि परमिट का तेल लेने दुकान गया। वहाँ तीरथनाथ से भेंट हुई। तीरथनाथ बोला, "चोट्टि, लगता है तू मीटिंग में नहीं आया?"

"ना।"

"तुम लोग वोट किसे दोगे?"

"देखें।"

तीरथनाथ मानो किसी अदृश्य शक्ति की मदद पाकर हँसा और बोला, "एक और तपसीली-परिगणित प्रार्थी है। वह साला डर के मारे इधर आ नहीं रहा है।"

चोट्टि कुछ न बोला। ताकता रहा।

"इस बार देखना, यह जगह अच्छी हो जाएगी।"

चोट्टि ने जवाब नहीं दिया। घूमकर चला गया।

दो दिन के बाद तीरथनाथ फिर उतना नहीं हँसा। उसने हरबंस से कहा, "फिर पचास हजार रुपए ले गए।"

"मैंने भी दस हजार दिए।"

"दिए?"

"जरूर। फिर फैक्ट्री हाउसिंग में ईंटें देने की बात भी पक्की हो गई। बस। यही पार्टी रहेगी और मेरा भला होगा।"

"मेरा क्या होगा?"

"भला होगा। देखना।"

"कैसे?"

"यह साला भी आपकी तरह छुआछूती है न? इसीलिए वह आपकी भलाई करेगा। ब–होत शानदार आदमी है। किस दल का है, मालूम है?"

"नहीं।"

"अर्जुन मोदी के।"

"उससे क्या हुआ?"

"आपका भी जवाब नहीं।"

"बताओ न।"

"बताना नहीं पड़ेगा। समझ जाएँगे। पाँच बरस में पचास हजार के पाँच लाख बनकर लौटेंगे।"

"आएँगे?"

"जरूर। भारत के भाग में नया सूरज जो उगा है, है न!"

"वह गुण्डा छोकरा?"

"विजया मोदी था।"

चोट्टि आदि ने वोट देने के लिए जाकर देखा कि उनके नाम पर पहले ही वोट पड़ गए हैं। वोट देनेवालों को रोकने में बूथ पर मारपीट हो गई। सशस्त्र गुण्डे लाठी लेकर वोट देनेवालों को रोक रहे थे। नतीजा निकलने पर देखा गया कि बहुसंख्यक वोटों से युवालीग का छोकरा जीत गया है। विजेता के निर्देश से तीरथनाथ ने आतिशबाजी जलाकर विजयोत्सव मनाया और युवालीग में गुण्डा लोगों ने हरबंस के घर पर अपनी दावत की। हरबंस को काफी शराब मँगानी पड़ी। बकरा कटाना पड़ा।

खाना-पीना समाप्त कर उठने के समय माननीय सदस्य ने हरबंस से कहा, "टेण्डर कल नहीं होगा। तमाम अंग्रेजी कायदे हैं। अब भारतीय ढंग से काम होगा। केवल पोली ईंटें ही क्यों, सीमेण्ट का ठेका भी दे दूँगा।"

"आपकी दया है।"

"लेकिन बट्टा देंगे।"

"जरूर।"

"बारह आना, चार आना। बारह आना मेरा। फिकर मत कीजिए। वह दर मिलेगी कि उससे भी आपको मोटा नफा होगा।"

हरबंस मन-ही-मन बोला, 'हरामी' और ऊपर से बोला, "जरूर।"

"यहाँ अछूतों और आदिवासियों का बड़ा जोर है।"

"नहीं-नही।"

"पता है, पता है। सब ठीक कर दूँगा।"

"वे लोग कुछ नहीं करते।"

"अरे, छिपाइए मत। अपने इन सब लड़कों को एक-एक इलाका बाँट दिया है। बड़े अच्छे लड़के हैं सब। मेरे लिए जान लड़ाकर काम किया है। उस अछूत को इन लोगों ने ही घायल किया था।"

हरबंस चौंक पड़ा और सदस्य ने अपने शागिर्द से इशारा पा हँसकर कहा, "मजाक कर रहा था।"

"यस।"

सदस्य और शागिर्दों का झुण्ड चला गया। हरबंस बहुत घबराया लग रहा था।

वह ठेकेदारी चाहता था, रुपए बनाना चाहता था, मुनाफा लूटना चाहता था। उसी के साथ चाहता था छोटा और मझोला उद्योग खड़ा करना। अब बोकारो, चास—सब जगह भीड़भाड़ थी। यही मौका था। लेकिन हरबंस कोई गड़बड़ी नहीं चाहता था। उसने या उसके पिता ने अभी तक किसी कुली-मजूर के शरीर पर हाथ नहीं उठाया था। इन लोगों की सुख-दुख, मुसीबत-उसीबत में माँगने पर पिता ने मदद की थी, हरबंस भी करता था। बहुत दिनों तक इनके बीच में हरबंस का रहना-सहना रहा। चोट्टि आदि में उत्तरदायित्व लेकर भलमनसाहत से काम करने की जो आदत है, मेहनत-मजूरी से हरबंस उस पर विश्वास ही करता था। हरबंस अपना स्वार्थ सोलह आना सुरक्षित रखता था। इनके साथ मोटे तौर पर अच्छा बर्ताव ही करता था। उस बार सदर में पोली ईंटें चालान देकर हरबंस ने बेजा मुनाफा कमाया था और कुली और लेबर को दिए थे मोटे जनता मार्का कम्बल। चोट्टि का कम्बल औरों की तुलना में थोड़ा अच्छा था। यह लोग हत्या कर राजनीति में घुसे हैं, अब कहते हैं कि आदिवासी और अछूतों को दबाएँगे। क्या करेंगे, इसका पता नहीं। अगर आग भड़क उठे तो? हरबंस के कारण आग भड़कने से जहर-बुझे तीर से हरबंस को घायल करके मुण्डा लोग अगर अपनी हँडिया-उँड़िया उठाकर अनजान जगह चले जाएँ? ऐसी घटना तो हुई थी। नरसिंगगढ़ का नायब तीर से मारा गया था। कुरमी के दुखिया ने तो नायब का सिर काट लिया था। हरबंस बहुत चिन्ता में पड़ गया और निश्चय किया कि मजदूरी बारह आने से बढ़ाकर एक रुपया कर दी जाए। बाद में सवा रुपया भी कर देगा। सद्भाव बनाएगा। उसका नतीजा होगा कि हरबंस पर किसी का गुस्सा न होगा। इन सब बातों को मन-ही-मन सोचने के बाद हरबंस ने महसूस किया कि उस सदस्य और उसके चेलों के शक्ति प्राप्त करने में छोटा हिटलर देखकर डर गया है। उसकी समझ में नहीं आ रहा था कि क्या करे!

उसने तीरथनाथ से कुछ न कहा। किन्तु तीरथनाथ ने उसके आचरण को लक्ष्य किया, सम्भवतः वह भी घबरा रहा था। फसल पर उसने भी बेगार मजूरों को सवा रुपया मजूरी और छः आना पनपियाई दिया। कहा, "ऐसन मालिक न मिली, छगन।"

"महाराज की किरपा है।"

छगन ने दुखी और उदास चेहरे से वह बात कही। कहा, "आप लोग जो करें वही अच्छा। आजकल चारों ओर बहुत काम है। कुली-लेबर में ढाई रुपया है। इसी से कुरमी और नरसिंगगढ़ में खेत-मजूरों को भी दो रुपए मिल रहे हैं। बेगारवालों को पनपियाई एक रुपया मिल रहा है। अब सदर से चोट्टि में एन.सी.डी.सी. आएगा। कोयला खुदवाएगा। वह तो सरकारी रेट देते हैं—आठ-नौ रुपए।

"तो मैं भी खेती का काम उठा दूँगा।"

पहले के सदस्य को हटाया गया, धोखेबाजी और डकैती से चुनाव जीता गया। चुनाव के बाद ठेके आदि का हिस्सा-बाँट हुआ—इसी प्रक्रिया में चोट्टि अंचल का आधुनिक समय से परिचय हुआ। निर्वाचित सदस्य और शक्ति-प्राप्त दल के काम-काज भी पेशेवर और दिखावटी हो गए। अब वे दिन न रहे कि तीरथ बेगार भी ले और 'का रे छगन' कहकर बातें भी करे। इस शासन में प्रत्येक का चरित्र दूर कर अपनी श्रेणी की भूमिका में काम लेना था। चोट्टि ने कहा, "अब जो देखोगे वह अपनी जिन्दगी में नहीं देखा होगा। लगेगा, पहले कितने सुख में थे। देखा नहीं कि खून करके चुनाव जीता?"

"बात दूसरी कही।"

"हाँ।"

"क्यों कही?"

"सोचकर देखो, छगन!"

छगन बुड्ढे ने नाक को चिन्ता से सिकोड़, गला साफ कर कहा, "दो बार देखा। उस लड़के को सबके सामने मारा, और बात दूसरी कह दी। इसको मारा सबके सामने और बात कुछ और कह दी।"

"क्या समझे?"

"सभय बहुत खराब है।"

"ब-हु-त बुरा।"

"यह हुआ क्या?"

"जो होना चाहिए वह हुआ। मोतिया जानकर कुछ नहीं कहती। जान से मार सकते हैं। उन लोगों के लिए असाध्य कुछ नहीं है।"

"सब लोग पैसा जादा दे रहे हैं। फिर भी अच्छा है।"

इस उम्र में भी चोट्टि की आँखें सजीव और चमकीली-काली थीं। आँखें उठा हलकी मुस्कुराहट के साथ चोट्टि बोला, "चड्ढा भला बन रहा है, इसलिए लाला भी दे रहा है, किन्तु वैसा नहीं है।"

"पता है। चारों ओर मजदूरों की जरूरत है।"

"इसी से दे रहे हैं।"

"ओह! एन.सी.डी.सी. आएगा।"

"हमारे ऐसे भाग्य नहीं होंगे। सरकारी काम ढीलम-ढाल चाल से होता है। पहले देखेंगे, कहाँ कोयला है, उसमें बरस बीत जाएगा। उसके बाद यहाँ कोयला का दफ्तर खोला जाए या नहीं, यह ठीक करने में बरस बीत जाएगा। घर बनाने में बरस जाएगा। मुझे तो लगता है कि यह अभी भी तीन-चार बरस का मामला है।"

"सो होगा।"

"गुण्डे लोग इधर-उधर बहुत जुलुम कर रहे हैं।"

"हमें क्या, नंगे फकीर को चोरों का डर नहीं रहता।"

छगन की बात झूठ हो गई। 1972 के चुनाव के बाद शासक दल ने बहुत ज्यादा वोटों से जीतकर देश के गरीब-गुरबों के बारे में जिस नीति का अनुसरण किया वह बहुत मनोरंजक थी। पाँच बरस के कार्यकाल में केन्द्रीय शोर-शराबे–घोषणाओं, कानून बनाने इत्यादि ने भारत को संसार की सभा में ऊँचा स्थान दिलाने में सहायता की। मुक्ति सूर्य का रूप 'रा'[1] देव के समान ही विलक्षण था। लेकिन 'रा' देवता की तरह ही उसका उद्देश्य था शुद्ध रक्त। उसका परिणाम हुआ–गरीबी हटाओ, बेगार गैरकानूनी है, अब कृषि ऋण गैर-कानूनी है, इत्यादि नारे और सुधार कार्यक्रम देश के दूर-दूरान्तर में फैल गए थे। पेड़ों-स्टेशनों-बसों इत्यादि पर पोस्टर बनकर लटक गए थे। किन्तु यथार्थ में चोट्टि और छगन आदि की पिसाई चलती रही। इन्हीं पाँच बरसों के राज्यकाल में धनी को और भी धनी बनाने के काम में, निम्नवर्ग और आदिवासी लोगों को जूतों के नीचे रखने के काम में, सबसे ऊपर, पोर्टफोलियोहीन लल्लू बाबू के खिलौने की तरह भारत का नए सिरे से बनाना, पुलिस की मदद से गुण्डे, खून चूसनेवाले देवता बनाने के काम में समर्पित हुए। उसका उद्देश्य था खोका बाबू के खिलौना की तरह भारत का पुनर्निर्माण। बाबू को चोट्टि या छगन देख नहीं सकते थे, लेकिन उनका खिलौना बनकर लात खाते रहे। जल्दी ही समझ में आया कि पुरानी कहावत को नए ढंग से लिखने का वक्त आ गया है। नंगे लोगों को बटमार और डाकुओं का डर बहुत अधिक था।

इस अंचल में चुनाव का प्रचार करने आए सदस्य को अचानक लगा कि यह जगह बहुत गड़बड़ है। उसी के अनुसार वह पार्टी के सेक्रेटरी को सारा कुछ बताता। वह जो बताता उसका सारांश था कि तीरथनाथ और हरबंस दोनों के मालिक रहने पर भी स्थानीय आदिवासी, अछूत उनसे बँधे नहीं हैं, और भी रोजी-रोजगार करने के लिए स्वतन्त्र हैं।

सेक्रेटरी ने बताया, "यह हो सकता है, पर उससे क्या?"

सदस्य बोले, "तीरथनाथ और हरबंस से बात करने पर उनकी राय हुई है कि व्यक्तिगत सम्बन्ध रहने के कारण वे प्रचलित ढंग को बदलना नहीं चाहते।"

"यह मुझे मालूम है। मेरे पास भी जमीन है, कर्जदार हैं, बेगार हैं। व्यक्तिगत सम्बन्ध रहने पर मार-पीट होने का मौका कम आता है।"

"अरे, आप नहीं समझते, साले किस तरह आजाद ढंग से चलते-फिरते हैं, उस

1. RAW (रॉ)–सरकार का एक जासूसी विभाग।

तरह उनकी कमर नहीं टूटी है।"

"खूब समझता हूँ। एक बात याद रखना।"

"क्या?"

"आदिवासी लोग और अछूत लोगों को लेकर ऐसा कुछ मत करना कि जिससे फसाद हो जाए। मैं पार्टी का सेक्रेटरी भी हूँ। मेरी मदद से तुम जीते हो। भूलना नहीं, तहसील में मेम्बर को मारने के मामले में तुम्हारे नाम से फाइल भी है।"

"क्यों?"

सेक्रेटरी घाघ राजनीतिज्ञ मगरमच्छ की-सी हँसी हँसा और बोला, "रखनी पड़ती है, ठीक जगह पर रखनी पड़ती है। अगर मैं तुम्हारे काम में अप्रिय बन जाऊँ, अगर मुझे...तो वह काम आएगी। मैंने तो नहीं सोचा था कि तुम उसे जान से मार डालोगे। सोचा था कि निर्देश तुमने समझ लिया है, बम छोड़कर मीटिंग उखाड़ दोगे।"

"हाँ, गलती हो गई।"

"ताकत आने से ही नहीं होता है। उसे रखना भी जानना चाहिए।"

"हटाओ, जो हुआ सो हुआ। अब मैंने लड़कों से जो कहा है, वैसा ही करूँगा। इलाके बाँट दूँगा। उनको इलाके दूँगा, एक-दो ठेके। बेचारे घर-बार छोड़कर पार्टी का काम करने आए हैं। थोड़ी-बहुत तो मदद देनी होगी।"

"तो दो न। मैंने क्या 'ना' कहा है?"

"किन्तु...!"

"क्या?"

"वह था परिगणित जाति का तपसीली। उसने तपसीली और आदिवासियों की भलाई भी की थी। उसी से सालों में गरमी छा गई है।"

"अरे, मारपीट किए बिना क्या काबू में नहीं लाया जा सकता है? अक्ल चाहिए। क्या करें, यह वे ही समझें। तुम्हारे सामने अभी बहुत काम हैं। आगामी चुनाव में तुम जीते तो मन्त्री भी हो सकते हो। मन्त्री बनने पर काम दिखाना पड़ेगा। सिर्फ बुराई करने से पब्लिक मदद नहीं देगी। इस बार की तरह हर बार वोट नहीं मिल सकते हैं। तुमको भलाई-बुराई दोनों करनी पड़ेंगी। वोटों के मामले में गुण्डई वहीं चलेगी जहाँ पब्लिक भी तुम्हारा समर्थन करती हो।"

"करेगी न।"

"तीरथनाथ-हरबंस अल्पसंख्यक हैं, रेलवे के कर्मचारी आने-जानेवाले हैं, इसी से उनकी संख्या कम है। बहुसंख्यक आदिवासी और अछूत हैं। चोट्टि बड़े आनन्द की जगह है। वहाँ तुमको होशियारी से चलना पड़ेगा। नहीं तो...।"

"क्या?"

सेक्रेटरी की मुस्कुराहट और भी जहरीली हो गई। बोले, "बच्चू! तुम तो कल के बच्चे हो। लेकिन मेरा नाम दक्षिण-पूर्व बिहार में सब जानते हैं। और ईश्वर की कृपा से दिल्ली में भी मेरा मेलजोल है। मेरी बात न मानकर चलने से बहुतों का राजनैतिक जीवन समाप्त हो गया है। यह तुमको भी जान लेना चाहिए। तुम्हारे पिता को 1957 में लाचार होकर ही बैठा दिया था। बेचारे मर भी गए। उनका बेटा होने के कारण ही तुमको...।"

"हाँ-हाँ। आपकी मदद के बिना मेरा कुछ न होता।"

"आखिरी बात। चोट्टि और ढाइ और कुरमी और नरसिंगगढ़—इन अंचलों का एक इतिहास भी है। कोई भी छेड़छाड़ नहीं होनी चाहिए। गाँवों में बहुत छेड़छाड़ करने से खून बह जाता है, नक्सली ढंग की हिंसा होने लगती है। तुम्हारी बेवकूफी से उस अंचल में किसी हिंसा की शुरुआत नहीं होनी चाहिए। नहीं तो तुम गए। वह नक्सली मारा गया है, यह मत भूलना।"

"नहीं भूलूँगा।"

"आदिवासियों के तीज-त्योहार-मेला—किसी में कोई गड़बड़ मत करना। एक काम की बड़ी जरूरत है। आदिवासी और अछूत चोट्टि में इकट्ठे हैं। चालाकी से उनमें फूट डालना अच्छा होगा। चोट्टि में चोट्टि मुण्डा नाम का एक बुड्ढा है। उस अंचल में उसका बड़ा सम्मान है। उसके लड़के के केस के मौके पर आदिवासी अफसर दिलीप तरोये ने बहुत मदद दी। तरोये अच्छा अफसर है। अब डिरेक्टर ट्राइबल वेलफेयर हो गया है। चोट्टि को अगर हाथ में रखकर चल सकते हो, तो वह अंचल मोटे तौर पर तुम्हारी मुट्ठी में रहेगा। जितनी बातें बताईं, उन्हें याद रखकर काम क़रना। हमारे नेता यहाँ की भूमिका नहीं देखते? वे अब पूर्व गोलार्ध के लीडर बन गए हैं। भैया! तुम्हारा काम उनके काम में मदद करना है। अपने पक्ष में उनका माहात्म्य देखा है?"

"देखा है।"

"दीवार पर तसवीर टँग रही है, देखते हो न? वह मैं हूँ।"

"वही तो। अच्छा है।"

"क्या?"

"किसी से पूछ नहीं सकता। कुछ जानने की इच्छा हो रही है।"

"क्या?"

"छुआछूत मैं मानता हूँ, आप भी मानते हैं।"

"बिलकुल। वर्णाश्रम हमारा जन्मसिद्ध अधिकार है।"

"यह क्या सच बात है कि महात्मा जी छुआछूत नहीं मानते थे?"

"भैया! वे थे देवता। देवता की बातें क्या आदमी समझेगा?"

"ठीक कह रहे हैं।"

सदस्य चले गए। सेक्रेटरी ने अब अपने सेक्रेटरी से कहा, "किस माल को अखाड़े में उतारा है, देखा?"

"देखा, लेकिन क्यों?"

" 'लेकिन क्यों क्या?' "

"देवकीनन्दन कैसा अच्छा लड़का था। आपके हाथों का सिखाया ग्रामसेवक लड़का। वह साला धनबाद में मोटर के टायर में शराब भरता था, सिनेमा के टिकटों का रोजगार करता था, मारवाड़ियों को रण्डी सप्लाई करता था। वह खून के मामले में अभियुक्त बना, छूट गया। इसको क्यों लाए?"

"अब अर्जुन मोदी ऊपर उठ रहा है। हमारे शहर के बाहरी हिस्सों–मुफस्सिल–में लोफर-गुण्डों को लेकर उसकी युवालीग बन रही है। इसी से इस लौण्डे को लाया हूँ। भैया, मैं हूँ हवामशीन का मुर्गा, सिनेमा में जैसा देखते हो। जिधर की हवा हो उधर घूमना जानता हूँ। नहीं तो जिन्दा रह पाता? आजकल राजनीति में खून-खराबी देख नहीं रहे हो?"

"हमारा जमाना चला गया। सब-कुछ सुन्दर चलता था। राजनीति कैसा मुनाफे का व्यापार बन गई थी। सबका मुनाफा रहता था। कितने रास्ते खुल गए। मैंने अपनी साठ बरस की उमर में बम्बई शहर भी नहीं देखा। मैं यूथ डेलीगेशन में सिंगापुर-हाँगकाँग-मनीला-जापान चला गया। तमाम ट्रांजिस्टर और कैमरे लाकर बेचे। क्यों? खून-खराबा तो नहीं किया? उससे कुछ नुकसान हुआ? आजकल क्या है?"

"भैया! तुम मेरे मन की बात ही कह रहे हो। पुराने देश-सेवक क्या हिंसा चाहते थे? उसने उस मेम्बर को मार डाला। उसके लिए मुझे दुख नहीं हो रहा है? अब 'आदिवासी समाचार' उसके बीवी-बच्चों के लिए रुपए जमा कर रहा है। बताओ तो, कितना सच्चा आदमी था! दस बरस मेम्बर रहा। एक पैसा नहीं बना सका! ऐसे आदमी को हटाकर इसे लाया। इसमें मुझे अच्छा लगता है?"

"पता नहीं, क्यों मारा?"

सेक्रेटरी जोश में आकर बोले, "मारना बुरा काम है। फिर भी माने लेता हूँ कि तुझे उसके मारने की जरूरत थी। ऐसी पब्लिक जगह में मारा! हजारों लोगों को गवाह बनाकर! पार्टी की बात नहीं सोची। हमारी पार्टी क्या हत्यारों की पार्टी है? लोगों ने क्या सोचा होगा?"

"सच बात है।"

"कुछ नहीं, कुछ नहीं। वेस्ट बंगाल में 1971 में बरानगर काशीपुर में बिलकुल

यही नहीं हुआ। तीन सौ गुण्डों ने जाकर दो-ढाई सौ नक्सली लड़कों को मार दिया और पुलिस कुछ नहीं बोली, सिद्धार्थ राय ने भी कुछ नहीं किया। सब दबा दिया। वही जानकर यह लोग जाग उठे हैं।"

"यह क्या ठीक है?"

"कभी नहीं। तू पुराना गुण्डा है। तू क्या सिद्धार्थ राय है? उस तरह की अंग्रेजी आती है? प्रधानमन्त्री के साथ खाना खाता है?"

"कहाँ की बात करते हो? प्रधानमन्त्री को देखकर पतलून खराब करनी है? अंग्रेजी! उसे हिन्दी आती है?"

"देखना चाहिए, क्या करता है।"

सदस्य का पहला काम हुआ, पार्टी सेक्रेटरी के पास से प्रदेश के सेक्रेटरी के पास जाकर सब बताना। प्रदेश सेक्रेटरी बोले, "क्या? तुमसे यह सब कहा है?"

"कहा तो है।"

"न-न, बुड्ढे को हटाना पड़ेगा। उनकी यह आदिवासी-अछूत की मुहब्बत और चालाकी से चलने की नीति भारत की आज की राजनीति में नहीं चलती। तुम लड़ जाओ। शुरू में ही विधान सभा में किसी बात को लेकर शोर मचा दो, जिससे कुछ प्रभाव पड़े।"

"गो-हत्या लेकर शोर करूँ? बहुत चालू समस्या है।"

"ना-ना, बहुत साम्प्रदायिक हो सकती है।"

"तो?"

"देखता हूँ। और सुनो! रोमियो का मेम्बर को बम से मारना ठीक नहीं हुआ। वह पैसा जानता है। कल कोई और पैसा दे तो तुमको बम मार देगा। उसे तुम जो हो सके, दो।"

"रोमियो, पहलवान और दिलदार—तीनों लोगों को ठेकेदारी दे रहा हूँ, रुपए दिए हैं और इलाके बाँट दिए हैं।"

"ठीक। तो सोच लो, किस बात पर बोलोगे?"

"गुरु! मेरे मुँह से तो अच्छी हिन्दी नहीं निकलती।"

"दिलदार बता देगा।"

उसके बाद सदस्य चेलों को लेकर शराब पीने लगा। शराब पीते-पीते बोला, "धुत्, यह साफ कपड़े पहनकर विलायती चीज पीना मुझे ठीक नहीं लगता। मैं तो हूँ जनता का आदमी। चुआई हुई पिऊँगा, लुंगी पहनकर रूमाली बीवी को चिपटाकर धनबाद स्टेशन पर नाचूँगा, तमाशा करने के लिए स्टेट बस का टॉयर बन्दूक से फोड़ दूँगा। अब सब बन्द। अब तो साबुन रगड़ना पड़ता है, दाँत माँजने

पड़ते हैं। रूमाली भी कह रही थी, पुरानी पहचानी गन्ध कहाँ गई?''

दिलदार बोला, ''वह सब भूल जाओ, गुरु।''

''कैसे?''

''विधान सभा की बात सोचो।''

''क्यों सोचूँ?''

''किताब-इताब पढ़ो।''

''तुम पढ़कर मुझे बताओ।''

''न-न, तुम भी पढ़ो।''

इस पढ़ने में ही मामला बिगड़ गया। सदस्य ने चौथे दर्जे की कुछ किताबें लेकर शिक्षा शुरू की और इतिहास की किताब पढ़कर वह बहुत खफा हो गया। दल के साथ सदर जाकर इतिहास की किताब के लेखक, मुड़े सिर, काठिया बाबा के भक्त, निपट भलेमानुस बिरिज तिवारी के घर में घुसकर उसे खूब पीटा और बोला, ''अछूतों से प्यार दिखा रहे हो?''

''कैसे?''

''क्यों लिखा कि गौतम बुद्ध शूद्र के घर सूअर खाकर बीमार पड़ गए और मर गए? अछूतों ने भगवान को मार डाला, यह बात लिखने से अछूत सिर पर न चढ़ बैठेंगे?''

''काहे?''

''तो ले!'' कहकर सदस्य ने बिरिज तिवारी के कागज-पत्तर फाड़ डाले और बोला, ''सारी इतिहास की किताबें जला डाल।''

बिरिज तिवारी ने उसी समय अपनी ओर से भरसक शोर मचाया। मामला दूर तक गया। अखबारों में खबर सुर्खियों में छपी। 'आदिवासी समाचार' ने सदस्य के पिछले जीवन की कहानी छापकर अपनी बिक्री बढ़ाई। दिलदार कलकत्ता गया था। भागा-भागा आया। विधानसभा में मामला उठा। सदस्य को दाहिने-बाएँ खूब डाँट पड़ी। प्रदेश के सेक्रेटरी तक ने सदस्य को गालियाँ दीं। पार्टी सेक्रेटरी बोले, ''बेवकूफ, गधा, जो दूसरी किताबों में लिखा है, वही तो उसने लिखा। इसी अक्ल पर तुम मेम्बर बने हो?''

सदस्य चुपचाप सब सुनता रहा और बोला, ''चेले तो कहते हैं कि बुद्ध हिन्दू देवता हैं। कृष्ण के एक अवतार हैं। वह आदमी ऐसा बुरा काम कर गया?''

''यही तो देख रहा हूँ?''

''हटाओ, मैं अब विधानसभा में मुँह नहीं खोलूँगा। अपना इलाका दुरुस्त करूँगा।''

सबकी जान में जान आई और अब शुरू हुआ शेर का खेल। सदस्य ने समझा,

इस अंचल में सुविधा हुई। अखबार में फटाफट खबर नहीं निकलेगी। कोई भी आदिवासी या अछूतों के बारे में माथा-पच्ची नहीं करता। दिलदार बोला, ''ऐसी फील्ड रहते गुरु, तुम बुद्ध की बात लेकर शोरशराबा करने गए!''

''तुम कलकत्ता क्यों गए, रण्डी के बच्चे? तुम रहते तो इस तरह का किस्सा होता?''

''अब तुमको छोड़कर नहीं जाऊँगा।''

[14]

इसी तरह चोट्टि अंचल के जीवन में रोमियो, पहलवान और दिलदार घुस पड़े। बुद्ध की कहानी पर सदस्य की जो छीछालेदार हुई, उसने भी इस प्रवेश में शीघ्रता की। इसी प्रकार करुणाघन शाक्यमुनि चोट्टि आदि के जीवन में अनजाने ही एक तत्त्व बन गए।

तीरथनाथ, उसके खेत और जमींदारी के साथ चोट्टि का कोई सम्बन्ध नहीं रहा। हरबंस को नई ठेकेदारी मिलने से वह काम में लग गया। उसने चोट्टि को बुलाकर कहा, ''चोट्टि! वर्षा बीत गई है। लालाजी के काम में मैंने पहले नुकसान नहीं पहुँचाया, अब भी नहीं करूँगा। लेकिन अब चामा में फैक्टरी चालू हो रही है। दो सौ क्वार्टर बनेंगे। कितनी ईंटें लगेंगी, इसका ठीक नहीं। लेकिन कुल ईंटें मैं दे रहा हूँ।''

गरीब चोट्टि भावी लखपति हरबंस से हँसकर बोला, ''यह बहुत अच्छा हुआ, महाराज! कोई और आदमी भी ठेकेदारी लेकर राजा बन जाता। तुम राजा बनो महाराज, हम देखेंगे।''

''न-न चोट्टि, वह सब बाद की बात है। अभी तो तुमसे काम की बात है।''

''कहो, महाराज!''

''मेरा तो लेबर लगेगा।''

''हम तो हैं।''

अब हरबंस हँसा। बोला, ''बहुत, ब-हु-त-से आदमी लगेंगे। चोट्टि, बीड़ी मत सुलगाओ। एक सिगरेट पियो न! पीकर देखो न, कैसी लगती है।''

चोट्टि ने सिगरेट ली। सुलगाकर आँखें सिकोड़ीं और बोला, ''किस मजे के लिए पीते हो? घास की तरह है।''

''बुझा क्यों रहे हो?''

"रख लूँ। हरमू पिएगा। कोयेल बीच-बीच में हाट से लाता था। उसे अच्छी लगती थी।"

"अब सुनो!"

"कहो, महाराज!"

"लेबर-कुली बहुत चाहिए। गाँव से जो मिलेंगे सो पता है। लेकिन मुझे आदिवासी ज्यादा पसन्द हैं। तुमको सब मानते हैं। तुम कुरमी, और नरसिंगगढ़ से मेरे लिए कुछ आदमी ले आओ। लाओगे?"

"कुरमी के लोग आएँगे क्योंकि उनके आसपास वैसा कोई काम नहीं है। समझो, नरसिंगगढ़ भी गया, वे भी आ गए। किन्तु...?"

"क्या, कहो।"

"उन्हें भी सवा रुपया मिलेगा?"

क्या देने पर क्या रहेगा, यह हिसाब हरबंस ने मन-ही-मन कई बार लगाया था। वह जानता था कि इनको पाँच रुपए देने पर भी उसे फायदा रहेगा क्योंकि उसका ठेका दो लाख रुपयों का है। वह बोला, "दो रुपए मजूरी दूँगा। पक्का ढाई सौ भुट्टों का सत्तू और एक सौ भेली गुड़ पानी पीने के लिए। एक बात है, काम मुझे तीन महीने में पूरा कर देना है।"

चोट्टि की आँखें सूर्य निकलने के पहले के आकाश की तरह शान्त और सुन्दर हो गईं। वह धीमे से बोला, "महाराज, यह बात कहने से सब बहुत खुश हो जाएँगे। तुम्हारा भला हो।"

"तुमसे साफ-साफ बता रहा हूँ, इस काम के लिए यह रेट है। हमेशा कन्ट्रैक्ट तो मिलेगा नहीं। तब यह रेट न दे सकूँगा। वह भी बता देना।"

"वह भी कह दूँगा।"

"तुम्हारे साथ और भी बात है।"

"कहो, महाराज!"

"तुम्हारी उमर हो गई है। उनके साथ तुम्हें बराबरी का काम नहीं करना होगा। यह सब लेबर ठीक से काम करे, तुम यह सब देखना। तुमको मैं तीन रुपया दूँगा।"

"महाराज, वैसा क्यों करेंगे? मैं ठेकेदार नहीं हूँ। एक रुपया जादा लेने से मेरी गृहस्थी को बहुत फायदा है। किन्तु मैं ठेकेदार तो नहीं हूँ कि जादा रुपया लूँ। इसके सिवा हम अभी तक मिल-जुलकर काम करते रहे हैं। और महाराज, उमर की बात कहने से मन को दुख हुआ। अभी भी पेड़ काटता हूँ, दस मील चल भी लेता हूँ, अपना भात खुद कमा लेता हूँ। अपने बाप की ओर देखो। वह भी काम करता है।"

हरबंस बोला, "सो तुम जानो। अच्छा, अगर तुम रुपए नहीं लेते, फिर भी उनकी तरह काम नहीं करने दूँगा। तुम तो हमारे एक ही चोट्टि हो। तुम्हारे जाने पर दूसरा नहीं मिलेगा।"

"जाना कौन चाहता है?" चोट्टि हँसा। बहुत ही दुर्बोध्य हँसी हँसा। बोला, "बहुत जमाना देखा है महाराज, और देख भी रहा हूँ। यह चोट्टि कैसा था? हम-तुम जहाँ खड़े होकर बातें कर रहे हैं, वहाँ एक बाघ था, मैं तब दस बरस का लड़का था, यहाँ घना जंगल था। गाय लेकर मैं घुसा। गाय बाघ की गन्ध से भागी। मैं पाकड़ के पेड़ पर चढ़ गया। मेरे सामने आदमी लेकर चला गया। उस समय रेल-लाइन इधर-उधर बन रही थीं। जिस बाघ को मानुस का सवाद मिल जाता, उसके जुलुम से लाइन का काम बन्द हो जाता।"

"चोट्टि, यह पहाड़ क्या ब्लास्ट कर उड़ाया गया है?"

"नहीं महाराज, हमेशा से एक-सा ही है। बीच में आधे मील तक फाँक है, दो पहाड़ दोनों ओर हैं, हम लोग इन्हें दो सौतें कहते हैं। हमेशा से। बाप-दादे बता गए हैं, धरती बनने के बाद असुरों की पत्नियाँ हरमदेउ के पास झगड़ा करने गई थीं। हरमदेउ ने उन्हें नीचे पटक दिया। उसी से सारी दुनिया में पहाड़ हो गए। सो यहाँ पहाड़ फाड़ा नहीं गया है। बीच में से रेल निकाली गई है। ऐसी अनेक बातें हैं।"

"तो फिर चोट्टि, वही बात रही। छगन से कहना पड़ेगा? उससे तो कहा नहीं है।"

"मैं कह दूँगा।"

हरबंस को अन्दर-ही-अन्दर कुछ जरूरी काम-सा लगा। क्या बात थी, वह समझ नहीं पा रहा था। वह कन्ट्रैक्ट के ढंग से ही काम करना चाहता था, गुण्डों को खुश रखना चाहता था। इस अंचल में पोली ईंट बनाने का काम बड़ी अच्छी तरह हो सकता है। हरबंस ईंट बनाने का कारखाना खड़ा करना चाहता था। आदिवासियों और अछूतों के लिए उसके मन में कोई प्यार नहीं है, ऐसा सोचता था। अब लगा कि है। बहुत दिनों की जान-पहचान हो गई है। इसके सिवा हरबंस खुद ग्रेजुएट है, अखबार पढ़ता है। लेबर को मोटे तौर पर सन्तुष्ट रखने लायक मजदूरी देकर अपना काम खड़ा करना चाहता है। सदस्य के चेलों का जंगली गुण्डापन, जानवरों की-सी उच्छृंखलता उसे अच्छी नहीं लगती। उनकी तो बात ही और थी। सदस्य खुद जिस तरह का असभ्य और जानवर था, वैसे में अगर वह सदस्य न होता तो हरबंस उसे घर में न घुसने देता। हरबंस के मन में यही उठता रहता कि पिता के साथ कोई सलाह न कर सारे व्यापार में घुसना उसके लिए उचित न हुआ। अन्त में वह पिता के पास गया। परतापसिंह ने अब मोटर सर्विस रिपेयरिंग

का कारखाना और दूर-दूर तक माल ले जानेवाली ट्रक-सर्विस खोल दी थी। हरबंस की पत्नी, लड़का-लड़की उनके पास ही रहते थे। लड़का-लड़की बोकारो में पढ़ते थे। हरबंस की माँ नहीं थी। विमाता और सौतेले भाई के खेती के काम-काज के उत्तराधिकारी होने से परताप के प्रबल व्यक्तित्व के कारण घर में कोई अशान्ति न थी। हरबंस की पत्नी, लड़का-लड़की सौतेली माँ को विशेष प्रिय भी थे। ईंटों का भट्टा और चड्ढा बस सर्विस हरबंस की अकेले की थीं।

परताप ने लड़के की बातें ध्यान से सुनीं और गम्भीर हो गए। बोले, "यह तुमने अच्छा नहीं किया। यह मेम्बर कितना मुनाफा लेगा?" रेट सुनकर वे बोले, "मैं तो यहीं बैठा था। एक बार भी नहीं पूछा। इस तरह जो ताकत में आ गए हैं उनके साथ हमारी तरह के लोगों का कारबार करना बहुत मुश्किल है। वे क्या करते हैं, सब जानता हूँ। सरकार से कोयला लेने के बाद क्या हुआ, वह सुनो। ठेकेदार ने लेबर दिया, लेबर की मजूरी से बट्टा लिया। ले-देकर जो बचता है, उसमें से गुण्डे लोग लेबर से बट्टा ले रहे हैं। मालिक-मजूर के सम्बन्ध में हर जगह यह घुस गए हैं, बट्टा ले रहे हैं। नतीजा होता है कि गड़बड़ होती है। टाउन के सारे साइकिल-रिक्शावाले हर रोज मालिकों को पैसे देते थे। जो नहीं देता था, उसे मार-पीटकर भगा देते थे। बड़ी जगहों में रिक्शावालों की यूनियन इनसे बातचीत करके कुछ समझौता कर लेती थी। लेकिन छोटी जगहों में गड़बड़ हो सकती थी। तुम्हारा वह मेम्बर तो बहुत ही गन्दा है। खून-खराबे की बात मालूम है? खून करके पिछले मेम्बर को हटा दिया।"

हरबंस चुप रहा।

"सब जगह अछूत पिटते हैं।"

हरबंस चुप रहा।

हरबंस का लड़का आकर बाबा के पास चिमटकर खड़ा हो गया और बोला, "अछूत माने अनटचेबल। मालूम है, बाबा? बहन को जब चिकेन पॉक्स हुआ, तब मैं बहन को छूता नहीं था। उस समय बहन अछूत हो गई थी, यही है न बाबा?"

परताप बोले, "समझा, अब जाओ। हम बातें कर रहे हैं।" लड़के से बोले, "चूल्हे में जाएँ अछूत। मैं अपने लड़के की बात सोच रहा हूँ।"

"क्या किया जाए?"

"जरा पूछा नहीं? स्टेट बैंक ईंटों का कारखाना बढ़ाने के लिए लोन—कर्ज—देता, सीमेण्ट कम्पनी नया टाउनशिप बना रही है, वे तुमको कन्ट्रैक्ट देते। मैं बात चला रहा था। इस तरह का कारबार सबसे अच्छा है। गरदन पर चोट न लगती। बैंक के रुपयों से कारखाना चलाने पर, सीमेण्ट कम्पनी को माल बेचने पर इतना अच्छा नफा रहता है हरबंस, कि वेज ऐक्ट के हिसाब से लेबर पेमेण्ट करने पर भी बहुत

मुनाफा रहता है। गुडविल भी बनती है, और नई-नई सरकारी अण्डरटेकिंग में भी ठेके मिलते हैं।''

''पिताजी, एक बात है।''

''कहो।''

''आप बात चलाइए। मैं भिड़ जाऊँगा। बैंक-लोन से कारखाना चालू करने पर मैं नई टाउनशिप को माल दे सकूँगा। इनके ज्यादा झंझट करने से बाहर निकल सकूँगा, नुकसान न होगा।''

''वैसा समझना तो यहाँ चले आना।''

''लेकिन फील्ड में काम करना बड़ा अच्छा है, पिताजी। और पोली ईंट इस समय नफे की चीज है। और लेबर भी बहुत भला है। कास्टिंग-मोल्डिंग-लेइंग बहुत अच्छा सीख सकते हैं। यह तो कुछ बहुत स्किल का काम नहीं है। हमारा अनस्किल्ड लेबर भी सीख सकता है। मेरी छोटी फैक्टरी है। जान-पहचान के लेबर से काम सँभाला जा सकता है।''

''आदिवासी लेबर सबसे अच्छा होता हैं। सिखाने से सीख जाते हैं, चरका नहीं देते, थोड़ी-बहुत खातिर कर काम करो, बस काम चलेगा।''

''तो वही बात रही।''

''तुम्हारी मुश्किल होगी, लेबर पेमेण्ट से जब लोग बट्टा लेंगे। मुझे डर है, तभी लेबर ट्रबल होगी।''

''हमें वहीं फिकर है। चोट्टि के लिए बेईमानी हो जाने पर वहाँ आदिवासी लेबर मिलना मुश्किल है। बेकार की अशान्ति भी अच्छी नहीं लगती।''

''अरे, चोट्टि अभी जिन्दा है?''

''बिलकुल, बहुत पोढ़ा भी है।''

''तीर चलाता है?''

''उसके चेले चलाते हैं।''

''चोट्टि से क्या कहा?''

'चोट्टि तो एक तरह से आदिवासियों और अछूतों का लीडर है। बताइए तो कितनी शान्ति है! उससे कह दिया, इतना लेबर ले आओ, इतने दिनों में काम पूरा करो। बस, काम हो गया। मेरा ओवरसियर भी उसे पसन्द करता है। मेरी तरह शान्ति से कोई लेबर काम नहीं करता।''

''देखा जाएगा। बैंक का लोन और टाउनशिप का कन्ट्रैक्ट मैं देखता हूँ।''

हरबंस का मन हलका हो गया। उसने सौतेली माँ का बनाया पालक-पनीर और गोभी-मटर खाया। उसके बाद पत्नी के साथ सिनेमा गया।

चोट्टि ठीक समय पर आदमियों को ले आया। हरबंस से बोला, ''छगन के

साथ जो लोग आ रहे हैं, उनका जिम्मा छगन का है। मेरे आदमियों का जिम्मा मेरा है। नरसिंगगढ़ के मुण्डाओं का जिम्मेदार भागवत है, उराँव लोगों का जिम्मेदार मंगल उराँव है। कुरमी के मुण्डा लोगों का जिम्मा इस सुगन का है। और महाराज! ये लोग बात मुझसे कहेंगे, तुम्हारी बात मुझसे कहेंगे। इन लोगों में जो बात न मानें उनको मैं निकाल दूँगा। हमें ढलाई का काम दें।"

"केवल मरद?"

"लड़कियाँ कल से आएँगी।"

हरबंस ताज्जुब में आ गया। बोला, "कहाँ नरसिंगगढ़, कहाँ कुरमी! इस उमर में तुमने सबको जमा कैसे किया?"

"खुद क्यों जाता? खबर भेज दी। बुला लिया।"

"चले आए?"

"इन लोगों में चालाकी नहीं है, भोले हैं। मुझे मानते हैं।"

"दोपहर को आधे घण्टे की टिफिन की छुट्टी होगी।"

हरबंस का ओवरसियर बोला, "काम पर टिफिन भेज देंगे।"

चोट्टि बोला, "वह क्यों? अभी नाम पुकारकर काम पर चले जाएँगे। तभी पनपियाई दे दी जाएगी। उसमें ज्यादा सुविधा है।"

हरबंस बोला, "राइट।"

उसी तरह काम चला। कागज के ठोंगे में बँधा सत्तू और गुड़ लेकर सब काम पर गए। जिस तरह यह लोग काम करते थे, उसे देखकर ओवरसियर भी ताज्जुब में पड़ गया। बोला, "देखने की जरूरत नहीं। चिल्लाना नहीं पड़ता है, और काम निकल जाता है।"

"चोट्टि के रहने से।"

"ताज्जुब की बात है।"

बड़ी ही शान्ति से काम होता रहा, फिर भी हरबंस के माथे पर से चिन्ता की रेखा नहीं मिटी। वह पिता के पास जल्दी-जल्दी जाता रहा। सीमेण्ट कम्पनी के उपग्रह नए छोटे शहर का कन्ट्रैक्ट चाहिए, चाहिए स्टेट बैंक का लोन। कन्ट्रैक्ट और रुपयों की आशा में उसने, जो कुल जमा-पूँजी थी, ईंटों के कारखाने में झोंक दी है, उसका भी ध्यान न रहा। उसके मन की विक्षिप्त अवस्था का कारण था इकतालीस मील दूर निकम्मे गाँव में रोमियो और उसके भाइयों का देशप्रेमात्मक कामधन्धा।

रोमियो ही उक्त घटना का नायक था। 'रोमियो' नाम उसका अपना उपार्जित किया हुआ था। बाप ने दोनों लड़कों के नाम रखे थे सावन कुमार और तुलसीदास। पटना शहर में छात्र-जीवन लम्बा कर सावन कुमार का साइकिल चलाते-चलाते

लड़कियों की ओढ़नी छीनने और आँचल काटने में कोई सानी न था। बारह से चालीस तक हर उमर की औरतों से असभ्यता करने में उसने कुशलता प्राप्त कर ली थी और अपने को 'रोमियो' नाम दिया। साथ ही वह युवा लीग का तरुण सेनानी बन गया। वन-भोजन में जाकर वह डाँट खाता। दल की एक लड़की को उसने निर्दोष आनन्द और पापरहित मन से शराब पीकर जन्मदिन की पोशाक में नाचने को कहा। लड़की ने उसे चाँटा जड़ दिया। इसका परिणाम हुआ कि उसने लड़की को जंगल में ले जाकर उसके साथ बलात्कार किया और उसकी हत्या कर दी। परिणाम बहुत दूर तक गया। लड़की के पिता को किसी तरह मुकदमे को अदालत में ले जाने की सुविधा न हुई। इसके बाद लड़की के बड़े भाई—सेना के एक अफसर—ने पटना से माँ-बाप को हटा दिया और रोमियो को खूब पीटकर दोनों कानों की लोरें काट लीं। रोमियो इस भाई के खिलाफ कोई उचित कार्रवाई न कर सका। लोकलज्जा से वह पटना छोड़ मुफस्सिल चला गया। दल के युवक नेताओं ने उसे विश्वास दिलाया कि जहाँ भी जाओगे, सहारा मिलेगा। धीरे-धीरे रोमियो को मालूम पड़ा कि लड़की के भाई से पीटने से हो या मानसिक कारणों से, पुरुषोचित काम में वह निकम्मा हो गया है। रुपए-पैसे उसकी बात नहीं मानते। तरह-तरह का इलाज हुआ। नरभेड़े को मिट्टी में दबाकर मारने के बाद उसके अंडकोष को घी में तलकर खाने से पेट फूल गया। वे खुश न हुए। रोमियो को अपनी अक्षमता स्वीकार करनी पड़ी। अब उसके दिमाग में जमीन चाटना आया। सारे अध्याय के अन्त में अन्तिम प्रयत्न के रूप में वह पटना की एक पुरानी पहचान की वेश्या के पास गया। यह वेश्या पत्थर को भी संगमेच्छुक कर सकती थी, ऐसी उसकी प्रसिद्धि थी। रोमियो ने उसे सोने का हार देने का वादा किया। लेकिन वह वेश्या भी जब असफल रही तो बड़े गुस्से में रोमियो ने उसके शुद्ध मक्खन की तरह कोमल गले को दबा दिया, दबाता गया। यह काम बहुत ही अप्रत्याशित था, और वेश्या जल्दी ही मर गई। आँखें कोटर से निकल पड़ीं, होंठ और गले की नली से झागदार खून भर गया। होंठ, नाखून और चमड़ी नीली पड़ गई और अंग-अंग सूज गए—सब हो गया। रोमियो कुर्ता और पैंट पहने था। कलेजे में मुक्ति का उल्लास था। उसने समझा कि हत्या कर उसे शान्ति मिल गई है। हत्या ही उसकी भूमिका है। इसीलिए नियति या सुषमा के भाई ने उसका पौरुष-हरण कर लिया है। अपनी भूमिका में रोमियो वेश्या के घर से निकल आया। इसके बाद तरुण सेनानी की भूमिका से उसने बहुत-से खून किए। बहुत अफसोस के कारण गोली मारी, क्योंकि मारने में उसे बहुत सुख मिलता था। जल्दी ही उसने प्रसिद्धि प्राप्त की। उसको उसके भाई तुलसीदास का साला और कानाटा गाँव के पहले के जमींदार का लड़का दरिद्रनारायण मिसिर हर तरह की मदद देते थे।

इन दरिद्रनारायण मिसिर और अछूत रैदास का एक जमीन का झगड़ा चल रहा था। जमीन रैदास लोग बाँट में जोतते थे। लिखित पट्टा था। उक्त साठ बीघा जमीन कई पीढ़ियों से अठारह रैदासों की अन्नदाता थी। किसी विकल्प का समाधान किए बिना ही दरिद्रनारायण जमीन लेना चाहते थे। मामला बहुत दूर तक गया और आजकल गाँव में पुलिस चौकी बन गई है। पुलिस पहरा देती रहती है। रैदास धान काटते हैं। रोमियो को लगता है कि दरिद्रनारायण की सहायता करना जरूरी है। युवालीग के बीस सैनिक लेकर रोमियो जीप के जुलूस में कानाटा में घुसा। झण्डा फहराए हुए उसने और उसके चेलों ने अचानक गोली चलाकर पाँच आदमियों का खून कर दिया। उनमें दो स्त्रियाँ और तीन पुरुष थे। रैदास-पट्टी में आग लगा दी, धान जला दिए। उसके बाद दरिद्रनारायण के घर खबर देने गया। पुलिसवाले निष्क्रिय दर्शक रहे। रोमियो ने थाने को धमकाया, "आज कोई रिपोर्ट मत लिखना।" रैदासों से कहा, "मैं फिर आऊँगा और छोटी जातवालों की जगह कहाँ है, उसे फिर पहचनवा दूँगा।" दरिद्रनारायण से कहा, "आह हम, जो तबियत थी, वह कर सके। सब मालिक-महाजनों से कह दो, पाँच बरस में हरिजनों को ऐसी शिक्षा दे जाऊँगा कि सिर उठाने में पाँच हजार बरस लगेंगे। हरिजन, आदिवासी—सबको हटाओ। ऊँची जात में जो गरीब हैं, वे खेती करें, वे ही खेती-बारी करें। बिहार में अगर यह प्रोग्राम सफल हो तो इंडिया में सब जगह चलेगा।"

दरिद्रनारायण बोले, "भैया, मिनिस्टर लोग क्या बोलेगा?"

रोमियो बोला, "मिनिस्टर लोग? स्टेट के मिनिस्टर? अरे दिल्ली मदद देगी, अभी भी देती है।"

दरिद्रनारायण कृतज्ञता का प्रतिदान देना चाहते थे। बोले, "आसाम से गैण्डा मारकर उसका सींग लाया हूँ। खाकर देखेंगे?"

"न-न।"

"तुम अर्जुन थे। बृहन्नला बन गए।"

"भैया, अब सब नया हुआ जा रहा है। बृहन्नाला भी बना, और अर्जुन की तरह बहादुरी के काम भी किए।"

"यह भी ठीक है।"

"फिर आऊँगा। बीच-बीच में इस तरह ऐक्शन करने से हरिजन डरे रहेंगे। सब लोगों के इस बात को मान लेने से आज देश की शकल ही बदल जाती। देखो न, पुलिस कुछ दिनों चुप रहेगी। उसके बाद पकड़ना होगा तो रैदास को ही पकड़ेगी।"

घटना किसी अखबार में नहीं निकली। फिर भी जानकारी हो गई। सुनकर

हरबंस और अधिक घबराया, रोमियो अगर चोट्टि में आ जाए तो? रोमियो के पीछे राज्य-सरकार, पार्टी-संगठन, युवालीग, पुलिस, दिल्ली—सब हैं। हरबंस क्या करेगा? उसकी क्षमता कहाँ तक है? हरबंस अपनी घबराहट की बात किसी से नहीं कह सकता था। रोमियो ने औरतों और बच्चों को गोली मार दी, यह सोचकर ही उसे डर लगता था।

एक दिन वह काम देखने गया। चोट्टि एक पत्थर पर बैठकर बीड़ी पी रहा था। वह चोट्टि के पास खड़ा हो गया।

चोट्टि बोला, "देखने में कितना सुन्दर है!"

"क्या, चोट्टि?"

"यह जो सब लोग मिलकर काम करते हैं। काम के लिए बहुत दुख था, महाराज! अब घर-घर में सब हँसते हैं।"

"यह अच्छा है, बहुत अच्छा है।"

"बहुत शान्ति है।"

"हाँ, चोट्टि!"

"लेकिन, ऐसा नहीं रहेगा।"

"क्यों?" हरबंस चौंक पड़ा।

चोट्टि ने काम करते आदमियों की ओर देखते हुए ही कहा, "कानाटा में क्या हुआ, पता है? जानते तो हो। तुम्हारी शकल देखकर समझ गया।"

"इन लोगों को मालूम है?"

"सब मालूम है। जमाना खराब हो गया है, महाराज। कानून-अदालत-पुलुस—सब खरीदने-बेचने का हो गया।"

हरबंस को सहसा मानो भीतर से बल मिला और तुरन्त आन्तरिक सद्भाव से बोला, "मेरे रहते कोई चिन्ता मत करो।"

"मैं? चिन्ता? चिन्ता मैं किसी दिन नहीं करता। चिन्ता करने से कोई फायदा है? जब जैसा देखता हूँ, भरसक सामना करता हूँ।"

"तुम मेरे लिए एक सहारा हो।"

"वह कभी बन सकता हूँ!" चोट्टि ने गरदन ऊँची कर जोरों से कहा, "अरे लड़कियों, तुम हँस क्यों रही हो? काम नहीं है?"

छगन की नतनी जोरों से बोली, "काम पूरा कर दूँगी।"

"जल्दी करो।"

चोट्टि फिर बोला, "यहाँ जरा काम की शान्ति है। दूसरी, खाने की शान्ति है, यह भी रहने नहीं देंगे महाराज! जमाना खराब हो गया है। खून और मारधाड़ बहुत बढ़ गई है। इतना खून नहीं होता था।"

हरबंस बोला, "मैं तो हूँ।"

"तुम्हारे लोग हैं, बन्दूक भी हैं। सावधान होकर रहो। यह लोग दनादन गोली छोड़ते हैं, बम मारते हैं।"

एक दिन ब्रिकफील्ड देखने आए हुए दारोगा ने वही बात कही, "मिस्टर चड्ढा, जो कह रहा हूँ वह मेरे-आपके बीच की बात है। कोई पूछेगा तो मैं मानूँगा नहीं। लेकिन बात सुनिए। बन्दूक है?"

"है।"

"कितनी?"

"एक।"

"एक और खरीद लीजिए। लाइसेंस बना देता हूँ।"

"क्यों?"

"साफ बात बता रहा हूँ। थाने के हाथों में अपनी कोई क्षमता नहीं है। युवालीग जो कहती है, वही करना पड़ता है। आप तो जानते हैं। मैं जनसंघी हूँ और वह बात कभी छिपाई नहीं। और जनसंघी हूँ या कुछ भी हूँ, किसी दिन काम में गलती नहीं की। मालिक-महाजन कहें, कारबारी कहें, सबको मदद दी। अब जो कुछ देख रहा हूँ उससे लगता है, इस मेम्बर की आदत बहुत खराब है। रोमियो मुझे धमकाता है। मैं युवालीग की धमकियाँ सहूँगा? लेकिन बन्दूक लेने को क्यों कह रहा हूँ? कुछ फसाद होने पर मैं कुछ न कर सकूँगा। जैसा मामला होगा, वैसा मुकाबला कीजिएगा, मैं देखने नहीं आऊँगा। मिस्टर चड्ढा, हरिजन लोग खचड़ई करेंगे तो जरूर ठीक करूँगा। कब नहीं किया? लेकिन औरतों और बच्चों पर गोली चलाना? राम-राम!"

हरबंस व्याकुल होकर बोला, "क्या सोचते हो, क्या होगा?"

"क्या पता?"

हरबंस फिर पिता के पास गया। पिता की बातचीत बहुत ही सन्तोषजनक थी। पिता को एक लाइन मिल गई थी। लाहौर में चड्ढा परिवार प्रसिद्ध था। देश-प्रेमी हरबंस के पिता के कोई चचेरे भाई जलियाँवाला बाग में मारे गए थे। हरबंस का सौतेला भाई बिहार का हॉकी चैम्पियन था। इन सारी चीजों को भुनाकर बड़े चड्ढा ने विधानसभा के सेक्रेटरी को पकड़ा था। सेक्रेटरी ने आश्वासन दिया था। इसलिए हरबंस को बैंक का लोन और कन्ट्रैक्ट मिलेगा।

हरबंस खुश मन से घर लौटा और देखा कि रोमियो और पहलवान उसके मकान के बरामदे में बैठे ताश खेल रहे हैं। रोमियो बोला, "बैठिए। कुछ बात है। काम कैसा चल रहा है?"

"अच्छा ही चल रहा है।"

''कोई लेबर ट्रबुल?''

''नहीं। मुझे कभी लेबर ट्रबुल नहीं होती।''

''किस तरह?''

''छोटी जगह है। जान-पहचान होने से झंझट नहीं होता।''

''अमरीकन पालिसी है क्या?''

''क्या कह रहे हैं?''

''अमरीकन की तो यह पालिसी रहती है। बड़ी कम्पनियाँ लेबर के लोगों को इतना खुश रखती हैं कि झंझट नहीं होता।''

''वही होगा। चाय-वाय के लिए कह दूँ?''

''कहिए, कहिए।''

चोट्टि ऐसी जगह नहीं थी कि अचानक अतिथि आ जाए तो खाने-पीने की चीजें खरीदकर खातिर की जा सके। ऊधमसिंह माँ और पत्नी को लेकर रहता था, यही खैरियत थी। हरबंस ने ऊधम से कहा, ''रोमियो आया है। चाय और पापड़ भेज दो। बहू इधर न आए। बहुत ही गन्दा आदमी है।'

अब रोमियो चाय और खाने को छुए बिना फटाक से काम की बात पर आ गया। बोला, ''सुना है कि आप आदिवासियों और अछूतों को बराबर मजूरी दे रहे हैं।''

''हाँ।''

''क्यों? उनकी यूनिटी तोड़ने के लिए यह एक अच्छा मौका मिला था, सुनता हूँ कि यहाँ उनकी बड़ी यूनिटी है।''

हरबंस ने देखा और समझ लिया कि रोमियो को देखकर उसके अन्दर कोई डर नहीं है। आहिस्ता से बोला, ''मेरा ईंटों का कारखाना है। थर्मल पावर प्लांट–बिजली का बड़ा कारखाना या ए.सी.सी. की सीमेण्ट फैक्टरी नहीं है जी। कुल मिलाकर डेढ़ सौ आदमी काम करते हैं। सत्तर लोग मेरे गाँव के और जान-पहचान के हैं।''

''दूसरे?''

''सब मुण्डा हैं। आस-पास के।''

''उस प्रॉब्लम का क्या कर रहे हैं?''

''प्रॉब्लम तो है ही नहीं, करें क्या?''

''यह तो बड़ी अजीब बात है। एम्पलायर है, एम्पलाई है–मालिक-नौकर हैं–और कोई प्रॉब्लम नहीं है।''

''नहीं जी। देखिए न, जिस-जिस गाँव के लोग आए हैं, उस-उस गाँव का एक बुजुर्ग आदमी उन लोगों के लिए जिम्मेदार है। यह बन्दोबस्त चोट्टि मुण्डा का है,

और चोट्टि को गाँव के ही क्यों, इलाके के सब लोग उसे मानते हैं।"

"चोट्टि मुण्डा! नाम तो जाना-माना सा लगता है।"

"सब जानते हैं। ब्रिटिश अमल में छोटे लाट के सेक्रेटरी उससे मिले थे। आजकल के ट्राइबल डिरेक्टर भी उसे जानते हैं।"

"क्या, फाइटर मुण्डा है?"

"न-न। भला, ज्ञानी, बुड्ढा आदमी है।"

"आपकी बातें सुनकर बहुत ताज्जुब हुआ। लगता है आप भी कोई बड़े आदमी हैं, महात्मा। इन सब खचड़ों को लेकर अच्छी तरह से काम कर रहे हैं।"

"मैं तो कुछ नहीं हूँ जी। अपने पिता के आशीर्वाद से जिन्दगी चली जा रही है। बाबा के दोस्त लोग जरूर नामी-गिरामी लोग हैं। रामेश्वर प्रसाद...।"

"क्या, असेम्बली सेक्रेटरी?"

"हाँ जी। और बिलास सहाय...।"

"क्या, राज्य के मन्त्री?"

"हाँ जी। आई.जी. पुलिस भी बाबा के दोस्त हैं।"

'समझा, कह रहे हैं कि गड़बड़ नहीं होगी।"

"गड़बड़ क्यों होगी? आजकल एडमिनिस्ट्रेशन—शासन तो अच्छा चल रहा है।"

"चल रहा है और चलेगा।"

"वही तो कहा न!"

"लेकिन सब जगह एक ही तरीका चलाना चाहता हूँ। उनको जब हफ्ता दें, तो प्रति आदमी चार आना पहलवान का बट्टा रहेगा—ठेकेदारी। आप वह काट कर हफ्ता देंगे।"

"लेकिन वे तो ठेकेदार नहीं हैं।"

"वह आपके देखने की बात नहीं है। और उनके राजी न होने पर कानाटा बनाकर छोड़ दूँगा। आज आपसे बात हो गई। कल लाला से बात करने आऊँगा। बता रहे हैं कि यहाँ कोई प्रॉब्लम नहीं है, वह उनके दिमाग में डाल दिया है। हफ्ता से बट्टा काटने की बात कहकर देखिए। प्रॉब्लम देख लेंगे।"

"लेबर ट्रबुल उठाने से काम कैसे होगा?"

"ट्रबुल उठाएँगे?"

पहलवान अब बड़े दाँतवाले पशुओं की-सी हँसी हँसा और बोला, "कुछ ट्रबुल नहीं होगा। दो-चार लाशें गिरेंगी, बीस-तीस घर जलेंगे, वे कलेजे के बल काम करेंगे।"

"उन्होंने तो कुछ किया नहीं है।"

रोमियो सुकरात की तरह समझदारों की-सी हँसी हँसकर बोला, "देखिए, 1971 के अगस्त में मिसेज मोदी ने राज्यसभा में नक्सल लोगों के बारे में कहा था, नक्सल लोगों से उन्हें खतम करने तक लड़ाई लड़नी होगी। वही हरी झण्डी थी। बस, उसके बाद ही घर से निकाल-निकाल कर नक्सलों को मारना शुरू हुआ। उसी से एक महान् उद्देश्य सिद्ध हुआ। नक्सल लोगों के मन में डर समा गया। ऐक्शन धीरे-धीरे कम कर दिया गया।"

"यह लोग क्या नक्सल हैं?"

"पता है। नक्सल लोगों के वक्त गवरमेंट ने कायदा-कानून अलग रख दिए। क्यों? नक्सल लोगों को जो कर सके खतम करे—गवरमेंट यही चाहती है। कानून बनाती तो कैसे? कानून काम का नहीं होता। पसन्द नहीं आया? अदालत जाओ! अदालत में जाने पर अछूत तंग आकर मर जाते हैं। तब? गवरमेंट अगर चाहती कि हरिजन लोगों को सरकार की मदद मिले तो क्या खुद कानून बनाते, और बैठे-बैठे देखते कि वह कानून मजेदार तमाशा बना जा रहा है? अरे, आपके छोटा नागपुर में इनमें सौ में से चौंतीस हिस्सा कर्ज में डूबा हुआ है, सत्तर भाग गाँव के लोग गरीबी की रेखा—पावर्टी लाइन—से नीचे रहते हैं। यह क्या गवरमेंट को नहीं पता है?"

"आप कह क्या रहे हैं?"

"मोटी बात है। अछूतों और आदिवासी लोगों को जूते के नीचे रखिए। तभी वे ठीक रहते हैं। सभी को सस्ते में लेबर मिलते हैं। खेतीबाड़ी ठीक से चलती है। और जो सबसे बड़ी बात है, जात-पाँत की महिमा ऊँची रहती है। यह सब बातें आप भी वक्त आने पर समझेंगे। जो हो, पहलवान हफ्ते का बट्टा लेने आएगा।"

हरबंस ने बहुत धीमे से कहा, "नहीं। मैं महीने के महीने दे आया करूँगा।"

"जैसी तबियत। लेकिन मेरी बात न मानने से कन्ट्रैक्ट छूट जाएगा। जो भी कहा, याद रखिएगा। गवरमेंट कब क्या चाहती है, उसे हम अच्छी तरह जानते हैं।"

हरबंस ने ऊधमसिंह से सारी बातें बताईं। ऊधम उसका कर्मचारी भी था, दोस्त भी। सब सुन-सुनाकर ऊधमसिंह बोला, "आप क्या सोच रहे हैं?"

"तुम बताओ, तुम्हें क्या लग रहा है?"

"कहने में हिचकिचाहट हो रही है। रुपए तो आपके हैं।"

"कहो, कहो।"

"उनके हिसाब में हफ्ता में चार आना काटने पर महीने में डेढ़ सौ रुपए होते हैं। तीन महीने में काम होगा। इन तीन महीनों में साढ़े चार सौ रुपए देने से इधर शान्ति रहेगी, काम पूरा होगा। ऐसी बड़ी रकम भी नहीं है। मैं होता तो दे देता।"

"मैं भी यही सोच रहा हूँ, ऊधम!"

"लेबर ट्रबुल नहीं चाहिए। बहुत बार तीरथ की वजह से टक्कर हुई है। और मुण्डा लोग जबान की सचाई समझते हैं। चोट्टि समझेगा कि महाराज ने बट्टा काटा, बुराई की। उसके बाद अगर हंगामा हो तो?"

हरबंस फीकी हँसी हँसकर बोला, "मेरी बड़ी इण्डस्ट्री होती, पहलवान ठेकेदार होता, बट्टा लेता, तो सोचने न जाता। इनके साथ जान-पहचान होने से वैसा नहीं कर सकता हूँ। यह मेरी कमजोरी है। फिर भी नहीं कर सकता। मैं तीरथ लाला नहीं हूँ। पहलवान को लहका दूँ, वह लाशें गिरा दे, ऐसा करने पर बाद में लेबर मिलेगा? फिर इतना जुल्म बरदाश्त ही क्यों करूँ? कन्ट्रैक्ट का रुपया मेम्बर लेगा। इन्हें भी हिस्सा मिलेगा। फिर भी बट्टा दूँ!"

"अभी नहीं देंगे?"

"देना पड़ेगा। लेबर के ऊपर सरफेस कोलियरी के चिरंजीलाल ने पहलवान को लहका दिया। आग भड़की, और कोलियरी बन्द।"

"इनको माल दे देने से आपको छुटकारा मिल जाएगा।"

"मैं कोई गड़बड़ नहीं चाहता।"

"रुपए लेकर रोमियो और पहलवान हँसते हैं। कहते हैं, जेब से दिया, फिर भी उनसे न कह सके।"

"मैंने जैसा समझा वैसा काम किया।"

"आपकी तरह के आदमी से कोई फायदा नहीं। इसके बाद मैं आपको लेबर दूँगा। उन्हें हटा दूँगा। हमें कन्ट्रैक्ट लेने पर लेबर भी लेना पड़ेगा। नहीं लेंगे तो कन्ट्रैक्ट खतम।"

"रोमियो कहता है कि मैं तो आपके लेबर के पास जाऊँगा। बड़ों को देने पर उसे भी देना होगा। झंझट होने पर देख लूँगा।"

हरबंस के मन में भी जिद बैठ गई। उसने पिता को दिखा देना चाहा था कि ईंटों का भट्टा चलाकर वह अपनी हिम्मत पर खड़ा होगा। ब्रिकफील्ड उसकी सारी जिन्दगी है। वह मन की आँखों से देख रहा था कि सब उजड़ने को हो रहा है।

लाचार उसने चोट्टि से सब कहा। चोट्टि बहुत ठण्डे दिमाग से बोला, "एक बार जुलुम सह लेने से जुलुम बढ़ता जाता है। महाराज! तुम्हारा जो धरम हो वह करो। हम बट्टा नहीं देंगे। चाहो तो छुड़ा दो। हम समझ लेंगे कि हमारे भूखे रहने के दिन आ गए हैं। लेकिन लड़कर मरेंगे। यह लोग हमें मारना ही तो चाहते हैं।"

"मैं गड़बड़ नहीं चाहता, चोट्टि! इसी से बट्टा दे रहा हूँ।"

"हम भी भीख नहीं लेंगे। एक घण्टा जादा मेहनत करेंगे। उसकी मजूरी नहीं

चाहिए। तुम्हारा रुपया है, उसमें से कुछ जाएगा। इससे थाने में बता रखो।"

"थाना इनके नाम पर रिपोर्ट नहीं लेगा।"

"कोई नहीं है, जिससे कह सको?"

"कौन है?"

"मेरी पहचान का आदिवासी अफसर है। यहाँ हरिजन को मारने-जलाने से पुलुस नहीं देखेगी। लेकिन मुण्डा-उराँव को बिगाड़ने से आग लग जाती है, उसे यह लोग नहीं चाहते। आजकल गौरमेन जादा हरामी है किन्तु आदिवासियों को भड़काना नहीं चाहती।"

"अगर तुमको मारे तो?"

"अरे महाराज! तुम्हारा धन्धा लाख टके का है। मरने में भी डर लगता है। हम लोगों का धन्धा दो रुपयों का है, और हम मरने से भी नहीं डरते। हमें मारे तो अच्छा है। मुण्डा लोग आग लगा देंगे। मारेंगे तो जरूर, उसके बाद मरेंगे।"

"मैं ही जाऊँगा।"

हरबंस भागा हुआ पिता के पास गया। वहाँ से सदर गया। वर्तमान आई.जी. पुलिस ने हाल ही में वर्तमान सरकार की जहरीली नजरों में आना शुरू किया था। उसके लिए निकम्मे विभाग बनाने की कोशिश हो रही थी। बहुत बड़े शातिर डाकू का दमन, जिसके परिणामस्वरूप परमवीर-चक्र की प्राप्ति, नरबलि के लिए अपहृत हरिजन बच्चे को बचाना, सूखे के क्षेत्र में प्रधानमन्त्री की सफल व्यवस्था, इत्यादि प्रशस्तियाँ उनके नाम के साथ जुड़ी हैं। इसलिए विभिन्न स्थानों पर उनके खूँटे हैं। ऐसे आदमी को जल्दी से फारिग करना आसान नहीं था। राम कहे 'हाँ' और यदु कहे 'ना'। श्याम कहे 'क्यों'? हरि कहे 'कभी नहीं'। आई.जी. को शायद खिसकना न पड़ता। हटना पड़ेगा दिमागी कीड़े के कारण। सबके ही सिर में कोई-न-कोई कीड़ा रहता है। आई.जी. ठहरे ब्रिटिश जमाने के आदमी। नाश्ते को कहते थे 'छोटा हाजरी'। वे सोचते थे कि पुलिस आई.जी. के पास रेहन रहेगी। पुलिस के कामकाज में वे राजनैतिक दबाव सहन नहीं कर सकते थे। युवालीग की कारसाजियाँ उन्हें पसन्द नहीं थी। विशेष रूप से कानाटा के मामले में वे पुलिस पर ही बिगड़े हुए थे। रोमियो और पहलवान पर और भी चिढ़े थे। हरिजन-आदिवासी लोगों के लिए उन्हें कोई खास अपनापन नहीं महसूस होता था। कानूनी बात पर कायम रहना उन्हें सही लगता था। लेकिन रोमियो आदि गैरकानूनी काम कर पुलिस की मदद लेते थे, इससे वे बहुत ही क्षुब्ध थे और यथासाध्य उन्हें ठीक करने को तैयार रहते थे।

हरबंस की बातों को उन्होंने ध्यान से सुना और बीच-बीच में 'बाई जोव', 'आडेशस', 'बगर' इत्यादि मंतव्य से समझा दिया कि रोमियो आदि जिस जहरीली

दवा को छिड़ककर नाश करने लायक है, उस बारे में वे हरबंस की-सी ही राय रखते थे।

बोले, "तुम जाओ। मैं देखता हूँ।"

वे गृहमन्त्री के पास चले गए। पूरी घटना बताई। गृहमन्त्री बोले, "अर्जुन मोदी के चेले तो आजकल सर्वेसर्वा हो रहे हैं। फिर भी युवालीग के नाम पर यह गुण्डई करने देना ठीक नहीं है।"

उन्होंने युवालीग के सेक्रेटरी से बातचीत की। सेक्रेटरी बोले, "वह मेम्बर भी बुड़बक–बेवकूफ है। और उसके चेले लोग भी खचड़ा हैं। हम देखते हैं, आप कुछ जिकर न कीजिए।"

इतना घास-फूस फूँकने से यह नतीजा हुआ कि हरबंस के मामले में रोमियो ने फिर कुछ बात नहीं कही, लेकिन वह बड़े गुस्से में भरा रहा। हरबंस कन्ट्रैक्ट के अनुसार माल देकर बच गया। चोट्टि से बोला, "भगवान करेगा तो फिर ईंटें बनेंगी। फिर लेबर लूँगा, और इनको घुसने न दूँगा।"

"इन्हीं लोगों का राज है, महाराज!"

"देखा जाएगा।"

"लाला के काम में मुसीबत आएगी।"

"क्या कहना है, बताओ? लाला अपनी राय पर चलता है।"

"लाला तीरथनाथ क्या सोचता है, इसका पता नहीं चलता। लेकिन उसका काम शुरू होता है तो हफ्ते के दिन लाला सवा रुपया देता है।"

"दो रुपए की बात थी।"

"दो ही रुपए मिले। बारह आने पार्टी के लड़कों ने काट लिए।"

"क्यों?"

"उनसे पूछो।"

छगन बोला, "ठीक है। कल से बेगार के सिवा कोई नहीं आएगा, महाराज। आजकल सवा रुपया सेर भी चावल नहीं मिलता।"

तीरथनाथ किसी अदृश्य शक्ति की मदद से दृढ़ आवाज में बोला, "जो करना, सोचकर करना।"

"सोच लिया है।"

"छगन! जो कहता हूँ मान ले, छगन! दिन बहुत बुरे हैं छगन! इन्हीं लोगों का राज है। वे लोग जो कहेंगे, मानना पड़ेगा।"

"मान तो लिया।"

"सिर्फ बेगार से काम चलेगा? वह भी सब आ नहीं रहे।"

"कौन नहीं आया? अजान धोबी, शिव दुसाध और मोहर दुसाध यहाँ नहीं

हैं। वे बुखार दिखाने गए हैं, सो डॉक्टर ने अस्पताल में रोक लिया। कहा कि छुतहा बुखार है। सुई लगानी पड़ेगी।''

''मोहर की बहू?''

''उसका बच्चा अभी एक महीने का है।''

''तो कितने लोग हुए?''

''समझ लो महाराज, बीस लोग।''

''उनसे काम चलेगा?''

''मैं क्या बताऊँ?''

''तू उनका सरदार है।''

''तो मैं उनसे क्या कहूँ, महाराज? तुम तो दोगे सवा रुपया। जो दो रुपए देगा, उसके पास अगर जाएँ तो मैं क्या कहूँगा?''

''यह क्या झूठमूठ का झंझट है?''

छगन ने खैनी मलकर मुँह में रखी। उसके बाद बोला, ''चड्ढा से बट्टा माँगा, सो हमारी मजूरी नहीं काटी, उसने दे दिया।''

''ऐं! उसने दिया?''

''जरूर।''

रोमियो धीमी हँसी हँसकर बोला, ''लाला जी! चड्ढा ने जो किया है वह मुझे मालूम है। आप क्या वही करेंगे?''

''ना-ना, पर बट्टा भी खतम।''

''क्यों?''

''सिवा बेगारवालों के कोई नहीं आएगा।''

''नहीं आएगा।''

''हाँ जी।''

''किधर जाएगा?''

''कलकत्ता में नक्सली है। बहोत सेठ-वेठ ने इधर कोलियरी खरीदी है। उधर ही जाएगा।''

''मजूरी?''

''दो रुपए और टिफिन।''

''जाने दीजिए।''

रोमियो सावधान हो गया और चोट्टि गाँव के गैर-बेगारी लोग कोलियरी के काम में लग गए। हफ्ते के दिन मालिक बोला, ''पार्टी के आदमी के आने पर हफ्ता दूँगा।''

''क्यों?''

"वह एक-एक रुपया लेगा।"

चोट्टि के लोग एक-दूसरे की ओर देखने लगे। ठीक वक्त पर रोमियो और पहलवान और दिलदार आ पहुँचे। मेज पर बन्दूक उतारकर रखी और पैसे हिसाब करके काट लिए। हँसकर बोला, "अगली बार सवा रुपया काटूँगा।"

यह लोग सब जानते थे कि रोमियो ने अपने हाथों पिछले सदस्य की हत्या की थी। इसी से डर के मारे चुप रहे। बाद में गाँव को लौटते-लौटते बोले, "सात मील आएँगे-जाएँगे, एक रुपया मिलेगा। उससे तो लाला ही अच्छा है। गाँव में रहकर सवा रुपया। यह भी गौरमेन के आदमी हैं। पहले तो ऐसे रुपए नहीं लेते थे। अब क्या जादा जरूरत पड़ गई है?"

तीरथनाथ का चेहरा अब काफी उतरा दिखाई पड़ता है। छगन आदि को जूतों के नीचे रखना उसे बहुत ही पसन्द था और मन के मुताबिक काम था। लेकिन घटना जिधर जा रही है, वह उसके मन के मुताबिक न था। इनका शोषण और इन पर काबू रखना, दबाए रखकर चलना ही वह चाहता था। लेकिन बराबर दबाए रखने पर व्यक्तिगत सम्बन्ध का मामला समाप्त हो जाता है, इसे वह नहीं चाहता था। बराबर दबाकर रखने पर कुछ लठैतों और बन्दूकधारियों को पालना पड़ता है, इसे वह नहीं चाहता था। मथुरासिंह पुलिस को मार बैठा था। तीरथनाथ चाहता था कि आदमी प्राचीन वर्णानुशासन में विश्वास करें। बिना विरोध कम मजूरी लें, बेगारी दें। वैसा होने पर तीरथनाथ की भी तबियत होती थी कि बीच-बीच में उन्हें पूजा का प्रसाद दे, नई फसल में से थोड़ी दे। आजकल परिस्थिति बहुत उलझी हुई थी।

तीरथनाथ उदास स्वर में बोला, "सारे लोग काम करेंगे? करें। तब यह फड़फड़ाहट क्यों है? आजकल जो राज है, उससे तुम्हारी कमर तोड़ने आते हैं।"

"तुम क्या कमर साबुत रहने दे रहे हो?"

"चालाकी की बात का क्या काम, सना? दादा लोग कहते हैं, अब उन्हें एक-एक रुपया देना होगा। मेरा दोष नहीं है, सना! यह उन लोगों की बात है।"

सना और छगन बोले, "चोट्टि के पास जा रहे हैं।"

"क्यों? उसके पास क्यों? वह क्या मेरा काम करता है?"

"उससे अकल लेंगे।"

"उससे तुम लोग मेरी दुश्मनी न करा देना।"

"उसके पास जा रहे हैं।"

चोट्टि ने सब सुना और बोला, "तुम लोग उससे एक बात कहना। कहना, रुपया मत दो। रुपयों के बदले पिछली फसल का मक्का दे दो।"

तीरथनाथ उस पर ही राजी हो गया। धान के पौधे भरे-पूरे थे। बालियों में

दूध भर आया था। हेमन्त समाप्त हो रहा था। ऐसे वक्त काम में झगडा होना ठीक नहीं है। लेबर खोना अक्लमन्दी की बात नहीं है। चारों ओर तरह-तरह के काम थे। मजदूर मिलना मुश्किल था। यही नहीं कि लेबर का खिंचाव हो। जिस गाँव में चोट्टि मुण्डा था उस गाँव में बाहरी आदमी जल्दी आना नहीं चाहते थे। तीरथनाथ बोला, "वही करो, बाप।"

काम करते-करते छगन बोला, "कई दिनों से लगता है, सूरज पच्छिम से निकल रहा है। कई दिनों से लाला ने कई बार 'बाप' कहा है?"

सना बोला, "अब वह कहता है, कभी हम लोगों से 'बाप, बाप' कहलाएगा। उसका कोई विश्वास नहीं।"

तीरथनाथ ने कायदे के मुताबिक सारी बातें हरबंस से कहीं। हरबंस ने सब कुछ सुनकर कहा, "मन में भी मत सोचिएगा कि पार हो गए। वे बट्टा तो लेंगे ही।"

"मक्का लेंगे?"

"पैसे माँगेंगे।"

"तब?"

"मैंने तो दिए थे।"

"उरागें कितना खर्चा होता है, पता है?"

"पता है। खुश होकर नहीं दिया था। लेकिन गड़बड़ नहीं मचने दी।"

"गड़बड़ नहीं होगी।"

"लालाजी वक्त को पहचानिए। आपको बीच में नहीं चलने दिया जाएगा। या तो इधर, या उधर, एक साथ दो राहों पर नहीं चला जा सकता है।"

"भैया, तुम क्या उन लोगों के खिलाफ हो?"

"क्यों? कन्ट्रैक्ट का माल तो दिया है।"

"पैसे मिल गए?"

"मिल जाएँगे। कुछ तो मिल भी गए हैं।"

"देखें भगवान क्या करते हैं।"

"भगवान बहुत सनकी काम करते हैं।" रोमियो और पहलवान और दिलदार चीखकर बोले, "कुत्तों को मक्का मत दीजिए। रुपए दीजिए, बट्टा काट लीजिए। जो नहीं लेगा उसे देख लेंगे।"

वे लोग चुपचाप वापस चले गए यानी 'कुत्ते' लोग अपने-अपने घर चले गए। तीन जीपों में रोमियो के लोग तरुण सेना लेकर आ गए। दल का झण्डा जीप के ऊपर लगा था, जीप पर दल-नेत्री माँ का चेहरा आँखों से करुणा की वर्षा कर रहा था। उनको आते देखकर गाँव के लोग जंगल में भाग गए। पहान और पहानी

यह देखने को बाहर निकले कि क्या हो रहा है। देखा कि दुसाध-धोबी-गंजू लोगों की बस्ती जल रही है। आग फैल गई और तीरथनाथ की दुकान भी जल गई। रोमियो ने और किसी को न पाकर पहान और पहानी को गोली मार दी। उन्होंने छगन आदि की मज़ूरी के मक्का के गट्ठरों पर पेट्रोल छिड़ककर आग लगा दी। उसके बाद वे महारानी और युवराज के नाम के नारे लगाते हुए चले गए। उन्होंने तीरथनाथ का रोना-धोना भी नहीं सुना और मक्के के ढेर में से आग उड़कर तीरथ की कचहरी पर फैल गई। जमा किए हुए मिट्टी के तेल के टीनों की सीलें गर्मी से उड़ गईं। आग लग गई।

चोट्टि बोला, "पहान-पहानी की लाश रहने दें। सदर जा रहा हूँ। मोतिया की लाश रहने दें। बुढ़िया भाग न सकी।"

हरमू बोला, "पहले थाने पर।"

स्टेशन के कुलियों ने स्टेशन-मास्टर को जाने के लिए विवश किया। रेलवे का स्टाफ मरा है, इसलिए हरबंस की बस ली गई। स्टेशन-मास्टर ने ली। चोट्टि बोला, "चारों लाशें उठेंगी। एक तरह से मरे हैं।"

थाने के दारोगा ने बेहोश होते-होते घटना नोट की। वे भी अपनी चमड़ी बचाने के लिए साथ चले। सदर गए बिना चारा नहीं था। चोट्टि आदिवासी-डिरेक्टर दिलीप तरोये के आगे लम्बा लेट गया। बोला, "पहान और पहानी ने लाला के खेत में कभी काम नहीं किया था। आग देखकर निकले थे। उनको मार दिया, महाराज उन्हें मार डाला!"

मामला जटिल हो गया। सारी घटना युवक-सेना के अविवेक के कारण घटी थी। वर्तमान शासन में, बाहरी दुनिया में, हरिजनों के बारे में बहुत ढोल पीटे जाते हैं, लेकिन असली आदेश सब जानते हैं। हरिजनों और अछूतों के मर जाने पर भी कुछ आता-जाता नहीं। यही तो 1969 में सिंहभूमि के सुरमही और दूसरे गाँवों में पुलिस ने एक जमींदार का मान रखने के लिए चार सौ आदमियों को गिरफ्तार किया था और सबके सामने औरतों पर पाशविक अत्याचार किए, कई गाँव जला दिए, आदमियों को मार डाला था।

इस शासन में इन सारे कामों में पुलिस बहुत कुशल है। आई.जी समझ गए कि उनके विदा होने का समय आ पहुँचा है, और इस समय युवालीग को यथासाध्य ठीक करने के उद्देश्य से बोले, "मिस्टर तरोये तो ठीक ही कह रहे हैं। मान लिया कि अछूत लोग बहुत नासमझ हैं। महाजन के साथ सम्बन्ध अच्छा न रख सके। लेकिन बात क्या हुई? एक रेल-वर्कर मरा। उनकी लेबर यूनियन खफा हो गई। मरी एक बीमार बुढ़िया। लाशघर में तो देखा कि उसकी हड्डियाँ भी काली हो गई हैं। मरा मुण्डा लोगों का समाज-प्रधान पुरोहित और उसकी पत्नी। यह लोग

न तो महाजन की जमीन जोतते थे, न यह सब झगड़े में थे। लॉ और ऑर्डर–कानून और व्यवस्था–उल्लू के पट्ठों के हाथों में पड़ने पर इस तरह होगा ही। सुरमही-ऑपरेशन में पहले के आई.जी. थे। कोई बात उठी थी?"

दिलीप तरोये ने जहाँ तक हो सका, अपने खूँटों को हिलाया-डुलाया और कहा, "आदिवासियों पर बहुत अत्याचार हुआ है। जाँच की जरूरत है। मैं जानता हूँ कि चोट्टि मुण्डा और परलोकगत पहान उस अंचल में विभिन्न वर्गों में अच्छा सम्बन्ध बनाए रखते थे।"

प्रशासन ने समझा कि यह अखबारों में बदमाशों की गढ़ी खबरें नहीं हैं। एस.डी.ओ. और आई.जी. चोट्टि गए। वहाँ मदद देने का वादा किया और जिनके घर जल गए थे उन्हें पच्चीस-पच्चीस रुपए मिले। पहान की लाश के अधिकारी उसके भतीजे को सौ रुपए मिले। सबने ताज्जुब में पड़कर कहा, "चोट्टि के सदर गए बिना क्या कुछ मिलता। चोट्टि जो करता है वह किस्सा बन जाता है।"

रेल के कुली के परिवार को भी कुछ हर्जाना मिला। चोट्टि अंचल पर सख्त रोक लगा दी गई कि इस सम्बन्ध में किसी संवाददाता को कोई समाचार न दिया जाए।

हाकिम-हुक्कामों के चले जाने के बाद एक शाम को चादर से कान और सिर ढककर खों-खों खाँसते हुए चोट्टि के घर आनन्द महतो पहुँचे। बोले, "तुम्हारा नाम नहीं रहेगा। किसी को कुछ पता नहीं चलेगा। बताओ क्या हुआ था।"

"अपने लिए फिकर नहीं है। पहान का चेहरा और पहानी की नंगी छाती पर घाव देखकर मैं कोयेल का दुख भूल गया हूँ। लेकिन नाम निकलने से चोट्टि जल जाएगी।"

"नाम नहीं निकलेगा।"

"अगर निकले तो? फिर घर जलेंगे, लाशें गिरेंगी, तुम देखोगे? तुम्हारा वह मेम्बर मर गया, कुछ कर सके?"

आनन्द महतो उदास हँसी हँसकर बोले, "क्या समझते हो कि मेरी हालत अच्छी है? मेरे दिन भी खतम हो गए हैं।"

"काहे, महाराज?"

"समझ रहा हूँ।"

"मार डालेंगे? यही कहो।"

"यह तो वे ही जानें। देख नहीं रहे हो, रात-बिरात छिपकर आया हूँ!"

"यही बात है।"

चोट्टि समझ गया कि आनन्द महतो भी मुसीबत में हैं और यहाँ आने से वे मारे जा सकते हैं। ताकतवर जब किसी को मारना चाहता है, तो उसे मरना

ही पड़ता है। पिछला सदस्य, मोतिया के काले हाड़, पहान और पहानी की फटी छाती–उसके साथ वह अपने को एक समझ रहा था। बोला, "अभी टेम है। चले जाओ।"

"तुम कुछ बताओगे नहीं?"

"अभी नहीं। अभी सबकी नजर चोट्टि पर है।"

आनन्द महतो बोले, "तुम्हारे लिए यह जगह छोड़ दी गई है। सब जगह देखा जाता है कि एक बार जहाँ कुछ हो जाता है, वहाँ वे बार-बार आते हैं।"

चोट्टि भौंहें सिकोड़े चुप लगाए रहा। उसके बाद बोला, "रेल के कुली को मारा, वही गलत काम किया, पहान-पहानी को भी! यह क्या जमाना चल रहा है, बता सकते हो, महाराज? ये चाहते क्या हैं? सुरमही में जो हो गया, धामूड़ा में भी वही हुआ। दुसाध-गंजू-अछूतों को मारने को गौरमेन का कोई आदमी अच्छा नहीं समझता। गौरमेन अगर चाहती है कि अछूत आदिवासी मर जाएँ, तो मार डालो। लड़कर मरें। लड़कर मरेंगे, समझेंगे कि यह एक काम किया।"

"वह नहीं चाहती। तुम लोगों के बिना उनकी जमीन कौन जोतेगा?"

"अभी जाओ। कोई देखेगा।"

"तुम बताओगे नहीं?"

"ढाइ पार कर बरामू में पेड़ काटने जाऊँगा। वहाँ आओ।"

"वहीं आऊँगा।"

"अभी जाओ। होशियार रहना। महाराज, मरने पर कुछ नहीं। जिन्दा रहने में बहुत दुख हैं।"

"मैं चलूँ।"

"ठहरो, टीशन होकर नहीं।"

"न-न, रेल-लेबर यूनियन के लड़के मुझे लाए हैं।"

"वे कहाँ हैं?"

"बाहर।"

चोट्टि ने उन्हें बुलाया। बोला, "सब लोग थोड़ा गुड़ खाओ, नमक खाओ। गुड़ खाने से सम्बन्ध अच्छा रहेगा। नमक खाने से मुझे फँसाओगे नहीं।"

आनन्द बोला, "चोट्टि, कब जाओगे?"

"आठ-दस दिन बाद। अभी तो पहान-पहानी के श्मशान के पत्थर लगाना है। पहान के भतीजे को पहान बनाना है। यह पहान लिखा-पढ़ा था। भतीजा अगर वैसा न हुआ तो मुझ पर और भी जिम्मेदारी आ जाएगी।"

आनन्द महतो चले गए। चोट्टि के अनुरोध पर मृत पहान का भतीजा पहान बना। जले घर फिर से नए सिरे से बनाए गए। चोट्टि ने जंगल के ठेकेदार से

मुसीबत की बात कहकर दरवाजों और खिड़कियों के लिए थोड़ी लकड़ी ली। तीरथनाथ ने अपेक्षा की थी कि छगन आदि घर छाने के लिए फूस माँगेंगे, खाने का अनाज खरीदने के लिए कर्ज माँगेंगे, लेकिन उसके पास कोई नहीं आया। उसका जड़हन पड़ा रहा। खबर भेजने पर भी लोग बेगारी करने नहीं आए। सारा कुछ खतम हो जाने पर छगन आदि के व्यवहार ने तीरथनाथ को चोट पहुँचाई, उसे खफा भी कर दिया।

तीरथनाथ को बड़ा दुख हुआ। कचहरी जल गई। हिसाब-बही और कागज जल गए। सरकार में लगान के कागज की जरूरत हो सकती है, उससे हिसाब-किताब की एक बही जल जाने से कोई नुकसान न था। वह तो क्षण-भर में बन सकती थी। गुमाश्ता बना सकता था। लेकिन तीरथनाथ की लक्ष्मी वे सारे खाते थे। जिन खातों में लेनदारों के रुपए और अनाज के कर्ज का हिसाब लिखा था, जिन खातों में आधार पर तीरथनाथ सूद और बेगार लेता था, वे सब खाते फिर से तैयार करने पड़ेंगे।

वह काम सिर्फ धनबाद का अमीनचन्द कर सकता था। दो सौ बरस पुराने दस्तावेज-पट्टे-चिट्ठे-व्यापार के पट्टे वह बना सकता था। तीरथनाथ ने निश्चय किया कि उसे लाकर डबल सेट खाता बनवाएगा। अमीनचन्द ने तीरथनाथ के गुमाश्ते से कहा कि वह पाँच हजार रुपए लेगा।

तीरथ को राजी होना पड़ा, और सान्त्वना की आशा से वह अपनी रखैल धोबिन के पास गया। सबसे बड़ा आघात इस प्रेमिका ने दिया। बहुत बरस पहले मोतिया ने तीरथनाथ के लिए कुटनी का काम किया था। तीरथनाथ बहुत ही मुग्ध था। उस समय उस औरत की उम्र थी बाईस बरस। मोतिया की बिचवई से बात चली, औरत को माहवारी पैसा मिलेगा, उसका घर बनेगा। धीरे-धीरे उसके लड़का भी हुआ। छुटपन में लड़का मोतिया के पास ही रहता था। रोमियो वगैरह के हाथों उस दिन उस औरत का घर भी जल गया था। तीरथनाथ ने अपनी कचहरी का मकान मरम्मत करवाने के लिए गवर्नमेंट से पच्चीस हजार रुपए लिए और काम के लिए मिस्त्री मँगवाया। अब उसे ध्यान आया कि इसके बाद जड़हन की खेती कटाई-मड़ाई, रबी के लिए खेतों को तैयार करना था। उसके लिए मजूरों की जरूरत थी। उसे गुण्डों पर गुस्सा आया। यह क्या सुरमही या धामूड़ा है? लंकाकाण्ड मचाकर छोटी जातवालों को सजा दोगे? रेल-लेबर-यूनियन में सबको पता चल गया था कि तीरथनाथ एक ही हरामी है। उसी की जमीन के पीछे इतनी गड़बड़ी हुई थी।

मानो उसे लांछित करने के लिए ही अनवर ने इतने दिनों से पड़ी हुई बंजर जमीन को फलों के बगीचे में बदलना चाहा। उसने खुल्लम-खुल्ला छगन से और

चोट्टि से कहा, "बीच-बीच में फुरसत के वक्त जमीन को ठीक कर दो। दो-ढाई घण्टे काम करो। उससे ही काम हो जाएगा। इस काम के लिए सवा रुपए के हिसाब से दूँगा। मैं यह नहीं चाहता कि हर रोज काम चले।"

चोट्टि बोला, "उससे नजर पड़ेगी।"

"दस आदमियों से ही चल जाएगा।"

"यही अच्छा है।"

पचास रुपए पेशगी दिए। "पाँच रुपए के हिसाब से यह दस आदमियों के हैं। मजूरी देने के वक्त सवा-सवा रुपए के हिसाब से काट लूँगा।"

"बहुत खूब, महाराज!" चोट्टि बोला, "इन लोगों के घर जलकर राख हो गए। उन्हें जमीन के लिए कुछ दो। उपजाऊ जमीन है। जमीन तो बिना मालिक के रहती नहीं है, महाराज! जमीन के भी आत्मा होती है। वह आत्मा अच्छी है या बुरी, किसे पता? थोड़ा कुछ देने पर उसका गुस्सा ठण्डा होगा। उसके बाद जमीन खुश हो जाएगी।"

"सो तुम करो। जो करना हो, करो।"

"तुम्हें करना होगा।"

"इन सब बातों में लाग-डाँट तो न होगी?"

चोट्टि ने भौंहें सिकोड़कर जैसे कुछ सोचा। उसके बाद बोला, "लगता तो नहीं। टीशन तो गौरमेन का है। कुली के मरने पर कुली-स्टॉफ जोश में हैं। लाला अभी कुछ न बोलेगा। खेती के काम के लिए उसे भी चिन्ता है। चड्ढा नहीं बोलेगा।"

"तो यह बात रही।"

तीरथनाथ इससे दुखी हो गया। उसने अपने को हारा हुआ भी पाया। पत्नी से बोला, "इससे मान नहीं रहता। अपने खेतमजूर, बेगारों को मैं चलाऊँगा। बाहर के लोग क्यों आएँ?"

पत्नी फीके चेहरे से बोली, "आप जानें। ऐसा होने पर घर पर हाय पड़ती है। मैं तो इसीलिए लड़कों को पटने में रखकर पढ़ा रही हूँ। वह जमीन की बातें नहीं समझते। नौकरी बहुत अच्छी चीज होती है।"

"अरे, मेरे मरने पर वे कचहरी में बैठेंगे।"

"परमेश्वर जैसा करें। साँप काटने से इसी जाड़े में दुधारू गाय मर गई। फलता अमरूद का पेड़ सूख गया।"

"क्या करें?" कहकर तीरथनाथ अपनी रखैल धोबिन के पास गया।

वह बोली, "कहाँ आए? घर में क्या है?"

"घर के लिए सोच है? घास-फूस—बाँस सब भेजे दे रहा हूँ।"

"न, न, सब लोग देखेंगे।"

"तो रुपए ले।"

"बासन-कपड़े-बिस्तर–चौकी सब चला गया।"

"तुझे नहीं दूँगा तो किसे दूँगा?"

धोबिन बहुत रोती रही। रो-रोकर ही उसने चार सौ रुपए वसूल कर लिए। उसके बाद तीरथनाथ अमीनचन्द से मिलने धनबाद गया। वहाँ एक दिन रहना पड़ा। घर लौटने पर पत्नी बड़ी खुशी में ईर्ष्यायुक्त हँसी हँसकर बोली, "घर की औरत से ज्यादा दूसरों को सर चढ़ाने से यही होता है। धोबिन रुपए लेकर भाग गई।"

"झूठ बात।"

"पता लगा लीजिए न।"

"मैं उसे पकड़ लाऊँगा। खचड़ी!"

"वह पटना भाग गई। वहाँ लाण्ड्री खोलेगी।"

"चली गई? मुझे छोड़कर चली गई?"

तीरथनाथ ने जिन्दगी में जमीन और सूद के सिवा किसी इनसान को अपना प्यार नहीं दिया था। यह धोबिन ही एकमात्र अपवाद थी। पत्नी ने सोचा था कि तीरथनाथ गुस्से में फट पड़ेगा। लेकिन तीरथनाथ बहुत टूट गया था। उसने अपने लड़कों को धोबिन की तलाश करने को लिखा। बहत्तर बरस के बुड्ढे का अनुरोध उन्होंने नहीं सुना और तीरथनाथ ने रक्तचाप के रोग से बिस्तर पकड़ लिया। बहुत दिनों तक हकीमी इलाज में रहकर वह स्वस्थ हुआ। उससे रोमियो ने कहा, "पता लगा। ठोकर मारकर ले आऊँगा।"

"न-न।"

तीरथनाथ के मन में शिकायत थी कि रोमियो आदि अगर बहुत अधिक अत्याचार न करते तो धोबिन चली न जाती। उसे यह जानने की तबियत थी कि धोबिन क्यों गई? इतना जानने के लिए वह मन-ही-मन मरा जा रहा था। रोमियो कहे जा रहा था, "छोटी जातवालों में कृतज्ञता थोड़े ही होती है!"

हरबंस के ड्राइवर को उसने छिपाकर पटना भेजा। ड्राइवर सब-कुछ जानता था। उसने खबर ला दी। बोला, "लाला जी, क्या कहें?"

"क्या कहा?"

"कहा नहीं जाता।"

"कहो, कहो।"

बोली, "आपने उसकी पट्टी जलवा दी। उसके बाद आपके रुपयों से घर बनाकर रहने पर उसे सब लोग पत्थर मारते।"

"कभी नहीं मारते।"

"और उसे मोतिया के लिए दुख था।"

"क्यों?"

"मोतिया उसकी नानी थी, लाला जी!"

"यह कैसे?"

"हम सब जानते थे।"

तीरथनाथ को सब मान लेना पड़ा। यह वियोग का कष्ट भी। उसके बाद वियोग का दुख खेतीबारी ने भुला दिया। थोड़े आदमियों के सिवा बेगारों में कोई शक्ल नहीं दिखाता था। रोमियो को बताने से ही मजूर मिलते। पर तीरथनाथ का मन उसकी गवाही न देता था। फिर किसी चीज से गड़बड़ न हो जाए। तभी उसने बाहरी मजूरों की तलाश की और यह भी जाना कि रोमियो आदि के कारनामों से बाहरी लोग यहाँ आने से डरते थे। धान के पौधों को झुका देखकर उसका कलेजा फटता था। मान अलग रखकर उसने छगन आदि को बुलवाया।

छगन बोला, "चोट्टि से पूछ लूँ?"

"क्यों? उससे क्यों?"

"उसे बताए बिना मुश्किल होगी।"

चोट्टि के पास से लौटकर छगन बोला, "हम काम कर देंगे, लेकिन मजूरी हर रोज देनी होगी।"

"ले लेना।"

"किसी को बट्टा नहीं देंगे।"

"वैसा ही होगा।"

"मेरे बेगार जाएँगे। बाकी सब मुण्डा लोग हैं।"

"क्यों?"

"चोट्टि ने कहा है।"

"वही होगा। थाने में पड़ रहा हूँ, गधे की लातें सहनी पड़ेंगी।"

इस तरह झुक जाने से रोमियो कट गया, लेकिन तीरथनाथ बोला, "आप जमीन की बात क्या समझेंगे? अभी माने बिना फसल का क्या होगा? छोटी जात है, खचड़े हैं, फिर भी काम तो कर देंगे।"

"अरे, आपके पीछे सरकार है, और आप एक फसल की ममता छोड़ नहीं सकते?"

"नहीं जी।"

"आपकी-सी भैंसे की अकल के महाजनों की वजह से देश की उन्नति नहीं हो रही है। नाश हो फसल का। छोटे लोगों को काबू में रखिए। बाहरी मजूरों से काम

लीजिए। आठ आने मजूरी दीजिए। आपके गाँव के लोग भूखे मरेंगे और तब आपके पैर पकड़ेंगे। एक फसल गई, किस बात की परवाह है? स्टेट बैंक से लोन लीजिए! ट्रैक्टर से खेती कीजिए। खेती के काम में इनकम टैक्स में भी रियायत है।''

''सो तो मैं भी चाहता हूँ।''

''काम में तो नहीं करते। मुण्डा लोगों को घुसा दिया, इनमें बहुत खचड़ई है। इससे गड़बड़ न हो।''

''चोट्टि मुण्डा ने सब किया।''

''कौन हरामी है? उसे तो जानता हूँ।''

''न-न, चोट्टि कोई मामूली मुण्डा नहीं है।''

''तो जाइए, उसके पैरों में तेल मलिए।''

''जी, मैं कोई गड़बड़ नहीं चाहता।''

''देखूँगा, वे बट्टा कैसे नहीं देते? चड्ढा तो फिर कण्ट्रैक्ट लेगा, है न? चीनी की मिठास जानकर चींटे छोड़ देंगे?''

''यह नहीं कह सकता।''

''और देखें, विजया मोदी भी वही चाहते हैं। नहीं तो हरिजन-अत्याचार का कोई समाधान क्यों नहीं होता?''

''आप अच्छा जानते हैं।''

''देखेंगे, इसके बाद उनके बदमाशी करने पर मदद माँगना न भूलिएगा। हम तो सैनिक हैं। गड़बड़ का सामना करना ही हमारा काम है।''

''बताऊँगा।''

''चोट्टि मुण्डा को भी मत छोड़िएगा।''

तभी युवालीग के सेक्रेटरी सहसा बोल पड़े, ''चोट्टि! चोट्टि मुण्डा! उसको न तंग करना, रोमियो! उसने मेरे चाचाजी की जान बचाई थी। चाचाजी दारोगा थे, और एक जंगली सूअर ने उन्हें घायल कर दिया था।''

तीरथ बोला, ''वह तो मेरी खेती में हुआ था।''

किस्सा फिर से कहा-सुना गया। तीरथ बोला, ''बेगार में, कर्ज में, सूद में मैं उन्हें दबाए ही रहता हूँ। सिर नहीं उठाने देता हूँ। यह बड़ी अकल का काम है। गोली चलाने और घर जलाने में बहुत शोरगुल होता है।''

रोमियो बोला, ''जिस चीज की जरूरत होती है, वह किया जाता है।''

इस तरह तीरथ के निकट छगन और चोट्टि आंशिक रूप से जीते। चोट्टि अंचल में क्षणिक शान्ति रही।

आनन्द महतो और चोट्टि की मुलाकात छिपकर हुई। कटे साल के ढेर पर बैठकर आनन्द महतो ने जल्दी-जल्दी सब लिख लिया। चोट्टि बोला, ''सब बता

दिया। तुम्हारे कारन से हमारे ऊपर हमला हुआ तो तुम भी नहीं बचोगे।"

आनन्द थोड़ा मुस्कुराकर बोला, "मार डालोगे?"

"जरूर!" चोट्टि भी मुस्कुराया। "हरमू के कारण हमला होने पर उसे भी मरना पड़ता। अब तो मेरा यह कहना है महाराज, जिसके कारन हम चोट खाएँगे, उसे मारेंगे। तुमसे फिर कहता हूँ, मैं मरने से नहीं डरता।"

"न-न, किसी को पता नहीं चलेगा।"

लेकिन इस वक्त प्रशासन कितना मुस्तैद था, सच्ची खबर का गला घोंटने में कितना निर्मम था, यह आनन्द महतो ने नहीं समझा था। इस संवाद के लिए उसे चेतावनी दी एक मिशनरी फादर ने। आनन्द ने रिपोर्ताज पढ़ा, उसने टेप कर लिया और कैसेट को सुरक्षित झब्बे की जेब में रख लिया। आनन्द की लिखी रिपोर्ट उसे देकर बोले, "इस तरह क्यों रखा?"

"सावधानी से कोई नुकसान नहीं है।"

उसने लिखित रिपोर्ट फाड़ डाली और कैसेट के साथ दिल्ली उड़ गया। वहाँ प्रशासन के कोपभाजन, भारत छोड़नेवाले एक विदेशी संवाददाता को उसने वह कैसेट दिया। संवाददाता के प्रयत्न से कैसेट से फिर एक कैसेट लेकर बम्बई में एक अखबार को पहुँचा दिया गया और पन्द्रह दिन बाद इटली से प्रकाशित एक अंग्रेजी साप्ताहिक और बम्बई के एक साप्ताहिक में स्थान और पात्र की जगह ए.बी.सी. रखकर समाचार निकला। प्रशासन को पहले केन्द्र में होश आया। राज्यसभा में विख्यात शोर मचानेवाले एक विरोधी सदस्य ने न्यायिक जाँच आदि की माँग करते हुए शोरगुल किया। अब राज्य-प्रशासन को होश आया। आई.जी. सहसा बदलकर पुलिस को नैतिक शिक्षा देने और हिंसा न करने की शिक्षा देनेवाले पद पर भेज दिए गए। दिलीप तरोये को आदिवासी कुटीर शिल्प के बारे में अधिक ज्ञान देने के लिए दिल्ली बुलाया गया। आनन्द महतो की चलती साइकिल के दोनों ओर से दो ट्रकों ने आकर उसे कुचल दिया। दोनों ट्रकों पर लिखा था, 'बातें कम, काम अधिक' और पीछे लिखा था 'टा-टा'। 'गॉड इज गुड'। 'आदिवासी समाचार' अखबार के दफ्तर और कार्यालय में आग लग गई। रोमियो आदि के नेतृत्व में युवालीगवालों ने विधानसभा में न्यायिक जाँच की माँग की और 'सदर बन्द' का आह्वान किया। कमीशन बैठा। इधर केस चला। दोनों ट्रकों के ड्राइवरों को दो ट्रकों का मालिक बना देने के बाद उन्हें असावधानी से ट्रक चलाने और आदमी मारने के लिए और कोई बात न कर जेल भेज दिया गया। इसी तरह 'बातें कम, काम अधिक' निर्देश राष्ट्रीय जीवन में फलप्रद रहा।

इस तरह घर की मुसीबत तो ठीक कर ली गई, पर विदेशों की मुसीबत? अब भारतीय प्रेस में कुछ इस तरह लिखा निकलता, "नक्सल लोग जिस तरह इधर

भारतीय गणतन्त्र की जड़ में कुल्हाड़ी मारते हैं उधर उसी तरह भारत के दुश्मन भी बुराई करते हैं।" उसके बाद कुछ लिखा हुआ प्रकाशित होता जिसके साथ प्रमाणस्वरूप तमाम चित्र रहते, जिसका प्रतिपाद्य विषय रहता कि प्रधानमन्त्री आदिवासियों की मित्र हैं। चित्रों में दिखाई देता कि प्रधानमन्त्री के चारों ओर काले-काले चेहरे के वयस्क नर-नारी और उनकी गोद में कथरियों में टोडा-मारिया-बाइगा-हो-मुण्डा इत्यादि बच्चे रहते। इस तरह सब खुश रहते और मामला समाप्त हो जाता।

रोमियो की सारी इच्छाएँ पूरी नहीं हुईं, क्योंकि हरबंस चड्ढा ने स्टेट बैंक के अनुदान से ब्रिकफील्ड बड़ी कर ली और उसके उद्घाटन के लिए कम्यूनिटी विकास और शिल्प विभाग के मन्त्रियों को बुला लाया। सीमेण्ट नगरी की ईंटों का ठेका उसे मिला और तीरथनाथ की राय के अनुसार उसने चोट्टि में आधुनिक युग ला दिया, क्योंकि अब उसने एक गाड़ी खरीद ली थी।

हरबंस का जो चचेरा भाई जंगल का ठेकेदार था, उसे हरबंस ने कुली लाने का ठेकेदार बना दिया। जंगल की ठेकेदारी जवान चचेरे भाई के कन्धों पर डाल दी। रोमियो ने सोचा कि अब जिस तरह भी हो चड्ढा को ठीक करने की जरूरत हैं। वह एक दिन पहलवान के साथ आया और बोला, "सुना है कि आप लेबर को धोखा दे रहे हैं। क्या यह ठीक बात है?"

"किस तरह?"

"गरीब आदिवासी और अछूत हिसाब नहीं समझते, सरकारी सहायता से ब्रिकफील्ड बढ़ा ली। सरकारी मजूरी दिया करते हैं?"

"लेबर कमिश्नर का तय किया हुआ रेट देता हूँ।"

"इस बात का क्या विश्वास?"

"आपको विश्वास है या नहीं, इससे मुझे क्या?" हरबंस खुश होकर बोला, "सरकारी ऑडिटर ऑडिट करेंगे।"

"जाने दीजिए, जरूरत होने पर याद कीजिएगा।"

"जरूर।"

"यहाँ किसका मकान बन रहा है?"

"सन्तरी रखना पड़ेगा न!"

"बहुत अच्छा, बहुत अच्छा। तो लेबर मिल रहा है?"

"मिलेगा।'

"तो इस कन्ट्रैक्ट में कितना बट्टा दे रहे हैं?"

"जी, इसमें तो बट्टा होता ही नहीं। जो होता था पहले हो चुका। और लेबर पेमेण्ट के लिए भी और आदमी हैं।"

"कौन?"

"बाहर का। सरकारी कानून के मुताबिक।"

"बहुत अच्छा, बहुत अच्छा। अब चोट्टि शहर बनेगा!"

"आप लोगों के आशीर्वाद से।"

रोमियो चला गया। उसके मुँह से सब-कुछ सुनकर युवालीग का सेक्रेटरी बोला, "तुम लोगों के कारण काम का नाश हो रहा है। उस समय जाकर वह हालत न करते तो इन पाँच लाख रुपयों के प्रॉजेक्ट से हमारा हिस्सा अलग करने की किसकी ताकत थी? जाने दो, अब कोई गड़बड़ मत करो। वक्त आने पर घुस पड़ेंगे।"

"क्या वह जमाना नहीं आएगा?"

"आएगा, आएगा।"

समय बीतता गया, बीतता गया। चोट्टि और छगन को चड्ढा के ईंटों के भट्टे में अकुशल श्रमिकों की मजूरी मिलती रही। चड्ढा और चोट्टि के बीच जो बन्धन था, वही जान-पहचान में दूरी बन गया। अब काम घण्टे के हिसाब से होता था। मजूरी दूसरे लोग देते थे। चोट्टि बोला, "यह अच्छा है। आज जिस तरह तीन रुपए रोज मिल रहे हैं, चीजें महँगी होते-होते उन तीन रुपयों का दाम होता है आठ आने। हो यही। जब की जैसी रीत है। चड्ढा को पकड़े रहने पर कोई भूखा नहीं मरेगा।"

"सवेरे बुलाकर चड्ढा ने क्या कहा था?"

"बाहरी मुण्डा-लेबर को भगा दिया। उनसे कहा, 'जो जरूरत हो चोट्टि से कहना।' मोहर बोला, "तुम हो तो मैं बेफिकर हूँ। हमारी जो समझ में आता है वही हमारी क्षमता है।' सो बाद में भी उनके बराबर तीन रुपए रोज लेकर घर लौटा। हमारी मजदूरी बढ़ाना भी चाहते हैं।"

"बढ़ी मजूरी क्यों नहीं ली?"

"तू बता कि दिन बीतने पर मैं चार रुपए लेकर घर आऊँ, तू तीन रुपए लेकर आए, उससे हममें बुराई नहीं घुस जाती?"

"ठीक बात है।"

"चड्ढा लाला से अच्छा है। लेकिन झगड़ा और फूट रखना कौन नहीं चाहता? वे आपस में मिलकर देखें। यह मालिकों का ढंग है।"

"मुण्डानी हल्दी क्यों पीसती है?"

चोट्टि मुस्कुराकर बोला, "नाती की, हरमू के नन्हे की, सगाई है।"

हरमू के बेटे की शादी होगी। नए पहान की लड़की थी। कोयेल की पत्नी मुँगरी जलन्धर रोग से मर गई। स्टेशन के छोटे-से पेड़ के नीचे एक चमचमाती

चाय की दुकान खुली। सबको चौंकाकर तीरथनाथ के लड़के ने पटना शहर में आर्यसमाजी ढंग से एक मद्रासी नर्स से शादी कर ली। चोट्टि के मेले में फिर तीर का खेल शुरू हुआ। चोट्टि ने हँसकर हरमू से कहा, "अब पूरे बरस मुण्डा और दूसरी जातवाले एक होकर रहते हैं, एक साथ काम करते हैं। मेले के दिन सारे मुण्डा धनुक लेकर एक बार मुण्डा बनना चाहते हैं।"

"मेरे बेटे का उधर मन नहीं है।"

"नहीं रहा।"

"वह तुम्हारा नाती है न!"

"अब वह सब सोचने से चलता है, हरमू? समय बदल रहा है।"

समय बदल रहा है। चोट्टि को समय के बदलने की कोई प्रतीक्षा नहीं थी। वह दर्शक मात्र था और उसकी सक्रिय भूमिका एक-सी ही नगण्य रही। किन्तु रोमियो, पहलवान और दिलदार प्रतीक्षा करते थे। वे और भी क्षमता, और भी अधिक कमाना चाहते थे। अब जमाना उनका था।

सोचा हुआ समय आ गया—इमर्जेंसी, आपातकाल।

हर गाँव और हर शहर में इमर्जेंसी दो रूपों में आई। जेल का फाटक-फट्टा खुलता और कैदियों को निगल लेता। अखबारों की आवाज बन्द हो गई। लेकिन चूँकि शहर के लोग लड़ैते लाल होते हैं और थोड़े में ही खुश हो जाते हैं, इसलिए वे खुश थे। लोड शेडिंग—बिजली का बन्द होना—कम हो गया, ट्रेनें वक्त से चलने लगीं। सारी गाड़ियाँ 'वर्क मोर-टॉक लेस'—'काम ज्यादा, बातें कम' के अनुसार ठीक से चलतीं, और तो और, सरकारी दफ्तरों में भी बाबू दिखाई देने लगे।

इसका नतीजा हुआ कि गाँवों में अँधेरा छा गया। चूँकि भारतवर्ष गाँवों का देश है, इसलिए इमर्जेंसी का असली चेहरा गाँवों को मालूम पड़ा।

चोट्टि अंचल में पहली चोट खाई हरबंस के चचेरे भाई राजबंस ने। रोमियो उसके लकड़ी की चिराई के कारखाने में एक बार दिखाई पड़ा। जीवन सब कामों में 'क' के कारण 'ख' वाले तर्क को मानकर नहीं चलता। तत्त्व और तथ्य में अन्तर रहता ही है। डॉक्टर अमलेश खुराना और बासमती उराँव की बिलकुल अलग कहानी के दृष्टान्तों से इस बात की व्याख्या हो सकती है। जो भी हो, रोमियो इसलिए वहाँ नहीं गया था कि तोहरी में स्थित लकड़ी की चिराई का कारखाना भूस्वर्ग कश्मीर की तरह सुन्दर था। वह गया था पहलवान के कारण। रोमियो, पहलवान और दिलदार जिस मेम्बर के आदमी थे, वह सदस्य आजकल इनकी खोज-खबर नहीं रखता था। उसने साफ-साफ कह दिया था कि वह और लोगों से काम चला लेगा। चोट्टि और उससे लगे अंचल में मँझला-सँझला-अमीर-नया-छोटा इत्यादि नामों से उद्योगों का आरम्भ हुआ और उन उद्योगों की

नाली में देशी-विदेशी धन बाढ़ के पानी की तरह हरहराकर भर गया, इसलिए रोमियो वगैरह अंचल को अपने कब्जे में कर अपनी-अपनी तरह बैठ गए। सदस्य, सब जगहों से चार-चार 'कट' पाकर खुश रहेगा। और अलमूनियम का कारखाना कहने को अब सदस्य की ही बेनामी मिल्कियत में था। इसलिए अब सदस्य के लिए और कुछ सोचना सम्भव न था।

उसने कहा, "तो हाँ, मेरे इलाके में आर्थिक विकास के लिए क्या जरूरी है जिसकी समीक्षा के लिए एक डॉक्टर आएँगे।"

"डॉक्टर?"

"हाँ हाँ।"

यहाँ यह बता देने की जरूरत है कि आंचलिक समस्या और जरूरतों की समीक्षा के लिए डॉक्टर आएँगे, इससे यह सदस्य समझते थे और एक ही साथ सरल स्वभाव से समझ लिया कि यह चिकित्सक होंगे। उसका परिणाम हुआ कि बाद में बहुत फसाद हुआ। इन अमलेश खुराना की उम्र थी छत्तीस। बहुत मेधावी होने के कारण और विजया मोदी के एक विश्वस्त पुत्र होने के कारण एम.ए. पास करने के बाद से ही कोई-न-कोई फाउंडेशन इन्हें जरूरत से पकड़कर आर्थिक सहायता दे रहा है। 'जरूरत से पकड़ना' बात ही ठीक है क्योंकि संसार के एक शहर से दूसरे शहर, एक विश्वविद्यालय से दूसरे विश्वविद्यालय, और एक सेमिनार से दूसरे सेमिनार में जा-जाकर उनके दिन बीत रहे थे। सिर्फ भारतवर्ष से ही उनका परिचय नहीं हुआ। इसी कारण वह भारत-विशेषज्ञ और सामाजिक-आर्थिक विशेषज्ञ के रूप में परिचित थे। उनका विश्वास सांख्यिकी में था, यथार्थ में नहीं। आजकल उन्होंने भारत के लघु कुटीर उद्योग के बारे में फ्रांस में बैठकर एक बम छोड़ा था। बम बहुत ही मनोरंजक था।

उन्होंने कहा था, भारत की सारी गरीबी की जड़ है खेती और उद्योग पर निर्भरता। भारत में किसी खेती-बारी, बड़े उद्योग की जरूरत नहीं है। मनुष्यों की मानसिकता में क्रान्तिकारी परिवर्तन लाने से मनुष्य बिजली की तेजी से फटाफट सब काम करेगा। इसके लिए किसान लोग हाथों से कागज बनाएँ, मछुए चटाई बिनें, कुम्हार कपड़े बनाएँ, जुलाहे छोटे-छोटे बल्ब बनाएँ, बढ़ई जानवर के बालों से ऊन बनाएँ। इससे अद्‌भुत गुणोंवाली तमाम चीजें बनेंगी। खाद्य और उद्योग के क्षेत्र में भारत को जिन चीजों की जरूरत है, उन्हें भारत बाहरी दुनिया से खरीद सकेगा। अमलेश ने किसान-लोहार-बढ़ई इत्यादि तमाम कामों में लगे कुछ आदमियों को लेकर अनुसन्धान करके यह भी सिद्ध कर दिया कि यह लोग अपने-अपने पेशों से थक गए हैं। जिस काम के प्रति उन्हें उत्साह नहीं होता उस काम में वे किस प्रकार निपुणता प्रदर्शित करेंगे?

यह बम सारे विश्व में बहुत ही जोरदार था—विद्वानों की मण्डली में दैनीकेन की भविष्यवाणी की तरह ही इसने शोर मचा दिया। भारत सरकार सदा से अवास्तविक अध्ययन और सांख्यिकी पर आधारित उन सारी सामग्रियों को अच्छा समझती थी जिनके आधार पर पूरे तौर पर कोई अवास्तविक परिकल्पना खड़ी की जाए—जिसे साकार करने में अपात्र को अरबों रुपया दिया जाए—और जो किसी दिन भी साकार न हो, या होने पर भी किसी काम न आए। इसीलिए एक अविश्वसनीय रकम देकर अमलेश को भारत लाया गया। यहाँ यह बता देना जरूरी है कि अमलेश के समान विद्वान के सिद्धान्त-प्रतिपादन और भारत सरकार द्वारा इस प्रकार के सिद्धान्त को सहायता दिए जाने में कोई खराब नीयत नहीं थी। दोनों दलों के मन में भारतवर्ष को त्रिमूर्ति भवन के बगीचे की तरह सुन्दर बनाने की इच्छा थी।

स्थानीय सदस्य अपनी रण्डी या अपने लुच्चेपन के सिवा अपनी 'काट' कुछ न समझते थे। ये छोड़ने लायक दोष न थे, क्योंकि इसी के आधार पर विधान सभा के अधिकांश सदस्यों को मनोनीत किया जाता है। आज भी पिछड़े क्षेत्रों में स्थानीय सदस्य यह भी नहीं समझते कि अमलेश खुराना के पीछे भारत सरकार और दूसरी कोई विदेशी सरकार है।

उस पर डॉक्टर खुराना के लिए तोहरी में सबसे अच्छा मकान किराए पर लेने का हुक्म आया। तोहरी में कोई दर्शनीय बँगला न था। इसलिए उसने एस.डी.ओ. से कहा, "अस्पताल का एक वार्ड खाली करा दीजिए।"

"क्यों?"

"इस डागदर के लिए।"

इमर्जेंसी में सब चलता था। पर डॉक्टर के ठहरने के लिए अस्पताल से रोगी निकाल देना अभी तक नहीं हुआ था। एस.डी.ओ. क्या करें, यह सोच नहीं पा रहे थे और उनका भाग्य अच्छा था कि तभी मजिस्ट्रेट का आदेश आ गया। एस.डी.ओ. ने खुद निश्चिन्त होकर राजबंस चड्ढा को बुलाया। बोले, "भारत सरकार एक वैज्ञानिक को भेज रही है। उसके साथ कुछ लोग रहेंगे। तोहरी में तो वैसा कोई मकान है नहीं। आपका मकान तो बन्द ही रहता है।"

"हाँ सर, मैं तो हमेशा नहीं रहता। अभी तो लहरा फारेस्ट में तम्बू लगाया है। कितने दिनों के लिए मकान चाहिए?"

"तीन महीने के लिए। किराया मिलेगा।"

"नहीं सर, किराए पर नहीं दूँगा।"

"क्यों?"

"पिताजी ने मना किया है।"

"सोचा होगा कि सरकार मकान लेने पर छोड़ेगी नहीं?"

"नहीं सर! मेरी क्षमता वह बात सोचने की है? आप लोग धड़ाधड़ घर रिक्वीजीशन कर लेते हैं और पुलिस चौकी बैठा देते हैं। हम बिलकुल जंगली हैं, हम लोगों से क्या क़ुसूर हुआ कि इतनी पुलिस यहाँ उतार दी? सो अगर आप कहें कि सरकार मकान चाहती है तो मेरी क्या ताकत है कि मैं 'न' कहूँ।"

एस.डी.ओ. काम में होशियार छोकरा था, बुरा आदमी नहीं था। जंगल-बेल्ट में हाकिम-हुक्काम-गौरमेन का प्रधान आधार जंगल का ठेकेदार होता है। राजबंस चड्ढा एक नम्बर का ठेकेदार नहीं, पर बेकार भी न था। चड्ढा को एस.डी.ओ. पसन्द करते थे, क्योंकि वह अच्छी रुचि का शरीफ था, लेबर से गड़बड़ नहीं करता था। एक नम्बरी ठेकेदार होने से तैमूर लंग होता। वह अभी तक वैसा नहीं बना था। आदिवासियों के साथ राजबंस का बर्ताव अच्छा था।

एस.डी.ओ. बोले, "तीन महीने का किराया लीजिए।"

"न-न। लेकिन आप बँगला देख लें। एक ओर अस्पताल है। उधर मेरा लकड़ी चीरने का कारखाना है। थोड़ा शोरगुल रहेगा।"

"देखें।"

मकान देखकर एस.डी.ओ. बोले, "असबाब भी है। किराया लेंगे नहीं। एक काम करूँ। रंग-रोगन करा दूँ, गेट मजबूत करा दूँ, वह गाड़ी रखेंगे। और एक बाथरूम बनवा दूँ।"

"बाथरूम का इन्तजाम है। फिटिंग और टंकी बैठाने से हो जाएगा।"

सात दिन में सब हो गया। इसके बाद स्टेशन वैगन में खुराना आ पहुँचे। उनकी पत्नी और सेक्रेटरी एक खसिया युवती थी। टाइपिस्ट केरल का एक युवक था। ड्राइवर मराठा था। खाना पकानेवाला वेयरा एक गोआनी था।

अमलेश पहुँचते ही कायदे से व्यवस्थित हो गया। एस.डी.ओ. ने जब कहा, "आपको कुछ जरूरत हो तो बताइएगा।" तब बोले, "जरूर। मेरे काम के लिए एकान्त जरूरी हे। नहीं तो स्कैंडल में काम नहीं कर सकूँगा।" एस.डी.ओ. ने मन-ही-मन कहा, 'स्टेट्स दिखा रहा है।' ऊपरी तौर पर बोले, "बताइएगा। अब लंच?"

"हमारे पास सब है। पानी कहाँ है?"

"कुएँ में।"

"उबाल लेंगे। और मुझे कुछ मुण्डा गाँव, कुछ उराँव गाँव, कुछ मुण्डा और उराँव मिले-जुले गाँव, कुछ दुसाधों के गाँव, कुछ धोबी और गंजू गाँव, कुछ राजपूत गाँव, कुछ राजपूत और ब्राह्मणों के मिले-जुले गाँव, कुछ कोढ़ रोगी-प्रधान गाँव चाहिए।"

"इसके मतलब?"

"मतलब क्या साफ नहीं है?"

"इस तरह की बस्तियों के गाँव तो नहीं हैं।"

"तो आप पता नहीं रखते। मुझे मिस्टर शुकुल ने रिपोर्ट बनाकर दी है। मुझे पच्चीस गाँवों की जरूरत है।"

"मैं यहाँ तीन बरस से हूँ। सूखे में प्रायः सारे गाँव मेरे घूमे हुए हैं। इस तरह का कोई गाँव नहीं देखा।"

"तो?"

"सिर्फ मुण्डा या सिर्फ उराँव हों, ऐसा गाँव मिलना मुश्किल है। मिले भी तो बहुत अन्दर मिलेगा। पूरी तरह दुसाध या गंजू या धोबी गाँव? नहीं हैं। प्योर राजपूत गाँव? केवल राजपूत गाँव में रहने पर धोबी-नाऊ के काम कौन करेगा? जिन्होंने रिपोर्ट तैयार की है उन्होंने इस अंचल की जानकारी के आधार पर नहीं की है।"

जीन्स और कुरता पहने अमलेश की खसिया पत्नी शुद्ध हिन्दी में बोली, "उस समस्या का हल आसानी से कर लिया जाएगा। हर गाँव में एक-एक जात के टोले को हम एक-एक गाँव मान लेंगे। बस।"

"लेकिन कुष्ठ रोगियों का गाँव?"

"वह भी नहीं है?" दुनिया-भर के विश्वविद्यालय जिसके घर हैं, वही अमलेश खुराना भारत के सम्बन्ध में बहुत निराश हो गए।

"न। तब तोमारू मिशन के कुष्ठ ग्राम में जा सकते हैं।"

"उससे तो काम नहीं चलेगा।"

"मुझे तो पता नहीं कि आपका क्या काम है। लेकिन जो सारे गाँव वास्तव में हैं, उन्हें आपको घुमाकर दिखा सकता हूँ।"

अमलेश बोला, "वह कैसे होगा? मेरा काम है प्रोजेक्टेड-इकनॉमिक-नेसेसिटी की सर्वे करना।"

"बुरा न मानिए। उससे क्या होगा?"

प्रशासनिक अफसरों पर अमलेश को बेहद अवज्ञा थी। इसीलिए वह बच्चों को समझानेवाली आवाज में बोला, "यह वैज्ञानिक प्रक्रिया—मेथोडोलॉजी—में सर्वेक्षण के काम का है। इसके आधार पर गवर्नमेंट इस अंचल की उन्नति के लिए योजना बनाएगी।"

एस.डी.ओ. बहुत ही खिन्न होकर बोले, "आपकी वास्तविक जानकारी है। किन्तु शुकुल थियोरेटिक एकेडेमेशियन हैं—उनकी रिपोर्ट बहुत अधिक विश्वसनीय है, क्योंकि वह वैज्ञानिक पद्धति से तैयार की हुई है!"

ऐसे अंचल के एस.डी.ओ. होने पर सामान्यतः स्वाभाविक लोगों के साथ ही मिलना होता है, जो जमींदार-महाजन-गुण्डे-दादा लोग-बराँभन-पुरोहित-वैष्णव, साधु-गरीब, आदिवासी-खेतमजूर-हरिजन-लड़ाकू जातवाले चालाक ठेकेदार होते हैं। वास्तविक सत्य को उड़ाकर सिद्धान्त के आधार पर राष्ट्रीय समस्या के समाधान करनेवाले विद्या में उद्धत योजना-बिहारी को देखकर एस.डी.ओ. को मजाक सूझा। जोरों से हँसकर वह बोले, "लगे रहिए सर! रिपोर्ट के साथ मेल खाता अगर एक गाँव भी निकाल सकें, तो मुझे बड़ी खुशी होगी। हाँ, जब किसी चीज की जरूरत हो तो बता दीजिएगा।"

"हाँ, हाँ, बताऊँगा। राजनीतिक अशान्ति है या नहीं, यह जानने के लिए आपके ही पास आऊँगा।"

"पर कहीं गाँव देखने जाने पर मुझे खबर कर दीजिएगा।"

"क्यों?"

"आपकी जान की जिम्मेदारी मुझ पर है। साथ में गार्ड दे दूँगा।"

"पुलिस? हिन्दुस्तानी पुलिस से मुझे नफरत है।" पीछे बड़ी मदद होने से बलवती श्रीमती अमलेश बोली, "पता है, वे हरिजनों को मारते हैं और महाजन को मदद देते हैं; वे औरतों को, बुड्ढों को, बच्चों को मारते हैं।"

"बहुत ताज्जुब की बात है। लेकिन फिर भी मैं गार्ड दूँगा।"

"अगर न लूँ तो?"

"मेरी नौकरी पर मुसीबत आएगी।"

मिसेज अमलेश बोलीं, "यह तो अच्छा ही है। ब्रिटिश विरासत के कट्टर नौकरशाह बनकर क्या आप नया भारत बना सकेंगे? नौकरी छोड़कर सीधे खेती कीजिए, हल पकड़िए।"

एस.डी.ओ. इज्जत के साथ विदा हुए। अमलेश को मकान पसन्द आया। सॉ मिल देखकर अमलेश बोले, "वह क्या है?'

"लकड़ी चीरने का कारखाना। सॉ मिल।"

"इधर?"

"अस्पताल।"

"अच्छा।"

एस.डी.ओ. हाकिम के पास पहुँचे। मैजिस्ट्रेट से सब बताया। बोले, "मैं क्या करूँ?"

"साथ में गार्ड दे दीजिएगा।"

"और?"

"जो कहे वही कीजिएगा।"

"कामकाज चूल्हे में गया।"

ये दिल्ली के पालतू बच्चे हैं। प्योर कास्ट विलेज—शुद्ध जातीय ग्राम—चाहिए, कुष्ठ वर्ग के गाँव चाहिए। दिल्ली में बैठे-बैठे एक आदमी ने चोट्टि अंचल पर रिपोर्ट लिखी, फ्रांस से एक और आदमी आया। वह जो कुछ लिखेगा, उसके आधार पर दिल्ली इस अंचल की प्रगति की योजना बनाएगी।

"रुपए ढाले जाएँगे।"

मैजिस्ट्रेट हँसकर बोले, "असली बात नहीं समझे? सरकार जरा भी नहीं चाहती कि उन्नति बन्द रहे। किन्तु सरकार निर्भर करती है सैद्धान्तिक लोगों पर, और आधुनिक शिक्षा सैद्धान्तिकों को आधारहीन बना देती है। फिर यह खुराना कौन है, यह पता नहीं। पर दिल्ली की नजरों में यह रुख चिड़िया का अण्डा है।"

एस.डी.ओ. को लगा कि अंचल की सारी समस्याओं को जैसे-का-तैसा रखकर इस पवित्र भूमि पर रुख पक्षी का अण्डा उतारे बिना भी ठीक था। लेकिन उन्होंने यह बात कही नहीं। डालटनगंज के बिशप ने जब बेगार के बारे में रिपोर्ट तैयार की थी तो एस.डी.ओ. ने उनकी सहायता की थी। 1973 में बिशप की रिपोर्ट के परिणामस्वरूप राज्य सभा और विधान सभा में जो शोर मचा था, उसके कारण एक अध्ययन-दल आया और पाँच गाँवों को लेकर उनकी विवेचना की। एस.डी.ओ. ने उसमें भी सहायता की थी। इसका नतीजा हुआ कि वे राज्य प्रशासन में बहुत अप्रिय हो गए। अब खुराना के मामले में बात कर उन्होंने झंझट को आगे नहीं बढ़ाया।

दरअसल खुराना ने यहाँ बिलकुल अनजाने अशान्त जल में तूफान उठा दिया और वे चोट्टि मुण्डा के फिर से किंवदन्ती बनने में सहायक हुए। इसका कारण बनी बासमती उराँव।

बासमती उराँव चोट्टि ग्राम के धौताल उराँव की लड़की थी और ढाइ ग्राम के बिरजू उराँव की पत्नी थी। बासमती और बिरजू राजबंस की ओर से जंगल में पेड़ काटते थे। बासमती पेड़ के टुकड़े बटोरकर ले आती। तोहरी के लकड़ी चीरने के कारखाने में वे दोनों आते-जाते थे। बिरजू वहाँ लकड़ी चीरने का काम सीखता था।

इमर्जेंसी के बाद रोमियो समझा कि चड्ढा हाथों से निकल गया। किन्तु रोमियो ने पहलवान से कहा, "लेबर से बट्टा लेना हमारा हक है। उससे राई जमा होकर बेल बन जाता है। एक बात और है। चोट्टि गाँव में गड़बड़ के बाद चोट्टि के लोगों ने समझ लिया कि हम उनको भूल गए हैं।"

"भूला नहीं, गुरु।"

"वे तो राजबंस चड्ढा के पास भी मजूरी करते हैं।"

"कैसे? ईंटों का भट्टा तो नहीं है?"

"सब है। थोड़ा-थोड़ा काम करता है।"

"तो वहाँ जाऊँ?"

"जाओ।"

पहलवान वहाँ गया और राजबंस से बोला, "अब जैसे दिन हैं वैसा नियम है। सबकी मजूरी में से रुपया-रुपया बट्टा लूँगा। आपसे जमा करूँगा। इन सालों के बदन की बू से मुझे घिन आती है...।" उसके मुँह की बात पूरी न हो पाई। डण्डे की चोट से वह जमीन पर गिर पड़ा। साथ-ही-साथ किसी औरत की गुस्से भरी आवाज सुनी, "तू कौन है? अन्धा है?"

पहलवान उठ खड़ा हुआ और इस बात का जवाब देने जा रहा था कि बोलनेवाली को देखकर गूँगा हो गया। देखा तो देखता ही रह गया। बासमती ने सिर पर उठाए लकड़ी के कटे टुकड़े को उतार फेंका और खड़ी हो गई। पहलवान ने शायद उसे पहली बार देखा था। बासमती ने उसे अच्छी तरह पहचान लिया और कुछ कहने जा रही थी, पर चुप हो गई। राजबंस सूखे गले से बोला, "बासमती, चली जा!"

"ठहर।" पहलवान बोला।

राजबंस धीमी आवाज में बोला, "इस तरह मत कीजिए।"

पहलवान बोला, "जबान सँभाल, पंजाबी के बच्चे! मेरी जो तबियत होगी करूँगा। तेरी ताकत है कि तू मुझे रोक ले?"

बासमती झटपट चली गई। गायब हो गई। पहलवान बोला, "शाम को आकर तेरी बासमती को उठा ले जाऊँगा।" वह चला गया। पहलवान का इस तरह बिगड़ना बहुत स्वाभाविक था, क्योंकि बासमती के शरीर में अनुपयुक्त और वर्णनातीत यौवन था। जहाँ लकड़ी उठाई जा रही थी, राजबंस उसी समय वहाँ गया। वहाँ चोट्टि को देखा। देखकर उसे कुछ ढाढ़स हुआ। बोला, "चोट्टि, तुम?"

"हाँ महाराज, देखिए, चार कोड़ी की उमर होने में पाँच साल और बाकी हैं। अब रोज काम नहीं कर पाता। हरमू बिरजू से भूसा खरीदेगा, वह बात कहने आया था। सो यह लोग बोले, जरा बैठो।"

"तुम आए, यह अच्छा हुआ।"

"क्यों? क्या हुआ?"

राजबंस ने संक्षेप में बताया। सुनकर चोट्टि बोला, "अभी लड़कियों को छोड़ दो महाराज, वे घर चली जाएँ।"

बासमती बोली, "उनके डर से?"

"साँप से जो न डरे वह बेवकूफ होता है।"

अब बिरजू की तलाश हुई और पता चला कि बिरजू दो मील दूर काम करता है। उसके आते-आते शाम हो जाएगी। चोट्टि ने बहुत कम बात की। सोचता रहा, बोला, "आज मुझे अपने कारखाने में रहने दोगे?"

"क्यों नहीं रहने दूँगा, चोट्टि?"

कल तुम्हारे साथ उनके सेक्रेटरी के पास चलूँगा। पता है, वह सेक्रेटरी कौन है? जिस दारोगा का सूअर ने पीछा किया था, जिसे मैंने बचाया, उसके भाई का बेटा है। तुम्हारे भाई तब लड़के थे। तुम बहुत छोटे थे।"

"चलो, चलेंगे। इनकी वजह से कामकाज बन्द होगा।"

"अपने लड़के-लड़कियों को बेइज्जत नहीं करने दूँगा।"

बासमती आदि अपने-अपने घर चले गए। चोट्टि बोला, "बासमती, लकड़ी के गोदाम चली आना। वह रोमियो तुम लोगों की टोली पहचानता है। और बिरजू का धनुक ले आना।"

अब बासमती को डर लगा। वह धीमी आवाज में बोली, "तुम्हारे लिए सत्तू-गुड़ ले आऊँगी।"

जागीरसिंह ने राजबंस का काठ-गोदाम देखा। इन लोगों पर उसे बहुत गुस्सा था। वह बोला, "आज रात को तीनों दादा-गुण्डों को साफ कर दूँगा।"

"न, वे लोग काठ-गोदाम जलाएँगे।"

तीसरे पहर पहलवान, रोमियो और दिलदार आए। जंगल सुनसान पड़ा था। वे लोग बिरजू की टोली में गए। बासमती नहीं मिली। तब रोमियो बासमती की सास को मारने लगा। पीट-पाटकर उससे भला-बुरा कहकर चला गया। उसके बाद काठ-गोदाम जाने के पहले तीनों ने जीप में बैठकर बोतल खोली। इधर बिरजू के दोनों भाई और मगध उराँव काठ-गोदाम की ओर भागे।

रात हो गई। जागीरसिंह ने फुसफुसाकर कहा, कि अब बदमाशों की मरम्मत करने में वह पूरा जोर लगाएगा। पहलवान जब देखो तब आकर उसके कैश में पंजा मारता है और उस दिन रोमियो ने उसे अकेला पाकर डण्डा मारा था।

चोट्टि बोला, "यहाँ कुछ नहीं। महाराज मारे जाएँगे।"

"इधर काहे? जंगल में।"

"मेरी बात के मुताबिक काम करना।"

"तुम क्या तीर मारोगे?"

"सो देखा जाएगा।" चोट्टि ने अब फुसफुसाकर आदेश दिया और राह देखने लगा। यथासमय जीप आकर खड़ी हो गई।

"बासमती, ओ बासमती!"

उन्होंने दरवाजा ठेला। तीनों लड़खड़ाते-लड़खड़ाते अन्दर घुसे। दिलदार ने टॉर्च

जलाई। बिरजू, जागीरसिंह और दूसरे लोग टॉर्च की रोशनी के मुँह पर पड़ने पर हँसे। उसके बाद वे झपट पड़े। रोमियो ने गोली छोड़ी। जागीरसिंह ने उसे धक्का मारकर गिरा दिया और तेजी से उसके मुँह में कपड़ा ठूँस रस्सी से बाँधने लगा। चोट्टि बोला, "सूअर, फन्दा बाँधना।"

बाँध-बूँधकर उन्हें कोने में डाल दिया गया। तभी सहसा सुनाई पड़ा, "यहाँ क्या हो रहा है?"

अमलेश खुराना और उनका केरलीय सहायक थे।

"यह क्या? यह कौन हैं?"

बहुत ही अविश्वसनीय था। फिर भी अमलेश रोमियो आदि को पहचान गया। बोला, "अरे, यह युवालीग के लीडर हैं न?"

एक बुड्ढा, दुबला-पतला, बहुत ही शान्त मुण्डा बोला, "हाँ, महाराज! तुम कौन हो? यहाँ क्यों आए?"

"मैं सेन्ट्रल गवर्नमेंट का रिसर्च ऑफिसर हूँ। गड़बड़ सुनकर आ गया। इनको बाँधकर क्यों रखा है?"

चोट्टि ने सारी बातें बताईं। अमलेश बोला, "कैसा ताज्जुब है! युवालीग के लीडरों की यह हरकतें?"

"हाँ, महाराज!"

"तुम कौन हो?"

"चोट्टि मुण्डा।"

"तुम्हारा नाम तुम्हारा नाम," डॉक्टर बता रहा था, "तुम तीर चलाते हो, यही न? सुना था।"

"हाँ महाराज।"

"इनका क्या करोगे?"

"हमारी क्या ताकत है? इन्होंने तो बन्दूक चलाई थी। लगती तो कोई मर जाता। इसी से बाँध दिया है। इनके सेक्रेटरी को दिखाऊँगा।"

"बहुत गलत है, युवालीग के होकर...।" अमलेश आदि चले गए।

सवेरा हुआ। बासमती और बिरजू को राजबंस की जीप में बैठाकर राजबंस और चोट्टि छः मील दूर गए। युवालीग के सेक्रेटरी और दल के सेक्रेटरी से सब बताया। युवालीग का सेक्रेटरी काठ-गोदाम चला आया। कहीं से खबर पाकर एस.डी.ओ. और दारोगा आ पहुँचे। चोट्टि ने बताया, "लड़कियों को बेइज्जत करने पर हम मार डालते हैं। मैं तो मरा ही हूँ, मरने से नहीं डरता। तीर था, उससे तुम समझ सकते हो, जिसे मारना चाहता मार सकता था। मारा नहीं कि तुम चड्ढा पर हमला करते।"

तभी अमलेश खुराना ने मंच पर प्रवेश किया और उनका विवरण बताया। एस.डी.ओ. मन-ही-मन खुश हुए। युवालीगवालों का चेहरा उतर गया। खुराना के पीछे कौन था, यह उन्हें मालूम था। चोट्टि ने मौका समझकर खुराना से कहा, ''महाराज, यह अब बदला लेंगे। मैंने सुना है कि तुम गौरमेन को जानते हो। सो तुम सच्ची बात क्यों नहीं लिख देते?''

''जरूरत होने पर लिख दूँगा।''

एस.डी.ओ. युवालीग के सेक्रेटरी से बोले, ''यहाँ का मामला यहीं मिटाने की जरूरत है।'' उसने अलग ले जाकर एस.डी.ओ. से कहा, ''खुराना को पता चल गया है। सब काम बिगड़ गया है। वह क्या बताएगा, उसकी क्या प्रतिक्रिया होगी, पहलवान वगैरह को बचाने में तो नहीं फँस जाऊँगा?''

एस.डी.ओ. बोले, ''उन्हें छोड़ दो।''

चोट्टि बोला, ''पहले तुम बता दो महाराज, कि इनकी वजह से कोई दंगा-फसाद न होगा।''

युवालीग के सेक्रेटरी बोले, ''नहीं। कोई डर नहीं है।''

अमलेश बोला, ''लेकिन मैं नहीं छोड़ूँगा। मैं आया हूँ यह सर्वे करने को कि उनको क्या जरूरत है। मैं तो देख रहा हूँ कि युवालीग के लीडरों के हाथों से आदिवासी औरतों की इज्जत बचाने की ही सबसे पहले जरूरत है। मैं यही रिपोर्ट लिखूँगा।'' अमलेश सहसा चल दिया।

एस.डी.ओ. माथा पोंछकर बोले, ''खुराना को कौन रोकेगा?'' युवालीगवाले भी बहुत दुखी हुए। अब चोट्टि आदि बाहर चले गए। जागीरसिंह मुस्कुराता हुआ बैठा रहा।

युवालीगवालों ने तीनों को खोल दिया। जागीरसिंह बोला, ''ए हे हे, अस्पताल का भंगी भेज दीजिएगा, सर! सब गन्दा हो गया है। हग-मूत दिया है।''

तीनों जीप पर बैठे। युवालीग के सेक्रेटरी तीनों को देखते थे और अविश्वास में सिर हिला रहे थे। युवालीग के ऑफिस में पहुँचकर उसने मुँह खोला और कहा, ''इस तरह खुराना के सामने सब-कुछ विज्ञापन की तरह रख दिया...खुराना कौन है, यह पता है? उसके रिपोर्ट देने पर क्या होगा, यह मालूम है?''

पहलवान बोला, ''सब समझ गया हूँ।''

रोमियो सिर्फ यह बोला, ''मैं देख लूँगा।''

''किसे?''

''सबको।''

युवालीग के सेक्रेटरी बोले, ''बहुत हो चुका। अब हँसी मत करना।'' रोमियो ने उसकी बात को कोई महत्त्व नहीं दिया। बोला, ''खुराना कौन है? वह क्या

जानता है? और कुछ न कर अगर कुत्तों के नाम पर सदर में कुछ मुकदमे ठोक दूँ तो? वह विलायती पण्डित है, अदालत में गवाही देनी होगी तो भाग खड़ा होगा।"

दल के सेक्रेटरी चुप न रहे। वे भी जरूरी भाग-दौड़ करते रहे, जिसका नतीजा हुआ कि सदर में एक सुसज्जित छोटे-से बँगले में रोमियो के तीन दादाओं की बुलाहट हुई। वहाँ तीन केरल के अफसर मेज पर बैठे थे। ईजीचेयर पर अमलेश खुराना का केरलीय सेक्रेटरी उठंग हुआ बैठा था। मेज पर बैठे एक युवक अफसर ने पूछा, "क्या यह रिपोर्ट सच है?" उसने रिपोर्ट पढ़ी। प्रतिवाद करने को तैयार रोमियो को रोककर उसने पूछा, "रिपोर्ट सच है?"

"मैं कहता हूँ...।" अफसर मुस्कुराहट दबाए रहा। उसके बाद बोला, "इआड का नाम सुना है? इन्वेस्टिगेट-एप्रिहेंड-डिस्ट्रॉय यानी जाँच करो-समझो-खत्म कर दो! सुना है न? गुड। खुराना के रहते हुए उस अंचल में कोई गड़बड़ नहीं चाहिए। गड़बड़ होने से 'इआड' हो जाएगा।"

"सुना है, सर!"

"याद रखना। जा सकते हो।"

अमलेश का केरल का सेक्रेटरी बोला, "इनको मीसा करा देना ठीक होगा, बाहर रखने की क्या जरूरत है?"

अफसर बोला, "खुराना कई महीने रहेगा। अभी मैं रहूँगा। किसी वजह से, इसे नोट कर लो।" रूलर से नक्शा दिखाकर बोला, "यहाँ कोई अशान्ति नहीं चाहिए। तुम्हारी तरह के लोग गरदन पर बोझ हैं।"

इस झाड़ के बाद औरों ने समझा कि 'इआड' छेड़नेवाली चीज नहीं है, पर पहलवान नहीं समझा, और कई दिन बाद खुराना के सेक्रेटरी को रास्ते के किनारे स्टॉल पर चाय पीते देखकर बोला, "अरे, क्यों न बताया कि आप 'इआड' वाले हैं?" सेक्रेटरी मुस्कुराकर उठ आया और पहलवान की गरदन में कहीं पर दबाकर उसे दर्द से बेचैन कर जीप पर बैठा लिया। सदर में उक्त बँगले में ले गया। उसके दो दिन बाद सदर अस्पताल में तरह-तरह की अन्दरूनी चोटों के लिए इलाज कराकर होश में आए पहलवान ने छुटकारा पाया और शरीर को ठीक करने के लिए अलमुनियम फैक्टरी के बँगले में चला गया। अब उसने इस कहावत का असली मतलब समझा कि 'गोखरू साँप की पूँछ से कान खोदना ठीक नहीं।'

इन कारणों से अंचल में एक तरह की शान्ति रहने लगी। किन्तु शान्ति के भीतर बिजली थी। अन्दर-ही-अन्दर तनाव था। मानो कोई किसी का विश्वास नहीं करता था। हरबंस और राजबंस के पास से अपेक्षाकृत अच्छी मजूरी पर छगन और चोट्टिट थे। रोमियो बट्टा लेने नहीं आता था। तीरथनाथ चुपचाप रहता था। छगन

आदि के 'सोहराइ' परब पर सत्तू-गुड़-दही खाते-खाते छगन बोला, "सब बड़ा अच्छा हो गया है। अनवर की जमीन पर चारे लग गए हैं। मुझे इस बार जमीन से खूब मक्का मिला। चोट्टि गया हुआ था, इसलिए पार्टी के बाबू लोग दबे रहे। इसीलिए वे चुप रहे।"

चोट्टि पेड़ की टेक लगाए बैठा उत्सव देख रहा था। वह बोला, "इतनी चुप अच्छी नहीं है रे!"

"क्यों?"

"देख, फिर क्या करें।"

छगन का युवक भांजा यहाँ नया-नया आया था। वह बोला, "तीन बरस में दो हमले किए। हमारे घर जलाए, चार आदमी मरे। मेरी बासमती को लेकर क्या हुआ!"

"और भी होगा।"

"और भी?"

"हवा से समझ में आ रहा है।"

"वह क्या?"

"अरे वह गौरमेन।"

"बहू ने आज कपड़े बदले हैं। पैज पहनी हैं।"

अमलेश, उनकी पत्नी और सेक्रेटरी के साथ स्टेशन-मास्टर भी था। अमलेश ने पूछा, "यह क्या हो रहा है?"

छगन बोला, "हम लोगों का परब है।" इनके लिए चौकियाँ बिछा दी गईं, ये बैठ गए। अमलेश बोला, "ताज्जुब है, ताज्जुब है! उधर यूरेनियम और मोनाजाइट में रिच जमीन है, ट्रेन चल रही है—और एक साथ ही चल रहा है आदिवासी परब!"

सेक्रेटरी बोला, "यह आदिवासियों का पर्व नहीं है।"

"तब?"

"यह लोग दूसरी परिगणित जाति के हैं।"

"लेकिन कुछ मुण्डा दिखाई पड़ रहे हैं!"

"वे निमन्त्रित हैं।"

"ताज्जुब है, ताज्जुब है! परिगणित लोग ही अलग-अलग क्यों नहीं रहते? उनके निमन्त्रण पर मुण्डा क्यों आते हैं? सोचने में ही तकलीफ होती है। मेरे लिए इंडिया बहुत जटिल है।"

उनकी पत्नी बोली, "हम तो 1976 में बाहर चलेंगे, डार्लिंग!"

"एण्ड आई सी चोट्टि—मैं चोट्टि को देख रहा हूँ—चोट्टि!"

"महाराज!"

"एक मेला चाहिए।"

"क्या कहा, महाराज?"

"मेला चाहिए।"

"मेला क्या यों ही मिल जाता है महाराज?" चोट्टि हँसने लगा।

केरलीय सेक्रेटरी अब इस अंचल की देहाती हिन्दी में बोला, "यह एक मेले में सिनेमा बनाना चाहते हैं। उसमें तीर चलाने का खेल रहेगा, लड़के-लड़कियाँ नाचेंगे। देउता भूत भगाएँगे, सूर्य को सूअर की बलि दी जाएगी।"

चोट्टि बोला, "ऐसी बात है!"

"क्या हुआ? सारा बन्दोबस्त कर दो। पैसे मिलेंगे।"

"महाराज! तुम तो बच्चों की-सी बातें करते हो। सुना है कि सहर में सब-कुछ मिलता है। सो महाराज, हम लंगोटी पहननेवाले कंगाल हैं। हममें क्या सामर्थ है, बताओ कि माघ में बेर और जेठ में पका आम ला दें? पैसा देकर तुम आम के पेड़ से कहो, बेमौसम फल दे, तो देगा?"

यह बात सुनकर सेक्रेटरी हँसने लगा। बोला, "कैसी गलत बात कह दी, चोट्टि? निश्चय ही जो कुछ कहा वह गलती थी।"

"महाराज, दसहरा के दिन इस चोट्टि में मेला होगा। उस मेले की देखने लायक सोभा है। उसमें तमाम गाँवों के बहुत-से मुण्डा आएँगे। खूब नाचेंगे, खूब नगाड़े बजेंगे, उसके बाद सब तीर चलाने आएँगे। वह मेला होगा। उसके बाद, तुम लोगों की दीवाली के दिन सब कुरमी पहाड़ के ऊपर जाएँगे, वहाँ देउ और पहान भूत को भगाएँगे, उसके बाद सूरज देवता को बुलाकर सूअर बाँधकर बलि देंगे—यह पहाड़ के ऊपर होगा। एक काम और है। तुमने कहा सब बेबस्था कर दो, रुपए देंगे। वह होगा?"

सेक्रेटरी ने अमलेश से सब कहा और चोट्टि से बोला, "मेले के समय तसवीर खींची जाएगी। तुम क्या अब भी तीर चलाते हो?"

पहान बोला, "नहीं, वे निर्णायक बनते हैं।"

अमलेश बोला, "अब नहीं चला सकते?"

चोट्टि के ओंठों पर हलकी मुस्कुराहट खेल गई। वह बोला, "क्या पता! कब से धनुक नहीं उठाया है!"

"जरा दिखाओ न।"

सबने चोट्टि को पकड़ा। चोट्टि ने अन्त में अमलेश के सिर पर से बेंत की टोपी उड़ा दी और पेड़ की डाल से लटकता फल जमीन पर गिराकर सबको सन्तुष्ट कर दिया। अमलेश ने जेब से दस-दस रुपए के दो नोट निकालकर दिए। बोला,

"सब मद पियो, आनन्द मनाओ।"

वे लोग चले गए। चोट्टि बोला, "जा, मद ले आ। यह आदमी लड़कों की तरह है।"

यह एक दिन बीता। और दिन भी आए और गए। उसके बाद एक दिन डुग्गी पिटी। चोट्टि मेला के तुरन्त बाद। डुग्गी सुनकर सब लोग स्टेशन चले आए। दारोगा सूखे हुए ओंठ चाटकर बोला, "तुम लोगों को बता देने का हुक्म है।"

"क्या हुआ?" सना ने घबराकर सोचा।

"जो हो रहा है बाप लोगो, उसे सोचकर मेरा सिर चकरा रहा है। कभी पता नहीं था, सोचा भी नहीं था कि ऐसा होगा।"

"क्या हुआ?"

"ठहरो, उसके पहले नोटिस पढ़ दूँ।" दारोगा ने थूका और बोला, "पहले थोड़ा पानी पी लूँ। गौरमेन ने तुम लोगों को राजा बना दिया है।"

अब उसने पढ़ा, "24 अक्तूबर, 1975 को यह आर्डिनेंस जारी होता है, जिसके अनुसार आज की तारीख से बेगार प्रथा बन्द होती है, वह गैर-कानूनी है। सब बेगार अब आजाद हैं, अब उन्हें बेगारी नहीं देनी होगी। अब–किसी तरह किसी से जबरदस्ती बेगार नहीं कराई जा सकेगी। उसके बाद कानून की हजारों किचकिच हैं, उन्हें नहीं पढ़ूँगा। असली बात है, मालिक और महाजन के जो दस्तावेज थे, पुराना कर्ज था, वह भी खत्म हो गया। कोई कर्ज अदा नहीं करना होगा, किसी मालिक को बेगार नहीं देनी होगी। पुराने कर्ज के एवज अगर महाजन के पास मकान या जमीन गिरवी होगी, उसे महाजन लौटा देगा।"

"महाराज!" चोट्टि ने हाथ उठाया।

"कहो, चोट्टि!"

"मालिक अगर बेगार ले, घर-जमीन न लौटाए, करजे के लिए हमला करे, तो करजदार बेगार क्या करेगा?"

"अदालत में नालिश करेगा।"

"इसकी क्या सजा है?"

"तीन बरस जेल और जुर्माना।"

चोट्टि हँसा, हँसता ही रहा।

"हँस क्यों रहे हो, चोट्टि?"

"महाराज, कानून बनाया। कानून तो बना, किन्तु कानून में रख दिया पत्थर, उससे कानून ठोकर खा जाता है। करजदार, बेगार, मालिक के नाम पर नालिस करेगा? किस जोर पर, महाराज?"

सिर हिलाया, चोट्टि ने सिर हिलाया। दारोगा चला गया। अब छगन और दूसरे

मुण्डा दौड़कर पास आ गए। बोले, "दरोगा यह क्या कह गया? यह तो समझ में नहीं आ रहा है, चोट्टि!"

"हमें कौन समझाएगा? कानून जारी किया है हमारी भलाई के लिए, किन्तु उसका कभी पता नहीं चलता है।"

"चलो, तोहरी चलें। वह गौरमेन सच्ची है। समझा देगी। कल ही वहाँ चलें।"

"पहले चड्ढा के पास चलें।"

हरबंस को शाम की गाड़ी से अखबार मिला था। उसने चोट्टि को बताया, "खबर तो अच्छी है चोट्टि, लेकिन...।"

"इतनी अच्छी कि विस्वास नहीं होता।"

"जैसा कह रहे हो। सुनो, मैं सदर तो हमेशा जाता रहता हूँ, पता लगा आऊँगा। एक नया अफसर आया है, उससे पूछ आऊँगा।"

"पहलेवाला आदमी अच्छा था।"

"यह भी बुरा नहीं है। इसने जो कल-कब्जे हिलाए हैं, उसी से तो दारोगा आकर बता गया, नहीं तो यह दारोगा हिलता?"

"उसे भी पता चल गया है कि कानून से कुछ नहीं होगा। इसी से मजाक में बोला, तुम राजा हो गए।"

"कानून तो बुरा नहीं है, चोट्टि! लेकिन कानून से कुछ काम नहीं होता, क्योंकि कानून कभी काम में लाया नहीं जाता।"

"सब पता है, महाराज!"

"पता लगाकर तुम्हें बताऊँगा। काम का होने से मैं बहुत खुश होता, यह क्या किसी सभ्य देश में होता है?"

"होता है, महाराज! हमेशा होता रहेगा। बताइए तो क्यों न होगा? हमारा क्या है? जब हम हक चाहेंगे, तो पार्टी के लड़के मारेंगे, और पुलुस उनके कहने पर चलेगी।"

"हाँ।"

हरबंस का चेहरा कठोर हो गया। उसकी और राजबंस की जानकारी बहुत ही आधुनिक और कड़वी थी।

दूसरे दिन चोट्टि और कई आदमी तोहरी गए।

अमलेश बोला, "यह तो बहुत साफ बात है, चोट्टि! बेगार नहीं। पिछला कर्ज चुकाना नहीं पड़ेगा। यह पहली...ठहरो, ठहरो। शंकर!"

"येस?"

"आह! आह! कैसा मौका है!"

"किस बात का?"

"अखबार में बाण्डेड लेबर एक्ट निकला है।"

"हाँ।"

"यह अभी तक जरखरीद गुलाम थे। आज हम कुछ आजाद लोगों को देख रहे हैं। तुम इनको बैठाओ। मैं मूवी लेता हूँ। तुम टेपरिकॉर्डर में इनकी प्रतिक्रिया सुनो, माने उसे ले लो।"

शंकर बोला, "खूब कहा खुराना, हम उसे सिंडिकेट कर सकते हैं—एक साथ कई जगह प्रकाशित कर सकते हैं खूब, खूब! इन्हें बैठाओ, चाय पिलाओ।"

चोट्टि ने हाथ उठाया। बोला, "पहले समजा दो, महाराज! अगर करजदारों पर अत्याचार कर मालिक सूद ले, बेगार ले, तो क्या करेंगे? कानून में ऐसी कोई बात है?"

"एस.डी.ओ. की अदालत में शिकायत करेंगे।"

"उसके बाद?"

"कानून के मुताबिक सजा होगी।"

चोट्टि चुप रहा।

"क्या हुआ? चुप हो गए?"

"बताओ तो, क्या कहूँ?" चोट्टि की आवाज में युगान्त के बाद युगान्त की वेदना का हाहाकार था। और शंकर ने टेपरिकॉर्डर चलाया। चोट्टि बोला, "क्या कहूँ, बताइए महाराज! सालों पहले किसी दिन किसी ने लिए पाँच सेर धान, दस सेर मक्का, तीन रुपए। उसकी कीमत, बाप रे! सोने से जादा। उस करज को चुकाने में पीढ़ी के बाद पीढ़ी बेगार देती, करज नहीं चुकता। सूद देते-देते चलते, असल नहीं चुकता। पेट के लिए खाने को करज-पर-करज लेना पड़ता...।"

"कहो, कहो।"

"नालिस करें तो न्याय मिलेगा! कौन नालिस करेगा? तुम गौरमेन हो, तुमसे पूछता हूँ, कौन नालिस करेगा? मालिक-महाजन को जान से मार डालने पर थाना उसका कसूर नहीं देखता। करजदार बेगार एक बात कहे तो उसे पकड़ लिया जाता है। मेरे बाप ने उस लाला के बाप के जुलुम से पागल होकर फाँसी लगा ली। मेरे लड़के, उस हरमू को इस लाला ने जमीन के जुलुम पर जेहल भेज दिया। लाला के नाम पर कोई नालिस करेगा, महाराज? सूखा और अकाल लगे रहते हैं। लाला के पास जाकर खाना-करज लेना पड़ता है। अदालत!" चोट्टि की आवाज वेदना से भारी और ऊँची हो गई। "गाँव में रहते हैं मुण्डा, अछूत। उन्हें लिखना-पढ़ना आता है कि जिससे कानून और हक समझ सकें? वहाँ उकील-पेसकार मुण्डा-उराँव-अछूतों की चमड़ी नहीं छील लेते हैं?—यह कानून कौन बनाता है?"

"गवर्नमेंट।"

"कहाँ रहती है यह गौरमेन?"

"दिल्ली में।"

"वह बहुत दूर है न?"

"हाँ।"

"बनाए कानून, अच्छा करती है, दूर रहती है। किन्तु जंगल में रहनेवाले आदिवासी-अछूत मरते हैं, यह नहीं जानती?"

"नहीं, यह ठीक नहीं है।"

"जानना चाहती तो जान सकती थी।"

"चुप रहो।"

चोट्टि चौंककर चुप हो गया। अब शंकर ने रिकॉर्डर चलाया। चोट्टि की आवाज सुनाई दी। सब अचम्भे में आकर हँसने लगे। सुनते रहे। अमलेश बोला, "बहुत अच्छा। अब उनकी बात सुनो।"

सबकी आवाजें रिकॉर्ड की गईं और सभी ने वह सुनीं। शंकर बोला, "फिर किसी दिन फिल्म खींची जाएगी।"

वक्त पर कैसेट भारत में और विदेशों में प्रचारित हुआ। उसमें चोट्टि की बातें नहीं थीं और छगन का उल्लसित वक्तव्य था।

सारी जानकारी ने चोट्टि के लोगों को बहुत ताज्जुब में डाल दिया, खुशी भी दी। छगन बोला, "आज कैसा दिन है, बताओ तो, चोट्टि?"

सना बोला, "चोट्टि के मन में खुशी नहीं है।"

छगन बोला, "यह तो बेगार नहीं है। हम लोगों की खुशी उनकी हो सकती है या नहीं; बताओ तो, चोट्टि!"

चोट्टि बोला, "आम कैसे हैं, यह तो खाकर ही मालूम होगा।"

"उसके मतलब?"

"कानून को मालिक-महाजन मान लें, तब तो कुछ बात ही नहीं है। वे क्या मान लेंगे? मुझे नहीं लगता। इस कानून से आग लग जाएगी।"

सब लोग अपने-अपने घर गए। लेकिन चोट्टि की जानकारी फिर भी खत्म नहीं हुई। हरबंस ने उसे दूसरे दिन बुलाया। बोला, "चोट्टि, अभी भी आदिवासी अफसर है, और कुछ नहीं जान पाए हैं। नया कानून है न! कहा कि जान सकने पर बताने की कोशिश करेंगे...एक बात है।"

"क्या, महाराज!"

"चोट्टि, तुम तो बेगार नहीं हो?"

"ना, महाराज!"

"तो इस कानून के लिए इतनी दौड़-धूप क्यों कर रहे हो?"

चोट्टि फौरन बोला, "मैं नहीं हूँ महाराज, किन्तु सना, बुधा, मितुआ बेगार हैं। और भी मुण्डा, छगन आदि के कितने ही लोग हैं। इसी से चक्कर लगाता हूँ। किसी के घर में आग लगने पर क्यों बुझाते हैं? तुम्हारा घर भी जल सकता है। मैं नहीं किन्तु कितने लोग हैं, हरमू का लड़का भी हो सकता है।"

"कानून तब तक ठीक हो जाएगा।"

"कानून ही तो है, महाराज! उसी से मोतिया और पहान मरे थे! किसी को जेहल-सजा हुई? हरमू ने क्या किया था कि जेहल गया? ना महाराज! जब तक दिकू लोगों के हाथों में कानून चलाने की सामर्थ है, तब तक दिकू का ही हक देखेंगे।"

सहसा हरबंस को लगा कि चोट्टि की नजरों में वह भी 'दिकू' है और सम्भवतः चोट्टि उस पर भी विश्वास नहीं करता है। उसके बाद बोला, "मैं कह रहा था...।"

"कहो महाराज!"

"मेरा एक दोस्त है। वह जमींदार जरूर है–कालेज में मेरे साथ पढ़ता था। अब गोमो-धनबाद में आदिवासियों की भलाई के लिए जाने क्या काम किया करता है। ठहरो, 'आदियासी मंगल भारती' या ऐसा ही कुछ है। उससे अचानक भेंट हो गई। पिता के घर आया था। वह एक बार तुमसे मिलना चाहता है।"

"क्यों?"

"पता नहीं। यह बात किसी से बताना मत।"

"वह भी नक्सली है?"

"न-न, लेकिन आजकल जमाना अच्छा नहीं है। यहाँ उपद्रव कम है, यहीं आएगा। आने पर खबर दूँगा।"

"महाराज, उससे कुछ जुलुम तो नहीं खड़ा हो जाएगा? जो बुरा करते हैं, सो तो करते ही हैं। आदिवासी-अछूतों की बुराई करने का हक सबको है। जो भलाई करना चाहते हैं, वे भी नहीं समझते। इससे पुलुस जुलुम करती है। घर जलाना, लहास गिराना, अब अच्छा नहीं लगता, महाराज!"

"न, न, मैं भी सावधानी से आना-जाना करता हूँ–चोट्टि! मुझसे भी तो कोई खुश नहीं है।"

हरबंस की बात से लगा कि उसने दोस्त से 'हाँ' कह दिया है, लेकिन अब उसके लिए पछतावा है।

हरबंस का दोस्त जब आया तो दिखाई पड़ा कि वह गेरुआ कुर्ता और पाजामा पहने है, लेकिन उसका अन्तर वैसा गेरुआ न था। चोट्टि से बातें करते-करते वह दूर ईंटों के भट्टे की ओर निकल गया। उसके बाद बोला, "तुमसे मेरी जान-पहचान न थी, लेकिन तुम्हारे बारे में बचपन से सुनता आया हूँ। धनबाद में पुराण मुण्डा जब मरा था, तो मैं ही उसकी देखभाल किया करता था।"

"पुराण! पुराण मर गया! कब?"

"पाँच बरस पहले।"

"क्या हुआ था?"

"तपेदिक।"

"पुराण मर गया?"

"उससे सुना था। और भी सुना था। आनन्द महतो ने तुम्हारे पास से आकर मुझे सब बताया था।"

"तुम उसके आदमी हो, महाराज?"

"न, वह अखबार निकालते थे। मेरे दोस्त थे।"

"तुम क्या करते हो?"

"मेरा नाम स्वरूप है। मैं...क्या बताऊँ!"

"नक्सली हो?"

"उनकी तरह कुछ-कुछ काम तो करता हूँ, लेकिन नक्सल नहीं हूँ। पुलिस जरूर मुझे नक्सल ही कहती है। लेकिन मेरा उद्देश्य है कि जहाँ तक हो सके, आदिवासियों के अधिकारों को देखना और उनकी रक्षा की कोशिश करना। हमारा लक्ष्य है, आदिवासियों के लिए एक अलग राज्य बनाना।"

"महाराज, सपना देख रहे हो!"

"सपना भी तो देखना ही होता है, चोट्टि!"

"बीरसा ने देखा था। भगवान बन गया। कभी सदर में उसकी मूरती के पैरों के पास बैठा रहता था। लड़का जेहल में था। वह भगवान बन गया, और उसके मुण्डा वैसे ही मरते रहते हैं।"

"सपने भी देखने होते हैं।"

"बुरा न मानना, महाराज, आदिवासियों को राज्य दोगे, पर अछूत कहाँ जाएँगे? वे भी हमारे मरने पर मरते हैं।"

"उनकी और तुम्हारी समस्याएँ क्या एक हैं?"

"जहाँ मुण्डा-ग्राम और उराँव-ग्राम और हो-ग्राम हैं, वहाँ तो तुम्हारी बात ठीक है। किन्तु सारे आदिवासी वैसे ग्रामों में नहीं रहते हैं, महाराज! हमारे चोट्टि ग्राम में अछूत-आदिवासी रहते हैं। काम-काज में, सुख-दुख में हम एक हैं। देखो

महाराज! आदिवासी-अछूत के सिवा कोई घर-जमीन छोड़कर नहीं जाता, डूब नहीं जाता। तुम अपने उस राज का सपना देखो। क्या इस राज में दिकू नहीं होंगे?"

"ना। दिकू नहीं, महाजन नहीं, जमींदार नहीं, पुलिस नहीं। वहाँ कोई अत्याचार नहीं होगा।"

"महाराज! तुमने वह राज बताया। मैंने मन-ही-मन देख लिया। देखा कि वहाँ बहुत जमीन है।"

"हाँ, चोट्टि!"

"तो उनको भी वह जमीन दो। हाथों में न दे सकोगे, सपने में दो। उसमें तो कुछ खर्च नहीं होता।"

"समझ लिया। लेकिन यह सपना नहीं रहेगा?"

"एक टोकरी गेहूँ के लिए आदमी जिनको जनम-जनम खरीद रखता है, वे एक कट्ठा जमीन छोड़ेंगे, महाराज?"

चोट्टि की बातें उस आदमी को बार-बार विचलित कर रही थीं। क्यों कर रही थीं, यह चोट्टि की समझ में नहीं आ रहा था। वह मुण्डा था, धैर्य और स्थिरता उसके खून में थी। वह आदमी बोला, "मेरी बात सुनो, जिसके लिए तुमसे बात करने आया हूँ।"

"कहो, महाराज!"

"बेगार बन्द करने का कानून बन गया है। अब यह कानून चलाना तो दूर रहा, कानून बन जाने से ही मालिक-महाजन बिगड़े रहेंगे।"

"मैं तो सबसे यही कह रहा हूँ।"

"उनको सरकार मदद देगी। युवालीग के गुण्डे-दादा मदद देंगे, गवर्नमेंट आँखें बन्द किए रहेगी।"

"वह भी जानता हूँ।"

"तुम्हारे यहाँ चोट्टि से कोमांडि तक अच्छा जंगल है। वहाँ हमारी चौकी है। गड़बड़ होने पर हम आकर लड़ेंगे।"

"उसके बाद?"

"देखा जाएगा।"

"छिपकर क्यों रहते हो?"

"सरकार का एक कानून है—मीसा। मीसा में सबको पकड़ रही है। हमारा अस्पताल, सेवा-प्रतिष्ठान भी है। शुरू में उन सबसे ही काम शुरू किया। फिर भी अब हमको पकड़ते हैं।"

"इसीलिए बुलाया है?"

"चोट्टि, बासमती उराँव की घटना के बाद चोट्टि ग्राम में गड़बड़ होने की

सम्भावना कम है। बेगार कानून को चालू करने का आन्दोलन यहीं से शुरू किया जाए।''

''किसको लेकर, महाराज?''

''तुम लोगों को लेकर।''

''महाराज! तुम्हारी बात पर सबने बलोया-आन्दोलन किया। उसके बाद? पार्टी के बाबू मारेंगे, पुलुस औरतों को नंगा करेगी, फटाफट जेहल भेजेगी, तब? तब कौन बचाएगा, कौन वकील देगा, कौन मालिकों के जुलुम से घर बचाएगा?''

''तुम्हारी बात झूठ नहीं है। फिर भी...।''

''तुम दिकू होकर हम लोगों की बात सोचते हो, यह तो अच्छी बात है। किन्तु हमारे लिए काम करना चाहो तो हम लोगों के बीच रहो। हम लोगों को सिखाओ जिससे कि अपना हक हम खुद समझें।''

''यहाँ मौका था, चोट्टि!''

''फिर महाराज! दुसाध-गंजू लोगों की भलाई के लिए भी सोचते हो? मैं बुद्धू मुण्डा हूँ, बेगार न करके भी उन लोगों की बात सोचता हूँ, बेगारों की, और तुम अपने उस सपने के राज में भी उन लोगों को थोड़ी-सी जमीन नहीं दे सकते हो?'' चोट्टि हँसने लगा।

''सोचकर देखता हूँ।''

''तुम मदद दोगे, पुलुस पकड़ेगी नहीं?''

''पुलिस? 'इयाड' लग गया है।''

''वह क्या है, महाराज?''

''हमारे जैसे लोगों के पकड़ने के लिए विशेष पुलिस।''

''यह देखो। दिकू के भला होने पर भी दिमाग ठीक नहीं रहता। तुम्हारे पीछे पुलिस के आदमी हैं, और तुम हमको मदत दोगे?''

''डरने से काम चलता है?''

''बलि के बकरे की तरह मरने से भी फायदा नहीं। बुरा मत मानना।''

इसी तरह बिना किसी निर्णय पर पहुँचे बातें चलती रहीं। स्वरूप साइकिल पर बैठकर चला गया। चोट्टि और भी दुखी और गम्भीर होकर लौटा। हरमू बोला, ''तोहरी के उस पगले गौरमेन ने खबर भेजी है। कल तुम्हारे साथ कुछ बातचीत करने आएगा।''

''फिर बातचीत! दिकू बातें करना खूब जानते हैं। बहू! तेल गरम कर दे, पैर दुख रहे हैं।''

दूसरे दिन वह तोहरी गया। अमलेश बोला, ''मैजिस्ट्रेट और एस.डी.ओ.–जो हो, यह सब कमेटी करेंगे।''

"कर सकते हैं।" शंकर ने संशोधन किया।

"कर सकते हैं! परिगणित और आदिवासियों में से तीन-तीन आदमी लेकर एक कमेटी बनाने की बात है। उसमें तुम रहोगे।"

"उसमें क्या होगा, महाराज?"

"तुम देखोगे कि बेगार कानून को लागू करने में कौन रुकावट डालता है, कौन गड़बड़ करता है?"

"महाराज, यह सब क्या बातें हैं?"

"क्यों?"

"यह क्या तमासा कर रहे हो?"

"तमाशा कर रहे हैं? यह तुम क्या कह रहे हो?"

"अगर सारे मालिक बेगार लें, गौरमेन पुलुस से, पार्टी के लड़कों से उन्हें मदत मिलेगी, यह तुम्हें नहीं मालूम है? उस दिन यहाँ लकड़ी के गोदाम में जो कुछ हुआ, तुम न होते तो हमारी लहासें निकलतीं। फिर भी कहते हो, चोट्टि, तुम देखो, किस तरह कानून लागू किया जाए? यह कैसा तमासा है?"

शंकर बोला, "वह ठीक कह रहा है।"

"तो कैसे होगा? मैंने रिपोर्ट दे दी है...।"

"खुराना, कोई स्टेट नहीं मानना चाहती कि बेगार है। और कानून जो बना है...मीटिंग में जाने पर ही समझोगे।"

राज्य के अनुसार उच्च स्तरीय मीटिंग में अमलेश खुराना ने अपनी सारी अनजानी बातों को बताया, इस सबकी उसको जानकारी ही न थी। दिल्ली और बाहरी दुनिया में उसकी काफी प्रसिद्धि हो सकती थी--भारत सरकार उसे किसी योजना को बनाने के लिए सर्वेक्षण करने किसी अंचल में भेज सकती थी--किन्तु राज्य के काम में इन सब मामलों का कोई महत्त्व नहीं।

पहले अमलेश को ही बोलने दिया गया और अमलेश ने पहले चोट्टि के वक्तव्य सहित टेपरिकॉर्डर बजाया। उसे सुनकर उपस्थित समर्थ लोगों में 'क' बोले, "क्या वाहियात है, रे भाई! इनको रिलीफ देने के लिए बांडेड लेबर एक्ट? इन्हें जनम-जनम बेगार रखना ठीक है। हमारे आन्ध्र प्रदेश में तो बहुत हुआ--तेलंगाना, गिरिजन, नक्सल--कुछ कर सके? आन्ध्र में हमेशा ऊँची जातिवालों का शासन रहेगा। बेगार रहेगी।"

अमलेश बोला, "यह तो आपका बहुत गलत और अन्याय का रुख है। आपके हाथों कानून मजबूत होगा।"

"क्यों?"

"पढ़कर देखिए।"

"देखा है। आप बहुत अच्छे आदमी हैं। स्कॉलर—विद्वान। मैं भी इकोनॉमिक्स में फर्स्ट क्लास पाकर आई.ए.एस. बना। मैं जानता हूँ, स्कॉलर के दिमाग में किस तरह के विचार आते हैं। लेकिन मैं कानून को शक्तिशाली क्यों बनाऊँ? यह मन्त्री हैं। इनसे कहिए। ये तो राज्य सरकार के आदमी हैं।"

मन्त्री बोले, "डॉक्टर खुराना, एडमिनिस्ट्रेशन यानी प्रशासन बड़ी गड़बड़ की चीज है। यह स्कॉलर लोगों का काम नहीं है।"

अमलेश समझ गया कि जिस पर जिले के सर्वेसर्वा कानून मजबूत करने का हुक्म देने की बात है, वही मन्त्री प्रशासनिक कार्यों में विद्वान व्यक्ति का आना पसन्द नहीं करता। जो जिले के सर्वेसर्वा हैं, वे आदिवासी या परिगणित बेगारी को खत्म करने काबिल नहीं बल्कि उन्हें कीड़े-मकोड़े समझते हैं। उसे लगा, इन सब नासमझ, अन्धे और हिंसक लोगों से यह कानून शक्तिशाली न बन सकेगा और वह इस खबर को यथासमय यथास्थान भेज देगा।

मन्त्री बोले, "पहले शान्त होकर सब-कुछ सोचना होगा। मैं तो इतनी जल्दी इतनी जरूरी मीटिंग बुलाने का कोई कारण ही नहीं समझता। डॉक्टर खुराना हैं, इसीलिए मीटिंग बुलाई गई? और किसी राज्य में क्या यह कानून काम में लाया जा रहा है?"

अब शंकर ने उँगली उठाई और रूखी आवाज में बोला, "सब स्टेटों में डॉक्टर खुराना नहीं हैं। इस स्टेट में बांडेड लेबर एक्ट काम में लाने का कारण अधिक है, क्योंकि आंध्र-बिहार-उत्तर प्रदेश में नीची जातिवालों पर अत्याचार भी बहुत होते हैं। आपका राज्य पश्चिमी बंगाल के पास है। यहाँ भी सशस्त्र युद्ध होने की सम्भावना बहुत ज्यादा है।"

मन्त्री हँसने लगे और बोले, "कानून को कौन सफल बनाना चाहता है? कोई चाहता है? देखिए, न, शब्दावली हमें कितना मौका दे रही है—राज्य सरकार जिला मैजिस्ट्रेट को ऐसी क्षमता का भार दे सकती है, 'मे कन्फर'—परामर्श ले सकती है—इस आर्डिनेंस की सारी धाराएँ सफल करने की जैसी जरूरत है। 'ले सकती है', 'परामर्श ले सकती है' क्यों? 'विल कन्फर'—परामर्श लेगी—क्यों नहीं? मुझे तो इस शब्दावली में 'अपने बच निकलने की राह दिखाई दे रही है'। अब आप कहिए।"

'ख' को देखकर 'क' बोले, "माननीय मन्त्री, मुझे सुनिश्चित भार दें, मैं भी उनको वह भार दूँगा।'

अमलेश बोला, "एक्ट या आर्डिनेंस की भाषा ठीक कर देने से आप एक्ट को सफल बनाएँगे?"

मन्त्री बोले, "नहीं डॉक्टर खुराना! सेंटर कुछ समझता नहीं। एक्ट पास कर

बैठा रहता है। देखिए, क्या अछूत, क्या आदिवासी–इनकी भलाई के लिए कोई एक्ट बनाने पर, सेंटर को मालूम है, वह कभी काम में नहीं आता। क्यों नहीं आता? उससे आग लग जाएगी। अछूत और आदिवासी क्या कोई 'फैक्टर' हैं? और जमीन के मालिक, महाजन, जमींदार–ये सरकार के सहारे हैं। चुनाव में रुपए कौन देता है? वोटों को कौन अपने अधिकार में रखता है?"

"मेरे पास सब डिटेल्स हैं। ये अमीर जमींदार और महाजन सरकार को दस हजार रुपए देकर, टैक्स का धोखा देकर, मौके से दस लाख रुपए कमा लेते हैं।"

"डॉक्टर साब! यह तो होता ही है। भारत के स्वतन्त्र होने से लेकर अब तक यही चला आ रहा है। नेता लोग क्या इसे नहीं जानते? या विजया मोदी को नहीं मालूम है? देखिए न, खेत-मजदूरों का मिनिमम वेज एक्ट। भारत के किसी राज्य में स्टेट लेबर डिपार्टमेंट ने उसे लागू नहीं किया है। और क्या केवल सरकार? जो लाल झण्डा उठाकर किसान आन्दोलन करते हैं, वे भी मिनिमम वेज पर एक बात भी नहीं कहते। कम्युनिस्ट होने पर भी वे सच्चे इंडियन है, और इस बात को जानते हैं कि मिनिमम वेज देने पर बड़े-बड़े किसान बिगड़ जाएँगे। और अमीर किसानों को खफा करने पर कृषक आन्दोलन नहीं चलता।"

"यह बहुत भयंकर बात है!"

"शान्त हो जाइए, डॉक्टर खुराना! जो लोग गरीबों की भलाई का एक्ट काम में लाने पर जोर नहीं देते, वे कांग्रेसी हों या कम्युनिस्ट, वे गरीबों, अछूतों और आदिवासियों को अपनी तरह के पण्डितों से अधिक प्यार करते हैं। वे जानते हैं कि एक्ट काम में लाने पर मालिक-महाजन के हाथों वे बेचारे गरीब लोग मारे जाएँगे।"

"आप लोग भारत को मध्ययुग में रख देंगे!"

"अरे, कोई अछूत-आदिवासियों के लिए कुछ करता क्यों नहीं? इसलिए कि उन्हें चाहता है। फिर भी तो, मिस्टर शंकर ने जो कहा, बिहार में, आन्ध्र में, उत्तर प्रदेश में हरिजनों पर अत्याचार कम हो गए हैं। व्यावहारिक बनिए।"

"तो आप लोग इस एक्ट को काम में न लाएँगे?"

"आदर्शवाद नहीं चाहिए डॉक्टर खुराना, यथार्थ चाहिए। मैं बिहार के अछूत और आदिवासियों को जान से ज्यादा प्यार करता हूँ। लेकिन मैं यथार्थवादी हूँ। आजकल इमर्जेंसी चल रही है। पुलिस के पास काफी ताकत है, युवालीग के पास बन्दूकें हैं, अखबारों की जबान भी बन्द है। आजकल कानून को लागू करने की बात आए तो क्या मैं अपने बिहार के अछूत-आदिवासियों को शेर के मुँह में झोंक दूँ? यह कैसे होगा?"

"बुलशिट्!–निकम्मा!" कहकर अमलेश निकल आया। बोला, "शंकर, मैं

रिपोर्ट दूँगा कि इन सबको मनोचिकित्सा की जरूरत है। बहुत मनोरंजक है, समझे? इनकी मानसिकता में मध्ययुग और सामन्ती विचार घुसे हुए हैं। यह हैं अमरीका के नीग्रो-भक्षकों की तरह।''

''हाँ, रिपोर्ट देना।''

''शंकर, उन लोगों ने जो कहा, वह क्या ठीक है?''

''परिगणित और आदिवासियों की उन्नति या भले के लिए बना कोई कानून काम में क्यों नहीं आता?''

''सुना तो।''

''उनकी बातों में कोई जवाब नहीं मिला।''

''कह सकते हो।''

''एक्ट फलदायक न होगा, यह जानकर भी इस इमर्जेंसी के वक्त में प्रधानमन्त्री ने यह एक्ट क्यों बनाया?''

''क्यों न बनातीं?''

''क्यों बनातीं?''

''नाइस एक्ट—बढ़िया कानून है। सुनने में अच्छा है। भारत के बाहर उनका सम्मान बढ़ गया। अब वे गरीब की लिबरेटर हैं, यह समझा जाता है।''

''मजाक कर रहे हो?''

''बिलकुल नहीं, हजार सब-कुछ होने पर भी, कानून बनाने के पीछे उद्देश्य तो अच्छा है। यह अस्वीकार नहीं किया जा सकता है।''

''एक्ट में 'हो सकता है' को 'किया जाएगा' नहीं किया जा सकता?''

''देखो, जब कोई कानून बनता है, तो उसकी भाषा के बारे में जानकारों से सलाह ली जाती है।''

''चोट्टि मुण्डा को कमेटी में लेने से अच्छा रहता।''

''न, कोई ब्लडी—बदमाश—युवालीग वाला उसे मार डालता। उसके सिवा, चोट्टि भिन्न मत का है।''

''अरे इसीलिए तो। डिसीडेण्ट—भिन्न मत के आदमी को थोड़ी शक्ति दो, थोड़ा महत्त्व दो, वे ठण्डे पड़ जाएँगे?''

''चोट्टि उस तरह का आदमी नहीं है।''

''न। सच्चा आदमी है।''

''हाँ। लेकिन वह सच्चा आदमी ही देश की सुरक्षा के मामले में बहुतेरे उजबक मन्त्रियों से डेंजरस हो सकता है।''

''क्यों?''

''वे ही हिंसा करते हैं।''

"शंकर, हम लोग क्या उसे मार डालेंगे?"

"न, न। उसके जिन्दा रहने की जरूरत है। उसके रहने से कभी-न-कभी हम दूसरे हिंसा पैदा करनेवालों को पकड़ सकते हैं।"

"उनका क्या करेंगे?"

"मार डालेंगे।"

"चोट्टि को?"

"तब देखा जाएगा! सुनो, तुम अपनी थियरी और सर्वे लिए रहो। कार्रवाई के स्तर पर तुम्हारी तरह के आदमी ही रुकावट पैदा करते हैं।"

अमलेश बच्चों की-सी सरलता से बोला, "लेकिन मुझे एक्शन-आपरेशन देखना अच्छा लगता है। हिंसा बहुत जरूरी है।"

"जब बन्दूक का कुन्दा अपने हाथ में हो तो जरूरी है। नॉट द अदर वे राउण्ड. ..।"

"शंकर, तुमने कितने लोगों को मारा है?"

"आः! छोटे बच्चे इतने सवाल नहीं करते। घर चलो, गोली खाओ और सो जाओ। कल रिपोर्ट भेजना।"

"क्या जानते हो, अखबारों का मुँह बन्द करना ठीक नहीं हुआ? किसी खबर का पता नहीं चलता। अजीब बात है।"

"गो एण्ड टेल हर—जाकर उन महिला से कहो।"

"अच्छा, चुप रहता हूँ। लेकिन क्या तुम्हें ऐसा नहीं लगता?"

"बहुत बकबक कर रहे हो।"

अमलेश चुप रहा। शंकर बोला, "चोट्टि को मत छोड़ना। पकड़े रहना। हर आदमी को देखकर ही जाना जा सकता है। यहाँ जो भी हो, चोट्टि किसी-न-किसी तरह उसमें रहता है। वह एक घटना है।"

"उससे क्या प्रमाणित होता है?"

"यह प्रमाणित होता है कि वह बहुत ही चालाक है, या उसका दिमाग ही इस तरह का है।"

"मुझे वह अच्छा लगता है।"

"मुझे भी। मुझे भी वह अच्छा लगता है।"

"हम युवालीग का विरोध क्यों कर रहे हैं? और, यह युवालीग के सब लड़के स्काउंड्रल—बदमाश—हैं। उनको सबक देना पड़ेगा। वह बस झमेला बढ़ाते हैं।"

"वे तोहरी पहुँच जाएँगे।"

[15]

अमलेश आदि ने जिस तरह मीटिंग की, उसी तरह चोट्टि आदि ने भी मीटिंग की। अब बेगार गैर-कानूनी था। यह जोश धीरे-धीरे ठण्डा पड़ गया था। लेकिन अभी भी सब बहुत घबराए हुए थे। खुश होना उचित था, पर खुश हुआ नहीं जा रहा था। वे तीरथनाथ के बेगार थे। तीरथनाथ की ओर से कोई सुगबुग नहीं थी। छगन ने चोट्टि से कहा, "चल, तेरे पहान के घर के छप्पर में चलकर बैठें।"

"चल।"

"यह हम लोगों की क्या हालत है! दर्द है, पर बच्चा नहीं। जिस तरह जच्चा का हाल होता है, वैसा ही!"

"समझा।"

"तू क्या समझेगा, चोट्टि! तू तो बेगार था नहीं।"

"नहीं समझता?"

"तुम साले बड़े चालाक हो।"

"ब–हुत। देखा नहीं, दालान-कोठा खड़ा कर लिया? छगन! अब मेरा जिन्दा रहने को मन नहीं होता रे।"

"क्यों?"

"इस कानून के पीछे-पीछे चली आती हुई कोई गड़बड़ है। मैं अब देख नहीं सकता, छगन! मेरा मन दुखी होता है।"

"चोट्टि, तेरे और मेरे मुँह से यह बातें नहीं सोहतीं।"

"चल, कहीं चलें, मैं तो जा रहा हूँ।"

"यह क्या देख रहा हूँ, चोट्टि? यह तो फूस की रस्सी है! वाह रे बहार! लाल धागे से लपेट दी है, देखने में कैसी अच्छी लगती है!"

"हरमू की माँ का काम है। आजकल खाना बनाने का काम पतोहू करती है, नतपतोहू। सो वह बैठी तो रह नहीं सकती। वही लकड़ी लाती है, वही आँगन बुहारती है। और क्या करती है सो तो तुझे पता है।"

"खूब जानता हूँ।"

चोट्टि की पत्नी कुछ महीनों पहले सहसा एतोया के घर गई थी। वहाँ जाकर उसने कायदे के मुताबिक एतोया और उसकी बहू के साथ झगड़ा किया था। आज कोयेल मर गया है। एतोया का बाप नहीं था तो क्या ताऊ नहीं था? एतोया की माँ मुँगरी मर गई थी तो क्या ताई नहीं थी? एतोया की लड़की सात बरस की हो गई है। उसे लेकर बीच-बीच में चोट्टि जाना नहीं होता? जैसा एतोया है, उसकी बहू भी वैसी ही है।–यह सब कहकर बकते-झकते चोट्टि की बहू एतोया की

लड़की को लेकर चली आई। लड़की बड़ी चंचल और मनमोहिनी थी। इस घर में सबका दुलार पाकर उसके दिन अच्छे बीत रहे थे। लेकिन उस लड़की का पेट दर्द से ऐंठा जा रहा था। चोट्टि की पत्नी उसे अस्पताल ले गई। डॉक्टर ने कोई दवा दी जिससे लड़की के पेट से एक बड़ा-सा कीड़ा निकला।

चोट्टि की पत्नी दूसरे ही दिन सना की बहन की नातिन को लेकर अस्पताल पहुँची। बड़ा ताज्जुब है कि उसके पेट से भी एक या दो कीड़े निकले। धीरे-धीरे चोट्टि की पत्नी का इस बुढ़ापे में अस्पताल पर गहरा विश्वास हो गया। अब वह लड़के-बच्चों को अस्पताल ले जाने, उनका टिकट बनवाने, डॉक्टर को दिखाने, दवा लेनेवाली एक जोशीली औरत बन गई थी। छगन, चोट्टि, उराँव या किसी के भी घर में कोई बीमारी होने पर अब वे चोट्टि की पत्नी के पास चले आते थे। चोट्टि की पत्नी फौरन उनको लेकर अस्पताल चली जाती।

चोट्टि ने कहा, "अच्छा काम हो रहा है रे!"

"क्यों? तुम अच्छा काम करो, मैं भी कर रही हूँ।"

"घूम भी आती है।"

"हाँ जी, अच्छा लगता है। गई-आई, अस्पताल में भी तरह-तरह के आदमी आते हैं। जरा बातचीत हो जाती है। उसके बाद लौटने में टीशन में बैठ गई, थोड़ी-सी चाय पी, अच्छा लगता है जी!"

"तू चाय पीती है?"

"वे पिला देते हैं।"

"कौन?"

"जिनको ले जाती हूँ।"

"तू काम करती है, दाम भी लेती है।"

"जरूर। चाय पिऊँगी, बीड़ी पिऊँगी। टरेन आएगी उसे देखूँगी। अच्छा लगता है।"

रोज तो अस्पताल जाना-आना होता नहीं था। उसके बाद बाकी समय में चोट्टि की पत्नी लकड़ी इकट्ठा करती। कपड़े सीती थी, मुर्गियों और बकरियों की देखभाल करती, आँगन में मिर्चें और बैंगन लगाती। फूस बटकर रस्सी बनाती। लकड़ी के अड्डे बनाकर डोरी से बाँध, बैठने के लिए चौकी बनाती। बैठी न रहती।

छगन और चोट्टि पहान के घर पर ही बैठे। चोट्टि बोला, "आज हमारे पास बात करने के लिए एक ही चीज है—बेगार। कानून बना है, यह सबको पता है। मैं या मेरे बेटे और नाती बेगार नहीं हैं, यह भी पता है। फिर भी मुझे आना पड़ा, क्योंकि मैं डर गया हूँ।"

"कैसे?"

"बासमती उराँव के साथ जो कुछ हुआ, उस समय वह सब गौरमेन के सामने हुआ। उस गौरमेन का बहुत रोब-दाब है। उसी से लीग के लड़कों ने कोई जुलुम नहीं किया। नहीं तो आज उनकी जितनी ताकत है, उतना ही रोब है, और हाथों में बन्दूक भी है। पहले के मेम्बर को मार डाला। चोट्टि ग्राम में क्या किया, कोई भूला नहीं है!"

"तो उससे क्या?"

"कौन बोला? अ, उपा! तू क्या कह रहा है?"

उपा बोला, "पुरानी बातें क्यों कर रहे हो?"

"पुरानी बातों में नई बात के बीज बोए हुए हैं।"

"अब कानून बन गया है। नहीं बना है?"

"बना है।"

"तब बेगार क्यों देंगे? तुम तो देने को कहोगे।"

"तू यह ठीक नहीं कह रहा है। चोट्टि कभी किसी को हुकुम नहीं देता।"

"अरे उपा!" उपा का बाप दुखी मुण्डा गरज उठा, "जब वह हमसे वैसी बात कहे, तब कहना, तू अभी कल का लड़का है।"

चोट्टि बोला, "दुखा रे! पंचायत न होने पर भी, सब लोग तमाम बातें जरूर कहें। बोल उपा!"

"मुझसे गलती हुई। तुम कहो।"

"तो अब कह रहा हूँ। मोतिया और पहान-पहानी, रेल का कुली मरे तब आदिवासी अफसर, पुलुस के बड़े साहब ने हमारी बात कुछ सोची थी। उससे ही फिर उन लोगों ने जुलुम नहीं उठाया। नहीं तो बाढ़, धुतरा, सराहि गाँवों में ऐसा जुलुम हुआ, घर जले, लहास गिरीं, औरतों को—कहने में जबान रुकती है, औरतों को बच्चेवाली बना दिया, और पुलुस खड़ी तमासा देखती रही। कोई न्याय नहीं हुआ। जले-झुलसे घर बनाते-बनाते वे फिर आ गए। हाँ! महाजन की ओर से! पार्टी के लड़के! उन्होंने फिर जुलुम उठाया।"

"कहो, कहो, चोट्टि!"

"चोट्टि में जब हुआ तब हम गए। अफसर, पुलुस ने हमारा दुख समझा, इसी से फिर जुलुम नहीं उठा और कुली के कारन रेल यूनियन ने भी मदत दी थी। बासमती की बेला गौरमेन आ खड़ी हुई। उसी से फिर जुलुम नहीं उठाया। किन्तु उपा, और लड़को-जवानो, सोचकर देखो, जिन्होंने ऐसे जुलुम किए, उनको क्या जेहल हुई, या जरीमाना हुआ?"

"कुछ नहीं हुआ।"

"ज़ुलुम-पर-ज़ुलुम उठाकर, गरीबों की लहास गिराकर जिन्हें सजा नहीं होती, वे जब चोट्टि ग्राम के लोगों पर किसी रोब से–किसी बड़े आदमी की मुराद के बाद जुलुम नहीं कर सके, तब वे यह नहीं भूल गए थे, मन में गुस्सा रखे रहे। वह गुस्सा भी लाला के सूद की तरह सौ गुना होकर बढ़ा। अब तोहरी में वह गौरमेन रहते हुए चुप रहेंगे?"

"उसके बाद?"

"जुलुम उठाएँगे।"

"हाँ, वह तो उठाएँगे।"

"अब क्या करें, यह बताओ?"

"दो काम कर सकते हैं।"

"क्या, क्या?"

चोट्टि अब निर्मल हँसी हँसा और बोला, "एक काम इस तरह है। 'बेगार नहीं देंगे' कहने से वे आकर लहास गिरा देंगे, घर जला देंगे। आजकल काला कानून चल रहा है, उससे पुलुस को बेसी सुविधा है। पुलुस कुछ करेगी नहीं और उनको मदत देगी। जैसा न्याउ चाहिए, हमें अदालत जाना पड़ेगा। मैंने बहुत लोगों से पूछकर जान लिया है, और तोहरी के गौरमेन से कह आया हूँ, इस कानून में चोरगली हैं। हम लोगों को लेकर गौरमेन तमासा कर रही है। पूछा, कोई मालिक अगर फिर भी बेगार चाहे तो हम क्या करेंगे? किस राह जाएँगे? कानून क्या कहता है? गौरमेन ने कहा, क्यों? अदालत चले जाओगे। तुम समज लो! मुण्डा अदा–लत जाएगा! मुण्डा, उराँव, दुसाध, गंजू–पेट के लिए करज लिए बिना जिनके दिन नहीं बीतते, वे मालिक-महाजन के नाम नालिस करने जाएँगे! इसी से, हर साल की तरह तुम लोग बेगार दो। उससे मालिक गुण्डे-दादा लोगों से शिकायत-उकायत न करेगा, वे भी जुलुम नहीं उठाएँगे।"

छगन बोला, "उससे क्या हम लोग बच जाएँगे? बाढ़, धुतरा, सराहि में क्या किसी ने कहा था 'बेगार कानून नहीं मानते'? वहाँ क्यों जुलुम हुआ?"

"छगन! सब-कुछ जान-बूझकर ऐसी बातें कर रहे हो! क्यों हुआ? क्यों होता है? होता है, हर बरस होता है। हमेशा से होता है। वहाँ बेगार और खेत-मजूरों पर महाजन के जुलुम की बात रहती है, तुम पर बनिया-राजपूत-बराँमन के जुलुम की बात रहती है। पुलुस-महाजन एक थैली के हैं, यह बात रहती है। गौरमेन के दल के दिकू महाजन को मदत देने की बात में रहते हैं, सब बातें एक-साथ होने पर आग लगती है। जितनी बातें बताईं इनमें कौन-सी सही नहीं है, बताओ? यह सब हैं, इसी से बाढ़ और धुतरा और सराहि में आग लगी।"

"चोट्टि! मैं तेरी तरह इतनी बातें नहीं समजता। तू कहता है एक बात, जुलुम

के डर से हम बेगार देते रहें। यह भी कहा, बेगार देते रहने से, छोटी जात होने से, ऊँची जात को मान देते रहने से भी जुलुम होता है, क्योंकि महाजन-पुलुस-पार्टी एक मेल के होते हैं।"

"सच कह रहा हूँ या गलत?"

"सच।"

"और काम कैसा है? चोट्टि, मैं इतना नहीं समझता। तू बता, छगन, जात-पाँत के आदमियों के लिए मैं यह काम करूँगा।"

"ना, छगन! मैं बेगार नहीं हूँ। इसलिए बेगार क्या करे, यह मेरा बताना ठीक नहीं है। मैं कह सकता हूँ, यह एक रास्ता है। तुम सोच लो। तुम खुद सोचकर काम करो।"

"और काम क्या है, सुनें?"

"वह ऐसे हैं। थोड़ा पानी पिऊँगा पहानी, बहुत प्यास लग रही है।"

पहान ने कहा, "सब पानी पियो। बातें बहुत हैं।"

पहानी पीतल की थाली में भीगे चने, राब, मिट्टी के घड़े में पानी, अलमुनियम का गिलास ले आई। सबने चना-राब चबाए, ऊपर से गिलास से पानी पिया। चोट्टि बोला, "कुएँ का जल बड़ा मीठा है। या हमारे कलेजे का खोदा पानी है, पहानी?"

"तुमने समज लिया! चोट्टि नदी के गड्ढे का पानी है।"

"यह गड्ढा खोदने की अकल तब हुई थी। नहीं तो जल के बहाने लाला हमें जरूर मारता। हाँ देखो, अभी सब मौजूद हैं, बताऊँ। आसमान की हालत बहुत खराब है। कई साल हम माफ किए गए, इस साल लगता है सूखा आ रहा है। नदी का कलेजा अच्छी तरह खोदकर रखना अच्छा है, ऐसा लग रहा है।"

छगन बोला, "चोट्टि, तू मरना मत रे! तेरे मरने पर हम डूब जाएँगे। जो अभी मालूम है, वह भी याद नहीं आता।"

"तुम सब देखो, छगन मुझे मीठी बातों में कैसे भुलाता है। जहाँ चोट्टि मुण्डा नहीं है, वहाँ सब डूब जाते हैं, पानी-आकास का हाल नहीं समजते।"

"और बात कहो।"

"कहूँ, उपा? वह काम बहुत सीधा है!"

"क्या?"

"कोई बेगार न देना।"

"नहीं देंगे। तुम बताओ, न देने पर बहुत जुलुम होगा।"

"निस्चय जुलुम होगा। उसमें भूल नहीं है। फिर भी हमारे दिमाग में खचड़ई घूम रही है। दारोगा आकर कह गया है, बेगार गैरकानूनी है। बस! कोई बेगार मत

दो। अब तो चड्ढा के यहाँ चलो। लकड़ी काटने का काम हो। कुछ काम मिल रहा है। सब काम किया। चिरंजीलाल गोमोह से आ रहा है। कुरमी पहाड़ पर पत्थर तोड़ना, लाल मिट्टी—मोरम—बनाने का काम कराएगा। वहाँ भी जाएँगे।''

''तुम लोग बताओ, यह बात अच्छी लग रही है?''

''लाला के पूछने पर तुम कहना, यह क्या? दारोगा बता गया है, अब बेगार गैरकानूनी हैं। इसीलिए नहीं करेंगे।''

''वह जुलुम उठाए तो?''

''वह बात बता रहा हूँ। देख, हम लोगों के कहने की बात यह है। कानून तो हम कभी जान नहीं सकते। दोनों चड्ढा भाई अच्छा बेवहार रखते हैं, मजूरी देते हैं, और वे जो देते हैं, दूसरे भी वही देते हैं। किन्तु वे मजूरी भी हमें चालाकी से देते हैं। गौरमेन के कानून से नहीं देते। हम वह कानून नहीं जानते। किन्तु यह बात अच्छी तरह जानते हैं, कि बेगार नहीं है, हमारी तरह के खेतमजूरों के लिए उनके लिए गौरमेन का कानून है। उसमें हमें देने की बात दिन में छह सेर धान और पौन सेर सत्तू है, सवा दो सेर चावल और पौन सेर सत्तू नहीं। सब औरत-मर्दों के लिए। और बच्चों-लड़कों को देने की बात साढ़े चार सेर धान और पौन सेर सत्तू, पौने दो सेर चावल और पौन सेर सत्तू नहीं। जो मालिक यह नहीं देगा, वह कीमत लगाकर रुपए देगा। अब बताओ, यह कानून जो बना है, उसे सब जानते हैं। किन्तु किसी दिन हमें बताया नहीं। और कोई मालिक-महाजन उस हिसाब से मजूरी नहीं देता।''

''यह कानून कब बना?''

''छगन के गोद के नाती की उम्मर में। दो बरस हुए।''

''कुछ पता नहीं।''

''बताना चाहते नहीं, इसलिए नहीं जानते।''

''कुछ नहीं मालूम। लाला जब जो कुछ देता है, ऐसा भाव दिखाकर देता है, जैसे बड़ी दया कर रहा हो।''

''हम लिखना-पढ़ना जो नहीं जानते। हरमू जब जेहल गया, बहुतेरे मुण्डा, उराँव, दुसाध-धोबियों को जेहल में देखा, उससे पूछो। वे जमीन के मामले में जेहल में थे, किन्तु उनके क्या कसूर हैं, वे नहीं जानते। दो आदमी खेतमजूर थे, वे जिसकी खेती पर काम करते थे, उस मालिक ने खेत की जमीन बेच दी। यह उन्हें मालूम नहीं था। खेत जोतने जाने पर नए मालिक के जुलुम से जेहल गए।''

हरमू बोला, ''जेहल में रहते-रहते बुड्ढे हो गए।''

''ऐसी बात है! हम कानून नहीं जानते। पुलुस बेकानून मारती है, इसलिए पुलुस को दिकू लड़के अदालत में ले जाते हैं, यह भी देखा। कैसे ले जा सकते

हैं? वे कानून जानते हैं, इसलिए ले जा सकते हैं।''

''अब बताओ।''

''खेतमजूरी कानून नहीं पता। किन्तु यह कानून तो दारोगा बता ही गया। इसी से कहता हूँ, कोई बेगार मत दो। लाला काम कराए तो मजूरी दे, जिस तरह सब देते हैं, उस तरह मजूरी लेकर काम करना। लाला अगर राजी न हो तो मत करना।''

उपा ने पूछा, ''जुलुम करे तो?''

''उसे भी तुम खुद सोचो।''

''मारेगा? पार्टी के लड़के, पुलुस आएँगे।''

''जरूर, यह तो उनके लिए परब है।''

''तब?''

''खुद सोचो।''

''हम भी मारेंगे।''

''सब एक रहोगे, या फूट जाओगे?''

''एकजुट रहेंगे।''

''तुम्हारे अकेले की बात नहीं है। छगन क्या कहते हैं, देखो?''

छगन बोला, ''अगर हम भी एक रहें तो तू क्या करेगा?''

चोट्टि बोला, ''तू अगर पहली राह चलेगा, तब तो मेरा कोई काम नहीं।''

''तू बुड्ढा सियार! दूसरी राह पर है?''

''सो तो हूँ। बुड्ढों से कोई काम होता है?''

'तुझे इस बात का जवाब नहीं मालूम?''

''समजता हूँ। किन्तु सब बाप अपने-आप समज गए। जुलुम उठने पर लड़की-लड़के, बुड्ढे-बुढ़िया, नन्हे बच्चे भी मरेंगे।''

''अरे, पहले ही मरने की बात! वह बात लाला के साथ हो। उठे जुलुम। तभी न?''

''बुराई को पहले सोच लेना अच्छा है, रे छगन! मैं चलूँ।''

''कहाँ?''

''घर चलूँ। तुम लोग सोचकर देखो, मुझे बताना। बेगार लोगों से बात करो, तुम लोगों को सोचकर देखने की जरूरत है।''

''अगर कह दूँ, बेगार नहीं!''

''पहले सोच देखो तब मेरा काम है।''

''बेगार नहीं दो-चार घर। फिर अभी तो बँधुआ हैं। हिसाब के खाते तो जल गए, फिर बनवाकर ला रहा है।''

"वह खाता उसकी जान है, उसी लिए बनवा रहा है।"

दो घण्टा बाद हरमू आकर बोला, "वे लोग आ रहे हैं। बेगार नहीं देंगे, और जो ठीक करेंगे, आकर बताएँगे। किन्तु...।"

"क्या? कहो।"

"तुमको कौन समजाएगा? किन्तु हम तो बेगार हैं नहीं, आबा? फिर भी उनके साथ सामिल होंगे...!"

"वे जाएँगे, मुण्डा भी कितने हैं, शरीर बचाएँगे? बचाया जाएगा?"

"नहीं, बचाया नहीं जाएगा।"

"अभी मिट्‌टी का तेल तो ला, जरा देखें।"

"क्यों?"

"पैर दुखते हैं। गरम कर लगाऊँगा।"

हरमू की माँ नमक और किरासिन के तेल की कटोरी लालटेन पर रखकर ले आई। बोली, "इस तरह का काम मैं करूँगी? लड़ने जाएगा बाप, सो लड़नेवालों की मालिस करूँ, यह काम मेरा है!"

"लड़ाई कहाँ है, माँ?"

"यह लोग करेंगे।

"धुत्!"

"मैं तुझसे जादा समजती हूँ।"

"सपना देखती है।"

"हरमू! तू मेरे पेट में था, या मैं तेरे पेट में?"

चोट्टि की पत्नी ने लड़के को डाँटकर भगा दिया और चोट्टि से बोली, "कहाँ गए, क्या किया, जिन्दा लौटोगे या नहीं, यह सोच-सोचकर हमेसा पागल रही। तब कोयेल था, उसके बाद मुँगरी थी। अब मेरी बात तो थोड़ी सोचो!"

"किसकी बात की फिकर करूँ, बता?"

"यह मैं जानूँ?"

"बहू!"

"कहो।"

"सोमचरी!"

चोट्टि की पत्नी ऐसी अचम्भे में आई कि लगा, खड़े-खड़े गिर पड़ेगी। होश आया तो उसे बड़ी शर्म लगी। उसने झटपट चारों ओर देखा। नहीं, आसपास कोई न था। उसके बाद बोली, "तुमको लाज नहीं आती? माँ बन गई, नाती का बच्चा होने पर दादी बनूँगी, ऐसी बुढ़िया को नाम लेकर कोई बुलाता है?"

"मैं बुलाता हूँ।"

"नहीं, लाज आती है।"

"नहीं, झूठ बोलती है, बड़ी खुश है।"

"चुप रहो। यह क्या बुढ़भस है?"

"बूढ़ा? तुझे उठा-चिपटाकर नाचूँगा।"

"चुप रहो।"

"अब क्या हो, पता नहीं। क्या करूँगा, पता नहीं। पर सब सोचते हैं कि चोट्टि मुण्डा सच्चा आदमी है।"

"सच्चा तो है ही।"

"दूसरों की बात नहीं। खुद सच्चा रहने के लिए बीच-बीच में सच्चा काम करना होता है।"

"क्यों करते हो? कभी 'ना' कहा है? पुराण के लिए नहीं गए? नक्सली लड़के को घर नहीं ले आए? पहान, कुरमी के पहान को बचाने नहीं गए? 'ना' नहीं कहा, 'ना' कहूँगी भी नहीं, किन्तु मेरा कलेजा फट जाता है। कोयेल नहीं रहा, मुँगरी नहीं है, जो मेरे पास थे, उनमें से कोई नहीं रहा। कलेजा सुन्न हो गया लगता है। मैं चलूँ, जाकर उन सबको देख आऊँ। बहू! तू कहाँ है? हरमू! चटाई ला दे।"

हरमू ने एक खूब बड़ी चटाई लाकर धम्म से डाल दी। बोला, "माँ, घास से सब लोग चटाई बुनते हैं। ऐसी बड़ी-बड़ी कोई नहीं बुनता। जब खेती नहीं रहेगी, तो मैं हाट में जाकर तेरी बिनी चटाई बेच आऊँगा।"

"बेच देना।"

"वह बहारदार रंगों के तागे कैसे लगाए हैं!"

"इसे न लेना, हरमू!"

"क्यों?"

"इसे तोहरी में गौरमेन ने माँगा है।"

सब आकर चटाई पर बैठ गए, सना और छगन ने दोनों दलों की बात बताई—ना, वे बेगार देने नहीं जाएँगे। देखा गया कि उपा मुण्डा, युगल गंजू—यह सारे जवान लोग और आगे की सोच रहे हैं।

उपा बोला, "बाहर से खेत-मजूर नहीं लाने देंगे। हमसे ही काम कराना पड़ेगा।"

चोट्टि बोला, "अच्छा है। अब और भी काम है।"

"क्या?"

"यहाँ जो बात होगी उसे बाहर ले जाने पर मैं वैसा करनेवाले बेईमान की जीभ पकड़कर खींच लूँगा।"

"बता, तू क्या कह रहा था?"

"क्या कर रहे हैं, यह तोहरी की गौरमेन को बताकर रखूँगा।"

"यह बात!"

"बातें और भी हैं।"

चोट्टि ने स्वरूप से अपनी आलोचना की बात भी बताई और कहा, "मैं खुद जंगल जाऊँगा। वे कहते हैं, हमें मदत देंगे।"

"वह बात मालूम हो जाएगी।"

"और भी बात है। अगर वैसा हो तो उन दो-चार लोगों को सायद छिपकर रहना पड़े, तब उनके पास रह सकेगा।"

दूसरे दिन चोट्टि ने घर पर बताया, "कोई पूछे तो बता देना कि मैं ढाइ गया हूँ।"

स्वरूप ने बताया कि चोट्टि से कोमांडि के बीचोबीच जंगल में उनका डेरा है। वह बिलकुल फैला हुआ जंगल है। पहाड़ के ऊपर जंगल छितरा है, नीचे घना है। चोट्टि के पास का सारा जंगल चोट्टि का जाना हुआ था। वह बलोया लेकर घुस जाता। वहाँ भटकने के लिए नहीं घूमता था, जहाँ-जहाँ छोटे कुंड थे, वहीं जाता! अपने को छिपाए रखनेवाला इनसान, जलाशय के पास ही रहेगा।

पहले दिन पता नहीं चला। शाम को घर लौटकर बोला, "पाँव दुख रहे हैं। अब पहले की-सी सक्ति नहीं रही।"

पत्नी बोली, "कल हरमू साथ जाएगा। अकेले नहीं जाने दूँगी।"

हरमू का साथ रहना अच्छा है। हरमू बोला, "चलो, चलकर भेड़िया मारें। उस पहाड़ के पीछे उतरकर गहरी कुंडी है, आबा! अभी भी हाथी-डुबाऊ है।"

"अब हाथी! पहले जंगल में घुसते थे तो, कहाँ बाघ, कहाँ हिरन, बहुतेरे जानवर थे। अब अकेला हाथी नहीं दिखाई पड़ता!"

"चलो, दिखा दूँगा।"

जंगल गहरे से गहरा होता गया। सचमुच चोट्टि के आगे से हिरन भागा। आहा, ठहरो। चोट्टि किसी से उसकी बात नहीं बताएगा। जंगल में यहाँ पतले रास्ते भी नहीं हैं। सड़े पत्तों में पैर धँस जाते हैं, जमीन ठंडी है। कुंडी बहुत बड़ी है और किनारे की ओर गहरी नहीं है। चोट्टि बोला, "पहले तो मालूम न था।"

"अभी भी हाथी उतरते हैं।"

कुंडी पार कर स्वरूप से भेंट हुई। स्वरूप के बदन पर हरी शर्ट और हरी पैंट थी। उनका अड्डा पहाड़ की गुफा में था। स्वरूप उनको ले गया, ले जाकर बैठाया। चोट्टि ने देखा कि तीस व्यक्ति हैं और सभी दिकू नहीं हैं। लगभग दस लोग आदिवासी हैं। स्वरूप बोला, "पहले पानी पियो।"

चोट्टि ने पानी पिया। सब बातें खुलकर कहीं। स्वरूप बोला, "अब की बार

ठुकाई होगी। अपने बेटे को भेज देना। ये पन्द्रह आदिवासी तुम्हारे बेटे के साथ गाँव चले जाएँगे और हर घर में छिपकर रहेंगे। लड़ाई के वक्त वे भी इनको देखेंगे। ऐसा होने पर आसानी से बाहरी आदमी नहीं समझे जाएँगे। यहाँ सब नहीं हैं। खबर रोज दी जाएगी।"

"जरूरत होने पर लड़कों को दोगे?"

"जरूर। अरे, यहाँ इस अंचल का यह डेरा है, कुरमी पहाड़ के ढाल के जंगल में एक और है।"

"ये लड़ेंगे?"

"तुमसे सीखे हैं, लड़ेंगे क्यों नहीं?"

"क्यों रे, तू नरसिंगगढ़ का बिशाई है?"

"हाँ जी, खूब निशाना मारना सिखाया था।"

"और कौन है?"

"पहचान के बहुत लोग हैं, सब तुम्हारे चेले हैं।"

चोट्टि के मन में अजीब उलट-पलट होने लगी। स्वरूप बोला, "अच्छा हुआ, आज मैं था। कल आते तो मुझे न पाते।"

बिशाई बोला, "जो खबर दे वह पिसी मिर्च और थोड़ा नमक ले आए। कम पड़ गया है।"

"तुम लोग खाली सत्तू खा रहे हो?"

स्वरूप बोला, "राँधना नहीं होता। धुआँ उठेगा।"

"तुम अभी भी भागे हुए हो?"

"अब हम कीमती आदमी हैं, चोट्टि! सिर पर कीमत लगी है।"

स्वरूप उनको शॉर्टकट से रास्ता दिखा लाया। बोला, "सिराही की खबर मालूम है? कुछ सुना है?"

"लक्ष्मण साहू ने युवालीग को बुलाकर दो बार गाँव जला दिया है।"

"दो युवालीगवाले बहुत घायल हो गए हैं, लक्ष्मण का लड़का भी घायल हुआ है।"

"तुम वह काम करते हो?"

"गाँव के भी कई लोग थे। सिराही के आसपास कोई जगह मिलती तो अच्छा रहता। अब पुराना डेरा छोड़ना ठीक होता।"

"सिराही से थोड़ी दूर उत्तर में एक बेला का रास्ता है। दमोह में जंगल भी है, और मुण्डा लोगों के श्मशान के पत्थर भी बहुत हैं। वह कभी मुण्डा ग्राम था।"

"अच्छा बताया। तो यही बात रही।"

"बुड्ढा हो गया हूँ न, इसी से सोचता हूँ।"

"फिर भी तो आए हो।"

"उनसे सोचने को कहा था, वे ठीक कर रहे हैं, इसीलिए आया हूँ।"

"उन्होंने अपने-आप ठीक किया?"

"हाँ, महाराज, वह सब बातें बाद में होंगी।"

"दो दिन आराम करो, चोट्टि! उसके बाद हरमू की माँ की बुनी हुई चटाई सिर पर रखकर तोहरी चलेंगे।"

अमलेश घास की बुनी चटाई देखकर ताज्जुब में पड़ गया। उसकी पत्नी ने महसूस किया कि अमेरिका के नावाजो-इंडियन[1] लोगों के बने कम्बलों के अतिरिक्त ऐसी आश्चर्यजनक आदिवासी कला उन लोगों ने नहीं देखी थी और उस चटाई का पैसा लेने के लिए दोनों चोट्टि से जिद करने लगे। वे उसका दाम जानना चाहते थे।

चोट्टि बोला, "इसके दाम नहीं होते।"

"क्यों?"

"पहले चीज को अच्छी तरह देख लो।"

चोट्टि की पत्नी ने टुकड़े-टुकड़े कर चटाई बुनी थी। उसके बाद लाल-पीले धागों के टुकड़ों से उन्हें जोड़ा था। लाल और पीले धागों का नमूना बड़ा सुन्दर था।

"हम तो बार-बार कह रहे हैं कि खूबसूरत बनी है।"

"इसके दाम नहीं होते, महाराज!"

अमलेश बहुत ही बड़े आदमियों की-सी हँसी हँसा। वह हँसी देखकर समझ में आता था कि ऊपर से चाहे जितना दोस्ताना करे, असल में चोट्टि को और चोट्टि के-से सारे लोगों को वह कीड़े-मकोड़ों-सा तुच्छ समझता था। अमलेश बुद्धि में, वृत्ति में नीचे पड़े इनसान के प्रति करुण होकर बोला, "दाम न हों, ऐसी कोई चीज नहीं होती, चोट्टि! जो इनसान की मेहनत से बना हो उसका दाम होगा ही होगा।"

चोट्टि सहिष्णुता की सुन्दर मुस्कुराहट के साथ बोला, "महाराज! जंगल की घास से मेरी पत्नी ने चटाई बनाई है। मेरे भाई की नातिन, भाई नहीं है, ने लाल-पीले धागे दिए हैं। मैं सिर पर लादकर लाया। अब बताइए, इसका दाम कैसे चुकेगा? जंगल की घास के दाम नहीं। और हरमू की माँ की बिनाई का दाम आँका नहीं जा सकता। वह बुढ़िया सबको प्यार से बिनकर देती है।"

शंकर बोला, "ठीक कहा, चोट्टि! मेरी माँ की सिलाई की हुई एक डिजाइनदार बिछावन है। उसमें बहुत बढ़िया ढंग के बेल-बूटे हाथी-घोड़ों के नक्शे हैं। मैं इनका

1. अब अमेरिका में रेड इंडियन की समाप्तप्राय एक जाति।

दाम नहीं लगा सकता। लेकिन कई चटाइयाँ होने से घर के फर्श पर बिछाई जाएँगी।''

''बाजार में खरीद लो, महाराज! औरतों को दो पैसे मिल जाएँगे।''

''कहो, और क्या खबर है?''

चोट्टि ने स्वरूप की बात नहीं बताई। तीरथनाथ को उपा आदि बाहरी खेत-मजूर नहीं लेने देंगे, यह भी नहीं बताया। सिर्फ यह कहा, ''अब तुम्हारी मदत चाहिए, महाराज! कभी किसी ने बताया नहीं, इसीलिए पता नहीं कि खेत-मजूरी कानून हुआ। मुझे उस दिन पता चला। किन्तु वह बात जाने दें। इस कानून की बात दारोगा बता गया, इससे मालूम हुआ। अब चोट्टि के बेगार कह रहे हैं कि दारोगा भी तो गौरमेन है, वह जब बता गया, तो अब बेगार न देंगे। और पिछला करज भी न चुकाएँगे।''

अमलेश और शंकर बोले, ''ठीक।''

''किन्तु मैं कह रहा हूँ, तुम्हें बता रखूँगा।''

''सोच रहे हो, कोई गड़बड़ होगी!''

''महाराज! चोट्टि की जुबान से क्यों कहलाना चाहते हो?''

शंकर बोला, ''कहो न।''

''कोई बात न कहने से भी जुलुम होता है। बेकसूर, बेपाप की लहास गिरती है, यह तो बड़ी बात है, कानून बना है, बेगार न देंगे।''

''समझे।''

''बताए जा रहा हूँ।''

''देख रहे हैं, दारोगा को बता रखना होगा।''

''पार्टी के लड़के और पुलुस मिले हुए हैं।''

''हम तो हैं।''

चोट्टि चला गया। अमलेश बोला, ''क्या करें, शंकर?''

''थाने से कहेंगे कि बेगार लोगों को मदद दे, यानी जो मारे उसे पकड़े और मारे। मतलब युवालीग के तीनों गुण्डे।''

अमलेश छोटे बच्चे की आवाज में बोला, ''क्यों?''

''इस तरह का संघर्ष होने पर स्वभावतः दूसरे संघर्षशील लोग साथ देना चाहेंगे। मेरा काम बहुत आसान हो जाएगा।''

''यह कौन हैं? सी.पी.एम.एल.—मार्क्सवादी-लेनिनवादी साम्यवादवाले?''

''उस नाम के झण्डे में यह लोग काम नहीं करते। लेकिन उद्देश्य मोटे तौर पर एक ही है। किसान के हाथों में जमीन रहेगी। जमींदार और महाजन को हटाना होगा। अपने अधिकार के लिए किसान सशस्त्र संग्राम में योग देंगे।''

"यह तो अच्छी बात है।"

"बिलकुल।"

"सक्रिय संघर्षशील लोगों को पकड़कर क्या करेंगे?"

"उनका सफाया करेंगे–एलिमिनेट।"

"वे लोग तो रोमियो से बहुत अच्छे लोग हैं।"

"जरूर।"

"तब?"

"हर खेल का एक नियम होता है, खुराना!"

"मुझे तुमसे बीच-बीच में डर लगता है।"

"उससे साबित होता है कि तुम अक्लमन्द हो।"

शंकर ने एस.डी.ओ. को बताया, थाने को बताया। दारोगा ने नाकुर-नूकुर किया और तीसरे पहर के करीब उसे आई.जी. का टेलीफोन मिला, "ईडियट–जाहिल! अपनी हद नहीं पहचानते? शंकर जो कुछ कहे वह करना।"

"हाँ सर! करूँगा।"

लाचार होकर दारोगा ने फोन रख दिया। कहा, "ताज्जुब है। हमेशा बन्दूक की नली अछूत-आदिवासियों की ओर रखी। अब नली घुमानी होगी!"

शंकर फिर आया और बोला, "जिस दिन जरूरत होगी उस दिन 'दूसरे केस में दूसरी जगह गया था'–यह बात नहीं सुनना चाहता।"

"नहीं, सर!"

दारोगा ने समझ लिया कि शंकर और खुराना कोई बड़े लोग होंगे। बोला, "सर्विस दूँगा सर, लेकिन तब आप एक सर्टिफिकेट दीजिएगा।"

"यह बातें युवालीग के कानों में पड़ने पर...।"

"नहीं पड़ेंगी, सर!"

शंकर बहुत पुलकित होकर तेज नोंकवाली लम्बी घास में लपेटी बहुत-सी मछलियों को हाट से खरीदकर घर लौटा। मेरी से बोला, "इन्हें पकाने को कहो। बहुत ताजी और जायकेदार मछलियाँ हैं।"

अमलेश बोला, "सारी बातें हो गईं?"

"हाँ।"

"काम होगा?"

"पता तो है, हम दिल्ली के सिवा किसी को किसी सवाल का जवाब देने को लाचार नहीं हैं।"

इस तरह सारी बातें हुई। उधर तीरथनाथ ने रोमियो से कहा, "कुछ समझ में नहीं आता। सब चुपचाप हैं।"

"बेगारों को बुलवा भेजो। कहो, जो कहना है बता जाओ। उसके बाद जो, करना होगा, हम करेंगे।"

तीरथनाथ के गुमाश्ते ने छगन और सना आदि को बुलवाया। छगन और सना ने तीरथ से कहा, "क्या बात है, महाराज?"

"धान कटाई का समय हो रहा है न।"

"तो हम क्या करें?"

"हर बरस क्या करते थे?"

"हर बरस बेगार देते थे।"

"इस बरस क्या नया हो गया?"

"सो क्या है, महाराज!–दारोगा गौरमेन है, बता गया कि इस साल से बेगार गैरकानूनी है। फिर बेगार क्यों दें?"

"नहीं दोगे?"

"नहीं, महाराज!"

"धान पड़ा रहेगा?"

"ना, हम ही काटेंगे। मजूरी लेंगे।"

"अच्छा!"

"हाँ, महाराज!"

"बेगार न देने से बाहर के मजूर लेंगे।"

"ना महाराज। वह न होने देंगे।"

"नहीं होने दोगे?"

"ना महाराज, वह नहीं होने देंगे। खेत-मजूर की आमदनी का भी कानून है। चोट्टि न बताता तो न जानते। उसे रेट से नहीं चाहिए, जो दो वही देना।"

"ठीक, सुन लिया।"

"हम कहलाने से ही आ जाएँगे।"

"चोट्टि का नाम क्यों लिया? वह तो बेगार नहीं है। और हरमू जेहल जाने से हमारे खेत का काम भी नहीं करता है।"

"उनको अलग रखकर हमारा काम चलेगा?"

छगन चला आया। तीरथ रोमियो के पास पहुँचा। रोमियो ने तीरथ को काम का उपदेश दिया। तीरथ ने कहलाया कि वह राजी है। लेकिन मजूरी वह हफ्ते-के-हफ्ते देगा। यह बात सुनकर चोट्टि बोला, "वह मजूरी देने के दिन लगेगा।" वह फिर तोहरी गया और हरमू पिसी मिर्च और नमक और करौंदों का अचार लेकर जंगल गया। धान की कटाई चलती रही। हफ्ता देने का दिन आया।

छगन, सना आदि कचहरी गए। स्वरूप के भेजे मुण्डा और उराँव घर-घर राह

देख रहे थे। वह बहुत ही शान्त और धीर थे। बहुत देर राह न देखनी पड़ी। प्रचण्ड गर्जन-तर्जन सुनाई पड़ा। हरमू के लड़के के बाल ताँबे-से लाल होने से वह 'लाल' नाम से ही परिचित था। लाल चीखता-चिल्लाता आया। "बीस लोग बन्दूक उठाए हैं। एक पैसा नहीं देने देंगे। हम थाने जा रहे हैं।"

थाने से दारोगा और जीप में चढ़कर शंकर के आने के पहले ही रोमियो की गोली से उपा का पिता दुखा गिर पड़ा, और अब छगन आदि पत्थर फेंकने लगे, और मुण्डा तीर छोड़ने लगे। तीरथनाथ ने भागने की कोशिश की और सुना, "कहाँ जा रहे हो, महाराज? खेल में सबको उतारा, खेल नहीं देखोगे?" तीरथ ने चोट्टि के हाथों में तीर और धनुष देखा।

पुराने डर ने उसे पकड़ लिया और वह 'मारना मत चोट्टि' कहते हुए गिर पड़ा। उधर रोमियो आदि कचहरी-घर में मानो अटक गए और धान के ढेर में आकर आगवाला तीर गिरा, घर के बीच। पहलवान, रोमियो और दिलदार ने दूसरे जवानों से कहा, "गोली चलाते हुए निकलो।" वे निकले और उन्हें तीर लगे। तीर छोड़ते और पत्थर चलाते हुए वे धान के ढेरों के पीछे बैठ गए। एक तीर लगने पर एक आदमी चिल्लाया, "तीर में विष है, विष है तीर में।" चोट्टि खम्भे की ओट से निश्चित लक्ष्य पर तीर छोड़ रहा था, सना से कह रहा था, "बन्दूकवाले हाथ को पहले घायल कर दे।" उसने तीर से रोमियो, दिलदार, पहलवान तीनों के बन्दूक चलानेवाले हाथों के कन्धों में तीर मारे, बन्दूकें गिर गईं। दूसरे युवक नेताओं को बैठते देख घबड़ा गए और उनके फटाफट तीर लगे। पेड़ के ऊपर से उपा का भाई चिल्लाकर बोला, "पुलुस!" और स्वरूप के दल के आदिवासी लोग पलभर में भाग गए। पुलिस के आते ही युवक फिर पवित्र संकल्प में जल उठे और एक साथ जोरों से चिल्ला पड़े। तीरथनाथ का गल्ले का गोदाम खोलकर छगन आदि मुट्ठियाँ भर-भरकर पिसी मिर्चें फेंकने लगे।

दारोगा, पुलिस, एस.डी.ओ., शंकर! अब क्रम से तीर बरसना रुक गया और आगे बढ़कर चोट्टि ने एस.डी.ओ. से कहा, "दारोगा ने कहा था, इसलिए इन्होंने बेगार नहीं दी। लाला के साथ मजूरी की बात थी। उनकी बात पर यह लोग हफ्ता लेने आए थे। लाला ने इनको घर में छिपा रखा था। उसने बन्दूक उठाई।" रोमियो को दिखाकर कहा, "उसने दुखा को मार डाला। जब दुखा 'पानी' चिल्लाया तो उसने दिलदार की ओर दिखाकर कहा, 'इसके मुँह में मूत दो।' तब हम धनुष ले आए। अब दुखा तो नहीं है। युगल दुसाध भी देखो बदन में तीर लगने से मर गया।'"

"तीर से ऐसा जखम होता है!"

"मेरे हाथ में धनुक था, महाराज! इनकी तकदीर अच्छी है कि बन्दूक

चलानेवाले हाथ को जखमी किया है। तुमने, महाराज, तीर का जखम तो देखा, और गोली का जखम नजर नहीं आया?"

"आया, चोट्टि!" शंकर बोला।

"अब?"

एस.डी.ओ. बोले, "घायलों को अस्पताल ले जाना होगा। यह क्या? यह तो मर गया? तीर में जहर था?"

"हो सकता है। गोली में बारूद नहीं रहती?"

"तीरथनाथ कहाँ है?"

"मुझे क्या मालूम?"

शंकर बोला, "चोट्टि, अब छोड़ दो। हम आ गए हैं।"

चोट्टि जैसे पिछले डेढ़ घण्टे में नया आदमी बन गया हो। वह बोला, "छोड़ क्यों दूँ? अभी समज लो। मालिक के पास खेत-मजूर हफ्ता लेने आए थे। उस पर मालिक ने इन दुसमनों को बुलाकर क्यों तैनात किया था? पहले गैरकानूनी काम किसने किया? उसके बाद महाराज, हफ्ता? उसे लिए बिना कोई नहीं जाएगा। पहले तुम हफ्ता बाँट दो।"

दो पुलिसवालों ने बीस बन्दूकें और गोलियाँ उठा लीं। शंकर बोला, "सब इकट्ठा करो। घायलों को उठाओ।"

'इयाड' के दबाव में यह पहले का न किया हुआ काम करना पड़ रहा था, इसलिए एस.डी.ओ. खफा हो गए और तीरथनाथ से बोले, "आपको साथ ले जाएँगे। साफ पानी को गन्दा कर तूफान खड़ा कर दिया, अब म्याऊँ का ठौर कौन पकड़ेगा?"

शंकर बोला, "यह सब बातें बाद में।"

रोमियो ने शंकर से कहा, "इयाड हो या कुछ भी हो, हरामी के बच्चे, तुझे मैं देख लूँगा।"

"आह! दैट नाइस गाई!"

शंकर ने तीन गुण्डे-दादा लोगों के कन्धे में लगे तीरों को पकड़कर हिलाया, वे चीख पड़े। शंकर बोला, "बढ़िया, बढ़िया काम, चोट्टि! तीनों के दाहिने हाथ शायद अलग करने पड़ेंगे।"

जख्मी लोगों और लाशों का चालान किया गया। सबने समझ लिया था कि युगल भी जल्दी ही लाश हो जाएगा। अब औरतें, लड़के-लड़कियाँ और बच्चे आ पहुँचे। काले-काले चेहरों की भीड़ बहुत घबरानेवाली थी। चोट्टि की पत्नी आकर चोट्टि का हाथ पकड़कर खींच रही थी। धीमी आवाज में बोली, "वे लोग चले गए हैं।" चोट्टि ने सिर हिलाया। चोट्टि ने जिद न छोड़ी। जले धान, उलट-

पलट कचहरी, घायलों को चीख-पुकार, दुखा की पत्नी का करुण रुदन—सारा कुछ चारों ओर लिए तीरथनाथ ने हफ्ता बाँट दिया। उसके बाद थाने में इजहार देने गया। चोट्टि भी साथ गया। बोला, ''मैं बेगार नहीं हूँ, खेत-मजूर भी नहीं हूँ, लेकिन दुखा को जिस तरह गोली मारी है, उससे दिमाग पर खून चढ़ गया है।''

घायल लोग अस्पताल गए, और चोट्टि, छगन और तीरथनाथ थाने गए। शंकर के रहने से रिपोर्ट में कुछ बारीकी न हो सकी। युवालीग के सेक्रेटरी और पार्टी के सेक्रेटरी से शंकर बोला, ''जिले का सारा कुछ तो आपके अधिकार में है। इस बेल्ट में दखल मत दीजिएगा।''

युवालीग के सेक्रेटरी ने जब सुना तो समझा, जिन्दगी की सारी चीज़ों की तरह अमरूद-सरीफों का मौसम, फिल्म 'सपनों का सौदागर', लड़कियों के बालों में पोनी टेल बाँधने का फैशन, जीवन में आई सारी चीजों की तरह, शंकर और खुराना का आंचलिक निवास भी क्षणस्थायी है, तब उसने उन तीन गुण्डों से कहा, ''फिकर मत करो, भैया। यह लोग चले जाएँ तो चोट्टि गाँव जला देंगे। लेकिन तुम्हारा भाग्य अच्छा है। चोट्टि मुण्डा अगर चाहता तो तुम्हारा गला छेद डालता।''

रोमियो गरजकर बोला, ''दाहिना हाथ अलग कर दिया जाएगा। तीर के लोहे में जंग लगी थी, उससे टिटनेस हो सकता है।''

''चोट्टि के हाथ में तीर! सीधी बात है?''

''भैया, बन्दूक की गोली से भी जोर से और एक के बाद दूसरा तीर चलाए जा रहा था। देखकर भी आँखों को विश्वास नहीं होता था।''

''तीरथनाथ को मैं न छोड़ूँगा। सर पर 'इयाड' लेकर उसका तुम लोगों को बुलाना ठीक नहीं था।''

''वह खचड़ा है।''

चोट्टि-ऑपरेशन के बहुत ही जहरीले परिणाम हुए। दिलदार धनुष्टंकार में मर गया। रोमियो का दाहिना हाथ कन्धे से अलग कर देना पड़ा। पहलवान का दाहिना हाथ कोहनी से अलग करना पड़ा। दिलदार और तीरों की चोट से मरे युवकों के परिवारों को एक-एक लाख रुपए और एक-एक पेट्रोल पम्प मिले। रोमियो इन दो व्यक्तियों को मरणोत्तर 'परमवीर चक्र' भी दिलाना चाहता था, पर वह न मिला।

किसी को जेल-हवालात नहीं हुई। अपमानित तीरथनाथ ने गुमाश्ते को ठीक ढंग से मजूरी देकर धान काटने को कहा, और परिवार के साथ लाला तीर्थयात्रा को चला गया। युगल और दुखा के परिवार को अमलेश ने पचास-पचास रुपए सहायता देकर 'महानुभाव' नाम पाया। इसके सिवा अकेले, इस जगह से अपरिचित

शंकर चोट्टि के घर आए और बोले, "उस हंगामे के दिन बाहर का कौन-कौन था, चोट्टि?"

"बाहर का? कौन था? कोई नहीं था।"

"तुम्हारे तीरों में भी जहर रहता है?"

"रह सकता है।"

"खुद जो करना हो करो चोट्टि, बाहर के लोगों की बात में मत आना। वे तुम्हारे दोस्त बनकर आते हैं। वह धोखा है।"

"यह तो बताओ कि वह कैसे मानूँ? मेरे पास बाहर के लोगों की तुम पूछते हो। और तुमने तो मदत दी।"

"बस इतना कहकर जा रहा हूँ।"

"कहाँ आओगे?"

"ढाइ की तरफ।"

"अच्छा।"

"हमारे न रहने से वे लोग अत्याचार कर सकते हैं। लेकिन बताओ तो, उससे क्या! तुम भी लड़ सकते हो, हाकिम और थाने की मदद मिलेगी।"

चोट्टि जरा मुस्कुराया। बोला, "मजाक कर गए, महाराज!"

"नहीं-नहीं।"

शंकर और खुराना ढाइ चले गए और इस तरह युवालीग को हरी रोशनी दिखा गए। अब चोट्टि ग्राम खुला मैदान था।

[17]

इन बातों को सुनकर स्वरूप मामूली-सा हँसा ओर बोला, "डेरा अच्छा था, छोड़ना पड़ा। अब भी कुरमी पहाड़ के उस ओर तो रहना हो ही सकता है।"

"चल सकोगे?"

"पैदल ही तो आता-जाता हूँ।"

"तो ध्यान से सुनो। चोट्टि नदी दक्खिन में बहते-बहते कुरमी घूमकर कोठी के जंगल में घुस गई है। वह कोठी कब किसकी थी, पता नहीं। जंगल दो मील तक बहुत घना था। जमीन बराबर है, नदी अलग हो गई है। हाथियों का झुण्ड उस रास्ते से होकर पलामू के रिजा फोरेस्ट जाते हैं। इसी से कोई घुसता नहीं।"

"पहाड़ नहीं हैं?"

"न। पहाड़ पर रहेंगे। मचान बाँधकर। उस जंगल में बहुधा कोई आता-जाता

नहीं, क्योंकि जंगल नदी के बीच है, पानी से जमीन दलदली है, साँप भी बहुत हैं।''

''इनको वहीं ले जाऊँगा।''

''तुम कहाँ जाओगे?''

''दूसरे अड्डे पर। होशियार रहने की जरूरत है। हम लोगों की हालत ठीक नहीं है। यह बात तो सच ही है कि हमारे संगठन की तरह कई संगठनों को समाप्त करने के लिए अंचल में 'इयाड' घुस आया है।''

''वहाँ चले जाओ।''

''जरूरत होने पर बताऊँगा कैसे?''

''अगर मौका मिलेगा तो आदमी भेज दूँगा। नहीं तो नदी जहाँ जंगल में घुसी है वहाँ पच्छिम में एक बहुत ऊँचा आसमान-फोड़ शिशु पेड़ है। उसके नीचे एक बड़ा-सा पत्थर है। पत्थर पर पेड़ की डाली तोड़कर लड़के रख आएँगे। रोज नजर क्यों रखोगे? मेरा घर तो बिशा को मालूम है। चला आएगा।''

''वही अच्छा है।''

''और तुम सब भागते क्यों हो?''

''सबके नाम पर बहुत-से मामले जमा कर लिए गए हैं।''

''देरी मत करो। हवा अच्छी नहीं है।''

हवा अच्छी नहीं है। रहती ही नहीं। स्वरूप आदि के हट जाने के बाद ही मानो हवा से हाल-चाल मालूम कर परित्यक्त जंगल में पुलिस की सेना घुस पड़ी। जंगल का कोना-कोना खोज डाला और निकल गए।

रिपोर्ट : चोट्टि-कोमांडि फारेस्ट के गिर्द उस दिन भी कोई भूमिगत दल था। एक गुफा में जली बीड़ी, दियासलाई के खाली डिब्बे, मोमबत्ती के टुकड़े और कागज के ठोंगे मिले। स्मरणीय है कि चोट्टि गाँव की घटना में कम-से-कम पैंतीस आदिवासियों ने तीर चलाए थे। वे क्या सब उस गाँव के रहनेवाले थे? युवालीग के मरे जवानों के शरीरों में था काफी तेज कुचला जहर। ध्यातव्य है कि पतले और छोटे तीरों के फनों में कुचला जहर था। 'आदिवासी जंगल भारती', 'बीरसा दल', 'आदिवासी सेवक समिति' में इस तरह के तीर देखे गए हैं—इन सारी संस्थाओं के हमलों-कार्रवाइयों में। द्वितीय और तृतीय दलों के अस्तित्व तो करीब-करीब नष्ट हो चुके हैं। पहले दल का ही संगठन शक्तिशाली है। आदिवासियों की सहायता से दल मजबूत है और स्वरूपप्रसाद अभी भी सक्रिय है... ।''

शीघ्र ही 1976 आया। जुलाई। बरसात देर से हुई, फिर भी हुई तो। पानी की टेढ़ी-मेढ़ी धाराएँ कलकल कर चोट्टि नदी की खुली छाती पर कूद पड़ीं। हरी-हरी दूब से धरती लहलहा उठी। जंगलों और गाँवों के पेड़ वर्षा में स्नान कर जीवित हो उठे और टाहाड़ के शिवमन्दिर के पुजारी का हाथी स्टेशन के पास के तालाब में घुस गया और उसमें से निकलना नहीं चाहता था। स्टेशन पर एक पेड़ गिर गया। तीरथनाथ गाँव को लौट आया। इस समय वर्षा से सींची हुई सरस धरती में बीज छिड़कने की बात थी। तीरथनाथ कुछ बोरे सरकारी बीज लेकर ट्रेन से उतरा। इन्हीं दिनों एक दिन ब्रिक-फील्ड होकर ऊधम शार्टकट से जा रहा था कि उसे धारीदार साँप ने काट लिया, मोटे मोजे पर से साँप को दाँत गड़ाने का मौका न मिला। लेकिन ऊधम डर के मारे लुढ़क गया। खबर सुनकर चोट्टि भी भागा साथ में और तोहरी के अस्पताल गया। वह ऊधम से कहता जा रहा था, "महाराज, बच जाओगे। डर नहीं है, महाराज! ठीक से काटा नहीं है, महाराज!" डॉक्टर ने भी डॉक्टरी भाषा में चोट्टि की बात ही कही। इसके बाद वे ऊधम को लेकर घर लौटे। हरबंस घबराकर बोला, "स्वरूपप्रसाद के साथ मैं ही तुमको मिला दूँगा, किसी से बताना मत।"

"ना, महाराज!"

"उसकी तलाश बहुत चल रही है।"

"ऐसी बात है?"

घर लौटने पर चोट्टि का छोटा लड़का, सोमचर बोला, "बिसाइ आकर बैठा है, आबा! तुमसे कुछ कहना है।"

बिसाई बोला, "पता है, स्वरूप कहाँ गया है?"

"मुझे कैसे पता होगा?"

"जंगल में जितना पानी था, उतने साँप थे। स्वरूप दवा ले आया। मैं तीन दिन का भूखा हूँ, सत्तू-मिर्चें लाने को कहकर कहाँ गया? कुछ सुन रहे हो? मेरे दल का कोई कहीं पकड़ा गया है, कुछ सुना है?"

"तुम लोगों के ठिकाने कहाँ-कहाँ हैं?"

"नरसिंगगढ़ और ढाइ।"

"इसी से डुग्गी पिट रही है कि अनजान आदमी को कोई सत्तू-मिर्चा नहीं बेचेगा।" चोट्टि ने सोचा और बोला, "अभी अँधेरा है। जरा ठहरो।" उसने अपना जमा किया हुआ देखा और बोला, "वहाँ तुम कितने लोग हो?"

"तीस आदमी।"

"सब मुण्डा हैं।"

"एक दिकू है। स्वरूप का भाई।"

"ठहरो।"

चोट्टि ने निकलकर उपा को बुलाया। सब सुनकर उपा हर घर से सत्तू-नमक-मिर्चें ले आया। चोट्टि ने भी दिया। उसके बाद सोमचर और उपा बिसाई के साथ अँधेरी बरसात की रात में नदी का किनारा पकड़कर चले। उनको लौटते-लौटते रात बीत गई।

उसके बाद चोट्टि गाँव के मुण्डा और अछूतों की तोहरी में राजबंस के लकड़ी गोदाम से लगे बँगले में पुकार हुई जहाँ चोट्टि के जीवन का अधिकांश भाग किस्से-कहानी में, मजाक में, या चाय या कॉफी पीने में बीता था। अमलेश और शंकर के साथ। स्वरूप के लेटे शव के सिरहाने एक अजनबी शंकर बैठा था और बहुत ही अजनबी आवाज में वह बोला, "एक-एक कर अच्छी तरह देखो, पहचानते हो या नहीं?"

स्वरूप के हाथों और पैरों में कोई नाखून न था, नंगे शरीर पर काले-काले छेद थे, पुरुषांग मांस का कीमा बना था। चोट्टि ही आगे बढ़ा। साफ आवाज में बोला, "न, कभी नहीं देखा, नहीं पहचानता हूँ।"

सबने यही कहा। रक्तहीन स्वरूप के शरीर से मक्खियाँ उड़ती थीं और फिर बैठती थीं।

उन लोगों ने वापस आकर देखा कि गाँव में पुलिस चौकी है। चोट्टि नदी के किनारे हरा पोलीथीन का तम्बू लगा है। चोट्टि धीमी आवाज में बोला, "अपने-अपने घर चले जाओ। हालत बहुत खराब है। बहुत ही खराब। उपा, अँधेरा होने पर मेरे घर आना।"

उपा जब आया तो वह बोला, "उस बार तू और मेरा सोमचर आगे रहकर बार-बार तीर चला रहे थे। झट से घर आकर कह आ, और सोमचर को लेकर जंगल में भाग जा। उन लोगों को बता देना, यह मेरा कहना है, स्वरूप मर गया। सबके मरने में फायदा नहीं है। वे लोग कुरमी पहाड़ के जंगलों में चले जाएँ। वहाँ कोई न जाएगा। तुम भी चले जाओ। उनके साथ छिपे रहो। कुरमी का रतन मुण्डा तुम लोगों को नमक और सत्तू दे जाएगा। जो लोग हैं उनको भी देगा।"

"चले जाएँगे।"

"तेरा बाप मरा, तू सामने था, सोमचर भी था।"

वे चले गए। यह जाना कितना मौके पर हुआ, यह दूसरे दिन समझ में आया। जब पुलिस ने गाँव के हर घर में उपा और सोमचर को तलाशा। "वे लोग धनबाद चले गए हैं।" सुनकर पुलिस ने पूछा, "किसके पास गए हैं?"

चोट्टि असन्तुष्ट होकर बोला, "यह क्या मुझे मालूम है? इन दोनों की फड़फड़ाहट सबसे जादा है। मजूरी मिली तो इन्हें पीली बनियान खरीदनी ही चाहिए। ये बाबू साहब पैरों में रबड़ की चप्पलें भी पहनेंगे। धनबाद जाकर कोयला खोदेंगे, जादा रुपए लेंगे, छिनेमा देखेंगे। देखो महाराज! हाट में किसी ठेकेदार ने उन्हें लालच दिया था। इन ठेकेदार को पकड़ सकते हो? इन लोगों के भड़काने से मुण्डा लड़के भाग जाते हैं।"

"खबर मिलने से ख़बर देना।"

"जरूर देंगे। किन्तु क्यों, महाराज?"

"खबर देना।"

पुलिस के चले जाने पर चोट्टि ने पत्नी से कहा, "लड़कों को जंगल क्यों भेज रहे हो, कहकर रो रही थी न? अब समझी?"

"पकड़ने पर मार डालते।"

"जरूर। स्वरूप दिकू लड़का था, पढ़ा-लिखा लड़का, सुना है परेशनाथ में उन लोगों का घर है। पिता वकील है। उसे भी मार डाला।"

इसके बाद ही तीरथनाथ की तलबी आई : "धान बोने का वक्त है। चले आओ, जो बेगार है वह आए।"

कोई नहीं गया। छगन ने तीरथ के गुमाश्ते से कहा, "बेगारी गैरकानूनी है, इससे उस बार नहीं दी। इतना जुलुम हुआ। इस बार क्यों दें?"

"अकल होती तो देते।"

शंकर को नई भूमिका में देखकर सरकार और प्रशासन के बारे में उसका पुराना अविश्वास दुगुना बनकर लौट आया और वह बोला, "इस बार अत्याचार और भी जबरदस्त होगा।"

चोट्टि बहुत कुछ समझता था, फिर भी सब-कुछ न समझता था। शंकर सूखी कठोर आवाज में बोला, "पहली स्टेज में कोई रुकावट नहीं होगी। मैं देखना चाहता हूँ कि स्वरूप के दल के लोग इनकी मदद करने आते हैं या नहीं? सिर्फ स्वरूप का पकड़ना ही काफी नहीं है। मैं उसके दल को पकड़ना चाहता हूँ। राजनीति में उतरकर जो हिंसा का सहारा लेगा, जिस दल का, जिस विश्वास का भी आदमी हो, उसे पकड़ना होगा। मुझे मालूम है कि स्वरूप के दल के साथ उनका कम-से-कम एक बार साथ हुआ था। इस बार भी होना स्वाभाविक है। इसी से, पहले स्टेज में युवालीग एक्शन करे। इस एक्शन के मौके पर उनकी मदद के लिए स्वरूप के दल का अगर कोई न आए, तो उन्हें देखकर युवालीग को हटा दूँगा। इससे उनके मन में विश्वास होगा, वे असावधान हो जाएँगे। बाद के एक्शन में स्वरूप के आदमी आएँगे ही।"

"युवालीग को बताने की जरूरत है।"

"बिलकुल नहीं। लफँगों के साथ मेरा कोई मेल-जोल नहीं है। वे मेरे लिए तभी तक काम के हैं, जब तक स्वरूप के दलबल को पकड़ने में लगें। वे अशिक्षित, असभ्य और बदमाश हैं।"

छगन ने तीरथ के बुलाने का कोई जवाब न दिया। उसके बाद हथकटे रोमियो और पहलवान पचास गुण्डों को लेकर पार्टी का झण्डा उड़ाते हुए चोट्टि गाँव आए। पुलिस के अफसर रूखी आवाज में बोले, "यह क्या? आप लोग क्या चाहते हैं?"

पोलीथीन के तम्बू से सिर निकालकर शंकर बोला, "यह क्या हो रहा है? पिकनिक है क्या? बन्दूक क्यों नहीं लिए हुए हैं?"

रोमियो गुस्से के मारे अन्धा हो रहा था, बोला, "आज एक पवित्र काम का दिन है। जितने गुलामों के बच्चे हैं, सबकी गर्मी निकाल दूँगा, और इस 'इयाड' को मारकर पिछला बदला लूँगा।"

हा-रा-रा-रा, भारत माता की जय, विजया मोदी अमर रहे, युवालीग जिन्दाबाद, इत्यादि स्लोगन लगाते-लगाते वे तीरथ के गुमाश्ते को खींचकर ले आए। बोले, "जरा दिखा दो कौन-कौन हरामी बेगार न देगा?" तीरथ भागा-भागा आया। बोला, "भैया, अब इस बार मत मारो। पहले बात करो। बात से काम आसान होता है। बाप रे! मुझे तो डर लग रहा है। उस बार तो भाग गया था। कब तक भागता रहूँगा?"

रोमियो बहुत उल्लास के साथ बोला, "भाग जा हरामी के बच्चे! डरपोक आदमी, तेरा कलेजा तो कबूतर का है।"

छगन का घर दिखाकर गुमाश्ता भाग गया और रोमियो बन्द दरवाजे पर लाठी पीटने लगा। उसने भागते हुए छगन की पीठ पर गोली मारी और साथ ही छगन का मकान जलाने लगा। औरतें खिड़कियाँ तोड़कर निकलीं। फिर गोलियाँ चलीं, जिसके बाद धुएँ के पीछे से तीर आने लगे। पैर में तीर लगने से तीरथ चिल्लाकर गिर पड़ा। पल भर में दृश्य मनोरंजक हो गया। धुएँ और आग में पड़े युवालीगवाले बेतहाशा गोलियाँ चला रहे थे और धुएँ को पार कर दिखाई दिया कि छगन के घर के पीछे ऊँची जमीन पर कई बिना बैल के गाड़ियाँ थीं, उन पर भूसा लदा था। उनके पीछे कुल पन्द्रह मुण्डा थे, जिनके हाथों में तीर थे। शंकर ने उन्हें दूरबीन से देखा और बोला, "नहीं, वे लोग नहीं हैं।" तभी वर्षा होने लगी। युवालीगवाले थोड़ा बौखला गए। लेकिन तीर आते रहे। युवालीग का एक व्यक्ति चीख उठा, एक और। वे फिर गोली चलाने लगे। माइक पर शंकर की आवाज सुनाई पड़ी, "दोनों ओर के लोग रुक जाओ। पुलिस आ रही है।"

रोमियो ने अब एक युवालीगवाले की पीठ पर लाठी मारी। "उस 'इयाड' को मारो गोली!"

शंकर आ गया और रोमियो का बायाँ हाथ पीछे की ओर मरोड़ दिया। युवालीगवाले के सिर पर रिवॉल्वर का मुट्ठा मारा। पुलिस फौरन युवालीग को निरस्त्र कर तेज बरसात में उन्हें धकियाती हुई कैम्प ले गई। शंकर ने युवालीग को मन-ही-मन गालियाँ दीं और पुलिस से कहा, "मुर्दों और जख्मी लोगों को उठाओ।"

छगन और युवालीग का एक आदमी जिन्दा तो थे, पर बहुत अधिक घायल थे। एक युवालीगवाले के कलेजे में तीर था, वह मरा हुआ था। छगन की भतीजी पुतली और रामकुमारी धोबिन मर चुकी थीं। चोट्टि के तीर-कमान भी छीन लिए गए। चोट्टि ने शंकर की किसी बात का जवाब नहीं दिया और छगन को बड़े जोश के साथ बुलाता रहा। तीरथनाथ दूर पर सहारा लिए रोता हुआ बैठा था। वह बोला, "बाप ने कभी नहीं मारा। तुम लोगों ने मेरा पैर तोड़ दिया। ऐसी बेईमानी!"

चोट्टि दूसरी ओर देखकर बोला, "कई बरस हो रहे हैं, लाला टरेन से कट जाता, मैंने बचा लिया। अब? जब उसने मेरे बेटे को जेहल भेजा था तब। आज इन अनवर आदि से हमारे लड़के-लड़कियों को मरवा रहा है और मेरे नाती को कहता है बेईमान!"

"तुम्हें नहीं कहा।"

"मैं मारता तो पैर में न मारता।"

दोनों औरतों की लाशों के आगे खड़े होकर शंकर युवालीग की नीचता पर बार-बार सिर हिला रहा था। देखकर लगता था कि वह शोक से विह्वल है। चोट्टि ने उसकी ओर देखा तक नहीं। शंकर खुश हुआ। इसी तरह की निष्कलंक और शुद्ध, क्रुद्ध प्रतिक्रिया की ही उसे कामना थी। चोट्टि, तुम चोट्टि ही रहो, उससे मैं स्वरूप के दल को पकड़ सकूँगा।

घायल और मुर्दे ट्रेन से एक ओर भेजे गए, दूसरे लोग दूसरी ओर। शंकर ने बाकायदा एक केस खड़ा किया और युवालीग ही भड़कानेवाली है, ऐसा सिद्ध हुआ। किसी तरह केस अदालत नहीं पहुँचा और घायल छगन और युवालीगवाले एक ही सदर में, एक ही अस्पताल में बहुत आहिस्ता-आहिस्ता ठीक होने लगे। छगन बच जाएगा, यह जानकर चोट्टि बोला, "अब जेहल दें, फाँसी दें, दुख नहीं है।" किसी तरह चोट्टि आदि सब डाँट-डपट सुनकर लौट आए।

फिर पुलिस ने जंगल छाना, तलाश करती फिरी।

अब चोट्टि ने जैसे सब समझ लिया। चोट्टि में पुलिस चौकी रह ही गई। बरसात में ईंटों का भट्टा पानी में डूब गया। वहाँ किन्हीं लोगों ने तीरथ के गुमाश्ते

को शाम के अँधेरे में कम्बल में लपेटकर और गिराकर पीटते-पीटते बेदम कर दिया। तीरथ ने अस्पताल से लौटकर गुमाश्ते को अस्पताल भेज दिया। गुमाश्ता किसी का नाम न बता सका। छगन बोला, "न मैं जाऊँगा, न किसी को जाने दूँगा।"

इस घोर वर्षा में चोट्टि ही कुरमी गया। उसने रतन मुण्डा से कहा, "उस दिन गौरमेन अपनी आँखों से शीशा लगाकर हमें देख रहा था। गोलियाँ चलीं, लाशें गिरीं, उस हरामी ने काँच नहीं हटाए। अब लगता है, बिसाई आदि को खोज रहा है। तू पता लगा आ, नरसिंगगढ़, ढाइ में, उत्तर में उनका बाद में कहाँ अड्डा है? मेरे ऊपर वह नजर रखे हैं। तुम लोगों में से कोई उनको हट जाने के लिए कह दे। हमें छोड़ क्यों दिया है? जब जरा-जरा-सी बात पर चमड़ी उधेड़ देते हैं, फिर मैंने तो एक लड़के को मार दिया है।"

"सुना है, गौरमेन बहुत मदत दे रही है।"

"उजबक! बेवकूफ! गधे! गौरमेन तो बेकसूर मुण्डा-दुसाध को मार रही है। वह मदत क्यों देगी? लगता है साँप काट नहीं रहा है, चूम रहा है। वह मुझे जेहल या फाँसी देते तो विश्वास करता।"

"तुम जैसा कहो। हम तुम्हें जानते हैं।"

"फिर यह बात न सुनूँ।"

"छगन बच गया।"

"अब रुपयों का खेल नहीं रहा। छगन का घर हम बना रहे हैं। चड्ढा और अनवर कुछ रुपए दे रहे हैं। चड्ढा से टूटी ईंटें माँगकर ले रहा हूँ। अब छगन पक्के घर में जाएगा।"

इस घटना के तीन महीने बाद, पवित्र देवी-पक्ष में फिर बहुत बड़ा पुलिस कैम्प लगा। शंकर फिर रंगमंच पर उतरा! वह मन-ही-मन थोड़ा घबराया हुआ था। उसने अपने को खुद ही सेंसर किया था। 'इयाड' का प्रशिक्षण था। अपनी गलती या कमजोरी दिखाई देते ही 'इयाड' अफसर अपने को कर्म-क्षेत्र से हटा लेगा। 'इयाड' के दूसरे विश्लेषण करनेवाले की राय में इन कारणों से शंकर की व्यर्थता प्रमाणित होती थी—(क) चोट्टि ग्राम में पहली बार कार्रवाई के वक्त उसको समझना चाहिए था कि स्वरूप के आदमी एक्शन में थे। (ख) चोट्टि-कोमांडि जंगल के घेरे में पुलिस को पहले ही घुसना चाहिए था। (ग) स्वरूप को मार डालना बड़ी भारी मूर्खता थी। जिन्दा स्वरूप को पहले टॉर्चर देना, उसके बाद उसकी सुश्रुषा आदि करते रहना ठीक था। जिन्दा स्वरूप को मोहरे की तरह रखने से उसके दल-बल को पकड़ा जा सकता था।

शंकर को एक चांस दिया गया था। निश्चय ही वह अकसर उसे मिलता। इस बार एक एक्शन होगा और स्वरूप का दल आएगा। अगर न आए, तो शंकर,

एक्शन का असर मिट जाने पर, चोट्टि मुण्डा और उसके गाँव को रोमियो आदि के हाथों छोड़कर खिसक आएगा।

'इयाड' के अफसर ने युवालीग के सेक्रेटरी को बता रखा था कि रोमियो किसी भी कारण से शंकर के काम में अड़चन न डाले। 'इयाड' यों ही पलामू के जंगलों में नहीं कायम किया गया है।

रोमियो ने यह धमकी सुनी और ज्यों उसका मन मानो उलझा जंगल हो, वह अपने विश्वस्त साथी से बोला, "वह अगर 'इयाड' है तो मैं भी युवालीग हूँ। भारत में युवालीग के कदमों को कौन रोक सकता है? उसने दो बार मेरा अपमान किया है। अब मैं उसका बदला लूँगा। इस जंगल में, एक बुड़बक सदस्य का चमचा बनकर मैंने दाहिना हाथ तो खो दिया। जिसकी वजह से खोया, वह क्या जिन्दा रहेगा?"

"कौन? चोट्टि?"

"चोट्टि तो दूसरे नम्बर का दुश्मन है। इनकी हमें तीर मारने की हिम्मत कहाँ से हुई? उसी शंकर के कारण। शंकर उसे मदद देने गया। शंकर और चोट्टि! तीरथ एक ही डरपोक है। साला न दादा लोगों को रखता है, न बन्दूक। मैं इस बार उन दोनों को खतम कर दूँगा। उसके बाद चला जाऊँगा धनबाद। यहाँ क्या रखा है? रकम पीटो, लेबर को मारो, यूनियन वर्कर्स को मारो, कोई किसी बात को पूछनेवाला नहीं है।

"गुरु! जो कहो सो करूँगा। लेकिन कुछ न हुआ तो?"

"अरे, अभी भी इस अंचल में जिन्दा शंकर से उसकी लाश में ज्यादा ताकत है।"

"ठीक है, गुरु!"

शंकर यह सब जरा भी न जान सका। इस बार 'इयाड' के अफसर भी आए। शंकर समझा कि उस पर भी अब नजर रखी जा रही है। 'इयाड' ने शायद यह सोचा है कि शोषित आदिवासियों के सम्पर्क में रहते-रहते शंकर में डिमॉरलिजेशन आ गया है। आहा! यह बात सच नहीं है, इसे प्रमाणित करने का मौका शंकर को मिल गया है।

और पुलिस की छावनी देखते ही चोट्टि ने औरतों और बुड्ढों और बच्चों को नदी के उस पार अपनी जमीन पर भेज दिया। कहा, "और जो हो, गोलियों से न मरने दूँगा।"

उनके चले जाने के बाद ठण्डी साँस लेकर चोट्टि बोला, "इस बार सब-कुछ ज्यादा खतरनाक होगा। अब मुझे जिन्दा नहीं छोड़ेंगे।"

उसने छगन को हटा दिया। छगन अभी गाँव में आया था। उसने सिर हिलाकर कहा, "इस बार गौरमेन और पुलिस के सामने लाशें गिरेंगी। हम सबके घर जाएँगे।"

सामान्य घटना ऐसी ही लग रही थी और रेल के कुली चड्ढा के ईंटों के भट्ठे पर चले गए।

रोमियो और उसके साथी आए। इस बार वे सौ से ज्यादा थे। शंकर प्रतीक्षा में परेशान, कान खड़े किए था। स्वरूप के आदिवासी क्यों नहीं आ रहे हैं? वे पकड़े क्यों नहीं जा रहे हैं? मरते नहीं? पकड़े तो वे जाएँगे ही। उनको किसी तरह की हिंसा का अधिकार नहीं है। सारा अधिकार सरकार का है।

चोट्टि गाँव में सन्नाटा था। संकट का सन्नाटा।

शंकर ने समझा कि रोमियो आदि बिखर गए हैं, गाँव की ओर जा रहे हैं। वह तम्बू से निकला, आँखों पर दूरबीन लगाई। आः! चोट्टि आदि जरूर उस बैलगाड़ी के पीछे हैं, अभी बन्दूकें चलेंगी, तीर आएँगे। प्रत्याशा में उसके चेहरे पर मुस्कुराहट आई। भयानक हिंसा की आपात-स्थिति में ही 'इयाड' अफसर पूरी तरह सहज महसूस करता है।"

तभी विस्मयजनक बात सुनाई पड़ी, "अरे? हरामी के बच्चे!" और कहने के विस्मयजनक क्षण में पाशविक उल्लास में जवाब मिला, "साले, आज तुझे कौन बचाएगा?"—क्या हो रहा है, यह समझने के पहले ही शंकर के पास एक युवालीगवाला दौड़कर आया और उसने छः नली रिवॉल्वर की सारी गोलियाँ शंकर के उस कलेजे में उतार दीं जिसमें स्वरूप के दल को एकदम खत्म करने की कामना बसी थी। इसके साथ ही सीटी बजी, तेज सीटी। युवालीगवाले ने रोमियो को बताने के लिए सिर घुमाया और 'इयाड' अफसर की गोली से गिर गया। पुलिस, चारों ओर से स्पेशल पुलिस निकल पड़ी और बड़ी अजीब घटना हुई। पुलिस अब युवालीग के लड़कों का ही पीछा कर रही थी। ये मारने और पीछा करने और डराने के अभ्यस्त थे। मार खाने और पीछा किए जाने के नहीं। इसलिए वे 'इयाड' की हत्या के महापाप के कारण पुलिस द्वारा पीछा करा सकते थे, यह जानकर चौंधिया गए। इसके बाद वे ही रस्सी से बँधकर वैगन में बैठे। बन्द वैगन में पुलिस उन पर टूट पड़ी। दारोगा ने काँपते-काँपते रोमियो और पहलवान को डण्डा मारने में लगे 'इयाड' अफसर से कहा, "सर, यह युवालीगवाले हैं।"

"मैं 'इयाड' वाला हूँ।"

सबको वैगन में चढ़ाकर इंजन के साथ उस अकेले वैगन को जोड़कर उसे छोड़ दिया गया। चोट्टि-लाइन पर से सुरक्षित दूरी पर खड़े खुशी से उछल पड़ रहे थे, तोहरी से जीप के बाद जीप में 'इयाड' के हेडक्वार्टर को, खुराना को बताया गया, 'पैक ऑफ'—डेरा-डण्डा उठाओ। उसके बाद 'इयाड' के नियम से जान बचाकर उनकी क्रमिक धुलाई चलती रही। धारावाही रूप से। परिणामस्वरूप युवालीग, कांग्रेस, पुलिस, 'इयाड'—चारों में जोरों का तनाव चला। पहले यह तीन

दल तीन महीने तक लड़ते रहे, चुपचाप लड़ते रहे। कोई फायदा नहीं हुआ। खुराना ने दिल्ली में श्रीमती को बताया कि पलामू पुनर्निर्वाचन में उनके दल को ही वोट देगा। पहले बताए चुपचाप युद्ध में 'इयाड' अविचल रहा। 'इयाड' से जवाबदेही का अधिकार राज्य के रूप में किसी को नहीं था। 1977 की जनवरी में आपात-स्थिति का अन्त हुआ। कुरमी के जंगल से निकलकर स्वरूप के दल के आदिवासियों में से एक-एक, दो-दो कर मुण्डा-उराँव-प्रधान गाँवों में फैल गए। कालों में काले मिल गए। उसके बाद आया चुनाव। पासा पलट गया। उपा और सोमचर अब गाँव लौटे।

चोट्टि बोला, "डर और त्रास के दिन क्या बीत गए? कौन जाने?"

"कट रहे हैं, आबा!"

"ना हरमू, अब मुझे विश्वास नहीं रहा।"

"कांग्रेसी लड़के तो गए।"

"ये नए लोग क्या करते हैं, सो देखो।"

हरबंस छिपकर चोट्टि को बता गया कि रोमियो और पहलवान जेल में बन्द हैं।

"उससे क्या होगा?"

"मुकदमा नहीं हो रहा है। जेल में सड़ें।"

"छोड़ देंगे।"

"ना, ना। अब दूसरी सरकार है।"

"देखते चलें।"

"देखें।"

1978 के बीचोबीच रोमियो और पहलवान जेल से निकले। टूटे शरीर से धनबाद में सुविधा न होगी--यह जानकर वे जल्दी जनता दल के चारों ओर चक्कर काटते रहे। 'इयाड' के गुस्से से उन्हें युवालीग न बचा सकी। इसलिए उन्होंने युवालीग को 'चूतिया संगठन' कहा। कहा, "राजनीति बहुत खराब चीज है" और इफरात में रुपए देकर राजबंस चड्ढा की ठेकेदारी बड़ी होकर चोट्टि में कायम हुई। यह खबर पाकर चोट्टि क्षीण हँसी हँसा। बोला, "उपा, सोमचर, हरमू, तुम लोग समझो। इस चड्ढा ने यह काम किया। हमको उनके हाथों में छोड़ दिया। एक बार भी नहीं बताया। दिकू-दिकू एक-से होते हैं।"

"यही होता है।"

चोट्टि गाँव के आदिवासी और अछूतपाड़ा में फिर पुराना डर भरने लगा।

[18]

1977 में इस अंचल से जो चुने गए, उन्होंने निर्वाचन के बाद ही चोट्टि में मीटिंग की। ट्रेन रुकी, सदस्य उतरे। स्टेशन स्टाफ ने कुर्सी, दरी, फूलमाला और चाय-मिठाई का प्रबन्ध किया। सदस्य झुके हुए बीमार-से आदमी थे। उन्होंने बताया कि इन्दिरा गांधी का पतन और जनता सरकार का आना कितनी बड़ी घटना है। उसके बाद बोले, "पिछले राज की तरह जनता सरकार का भी विश्वास अहिंसा की नीति में है। चोट्टि ग्राम में सचमुच पिछले शासन में कई दुखद घटनाएँ हुई थीं। लेकिन हिंसा का जवाब हिंसा नहीं, अहिंसा है। जिस तरह जनता सरकार सारे भारत की उन्नति चाहती है, उसी तरह चोट्टि की उन्नति भी चाहती है। इन आदिवासी और परिगणित गरीब इलाकों की उन्नति होगी ही। लेकिन उसके लिए इन्तजार करना पड़ेगा। अंचल की शिकायतों की प्रार्थना वे ध्यान से देखेंगे और जितना हो सकेगा, करेंगे। लेकिन किसी समस्या के हल होने में देर हो रही है, इसलिए लोग धीरज न खोएँ, कानून को अपने हाथों में न लें। सरकार और कानून में जनता का धैर्यपूर्ण विश्वास अटल है, इसी से गणतान्त्रिक भारत में प्रजातन्त्र सफल होगा।"

वे सारी बातें कहकर, कलाई पर बँधी घड़ी देखकर बोले, "भाई, तुम गरीब हो इसलिए दुख मत करो। तुम्हारे प्रधानमन्त्री के पास भी दो-चार ही कपड़े हैं।" बात समाप्त करते ही उन्होंने सामने से एक नंग-धड़ंग रेल-कुली के बच्चे को गोदी में उठा लिया और नकली दाँत निपोरकर हँसने लगे। एक आदमी ने अभागे शक्लवाले छोकरे के साथ उनकी तसवीर खींची। उसके बाद ही वे बच्चे को उतारकर सहसा गरज उठे, "इन बच्चों के हाथों एक सुन्दर भारत बनेगा। आइए, उस काम में हम हाथ लगाएँ।" उनका गरजना सुनकर दरी पर बैठे दो-एक नंगे लड़के रो पड़े। सभा समाप्त हो गई।

चोट्टि सिर हिलाता रहा, हिलाता ही रहा। बोला, "चल छगन! हम-तुम बहुत दिनों के साथी हैं। मेरा हरमू जब चार बरस का बच्चा था, तेरी माँ से शादी करना चाहता था तो तेरी माँ बहुत हँसी थी। चल, हम नदी के किनारे चलें, बैठकर दो घूँट मद पिएँ, कुछ दुख-सुख की बातें करें।"

वे चोट्टि नदी की रेत पर बैठे। छगन बोला, "सब-कुछ बदल गया, किन्तु नदी नहीं बदली।"

"कुछ नहीं बदला है। बस जुलुम बढ़ता जा रहा है।"

"इस मेम्बर को जानता है?"

"नहीं।"

"धनबाद में ठेकेदारों की बहुत धूम है। वहाँ इसका भाई ठेकेदार है। ठेकेदार का जुलुम पुलिस के जुलुम से जादा रहता है। इसके भाई ने बहुत रुपए दिए। उसी से अब यह मेम्बर बना है। इसका भाई ठेकेदार है।"

"समझा।"

"क्या समझा?"

"ठेकेदार होने की वजह से यहाँ से अब लेबर लेगा। ठेकेदार लोग कोयला खान के जमींदार होते हैं। और हम लोगों जैसे देहाती मुण्डा-दुसाध उनके बेगार होते हैं। स्वरूप कोयला खान में काम करता था। उसे मालूम था।"

"वही होगा। हमारे भाग्य में अच्छा क्या होगा?"

"ठेकेदार लोग तो कांग्रेसी होते हैं। बातों से लगता है यह कांग्रेसी है। किन्तु नाम बदल गया है।"

"सो तो है ही।"

"अब फिकर दूर हुई। फिर पकड़-धकड़ और जुलुम होगा?"

"कौन जाने!"

चोट्टि थोड़ा हँसकर बोला, "हमें अपने-आप ही पता चल जाएगा, छगन! जेठ-असाढ़ भी आ रहे हैं, और लाला जमीन भी परती नहीं रखेगा। तब पता चल जाएगा। लाला तब जुलुम करेगा।"

तीरथनाथ ने 1977 के जून में बताया, "काफी हो गया है। उसकी जमीन और किसानों को लेकर बहुत हंगामा हो चुका है। वह भी नई सरकार का स्वागत करता है—नए जमाने का। अब बातचीत कर काम शुरू करने की जरूरत है। यह सब बातें उसके और उसके खेत-मजूरों के बीच होना ही उचित है। चोट्टि मुण्डा ने लम्बे समय से तीरथ के खेतों में काम नहीं किया था। उसकी उम्र हो चुकी थी, वह सम्मानित व्यक्ति था। उसे इन सब बातों में नहीं लाना चाहिए।"

छगन बोला, "बाद में जवाब दूँगा।"

"अभी बताओ, छगन!"

"महाराज, कोई बेगार नहीं देगा। मजूरी दो, पनपियाई दो, तब काम हो सकता है।"

तीरथ आवाज में बहुत ही अनुनय भरकर बोला, "ऐसी बात मत कर, छगन! ऐसा कहने से फिर जुलुम होगा और मान या न मान, मैं जैन हूँ। बूढ़ा हो गया, यहीं पैदा हुआ। मैं कोई जुलुम नहीं चाहता।"

"फिर कांग्रेसी लड़कों को लाएँगे, महाराज?"

"कांग्रेसी? इस इलाके में कांग्रेसी कौन है? सब जनता हैं।"

"सब?"

"सभी।"

"महाराज, तुम जुलुम चाहते नहीं, हम भी नहीं चाहते। फिर भी जुलुम होता है। तुम जुलुम नहीं चाहते तो क्या चाहते हो?"

"बेगारी तो उठी नहीं, बाप।"

"कानून नहीं बना है?"

"कानून है, बेगारी भी है।"

"तो हम भी कहते हैं कि बेगार कोई न देगा।"

"तुम लोग अपना भला नहीं समझते। लड़के आएँगे।"

"बात बढ़ाने से फायदा नहीं, महाराज!"

खबरें निश्चय ही प्रॉपर चैनल द्वारा घूमीं—क्योंकि सहसा एस.डी.ओ. चोट्टि आए, लगभग घण्टे भर के लिए। गहरी सहानुभूति चेहरे पर लपेटकर छगन से बोले, "सब समझ गया। इमर्जेंसी के वक्त गलत घटनाओं से जो लोग मर गए हैं, उनके परिवारों को कुछ हर्जाना देने के लिए हम कोशिश कर रहे हैं। अब इमर्जेंसी नहीं है, लेकिन कानून मानकर चलने की जरूरत तो है ही। क्या बात हुई तीरथनाथ बाबू के साथ, सो सुना?"

"मेरी बात हुई है।"

"क्या बात?"

"महाराज बेगार लेंगे, मजूरी नहीं देंगे। मैंने कहा, हम बेगार नहीं देंगे। उस पर वह बोला, कांग्रेसी लड़के अब जनता के लड़के हैं। वे आएँगे। जुलुम करेंगे।"

"ऐसी बात है," एस.डी.ओ. सोच में पड़ गए। बोले, "इमर्जेंसी नहीं है। फिर भी इस तरह की बातें!"

"महाराज, क्या बताया, क्या नहीं है?"

"इमर्जेंसी।"

"वह क्या है?"

"वह बहुत बुरा समय बीता है। इमर्जेंसी खत्म होते ही नए चुनाव हुए। तुम सबने वोट दिए। सो देखो, चोट्टि को लेकर तो बहुत हुआ। बेगार अब गैरकानूनी है, यह जिस तरह सच है, उसी तरह यह भी सच है कि जितना सम्भव हो बातचीत से समझौता कर लेना चाहिए।"

"महाराज, बुरा न मानना। हमारे गोली लगी थी, नहीं सोचा था कि बच जाऊँगा। और तुम भी लाला की बात मान लेने को कह रहे हो?"

"यह तो नहीं कहा।"

"लाला हमारी कोई बात नहीं सुनेगा। हम उसकी सारी बातें सुनें और मानें, तो ऐसा समय बुरा क्यों नहीं है, बताइए तो?"

एस.डी.ओ. ने मन-ही-मन नोट किया कि छगन की बातों का तरीका बागियों का-सा है और वे बोले, "खुद कुछ मत करना। जरूरत होने पर खबर देना। और हाँ, स्वरूपप्रसाद के आदिवासी 'मंगल भारती' के लोग तमाम खून-डकैतियों के मामले में फँसे हैं और वे फरार हैं। उनका पता मिलते ही पुलिस को बताना, ईनाम मिलेगा।"

"अच्छा, महाराज!"

चोट्टि सब सुनकर बोला, "बुरा समय कैसे काटा, वह तुम लोग सोच लो।"

"सोचें क्यों, आँखों से देख रहे हैं।"

छगन कुछ देर तक चुप रहा। उसके बाद बोला, "और काम क्या है? अब सब लोग चड्ढा के ईंटों के भट्टे में काम करेंगे।"

"यही ठीक है।"

"जंगल का काम कर नहीं सकेंगे। अब कांग्रेसी लड़के उस ठेकेदारी को धर रहे हैं।"

किन्तु अंचल में लेबर का खिंचाव हुआ। सदस्य बेकार के लिए सदस्य नहीं बने थे। उनका भाई इस समय धनबाद में बड़ा नामी ठेकेदार था। और बड़े भाई का लड़का ही उसका सबसे बड़ा रक्षा-कवच था। वह ट्रेड-यूनियन चलाता था। धनबाद की खानों के कुली उसके साम्राज्य में थे। भाई मजदूर भरती करनेवाले को और कुछ आदिवासियों और परिगणित जातिवालों को भेजता, विशेषतः आदिवासी धनबाद जाते रहे थे। चोट्टि सूखी हँसी हँसकर बोला, "कोयला कुली इस खान में काम करेंगे, पुराण मुण्डा बनकर निकलेंगे।"

अचानक तीरथनाथ ने भी समझा कि केवल अत्याचार से लेबर नहीं मिलेगी। पहले तो इस अंचल की छितरी हुई बस्ती है। फिर खुद सदस्य की परोक्ष सहायता से अगर लेबर चली गई तो खेत कौन जोतेगा? लाचार होकर उसे ही कहना पड़ा, "मजूरी दूँगा, काम करो।"

"दिन के दिन, हाथों-हाथ।"

"हफ्ता दूँगा।"

"हाँ, हफ्ता दोगे गुण्डे बुलाकर!"

"वह सब हो चुका।"

छगन अपनी आदत के खिलाफ गुस्से में भरकर बोला, "हो गया? जो हो गया! युगल और दुखा—मेरे लड़कों की जान लौटेगी? मेरी पीठ सीधी होगी? क्या हो गया?"

तीरथ बोला, "दस दिन डाकू के मगर एक दिन साधुवाला हाल है। जो करना हो कर। किन्तु मेरे भी दिन आएँगे।"

यह बात सुनकर उपा के घर में रहनेवाला स्वरूप के दल का मुण्डा बोला, "न, न, और नहीं सह सकते।"

चोट्टिट बोला, "तू फिर कुरमी के जंगल में चला जा। तुम्हारे ऊपर ईनाम है। लाला के उस लड़के के पास जाने पर मौत, गाँव में पुलिस आने पर मौत।"

उसकी बात ही सच हुई। तीरथनाथ तोहरी चला गया। सारी बात सुनकर रोमियो ने कहा, "इस वक्त हमें लेबर की जरूरत है। इस वक्त तुम्हारी बात कौन सोचे?" रोमियो ने 'आप' नहीं कहा। "तुमको मदद देने में मेरा यह हाल हुआ। तो तुमको क्यों मुश्किल हो रही है?" उसने जोरों से कहा, "और तुम भी मान लो न!"

तीरथ खिन्न होकर बोला, "आप लोगों को तो हरजाना भी मिल गया, कुछ फायदा ही रहा।"

"बापू 'इयाड' ने जो हमारी धुलाई की, उसकी आधी भी धुलाई होने पर तुमको पता चलता। रुपयों से उस धुलाई का हरजाना वसूल नहीं होता।"

लाचार तीरथ गाँव लौट आया। अब उसे लगा कि उसके बेटे जो कहते थे, वही ठीक है। क्या होगा जमीन-जायदाद का बेकार झमेला लेकर पड़े रहने से? बहुत उमर हो गई। सब बेच-बाचकर पटना चले आओ। शायद उनकी बात ही ठीक है। उसे लगा, जैसे जमीन-जायदाद के मजे में किसी ने कड़वाहट पैदा कर दी हो। अपने ही दुख से तीरथनाथ को रोना आ गया। सब-कुछ कैसा था! चोट्टिट, छगन सब जिस तरह मामूली मजूरी लेते थे, बेगार देते थे, कभी व्यक्तिगत सम्बन्ध नहीं बिगड़ता था। गाँव के लोग कैसे बदल गए हैं! तीरथनाथ तो वैसा ही है। बेगार तो रिवाज है, या जुलुम है? वे लोग बदल क्यों गए? कब से तीरथ उनके परबों पर नहीं गया? पहले देखने जाता था। जिनके साथ यह किचकिच हो, तीरथ आज भी उनके साथ खुलापन समझता था। उसे किताब पढ़ने या सिनेमा देखने या रेडियो सुनने का शौक नहीं था। दिल बहलाने के लिए वह मोतिया धोबिन से किस्से सुना करता था। धोबिन के नाम से प्रेमिका की बात याद आई और तीरथ ने मन-ही-मन कहा, "मेरे कलेजे में चोट पहुँचाई है, उससे तुझे ही महापाप होगा।' और साथ-ही-साथ उसे खुशी हुई। उसके बाद लगा, इस बार रबी में अरहर बोना है। चोट्टिट के पिता बिसरा के साथ उसके पिता तो कब कौन फसल बोनी होगी, इस पर सलाह लेते थे। उसने गहरी साँस ली, रोमियो ने मदद नहीं दी!

रोमियो और पहलवान हरबंस चड्ढा की ब्रिकफील्ड में चोट्टिट आए। उनके साथ जनता के युवक पक्ष के चार लोग थे। चोट्टिट और छगन के पहचाने चेहरे थे। तब भी हाथ में बन्दूक रहती थी, अब भी थी। रहती ही थी।

रोमियो ने हरबंस से कहा, "यह हमारे लेबर हैं।"

"किस तरह?"

"घर बेचकर आपने उनके घुसने का दरवाजा भी तो बेच दिया।"

"इस बात के क्या मतलब हैं?"

रोमियो सहज भाव से झूठ बोलने में अभ्यस्त था, "भाई ने तो अच्छा कहा था कि जंगल की ठेकेदारी बड़े मुनाफे का रोजगार है। वह चरका था। कारबार नुकसान का है। सो जो भी हो, सारी जायदाद के साथ ही कारबार लिया है।"

"उससे क्या?"

"तो जायदाद माने क्या लेबर नहीं होता?"

"लेबर की बात लेबर के साथ है।"

"उनको कल भेज देंगे।"

"कभी नहीं। मेरे साथ बात कर वे काम कर रहे हैं।"

"अरे पंजाबी कारबारी! तुम समझते नहीं!"

"खूब समझता हूँ, बिहारी ठेकेदार मुण्डे।"

युवा जनता में से एक बोला, "नहीं चड्ढा, तुम समझते नहीं। बाद में समझोगे।"

वे चले गए, हरबंस एस.डी.ओ. के पास गया। वे बोले, "वे लेबर खचड़े हैं। मुझे पता है कि वे रोमियो और पहलवान से पेशगी रुपए लेकर भी आपके यहाँ काम में लग गए हैं। आप उनको छोड़कर दूसरा लेबर लें।"

"यह कह क्या रहे हैं? वे एक दिन के लिए भी नहीं गए।"

"आपको बताकर जाएँगे? आदिवासी और तफसीली लोगों की बदमाशी आप नहीं समझते। आप उनकी तरफदारी लेकर बात न करें। स्वरूपप्रसाद का नाम कभी सुना है?"

"सुना है।"

"उसके दल के साथ आपके लेबर की साँठ-गाँठ है। उस दल को पकड़ने में ही तो शंकर मारा गया।"

"इन्होंने ही तो मारा।"

"ओ हो, उन लोगों ने तो उसकी कीमत भी चुकाई, चड्ढा जी! वह बात मत भूलिएगा। देखिए, जो कुछ कह रहा हूँ।"

हरबंस ने बहुत देर में समझा कि रोमियो के गड़बड़ करने पर एस.डी.ओ. इस शासन में उसे मदद न देंगे। ठण्डी साँस लेकर उसने कहा, "क्या करूँ? चुटकी बजाते लेबर कैसे मिलेगा?"

"टाइम ले लीजिए, टाइम। म्यूचुअल किए दे रहा हूँ। आपस में।"

"म्यूचुअल–आपस में?"

"हाथ का काम पूरा कर लें। वे भी तो ठेकेदारी लेने के बाद जंगल में नहीं घुसे हैं। देख-दाख लें।"

उन्होंने ही रोमियो को सब बताया। रोमियो बोला, "ठीक है। मैं उन्हें बस एक बार हाथ में पाना चाहता हूँ। चड्ढा नहीं, लाला नहीं, मैं अकेला हूँ, ऐसी हालत करना चाहता हूँ। उसके बाद मैं देख लूँगा कि उन्हें किस तरह काबू में किया जाता है। उनकी चमड़ी उधेड़कर जूते बनवाऊँगा।"

रोमियो उस मौके का इन्तजार कर रहा था। बरसात आई। बरसात में पेड़ों की कटाई नहीं होती। ब्रिकफील्ड का काम भी नहीं होता। रोमियो मौका देखने गया कि कोई हमला या कार्रवाई करने पर किस तरह मदद मिलेगी, और सरकार की तरफ से लकड़ी जमा करने का ठेका ढंग से मिले। वे लोग बहुत दिनों के लिए गायब हो गए और हर तरफ से झगड़ा खत्म हो गया, यह सोचकर सबको चैन आया। लेकिन वे अक्तूबर के शुरू में लौटे। पवित्र देवी-पक्ष चल रहा था। चोट्टि स्टेशन के कर्मचारी दुर्गापूजा करेंगे, इसलिए मूर्ति का ऑर्डर कलकत्ते गया। इस उपलक्ष में 'संकटतारिणी-दुर्गा' और 'छिपा रुस्तम' तसवीर लाने की बात हुई। और पहले की बातों को भूलकर रोमियो ने बताया कि पूजा के बाद ही उसे जंगल में लेबर की जरूरत है। चड्ढा के खाते में जितने लोगों के नाम हैं, सबकी जरूरत है। एस.डी.ओ. ने कहा, "बात थी कि चड्ढा और लाला के काम हो गए हैं...।"

"न, न, मेरा सरकारी कन्ट्रैक्ट है।"

बात चोट्टि ग्राम में फैली। कई दिन सब चुप रहे। उसके बाद दिशा ने कहा, "मैं, उपा और सोमचर चले जाएँ। इस जुलुम में पुलुस आएगी। हमें स्वरूप बना देंगे। सारे जवान लड़कों का जाना ही अच्छा है।"

चोट्टि बोला, "जाओगे कहाँ?"

"देखें।"

वे लोग कब गए, कितनी रात को, किसी को पता न चला। चोट्टि ने समझ लिया कि अब सोमचर से उसकी भेंट न होगी, भेंट नहीं होगी हरमू के बेटे लाल के साथ। अब वे लौट न सकेंगे। रोमियो, पहलवान और चार आदमी जंगल देखने गए। चड्ढा के आदमी ही उन्हें ले गए। रोमियो बोला, "तुम चले जाओ। इस तरह के जंगल में हम खो नहीं जाएँगे।"

हँसते-हँसते वे जंगल में घुसे, घुसते ही गए। चारों युवक लौट आए। वे जीप लेकर तोहरी के बँगले से शराब लेने गए।

उन्होंने ही रोमियो और पहलवान को अन्तिम बार जीवित देखा था। उसके बाद बाजार से और भी शराब लेकर वे गए थे। 'गुरु' की आवाज लगाकर सब

अपने-अपने ढंग से हरी घास पर लुढ़क गए थे। तब उन्होंने एक गुर्राहट सुनी और चूँकि वे कायर थे, इसलिए 'भालू' है कहकर जीप पर बैठकर लौट आए। उसके बाद बाकी शराब समाप्त की। नशे की हालत में उन्हें लगा कि जंगल में अगर रोमियो और पहलवान भालू के हाथों पड़ जाएँ तो मर सकते हैं, नहीं भी मर सकते हैं। जिन्दा लौटने पर दोनों गुरु उनसे बुरा बदला लेंगे। इसी बार कन्ट्रैक्ट लेने में पहलवान ने एक पिछली युवालीगवाले के पेड़ू में ऐसा डण्डा मारा था कि वह खून का पेशाब करते हुए अस्पताल में मर गया। उस पर भी पहलवान का कुछ नहीं हुआ। इन चारों को मारने पर भी उन लोगों का कुछ न होगा। इसलिए जान बचाने के लिए धनबाद चलो। तोहरी से धनबाद जाने के वक्त नशे में चूर वे एक आदमी की खान में धँस गए। दूसरे दिन निकलने में दोपहर हो गई। ड्राइवर मारा गया, एक आदमी दिमाग में चोट लगने से बेहोश होकर अस्पताल में पड़ा रहा। बाकी दो आदमियों ने तरह-तरह की चोटों के साथ अस्पताल में बिस्तर पकड़ा।

इसका परिणाम हुआ कि रोमियो और पहलवान की कोई खबर ही नहीं मिली। दुर्घटना की रात को ही चोट्टि गाँव के लड़के घर लौटे। सोमचर और लाल बोले, "हम गए थे, इस बात को कोई न जाने। दिशा चला गया।"

"कहाँ गया?"

"कुरमी।"

"क्यों?"

"वह फिर अड्डे को भागेगा।"

दुर्घटना के दूसरे दिन तलाश करने पर रोमियो और पहलवान नहीं मिले। उनका क्या हुआ, यह कोई न बता सका। अन्त में जंगल में गायें चराते एक उराँव लड़के ने लकड़बग्घे और सियार की खींचतान सुनी। कुतूहलवश आगे बढ़ने पर उसने रोमियो और पहलवान की लाशें देखीं। दोनों के शरीरों में तीर लगे थे।

इसके परिणामस्वरूप जैसा शोरगुल हुआ, वह अप्रत्याशित था। उनके शरीरों का दाह-संस्कार प्रधानमन्त्री के हाथों किया गया। कांग्रेस और जनता–दोनों ही कार्यालयों से शव पर मालाएँ चढ़ाई गईं। और सदर के पुलिस शिकारी कुत्ते लेकर जंगल में घुसे। सबने इस घृणित हत्या को धिक्कारा। पुलिस ने कहा, "जब तीर है तो आदिवासियों ने मारा है।"

पुलिस गाँव-के-गाँव छानती रही। अन्त में पुलिस ने आशा छोड़ दी। जानवर की तरह हूटे मारने पर भी किसी ने कुछ कबूल नहीं किया। एस.डी.ओ. से हरबंस और तीरथ बोले, "किसने मारा है? यह क्या आसान बात हुई? इसके बाद हम तीर खाएँगे?"

एस.डी.ओ. पवित्र संकल्प से वज्र के समान कठोर होकर बोले, "इतना बड़ा अन्याय सहन नहीं किया जाएगा।"

"क्या करेंगे?"

"सारे तीरंदाज आदिवासियों को चोट्टि के मेले में लाऊँगा। पुलिस से घिरवाकर रखूँगा। उसके बाद देख लूँगा।"

"अरे, पहले हम लोगों की हिफाजत का इन्तजाम कर दीजिए। हम और लालाजी अब डर गए हैं।"

"कर रहा हूँ।"

"चलिए, लालाजी।"

दोनों एक साथ घर लौटे। इस तरह रोमियो और पहलवान की मृत्यु सार्थक हुई। लाला और हरबंस दोनों दो युगों के आदमी थे। उनकी महान मृत्यु से वह दोनों मिल गए। हरबंस बोला, "आपके घर में तो नौकर-चाकर ही हैं। अब आप मेरे घर में क्यों नहीं रहते? आप अकेले पड़े हैं, यह जानकर मुझे तो चैन नहीं आएगा।"

"जैसा कहो, भैया!"

एस.डी.ओ. ने तहसीलदार को बुलाकर गाँव में डुग्गी पिटवाने की बात कही। इस बार चोट्टि के मेले में आना जरूरी था। जो न आएगा उसे दोनों महानायकों का हत्यारा समझकर पकड़ लिया जाएगा।

चोट्टि गाँव में भी डुग्गी पिटी। स्टेशन पर पूजा का ढोल बजा। वहाँ भीड़ नहीं थी। मुण्डा और परिगणित लोगों की उपस्थिति वहाँ अवांछित थी। यह समझा गया कि सबको ही आघात लगा है। रोमियो और पहलवान के अंचल के सारे आदिवासियों को मार डालने पर किसी को 'अप्रत्याशित' न लगता। आदिवासी हों, तफसीली-परिगणित जातिवाले हों, रोमियो उन्हें मारे, यह तो होता ही है। लेकिन किसी एक या कई आदिवासियों का रोमियो आदि को मारना अप्रत्याशित घटना थी। रोमियो आदि मारते थे, मरते नहीं थे। सारे शासनों में यही नियम है।

ढोल की आवाज चोट्टि के घर में आई। दूर से आदिवासी और तफसीली औरतें और बच्चे ललचाई नजरों से स्टेशन की ओर देख रहे थे। चोट्टि ने कुछ सोचा, सोचा और सोचता ही रहा। उसके बाद बोला, "सोमचर, चल, श्मशान के पत्थर पर फूल चढ़ाएँ।"

चोट्टि ने कोयेल, मुँगरी, बाबा, माँ की समाधियों के पत्थरों पर फूल चढ़ाए। उसके बाद हवा की ओट होकर झुककर बीड़ी सुलगाई। बोला, "सोमचर!" बहुत धीमे स्वर में, "तुम लोगों ने उन्हें मारा?"

"हाँ, आबा!"

"कौन-कौन था?"

"मैं, दिशा, उपा और लाल।"

"और कोई न था?"

"नरसिंगगढ़ के मुण्डा रास्ते पर नजर रखे हुए थे।"

"कैसे मारा?"

सोमचर ने सब साफ-साफ बताया। "इस हत्या की योजना दिशा की थी। उसने पहले ही कहा था, कि ये जिन्दा रहे तो फिर जुलुम होगा। जुलुम करने के लिए स्वरूप के सारे दल को पकड़ना था। इनके मरने पर भी जुलुम होगा। जब जुलुम से बचा नहीं जा सकता तो इनकी हत्या ही ठीक है।"

"सारी बातें दिशा ने अकेले कही थीं?"

"पहले अकेले। उसके बाद सबने ही राय दी। पहले वे चले गए और नरसिंगगढ़ के मुण्डा लोगों से बातें कीं। तीर-धनुक एक बरगद की डाल पर छिपाकर रख दिए गए। उसी गाछ पर वे छिपे रहे। राजबंस चड्ढा के पुराने आदमी जंगल दिखाएँगे, यह अन्दाज उन्होंने लगा लिया था। रोमियो और पहलवान ने जंगल में बहुत घने घुसकर उनके लिए सुविधा कर दी। सोमचर के चारों आदमी चारों ओर से घिर आए। पहलवान ने जान की भीख माँगी थी। रोमियो ने उन लोगों को गालियाँ दीं।"

"मारा किसने?"

"जिनका हक था। स्वरूप के कारण दिशा ने एक को, दुखा के कारण उपा ने दूसरे को।"

चोट्टि चुप रहा। उसके बाद बोला, "चलो, घर चलें। और किसी को मत बताना।"

"ना।"

"दिशा नहीं, तू, उपा और लाल मेरा पैर छूकर किरिया खा कि किसी से नहीं कहेगा।"

उन्होंने कसम खाई। चोट्टि ठिठककर गुमसुम रहा। वह बहुत ही भिन्न प्रकार का हो गया। खेत पर बैठे आवाज में सहसा बहुत ही जोश लाकर हरमू से बोला, "एतोया, तुम्हारा एक भाई है। यह बात किसी दिन भूलना मत, हरमू!"

"नहीं, आबा!"

अचानक वह हरमू की माँ से रात में बोला, "तुझे पता नहीं, लेकिन मचान के सिरहाने दीवार में एक डिब्बा गड़ा है। उसमें रुपए हैं। बहुत दिनों के जमा किए हुए हैं। तीन बीसी ऊपर एक रुपया हैं।"

हरमू की माँ से फिर दिन में कहा, "अब काम मत कर। थोड़ा पास बैठ।"

हरमू चिन्ता में पड़ गया। बोला, "आबा, तबियत कैसी है? कैसा लग रहा है, क्यों आबा?"

"बयस तो हो रही है, बाप! बाप गया, माँ गई, कोयेल, मुँगरी—तमाम लोगों को मरते देखा, सबकी याद आ रही है।"

"नहीं आबा! सहा नहीं जाता। तुम नहीं तो चाँद-सूरज नहीं। उस दिन की बात सोच नहीं सकता।"

"हरमू! बीरसा भगवान मर गए, धानी मर गया, स्वरूप मरा, चाँद-सूरज निकलते हैं बाप, मेरे मरने पर भी निकलेंगे। एक बात है।"

"क्या?"

"छगन भी बूढ़ा हो रहा है। उससे कहना कि मेले के दिन वह ढोल लेकर जाए। उसका बहुत दिनों का शौक है।"

"कह दूँगा।"

"और लाल सबसे कह आए, जो बूढ़े हैं, वे भी मेले में आएँ।"

"सब डरे हुए हैं, आबा!"

चोट्टि हरमदेउ बन गया और अलौकिक मुस्कुराहट से चेहरा दीप्त कर बोला, "डर क्या है, बाप? मैं हूँ न?"

"डर गया।"

ढोलक सुनते-सुनते चोट्टि बोला, "डरना मत। पूजा नहीं देखने दी, ढोलक से डर रहे हैं। इस बार मेले में क्यों बुला रहे हैं? ना, कोई तीर छोड़ रहा है, उन्हें मार रहा है, पकड़ लेंगे।"

"हाँ, आबा!"

"इस तरह डरने से तो काम नहीं चलता।"

चोट्टि की खबर पर सब लोग उसके घर आए। चोट्टि बोला, "इस बार मेले में क्यों बुला रहे हैं, यह सब लोगों को मालूम है?"

"मालूम है।"

"किन्तु सब जाओगे।"

"सब?"

"हाँ, कुत्ते-कौए के सिवा गाँव में कोई न रहेगा। लड़के-लड़कियाँ भी जाएँगे। मुझे तुम लोगों ने बहुत काल तक बहुत मान दिया। सो यह मेरा हुकुम है। सब मेले में जाएँगे।"

"जाएँगे, जाएँगे।"

"एक हुकूम और है।"

"कहो, हे चोट्टि!"

"तीर-खेला के पहले नाच-गान है। तब तुम सबको बता देना, खुद भी जान रखो, खेला के समय कोई तीर से निशाना नहीं लगाएगा।"

"तो यही होगा।"

"सब जाना, कोई डर नहीं है।"

सब आए थे। युवक लोग बहुत बुड्ढों को पीठ पर लादकर लाए थे। 1978 के विजयादशमी के दिन मेले में बहुतेरे आदिवासी आए थे। उतने आदिवासी किसी दिन किसी मेले में नहीं आए थे। सभी धनुक और तीर लाए थे। और हजार आदिवासियों पर नजर रखने के लिए आए थे—ढाई सौ हथियारबन्द पुलिस। एस.डी.ओ., दारोगा, तीरथनाथ, हरबंस—सभी आए थे। हवा में बहुत तनाव था।

नाच और गान बहुत थोड़े समय चला। उसके बाद शुरू हुई तीर चलाने की प्रतियोगिता। भिन्न-भिन्न गाँव के और कुलों के मुण्डा और उराँव नगाड़े पर चोट मार रहे थे, डिम-डिम-डिम। लेकिन कोई आदिवासी आगे नहीं बढ़ा। एस.डी.ओ. तीखी निगाहों से देखते रहे, और मन-ही-मन उनका गुस्सा उमड़ता रहा।

मुँह के आगे भोंपू लगाकर वे चिल्ला उठे, "कोई क्यों नहीं आ रहा है? समझा है कि नहीं आओगे तो पार पा जाओगे? हर बुड्ढे को पिटवाऊँगा, जवान को पिटवाऊँगा, गोद के बच्चे को छीनकर थाने में जमा रखूँगा। बच्चों को वापस चाहोगे तो खूनियों को पकड़वाना होगा।"

सब चुप! बहत्तर नगाड़े बजने लगे, डिम-डिम-डिम। बहत्तर गाँव के आदमी आए थे।

"मत सोचो कि कोई मेले से घर लौटेगा। तीर खेलने क्यों नहीं आ रहे हो? क्यों नहीं आ रहे हो?"

चोट्टि अपनी पत्नी की ओर देख रहा था। हरमू की माँ की आँखें फैल गईं। वह छगन की ओर देख रही थी। उसके बाद सबके ऊपर आँखें फिर गईं। सब उसकी ओर देख रहे थे।

"क्यों नहीं आ रहे हो?"

चोट्टि निर्णायक लोगों की जगह से उठ खड़ा हुआ। हवा में ठण्डक थी। ठण्डक से भरी हवा में चोट्टि अठत्तर बरस का बुड्ढा मुण्डा दिखाई दे रहा था। उसके सारे चेहरे पर और बदन पर अनगिनत रेखाएँ थीं। उसके सफेद बाल पीछे की ओर गरदन के पास पीतल के छल्ले में लगे थे। कानों में सोला खोंसा हुआ था, उजली छोटी-सी धोती पहने था। धनुक और एक तीर। अपना तीर, वह हर बार व्रत-पूजा के आचार के नियम से निर्णायक बनने के समय साथ लाता और

ले जाता। मन्त्रपूत तीर था। उसका उठ खड़ा होना ऐसा हुआ कि पल-भर में सारे नगाड़े रुक गए। अकेले छगन का चेहरा चमक उठा। उसका सिर नीचा हुआ और बड़ी गहरी ममता से वह हलके-हलके नगाड़ा बजाने लगा, अविच्छेद्य गम्भीर वेदना के साथ। चोट्टि ने उसकी ओर देखा और मुँह फेर लिया।

वह बोला, "कोई नहीं आएगा महाराज, उन्हें मार दो।" एस.डी.ओ. अचानक चौंक पड़े और भोंपू उसके हाथों में देकर बोले, "तुम, तुम उनसे कहो।"

"बात तो उनसे कहने की नहीं है महाराज, तुमसे कहने की है। कौन मर रहा है, महाराज? खूनी को पकड़ने के लिए सब मर्दों को मारेंगे, सारे बच्चों को माँओं के कलेजे से खींचकर थाने में रखेंगे?"

"चोट्टि!"

"ठहरो महाराज! आज यहाँ खड़े-खड़े सारी बातें याद आ रही हैं। उस लाला के बाप के कारण मेरा बाप मरा। किसी दिन धोखे-अविश्वास की कोई बात नहीं हुई, फिर भी मेरे लड़के को जेहल भेजा, और उसे मैंने रेल के पहियों से बचाया। किसी दिन मुण्डा, उराँव, दुसाध, धोबी अविश्वासी नहीं हुए। उससे क्या मिला, महाराज? हमें क्या दिया? हमें क्या दिया? जिनके खून के लिए हमारे ऊपर जुलुम होगा, उन्होंने जुलुम नहीं किए? लड़के-लड़कियों की इज्जत लेने गए थे, पहान-पहानी-मोतिया-रेल कुली-दुखा-युगल—छगन के घर के लड़के-लड़की सब मर गए, तब तो पुलुस आई नहीं, महाराज? इस तरह का काम नहीं—इस तरह का काम नहीं दिखाया।"

चोट्टि थोड़ा रुका। गला साफ किया। काले-काले चेहरों में जान आ गई थी।

चोट्टि बोला, "तुम किसी को कैसे पकड़ोगे? इन्हें क्या मालूम है? अब सुनो, उनको मैंने मारा है।"

"ना—!" हजार गले बोल उठे।

"तुमने!"

"हाँ महाराज! अब मेले के जितने दुकानदार हैं, तुम सब मुण्डा—उराँव—दुसाध—धोबी—सब-के-सब साक्षी हो। मैं वह काम कर रहा हूँ। जंगल में छिप आया और मन-ही-मन कहा, अब उनके हाथों किसी दिन मुण्डा-तपसीली लोगों की सफाई नहीं होगी, अब उनकी जान नहीं छोड़ूँगा। उन्होंने बहुत जुलुम उठाए हैं, बहुत लहासें गिराई हैं, गौरमेन ने उन्हें बहुत मदत दी।" कहते-कहते चोट्टि की आवाज ऊँची होती गई और फटने लगी, "किस तरह मारा, जानते हो? पिछली रात को जब सब सो रहे थे, तब जाकर गाछ में धनुक छिपा दिया। दूसरे दिन 'कुरमी जा रहा हूँ' बताकर वहाँ चला गया। जब लड़के चले गए तो बहुत सुविधा हुई। तभी दोनों को 'माँ' नहीं कहने दिया महाराज!" चोट्टि ने चोंगा छोड़ दिया। छाती पर हाथ

ठोककर कहा, "मैंने मारा, हाँ, मैं चोट्टि मुण्डा हूँ। फिर इसके लिए एक बार जुलुम करो तो चोट्टि ग्राम में लाला और चड्ढा, तुम लोगों में कोई भी अपनी कचहरी में जिन्दा नहीं बचेगा। पुलुस? अँधेरे में जब स्वरूप के दल के लोग तीर मारकर कुचले विष को लहू से बुझाएँगे तो कौन पुलुस किसे बचाएगी? कोई जुलुम नहीं।"

चोट्टि की पत्नी किनारे हो गई। छगन नगाड़ा बजाता रहा। उसकी मुस्कुराहट दुर्बोध थी।

एस.डी.ओ. उतरे चेहरे से बोले, "तुम! तुमने तीर मारे? तुम क्या निशाना देख सकते हो?"

चोट्टि निर्मल मुस्कुराहट से मुस्कुराया और बोला, "दिखाता हूँ।" उसके बाद मुण्डारी भाषा में जल्दी से बोला, "धानी मुण्डा! अपने निकट अपनी सच्चाई के लिए तुम्हारा नाम लेकर आज तुम्हारा तीर चला रहा हूँ।"

चोट्टि छोटे और तेज कदमों से निशाने के विपरीत चला गया। सबसे कहा, "तुम लोगों को कोई डर नहीं है।" उसके बाद तीर छोड़ा। लक्ष्य-बेध किया।

उसके बाद वह निरस्त्र खड़ा रहा। खड़े-खड़े ही वह चिरकाल के लिए नदी, किंवदन्ती, अविनश्वर में घुल-मिल गया। जो एकमात्र मनुष्य ही हो सकता है। सारे आदिवासी आन्दोलनों को वर्तमान में ले आया, इस वर्तमान में जहाँ आदिवासी और परिगणित लोगों का संयुक्त आन्दोलन है।

कुछ पल और बीते। चोट्टि ने धनुक हरमू को दे दिया। हरमू ने उसे उठा लिया। बोला, "अ—ब मुझे पकड़ लो। मेरा एक ही तीर था।"

एस.डी.ओ. जादू-मन्तर के प्रभाव को काटकर उठ खड़े हुए, आगे बढ़े।

किन्तु तभी आकाश में धनुक के साथ हाथ उठाकर हजारों आदिवासी चिल्ला उठे, "नहीं!" जो आदिवासी नहीं थे, उन्होंने भी निषेध में हाथ उठाए।

एक ओर चोट्टि, दूसरी ओर एस.डी.ओ., बीच में शून्य में उठे हजारों धनुक थे। और थी हजारों उठे हाथों में सावधान रहने की घोषणा!

●●●